수잔 와이즈 바우어 Susan Wise Bauer

1968년 버지니아에서 태어나 초·중·고 과정을 대부분 홈스쿨링으로 이수했다. 문학과 언어 부문에서 미국 최고의 대학 중 하나이며 미 대통령을 여럿 배출한 윌리엄 앤드 메리 대학에 대통령 전액 장학생으로 조기 입학했다. 다중전공으로 영문학과 미국 종교사 석사 학위를 받았으며 미국학으로 박사 학위를 받은 뒤 모교에서 영문학 교수로 재직했다. 라틴어, 히브리어, 그리스어, 아랍어, 프랑스어 등을 구사하며 다방면의 장서를 넓고 깊게 읽는 다독가이자 자신의 지식을 쉽고 직설적인 문체로 풀어쓰는 저술가로, 『교양 있는 우리 아이를 위한 세계 역사 이야기』, 『서양 과학 이야기』, 『세계 역사 이야기』 시리즈 등 다수의 베스트셀러를 출간했으며 균형감 있는 역사 저술로 높이 평가받고 있다. 고전 교육을 다루는 이 책에서 저자는 다른 분야와 달리 독서만은 제도권 내의 교육으로 완성할 수 없는, 스스로 훈련해 나가야 하는 영역임을 강조한다.

KB109254

독서의
즐거움

THE WELL-EDUCATED MIND:
A Guide to the Classical Education You Never Had (Updated and Expanded)
by Susan Wise Bauer
Copyright © Susan Wise Bauer 2016, 2003
All rights reserved.

Korean Translation Copyright © Minumsa 2010, 2020
Korean translation edition is published by arrangement with
Books and Sheep, Inc. c/o InkWell Management, LLC through KCC.

이 책의 한국어판 저작권은 KCC를 통해 InkWell Management, LLC와 독점 계약한
㈜민음사에 있습니다. 저작권법에 의해 한국 내에서 보호를 받는 저작물이므로
무단 전재와 무단 복제를 금합니다.

독서의 즐거움

청소년에서 성인 독자까지
고전 독서를 시작하는 이들을 위한
가장 완벽한 지침서

THE WELL-EDUCATED MIND:
A guide to the Classical Education You Never Had
by Susan Wise Bauer

수잔 와이즈 바우어
이옥진 옮김

민음사

한국의 독자들에게

"고전을 읽어야지."

자기 계발을 위해 우리는 흔히 이렇게 목표를 설정하곤 합니다. 하지만 두세 달쯤 지나면서 차츰 기운이 빠지고, 끝내는 중단하고 말지요. 고전을 읽는 버릇을 들이기는 어려울 수 있습니다. 책 한 권 읽는 데 그 많은 시간을 들이는 것이 내심 쓸모없는 일처럼 느껴지기 때문일 겁니다.

10년 전에 저는 이 책의 초판을 위와 같이 시작했습니다. 그때나 지금이나 틀린 말은 아니지요. 우리는 우리가 누구인지가 아니라 우리가 무엇을 해내느냐에 따라 보상받는 사회에 살고 있습니다. 우리를 고용한 사람들, 우리의 동료들, 친구들, 그리고 심지어 우리가 사랑하는 사람들까지도 우리가 정신을 갈고 닦을 때보다는 눈에 보이는 무언가를 성취했을 때 우리를 칭찬합니다. 우리가 눈에 보이지 않게, 편안한 마음으로,

조용히 무언가를 깊이 생각할 때가 아니라 무언가를 생산할 때 다른 사람들의 인정을 받지요.

우리가 사는 세상은 우리가 더 많이, 더 빠른 속도로 일할 때, 그리고 더 많이 생산할 때, 우리가 더 나은 인간이 된다고 믿으라 강요합니다. 그래서 가만히 앉아 고전을 읽는 순간, 다시 말하면 할 일이 너무 많아 정신없이 지내는 중에 소중한 시간을 내어 위대한 사상을 깊이 생각하고 수천 년 동안 계속된 위대한 대화에 참여하는 순간, 우리는 이 시대의 물결에 저항하고 있는 겁니다. 우리는 반발하고 있는 겁니다. 인간으로서의 가치가 자신의 성취물에 의해 규정되도록 놔두길 거부하고 있는 겁니다. 대신, 우리는 종종 눈에 보이지 않는 조용한 정신의 발전이 가치가 있다고 주장하게 됩니다.

지난 10년 동안 이 정신의 작업은 그 어느 때보다 중요해졌습니다.

우리는 소란스러운 시대에 살고 있습니다. 우리의 지도자들과 다른 나라의 지도자들이, 라디오, 텔레비전, 팟캐스트가, 그리고 언론인들과 인터넷이, 블로거들과 유튜브 스타들과 유명인들이 서로 반대되는 모순된 메시지들을 계속해서 우리를 향해 퍼붓고 있으니까요.

그래서 우리의 정신을 발전시키는 것은 저항의 행위를 훨씬 뛰어넘는 행위가 되어 버렸습니다. 그것은 이제 생존을 위한 행위입니다.

초판과 마찬가지로, 『독서의 즐거움』 2판은 거짓과 현실을, 의견과 사실을, 선전과 정보를 구분하는 법을 알려 줍니다. 여기에 덧붙여 과학을 읽는 방법을 다룬 완전히 새로운 섹션도 포함해 놓았습니다. 오늘날 수없이 많은 정보와 잘못된 정보가 과학의 뒷받침을 받고 있다고 주장하지만, 과학자들의 주장을 평가하는 방법을 알고 있는 사람은 거의 없습니다. 우리의 생각을 형성하는 시, 소설, 자서전, 역사서, 희곡에 더하여 과학서는 이 시대에 꼭 추가되어야 하는 독서 분야입니다.

우리는 고대에서 현대에 이르는 작품들을 망라하는 고전 읽기를 통해 상대가 진실을 말하고 있는지 알아볼 수 있는 훈련을 받게 됩니다. 독서를 통해 여러분은 자신이 듣고 있는 이야기의 신뢰성을 평가하는 중요한 기술을 배우게 될 것이며, 오늘날 세계가 직면하고 있는 화급한 문제들에 대해 자신의 생각을 정리할 수 있게 도와주는 도구를 찾게 될 것입니다.

10년 전 저는 다음과 같이 초판 서문을 끝맺었습니다.

> 자, 저항하십시오. 앉아서 성찰하는 기쁨을 느끼십시오. 인간이란 생산력만이 아니라 이해력으로 평가받아야 한다고 고집하십시오. 아침에 눈을 떠서 부엌을 청소하고 서류를 정돈하기 전에, 무엇보다 고전을 한 권 집어 들고 읽는 시간을 가지기 바랍니다.

서문을 시작했던 글처럼, 이 글도 여전히 맞는 말입니다. 하지만 마지막으로 간곡하게 한마디 덧붙이겠습니다.

무엇이 진실인지 알 수 있도록 정신을 갈고닦으세요.

2019년 12월, 수잔 와이즈 바우어

읽기를 가르쳐 주신 어머니와

아끼던 책 전부를 주신 아버지를 위하여

일러두기

* 이 책의 본문에 나오는 '국내 번역 추천본'은 편집부에서 단 것이다.

1 왜 고전을 읽어야 하는가

1

독서를 위한 첫 단계

지금까지 받아 본 적 없는 고전 교육

이제 모든 문명은 문헌을 통해서 이어진다. 특히 미국에서는.
그리스는 말하기와 보기를 통해서
문명을 개화시켰고, 파리 시민들은 어느 정도 지금도
그렇게 하고 있을 것이다.
하지만 역사와 유적에서 동떨어져 살고 있는 우리는
반드시 책을 가까이 해야 한다. 그러지 않으면 분명히
야만스러워질 것이다.

— 윌리엄 딘 하우얼스, 『사일러스 라팜의 출세』

서른 살이 되던 해 나는 다시 대학원에 가기로 마음먹었다. 몇 년 동안 글을 쓰고, 시간 강사로 문학을 가르치고, 아이 넷을 기르느라고 학교를 떠나 있었다. 그런데 다시 강의실 교단 앞으로 돌아간 것이다. 대학원생들은 하나같이 십 대 아이들 같아 보였다. 거기다 대학원 교과 과정은 성인을 염두에 두고 짜인 것이 아니다. 나만 해도 미국학 연구를 하면서 내게 맞춰진 스케줄에 우리 식구를 밀어 넣고 돈벌이가 좋은 다른 직업을 마다하고 연봉 6000달러로 근근이 살아가면서 대학에서 보조해 주는 기본형 의료 보험, 말하자면 출산 시 마취 정도만 보장하는 빈약한 혜택에 맞춰 지내야 할 상황이었으니까 말이다. 나는 다가올 수업 시간이 걱정된다는 사실도 깨달았다. 지난 5년 동안 학생들을 가르치고 토론에서 방향을 잡는 역할을 했다. 나는 교수가 말해 주는 것을 가만히 앉아 받아적는 수동적인 학생 신분으로 돌아가는 것은 참아 낼 수 없으리라 생각했다.

하지만 다행히도 대학원 수업은 다른 누군가의 지혜를 얌전하게 받아먹기만 하는 강의식 수업이 아니었다. 오히려 매주 세 시간의 수업이 독학 과정의 출발점이라는 사실을 알게 되었다. 다음 1년 6개월 동안 나는 도서 목록에 대한 안내를 받고 독서법을 조언받았다. 하지만 나는 고전을 혼자 공부할 작정이었다. 책을 한 권 한 권 읽어 나가면서 각 권의 내용을 요약하고 주장에 약점이 있는지 파악하려 했다. 결론에 과장된 부분이 있는가? 빈약한 증명에서 도출되었는가? 글쓴이가 사실을 무시하거나 주장을 뒷받침하기 위해 왜곡했는가? 어디에서 이론이 무너졌는가? 아주 흥미진진했다. 내 연봉의 80배를 받는 선배 학자의 논리를 깨부수는 일은 아주 고달픈 대학원 생활에서 몇 안 되는 보상 가운데 하나였다.

독서는 모두 수업 준비용이었다. 수업 시간이면 대학원생들은 긴 탁자에 둘러앉아 그 주에 논의할 책에 대해서 소리 높여 토의했다. 담당 교수는 우리의 엉성한 추론 과정을 지적하고 부적절한 언어 사용에 대해 충고하고 이따금씩 타오르는 불길에 물을 끼얹었다. 이런 식의 다소 소크라테스적인 대화들은 집에서 혼자 하는 독서에 기반을 두었다. 대개 「엑스 파일」을 시청하거나 화장실 청소를 하며 보내던 저녁 시간에 나는 집중하여 필수 도서 목록을 헤치며 책을 읽었다. 집안 꼴은 형편없어지고 멀더가 유령 사냥을 하러 떠나는 광경을 놓치긴 했지만, 어느덧 나는 머릿속에 완전히 새로운 의미 구조를 창조해 나가고 이론들 사이에 관련성을 만들어 내고 이론의 거미줄 위에 나만의 새로운 이론을 쌓아 가게 되었다. 좀 더 글을 잘 쓰고 명료하게 사고하고 폭넓게 책을 읽게 되었다.

게다가 과중한 노동으로 나는 정신 장애 일보 직전까지 이르게 되었다. 논문을 끝내기 위해 밤늦게까지 깨어 있고 아기 때문에 아침 일찍 일어나야 했다. 거실 바닥의 장난감 기차 트랙에 갇힌 채 박사 논문 계획서를 작성했고, 전공 필수 프랑스어 시험 전날 밤은 식중독에 걸린 네 살배기 아이의 기저귀와 베갯잇을 빨면서 보냈고, 가치 있는 말들은 찾아볼 수 없지만 의무적으로 참석해야 하는 연구회 자리를 내내 지키고 앉아 있었다.

여기 좋은 소식이 있다. 정신을 단련시키기 위해서 대학원이라는 탈수기를 고통스레 통과할 필요는 없다. 채용 기회가 많지도 않은, 대학에서 가르치는 직업을 얻으려는 계획만 없다면 말이다. 지난 수세기 동안 수많은 사람들이 대학원생의 빠듯한 생활비와 대학 의료 보험 정책에 굴복하지 않고도 읽고 쓰고, 친구들과 토의하며 학습해 왔다.

미국의 교육자 토머스 제퍼슨에게는 대학 강의가 오히려 역사책을 진지하게 읽어 나가는 데 불필요해 보였다. 1786년 제퍼슨은 대학생 조카에게 혼자서 공부를 해 보라는 편지를 썼다. 그런 다음에 과학 강의를 들으라고 권하면서 이렇게 덧붙였다. "과학 강의를 신청하고, 역사서는 너 혼자서 읽을 수 있단다. 역사 수업을 듣는 것은 시간 낭비일 수도 있어. 책에서 얻어야만 한단다. 그러니까 네 스스로 해 본다면 역사 수업을 듣는 대신 다른 책을 읽을 수도 있고, 그러잖으면 낭비되었을 자투리 시간을 잘 쓸 수 있단다."[1]

전문 역사가라면 이들이 보여 주는 명백한 피상적인 판단에 불쾌감을 드러낼지도 모르지만, 제퍼슨의 편지는 당시 일반적이던 이해 방식을 보여 준다. 글을 읽고 쓸 수 있는 사람이라면 정신을 훈련하고 채우기 위해서 독학이라는 방법에 기댈 수 있다는 것이다. 필요한 것이라고는 책장 가득 꽂힌 책들과 독서한 내용에 대해서 얘기를 나눌 수 있는 취미가 맞는 친구 한두 명 그리고 '그러잖으면 낭비되었을 자투리 시간'뿐이다. 대학 교육에 대한 현대 비평가라면 이렇게 덧붙일 것이다. 어차피 박사 학위란 반드시 정신을 훈련하고 채우는 것은 아니라고 말이다. 해럴드 블룸이 알아챘듯이, 이것은 '대부분 잊어버린 대학 교육의 기능'이다. 왜냐하면 이제 대학은 고전에 대한 우리의 열망을 '실현시키는 것을 업신여기기' 때문이다.[2]

제퍼슨의 조카는 이런 식으로 교육에 있어서 특혜를 받았다. 그리고 이렇게 자기 발전을 위해 혼자 공부하는 것은 학교 교육을 제대로 받지 않은 수많은 미국인들에게 모범이 되었다. 그 가운데에는 남성에 비해 학교 교육의 혜택을 훨씬 덜 받았던 18세기와 19세기 여성들도 포함되어 있다. 여성에게는 짧은 정규 교육만 허용되어 배움의 기회가 제한되었던 지난 두 세기 동안에 미국 여성은 일기와 비망록을 쓰며 독서한 내용을 순서대로 정리하고, 서로 만나면서 자기 정신 계발을 위해 스스로 노력했다. 예법서 저자인 엘리자 파라는 예법서 독자뿐 아니라 지적인 수양을 쌓으려는 젊은 여성 독자에게 단호하게 조언했다. "독학은 학교 교육이 끝나면서 비로소 시작된다."[3]

수많은 여성이 파라의 조언을 진지하게 받아들였다. 남북 전쟁 때 오하이오에 살았던 메리 윌슨 질크리스트는 스물넷의 나이에 갑작스럽게 세상을 떠나기 전까지 집에서만 지냈는데, 그녀는 오하이오 여자 대학에서 고작 1년 정도 교육받았을 뿐이었다. 질크리스트는 대학에서 삼각 측정법, 영문학, 프랑스어, 음악, 논리학, 수사학, 신학 등을 배웠지만, 이들 학문에 정통하기는커녕 기초적인 토대를 이해할 만한 시간도 충분히 갖지 못했다. 하지만 질크리스트는 집에 돌아와서도 학습을 멈추지 않았다. 그녀는 읽은 책의 목록을 일기에 적었다. 샬럿 브론테, 윌리엄 메이크피스 새커리, 헨리 필딩, 윌리엄 워즈워스, 베르길리우스, 소포클레스, 데이비드 흄. 그녀는 학습 동기를 계속 부여하기 위해서 이웃들과 독서 모임을 만들었다. 그러던 어느 날 일기 첫머리에 다음과 같이 적었다. "메리 카펜터와 통화를 하면서 셰익스피어를 함께 읽기로 했다."[4] 남부 출신의 10대 호프 서머렐 챔벌레인은 여러 어려운 책 가운데 훔볼트의 『코스모스』, 밀턴의 『실낙원』, 드 스탈 부인의 『코린』, 프랑수아 기조의 『문명의 역사』에 대해서 자신의 독서 일기에 썼다. 그녀가 주도하여 만든 그 독서 모임은 그녀의 표현에 따르면 "굶주린 정신에 선사하는 평화"였다.[5]

정신은 굶주려 있지만 준비가 되어 있지 않고 교육을 제대로 받지 않았고 자신이 읽었어야 했다고 생각하는 그 모든 책들 때문에 잔뜩 겁을 먹었으면 어찌하겠는가?

"자신이 무지하다는 사실을 스스로 숙지하라."라고 아이작 와츠는 독학에 대해 쓴 『정신의 개선』에서 독자들에게 조언했다. "현재 자신의 지식 정도가 얼마나 얕고 불완전한지를 고통스러울 만큼 깊이 깨달아야 한다." 이러한 쾌활한 권고는 비난이 아니라 안심시키려는 의도이다. 잘 훈련받은 정신이란 타고난 천재와는 상관없는, 노력의 결과이다. 사려 깊은 사상가는 "총명한 천재와 능숙한 재치, 좋은 요소들"을 갖추고 태어나지 않는다고 와츠는 우리를 안심시킨다. 아무리 "얕고" 무지한 정신의 소유자라 하더라도 "학구적인 태도로 자신이 읽은 모든 책에 대해 이성적으로 판단하는 연습을 하면, 감각이 발달하고 이해력이 최고로 높아진다."

와츠의 시대와 마찬가지로 요즘도 지적이고 야망 있는 많은 성인들이 어떤 분야든 본격적으로 독서를 시작하기에는 스스로 준비가 덜 되어 있다고 느낀다. 그들은 심도 있는 독서와 글쓰기에 기본적으로 필요한 방법을 가르쳐 주지 않았던 평범한 교육의 결과를 극복해 보려고 고심한다. 하지만 와츠의 권고는 여전히 옳다. 교육이 아무리 충분하지 못하더라도, 지적으로 책 읽는 법과 독서 내용에 대해 생각하는 법, 발견한 내용으로 친구와 이야기를 나누는 법은 배울 수 있다. 독학이 가능하다는 얘기다.

지속적이고 본격적인 독서는 고전을 혼자 공부하는 데서 중심이 된다. 아이작 와츠가 끊임없이 얘기하듯이 관찰과 독서, 대화와 강의 듣기는 모두 독학하는 방법이다. 하지만 관찰을 하면 주위 환경에서만 배우게 되고, 대화와 강의 듣기는 가치 있지만 몇몇 주위 사람들의 견해에 제한적으로 노출되는 반면, 독서는 가장 중요한 자기 수양법이라고 와츠는 결론짓는다. 혼자 하는 독서는 시공간의 제약을 넘어서서 모티머 애들러가 '위대한 대화'라고 불렀던 대화에 참여하도록 해 준다. 고대부터 현재까지 이어지는 사상 사이의 대화 말이다. 독서는 우리를 언제 어디서든 이러한 위대한 대화로 이끈다.

하지만 지속적이고 진지한 독서는 늘 어려운 일이었다. 텔레비전이 등장하기 전에도 그랬다. 게다가 요즘은 활자로부터 멀어져 영상에 기반한 시각 문화로 향하고 있는 현 세태를 우려하는 글들이 넘쳐난다. 학교에서는 더 이상 읽기와 쓰기를 제대로 가르치지 않는다. 텔레비전과 영화에 인터넷까지 더하여 활자 언어의 중요성을 간과하고 있다. 우리는 활자 문화 이후로 옮겨 가는 중이다. 인쇄 문화는 종말을 맞이할 운명이다. 너무 슬픈 현실이다.

나는 이러한 묵시록적인 성찰을 싫어한다. 스트리밍 기법으로 이루어지는 오락물의 폐해와는 별개로, 독서가 예전보다 더 어려워지거나 더 쉬워진 것은 아니다. 1814년 토머스 제퍼슨이 존 애덤스에게 보낸 편지에서 불평하듯이 말이다. "혁명 이후 세대인 젊은이들은 자네나 나보다 훨씬 행복한 운명을 지니고 태어났네. 그들은 어머니 배 속에서 모두 배워 기성화된 세계로 나오지. 책에 관한 정보는 더는 필요 없네. 천부적이지 않은 모든 지식은 멸시받거나 최소한 무시된다네."

제퍼슨이 현 단계의 지식 문화를 두고 내뱉는 탄식은, 독서보다는 자기 표현을 찬미하는 철학의 부상에 대한 애도로 보인다. 텔레비전이 등장하기 이전부터도 집중을 요하는 독서는 어렵고 등한시되는 활동이었던 것이다.

사실 독서는 훈련이다. 규칙적으로 달리기를 하거나 명상하거나 발성 연습하는 것과 비슷하다. 능력 있는 성인 남녀라면 누구나 뒤뜰을 뛰어서 가로지를 수 있지만, 오른발을 왼발 앞으로 내미는 능력이 있다고 해서 많은 시간을 투자하여 체계적인 훈련을 거치지 않고도 마라톤에 무작정 도전할 수 있다는 생각을 해서는 안 된다. 우리는 생일 축하 노래나 찬송가를 그럭저럭 부를 수는 있지만, 그렇다고 지역의 예술 공연장으로 씩씩하게 걸어 나가 「아이다」에서 주인공 역할을 마음먹을 수는 없는 노릇이다.

그런데 우리는 신문이나 《타임》, 스티븐 킹을 쉽사리 읽을 수 있기 때문에 별다른 준비 없이도 곧장 호메로스나 헨리 제임스로 파고들 수 있다고 생각하는 경향이 있다. 그러다가 휘청대거나 뒤죽박죽되거나 지치면 스스로 부적합하다고, 양서는 결코 읽을 수가 없다고 받아들인다.

사실 문학 공부를 하는 데는 책을 재미로 읽을 때와는 다른 숙련 과정이 필요하다. 아무도 도와주지 않는데 혼자서 양서 목록 전체를 읽어 나갈 수 없으며 이런 일에 파고들 수 없다고 해서 부적합한 정신을 지닌 것도 아니다. 그저 준비가 안 된 것일 뿐이다. 리처드 포스터가 『영적 훈련과 성장』에서 감명 깊게 주장하듯이, 글을 읽을 수 있으면 누구나 사상을 공부할 수 있어야 한다고 잘못 생각하는 경향이 있다. "공부하는 법을 배워야 한다고 설득하는 것이 가장 커다란 장애물"이라고 포스터는 말한다. "대다수의 사람들은 글자 읽는 법을 알기 때문에 공부하는 법을 안다고 간주한다." 그러나 사실은 그 반대다.

> 한 권의 책을 공부한다는 것은 아주 복잡한 문제다. 초심자에게는 특히 그렇다. 테니스든 타자든 처음 배울 때에는 숙련해야 할 세부 사항들이 수천 개나 있는 것처럼 여겨지고 대체 어떻게 그 모든 것을 동시에 염두에 두면서 진행할까 의문이 든다. 그러나 일단 능숙해지면 그 기구들은 제2의 본성이 되어 테니스 경기나 타자 치는 문서에 집중할 수 있다. 한 권의 책을 연구하는 것도 마찬가지다. 공부는 세부 사항의 미로를 필요로 하는 엄밀한 기술이다.[6]

중고등학교에서는 보통 본격적인 독서법과 공부하는 법을 훈련시키지 않는다. 중고등학교의 임무란 이른바 수능 시험 수준의 독해가 가능하고 신문과 스티븐 킹 정도를 수월하게 흡수하는 독자를 양성하는 것이다. 대학 교육은 신입생들에게 본격적인 독서법을 가르치며 기초적인 문자 해독 능력을 보충하고 발전시켜야 하지만, 대다수의 대학 4학년생들은 고교 3학년생보다 그다지 낫지 않다. 학생들은 종종 자기 능력이 보잘것없다고 느끼다 어느새 졸업을 맞이한다. 성인이 되어 본격적으로 독서를 하려면 책 읽기가 기적처럼 수월해지지 않았다는 사실을 깨닫게 된다. 호메로스는 여전히 장황하고, 플라톤은 여전히 뚫어 내기 불가능하며, 톰 스토파드는 여전히 당혹스럽도록 제멋대로다. 그래서 그런 책들이 자신의 능력을 넘어선다고 확신하며 곧잘 포기하게 된다.

하지만 독서의 방법만 보강하면 된다. 학교에서 독서법을 제대로 배우지 않았다면 지금 시작하면 될 일이다. 고전적인 교육 방법은 독자의 손이 닿는 곳에 있다.

자기 계발서는 세상에 넘쳐난다. 그렇다면 고전 교육의 특장점은 무엇인가?

16세기 철학자 프랜시스 베이컨은 "어떤 책은 맛만 보고, 어떤 책은 삼켜 버리고, 어떤 책은 잘 씹어서 소화시켜야 한다."고 말한 바 있다. 이 외에도 "서투른 치료는 병보다 나쁘다." "아는 것이 힘이다." 등 인상적인 명언을 만드는 데 남다른 재주가 있던 베이컨은 모든 책들이 본격적인 관심을 받을 만하지는 않다는 사실을 일깨운다. 하지만 베이컨이 묘사한 이해의 세 단계인 맛보기, 삼키기, 소화하기는 그가 고전 교육법에 친숙하다는 사실을 반영한다. 고전적인 인문학 교육 기관에서 공부는 전통적으로 세 가지 과정으로 이루어져 있다. 먼저 '맛보기'는 학습 주제에 관한 기본 지식 획득하기이다. 두 번째 '삼키기'는 지식의 평가를 통해서 스스로 이해하기이다. 이 지식은 타당한가? 사실일까? 이유는? 세 번째는 '소화하기'로, 주제를 자신만의 이해 방식 속에 접어 넣는 것이다. 여기서는 생각의 통로가 바뀌도록 만들어야 한다. 아니면 가치가 없다고 거부하는 것이다. 맛보기, 삼키기, 소화하기는 사실을 찾아내고 그것을 평가하고 자신만의 의견을 형성하는 단계이다.

베이컨처럼 고전적인 교사는 학습을 일반적으로 3학과라고 알려진 세 단계(문법, 논리, 수사)로 나눈다. 교육의 첫 단계는 문법 단계이다. 이 경우 '문법'이란 각각의 학문 주제에 대한 기초 지식의 벽돌을 쌓는다는 의미이다. 어린 초등학생들은 무조건 정보를 받아들이라고 교육받는다. 평가하지 말고 그저 배우라고 말이다. 암기와 반복은 가장 초보적인 학습법이다. 아이들은 일련의 지식에 친숙해지면 되고, 지식을 분석할 의무는 없다. 비판적인 사고는 교육의 두 번째 단계, 즉 논리(혹은 변증법) 단계에서 일어난다. 일단 기초적인 정보가 쌓이면 학생들은 분석 기술을 배운다. 학생들은 정보가 옳은지 그른지 여부를 결정하고 원인과 결과, 역사적 사건, 과학적 현상, 언어 그리고 의미 사이의 관련성을 구축한다. 중고등 교육의 마지막 단계인 수사 단계에서 학생들은 지금까지 쌓아 올리고 평가한 사실에 대해 자신만의 의견을 표현하도록 배운다. 그래서 교육의 최종 시기를 거치는 동안 우아하고 명료한 글과 말, 즉 수사 연구[7]로 의견을 표현하는 데 초점을 맞춘다.

고전 교육을 받은 학생들은, 사실을 배우고 익힌 내용을 분석하고 의견을 표현하는 방식이 이후 모든 학습에 적용된다는 사실을 안다. 하지만 고전 교육을 받지 않았다면 세 가지로 나눈 단계를 독서에도 적용한다는 사실을 깨닫지 못할지도 모른다. 첫 번째 독서를 하면서 분석하기란 불가능한 일이다. 책에 대해 평가하려면 먼저 책의 중심적인 생각을 이해해야 하기 때문이다. 그리고 가치 평가를 마친 "이 생각이 정확하게 제시되었는가? 결론은 타당한가?"를 물어본 다음에 최후의 질문을 제기할 수 있다. 이 생각에 대해서 어떻게 생각하는가? 동의하는가 혹은 아닌가? 이유는 무엇인가?

교실에서는 처음 두 단계를 건너뛰어 세 번째 단계로 나아가는 경우가 빈번하다. 수많은 초등학교 교재에서 흔히 볼 수 있듯이 뭔가를 제대로 배우는 기회를 가지기 훨씬 이전부터 여섯 살배기 아이들에게 내용에 대해 어떻게 느끼는지 끈질기게 물어보는 이유가 바로 여기에 있다. 이렇게 질러가는 사고가 습관이 되어 학습 중인 주제를 이해하기도 전에 의견부터 내세울 태세인 사람들도 허다하다.(시청자 전화 참가 라디오 방송이라면 아무거나 청취해 보기 바란다.) 성숙한 정신의 소유자라 하더라도 수사 단계로 곧장 건너뛰는 버릇을 갖게 되면 제대로 읽는 법을 배우지 못할 수도 있다. 결론을 이끌어 낼 태세로 플라톤이나 셰익스피어, 토머스 하디에게 다가간 정신의 소유자는 그들의 밀도 높은 관념에 좌절감을 느낄 수도 있다. 독서 과정에 성공적으로 돌입하기 위해서는 우선 새로운 관념을 이해하고 난 다음 평가하고 최종적으로 자신만의 의견을 정립하는 과정을 통해 그것을 이해하려는 태도를 가져야 한다.

엉터리로 배운 여섯 살배기 아이처럼 이해하고 평가하는 중간 과정을 생략하고 견해를 만드는 과정으로 직행하려는 성급함 때문에 우리는 실패한다. 영국의 추리 소설가 도로시 L. 세이어스는 옥스퍼드에서 했던 연설에서 20세기 고전 교육으로 돌아가자고 제안하면서 옛날식 '학습 도구들'이 망실된 것에 대해서 애도했다.

오늘날 문자 해독률이 그 어느 때보다 높아지면서 사람들도 자연스레 광고와 대량 선전물의 영향에 상상할 수 없을 정도로 유례없이 민감해졌으리라는 사실이 기이하다거나 불운하다는 느낌에 사로잡힌 적이 없습니까? ……책임 있는 자리에 있음직한 성인들 사이에서 오가는 토론 중에 평균적인 수준의 토론자들이 질문을 던지거나 상대방 토론자의 주장을 논박하는 데 기막힐 정도로 무지한 모습을 보면서 입술을 깨물 만큼 초조해진 적이 없습니까? ……이걸 생각해 볼 때 그리고 공적인 업무 대부분이 토론과 회의를 통해 처리되는 것을 생각할 때 무언가 가슴이 내려앉는 느낌을 받아 본 적이 없습니까? ……오늘날 우리 교육의 엄청난 결함, 즉 제가 지금까지 언급했던 난처한 불안 증세를 통틀어 거슬러 올라갈 때 원인으로 나타나는 결함은, 제자들에게 '학과목'은 종종 제대로 가르치지만 생각하는 법을 가르치는 데는 유감스럽게도 완벽하게 실패했다는 사실 그리고 아이들은 오로지 학습하는 방법만 제외하고 모두 학습했다는 사실 아닌가요?[8]

문법과 논리, 수사는 정신을 훈련시키는 학습 방법이다. 지식을 신속하고도 정확하게 이해하고 주장이 타당한지 평가하고 자신만의 의견을 우아하고도 명료하게 제시하는 법을 한 번도 배운 적이 없다면 지금이라도 늦지 않았다. 생각을 이해하고 평가하며 주장하는 법은 당장이라도 배울 수 있다. 유망한 단 한 명의 제자를 가르치는 중세의 가정교사처럼, 이 책이 독자 개개인을 고전 교육 단계로 이끌고 가서 훈련시켜 줄 것이고, 그러면 여러분은 책에 대한 본격적인 사색에서 좌절보다는 즐거움을 느끼게 될 것이다.

어떻게 시작할까?

스스로 정신을 훈련시키는 목표에 돌입하는 우리에게 과거에 혼자 공부했던 이들이 제공해 주는 한두 가지 일반적인 원칙이 있다. "동시에 너무 많은 것을 빠듯하게 추진하면서 정신을 바쁘게 만들지 말라."고 아이작 와츠는 충고한다. "특히 서로 아무 연관성도 없는 것을 말이다. 그러면 이해하는 데 혼란스러워지면서 어떤 하나의 주제로 완벽에 이르지 못한다." 느리게 여겨질지도 모르지만 한 번에 한 과목만 공부해야 한다. 이 책으로 시작하기 바란다. 읽고 분석하는 데 필요한 기술을 이 책이 철저하게 안내해 줄 것이다. 제대로 마칠 때까지 이 공부에만 몰두한다. 일단 이해(문법)와 평가(논리), 의견 표현(수사) 단계를 통과하여 나아가는 법을 배우고, 이후 2부의 독서 목록으로 넘어간다. 이들 목록은 주제별로 정리되어 있다. 목록에 오른 책들을 순서대로 읽으면 한 번에 하나의 탐구 분야(소설, 자서전, 역사)에만 몰두하는 셈이 되며, 이전 독서가 다음 책의 하부 구조를 세워 주고, 이후의 독서는 이전의 내용을 보강하고 명료하게 해 준다는 사실을 알게 될 것이다.

한 번에 하나의 목록에만 집중한다. 고전을 혼자 공부하는 동안에는, 독일의 신학자 프리드리히 슐라이어마허가 젊은 시절 탐닉했던 독서법은 피하는 것이 좋다. 그는 만년에, 광범위하고 인상적이지만 체계 없이 게걸스레 책들을 집어삼키는 독서는 "이 세상이 창조되기 이전의 혼돈 같은" 정신만을 남겨 놓을 뿐이라고 표현했다.

어떤 주제든 항상 조언을 아끼지 않았던 제퍼슨은 조카에게 연대순으로 체계적인 독서를 하라고 충고했다.[9] 달리 말하면 씌어진 순서대로 책을 읽으라는 것이다. 19세기의 교육자 리디아 시고니도 『젊은 여성에게 보내는 편지』에서 이 점에 동의했다. 시고니는 항상 '연대기'에 기반한 독서를 권장했다. "어떤 중요한 시대, 가령 한 제국의 파멸을 기억해 두고서 동시대의 다른 나라에서는 어떤 사건이 일어났는지 확인하는 것은 좋은 연습이다. 세계사를 구석구석 이어 주는 몇 개의 사건들을 중심으로 풍부한 지식의 별자리가 형성되어 머릿속에 차곡차곡 정리될 것이다."[10]

이 책에서 추천하는 도서 목록들은 바로 이런 이유 때문에 연대순으로 정리되어 있다. 어떤 분야의 기초가 되는 작품부터 시작해서 체계적으로 읽어 나간다면 그 주제를 파악하기가 더 쉬울 것이다.

언제 읽을까?

리디아 시고니는 체계적인 독서가 여성에게 특히 필요하다고 "젊은 여성들"에게 경고한다. "사소한 것에 대해 골똘히 생각하느라 너무 머뭇거리기 때문에 지적인 입맛을 잃을 위험에 처해 있기 때문"[11]이다. 평등주의자가 되자. 이것은 남자에게도 똑같이 적용되는 진리이다. 우리 모두는 갖가지 일들로 쉴 틈 없이 바쁘다. 집안일과 공과금 납부, 서류 작업, 아이들과 가족, 식사 준비와 소비재 구매, 이메일뿐 아니라 늦은 밤 텔레비전의 엄존하는 유혹에 이르기까지 수십 개의 자잘한 용무 말이다. 스스로 정한 독서 계획을 지키기 위한 사투는 종종 저녁 식사 후 아이들이 잠자리에 들고 설거지를 끝내고서 이런 생각에 빠지면서 패배하게 된다. '난 하루 종일 일했어. 몇 분 동안만이라도 편하게 있어도 돼.' 어느덧 세 시간이 흐르면, 한 시간 동안 텔레비전을 보고, 컴퓨터 앞에 앉아서 이메일을 확인하고 자주 들르는 웹사이트 두어 개를 일별하고, 세탁기를 돌리고, 주방까지 깨끗하게 정리한 상태가 된다.

현대 사회의 타락에 대한 묵시록적인 선고는 되도록 피하고 싶지만, 그래도 할 말이 있다. 현대적인 매체와 오랜 인고를 요하는 책 사이의 가장 큰 차이점은, 텔레비전과 인터넷이 여유 시간 속으로 어떻게든 비집고 들어가서 '자투리 시간'을 단숨에 삼켜 버리는 방식에 있다. 나라고 해서 플라톤에 정신없이 빠져들었다가 한두 시간 후 문득 고개를 들어 보니 이메일에 답해 주기로 했던 시간이 어느덧 사라져 버렸다는 식으로 말할 위인은 아니지만, 나도 종종 독서에 바치기로 했던 시간을 스팸 메일 처리와 링크 확인, 더 형편없게는 컴퓨터 게임을 하느라고 날려 버리곤 한다.

정신적 삶에 관한 고차원적인 언어는 어떤 점에서, 자기 계발을 위한 실용적인 계획에 특권을 넘겨줘야 한다. 문법과 글쓰기, 논리와 분석,

추론에 정통하려면 이것들이 살아 나갈 여분의 정신적 공간을 깎아 내는 일을 해야 한다. 고전을 혼자 공부하는 것의 첫 번째 과제는 플라톤식 독서가 아니라 여러분 스스로를 활동이 아닌 사상에 몰두할 수 있도록 해 줄 30분의 자투리 시간을 찾아내는 일이다.

독서의 첫 단계는 스스로 꾸준히 독서에 전념할 30분을 만드는 것이다

고전을 혼자 공부할 때의 첫 과제는 단순하다. **스스로 독서에 전념할 시간을 정한다.**

다음 원칙을 기억하여 독서에 활용하기 바란다.

저녁보다는 아침이 좋다. 토머스 제퍼슨은 조카 토머스 만 랜돌프 주니어에게 이렇게 말했다. "하루 중에도 정신이 평온해지는 시간대가 있단다. 특히 저녁 식사 이후는 가벼운 일에만 할당해야 하지." 늦은 저녁은 본격적인 독서를 하는 데 이상적인 시간대와 거리가 멀다. 아침 식사 이전, 아이들이 침대에서 튀어나오기 전에 30분을 독서에 할애하는 것은 저녁 두 시간보다 훨씬 효율적이다. 스스로의 힘으로 학습한 벤저민 프랭클린의 유명한 제안처럼 일찍 잠자리에 들고 일찍 일어나는 것은 지혜를 얻는 데 가장 효과적인 길이다. 건강과 부에 대해서라면 판단 보류다.

독서의 시작은 짧게 한다. 두뇌는 하나의 기관이며 정신적인 운동은 육체 운동과 마찬가지로 점진적으로 도입되어야 한다. 야심차게 새벽 5시에 일어나 두 시간 동안 독서만 하겠다는 거창한 계획을 세우지 말기 바란다. 그렇게 되면 송두리째 빼먹을 가능성이 높다. 아침이면 일어나는 대로 30분 독서로 시작하고 시간을 늘리기 전에 짧은 시간 동안의 집중과 생각에 충실하게 매달리는 습관을 들이는 것이 중요하다. 시간을 결코 늘릴 수 없다 하더라도 자기 수양 계획을 시작하기 전의 상태와 비교한다면 훨씬 많이 읽고 있을 것이다.

한 주 내내 독서하겠다는 계획은 세우지 않는다. 휴식 없이 매일 운동하면 몸은 지치기 시작한다. 매주 나흘 정도 목표로 하는 것이 적당하다. 이렇게 하면 독서 습관을 형성하는 것이 가능할 뿐 아니라 주말 '휴가'와 밀려 있던 지난주 서류 작업과 새벽녘에 들르는 배관공이나 방전된 자동차 배터리, 갓난쟁이의 식중독에 바치게 될 '아침의 여유 시간'을 남겨 둘 수 있다.

독서를 시작하기 직전에는 결코 이메일을 확인하지 않는다. 《크로니클 오브 하이어 에듀케이션》, 지역 신문, 몇 가지 비슷한 출판물에서 이메일이 정신을 흩뜨리는 특성이 있다는 내용의 기사 몇 편을 연달아 읽게 되기 전까지는 개인적인 문제라고 생각했다. 그 간명함 때문일까? 전달하는 내용이 많아서일까? 깊이 있는 독서에 비해 급히 대충 훑어보게 되는 경향 때문일까? 이메일 형태에는 정신을 숙고하지 못하게 하고 양식 있는 독서에 아주 중요한 힘을 빼고 관조적인 상태의 틀에서 정신을 앗아 가는 무언가가 있다. 좋은 소식을 접하게 되면 마음이 들뜨기 마련이다. 누군가에게 난처한 소식을 전해야 한다면 답 메일 때문에 생긴 마음의 거품으로 독서에 집중하지 못하고 45분을 허비할지도 모른다. 메일이 없다면 사이버 세계에서 당신이 불현듯 눈에 띄지 않는 존재가 되었다는 사실에 우울해질 것이다.

독서 시간을 지킨다. 고전 읽기는 우리에게 마땅히 보상이 돌아오는 일이지만, 목표를 향해서 오랜 시간 꾸준히 나아가는 것보다는 직접적인 만족을 주는 일이 언제나 보상이 많다고 느껴지는 법이다. 우리는 눈에 보이는 성취에 박수를 보내는 세상에 살고 있다. 생각하는 것보다는 무언가를 하는 것이(차고를 청소한다든지, 전자우편함을 정리한다든지, 해야 할 일 목록에서 한 일을 표시한다든지) 거의 언제나 더 만족스러울 것이다. 깨끗한 차고, 텅 빈 전자우편함, 완수된 목록.

이 모든 것들이 당신이 생산성이 높다는 증거가 되는 반면, 독서는 눈에 보이는 이득을 가져오지 못한다. (결국 당신이 한 일이라고는 30분 동안 가만히 앉아서 눈알을 움직인 것이 전부이다.)

독학 프로젝트는 무엇이 진정으로 가치 있는가에 대한 당신의 관념을 극명하게 드러낼 것이다. 『톰 아저씨의 오두막』 1장과 좀 더 즉각적으로 보람 있는 일 중 하나를 선택해야 하는 상황에서 당신은 당신의 가장 깊은 가치와 대면하게 될 것이다. 눈에 보이는 일시적인 성과와 미국 내의 인종 갈등을 더 깊이 이해할 수 있는 첫걸음 중에 무엇을 더 귀중하게 생각하는가? 완수된 해야 할 일 목록과 약간의 지혜 중에 무엇을 더 소중하게 여기는가?

이것은 사소한 질문이 아니다. 눈에 보이는 성취에 박수를 보내는 세상은 당신이 가치 있는 이유에 대해 매우 강력한 메시지를 주고 있다. 당신이 무언가를 하기보다는 생각하는 쪽을 선택할 때, 당신은 깊은 생각을 위해 생산을 거부하고 있는 것이며, 상품을 만들어 내는 능력에서 인간으로서의 가치를 찾고자 하는 시스템을 밀어내고 있는 것이다. 일하기보다는 책을 읽는 것은 사소하지만 의미 있는 반대이다. 독서 시간을 침식해 들어오는 다른 만족감이나 의무에 대해 과감하게 저항하라.

지금 당장 첫걸음을 내디딘다. 달력이나 하루 일과표 위에 지금 당장 30분의 독서 스케줄을 표시한다. 다음 주를 제2장 독서 기간으로 삼고 2단계 과제를 완수하도록 한다.

2

고전 읽는 훈련

책과 씨름하기

야곱은 혼자 남았더니
어떤 분이 날이 새도록 야곱과 씨름을 했다.

—「창세기」 32장 25절

미래학자들은 지금까지 오랫동안 다음 사실을 천명해 왔다. 우리 시대의 문화는 활자 이후의 문화이다. 책은 시대에 뒤떨어진 소통 형식이다. 아직까지는 책과 잡지, 신문에 담겨 있는 정보의 홍수가 곧 인공 지능에 의해 분류되고 멀티미디어 형태로 제공될 것이다. 지루한 인쇄물은 더는 없을 것이다.

이런 식의 예언은 본격적인 독서와 관련해서는 그저 옆길로 새는 말일 뿐이다. 신문을 훑어보거나 병원 대기실에서 《피플》을 읽거나 싱크대를 고치는 배관 기술에 대한 책을 읽는 식으로 정보를 탐색할 때는 활자 매체에서 벗어나 영상물을 포함해 음향 효과가 딸린 쌍방향 효과가 포함된 웹사이트 등의 다른 매체로 나아가도 좋다. 이 책을 쓰는 이 시점에 대부분의 웹사이트들은 여전히 활자가 강세를 보인다.

하지만 정보 수집과 독서(어떤 생각에 대한 이해 그리고 사람들이 그 생각에 기대어 삶을 살아가려고 할 때의 행동 방식에 대한 이해)는 똑같은 작업이 아니다. 신문이나 책에서 정보를 수집할 때에도 본격적인 독서에 몰두할 때와 똑같이 기계적으로 눈을 굴려 글자의 의미를 파악하게 된다. 하지만 두 경우의 정신 작용은 과정이 다르다. 독서를 하면 지혜가 자란다. 혹은 모티머 애들러의 말처럼 "계몽된다." 『독서의 기술』에서 애들러가 밝힌 대로 "정보를 얻는다는 것은 무언가 그러하다는 사실을 그저 아는 것이다. 계몽된다는 것은 그뿐 아니라 도대체 문제가 무엇인가를 아는 것이다." 정보를 얻는 것은 사실을 수집하는 것인 데 반해 계몽된다는 것은 하나의 생각(정의나 자비, 인간의 자유)을 이해하고 지금까지 모아 온 사실을 의미 있게 만들기 위해 그 생각을 사용하는 것이다.

조간 신문을 읽으면서 어느 자살 폭탄 테러범이 웨스트뱅크 지역의 어느 음식점을 초토화시켰다는 사실을 알게 될지도 모른다. 이것은 정보, 즉 사실의 수집이다. 어느 신문 이야기란이나 《타임》이나 CNN의 '헤드라인 뉴스' 아침 방송이나 웹사이트 등 이디에서 이 사실을 수집하든 정보 내용에 결정적인 변화를 주지 않는다. 다만 매체에 따라 사실에 대한 경험이 경미하게 바뀔 수는 있다. 예를 들어 잘 편집된 텔레비전 화면이나 스트리밍 웹사이트가 피투성이 생존자의 사진을 보여 주면, 보는 이는 어떤 감정이 복받치거나 이번 폭발 사건을 최근에 일어났던 다른 사건과 연관 짓게 될지도 모른다.

하지만 웨스트뱅크에서 문제를 일으킨 테러범을 교화하기 위해서는 역사, 신학, 정치, 선전, 사설까지 본격적으로 읽어야 한다. 자살 폭탄 테러범을 극단적인 선택으로 이끈 생각은 웹사이트나 쌍방향 매체에서 주워 담을 수 있는 성격이 아니다. 이렇듯 극단적인 행동을 유발한 사상은 식빵을 씹으며 한 장의 사진이나 자극적인 신문 머리기사를 훑어보는 것만으로는 명료하게 파악될 수 없다. 이런 것들은 적확하고 환기력 있는 언어로 복잡하고도 난해한 문장을 구사하면서 표현되어야 한다. 계몽되고 지혜로워지기 위해서는 이런 문장들과 씨름해야 한다. 기술력은 정보 수집을 좀 더 수월하게 만드는 데 엄청난 공헌을 하지만 지혜를 모아서 수월하게 만드는 데는 별다른 능력이 없다. 정보는 밀물처럼 우리에게 밀려왔다가 아무런 흔적도 없이 썰물처럼 빠져나간다. 야곱의 이야기가 우리에게 충고한 대로, 진리와 씨름하는 것은 우리에게 영원한 흔적을 남기는 시간을 잡아먹는 과정이다.[1]

만약 실제로 책을 읽는 데 문제가 있다면 『일리아드』를 펼치기 전에 보충 학습이 필요할지도 모른다. 하지만 속독 수업에 들어가기 전에, 독서를 좌절시키는 원인이 진짜 물리적인 어려움 때문인지 정보 수집하듯 깨달음을 쉽게 얻을 수 없어서인지 스스로에게 먼저 물어봐야 한다.

다음 구절을 읽기 전에 시계의 초침을 보고 지금 시각을 확인하기 바란다.

> 의외의 장소에서 처음 읽었던 책이라면 정독했든 건성으로 넘겼든 그 매력이 어김없이 유지되는 법이다. 그래서 해즐릿은 자신이 "클랜골른의 여관에서 셰리주 한 병과 식은 닭 요리를 앞에 두고 『신 엘로이즈』를 들고 앉아 있던" 날이 1798년 4월 10일이었다는 사실을 줄곧 기억했다. 롱펠로 교수가 대학에서 훌륭한 프랑스어 문체를 훈련하는 방법으로 발자크의 『상어 가죽』을 읽으라고 조언했던 것을 내가 기억하는 것과 마찬가지다. 나는 10여 년 후에 강연 차 떠난 여행에서 그 책을 읽으면서 하룻밤 반나절을 앉아 있던 끝에 문득 그 사실을 기억해 냈다. 반면 아조레스 군도로 향하는

첫 여정 중에 범선 위에서 처음으로 휘트먼의 『풀잎』을 만났던 것처럼, 아주 우연히 때로 절망적일 정도로 부정적인 조건에서 어떤 책과 만났을지도 모른다. 아직도 내게 『풀잎』이라는 책은 뭍에서조차 경미한 욕지기를 불러일으킨다.[2]

다시 시계를 확인하기 바란다. 이 구절을 읽는 데 시간이 얼마나 걸렸는가? 낯선 단어들을 세어 보자. 몇 개인가? 범선이라는 단어를 모른다면 문맥 속에서 유추해 낼 수 있는가? 히긴슨의 요지는 무엇인가?

이 구절을 읽는 데 1분이 걸리지 않는다면 본격적인 산문을 읽는 데 적절한 속도로 이미 독서에 몰입하고 있는 것이다. 낯선 단어가 열 개 정도에 그친다면 당신의 어휘력은 이른바 수학 능력을 갖춘 수준에 이른 것이고, 문외한인 지성인을 위해 씌어진 어떤 읽을거리라도 읽어 낼 능력을 갖추고 있다는 뜻이다. 범선이 배의 일종이라고 추측했다면 문맥을 통해 낯선 어휘를 파악할 단서를 찾아낼 줄 아는 것이다. 만약 처음 독서할 때의 환경이 이후에 그 책을 기억하는 데 영향을 미친다는 히긴스의 생각을 제대로 파악했다면, 이 구문의 주요 개념 파악법을 알고 있는 것이다.

이 짤막한 구절을 읽는 데 1분이 넘게 걸리고 모르는 단어가 열 개 이상이면, 여러분의 실제 물리적인 독서법을 재검토하는 편이 좋을 것이다.(이 장 끝부분에 있는 '독서의 두 번째 단계는 속독 연습과 어휘 공부다' 참조.) 아니면 어떠한 보충 학습도 필요가 없다.

'하지만 나는 읽는 속도가 너무 느려요. 양서 목록을 독파하다가 죽어 버릴 거라고요!' 독서는 죽을 때까지 지속해야 할 하나의 과정이다. 서두를 이유도 없고, 학기 일정이 짜인 것도 아니고, 학기말의 공포나 기말 고사도 없다. 속독이 좋은 독서라는 생각은 비유하자면 컴퓨터 제조업자들이 개간한 자갈밭 농경지에서 자라난 20세기식 잡초와 같다. 커크패트릭 세일이 달변으로 지적했듯이, 어느 기술에든 고유한 내적 윤리 체계가 있는 법이다. 증기 기술은 크기를 미덕으로 만들었다. 컴퓨터화한 세계에서는 빠를수록 좋고 속도가 최고의 미덕이다.[3] 흡수해야 할 지식이 홍수처럼 밀려들 때면 빠른 흐름을 감당하는 수도관이 나은 법이다.

그러나 지식 추구는 다른 윤리를 지향한다. 본격적인 독자는 엄청난 정보량을 가능한 한 신속하게 흡수하려 하지 않는다. 대신 다면적이고 손끝을 빠져나가는 생각 몇 가지를 이해하려고 한다. 지향하는 이상향이 다른 곳에 속도 윤리를 이식해서는 안 된다.

속독 기술은 적절한 눈의 움직임(두 눈을 끊임없이 옆으로 움직이고, 한 줄씩 차례로 읽기보다는 사선으로 통째로 읽어 내는 법 익히기)과 중요 어휘를 인지(구체적인 명사와 동사를 찾고, 하나의 문장을 '채워 주는' 단어로 재빨리 건너뛰며 눈동자를 움직이기)하는 두 가지 주된 요령을 중심으로 한다. 모든 속독 강좌의 대모 격인 '에블린 우드 독서 역학'의 옛 지도자 피터 컴프는 속독법을 익히고자 하는 이에게 다음 원칙들을 권한다.

> 규칙 1) 어떤 구절에 추상적인 단어가 많을수록 속독이 어려워진다.
>
> 규칙 2) 어떤 구절에 생각이 적을수록 속독이 쉽다.
>
> 규칙 3) 씌어진 구절의 주제에 대해서 독자의 선행 지식이 풍부할수록 속독이 쉬워진다.[4]

이 척도에 따르면 인간의 잘못된 행위의 심각성에 대해서 등급을 매긴, 아리스토텔레스의 『니코마코스 윤리학』은 어떨까?

위해에는 세 종류가 있다. 위해를 입은 사람이나 위해의 효과(위해를 가한 도구나 행위)가 위해를 가한 사람의 의도와 다를 때는 '무지에서 행한 잘못'이다. 원래 때릴 작정이 아니었거나, 그 도구로 그 사람을 그렇게 만들 의도가 아니었지만 결과는 의도와 달랐거나, 위해를 가한 상대나 사용한 도구가 달랐기 때문이다. 예를 들어 상대에게 상처를 입힐 의도가 아니라 자극시킬 의도로 때린 경우가 그렇다. 예상과 반대로 위해를 가했을 때는 '불운'이다. 예상과 다르지는 않지만 악의적 의도 없이 일어났을 때는 잘못이다.(책임의 출발점이 행위자의 내부에 있으면 잘못한 것이고 외부에 있으면 불운이다.) 행위자가 알았지만 미리 숙고하지 않고 행동했을 때는 '정의롭지 못한 행위'이다. 분노로 인해 일어나거나 인간이기 때문에 피할 수 없는 자연스러운 감정에 따른 모든 행위가 이런 종류다. 정의롭지 못하거나 무지에서 비롯된 잘못을 저지르는 것은 잘못하는 것이며 그들의 행위는 정의롭지 못하지만 그것 때문에 정의롭지 못하거나 나쁜 사람인 것은 아니다. 그 위해가 악덕으로 말미암은 것이 아니기 때문이다. 반면 어떤 사람이 고의로 위해를 저질렀다면 그는 정의롭지 못하고 나쁘다.[5]

이것은 이해하기 어려운 구절이 아니다.(똑 부러지는 호소력이 없기는 하다. 이 고전은 독서 목록에 포함시키지 않았다.) 아리스토텔레스는 오늘날 우리가 '비행'이나 '경범죄'라고 부를 만한 것의 한계를 정의하고 있다. 아리스토텔레스는 자신이 여기서 고의적인 악행이나 의도적인 범죄를 논하는 것이 아니라고 독자에게 주의를 준다. 당신이 이웃 사람의 코를 부러뜨렸다고 가정해 보자. 그 사건을 사전에 계획했다면 세 가지 가능성이 있다. 먼저 '무지에서 행한 잘못'을 했을 가능성이다. 이웃 사람에게 그저 위협만 가하려고 가볍게 휘둘렀는데, 힘 조절을 잘못해서 의도

했던 것보다 더 세게 쳤을 가능성이 그것이다. 자신의 힘에 대한 이해가 부족하다는 내부의 문제이므로 이것은 '무지에서 비롯된 잘못'이다. 그게 아니라면 어쩌면 '불운'으로 인해서 코가 부러졌을 가능성이 있다. 당신은 이웃 사람을 살짝 칠 의도였으나 불운하게도 당신이 팔을 뻗자마자 그가 발을 헛디뎌 주먹 사정권 안으로 들어선 것이다. 그렇다면 코가 부러진 진짜 원인은 그 사람의 비틀거림이다. 그도 아니라면 당신이 '정의롭지 못한 행동'을 저질렀을 수도 있다. 이웃 사람이 분노를 일으키는 바람에 당신이 팔을 뒤로 뻗었다가 홧김에 코를 부러뜨렸지만, 일단 냉정을 되찾자 진심으로 스스로가 수치스러워지고 자신의 행동에 당혹스러워하다가 평상심을 되찾아 다시는 그런 짓을 하지 않겠다고 맹세했던 것이다.

이것은 흥미로운 난문이다. 우리가 이 문제를 남성 호르몬 테스토스테론이 충만해서 코를 쳤다는 영역에서 빠져나와 표절 문제 같은 학술적인 영역에 접근한다면, 뭔가를 베낀 학생이 의도적으로 그랬는지, 의도하지 않았는지, 절박해서 그랬는지 어떻게 평가할 것인가? 이것이 갖가지 공격 행위가 얼마나 심각한지 규정짓는 서구 법체계의 토대다. 가령 살인과 우발적 살인의 차이점은 사망 원인이 '무지에서 비롯된 잘못'이나 '불운', '정의롭지 못한 행동'으로 분류될 수 있는지, 혹은 고의적이고 의도적인 범죄의 영역에 있는지의 여부에 달려 있다.

그런데 이 구절을 속독할 수 있었는가? 여기에는 예상, 악덕, 숙고, 피할 수 없는 자연스러운 감정, 나쁨, 잘못 등과 같은 수많은 추상어를 제외하더라도 적어도 네 가지의 각기 다른 개념이 들어 있다. 게다가 변호사가 아니라면 상해의 분류법에 대해서 사전에 익숙하지 않았을 것이다.

일반적으로 소설은 논픽션에 비해서 속독이 수월하다. 그렇다고 해도 소설을 속독한다는 것은 제프리 아처나 톰 클랜시의 소설처럼 구성이 문제될 때는 그런대로 통하지만 인물의 성격이 토대가 되는 소설에서는 이해하는 데 애먹을 수 있다. 『오만과 편견』에서 제인 오스틴은 소설 속 남자 주인공 두 명을 이런 식으로 소개한다.

> 빙리 씨는 잘생기고 신사다웠다. 그는 유쾌한 용모에 편안하고 가식 없는 태도를 지녔다. 그의 누이는 분명한 태도를 보이는 훌륭한 여성이었다. 그의 매부 허스트 씨는 그저 신사처럼 보였으나 친구인 다아시 씨는 이내 실내의 이목을 집중시켰다. 건장하고 키가 크며 잘생긴 외모에 고상한 몸가짐으로 그가 들어선 이후에 5분도 되지 않아 사람들 사이에서 그가 1년에 1만 파운드를 번다는 말이 돌았다. 신사들은 다아시 씨가 훌륭한 외모라고 단언했고 숙녀들은 그가 빙리 씨보다 훨씬 잘생겼다며 공공연히 말했다. 다아시 씨는 저녁나절 중반까지는 대단한 찬탄의 눈길을 받았다. 하지만 다아시 씨가 오만하고 다른 사람들을 깔보며 까다롭다는 사실이 밝혀지자 너비셔에 있는 다아시 씨의 엄청난 부동산도 빙리 씨와 비교해 멀리해야 하고 가치 없다는 판단에서 그를 구해 줄 수 없었다.[6]

오스틴의 산문은 아리스토텔레스의 글만큼 추상 개념들로 산적해 있지 않지만 두 가지의 비교적 구분되는 개념을 하나의 문단에 소개하고 있다. 한 남자의 재산이 관찰자의 눈에 그 사람을 좀 더 멋지게 보이도록 만드는지, 예의가 돈보다 훨씬 중요한지에 대해서 말이다.

속독술은 순수 정보가 제공될 때 가장 유용하다. 스물아홉이라는 지긋한 나이에도 기만적인 젊음을 보이는 제나 엘프먼에 대해서 《피플》에 소개되었던 예를 들어 보자.

서른이 가까워오자 엘프먼은 위안을 주는 자신만의 영역을 찾아냈다. 그녀의 쇼 「다르마와 그렉」은 성공 가도에 올랐다. 남편인 서른두 살의 보디와는 6년째 행복한 결혼 생활을 누리고 있다. 신장 175센티미터의 엘프먼은 거울 속 자신의 모습에 만족한다. "결혼과 직장 생활에 만족한 느낌을 받는다면, 외모도 괜찮아 보일 거예요." 엘프먼은 이렇게 말한 적이 있다. 엘프먼 자신에게는 당연히 그렇다. "그녀는 자기 삶을 즐겨요."라고 엘프먼의 메이크업 담당자 앤 매스터슨은 이야기한다. "현재 자신의 모습에 아주 만족하죠." ……몸 상태를 최상으로 유지하기 위해서 엘프먼은 매주 세 차례 정도 자신의 집에서 발레 교습을 받고 요가에 열성을 보이고 매일 3리터씩 물을 마시며 충분한 수면을 취하고 설탕이 함유된 음식을 피한다. 그녀는 노화를 걱정하지만 드러내지는 않는다. 피터 체숄름 감독은 말한다. "엘프먼에게는 그게 별 문제가 아닌 것 같아요. 엘프먼은 아직 훌륭한 동심을 갖고 있거든요."[7]

마지막 줄에 논란의 여지가 있는 개념이 다소 있는 것 같지만, 이것만 제외하면 이 구절은 구체적인 명사와 동사 그리고 치수로 이루어져 있다. 첫 줄부터 마지막 줄까지 하나도 놓치지 않고 읽을 필요는 없으며 한 번 훑어보고 주요 단어(서른, 위안을 주는 자신만의 영역, 「다르마와 그렉」, 남편, 행복한 결혼 생활, 거울, 몸 상태)를 확인하면 사소한 단어에 방해받지 않고도 문단의 취지를 파악할 수 있다.

하지만 아리스토텔레스와 오스틴의 산문에서는 사소한 단어들이 중요하다. "그것 때문에 정의롭지 못하거나 나쁜 사람인 것은 아니다. 그 위해가 악덕으로 말미암은 것이 아니기 때문이다."에서 "그것 때문에"나 "……으로 말미암은"이 없다면 이 문장은 정확한 의미를 잃게 된다.

속독 전문가들이 제시하는 세 가지 통찰은 독자에게도 얼마간은 유용할 것이다.

첫째, 일반 독자는 페이지를 따라서 눈을 왼쪽에서 오른쪽으로만 움직인다. 독자는 끊임없이 이미 읽었던 내용으로 눈길을 돌렸다가 다시 제자리를 찾기 위해 앞으로 시선을 옮기게 된다. 이따금 이것이 내용을 이해하는 데 중요한 역할을 한다. 아리스토텔레스의 『니코마코스 윤리학』에서 이 구절을 읽으면서 독자는 '불운'을 읽을 때 마음속에서 둘 사이의 차이점을 분명하게 유지하려고 '무지에서 비롯된 잘못'을 정의한 부분으로 눈길을 돌리고 있다는 사실을 알게 될 것이다. 하지만 이렇게 강박적으로 눈길을 되돌리면 읽는 속도가 불필요하게 느려져서 그릇된 버릇이 된다. 독서할 때 손가락을 페이지 위에 놓고 움직여 따라가 보면 이 버릇이 들었는지 여부를 확인할 수 있다. 우선 간단한 산문을 앞에 두고 눈이 손가락보다 앞이나 뒤로 건너뛰려는지를 확인해 본다.

둘째, 어려운 구절을 읽을 때는 문단 위로 눈길을 훑어가면서 구체적인 명사와 행위 동사, 인쇄체로 씌어진 철자들을 찾은 다음 구절을 처음부터 끝까지 찬찬히 읽는 것이 도움이 된다. 한 문단을 이런 방식으로 대충 훑어볼 때 Z 자 모양으로 따라 내려가도록 시도해 본다. 『니코마코스 윤리학』에서 인용한 구절을 한 번 훑어보면 무지에서 행한 잘못, 불운, 정의롭지 못한 행동이라는 단어들이 들어올 것이다. 무지, 악덕, 숙고, 감정 같은 단어들 또한 도드라질 것이다. 그러면 책을 읽기 전에도 아리스토텔레스가 세 가지 과실을 구분한다는 사실을 알게 되며, 인간의 의도가 그 분류와 어떤 관련이 있으리라는 사실을 알게 된다. 이제 여러분이 그 구절을 '느린 독서'로 읽어 보면 진척이 있음을 알게 될 것이다.

셋째, 피터 컴프의 규칙 중 하나인 "씌어진 구절의 주제에 대한 독자의 선행 지식이 풍부할수록 속독이 쉬워진다."는 부분이 기운을 북돋아 줄 것이다. 본격적인 독서는 처음에는 어렵지만 점점 수월해지기 마련이다. 이 책에 소개된 고전 목록들은 분야에 따라 연대별로 정리되어 있어서, 역사나 시 등 어떤 분야를 선택하든 가장 쉬운 작품부터 시작할 수 있다. 어떤 분야의 관습과 특수한 어휘군, 주장의 구조, 기본 정보에 익숙하지 않을 때 독서의 난관에 부딪치게 된다. 어느 한 분야의 근간이 되는 책들이 씌어질 당시에는 어느 누구도 익숙하지 않은 법이다. 하지만 같은 분야의 책을 쉬지 않고 읽어 나가다 보면, 어느새 동일한 주장과 동일한 어휘군, 동일한 몰입 지점과 자주 마주하게 될 것이다. 그럴 때마다 더 빠르고 자신 있게 뚫고 나가게 될 것이다. 기계적인 요령 덕분이 아니라 독자의 정신을 교육하고 있기 때문에 민첩하면서도 많이 기억하는 독서가 가능해질 것이다.

독서의 두 번째 단계는 속독 연습과 어휘 공부다

37~38쪽에 있는 진단 구절을 읽는 데 1분 이상이 걸렸는가? 속도가 몹시 느린 독자는 어쩌면 형편없는 초기 교육의 희생자일 수도 있다. 어린아이들은 글자의 조합이나 글자 하나하나를 발음하면서 단어들을 '소리 내는' 법을 배우기보다는 낱낱의 단어들을 눈으로 익히게 된다. 독자 여러분이 순수하게 단어를 인식하는 방법으로 읽기를 배웠다면, 책을 읽을 때 각 단어의 형태를 인지할 것이다.[8] 수많은 독자들은 이것을 꽤나 빨리 터득하지만 몇몇은 그렇지 않다. '시각 독서'는 어떤 단어에 반복해서 노출된 이후에 안정적으로 인지하고 기억할 수 있기 때문에 '시각 독자'는 낯선 단어들이 다수 포함된 좀 더 복잡한 읽을거리에는 어려움을 느낄 수 있다. 읽는 속도가 느리고 철자법에도 약하다면, 단어들을 진짜 인지하고 이해하는 대신 단어 형태에서 뜻을 추측하게 될 것이다. 각각의 단어에 대한 기억이 없는 대신 단어의 형태로 의미를 그저 추측하는 식이어서 철자를 제대로 짚어 낼 수 없다. 어쩌면 『음철 언어 교수법에 이르는 길』 같은 음철 언어 학습 보충 교재를 독파해서 독서 속도를 향상시킬 수 있을지도 모른다. 이 책은 단어를 왼쪽에서 오른쪽으로 읽어 나가면서 단어들의 소리로 뜻을 파악하도록 재훈련시켜 줄 것이다. 그러면 낯선 단어들을 좀 더 빨리 인식하게 될 것이고, 철자법도 함께 좋아질 것이다. 이 책을 마칠 때까지 계획했던 독서 시간의 매일 첫 15분은 음철법 보충 기술을 익히는 데 할애하기 바란다.

이 구절의 어휘들이 압도적이라고 느껴지는가? 어휘군을 구축하는 과정은 머릿속에 단어의 저장 공간을 확보하고 읽는 속도를 향상시켜 줄 것이다. 낯선 단어에 당황하여 읽기를 멈추는 일이 잦지 않게 해 줄 것이기 때문이다. 『워들리와이즈 3000』(정평 있는 교육 전문 출판사 '에듀케이터스 퍼블리싱 서비스'에서 출간)은 고등학교 3학년 어휘 실력으로 향상될 수 있도록 자주 쓰이는 단어 3000개를 엄선했다. 각 과에는 열다섯 개의 단어가 소개되고 문맥 속에서 정확하게 사용하는 데 도움이 될 만한 연습 문제가 포함되어 있다. 이 총서는 초등학교 수준부터 고등학교 수준까지 나와 있다. 제대로 준비되지 않았다고 느낀다면 중학교 1학년 수준인 4권에서 시작할 수도 있겠지만, 대부분의 성인 독자들은 중학교 3학년 수준인 6권에서 시작하면 된다. 5권에서 6권으로 넘어가는 데는 어려움이 따른다. 유추가 점점 어려워지고 읽기 연습은 훨씬 복잡해진다.

'고전 어근 어휘력' 총서 역시 같은 출판사의 책으로 『워들리 와이즈 3000』을 보강하기에 좋은 교재이다. 대부분의 독자들은 고전 문학 독서 준비에 훌륭한 도움이 된다는 사실을 깨닫게 될 것이다. 각 과에는 몇몇 그리스어나 라틴어 어근과 그 어근을 사용하는 익숙한 단어 목록 및 낯선 단어 목록이 적절한 활용 연습과 함께 나온다. 총서의 책 다섯 권(A, B, C, D, E)은 난이도가 비슷한 수준이지만 가장 친숙한 어근에서 활용도가 낮은 어근으로 차츰 나아간다. 예를 들면 A권에서 'duo'라는 단어가 라틴어 어근으로 '둘'이라는 의미와 함께 'duplicity'(이중)와 'duplicate'(복제하다)라는 어휘까지 배우게 된다. E권에서는 'umbra'가 라틴어의 '그늘, 그림자'라는 사실을 알게 되고 'umbrage'(노여움)와 'adumbrate'(윤곽을 묘사하다)라는 어휘를 익히게 될 것이다.

음철법 보충 학습과 함께 매일 정해 놓은 독서 시간 가운데 15분을 단어를 익히는 데 쓰기 바란다.

독서 속도를 향상시키고 싶은가? 3장의 첫 과를 읽으면서 손가락을 왼쪽에서 오른쪽으로 움직이는 연습을 하기 바란다. 이미 읽은 부분을 이해할 때라도 눈이 손가락을 건너뛰어 반대 방향으로 훌쩍 돌아가는 경향이 있는가? 그렇다면 눈의 움직임을 진행 방향으로 고정하도록 훈련하기 위해서 몇 주 동안은 독서할 때 손가락을 사용해야 한다. 눈이 습관적으로 역방향으로 건너뛰는 것은 원하지 않겠지만 내용을 위해서 앞으로 되돌아오는 것은 상관없다는 사실을 기억하기 바란다.

3

독서 일기 쓰는 법

새로운 배움을 위해 기록하기

하루에 한 번…… 새로운 생각, 새로운 명제나 진리를 얻었는지, 이미 알고 있는 진리에서 얼마나 더 확신을 얻게 되었는지, 어떤 지식 분야에서든 나아졌는지 자신에게 물어보라.

— 아이작 와츠, 『정신의 향상』

수년 동안 나는 잠들기 전에 애거서 크리스티를 읽었다. 크리스티의 소설이 자장가 같은 문체는 아니지만, 이제 나는 그의 모든 작품의 결말이 어떠한지 일일이 꿰고 있다. 그래도 나는 이 소설들을 끊임없이 되풀이하여 읽어 낼 수 있다. 책 읽는 데는 두뇌의 절반만 쓰면서 다른 절반으로는 그날의 사건을 하나하나 재생하면서 정리하는 까닭이다. 책 자체로는 별다른 소득이 없지만 잠은 잘 든다.

이와 동일한 독서법은 본격 문학 작품을 읽을 때도 그대로 적용할 수 있다. 상황은 다음과 같다. 나는 책을 읽고 있다. 어디선가 문 닫히는 소리가 신경을 거스른다. 내 신경은 이쪽 문에서 저쪽 창문으로, 정리하지 못한 일과 처리해야 할 청구서 사이를 오간다. 나 혼자만 그런 게 아니다. 우리는 너무 바쁘고 우리의 정신도 마찬가지다. 데이비드 덴비가 『위대한 책들과의 만남』에서 서정적으로 불만을 토로한 것처럼 우리 모두에게 해당되는 현실이다.

> 더 이상 소설에 '순종'할 수가 없다……. 철로 위의 장애물 때문에 정지한 기차, 궂은 날씨, 정전을 읽다 말다 읽다 말다 반복한다. 텔레비전과 영화를 보고 비디오 게임을 하고 랩 음악을 들으며 성장한 젊은이들은 길고 복잡한 문자 서사의 영향 아래 성장한 이들에 비해 참을성이 부족하다고 다들 불만을 토로하지만, 어릴 적 나는 텔레비전도 그다지 즐겨 보지 않았는데 중년인 지금 참을성을 잃었고…… 나의 삶은 훨씬 복잡해졌다. 나는 만만치 않은 영리한 여자와 결혼했으며 집안을 온통 뛰어다니며 지내는 두 아이가 있고 여러 직종에 종사했으며 열여덟 살 시절에 비해 생각할 거리가 훨씬 많아졌다. 훨씬 넓어진 경험의 폭이 이제는 메아리를 울려 대고 있는 것이었다.[1]

플라톤이나 셰익스피어 혹은 콘래드를 앉아서 읽을 때는 '단순한 독서'만으로는 충분치 않다. 정신을 집중하고, 독서를 조직하는 법을 배워야 한다. 그래야만 눈앞에 스쳐 지나가는 사상의 뼈대를 보존할 수 있기 때문이다. 아이작 와츠가 우리에게 말한 대로 단순히 읽기만 해서는 안 되며 "제대로 자기 것으로 만들기 위해서 다른 사람들의 관념과 정서를 스스로에게 건네어 전달하는" 행위에 대해 "숙고하고 연구"해야 한다.

어떻게 이것이 가능할까? 독서한 내용에 대한 생각을 정리하기 위하여 독서 일기를 쓰면 된다. 자신이 쓴 내용은 제대로 기억에 남기 마련이다. 자신의 언어로 요약한 내용은 자기 것이 된다.

초기에 일기는 지금과는 달리 자신의 느낌을 반추하는 도구가 아니었다. 이즈음 '일기'라는 단어의 쓰임새는 주관적이고 내면으로 초점이 맞추어진 강렬한 생각과 묵상 모음이라는 의미를 갖고 있었다. 가령 여행 일기("당신을 편안하거나 불편하게 만드는 전통이나 관습은 어떤 것인가? 그 이유는?"), 꿈 일기("이 꿈이 내가 스스로를 대하는 방식에 대해서 내게 무엇을 말해 주는가?"), 창작 일기("특정 주제에 집중해서, 결코 표절하지 말고 생각나는 모든 것을 적는다."), 몸과 마음 일기("당신 내면에 현명한 스승이 있으니, 글쓰기를 통해 신체라는 스승의 말씀을 좀 더 명료하게 '들을 수' 있게 될 것이다.")를 위한 생각과 활용법을 소개한 《퍼스널 저널링》 최근 호를 살펴보기 바란다.(참고로 《퍼스널 저널링》에서는 신문 용지와 세탁기 먼지망에 걸러진 먼지 뭉치, 믹서로 수제 종이 만드는 법도 알려 주니 평범한 여러분의 일기장을 분명 예술 작품으로 만들고 싶을 것이다.)

그러나 고전을 혼자 공부하며 쓰는 일기는 외적인 것에 더 초점을 맞춘다. 독자로서 기억하고 싶은 인용문과 발췌문을 옮겨 적은 가제본이나 제본한 백지 책자인 지난 세기의 '비망록'을 본뜬 것이다.

가장 단순한 형태의 비망록은 수제본으로 엮은 『바틀렛이 전해 주는 친숙한 이야기』로, 글쓴이의 기억 보조 장치였다. 수많은 비망록들이 이 책에 나오는 인용문을 수록하는 데 그쳤다. 비망록은 글쓴이들이 기억할 거리로 무엇을 선택하는지 확인하는 데 유익하다. 제퍼슨의 대학 시절 '비망록'에는 무엇보다 특히 에우리피데스의 의견이 수록되어 있다. "아아, 죽을 운명을 지닌 자는 어느 누구도 자유롭지 못하구나. 부나 운명의 노예이거나, 대중이나 법적 절차상의 문제 때문에 자신의 믿음을 배반하는 관례에 의존하는 이라니." 제퍼슨이 손수 작성한 모음에 대해 질베르 시나르가 언급했던 것처럼 "미국식 제도의 근간을 만든 많은 사람들의 도덕적 토대에서 고전 공부가 본질적인 부분"[2]이었으며, 비망록은 그 정도를 보여 준다. 하지만 이러한 전통적인 비망록의 인용문 모음 가운데는 묵상이 수록되어 있지 않아서 글쓴이가 에우리피데스나 플라톤을 옮겨 적으며 했을 법한 생각에 관해서 아무런 단서도 찾을 수가 없다. 개인적인 의견이 빠진 것이다.

한편 비망록은 좀 더 개인적인 형식을 취하기도 했다. 저자들은 노트를 가지고 다니면서 하루 중 어느 때든 시간이 비면 간단히 기록하는 것을 잊지 않았다. 필요한 정보를 옮겨 적었을 뿐 아니라 성찰한 내용과 끼적거린 시 습작이나 창작물에서부터 독서 요약문까지 모아 놓았다. 비망록은 인공 기억 장치가 되었다.

고전을 혼자 공부하기 위한 독서 일기는 비망록의 확장된 유형에 따라야 한다. 꾸밈없는 사실만 모아서도 안 되고, 마음과 영혼 속에서 진행되는 내적 언급으로만 채워서도 안 된다. 오히려 독서 일기는 외적인 정보를 취하고 기록하며, 비망록과 마찬가지로 인용하고, 자신의 언어로 요약문을 써 가면서 그 내용을 자신의 것으로 만들고, 이윽고 성찰과 개인적인 사고 과정을 통해 평가하는 것이다. 그러므로 독서 일기를 쓸 때는 세 단계의 과정을 따라야 한다. 마음에 와 닿는 특정 어구와 문장, 문단들을 적는다. 그리고 독서를 마쳤을 때 다시 돌아가서 무엇을 얻었는지 간략하게 요약한다. 마지막으로 자신만의 반발 지점과 질문, 생각을 적는다.

이런 식으로 일기는 객관적인 학습과 주관적인 학습을 연결시킨다. 1834년 브론슨 앨코트가 쓴 독서 일기의 한 부분을 예로 들 수 있다.

> 교육이란 생각이 영혼 밖으로 열려 외부의 사물과 관련을 맺는 과정이며, 다시 내면으로 돌아와 반성함(비추어 고찰함)으로써 사물의 실재와 형태를 의식하게 만들어 주는 것을 말한다. 그것이 자아실현이다. ……자신을

간절히 알고 싶은 사람은 외부 사물 속에서 자신을 찾아야 한다. 그렇게 해야 제대로 찾을 수 있고, 자신의 가장 깊숙한 내면의 빛을 탐사하는 셈이 될 것이다.[3]

고전적인 혼자 공부하기의 목적은 다음과 같다. 사실적인 정보를 머릿속에 '쑤셔 넣는' 것에 그치지 않고 이해하는 것이다. 사실을 정신 구조 속에 섞어 넣고 구체화하기 바란다. 내적인 삶에 비추어 사실들의 의미를 성찰해 보자. 플라톤 철학이나 제인 오스틴의 소설 속 여주인공의 행동이나 정치적인 전기 등 '외부의 사물들'은 우리 자신의 '실재와 구체'를 더 의식하게 만든다. 이것이야말로 단순한 지식의 축적이 아니라, 혼자 공부하기의 목표다. 독서 일기는 학습이 일어나는 장소이다.

이해를 위한 첫걸음은 읽고 있는 책의 내용을 정확하게 파악하는 것이며, 내용을 파악하는 가장 오래되고 신뢰할 만한 방식은 자신의 말로 재서술해 보는 것이다. 내용에 정통하려면 요약해야 한다.

리디아 시고니는 젊은 여성 독자들에게 읽은 책의 내용을 요약하라고 충고한다.

매주 마지막 날이면 가장 가치 있다고 여겨지는 주제를 요약해서 글로 쓰세요……. 저자의 언어가 아닌 언어로, 글쓰기용으로 마련한 노트에 깔끔하게 정리하세요……. 그 노트를 농축된 지식과 생각의 순금 저장소로 만드세요……. 기억을 강화하기 위한 최고의 길은 (우리 대부분은 아마 그렇게 하겠지만!) 읽은 책의 내용을 글자 그대로 옮기지 않고, 저자가 주장하는 취지를 자신의 언어로 정확하고 명료하게 서술하는 것입니다.[4]

독서 일기에는 무엇보다 독서한 내용의 '취지'가 포함되어야 한다.

이러한 요약문이 좀 더 생각해 볼 출발점을 제공하는 경우가 종종 있다. 가령 E. M. 포스터의 『비망록』이 바로 고전을 혼자 공부하는 식의 독서 일기이다. 포스터 사후에 『비망록』을 출판한 편집자 필립 가드너는 "인상적인 인용문, 시, 논평문을 사전식으로 정의한 요약문을 훨씬 능가" 한다고 말한다. 그에 따르면 "이 책은 포스터의 인생 후반에 대한 날카롭고 조롱하는 듯하지만 때로는 아주 감동적인 해설을 제공한다." 포스터는 자신이 읽은 책의 자투리들을 기록하고 있다.

잠언

이른 아침에 큰 소리로 이웃을 축복하면 도리어 저주같이 여기게 되리라. 27장 14절

물에 얼굴을 비추면 서로 같은 것같이 사람의 마음도 서로 비추어질 것이다. 27장 19절

모든 것이 끝난 지금, 끝나지 않을 것을 받아 주오.

— 셰익스피어, 소네트 110[5]

그는 비평문들을 기록하면서 자신이 읽은 책의 가치를 다음과 같이 평가한다.

헤다 개블러는 중요한 변화를 하나도 이루지 못했기 때문에 실패한다…….

입센이 나만큼이나 이 사실을 알고 있었을지 모르지만 자신의 극 작품 속 여주인공처럼 완벽할 정도로 사소한 것을 극화시키고 싶었을 것이다.

입센은 분명 여주인공이 비겁하고 불안하며 나약해 보이기를 원했다.[6]

포스터는 『비망록』에 물론 개인적인 내용도 빼놓지 않는다. 1947년 그는 허무에 대하여 끼적거린다.

> 펠로스 빌딩 뒤로 보이는 저녁 하늘. 원뿔형의 구름 한 점……. 분홍빛과 금빛으로 얼룩덜룩하다. 두 색깔 모두 희미하니 얼룩덜룩이란 단어는 너무 강하다. 미학적으로 말하면 무한히 광대하다. 일차원적으로 측정하라면 나로선 알 도리가 없다.[7]

1953년에는 치과에 들렀다가 쉬고 난 후에 이렇게 쓴다.

> 작가는 글을 써야 하며 나는 기분이 풀릴지도 모른다는 희망을 품고 펜을 든다……. 2월 26일 6시 45분이다……. 토니 힌드맨이 들렀는데…… 나는 그와 그다지 사이가 좋지 않았고, 방해받고 싶지도 않아서 친절히 대하지 않았다……. 7시 30분이다. 좀 더 빨리 글을 쓸 수는 없을까? 나는 줄곧 '생각'해 왔다.[8]

이것은 《퍼스널 저널링》에서 분류한 '창작 일기'에 아주 가까운 예다. 하지만 아주 가끔 독서 중에 마주친 구절이나 생각에 촉발되어 쓴 사적인 글이 실려 있다. 이를테면 포스터는 토머스 그레이의 문장을 인용하여 다음과 같이 음미한다.

> 토머스 그레이가 "오랫동안 눈과 마음을 길들였던 사람을 잃는다는

것이 어떤 것인지 나는 안다."고 썼을 때, 나는 친화감을 느낀다. 게으름과 충실함에는 어떤 관련성이 있다.[9]

포스터가 자신의 독서 내용을 요약하고 평가한 방법을 살펴보면 고전을 통한 독서 일기의 목적이 무엇인지 정확하게 드러난다. 1942년 포스터는 토머스 호지킨의 『이탈리아와 그 침략자들 376～476』을 다 읽었다. 그의 일기 도입부에는 이런 글이 있다.

> 로마는 왜 몰락했나? 부수적인 원인들은 다음과 같다.
>
> 첫째, 페르시아에 대한 두려움으로 콘스탄티노플을 건립했기 때문이다. 북쪽으로부터의 위협은 절대 현실화되지 않았다. "로마의 생명력이 카르타고, 안디옥, 알렉산드리아의 여러 신경 중추로 분산되기도 했지만, 무엇보다 로마를 파괴시킨 것은 콘스탄티노플이었다. 고목의 한 부분이 썩어 버렸다."
>
> 둘째, 기독교를 또 다른 원인으로 들 수 있다. 성 아우구스티누스의 견해와 다르다. 국가를 성화하는 제국의 신격화에 반대했기 때문이다.[10]

그는 내용 요약을 끝내면서 자신의 생각을 덧붙인다.

> 이번 유람에서 원래 나를 몰아간 힘은 평행선을 이루는 지점을 발견하려는 욕심이었다. 그러다 과거에 대한 관심으로 전환되었다가 이제는 그것마저 맥이 풀려, 이 분석을 끝내려고 애써 나 스스로를 채근했다. 나의 무지와 지식의 무력함이 나를 짓누른다.[11]

이것이 시고니가 추천하는 독서 요약의 본보기이다. 여기서 포스터는 독서의 주요한 쟁점을 자신의 말로 재서술하고, 호지킨이 특유의 간결한 문장으로 제시한 부분을 글자 그대로 인용하면서 호지킨의 쟁점 하나하나를 현재의 고뇌 지점과 연결시키고, 이어서 위대한 제국이 허물어진 것을 보는 스스로의 정서적인 반응에 대해서 감정이 묻어나는 논평까지 덧붙인다.

토머스 머턴은 자신의 메모집을 작성하면서 이와 유사한 전략을 따랐다. 그가 인생 후반부에 기록한 비망록에서 모은 문장들을 실은《아시안 저널》에는 이런 내용들이 세 쪽에 걸쳐 소개된다. 무르티의 『불교의 중심 철학』에서 옮겨 적은 인용문("성찰적인 의식은 필연적으로 오류의 의식이다."), 아침 산책 동안의 기록("옵서버토리힐의 삼나무 아래서 찬양을 읊으며 걸어가는데, 아래서 힘차고 낭랑한 찬송가 소리가 들려오는 것이었다. 골짜기가 내려다보이는 어느 오두막 옆에서 한 남자가 흔들리는 햇살을 받으며 기운차게 운동을 하고 있는데……."), 머턴 자신이 읽은 책의 내용을 요약하면서 직접 인용문과 섞어 놓은 부분("콘츠는 동양과 서양의 대화가 지금까지 철학 분야에서는 이루어지지 않았다는 사실에 대해서 논평한다. '지금까지 유럽 철학자들, 그중에서 특히 영국 철학자들은 예전보다 훨씬 더 지역색을 드러냈다.'")을 찾아볼 수 있다.[12]

고전을 혼자 공부할 때에는, 사상을 이해하고 평가한 다음 반응을 보여야 한다. 각자의 독서 일기에 독서 내용을 요약하여 기록해야 한다. 독서를 통한 생각들을 이해하는 도구가 바로 이것이다. 사실에 정통하는 것이 고전 교육의 첫 단계다.

독서의 세 번째 단계는 독서 노트에 중요한 부분을 발췌하는 연습이다

"들었던 대화나 얘기하려는 내용을 잘 기억하려면, 내용을 간략한 개요로 발췌한 다음 되풀이하여 복습해 보자." 와츠의 충고이다. 이 책을 활용하여 고전 혼자 공부하기의 다음 단계인 그 기술을 연습하기 바란다.

1) 독서 일기용으로 노트 한 권을 마련한다. 낱장을 끼웠다 뺐다 할 수 있는 노트든 백지 노트든 상관없다.
2) 일주일에 네 차례 독서 계획을 세운 후 꾸준히 지키고, 그 시간을 이용해서 다음에 이어지는 4장을 읽으며 메모하고, 간략한 요약문을 작성한다. 그런 후 다음 안내를 따른다.

① 노트 첫 장에 장 제목을 쓴다. 쉬지 말고 한 장 전체를 통독한다. 인상적인 특정 생각이나 어구, 문장이 있으면 지체 없이 메모한다.
② 4장은 세 개의 주된 부분으로 나누어져 있다. 각 부분을 자신의 언어로 요약해 본다. 그리고 자문해 본다. 이 부분에서 글쓴이가 가장 중요하게 여기는 것은 무엇일까? 이 부분에서 오직 한 가지만 기억할 수 있다면 무엇이 될까? 그렇다면, 내가 기억하고 싶어 하는 중요한 점에 대해서 글쓴이가 달리 내게 말해 주는 것은 무엇인가? 각 부분을 하나의 문단으로 요약한 후, 요약한 문단 양옆에 6~9센티미터가량의 아주 넓은 여백을 남겨 둔다.

③ 나머지 장에도 같은 방법을 적용한 후 요약한 문단을 앞에서부터 훑어본다. 그리고 각각의 요약문 가운데 정보에 대한 자신의 반응을 적는다. 이때 노트의 여백을 활용한다.(다른 색상의 펜이 편리하다.)

4

독서를 위한 마지막 준비

책을 내 것으로 소화하기

여러분이 행운아라면 도움을 주는 특별한 스승을 만나겠지만,
결국에는 홀로 남아 더는 매개자 없이 진도를 나가게 된다.

— 해럴드 블룸, 『교양인의 책 읽기』

결국 한 권의 책이 여러분에게 해 줄 수 있는 것은 그다지 없다. 결국에는 직접 책을 펼쳐 읽어야만 한다. 다만 이와 같은 한 권의 책이 할 수 있는 것은 독서를 시작하도록 손을 들어 올리게 만드는 것이다. 무엇보다도, 독서의 어려운 점이 반드시 정신적인 능력의 문제를 반영하는 것은 아니라는 것을 독서법은 알려 준다. 본격적인 독서란 고된 작업이다.

이런 사실이 위안을 줄 것이다. 제대로 독서하는 데 타고난 지성이 필요하다면 여러분 스스로를 향상시킬 여지는 그다지 없을 것이다. 하지만 단순히 어렵기만 한 과제를 처리하기 수월하게 자잘한 단계로 나누어 부지런히 노력하면 숙달이 가능하다. 위대한 책을 읽는 것도 마찬가지다.

독서를 시작하는 데 내디뎌야 하는 첫걸음은 작다. 위대한 책 전체를 공략하기 위해서 파죽지세로 결심을 하기보다는, 이 책 2부에 나오는 여러 독서 목록 가운데 하나로 시작해 보자. 각각의 책을 읽어 나가다

보면 중세의 3학과 양식을 따르게 될 것이다. 우선 읽고 있는 책의 기본 구조와 논의를 이해할 것이다. 다음으로는 그 책의 주장을 평가하게 될 것이다. 마지막으로 그 책에 대해서 어떤 의견을 갖게 될 것이다.

이런 세 가지 독서의 기술(이해하기, 분석하기, 평가하기)을 각각 다른 종류의 책을 통해 익혀야 할 것이다. 역사를 평가하고 싶다면 역사학자의 결론이 그가 제공하는 역사적 사실로 뒷받침되어 있는지, 정보는 충분하고 신뢰할 만한지를 물어야 한다. 소설 한 권을 평가하고 싶다면 소설의 결말이 도입부와 다른 식으로 여러분을 이끌어 가는지의 여부와, 소설 속의 등장인물이 동기와 야망 그리고 특징적으로 인간적인 고민거리를 지니고 있는지의 여부, 그리고 동기와 야망, 고민거리가 소설의 위기를 낳고 상황을 만드는지의 여부를 질문해야 할 것이다.

이러한 일련의 판단 기준은 똑같은 일반적인 추진력에서 비롯된다. 이 작품이 정확한가에 대한 물음이 바로 그것이다. 이 작품은 옳을까? 혹은 모티머 애들러가 쓰는 가치 평가적인 단어로 말하자면, 이것이 참일까? 하지만 실제로 르네상스 시대의 초상화를 판단하는 기준과 20세기 미술 작품을 평가하는 기준이 다르듯, 각각 다른 종류의 책을 읽는 방식은 달라야 한다.

그래서 아래 내용을 독서의 일반적인 원칙으로 삼는다. 그리고 이 원칙들은 이후에 확장되고 변경될 것이다.

1) 한 권의 책을 통독할 때 글쓴이가 만들어 내는 요점 전부를 이해해야 한다는 강박 관념을 버리자. 어떤 부분에 당혹스러움을 느끼거나 저자가 사용하는 특정 용어가 무슨 뜻인지 완전히 파악되지 않을 때면 그 장의 귀퉁이를 접어놓고 계속해서 읽어 나간다. 나중에 그 혼란

스러운 부분으로 돌아올 수 있을 것이다. 어려운 책을 읽는 비결은 아주 간단하다. 그저 계속해서 읽는 것이다. 독서 첫 부분부터 '전부를 파악' 할 필요는 없다.

소설의 경우에는 낯선 이름들이 뒤죽박죽으로 등장해서 난처해질지도 모르지만, 당장 책을 덮고 모든 이름을 정리해야 한다는 강박 관념을 참아 가며 읽어 나간다. 그러면서 3장이나 4장 정도에 이르면 자신도 모르는 사이 중심인물들을 꿰뚫고 있으며 중요하지 않은 인물은 무대 밖으로 사라질 것이라는 사실을 자연스레 알게 될 것이다. 진지한 논픽션이라면 읽어 나갈수록 글쓴이가 좋아하는 용어와 구절에 점점 익숙해질 것이다. 그러다가 저자가 빠져 있는 포괄적이고 모호하면서 심지어 불명료한 생각마저도 끌어모으기 시작할 것이다. 반드시 필요한 경우가 아니라면 모르는 단어를 찾아보지 않는 것이 좋다. 각주를 나타내는 위첨자와 빽빽한 주석 때문에 눈길이 멈추어지기 일쑤인 전문가용 판본은 읽지 않는 것이 좋다. 미묘한 차이점을 놓칠지 모른다고 초조해할 필요는 없다. 큰 그림을 파악하고, 처음과 중간, 마지막을 폭넓게 일별한다. 모티머 애들러는 고전적인 책 『독서의 기술』에서 "아주 어려운 책의 절반을 이해하는 것이 전혀 이해하지 못하는 것보다 훨씬 낫다. 처음 부딪히는 어려운 구절에서 책 읽기를 멈춘다면 전혀 이해하지 못하게 될 것이다."라고 쓰고 있다. 진리를 밝히자면 어려운 구절들이 글쓴이의 스키마 속에 어떻게 끼워 맞춰지는지 모를 때 제대로 이해하기란 불가능하다.

그러므로 독서의 1단계는 해방되기 위한 것이어야 한다. 그저 읽고 또 계속해서 읽는 것이다.

독서의 1단계는 그 책과 나누는 악수이므로, 안면 익히기를 마무리하는 것이 목표다. 그 책을 평가하고 분석하기 위해서 다시 읽을 때는 이해의 깊이를 더할 것이다.

지금 읽고 있는 내용을 이해하지 못한다고 책을 덮지는 말자. 여백에 물음표를 쓰고 계속 읽는다. 처음 읽으면서 혼란스러웠던 앞부분의 내용이 중간이나 끝에 이르면 불현듯 이해된다는 사실을 알게 될 것이다.

2) 책에 밑줄을 긋고, 여백에 메모를 하고, 페이지 가장자리를 접어 둔다. 공교육이란 아름다운 꿈이지만, 교실에서는 학생들에게 책에 표시를 하거나 글을 써 두거나 훼손시켜서 책을 영구적으로 소유하는 일이 없도록 훈련시키는 경우가 많다. 가능하면 자신의 책은 사서 보도록 하자. 이 책에서 추천하는 도서 목록은 대체로 저렴한 가격의 보급형 책들이다.

헷갈리는 부분이 있는 페이지의 모퉁이를 접어 두고 독서를 계속하거나 여백에 질문을 기록하고 계속 읽어 나갈 수 있다는 사실을 알게 된다면, 독서의 1단계를 계속하기가 수월하다는 사실을 깨달을 것이다. 도서관의 책을 봐야 한다면 메모지(포스트잇)를 이용해 되돌아가 읽고 싶은 쪽수를 적어 두고, 메모나 질문거리를 간단히 써 두면 된다. 메모지 조각들이 들쭉날쭉하기 때문에 아무리 좋은 책이라도 곧 종이로 만든 고슴도치처럼 보이게 될 것이다. 책의 얼굴을 망칠수록 독서의 효율성은 높아질 것이다.

3) 처음 한 권의 책을 읽기 시작할 때는, 제목이 인쇄된 표지를 살펴보고 뒤표지의 문구들을 읽은 다음 차례를 확인한다. 이런 절차가 독서를 시작하기 전에 여러분을 '그림 속으로' 진입시켜 준다. 반사적으로 서문을 읽지는 않도록 하자. 논픽션이라면 서문에서 책의 맥락을 설정해 주고 논증을 요약하거나 그 책의 중요성에 대한 이유를 말해 줄 것이다.

독서를 시작하기 전에 알아야 할, 분명 가치 있는 정보이다. 하지만 서문은 책을 읽기도 전에 여러분에게 하나의 해석을 제공할 수 있는데, 이것은 피해야 할 일이다. 가령 E. V. 류는 『일리아드』 번역판 서문에서 플롯을 요약하고 호메로스가 행위를 지연시키는 이유를 독자에게 알려 주고 호메로스의 직유와 형용사 어구를 독자가 어떻게 이해해야 하는지를 간략하게 설명한다. 이런 서문은 『일리아드』를 읽음으로써 좀 더 많은 것을 얻게 할 뿐 적게 만들지는 않는다. 하지만 스크리브너 출판사에서 발행한 이디스 워튼의 『환락의 집』에서 애니타 브루크너가 쓴 서론은 그 자체로 아주 뛰어난 해석으로, 여주인공의 인격과 동기에 대해서 간략한 그림을 독자에게 제공해 준다. 그러나 전문가가 대신해 주는 내용에 의존하기 전에 스스로 해야 하는 작업이다.

일반적으로 저자나 번역자가 직접 쓴 서문만 읽어야 한다. 만약 서문이나 서론을 다른 사람이 썼다면 건너뛰어도 좋다. 대신 책의 첫 장을 읽고, 맥락을 놓치거나 헷갈린다고 해도 계속해서 읽어 나가야 한다. 책 한 권을 마칠 때까지 서문은 아껴 두기 바란다. 만약 첫 장을 읽다가 정신이 혼미해진다면, 잠시 중단하고 돌아가서 서문을 읽어도 좋다.

4) 독서의 1단계 때는 광범위하게 메모하지 않는다. 처음 독서할 때 메모를 과하게 세부적으로 하는 경향이 있다. 하지만 처음에는 중요하게 여겨져서 관찰 결과를 수없이 써 두지만 나중에는 그다지 관련성이 없다고 입증될 것이며, 메모하느라 독서 속도가 늦춰졌다는 사실을 깨닫게 될 것이다. 대신 각 장(혹은 상당한 분량의 부분)을 다 읽을 때마다 한 문장이나 기껏해야 두 문장을 독서 일기장에 적어 둔다. 이런 문장들은 그 장의 내용과 주요 주장 혹은 가장 중요한 사건을 요약해야 한다. 하지만 광범위한 윤곽선을 그리는 것이지, 세부적인 것을 그리는 것은 아니

라는 사실을 기억해 두자. 종이에 선을 긋는 것이지, 자세한 밑그림을 그리는 것이 아니다. 심지어 중요하더라도 세부 사항은 과감하게 생략해도 좋다. "파리스와 메넬라오스는 전쟁을 끝내려고 결투를 하기로 한다. 그러나 메넬라오스가 우세를 보이자 아프로디테가 파리스를 잽싸게 채어가 그의 침실로 데려다 놓는다."는 내용은, 수없이 중요한 세부 사항을 생략하기는 했지만 『일리아드』의 첫 3장을 처음으로 읽은 후에 제대로 요약한 내용이라 하겠다. 이렇게 요약해 두면 독서 계획이 갑자기 중단되어 『돈키호테』의 43장에 이르렀을 때 7장에 무슨 일이 일어났었는지 기억할 수 없다 해도 길고 복잡한 책 내용의 앞부분으로 돌아가기가 좀 더 수월해질 것이다.

5) 책을 읽으면서 자신의 마음에 다가온 질문거리를 적어 두기 위해서 독서 일기를 활용한다. 글쓴이의 생각과 일치하거나 불일치한 부분들을 기록한다. 그 책이 마음속에 불러일으키는 어떤 성찰이나 관련된 생각들이라도 재빨리 적어 둔다. 이러한 질문들과 불일치, 성찰한 내용들은 책 내용을 요약정리한 부분과는 구분되어야 한다. 요약정리는 독서 일기장 아랫부분에 좁은 기둥 모양으로 적어 두고 견해는 여백에 적는다. 요약한 문장과 생각한 내용은 각각 다른 색의 펜으로 적어 두거나, 아니면 요약과 의견을 구분해서 적는 방법이 있다. 논평 옆에는 쪽수를 적어 둔다. 나중에 앞으로 돌아가서 어떤 부분을 다시 읽고 싶어질지도 모를 일이다.

6) 독서의 1단계를 마치고 나면 앞으로 돌아가서 요약한 문장들을 모아 간략하게 윤곽을 그리고 처음으로 '차례'를 만들어 본다. 몇 가지 논점은 다른 것들에 종속되니까 실제 윤곽을 그릴 만큼 정보가 아직 충분하지는 않다. 해야 할 일은 오로지 그 문장들을 순서에 맞게 배열하는

것이다. 이제 책에 4~7개 단어 분량의 제목과 부제를 단다. 이 제목들은 책표지에 나오는 제목과 같지 않을 것이다. 책표지의 제목은 부분적으로는 시각적인 음감이 좋아서 채택되기 때문이다. 제목은 책의 주요 주제를 묘사하는 구절이어야 하는 반면, 부제는 책에서 가장 중요한 논지들을 요약해야 한다. 주제와 부제를 17세기식으로 구사해 보자. "순례자의 출발과 위험한 여정. 마침내 가고 싶던 나라에 안전하게 도착하는 내용을 담고 있으며 현세로부터 내세로 향하는 꿈 같은 여정."

17세기 작가들은 이제 곧 무슨 일이 벌어질지 정확하게 암시하는 제목이 독자의 이해를 돕는 가장 확실한 방법이라는 사실을 알고 있었다. 여러분의 책에도 짧은 제목(주제를 요약하는 3~4개의 단어)을 부여한 다음 이 책이 무엇을 다루는지 정확하게 설명해 주는 부제를 써 보자.

이제 여러분은 독자로서 가장 두려운 최초의 임무를 마쳤다. 이 책 속의 길들을 모두 통과한 셈이다. 독서의 1단계를 통해서 이 책에 대한 기본적인 이해와 그 부분들이 어떻게 서로 들어맞는지를 익혔다. 이제 2단계와 3단계 탐구로 진입할 준비를 갖춘 셈이다.

1단계인 문법 독서는 여러분을 다음 단계로 이끌 것이다. 각각의 책에 대해서 문법 단계 독서법과 똑같은 기본적인 진행 과정을 따른다 하더라도 2단계 탐구(책에 대한 논리 단계인 평가)는 장르별로 아주 다르다. 시와 역사는 동떨어진 세계는 아닐지 모르지만 이 두 장르는 분명히 다른 영역에 위치해 있다.

독자는 2부에서 소개하는 각기 다른 분야의 책에 다른 질문과 고유한 기대를 품고 접근해야 할 필요가 있다. 하지만 논리 단계의 진행 과정은 변하지 않는다. 어떤 질문을 던지더라도 언제나 다음과 같이 두 번째 탐구 단계를 거치게 될 것이다.

1) 앞으로 돌아가서 어렵다고 생각했던 부분을 다시 읽는다. 책을 읽었으니 그 부분들의 의미가 명료해졌는가? 지금까지 써 놓았던 의견을 처음부터 확인하도록 한다. 그 의견들이 책의 특정 부분에 집중되어 있는가? 만약 그렇다면 그 부분도 다시 훑어본다. 마지막으로 자신이 써 놓은 요약본을 다시 읽는다. 어떤 장이 이 책의 정점이나 글쓴이 주장의 핵심, 혹은 글쓴이 스스로 자신의 책을 요약하는 부분을 포함하는지 구분할 수 있는가? 그 부분 역시 다시 읽는다.

2) 책의 구조를 깊이 파내려 간다. 글쓴이가 자신의 언어를 어떻게 배치하고 있는지에 대한 질문에 대답하자. 앞으로 다룰 장들은 각각의 장르에 대해 질문을 던지고 있다. 독서 일기장에 자신의 대답을 메모해 둔다. 특정 문장이나 문단을 인용하자. 이렇게 작성한 메모들은 처음 독서할 때의 메모보다 훨씬 세부적이어야 한다. 왜냐하면 이를 통해서 여러분은 이 책의 어떤 부분이 관심을 쏟을 만한 가치가 있는지에 대해서 좀 더 분명한 의견을 가져야 하기 때문이다.

3) 질문을 던진다. 저자는 왜 이 책을 썼을까? 그는 무엇을 말하려고 했을까? 사실들을 가지런히 펼쳐 놓는다. 일련의 추론 과정 속에서 그 진실이 여러분에게 설득력을 갖는가? 어떤 정서를 느꼈는가?(이 부분에 대해서는 각각의 장르별로 따로 논의할 것이다.)

4) 이제 물어본다. 글쓴이는 얼마나 제대로 해냈는가? 그가 자신의 의도를 제대로 전달했는가? 만약 그렇지 않다면 이유는 무엇인가? 어떤 부분이 부족했는가? 사실을 증명하지 못하거나 논증이 부적절하거나 정서적인 장면이 밋밋한가? 책의 어느 부분이 설득력 있다고 생각되며, 어느 부분에서 공감하지 못하는가?

이런 과정을 거치면서 독서 일기를 계속 써내려 간다면 책의 내용뿐 아니라 책의 생각과 씨름하면서 생각의 성장 과정이 독서 일기에 드러나기 시작할 것이다. 문법 독서의 목적이 저자가 이야기하는 내용을 아는 것이고, 논리 단계 독서의 목적은 그 이유와 방법을 이해하는 것임을 기억하기 바란다.

독서의 최종 단계(책을 독파하는 수사 단계)에는 세 번째 목적이 있다. 이제 여러분은 무엇, 왜, 어떻게에 대해서 알게 되었을 것이다. 마지막 질문은 이것이다. 그래서 무엇을?

이 책의 글쓴이는 내가 무엇을 하기를 바랄까?

이 책의 글쓴이는 내가 무엇을 믿기를 바랄까?

이 책의 글쓴이는 내가 무엇을 경험하기를 바랄까?

글쓴이의 입장에서 내가 하거나 믿기를 바라는 것을 반드시 하거나 믿어야 한다고 설득당했는가?

글쓴이가 나에게 경험하기를 바라는 '무엇'을 독서하면서 경험했는가?

그렇지 않다면 그 이유는 무엇일까?

근거 없는 견해들은 쉽게 얻는다. 하지만 다른 누군가의 주장을 통해 생각하거나 특수하고 논리 정연한 이유로 동의하기는 어렵다. 그리고 글쓴이의 논증에 허점을 발견할 수 있기 때문이거나 글쓴이가 고려했어야 하나 그러지 않아서 사실을 빠뜨렸기 때문에 동의하지 않는 것도 어렵다. 수사 단계는 바로 이런 이유 때문에 논리 단계 이후에 온다. 좋은 독자는 지적인 분석에 근거해 자신의 의견을 세우지, 분별없이 반발하지 않는다.

독서 일기는 논리 단계의 탁월한 도구다. 하지만 수사 단계의 탐구를 할 때는 다른 무엇이 필요하다. 수사는 명료하게 사람을 끌어들이는 소통의 기술이며, 언제나 두 사람이 연루되는 설득의 과정이다. 여러분의 경우라면 두 사람 가운데 한쪽이 책의 저자다. 책은 여러분에게 어떤 생각을 전달하고 무언가에 대해서 여러분을 설득하는 것이다. 하지만 여러분 쪽에서는 자신의 생각을 책에 다시 명료하게 표명하기 위해서 다른 누군가를 그 과정 속으로 끌고 와야 한다.

어떻게 이것을 할 수 있을까? 『젊은 여성에게 보내는 편지』에서 리디아 시고니는 특수한 생각을 중심으로 하는 이야기인 '목적 있는 대화'의 미덕에 대해서 칭송한다. 19세기 여성들은 독서한 내용을 토의하는 '주간 모임'에서 종종 만남을 가졌다. 바로 오늘날 대중적인 독서 모임의 전신이라 할 수 있다. 이런 토론은 고전을 혼자 공부할 때 중요한 과정이 된다. 왜냐하면 "지식을 기억 속에 확고하게 뿌리내려 주기"[1] 때문이다.

독서 모임에 참석해 본 적이 있다면 알겠지만, 독서 모임은 참석자가 그 책을 꼼꼼하게 읽지 않았거나 전혀 읽지 않았을 때 문제가 된다. 또한 누군가가 전권을 쥐지 않으면 토의가 잡담으로 흘러가기 쉽다는 점에서도 문제가 있다. 그러므로 이 책에서 소개하는 양서들을 모두 통독하고 나서 이 책들에 대해서 함께 이야기를 나누기로 동의한 사람을 찾는 쪽이 최선의 길이다.

독서 동료는 책 읽기의 최종 단계에서 없어서는 안 되며, 처음 두 단계에서도 중요한 역할을 한다. 문법 단계와 논리 단계에서 동료가 여러분에게 책임을 부여하고, 약속한 마감 날짜까지 정해진 1단계 독서를 마치기로 동의하고 그 사실을 다른 누군가가 확인하도록 공지하면, 주어진 시간 내에 독서를 실제로 끝내기 위해서 스스로 정한 독서 시간을 제대로 선용할 가능성이 크다.

수사 단계 동안 글쓴이의 생각에 대답하기 위해서 책 전체를 다시 훑어볼 때, 독서 동료와 그 생각에 대해서 토론할 수도 있다. 자신이 문제라고 생각했던 부분이나 비논리적이라고 여겼던 부분에 대해서 독서 동료가 명료한 생각을 지니고 있을지도 모르기 때문에, 차이점에 대해서 토론하고 두 사람 가운데 누구의 생각이 옳은지 알아보는 것도 도움이 된다. 둘 사이의 의견 불일치가 똑같은 개념을 서로 다른 단어로 표현해서 빚어진 외형상의 불일치에 불과하다는 사실을 발견할지도 모른다. 아니면 겉보기에 둘 사이에 의견 일치는 보았지만 사실은 아주 다른 사태를 똑같은 단어로 나타내고 있기 때문이라는 사실이 토론을 거치면서 해명될지도 모른다. 독서 동료는 여러분이 정확한 말을 구사하고 용어들을 명확하게 정의할 수 있도록 도움을 줄 것이다.

독서 동료의 책 읽는 속도가 여러분과 비슷하며 책 읽기에 들이는 시간이 엇비슷하다면 이상적이다. 하지만 두 사람의 배경 지식이나 교육 정도, 그 밖의 상황이 유사할 필요는 없다. 독서 동료가 전혀 배경이 다른 사람이라면 정확하게 생각하는 데 도움이 될 것이다. 언제나 당연하게 여겼던 생각을 명료하게 설명해야만 한다는 걸 발견하기 때문이다.

얼굴을 마주하며 만날 수 있는 독서 동료가 없다면 편지로 토론을 진행할 수도 있다.(이메일도 가능하지만 제대로 된 어휘와 문법, 철자법과 구두점을 사용해야 한다.) 1841년 토머스 제퍼슨은 버지니아주의 어느 산 정상에서 고립되었다는 느낌을 받으며 존 애덤스에게 플라톤에 대해 이렇게 썼다.

진정한 소피스트적 인간 가운데 한 명. 처음에는 스승의 말씀을 받아쓰는 우아함을 통해서, 그러나 주로, 기독교 정신을 공간화시킨 자신만의 지도에 스스로의 변덕마저 버리지 않고 구체화시킨 덕분에 형제자매 신앙인들이 겪었던 망각의 오류로부터 벗어난 인물. 플라톤의 몽롱한 정신은 안개 너머로 흐릿하게 보이면서 형태로도 부피로도 정의 내릴 수 없는 대상들의 유사점들을 영원토록 드러내고 있다네……. 하지만 지금 내가 왜 자네에게 이런 태곳적 주제를 투약하고 있는지 알겠는가? 그 주제에 익숙한 누군가를, 이런 이야기를 허무맹랑하게 여기지 않을 누군가를 알고 있어서 기쁘기 때문일세.[2]

뜻이 맞는 이웃을 만난다는 것은 행운이다. 하지만 수사 단계의 토론을 편지로 진행하면 이점이 있다. 여러분의 편지와 상대의 답장을 비공식 에세이로 정리할 수도 있고, 편지들을 일일이 훑어보면서 예전에 읽었던 책에 대한 기억을 환기할 수도 있다.(그러다 언젠가 여러분이 토론 모임의 회장이 되면 그 글들을 출판하기 바란다.)

평가의 주의점

다음 장부터는 각각 다른 분야의 인문학 책을 읽는 방법에 대한 길잡이를 제공할 것이다. 어떤 식의 구조적인 요소들을 찾고 어떤 기법들을 염두에 두어야 하는지, 무엇보다 다른 분야의 책을 대할 때 어떤 질문을 던져야 하는지를 다룬다. 앞으로 책을 읽어 나가면서 그런 질문에 답하는 동안 여러분이 그 책을 최종적으로 어떻게 이해하는지 드러나게 된다.

그렇다면 각자가 찾아낸 답이 옳은지 그른지를 어떻게 알 수 있을까?

정확히 말하면 '정답'을 구하는 것이 이 연습의 핵심은 아니다. 고전 교육에서는 질문과 대답의 과정을 교육 방법으로 활용한다. 오늘날 우리는 이것을 '소크라테스식 대화법'이라고 한다. 고전적인 교사는 인문학 과목을 가르칠 때, 책을 읽으며 정확히 무엇을 생각해야 하는지 일방적으로 알려 주는 강의가 아니라 선별된 질문을 던지면서 학생의 생각을 올바른 방향으로 인도하는 방식을 택한다. 질문에 답하는 것은, 빈칸 채우기식의 시험처럼 '정답'을 제시하기 위한 것은 아니다. 읽은 책에 대해서 고심하여 생각한 일부를 답으로 제시하는 것이다.

그렇다고 여러분이 행여 완벽하게 어긋난 답을 떠올리지 않으리라는 뜻은 아니다. 학자들이 '견강부회'라고 이름 붙인 엉뚱한 답 말이다. 이상적으로 본다면 대답을 들어 주고 여러분이 막다른 골목에서 벗어나 좀 더 생산적인 방식으로 생각의 물꼬를 트도록 친절하게 도와줄 고전 교사가 가까이에 있을 것이다. 고전을 혼자 공부하는 데에는 두 가지 보호막이 있다. 독서 동료가 여러분의 생각을 들으며 일관성이 있는지 여부를 말해 줄 것이다. 그리고 인용을 하는 것이다. 다음 장에서 여러 질문(이를테면 자서전을 다루는 장에서 "글쓴이가 그 사람의 삶 중 어떤 부분에 대해서 변호할까?" 등)에 대답을 할 때마다, 책에서 직접 한두 문장을 항상 인용하기 바란다. 인용은 생각이 추상적으로 흘러가지 않게 힘을 주고 '견강부회적 독해'를 이어 가지 않도록 도와준다. 장문의 일반적인 문장을 구사하기란 수월한 일이지만 특수한 것은 반드시 생각을 거쳐야 하기 때문이다. 한편 최근 출간된 문학 비평지 한 권을 훑어보더라도 '견강부회적 독해'가 자주 눈에 띈다는 사실을 알게 될 것이다.

어떤 책에 대해서 다른 사람의 생각을 읽기 전에 스스로의 생각을 정리해 보려고 항상 노력해야겠지만, 해당 비평문이나 논문 한두 편을 대충 훑어보면서 여러분 자신의 생각에 대해서 '확인해 볼' 수도 있다. 일반적으로 인터넷은 이런 작업을 하기에 좋은 환경은 아니다. 알곡보다는 왕겨가 많기 때문이다. 하지만 양서에 대한 중요한 논제들을 개괄하는 아주 짤막한 논문과 더불어 줄거리 개요를 제공하는 웹사이트들이 몇 군데 있다. www.pinkmonkey.com과 www.sparknotes.com을 검색하면 도움을 얻을 수 있다. www.jollyroger.com은 양서에 대한 논의가 충실한 웹사이트이며, 여러분도 자신의 생각을 게시판에 올린 후 반응을 기다릴 수도 있다. 그러나 논의에 참여하고 있는 다른 이들이 얼마나 '정통'한지 알 길은 없다.

대학 도서관 출입이 가능한 대학 근처에 산다면 장서를 검색해 봐도 좋다.(대학교 웹사이트에서 '도서관' 링크를 찾아봐도 좋다.) 밑도 있고 복잡한 책 한 권 분량의 비평서보다는 특정 책에 대한 논문 모음을 찾아보기 바란다. 해럴드 블룸이 편집한 '현대 비평 에세이' 시리즈에는 여러 저명한 비평가들의 논문이 실려 있어 특정 작품에 대한 비평을 제대로 개관할 수 있을 것이다.

여러분의 생각이 타당한지 착각에 빠져 있는 것인지 알고 싶다면 다른 방식으로 대학을 활용할 수 있다. 해당 학과 사무실에 전화를 걸어서 교수와 약속을 잡을 수 있는지 조교에게 물어볼 수도 있다. 토의하고 싶은 책에 대해 조교에게 말하면 적당한 강사를 추천받을 수도 있을 것이다. 찾아가기 전에 생각을 정리하는 단계가 필요하다. 격식을 갖춘 '연구 논문'일 필요까지는 없고 자신의 생각을 표현한 문단 몇 줄이면 된다. 예를 들어 강사에게 『모비 딕』이나 해리엇 제이콥스의 자서전을 읽고 있다고 말하고, 자신의 의견을 서술한 다음 놓친 것이 무엇인지 물어볼 수 있을 것이다. 그러나 이런 방법을 과용해서는 안 된다.(수업료를 내지 않는 것이니 말이다.) 대부분의 경우 어떤 강사든 한두 번의 도움 요청에는 정중하게 응해 줄 것이다. 대학, 특히 공립 대학은 학생뿐 아니라 지역에 대한 의무도 지니고 있을뿐더러 한두 번 약속을 청하는 것은 매주 정기적인 개인 교습을 요청하는 것과는 다르다.

대학 강사들은 일반적으로 업무량이 과중하니까 여름이나 휴가 중에 연락하면 좀 더 성실한 답변을 얻게 될 것이다.(학기 초나 중간이나 기말에는 약속을 요청하지 않도록 하자. 새로운 수업 계획안이나 중간·기말 준비로 모든 강사들의 시간표는 빈틈없다.)

도서 목록의 주의점

이 책 2부의 도서 목록은 소설, 자서전, 역사서, 희곡, 시, 과학 및 자연사라는 문학의 여섯 가지 다른 장르를 연대순으로 정리했다.

연대순으로 독서하면 처음부터 분리되지 않았어야 할 두 개의 영역, 즉 역사와 문학을 재결합시키게 된다. 문학을 공부하는 것은 옛사람들의 생각과 행동, 믿음과 고통, 주장을 공부하는 것이며, 이것이 바로 역사다. 고고학적 발견을 통해서 배우는 바가 있다 하더라도 이전 시대에 대한 정보의 주요 원천은 언제나 과거를 살았던 사람들의 글이다. 역사는 성문화된 언어에 대한 연구와 분리될 수 없다. 문학 역시 역사적인 맥락과 분리되어서는 안 된다. 한 편의 소설은 소설가가 살았던 당시 상황에 대해 역사 교과서 한 권보다 더 많은 것을 말해 줄 수 있다. 한 편의 자서전은 한 남성이나 여성 개인의 인생뿐 아니라 전 사회의 영혼을 드러내 준다. '진리'를 들여다보는 투명한 안경으로 취급받을 때 과학은 고통받는다. 생물학자나 천문학자나 물리학자의 이론은 순수한 발견만큼이나 그 과학자가 속한 사회와 관련되어 있기 때문이다.

작가들은 앞서 사라져 간 이들의 작품 위에 집을 지으니 연대순으로 독서하면 이어지는 이야기를 읽어 낼 것이다. 한 권의 책에서 배운 내용이 다음번 책에서 다시 나타날 것이다. 하지만 그 이상의 것이 있다. 여러분은 자신도 모르게 문명의 성장과 관련 있는 하나의 이야기를 쫓아가고 있을 것이다. 예를 들어 시 목록을 읽어 내려갈 때, 여러분은 『길가메시 대서사시』로 시작해서 『오디세이아』, 존 던, 윌리엄 블레이크, 월트 휘트먼, T. S. 엘리엇, 로버트 프로스트 그리고 랭스턴 휴스 등을 통과하며 나아갈 것이다. 시의 구조는 각각의 시인이 선배 시인들의 작업을 넘어서면서 달라질 것이다. 하지만 이러한 기교적인 차이점을 넘어서, 세계 자체가 현대성을 향해 질주하면서 시인들의 관심은 이동하고 변화하게 된다. 영웅적 자질과 영원한 삶의 추구에서부터 무질서하고 무계획적인 세계 내에서 존재하는 것 자체의 어려움이라는 방향으로 말이다. 여러분이 도서 목록을 마치게 되면 시를 읽는 것보다 더 많은 것을 공부한 셈이 된다. 서구의 영적 진화에 대해서 무언가를 배운 것이다.

어떤 목록부터 시작해도 상관없지만, 이 책은 가장 쉽게 읽을 수 있는 소설부터 고도로 양식화된 언어여서 가장 어려운 시 순으로 배열되어 있다. 다음 장에서 제안하게 될 독서의 기술 역시 앞서 묘사된 기교를 토대로 한다. 그러므로 소설 목록을 건너뛰고 자서전과 정치학으로 곧장 넘어가고 싶다면 소설 목록에 대한 서문을 먼저 통독하길 바란다.

목록에 소개된 책을 모조리 읽어야 한다는 의무감에서 벗어나기 바란다. 각각의 목록마다 두세 권 정도만 읽게 된다면 연대순으로 독서하는 이점의 대부분을 놓치게 될 것이다. 하지만 책 한 권을 내실 있게 시도해 본 후에도 헤쳐 나갈 길이 없다면 목록상의 다음 책으로 넘어가도록 한다. 『실낙원』을 견뎌 낼 수 없다고 전체 독서 계획을 포기해서는 안 된다. 문학을 공부한 학자라 해도 결코 통독하지 못하는 책이 있다. 내가 질색한 작품은 『모비 딕』이다. 물론 『모비 딕』이 미국 문학에서 위대한 작품 가운데 하나라는 사실은 잘 알고 있다. 성인이 된 지금까지 최소한 여덟 차례 정도 시도했지만 한 번도 중간 부분을 넘어가지 못했다. 심지어 책 한 권을 끝내지도 못한 채 멜빌을 주제로 하는 대학원 세미나에 참여하여 발표도 하고 A학점을 받았다.(이것이 현재 대학원 교육의 실정이다. 시사하는 바가 크지만, 그것은 다른 주제이니 언급하지 않겠다.)

어떤 책들은 인생의 특정 시기에 우리에게 말을 걸고 다른 시기에는 침묵한다. 만약 어느 책이 여러분에게 아무런 목소리도 들려주지 않는다면, 그 책을 내려놓고 목록에 있는 다음 책으로 넘어가도 좋다.

모든 책에 대해서 문법 단계의 독서와 논리 단계의 탐구, 수사 단계의 토론을 일일이 거치면서 나아갈 필요는 없다. 어떤 책에 사로잡히면 그 책을 음미하자. 1단계 독서를 간신히 마치고 안도감에 책을 덮었다면, 다음 단계로 계속해서 나아가야 한다는 의무감을 느낄 이유가 없다.

목록에 실린 책들은 여러 가지 판본으로 구해 볼 수 있다. 목록 가운데 '저자 추천본'은 가독성(적당한 활자 크기)과 경제성(책을 사서 볼 수 있는 금전적인 여유)을 갖추었으며 대부분 비평적인 내용의 각주가 없는 판본이다. 비평적인 해설은 그 책의 실제적인 내용으로부터 독자를 교란하며, 최악의 경우에는 책에 대해서 스스로 생각할 기회를 갖기도 전에 의미에 대한 잘못된 해석을 제공하기 때문이다.

마지막으로 주의 사항이 있다. 목록 만들기는 위험한 작업이다. 어떤 '양서' 목록도 정전이 아니며, 모든 목록에는 특정한 성향이 있다. 목록이란 작성한 사람의 관심을 반영하기 때문이다. 이렇듯 어떠한 특성의 목록이라 하더라도 전체를 포괄할 수는 없는 법이다. 그 목록들은 각 분야의 '위대한' 작품 모두를 포함하지 않는다. 오히려 그 목록들은 독자들에게 특정 분야의 사상에 대한 연구를 소개하려고 계획된 것이다. 어떤 경우에는 '최고'이기 때문이 아니라 그 책들이 유명하거나 영향력 있기 때문에 포함시켰다. 히틀러의 『나의 투쟁』은 자서전으로서는 불충분하고 정치 철학으로서는 비합리적이다. 베티 프리단의 『여성의 신비』는 역사적인 사실을 다루는 방식에서 엄청난 결함이 있다. 하지만 프리단의 책은 하나의 혁명을 촉발시켰고, 히틀러의 책은 전쟁을 일으켰다. 두 경우 모두 문화적인 영향력으로 인해 중요성이 더해진 책이다. 이들 책은 독자들에게 미국식 결혼 혹은 민족 정체성의 문제를 새로이 관심을 가지고 바라보게 해 주었다. 연대별로 독서를 할 때, 이들 책의 인기는 여러분이 공부 중인 역사의 일부를 이룬다.

여기서 소개하는 목록에서 자유롭게 더하거나 빼도 좋다. 일부러 짧게 만들었으니 영역을 넓혀도 좋다. 여러분이 선호하는 작가가 포함되지 않았을지 모르니까 그 사람의 이름을 연필로 적어 넣어도 된다. 진부하거나 불쾌한 작품이 포함되었다면 스스로 가위표를 해 보자.

자신만의 목록을 만들어 보자. 무엇보다 목록 작성자에게 편지를 보내 불만을 표해야겠다는 생각은 하지 않기 바란다.

독서의 네 번째 단계는 책을 요약하고 소화하는 것이다

독서의 '1단계'를 결정하는 원칙에는 여섯 가지가 있다.

1) 각각의 책을 한 번 이상 읽을 계획을 세운다.
2) 흥미롭거나 혼란스럽다고 여겨지는 문단에 밑줄을 긋거나 표시를 한다. 어려운 부분의 책 모퉁이를 접어 두고 여백 부분에 질문을 적는다.
3) 책을 읽기 전에 제목이 인쇄된 표지와 뒤표지의 인용구들 그리고 차례를 읽는다.
4) 각 장이나 절의 마지막 부분에는 내용을 요약하는 한두 문장을 적어 둔다. 세부 사항은 포함하지 않는다는 사실을 기억한다.
5) 읽어 나가면서 마음에 떠오르는 질문들을 적기 위해 독서 일기를 활용한다.
6) 요약 문장들을 가지고 격식을 갖추지 않은 개요로 정리한 다음 책에 간략한 제목과 포괄적인 부제를 달아 본다.

'세 번째 단계'를 끝냈다면, 4장을 요약하고 반응을 보이기 위한 방법을 부분적으로 이미 연습한 셈이다. 이제는 문법 단계 독해 원칙 전부를 『돈키호테』의 열 개 장에 활용해 본다. 이 두꺼운 소설은 다음 장에서 소개하는 소설 목록의 첫 작품이다. 분량으로 겁먹을지도 모르지만 앞부분을 먼저 훑어보면 안심이 될 것이다. 이야기는 흥미진진하며 문체는 수월하다.

1) 제목이 인쇄된 앞표지와 뒤표지, 차례를 읽는다.
2) 『돈키호테』의 경우 서문은 번역자가 썼다. 먼저 읽고 독서 일기에 '서문'이라는 제목을 달고 기억하고 싶은 중요한 요점을 기록한다.
3) 저자의 프롤로그를 읽는다. 주요한 요점을 두세 문장으로 요약한다.
4) 1장에서 10장까지 읽고 무슨 사건이 벌어졌는지 정확히 환기시켜 주는 두세 문장을 적어 둔다. 어떤 구절에 특별히 관심이 간다면 괄호를 표기하고 그 페이지의 모서리를 접어 둔다. 독서 일기 여백에 질문거리나 간단한 감상을 적는다.
5) 이제 앞으로 돌아가서 1장에서 10장까지 요약한 문장을 활용하여 자신만의 차례를 만든다. 요약문 각각을 한 문장으로 줄이고 싶어질 것이다. 각 장에서 중심 사건은 무엇인가? 이것이 직접 만든 차례에 필요한 각 장의 제목이 되어야 한다.
6) 이것이 『돈키호테』의 전체 줄거리라면, 여러분은 어떻게 제목을 달겠는가? 부제는 어떠한가?

2 독서의 즐거움

5

소설 읽기의 즐거움

『돈키호테』 미겔 데 세르반테스

『천로역정』 존 버니언

『걸리버 여행기』 조너선 스위프트

『오만과 편견』 제인 오스틴

『올리버 트위스트』 찰스 디킨스

『제인 에어』 샬럿 브론테

『주홍 글자』 너새니얼 호손

『모비 딕』 허먼 멜빌

『톰 아저씨의 오두막』 해리엇 비처 스토

『마담 보바리』 귀스타브 플로베르

『죄와 벌』 표도르 도스토예프스키

『안나 카레니나』 레프 니콜라예비치 톨스토이

『귀향』 토머스 하디

『여인의 초상』 헨리 제임스

『허클베리 핀의 모험』 마크 트웨인

『붉은 무공 훈장』 스티븐 크레인

『암흑의 핵심』 조셉 콘래드

『환락의 집』 이디스 워튼

『위대한 개츠비』 F. 스콧 피츠제럴드

『댈러웨이 부인』 버지니아 울프

『소송』 프란츠 카프카

『토박이』 리처드 라이트

『이방인』 알베르 카뮈

『1984』 조지 오웰

『보이지 않는 인간』 랠프 엘리슨

『오늘을 잡아라』 솔 벨로

『백년의 고독』 가브리엘 가르시아 마르케스

『어느 겨울밤 한 여행자가』 이탈로 칼비노

『솔로몬의 노래』 토니 모리슨

『화이트 노이즈』 돈 드릴로

『소유』 A. S. 바이어트

『로드』 코맥 매카시

스페인 라만차의 어느 마을, 그리 오래지 않은 과거에
한 신사가 살고 있었다.

우울한 색조의 옷과 잿빛 뾰족 모자를 쓰고 수염이 텁수룩한 한 무리의 남자들이 두건을
쓰거나 머리를 드러낸 여자들과 뒤섞인 채, 강철못을 박아 놓은 떡갈나무 목재의
육중한나무 장식문 앞에 운집해 있었다.

나를 이시마엘이라 불러 주시오.

한기가 땅에서 마지못한 듯이 물러나고 안개가 걷히면서
언덕배기에 늘어서 휴식을 취하고 있는 군단 병력이
눈에 들어오기 시작한다.

오늘 어머니가 죽었다. 어쩌면, 아마 어제였는지도 모른다.
확실치는 않다.

오랜 세월이 흐른 후에 총살형 분대 앞에 선
아우렐리아노 부엔디아 대령은 아버지에게 이끌려 얼음을 찾으러 갔던
옛날 그 오후를 떠올려야 했다.

소설의 첫 문장을 읽는 것은 열린 문틈 너머로 한 줄기 빛을 일별하는 것과 같다. 보이지 않는 방 안에 무엇이 있는가? 독자는 세목들이 전체적으로 제자리를 차지하는 모습을 기대하며 몸을 내민다. 문 바로 안쪽의 혼란스러운 무늬는 알고 보면 병풍식 가리개의 가장자리다. 바닥에 드리워진 기이하고 어두운 형태는 보조 탁자의 그림자임이 밝혀진다. 마침내 문이 움직이며 열린다. 독자는 문턱을 넘어서 다른 세계로 진입하게 된다.

서둘러 열리는 문도 있다. 단정하게 차려입은 턱수염이 텁수룩한 남자들과 머릿수건을 쓴 여자들의 무리는 헤스터 프린(너새니얼 호손의 『주홍 글자』의 여주인공)이 아기를 팔에 안고 걸어 나오기를 기다리며 보스턴 감옥 주위에 모여 있다. 여름의 풀밭은 따스하다. 강철로 된 띠 모양 장식에 녹슬어 줄무늬진 감옥의 단 위로 밝은 햇살이 부조화를 이루며 쏟아져 내린다. 정문까지 뻗은 장미 넝쿨의 만개한 분홍빛 꽃들은 시든 나뭇가지와 기막힌 대조를 이룬다.

스티븐 크레인의 『붉은 무공 훈장』에서 휴식 중인 군대는 조만간 자리에서 일어나 동요할 것이다. 파란 군복을 입은 병사들은 동료들과 시비가 붙기도 하고 셔츠를 세탁하기도 하고 모닥불 주위에 몸을 웅크리고 모여 있다. 질척거리는 흙탕길은 아침 햇살에 곧 마르기 시작한다. 나이 어린 일등병 하나가 침상에 누워 있고 마구잡이로 피워 놓은 모닥불 연기가 일등병 주위를 소용돌이쳐 올라간다. 일등병이 누워 있는 천막 지붕의 캔버스 천이 햇살 아래에서 산란하여 밝은 노란색으로 보인다.

두 장면 모두 한 폭의 그림처럼 직접적이고 선명하다. 두 권의 책 모두 첫 문단을 읽으면 어느새 자신이 문턱에 들어섰음을 알게 될 것이다. 하지만 다른 문들은 좀 더 삐걱거리며 열린다. 알베르 카뮈의 『이방인』에서 화자는 자신의 어머니가 언제 죽었는지 정확히 알지 못한다. 양로원에서 보낸 전보는 구체적이지 않다. 하지만 그 사실은 주인공의 마음에 한두 차례 파문을 일으킬 뿐이다. 장례식 참석을 준비하는 그의 모습이 간략하게 그려진다. 버스를 놓칠 뻔한 후 겨우 양로원에 도착하고, 관리인의 안내를 받아 어머니의 시신이 안치된 방으로 들어선다. 하지만 그는 어머니의 얼굴을 굳이 보려 하지 않는다. 이유가 뭘까? 무슨 일이 벌어지고 있을까? 질문을 잠시 미루고, 화자의 생각을 통해 무심하게 흩뿌리는 새로운 정보 조각들 하나하나를 받아들이면서 들쭉날쭉한 조각들이 후반부에서 저절로 맞춰져서 의미를 인지할 만한 한 장면으로 바뀌기를 기다리자. 가브리엘 가르시아 마르케스의 『백년의 고독』은 훨씬 여유만만하다. 총살형 집행대원들 앞에 대령의 죽음이 임박한 상황에서 훌쩍 마콘도의 마을로 되돌아가 일상적 삶의 느긋한 무늬를 그린다. 그러더니다시 "너무 때 이른 세상인지라 이름 없는 것들이 많아서 뭔가 암시하려면 손으로 가리켜야" 하는 먼 과거로 돌아가기도 한다. 언제 우리는 대령의 처형 장면으로 되돌아갈 것인가? 아마도 결국 가게 될 것이다. 인내심을 가지자.

소설의 긴 역사에서 초기에 해당하는 소설은 문이 거의 대번에 활짝 열린다. 21세기가 가까워 오면서 문들은 닫힌 채로 요지부동이거나 좀 더 천천히 빽빽하게 열리거나 한 번에 눈곱만큼씩만 열리기 시작한다. 그렇더라도 독자 여러분은 1604년 스페인에서 출간된 최초의 소설 『돈키호테』의 유명한 첫 구절과 훨씬 이후인 1972년 이탈로 칼비노의 이중 액자 소설 『어느 겨울밤 한 여행자가』의 첫 구절 사이에서 뜻밖의 닮은 점을 발견할 것이다.

> 여러분은 이탈로 칼비노의 신작 소설을 막 읽으려는 참이다. 긴장을 풀어라. 집중하라. 다른 모든 생각들을 쫓아 버려라. 여러분 주위의 세상을 사라지게 만들어라.[1]

소설을 여는 문장들은 어느 것이든 새로운 세계로 끌어들인다. 하지만 세르반테스와 칼비노만이 상기시켜 준다. 지금 문턱을 밟고 다른 세계로 넘어섰으며, 발 뒤에 있던 옛 세계는 결코 사라지지 않았다는 사실을 말이다. 오로지 세르반테스와 칼비노만이 책 읽기에 들어서자마자 "이것은 한 권의 책이다. 그저 믿는 척만 하라. 알겠는가?"라며 독자를 일깨워 준다.

우리는 1604년과 1972년 사이를 한 바퀴 돌아서 제자리로 왔다. 이것은 간략한 소설의 역사다.

소설이란 관습의 지배를 받기 마련이다. 관습이란 한 권의 책을 읽을 때 으레 예상하게 되는 규칙을 말한다. 어떤 관습들은 시각적이다. 분홍색 표지의 문고판에 반쯤 벌거벗은 주인공이 그려진 책 한 권을 집어 들면 독자는 "이를 데 없이 더운 7월의 밤에 한 청년이 숙박 중인 에스 골목에 자리 잡은 하숙집의 다락방에서 나와 주저하듯 케이 교를 향해 서서히 걸어갔다."[2]가 아니라 "에반젤린은 늘씬한 종아리 주위에 늘어뜨린 젖빛 모슬린 가운을 쓸어 모으며 계단 꼭대기에 멈춰 서 있다."는 식의 문장을 읽게 되리라는 기대를 갖는다.

하지만 소설은 언어 관습의 지배도 받는다. "내 아버지는 노팅엄셔에 땅을 조금 가지고 있었다. 나는 오형제 중 셋째였다. 아버지는 열네 살의 나를 케임브리지의 에마누엘 대학에 보냈고, 나는 거기서 3년을 지냈다."는 내용은 독자에게 이렇게 말하는 것이다. '진지하고도 신뢰할 만한 내용이다. 내가 여러분에게 제공하는 꼼꼼한 세목들이 얼마나 많은지 한번 보겠나?' 반면 이떤 책은 이렇게 시작한다. "4월의 이느 화창하면서 싸늘한 날이었고, 시곗바늘은 오후 한 시를 치고 있었다."는 문장은 완전히 다른 언어적 단서를 제공하고 있다. '이 책은 우리가 알고 있는 세계에 대한 내용이 아니다.'

제대로 훈련된 독자라면 글쓴이가 관습을 언제나 액면 그대로 사용할 것이라고 추정해서는 안 된다. 독자에게 자기 아버지가 "노팅엄셔에 땅을 조금 가지고 있었다."고 말하는 진지하고 신뢰할 만한 화자는 걸리버라는 이름을 가지고 있다. 이어서 걸리버는 당신에게 릴리펏으로 향하는 자신의 여행 이야기를 할 것이다. 릴리펏에서 그는 신장 15센티미터의 사람들에게 생포된다. 한편 라퓨타라는 곳의 원주민들은 대화를 시작하려면 방문객이 자신들의 머리를 한 대 쳐야만 한다는 생각에 깊이 사로잡혀 있다. 『걸리버 여행기』에서 조너선 스위프트는 문학과 여행기의 초기 양식을 이용해 당시 사회 관습을 조롱한다. 하지만 여행기가 무엇인지 선지식이 없다면 스위프트가 꼼꼼하고 검증된 세부 사항을 고의적으로 잘못 사용하고 있다는 사실을 음미하지 못할 것이다. 다음의 간략하게 정리한 소설 목록에서 소설적 관습의 기본 틀을 익히면 소설가가 언제 관습을 사용하고 변화시키는지 눈에 들어올 것이다.

10분 만에 읽는 소설의 역사

클레오파트라나 카이사르는 여가 시간에 소설을 즐기지 않았다. 고대에는 산문으로 씌어진 긴 이야기가 존재하지 않았기 때문이다. 오늘날 우리가 알고 있는 소설은 18세기 대니얼 디포와 새뮤얼 리처드슨, 헨리 필딩의 손을 거쳐 등장하게 되었다. 디포는 여행자 이야기의 관습을 빌려서 『로빈슨 크루소』를 만들어 냈다. 리처드슨은 한 명의 인물이 작성한 일련의 편지들로 이뤄진 전통적인 '서간체' 형식을 사용하여 『파멜라』를 탄생시켰다. 극작가인 필딩은 외설적인 장면이 무대에 오르는 것에 반대하는 엄격한 새 법률 때문에 자신의 표현 양식이 제한된다는 사실을 깨닫고 대신 『조지프 앤드루스』를 발표했다.(사실상 현대인의 눈에는 조지프 앤드루스의 '음탕한 여정'이 보이지 않지만, 18세기 런던에서는 분명 무대에 오를 수 없었을 이야기다.)

위의 세 가지 이야기는 옛 관습을 사용하긴 했으나 관습에 새로운 무언가를 채워 넣었다. 바로 개별적인 인간의 내면적 인생에 대한 성찰이다. 18세기 이전에는 산문으로 씌어진 긴 이야기란 한 나라의 이야기를 하거나 하나의 관념을 설명하거나 스펜서의 『요정 여왕』에 나오는 것처럼 일련의 미덕을 묘사하기 위해서 사건들이 연달아 뒤죽박죽 일어나고 평면적인 인물들로 넘쳐나는 서양 장기판 같은 특징을 지니고 있었다. 하지만 디포와 리처드슨, 필딩은 '사람에 관한 책'이라는 새로운 종류의 책을 탄생시켰다.

그들이 시초는 아니었다. 멀리 스페인에서 디포보다 한 세기 반 전에 미겔 데 세르반테스가 이미 한 인간에 대한 책을 썼던 것이다. 모험을 찾아 떠돌아다니는 기사가 되기로 결심한 라만차의 신사, 돈키호테에 대한 이야기 말이다. 하지만 세르반테스는 외로운 천재였다. 디포와 필딩, 리처드슨은 새로운 종류의 문학으로 꽃핀 하나의 문학 운동을 시작했다. 그것은 바로 한 인물의 내면적 인생을 탐험하는 산문 서사다.

이러한 새로운 형식인 '소설'은 '로망스'라는 당시 다소 경시받는 문학 형식과 경쟁해야 했다. 로망스는 현대의 연속극과 대체로 비슷하다. 18세기 비평가의 말을 빌리면 로망스는 "그럴듯하지 않거나 불가능한 상황"에 처한 "찬미받는 저명인사"와 관련되어 있다. 로망스는 가볍고 도피적이어서 여성에게 적합한 읽을거리였다.(여성의 두뇌는 '진정한 인생'과 맞붙어 싸우는 데 이르지 못했으며, 그래서 여성이 환상물을 읽는 것도 당연하다는 인식이 지배적이었다.) 로망스를 읽는 것은 남자답지 못하고 존중받지 못할 취미였다.

반면 소설가들은 진지하게 받아들여지기를 원했다. 소설들은 낯익은 상황에 처한 진짜 인간들을 다루었다. 새뮤얼 존슨이 1750년에 썼듯이 소설가들은 "세상에서 일상적으로 벌어지는 사건에 의해서만 변화하고 다양해지는 인간, 인류와 교류하는 과정을 통해서만 진짜 발견될 수 있는 열정과 자질, 그 열정과 자질에 의해서만 영향을 받는 진짜 인생의 상황을 보여 주려"[3] 했다. 하지만 18세기 독자들은 저속한 '로망스'와 기품 있는 '소설'을 구분하는 데 혼란을 느꼈다. 자신의 주인공이 환상적인 대륙을 굳이 걸어서 횡단하도록 설정한 스위프트와 같은 소설가도 상황을 나아지게 하지 못했다. 소설이 등장하고 수십 년이 지날 때까지 학식 있는 독자들은 로망스와 마찬가지로 소설까지 경멸했다. 18세기의 지식인들은 오늘날 유기농 식품 마니아들이 정제 설탕의 위험성을 떠들어 퍼뜨리는 것과 똑같은 방식으로 독자를 타락시키는 소설의 영향력에 대해서 탄식했다. 목사들은 소설 읽기가 매춘과 간통에다 지진의 증가를 가져올 것이라고 대중에게 경고했다.(1789년 런던의 한 주교가 한 말이다.)

하지만 소설은 성공을 거두었다. 정신적 외상과 궁지의 근원인 개인의 자아라는 개념이 대중적으로 광범위한 관심을 불러일으키던 시절에 디포와 리처드슨, 필딩은 혁신을 이루어 냈다. 청교도 혁명으로 인해서 영혼은 고독한 존재이며 광대하고 혼란스러운 풍경을 통해서 자신만의 외로운 길을 만들어 간다고 상상하기에 이르렀다.(적어도 이 책 목록에 오른 18세기 소설 전체와 19세기 소설 대부분이 탄생한 영국과 미국에서는 그러하다.) 존 버니언의 '크리스천'은, 종말을 맞은 자신의 도시를 버리고 좁은 문을 찾으라고 전도자에게 홀로 부름을 받은 것이다. 그는 신과 자신의 합일을 위해 모든 인간적인 관계를 끊고 구원을 찾고자 했다. 그래서 손가락으로 귀를 막고 아내와 아이들을 버리고 달아나기에 이른다.

청교도주의뿐만 아니라 각 개인이 자기 자신을 부와 여가를 추구하는 사회의 수준을 통해 상승할 수 있는 존재로 여기도록 부추기는 자본주의에 의해서도 개인적 자아에 대한 관심이 높아지게 되었다. 자아는 더는 고정되어 이동할 수 없고, 태어날 때 정해져 평생 절대 바뀌지 않는 책임을 부과하는 봉건 체계의 일부가 아니었다. 자아는 자유로웠다.

지금까지 이를 주제로 씌어진 문헌만 해도 산더미다. 사적인 내면의 삶을 살아가는 (개인적) 자아라는 관념이 근대 서구의 삶을 형성하는 주요한 발전의 모든 지점, 즉 계몽사상과 청교도주의, 자본주의의 중심이었다는 사실은 쉽게 알 수 있다. 소설가들은 개인을 찬양했다. 고통받지만 열정적인 샬럿 브론테의 여주인공들이 그랬고, 자신들을 보호해 주면서 동시에 방해하는 사회의 규제를 받는 제인 오스틴의 여주인공들이 그랬으며, 간통을 하고 고통받는 너새니얼 호손의 목사가 그랬다. 그리고 대중은 소설을 돈을 주고 사서 읽었다.

하지만 인기란 언제나 양날의 검과 같다. 지식인 엘리트는 '로망스'와 소설을 동일시했기 때문에 이미 소설에 대해서 회의적이었다. 당시 그들은 여러모로 회의적이었다. 결국 모든 사람들이 읽는 책은 최고의 교육을 받은 사람들의 관심을 끌 만한 진정한 가치가 있을 수 없다.(이것을 오프라 효과라고 부르자.)

사태를 더욱 악화시키는 것은, 대중적인 독서를 하는 대부분 여성 중 중산층 여성은 소설책을 살 만한 돈과 읽을 만한 여유가 있었지만 좀 더 엄격하고 남성다운 '고전'을 감상하는 데 필수적인 라틴어와 그리스어는 몰랐다는 데 있었다. 학자인 찰스 램이 비꼬았듯이 소설이란 "여성 독서 인구 전체를 위한 옹색한 지적 진미"였다.(램은 셰익스피어의 작품을 어린이용으로 개작한 작가로 평가받고 있다.)

소설가들은 어떻게 대항하여 싸웠을까? 그들은 실제 삶과의 관련성을 강조했다. 환상 이야기는 조롱받았지만, 현실에 대한 이야기들은 간신히 갈채를 받았다.

환상 이야기는 사라지지 않았지만 경멸의 대상인 대중의 영역으로 좌천되었다. 19세기에 최상의 멜로드라마는 '고딕 소설'로, 신비롭고도 모호하여 초자연적인 조짐이 서린 이야기가 환상적이고도 위험한 장소에서 벌어진다.(혹은 중부 유럽을 배경으로 하는데 대부분의 독자에게는 결국 똑같은 배경일 뿐이다.) 고딕 소설의 여주인공들은 폐허가 된 성당에서 고대의 주술과 미쳐 버린 아내들로부터, 그리고 햇빛과 거울을 피해 다니는 신비스러운 귀족 남성들로부터 위협을 받는다. 이런 인물로 설정되어 폭넓은 인기를 얻은 자로, 앤 래드클리프가 쓴 『우돌포의 신비』의 주인공 에밀리를 들 수 있다. 기괴한 메아리가 울리는 모라노 백작의 성을 헤매고 다니는 에밀리는 그다지 밝지는 않아도 용감하다. 어둠 속에 혼자 있던 에밀리는 어느 버려진 방에 검은색 천으로 덮인 신비로운 그림을 몰래 훔쳐볼 좋은 기회를 얻었다. 화자는 숨 가쁘게 우리에게 이야기를 전해 준다. "에밀리는 다시 주저했다. 그러고는 겁먹은 손길로 천을 들어 올리다가, 순간 다시 천을 내려뜨렸다. 베일 뒤에 그림이 없다는 사실을 알아챘기 때문이다. 에밀리는 방을 빠져나갈 생각조차 할 틈도 없이 바닥에 털썩 주저앉아 버렸다."

몇몇 용감한 소설가들은 고딕적인 요소들을 차용해서 간통을 행한 청교도들과 불행한 삶을 살고 있는 황무지 정착민들에 관한 이야기에 활기를 불어넣었다.(초현실적인 공포와의 대면에 결코 저항하지 못했던 호손과 창가의 유령에 홀려 있던 에밀리 브론테가 특히 그렇다.) 하지만 대부분의 본격 문학 작가들은 현실적인 이야기에 대한 선호도 때문에 환상적인 요소들을 배제했다. 소설은 사회적인 양심도 계발시켰다. 찰스 디킨스와 그에 비견할 만한 미국 작가 해리엇 비처 스토는 이야기를 통해서, 약자의 뼛골을 뽑아 부를 구축한 시장 경제의 부당함에 일침을 가하고자 했다. 디킨스는 영국 사회의 아동 노동력 착취에 저항했던 반면, 스토의 『톰 아저씨의 오두막』은 남부 경제를 굴러가게 만들었던 노예 노동에 인간적인 얼굴을 부여했다.(스토는 우연하게도 사업가로 변신했다. 역사가 조앤 D. 헤드릭에 따르면, 『톰 아저씨의 오두막』은 접시, 숟가락, 촛대, 게임, 벽지, 노래 등 '톰 아저씨' 캐릭터 산업을 탄생시켰고, 이후 90년 동안 끊이지 않고 '연극 속편' 형식도 창출했다.")[4]

소설 장르의 초기 작가들은 자신이 쓴 이야기의 허구성을 거리낌 없이 지적했다.(세르반테스는 독자에게 말한다. "나는 이 책이 두뇌의 산물이길, 내가 상상할 수 있는 가장 영리한 것이 되기를 바라곤 했다.") 하지만 이후의 소설가들은 이런 식으로 서사에 끼어드는 것을 피했다. 그들은 독자들이 상상이 아니라 실제 세계를 발견하길 원했다. 19세기 후반에 소설은 작가가 상상해 낸 것이라 간주되지 않았다. 일상적인 삶을 정확하게 기록하려는 의도였기 때문이다.

리얼리즘이라는 새로운 철학은 소설가를 일종의 과학자로 변모시켰다. 소설가는 장면을 선택적으로 묘사하는 대신 모든 세부 사항을 과학자처럼 기록했다. 따라서 리얼리즘 소설들은 분량이 상당히 긴 경향을 보였다. 리얼리즘의 아버지인 프랑스 소설가 귀스타브 플로베르는 시골 마을에 사는 실제 인물의 초상을 그리기로 마음먹고 자신의 상상 속 세계의 지도와 설계도를 그렸다. 하지만 그는 종종 세부 묘사를 할 때 약간 혼란스러워했다. 유심히 살펴보면 플로베르의 여주인공이 집으로 가는 길에서 방향을 잘못 틀었다는 오류도 잡아 낼 수 있다. 플로베르의 엠마 보바리는 18세기의 목사들을 고민하게 만드는, 로망스를 사랑하여 '실제 인생'을 지워 버리는 여성 독자와 같은 인물이다. 보바리는 "시적이리만치 빛나는 하늘을 미끄러지듯 날아가는 분홍빛 한 마리 새처럼 대단한 열정을 가지고 빙빙 맴을 도는" 로망스에 대한 욕망으로 사무친다. 그런데 이렇듯 환상에 몰입되자 "그녀가 살고 있는 삶의 고요함이 자신이 꿈꾸었던 행복이라는 사실을 믿을 수 없게" 되었다. 엠마 보바리는 비참한 종말을 맞이한다. 자신이 결코 로망스 속에서 살 수 없으리라는 사실을 깨달은 후에 비소를 먹은 것이다. 차츰 리얼리즘 소설은 전성기를 맞이한다. 헨리 제임스의 등장인물은 낭만적인 레더스타킹 이야기의 주인공처럼 숲에서 인디언들과 함께 어울리지 않는다. 그들은 호손이 만들어 낸 고통에 빠진 목사처럼 불가해한 낙인으로 곪아 가지도 않고 죄의식으로 죽어 가지도 않는다. 대신 그들은 직장 생활을 하며 천정이 높은 먼지 쌓인 방에서 악다구니하듯 먹고살고 '평범한' 세상 사람들처럼 남부끄럽지는 않지만 대단한 전율은 없는 남자와 결혼한다.[5]

이러한 경향은 어느 정도 현재까지 이어진다. 리얼리즘은 결코 사라지지 않는다. 오늘날에도 스릴러, 과학 소설, 환상 소설, 종교 소설에 이르기까지 '비범한' 사건을 그리는 이야기들은 지적으로 국외자 취급을 받고 진지한 비평적인 찬사를 받을 가치가 없는 '대중' 장르로 폄하되는 경향이 있다. 하지만 19세기 후반과 20세기 초반에 리얼리즘은 그 지류들을 만들어 냈다. 도스토예프스키와 카프카는 물리적인 묘사보다 심리적인 묘사에 좀 더 주력한 '심리적 리얼리즘'을 완성했다. 풍경이나 집안 가구 배치 등의 정확한 묘사에 세심한 관심을 보이는 대신 심리적 리얼리즘은 마음에 대한 정확한 그림을 그리려고 시도했다. 따라서 독자가 등장인물의 마음의 진행 과정에 직접 접촉하는 것처럼 보인다. 헨리 제임스의 형인 윌리엄 제임스는 인간 사고의 무질서하지만 자연스러운 흐름을 묘사하기 위해서 1900년에 '의식의 흐름'이라는 용어를 만들어 낸다. 콘래드부터 버지니아 울프의 작품까지 이러한 개념으로 이해할 수 있다. '의식의 흐름'은 물리적인 풍경에 대한 세부적인 묘사와 심리적으로 동등한 가치를 지닌 글쓰기 방식이다. 우리는 작가의 판단에 검열을 받지 않은 마음의 '사실들'을 보고 있다고 생각할 것이다. "전쟁은 끝났다."고 하며 울프의 주인공인 댈러웨이 부인은 어느 날 아침 꽃을 사러 가면서 이렇게 생각한다.

> 그 착한 아들이 전사해서 이제는 그 오래된 장원의 저택을 사촌이 상속하게 되었던 터라…… 지난밤 대사관에서 비탄에 잠겼던 폭스크로프트 부인 같은 사람만 제외한다면 말이지……. 아직은 무척 이른 시간이었지만 사방에서 탁탁대고 달리는 말의 활기와 크리켓 방망이 치는 소리가 들렸다. 이른 새벽 대기는 국회의 크리켓 경기장과 애스콧의 경마장, 래닐러 폴로 클럽과 다른 모든 장소들을 청회색으로 감싸고 있었다. 아침이 다가오면서 말들은 긴장이 풀려서 이제 뛰어오르는 말들도 잔디밭에서 쉬게 될 것이다……. 가게 주인들은 미국인들을 유혹하려고 마련한 18세기식의 진열장 앞에서 인조 보석과 다이아몬드, 사랑스럽고 고풍스러운 청록색 브로치를 들고 인달하는 중이었고(하지만 사람이란 절약해야지, 엘리자베스에게 조급하게 물건을 사 줘선 안 되지.) 그녀 역시 친척들이 조지 왕조 당시에 한때 궁정인이었던지라, 궁정인의 일원으로서 부조리하고도 충실한 열정으로 그 시대의 일부가 되어 그 시대를 사랑했으니, 바로 그날 밤에 불을 붙여 환해질 작정이었다. 파티를 열게 될 것이다.

이런 과정이 너무 지나치면 초기 리얼리즘에서 발견되는 연못과 황야에 대한 늘어지는 세부 묘사와 마찬가지로 싫증날 수도 있다. 하지만 20세기 초반의 작가들은 의식의 흐름 기법에 매혹되었다. 포크너의 소설 속 인물들은 다른 수단을 통해서는 우리에게 다가오는 경우가 드물며, 제임스 조이스는 『율리시즈』에서 널리 알려진 대로 원서로 45쪽에

달하는 밀도 있는 의식의 흐름을 만들어 냈다.(『율리시즈』는 언제나 현대 양서 목록에 포함되지만 읽어 내기가 무자비한 정도이니 이 책에서는 목록에서 제외했다.)

또 다른 리얼리즘 양식은 '심리적 리얼리즘'보다 훨씬 현대적인 자연주의였다. 자연주의 작가들은 자신들이 '순수하게 과학적인' 소설을 쓸 수 있으리라 확신했다. 『돈키호테』 이후 모든 소설의 주제인 개인은 더는 자유롭지 않았다. '자아'는 단지 환경의 영향을 받는, 유전적 특성의 산물일 뿐이었다. 토머스 하디로 대표되는 자연주의 작가들은 등장인물에게 어떠한 유전적 특징을 부여하고 환경적인 요인으로 이루어진 완벽한 지옥에 빠뜨린 다음 결과적으로 뒤따르는 행동을 묘사했다. 자연주의자의 일이란 과학자의 일과 똑같았다.(어디까지나 자연주의자의 눈에는 그렇다는 말이다.) 미로 속에 쥐 한 마리를 가두어 놓고 무슨 일이 벌어지는지 관찰하고 그 결과를 가감 없이 기록하는 식이었다.

그리고 20세기에 들어섰다. 세부 사항에 대한 주의 깊은 목록 작성을 포함하는 리얼리즘 양식은 우리 주위에 아직도 남아 있다. 돈 드릴로는 『화이트 노이즈』에서, 창문에 기댄 화자가 창밖으로 보이는 대학생들이 첫 수업에 들어서는 모습을 묘사하며 소설을 시작한다.

"정오에 서쪽 교정을 가로지르는 기다랗고 빛나는 행렬을 이루며 스테이션왜건이 도착했다. 한 줄을 이루며 차들은 주황색 아이빔 조각 주위에서 속도를 늦추더니 기숙사 쪽으로 움직였다. 스테이션왜건 지붕에는 얇거나 두툼한 옷가지들로 가득 채운 여행 가방과 담요와 장화, 신발, 문방구와 책, 요와 베개, 누비이불 상자에 말아 놓은 깔개와 침낭 상자, 자전거와 스키 도구, 배낭과 영국식 안장과 서구식 안장, 고무보트 등이 꼼꼼하게 묶여 실려 있었다."

소설의 바탕에 깔린 사상은 리얼리즘 전성기 이후로 바뀌었다. 소설은 일반적으로 '모더니티'를 거쳐서 '포스트모더니티'로 이동했다고 간주된다. 이 두 가지 용어를 정의하는 것은 만만치 않은 작업이다. 왜냐하면 포스트모더니티가 등장하기 전까지 누구도 모더니티라는 것이 존재했다는 사실을 알아차리지 못했으며, 포스트모더니티란 그저 '모더니티의 뒤를 잇는' 것이란 의미이기 때문이다.

언젠가 한 동료가 내게 털어놓은 것처럼 "우리 가운데 누구도 포스트모더니즘이 무엇인지 정확히 알지 못한다는 것은 대학의 외설적인 비밀"이다. 만약 비평가들이 먼저 모더니즘이 무엇인지를 영어로 명확하게 진술할 수 있다면 도움이 될 것이다. 예를 들어 비평가 제임스 블룸은 모더니즘이 "밀도와 특유의 모호함, 그리고 스스로가 중재자이자 중재받고 있다는 소설가 자신의 처지에 대한 이해"와 관련이 있다고 정의했는데, 이 내용은 우리에게 그다지 도움이 되지 않는다.[6] 다른 대부분의 정의와 마찬가지로 명료하지 않다.

그러면 좀 더 단순화해 보자. 모더니즘은 리얼리즘의 한 유형이다. 모더니즘도 '실제 인생'의 묘사를 추구한다. 하지만 모더니스트들은 두 차례의 세계 대전을 겪으면서 빅토리아 시대 선조들이 현혹되었음을 깨달았다. 빅토리아 시대인들은 삶이란 무엇인지 이해할 수 있다고 생각했지만 모더니스트들은 '실제 인생'이 사실상 이해를 넘어선다는 것을 알게 되었다. '실제 인생'은 혼돈스럽고 무계획적이며 아무런 길잡이도 없다. 모더니스트의 '과학적인 문체'는 혼란스러우며 소설을 어떠한 결론으로 깔끔하게 이끌어 가기를 거부하고 있다. 신에 대한 믿음을 주장하면서 모더니즘에 대응했던 독실한 영국 국교도이자, 넘칠 만큼 단정한 문학 형식으로 추리 소설을 썼던 도로시 L. 세이어스를 인용해 보자.

유망한 젊은 작가가 말하길 “뭐, 뭐라고요?
인과 관계가 없다고 내가 생각한다면
내 글의 어느 단어도
다음 단어에 영향을 안 줄 텐데,
그러면 플롯은 어떻게 되는 겁니까?”[7]

플롯이 부재하니 모더니스트의 소설은 읽어 내기가 아주 까다로워졌다. 특히 이야기를 열망하는 평범한 독자들에게 그러했다.

하지만 모더니스트들은 이야기를 경멸하는 경향이 있었다. 모더니즘의 매력을 떨어뜨리는 측면 가운데 하나가 속물근성이었다. 모더니스트들은 대중을 불신했고 교육받은 소수의 엘리트에게 전폭적인 신뢰를 보냈다. 에즈라 파운드와 같은 몇몇 탁월한 모더니스트들은 파시즘을 지지하며 민주주의를 냉소했다. 이들은 특히 ‘대중 소설’에 대해 격분했다. 소설은 즐거움을 위한 양식이 아니라 지적인 훈련이었으며, 재미를 바라는 독자들은 싸구려 잡화점의 서부물을 사면 될 일이었다. 버지니아 울프는 소설가를 책 판매의 불가피함에 매달린 ‘노예’라고 탄식했다. 그녀는 “플롯도 없고 희극도 아니고 비극도 아니며 사랑에 대한 관심도 없고 수용될 만한 문체로 비극적 결말을 맺지도 않는” 자유로울 수 있는 소설을 열망했다. E. M. 포스터는 “아 저런, 그렇지, 소설은 이야기를 하는 거지.”라고 말했지만 그가 진심으로 바랐던 것은 문학 시장이 “그토록 저급한 격세유전의 형식인 이야기”를 요구하지 않는 것이었다.(포스터와 울프 모두 나중에 꽤나 재미있는 이야기를 만들어 냈으니, 결국 시장에서 명백한 승리를 거둔 셈이었다.)

누구도 자신을 낮추길 좋아하지 않는다. 그러므로 고급 영문 독해를 강요하는 모더니즘 소설에 혐오감을 느낀 대다수의 고등학생들이 모더니즘 소설 대신 영화관을 찾게 된 것은 그다지 놀랄 일이 아니다.(결국 영화도 플롯을 지닌다.) 그들은 훌륭한 포스트모더니스트들이 되어 가고 있다.

포스트모더니즘은 모더니즘의 10대 아이이다. 포스트모더니즘이 모더니즘에게 말한다. "누가 너를 대장으로 만들어 줬어?" (그리고 E. M. 포스터에게 말한다. "누가 당신을 소설의 권위자로 만들었지? 죽은 백인 남자인 당신을, 당신이?") 포스트모더니즘은 진정한 인생의 진실을 안다고 하는 모더니즘의 주장을 거부한다. 포스트모더니즘은 말한다. 실제 인생을 그려 내는 데는 다양한 방법이 있고 어느 것이 옳은지 골라내는 유일한 권위란 없다고. 미국의 텔레비전 드라마 「버피와 뱀파이어」는 『암흑의 핵심』과 똑같이 지적인 가치를 가지고 있다고.

포스트모더니즘 소설가는 개인의 자아에 대해 썼던 과거의 모든 시도에 결함이 있다고 여겼다. 왜냐하면 과거에는 자아가 본질적으로 자유롭다고 보는 관점을 고수했기 때문이었다. 포스트모더니스트들은 그렇지 않다고 말한다. 『돈키호테』와 『천로역정』에서 우리가 처음으로 만난 개인적 자아는 장애물을 헤치고 사회의 위선에 맞서 승리를 구가하는 독립적이고 자유로운 존재가 아니라는 것이다.

자아는 자연과 유전에 의해 형성된 것도 아니었다. 오히려 사적인 자아는 사회에 의해서 생산되었다. 우리가 스스로에 대해서 생각하는 모든 것(우리 자신의 존재에 대해 우리가 알고 있는 모든 '진리')은 출생 이후 우리의 문화에 의해 우리 속에 주입되어 온 것이다. 진실한 것이 무엇인지 확인하기 위해서 사회 구조 '바깥'으로 결코 나갈 수 없다. 자신만의 가장 깊은 자아를 알아보려 할 때, 우리가 발견하는 것은 온통 사회적 관습의 집합일 뿐이다.

포스트모더니즘 소설가들은 독창적인 이야기를 쓰려고 시도하지 않았다. 왜냐하면 '독창적인'이라는 말은 사회의 영향으로부터 자유로운 창조적 능력을 의미하기 때문이다. 대신 그들은 사회에 대해서, 출생 이후부터 인간을 형성하는 정보의 홍수에 대해서 썼다. 그들이 장황하고 세심하게 일상생활에서 기록한 세목들의 일람표는 독자들에게 이것이 당신의 현재임을 상기시켜 준다. 당신은 이러한 세부 사항으로 형성되고 틀 지워져 있다고. 결코 거기서 달아날 수 없다고.

돈 드릴로의 『화이트 노이즈』에서 화자는 다락방 정리를 하면서 자기 삶의 혼돈을 어떻게든 통제해 보려고 시도한다. 하지만 결국 그 세목들에 좌절하고 만다.

> 나는 액자 쇠줄과 금속 책꽂이, 코르크 받침, 플라스틱 열쇠고리, 먼지투성이 머큐로크롬과 바셀린, 굳어 버린 그림 붓, 더껑이 진 구둣솔, 응고된 수정액을 내다 버렸다. 양초 동강과 식탁 깔개, 올이 풀린 냄비 잡이 헝겊을 내다 버렸다……. 찌그러진 카키색 수통과 허리까지 오는 우스꽝스러운 고무장화도 내다 버렸다. 학위증과 증명서, 상패와 표창장들을 내다 버렸다. 그 여자들이 나를 제지했을 때, 나는 욕실에서 쓰다 만 비누 조각과 축축한 수건, 상표에 줄이 가고 뚜껑이 사라진 샴푸 병들을 버리는 중이었다.

포스트모더니즘은 존 버니언의 설교만큼이나 무거운 교훈이 될 수도 있으며, 『화이트 노이즈』는 청교도식의 우화적인 인물만큼이나 가차 없이 자신의 요점을 주입시킨다.(돈 드릴로가 이후에 쓴 좀 더 방대한 소설 『지하 세계』에서도 마찬가지다.) '하나의 진실'이라는 관념을 거부하는 세인들을 위해서 결론을 외치는 포스트모더니스트들의 목소리는 놀랄 만큼 크다. "알아들어? 알아들었냐고? 당신은 아무런 힘이 없어. 당신은 사회의 힘에 이리저리 밀리는 거지. 사회가 당신을 지배해. 그게 바로 당신이야."

문학적인 포스트모더니즘은 1970년대 후반에 이르러 활기를 일부 잃어버리기 시작했지만 이를 대체할 만한 단일한 '운동'은 없었다.(이런 것들은 시간이 흘러 되돌아보면 더 쉽게 눈에 띄는 법이다.) 하지만 소설은 400번째 생일을 맞이했고 우리는 한 바퀴를 돌아서 다시 『돈키호테』에 이르렀다. 세르반테스는 독자들에게 이렇게 말한다. "앉아 보세요. 여기 내 책이 있습니다." 20세기 소설가 이탈로 칼비노는 이렇게 큰 소리로 말한다. "누워서 쉬면서 이걸 읽으세요."

이런 기법을 **메타픽션**이라고 한다. 진짜인 척하는 가짜 세계를 창조하지 않고, 메타픽션은 솔직하게 이것이 이야기일 뿐이라고 인정한다. 새로운 세계로 들어가는 문턱 위로 발걸음을 뗄 때 작가는 우리 뒤에 서서 이렇게 외친다. "여러분이 어디서 왔는지 잊지 마세요!" 칼비노는 진지하게 받아들여지는 것에 대해서 걱정할 필요가 없다. 자신이 소설을 쓰는 중이라고 인정할 수 있으니 말이다. '진짜'와 '가짜' 사이의 대조란 존재하지 않는 진리를 열망하는 리얼리스트의 생산물일 뿐이라는 사실을 포스트모더니스트들이 이미 보여 준 덕분이다.

소설의 존재가 탄생시킨 초기 몇 년간의 긴장, 즉 진짜와 허구적인 것, 환상과 실재, 소설과 로망스 사이의 긴장은 드디어 그렇게 진정되기 시작했다. 환상적인 사건들이 다시 한번 가능해지고 그것을 이용하는 소설들은 환상적 리얼리즘이라는 자신만의 이름표를 갖게 되었다. 심지어 플롯은 사소하긴 하지만 복귀하기까지 했다. 소설 목록의 마지막에서 두 번째 작품 『소유』는 사랑 이야기고, 문학 비평의 현 상태에 대한 뒤틀린 성찰이며, 시점은 현재에서 과거로 이동하고 전지적인 화자에서 1인칭으로 바뀌는 데다, 편지와 꿈, 비평 논문과 전기, 모두 저자인 A.S. 바이어트가 쓴 이야기 편린과 시에서 발췌한 것으로 이루어졌으며, 독자를 소설의 중심으로 이끌고 가기 위해 옛날식의 이야기를 하는 추리 소설이다. 그리고 마지막 소설로, 퓰리처상을 수상한 코맥 매카시의 『로드』는 탐색의 서술 기법(세상에서 가장 오래된 플롯 장치 중 하나)과 종말 이후를 솜씨 좋게 결합했다. 실제로 그 작품들의 중심에 있는 탄탄한 이야기 덕분에, 『소유』와 『로드』 모두 영화 제작사가 원고를 사들여 영화로 제작했다.

장르가 처음 생기고 400년이 흐르면서 소설 쓰는 직업은 이미 성장을 마쳤다. 그래서 메타픽션 최고의 소설가들은 이야기꾼이나 심지어 로망스 작가라는 호칭을 즐겁게 받아들인다. 포스트모더니즘은 그 모든 결점에도 불구하고 19세기 리얼리즘과 그에 관련된 형식들이 부과하는 억압을 헐겁게 해 주고 리얼리스트와 자연주의자들의 시대에 빼앗겼던 상상력에 일부나마 힘을 되찾아 주었다.

소설 제대로 읽는 법

1단계: 문법 단계 독서

소설을 처음으로 통독할 때 아주 간단한 세 가지 질문에 대한 대답을 찾아야 한다. 이 사람들은 누구인가? 그들에게 무슨 일이 일어나는가? 이후에 그들은 어떻게 달라지는가? 읽어 나가면서 중요한 사건이 벌어지고 있는 장면의 책장 귀퉁이를 접어 두거나 서표를 꽂아 두어야 한다. 그것이 무슨 의미인지에 대해서는 걱정할 필요가 없다. 첫 통독을 마친 후에 그 부분으로 다시 돌아오게 될 것이다.

제목과 표지, 차례를 본다. 독서 일기장과 연필을 가까이 두고 제목이 있는 지면과 뒤표지를 훑어본다. 책에 저자나 역자의 약력이 있다면 그것 역시 읽는다.

저자나 역자가 쓰지 않은 서문은 넘긴다는 사실을 잊지 말자. 읽으면 자신만의 생각을 가질 기회를 갖기도 전에 그 책에 대한 해석을 지니게 될 것이다.

독서 일기장의 빈 낱장 위쪽 여백에 책 제목과 저자의 이름, 작성 날짜를 기록한다. 그 아래에는 책 표지나 글쓴이의 의도대로 책을 읽어 나가는 데 도움을 주는 서문에서 얻은 사실을 기록한다. 펭귄 출판사에서 나온 『돈키호테』의 경우, 세르반테스가 전통적인 노래와 기사 로망스에 대한 패러디로 자신의 이야기를 시작했다는 사실을 뒤표지에서 알게 된다. 그러면 독자 여러분은 마음에 담아 두면서 이렇게 쓸 수도 있다. '전통적인 기사도의 희화화.' 혹은 이와 유사한 형식으로 써도 좋다.

이제 차례를 읽어 본다. 『돈키호테』는 짤막한 여러 개의 장으로 이루어져 있다. '예언하는 원숭이', '꼭두각시 쇼', '시끌벅적한 모험', '기사의 보수에 대하여' 등의 장 제목은 전체 이야기가 간략하고 분리된 일련의 사건으로 펼쳐질 것이라는 사실을 알려 준다. 『주홍 글자』의 장 제목인 '의사와 헤스터', '헤스터와 펄', '당황한 목사' 등은 독자에게 주인공들을 소개해 준다. 양쪽 모두 독자에게 책에 이르는 접근법이 된다. 『돈키호테』는 삽화로 이루어진 모험담이고, 『주홍 글자』는 인물에 대한 탐구다. 『1984』나 『폭풍의 언덕』, 『위대한 개츠비』처럼 소설에 장 제목이 없다면 그것 역시 중요하다. 이야기의 다양한 부분들이 너무나 밀접하게 관련되어 있어서 쉽사리 나누거나 이름 붙일 수 없다는 결론을 글쓴이가 내렸기 때문이다. 장 제목이 독자에게 그 책의 내용에 대한 단서를 제시해 준다면 참고 삼아 한두 문장 적어 둘 수도 있다.

이제 1장을 읽기 시작한다.

등장인물의 목록을 만든다. 독서 일기장의 제목 바로 아래나 비어 있는 왼쪽 면 정도에 등장인물의 이름과 지위, 다른 인물과의 관계에 대한 목록을 작성하고 싶을 것이다. 특히 러시아 소설에서 한 인물의 이름이 두 개나 그 이상이라면 목록을 작성한 덕분에 인물들을 착실하게 따라갈 수 있을 것이다. 소설에서 한 가족을 다루면 등장인물 계보도를 그려 두어야 한다. 그렇지 않으면 『올리버 트위스트』에 등장하는 인물들의 관계를 제대로 따라갈 수 없을 것이다.

각 장의 주요 사건을 간략하게 적는다. 각 장을 끝낼 때마다 독서 일기장에다가 한두 문장으로 주요 사건을 묘사해 본다. 그 문장들은 플롯의 세부적인 요약이 아니라 기억 촉발제가 되어야 한다. 각 장을 주요 사건 하나로 제한해 본다. "돈키호테는 기사가 되기로 결심한 다음 알돈자 로렌조를 자신의 귀부인으로 정하고 그녀를 둘시네아 델 토보소라고 다시 이름 붙인다." 이 문장은 『돈키호테』 1장의 완벽한 요약이다. 요약 문장은 독서를 미뤘다가 나중에 다시 읽을 때 내용을 따라잡게 해 주는 것은 말할 것도 없고, 전체적인 흐름을 파악하는 데도 도움을 줄 것이다. 독서 중에 적어도 한 번쯤은 위기가 와서 일시적으로 독서 시간이 틀어진다 해도, 이전에 무슨 일이 벌어졌는지 잊어버렸다고 400쪽에 달하는 플롯의 발전 단계를 다시 읽어야 하는 상황을 바라지는 않는다.

흥미로운 문장은 메모해 둔다. 처음 읽을 때 감상을 길게 쓰는 것은 독서를 방해한다. 하지만 특히 중요해 보이는 구절과 마주치면 연필로 괄호를 치고 페이지 한 귀퉁이를 접어 둔 다음 독서 일기장에 메모를 한다. 이를테면 "31쪽: 돈키호테가 제정신을 잃은 것이 책 때문이라는 사실이 중요할까?"와 같이 말이다. 이러한 메모는 내용 요약과 구분해야 한다. 독서 일기의 여백이나 다른 면에 쓰거나, 다른 색깔의 펜으로 쓴다.

책에 자신만의 제목과 부제를 붙인다. 책을 다 읽고 나면 앞으로 돌아가 요약정리한 내용을 다시 읽는다. 정리한 부분이 책에서 일어난 사건에 대해 명료하고도 일관적인 개괄을 제시하는가? 만약 그렇다면 다음 단계인 제목 붙이기로 넘어가도 좋다. 그렇지 않다면 다시 요약정리를 한다. 불필요하게 여겨지는 세부 사항들을 삭제하고 놓친 중요한 사건이나 인물들을 추가한다.

여러분이 그린 개요가 만족스러우면 책에 짤막한 제목과 긴 내용의 부제를 붙여 본다. 하지만 제목을 붙이기 전에 먼저 두 가지 질문에 대답해야 할 것이다.

첫째, 이 책의 중심인물은 누구인가?

둘째, 이 책의 가장 중요한 사건은 무엇인가?

두 가지 질문에 대답하기가 어렵다면 다시 생각해 본다. 책 속에 등장인물들이 변화하는 지점이 있는가? 모든 이들을 다르게 행동하도록 만드는 사건이 일어나는가? 『천로역정』에는 중요한 순간들이 수없이 등장한다. 하지만 전도자의 말을 듣고 좁은 문을 통과하며 "삶이여, 삶이여, 영원한 삶이여!"라고 외치는 초입부에서 이야기의 주인공은 가장 판이하게 변화한다. 주인공은 이후 완전히 다른 사람이 된다. 이후 그가 수많은 심판과 유혹을 겪는다 하더라도 그의 새로운 인성은 변하지 않는다. 각 장에 적어 두었던 주요 사건의 목록을 다시 한번 일별하고 그 가운데 가장 중심적이고 인생을 바꾸는 사건을 구분해 본다.

일단 그 사건을 찾아내면 생각해 본다. 가장 감동적인 등장인물은 누구인가? 아마 그 인물이 주인공일 것이다.(이 질문에 대해서 너무 초조해할 필요는 없다. 가장 중요한 부분이 어디인지에 대해서는 두 번째 집중적인 독서를 한 후에 생각이 바뀔지도 모른다.)

이제 주인공에 대해서 언급하는 제목과 그 주인공이 이 책에서 주요 사건으로 어떻게 변화하는지 말해 주는 부제를 붙인다. '시온 산으로 향하는 크리스천의 여정: 어떻게 한 평범한 인간이 전도자의 초대에 응하여 정든 집을 떠나 여정을 시작하고, 그러는 중에 성경의 진실을 대변하는 여러 인물을 만나고, 아볼루온(무저갱에 사는 악마 사자)과 대면하며, 시온 산으로 향하는 길에서 그를 밀쳐 내려는 수많은 유혹에 맞서 승리를 거두고, 마침내 요르단 강을 건너 영광에 이르게 되는가.' 이 문장이 이야기를 요약해 준다.

2단계: 논리 단계 독서

처음 독서를 할 때는 이야기가 하나의 통합된 전체라는 느낌을 받아야 한다. 생각에 잠기거나 세부 사항을 찾아보기 위해 멈추지 않고 처음부터 끝까지 쫓아갈 수 있도록 하나로 몰아가는 이야기라는 느낌 말이다. 이제는 개별적인 세부 사항으로 시선을 좁혀야 할 것이다. 이상적으로 보면 이 지점에서 전체 소설을 다시 읽게 될 것이다. 하지만 여러분이 자수성가한 부자에 비혼자가 아니라면 그렇게 하지는 않을 것이다. 대신 처음 독파하면서 괄호 안에 넣거나 서표를 꽂아 두었던 곳으로 돌아간다. 이제 어떤 것들은 무관하게 여겨질 것이며, 어떤 것들은 불현듯 중요한 점이라고 저절로 느끼게 될 것이다.

논픽션을 읽고 있었다면 이제야 작가의 주장을 분석하기 시작할 것이다. 작가는 독자에게 어떤 생각을 납득시키려 하는가? 주장의 설득력을 높이기 위해 어떤 증거를 제시하고 있는가?

하지만 소설은 철학이나 과학, 역사와는 다른 목적을 지니고 있다. 소설은 독자에게 특별한 주장을 제기하지 않는다. 그리고 다른 세계로 진입하도록 독자를 초대한다. 논픽션을 평가할 때에는 이런 물음을 제기해야 한다. 내가 설득당했나? 하지만 소설을 평가할 때는 대신 이렇게 물어야 한다. 나는 다른 세계로 들어왔나? 나는 이곳을 다른 세계로 보고 느끼고 듣는가? 그곳에 살고 있는 사람에게 공감할 수 있는가? 나는 그들의 필요와 욕망, 문제를 이해하는가? 아니면 냉정하게 그대로 머물러 있는가?

다른 모든 기술과 마찬가지로 소설을 비평적으로 생각하는 법은 훈련을 통해서 점점 수월해진다. 다음의 간략한 문학 분석 입문법은 문학 비평 대학원 수업에는 미치지 못한다. 여러분을 비평가로 만들려는 의도도 아니다. 그것보다는 이런 질문들이 여러분의 생각을 좀 더 분석적인 양식으로 이끌어 줄 것이다. 이것들을 묻고 대답하는 연습을 통해 다른 질문과 대답이 떠오를 것이다.

독서 일기에 다음 질문에 따른 대답을 적어 둔다. 당연히 질문 모두가 모든 소설에 적용되지는 않을 것이다. 어떤 질문에는 좋은 대답이 없을지도 모르니 건너뛰고 다음으로 넘어가도 된다. 그리고 이런 질문에 반드시 '정답'이 있는 것은 아니라는 사실을 잊지 말자.(비평가라면 『모비 딕』이 리얼리즘에 가까운지 환상에 근접한 것인지에 대해서 끝도 없이 논쟁을 벌일 수 있다.) 하지만 하나의 대답을 적어 둘 때마다 대답을 지지하기 위해서 소설에서 직접 인용하는 것이 좋다. 그러면 책 내용에 좀 더 초점을 맞추게 될 것이다. 가령 "『모비 딕』은 신을 찾는 인간에 대한 내용이다."라는 식의 일반적이어서 결국은 무의미한 주장을 막아 준다. 이 문장 뒤에는 "이것은…… 여기 이 장면에서 확인할 수 있다."는 문장이 뒤따르고 그 장면 묘사가 이어져야 한다.

이 소설은 '우화'인가 아니면 '연대기'인가? 소설가는 두 부류로 나뉜다. 한 부류의 소설가는 우리가 사는 곳과 아주 비슷한 세계로 우리를 끌어가고 싶어 한다. 그는 우리 삶을 관할하는 규칙과 똑같은 규칙의 지배를 받는 삶에서 순간순간 사람들이 어떻게 행동하는지 말해 준다. 그리고 모든 정서는 하나의 원인에서 비롯하며 모든 행동은 하나의 반응이라는 사실을 납득시켜 주며, 우리 자신의 우주를 배경으로 하는 이야기, 즉 '연대기'를 생산한다.

다른 부류의 소설가는 책 속의 세계가 진짜라고 설득하지 않는다. 이렇듯 옛날 옛적의 우화는 우리를 다른 법칙이 적용되는 세계로 옮겨 가게 한다. 걸리버는 진술한다. "나는 영국에서 배를 타고 왔고 신장 8센티미터인 사람들에게 붙잡혔다."

크리스천은 말한다. "이곳 천국의 문에도 지옥으로 가는 길이 있다는 것을 그때 처음으로 알았다." 이 우화의 저자는 "6월의 어느 비 오는 토요일 오전 9시"라고 시작하지 않고 "옛날 옛적에"로 시작한다. 『천로역정』과 『걸리버 여행기』는 우화 이야기꾼이, 『오만과 편견』과 『여인의 초상』은 연대기 기록자[8]가 썼다.

소설에 대해서 첫 번째로 던져야 하는 질문은 이것이다. 이 서사는 나의 존재를 지배하는 것과 똑같은 규칙으로 지배되는 세계에서 일어나는가? 아니면 책 속에는 내가 아는 현실과 일치하지 않는 환상적인 사건들이 벌어지는가?

일단 이 질문에 대답하고 나면 다음 세 가지 질문 가운데 하나를 고려해 볼 수 있다.(대답을 뒷받침해 줄 수 있는 내용을 소설 속에서 한두 문장 인용하여 적어 둔다.)

1) 소설 배경이 우리가 살고 있는 세계와 같다면 연대기 소설가는 어떻게 현실을 보여 주는가? 소설가가 소설 속 세계, 즉 음식과 옷의 재단 방식과 색깔, 그들을 둘러싼 풍경 등의 물리적인 세부 사항들을 꼼꼼하게 제시하면서 우리를 설득하는가? 아니면 그 대신 심리적인 세부 사항, 즉 사고의 진행 과정과 감정의 높낮이, 혹은 동기가 서서히 드러나는 것에 초점을 맞추는가?

2) 소설가가 환상의 세계를 제시한다면, 의도는 무엇인가?

소설가는 우의적으로 쓰고 있는가? 우화 속에서 작가는 이야기의 어떤 부분(등장인물, 사건, 장소)과 실제 현실 사이에 일대일 대응을 구축한다. 『천로역정』에서 크리스천은 등에 거대한 짐을 지고 있는데, 이 짐은 죄를 의미한다. 『걸리버 여행기』에서 등장인물들은 달걀의 갸름한 쪽과 뭉툭한 쪽 중 어디를 깨뜨려야 하는지 설전을 벌인다. '갸름한 파'와 '뭉툭한 파' 사이의 지독한 논쟁은 작가 스위프트가 생존하던 당시의 사회를 달구었던 성만찬의 적절한 준수를 둘러싼 논란을 우화적으로 언급한 것이다. 우화의 선택 자체가 작가의 의견이므로 그것을 문제 삼아도 좋다. 신의 실재하심에 대한 논쟁이 달걀 깨뜨리는 법에 대한 논쟁만큼 시덥잖다고 다들 여기는 것은 아니기 때문이다.[9]

우의가 부재한다면 우화 작가는 '추측하고' 있는 것일까? 이런 경우에 환상적인 요소들이 우리 세계와 일대일 대응 관계를 가지는 것은 아니다. 대신 낯선 환경의 기이함은 극단적인 모습으로 취해진 관념을 의미할 수도 있다. 조지 오웰은 존재하지 않는 세계에 대해 환상적으로 글을 썼지만, 독자가 빅 브라더와 현대의 어떤 정치인 사이에서 일대일로 일치하는 유사점을 찾아내기를 바라는 것은 아니다. 『1984』라는 기이한 우주 속에는 현대적 삶의 단면들이 과장스레 그려져 있는데, 그런 면들을 상상할 수 없을 만큼 극단으로까지 과장한 이유는 잠재되어 있는 위험을 보여 주기 위해서이다.

3) 소설이 주로 현실을 다루고 있지만, 두어 가지 환상적인 요소를 갖추고 있는가? 만약 그렇다면 그 소설을 단순히 '우화'로 분류할 수는 없다. 『주홍 글자』는 일상적인 사건(부정(不貞), 사생아 출생)을 연대순으로 그리고 있지만 소설의 절정 부분은 적어도 하나의 환상적인 사건과 관련된다. 『제인 에어』는 평범한 영국 가정에서 불행하게 살고 있는 현실적인 사람들의 이야기이지만, 제인은 절정에 도달하는 순간 유령의 목소리를 듣는다. 그것은 꿈인가? 현실적인 이야기에 글쓴이가 환상적인 요소를 끌어들인다면 사실적인 언어로 묘사하기에는 너무 강렬한 진짜 현상을 그리고 있는 것이다. 이 현상의 정체가 무엇인지 구분해 낼 수 있는가?

중심인물이나 등장인물이 원하는 것은 무엇인가? 그를 방해하는 것은 무엇인가? 이 장애물을 극복하기 위해서 어떤 전략을 구사하는가? 현대 소설을 비롯한 대부분의 소설은 이러한 기본적인 질문을 중심으로 이루어져 있다. 어떤 등장인물에게 질문을 던져도 좋지만 가장 두드러져 보이는 인물부터 시작한다.

엘리자베스 베넷이 원하는 것은 무엇인가? 이러한 중심적인 질문은 종종 직선적인 대답을 끌어내는지도 모른다. 엘리자베스 베넷은 결혼하고 싶어 한다. '크리스천'은 시온 산에 이르고 싶어 한다. 히스클리프는 캐시를 원한다. 에이햅은 고래를 원한다.

하지만 일반적으로 깊고 본질적인 요구나 소망은 위와 같은 표면적인 욕망 아래 잠복해 있다. 두 번째 질문인 '방해하는 것은 무엇인가?'를 던지면서 깊은 동기에 다가갈 수 있다. 엘리자베스 베넷의 결혼 가능성을 줄어들게 하고 그녀의 인생을 뒤얽히게 만들고 행복을 방해하는 요소는 무엇인가? 그녀의 가족, 제멋대로인 여동생과 어리석은 어머니, 수동적이고 냉소적인 아버지다. 엘리자베스는 결혼을 원하지만 내면의 욕구는 결혼을 넘어서 있다. 그녀는 자신이 태어난 세계를 버리고 다른 세계로 옮겨 가고 싶어 한다. 탈출을 바라는 것이다.(이 질문은 너무 단순한 대답을 막기 위한 일종의 장치이다. 이를테면 에이햅은 단순히 고래를 잡고 싶어 한 것이 아니다.)

이제 좀 더 세분할 필요가 있다. 여주인공이 내면의 욕구를 성취하는 데 방해하는 요인이 사람인가? 만약 그렇다면 그 사람은 고전적인 의미에서 '악당', 즉 다른 인물에게 해를 끼치는 악인인가?(『톰 아저씨의 오두막』에서 사이먼 리그리는 고전적인 악당이다.) 아니면 그 '악당'이 그저 우연히 여주인공의 요구에 상반된 목적을 지닌 자신만의 깊은 욕구를 가진 다른 인물인가?(자신들의 욕구를 좇는 엘리자베스 베넷의 어머니와 아버지, 여동생은 하나같이 엘리자베스의 고군분투하는 연애에 자신들이 끼치는 재앙과도 같은 영향에 대해서는 무관심한 태도를 보인다.)

여주인공의 길에 방해되는 요인이 반드시 사람일 필요는 없다. 처해 있는 모든 상황과 그녀를 엉뚱한 방향으로 끝도 없이 밀쳐 내는 악의에 찬 힘, 그녀 삶을 복잡하게 얽어매도록 우연처럼 맞아떨어지는 여러 사건들, 이것 역시 그녀가 원하는 것을 얻는 데 방해가 될 수 있다. 소설가의 세계는 인간이라는 것이 언제나 부족하고 타락한 산물에 좌우되거나 인간들은 파리처럼 무의미하기 마련인 무심하고 기계적인 우주에 좌우된다는 것을 보여 줄 것이다.

일단 잠정적으로나마 등장인물의 욕구와 충족을 가로막고 있는 '장애물'이 무엇인지 확인하고 나면 세 번째 질문에 대답할 준비가 된 것이다. 자신의 길에 방해가 되는 난점을 극복하기 위해서 등장인물이 따르고 있는 전략은 무엇인가? 난점을 극복하려고 권력이나 부를 이용하면서 반대에 저항하여 자신의 방식을 강행하는가? 조종하거나 설계하거나 계획하는가? 지적인 능력을 활용하는가? 이를 악물고 묵묵히 나아가는가? 압박에 저항하지 못한 채 말라죽는가? 이 전략이 소설의 플롯을 만들어 낸다.

이러한 기본적인 질문은 목록에 나오는 가장 현대적인 소설에도 해당될 것이다. 등장인물들은 언제나 탈출과 자유, 이상적인 존재, 자신의 삶에 대한 통제를 갈망해 왔다. 돈 드릴로의 『화이트 노이즈』에 나오는 잭 글래드니는 회사가 그를 위해 이미 구성해 놓은 삶의 이야기에 따라 부여된 의미(회사에서 생산된 모든 물건을 그가 끊임없이 구매하면서 연루되는 하나의 이야기)가 아니라 삶의 고유한 의미를 찾고 싶어 한다. 의미를 찾지 못하도록 그를 방해하는 것은 무엇인가? 종국에는 찾게 되는가?(세 가지 추측이 가능하다.)

이야기하는 이는 누구인가? 이야기는 허공에서 떠돌지 않는다. 어떤 목소리가 들려주는 것이다. 누구의 음성인가? 달리 말하면 소설가는 어떤 시점을 채택하는가?

소설의 다른 측면과 마찬가지로 시점은 각각 미묘하게 다른 수십 개의 유형으로 쪼개질 수 있다. 소설의 기술[10]에 대한 자세한 연구를 계획하고 있지 않다면 다섯 가지의 기본적인 시점에 익숙해지는 것으로도 족하다. 각각의 시점은 장점과 교환 조건을 지닌다.

1) 1인칭 시점은 아주 직접적이지만 제한적인 관점을 제시한다. 1인칭의 인물인 '나'는 등장인물의 가장 사적인 생각을 엿듣게 하지만 대신 인물의 시선에 얽히는 것만 볼 수 있고 등장인물 스스로가 인식하는 사실만을 알 수 있다.

2) 2인칭 시점은 오직 실험적인 작품이나 어드벤처 게임에서만 사용하는 드문 기법이다. "당신은 거리를 걸어 내려가서 문을 연다……."는 식의 서술이다. 1인칭 시점과 마찬가지로 2인칭 시점은 독자들에게 이야기뿐 아니라 친밀한 느낌을 전해 주고, 1인칭 시점이 조형해 내는 것과는 비교할 수 없을 만큼 직접적인 감각을 선사한다. 하지만 2인칭 시점은 과거에 대한 반추를 가로막고 작품 전체를 현재 시제로 제한하는 경향이 있다.

3) 3인칭 제한적 시점 혹은 '3인칭 주관적 시점'은 특정 인물 한 명의 시점으로 이야기를 진행하고 그의 마음속을 깊이 파고들지만 1인칭 대명사보다는 3인칭 대명사인 그나 그녀를 사용한다. 이 관점에서 글쓴이는 이야기로부터 거리를 두게 되지만 여전히 사건을 실제로 보고 들을 수 있다. 이 시점의 변형은 '3인칭 다중 시점'으로, 글쓴이가 몇몇 각기 다

른 인물들의 시점을 사용하여, 다수의 관점을 제공하기 위해서 한 인물의 '내면'에서 다른 인물의 '내면'으로 이동한다. 이 시점은 이 책에서 소개할 소설 가운데 가장 흔한 서사 전략일 것이다.

4) '3인칭 객관적 시점'은 멀찍이 떨어져 거리를 두며 이야기를 이어 나간다. 화자가 마치 그 장면 위에서 공중을 선회하고 있듯 지금 벌어지는 모든 것을 볼 수 있지만, 어떤 인물이든 그의 마음속을 들여다볼 수는 없다. 3인칭 객관적 시점을 채택하는 글쓴이는 일종의 과학적이고 공평무사한 관점을 얻지만 등장인물이 생각하고 느끼는 것이 무엇인지 우리에게 말해 주는 능력은 부족하다.

5) 전지적 작가 시점은 19세기까지 가장 인기 있던 시점으로, 글쓴이를 신의 위치에 놓는다. 글쓴이는 모든 것을 볼 수 있고 모든 것을 설명할 수 있다. 우주에서 일어나는 위대한 사건과 한 인물이 지닌 영혼의 가장 내밀한 생각까지 모두 그려 낼 수 있다. 항상 그렇지는 않지만 전지적 작가 시점은 종종 저자의 시점이기도 하다. 그 시점은 글쓴이에게 도덕을 부여하고 책에서 다루고 있는 사건에 대해서 개인적인 자신만의 생각을 기록하게 만들어 준다.(빅토리아 시대에 전지적 작가 시점은 독자에게 다음과 같은 직접적인 언설도 허락했다. "사려 깊은 독자여, 이런 여자는 깊은 죄책감으로 얼마나 고통받겠는가!")

작가가 채택한 시점은 무엇인가? 그 시점을 통해서 얻는 점과 잃는 점은 무엇인가? 일단 시점을 확인하고 나면 실험해 보는 것도 좋다. 소설의 내용 가운데 결정적인 구절을 다른 시점으로 재서술한 후 이야기의 변화 과정을 살펴보자.

이야기의 배경은 어디인가? 모든 이야기는 물리적인 장소에서 이루어진다. 장소가 자연인가? 아니면 인간이 구축한 곳인가? 만약 자연이라면 숲과 들판, 하늘이 등장인물의 정서와 문제를 반영하는가? 여주인공이 눈물을 흘릴 때 하늘에 구름이 뒤덮이고, 신경이 곤두섰을 때 바람이 이는가? 아니면 자연이 주인공의 고투에 반응이 없는가? 이러한 질문에 대한 대답은 소설가가 인간과 물리적 세계의 관계를 어떻게 조망하는지 말해 줄 것이다. 인간성이 자연과 긴밀하게 연관되어 있어서 땅이 인간의 고뇌에 응답하는가? 아니면 우주는 무심한가? 우리가 우주의 중심인가? 아니면 황폐한 표면을 기어 다니는 벌레에 불과한가?

인간이 구축한 환경(도시, 집, 방) 역시 등장인물의 내적인 삶을 반영한다. 소박하고 깔끔하게 정리되어 있거나, 뒤죽박죽으로 혼란스럽게 말이다. 카뮈의 『이방인』에서 화자는 이렇게 쓴다. "다음 날 다시 보내졌을 때, 전기 선풍기는 여전히 무거운 공기를 세차게 휘저어 대고 배심원들은 가지각색의 화려하고 작은 부채를 모두 같은 방향으로 부쳐 대고 있었다. 변론은 끝나지 않을 것만 같았다." 탁하고 정체된 대기는 자신을 온통 둘러싼 혼란의 안개를 뚫고 나갈 수 없는 화자 자신의 무능력을 반영한다.

묘사를 하는 몇 부분을 찾아보고 생각해 보자. 이 장면에서 누가 존재하는가? 인물의 환경은 어떠한가? 인물은 환경을 어떻게 감지하는가? 이것이 인물의 정신 상태에 대해서 무엇을 말해 주는가?

글쓴이가 채택한 문체는 무엇인가? '문체'란 글쓴이가 사용하는 단음절 혹은 다음절의 단어뿐 아니라 문장의 전반적인 길이도 가리킨다. 문장이 짧고 간결한가? 아니면 수많은 절과 종속적인 개념이 포함되어 복잡한가?

20세기 초 리얼리즘 소설가들은 깊은 사고와 꼼꼼한 습작의 결과물인 복잡하고 뒤얽힌 문장을 없애고 좀 더 구어적이고 생활적인 문체, 즉 '현실 속의 보통 사람들'이 일상에서 사용할 법한 말투에 가까워지도록 노력을 기울였다. 문어체에서 전환한 것은 '좋은 문체'에 대한 생각의 변화를 반영한다.

글쓴이가 문어체를 쓰는지 구어체나 공식적인 말투를 쓰는지 여부는 두어 가지의 간단하고 기계적인 장치를 적용하면 구분할 수 있다. 에드워드 코베트는 『현대 학생들을 위한 고전 수사법』에서 다음과 같이 제안했다.

1) 긴 문단 하나를 골라서 각 문장의 단어 수를 세어 보라. 가장 짧은 문장의 단어는 몇 개인가? 가장 긴 문장은? 한 문장에서 단어는 평균 몇 개인가?

2) 동일한 문단에서 세 개나 그 이상의 음절로 이루어진 명사와 동사 수를 세어 보라.

3) 구체적인 실체(사람, 풍경, 동물, 옷가지, 음식 등)를 가리키는 명사는 문단에서 몇 개이며, 추상적인 관념을 가리키는 것은 몇 개인가?

4) 물리적인 활동(달리다, 뛰어오르다, 기어오르다, 붉어지다)을 가리키는 동사와 정신적인 활동(근심하다, 기대하다, 기뻐하다)을 가리키는 동사는 각각 몇 개인가?[11]

이러한 기계적인 연습을 통해 글쓴이의 문체가 '평이'한지 아니면 좀 더 복잡하고 장식적인지를 평가하는 단초를 얻을 수 있다.

이제 세 명의 각기 다른 등장인물의 대화에서 세 구절을 선택한 후 위의 연습법을 활용하여 비교해 보자. 모든 등장인물이 똑같이 말하는가?(위대한 작가의 작품에서도 발견할 수 있는 가장 흔한 결점이다.) 아니면 말하는 양식이 각기 다른 배경과 다른 직업, 다른 삶을 살고 있다는 사실을 보여 주는가?

이미지와 은유 어떤 특정 이미지가 계속해서 반복되는가? 등장인물이 끊임없이 물을 건너거나 숲을 가로질러 걸어가는가? 하얀 드레스, 백장미, 하얀 하늘처럼 특정한 색깔이 한 번 이상 나타나는가? 『위대한 개츠비』에서는, 검안사가 광고판으로 사용할 요량이었던 나무로 만든 거대한 안구 모형 한 쌍이 버려진 채 잿빛 평원을 애처롭게 굽어보고 있다. A.S. 바이어트는 『소유』에서 녹색과 파란색, 그리고 물과 빙하의 얼음을 그들의 관계를 보여 주는 데 아주 효과적으로 사용한다.

일단 반복되는 이미지를 찾아내면 질문한다. 은유인가? 그렇다면 은유가 나타내는 것은 무엇인가? 은유는 태도, 상황, 진실과 같이 다른 무엇을 나타내는 물리적인 대상이나 행위이다. 은유는 알레고리와 다르다. 알레고리는 서로 다른 이야기의 요소와 그들이 대변하는 현실을 일대일로 연관 짓는다. 알레고리는 총체적인 은유의 집합체인 반면, 은유는 다양한 의미를 포함할 수 있는 단 하나의 이미지이다. 『위대한 개츠비』에서 거대한 나무 눈은 반복해서 등장한다. 신의 눈과 같이 나무 눈은 등장인물을 끊임없이 바라보지만, 그것들은 눈이 멀고 무심하여 응시 아래 머무는 삶에 아무런 의미도 가져다주지 않는다. 나무 눈은 떠들썩한 지역 사업으로 개발되어야 했지만 그러지 못하고 황무지로 변해 버린 평원 쪽을 굽어보고 있다. 그래서 나무 눈은 신이 부재한다는 은유로 작동하기도 하지만 데이지와 그녀 주변의 성공한 인생에 내재한 본질적인 공허함으로 우리의 관심을 끌기도 한다.

도입과 결말 이제 첫 장면과 마지막 장면을 살펴보자. 소설 시작부는 단번에 이야기의 중심 문제로 독자를 이끌어야 한다. 글쓴이가 미심쩍은 암시를 주면서 이해되지 않는 불완전한 각본을 그리기 시작하는가? 만약 그렇다면 그 소설의 의도는 재치와 결단력을 이용하여 혼란 상태를 의미 있게 만들면서 인간이 어떻게 부분적인 지식을 극복하는지 보여 주는 것인지도 모른다. 그 책이 순전히 행위를 통해서 독자를 끌어들이며 맹렬하고도 다채롭게 시작되는가? 만약 그렇다면 자신의 세계 속에서 바쁘고 유능한 인간들의 초상을 그리려는 것인지도 모른다. 수동적이며 침울하게 시작되는가? 아마 의도는 앞의 것과 반대일 것이다. 인간성의 본질적인 무력함을 보여 주기 위함인지도 모른다. 제인 오스틴은 『오만과 편견』을 이렇게 시작한다. "재산이 충분한 독신 남자에게 아내가 꼭 필요하다는 것은 누구나 인정하는 진리다." 이러한 단 하나의 문장은 소설의 굵직한 주제 전체를 포함하고 있다. 결혼의 불가피함, 독립적으로 잘 살고 싶은 욕망, 거기다 이야기가 펼쳐짐에 따라서 등장인물은 자신들의 가장 깊은 확신이 하나하나 차례로 전복된다는 사실을 발견하게 되므로 '누구나 인정하는 진리' 역시 바뀐다는 속성 등의 주제 말이다. 헨리 제임스는 『여인의 초상』을 영국의 어느 집 앞 잔디밭에서 열린 티 파티로 시작한다. 그는 이렇게 쓴다. "진짜 황혼은 몇 시간 후에야 찾아들겠지만 여름 햇살은 썰물처럼 어느덧 스러져 가기 시작했고 대기는 나긋해졌으며 그림자는 부드럽고 짙은 잔디 위로 길게 드리워졌다." 유럽식 배경에 흐르는 적요함과 나른함은 정력적인 어느 미국인의 도착과 동시에 흩어져 버리는데, 구문화와 신문화 사이의 이런 갈등은 제임스가 몰두해 있는 문제이기도 하다.

도입부를 검토했으니 결말로 넘어가자. 존 가드너는 『소설의 기술』에서 이야기에는 두 종류의 결말이 있다고 시사한다. 첫 번째 결말은 '해결'로서, '더는 사건이 일어날 수 없는' 때이다.(살인자가 결국 잡혀서 교수형에 처해지고, 다이아몬드가 마침내 발견되어 원주인에게 돌아가고, 마음을 얻기 어려운 여인을 드디어 사로잡아 결혼을 하게 된다.) 이와 반대되는 것으로 **'논리적 고갈'**이라는 결말이 있다. 이러한 결말에서 등장인물은 "무한히 반복되는 상태, 즉 더 많은 사건이 뒤따를지도 모르지만…… 그 사건들은 하나같이 똑같은 것을 표현할 것이다. 가령 공허한 의례에 갇혀 버린 인물이나, 자신이 처한 환경에 압도되어 끊임없이 잘못된 반응을 보이게 되는 상태를 말이다."[12]

여러분이 읽고 있는 책은 어떤 결말을 보여 주는가? 가드너의 설명에 따르면, 해결이라는 결말은 우리가 이 세상에 대해서 승리를 거둘 수 있으며 성공하거나 재난을 막기 위해 따라야 하는 규칙을 발견하여 우리 존재를 통제할 수 있다는 확실한 믿음을 보여 준다. 반면, 논리적 고갈이라는 결론은 우리가 갇혀 있으며 무력하고 똑같은 행동을 끝없이 반복하도록 저주받았다는 사실을 보여 준다. 두 종류의 결말은 인간적 삶의 본성에 대한 철학을 보여 준다. 이 철학에 동의하는가?

내가 동의하는지를 묻는 그 질문은 우리를 다음 독서 단계로 이끌어 준다. 바로 수사 단계다.

3단계: 수사 단계 독서

논리 단계의 질문에 대한 대답은 개별 소설의 핵심에 이르는 생각을 드러내는 단초가 되어야 한다. 수사 단계에서는 어떤 생각에 동의할 것인지를 결정짓는 시도를 해야 한다.

이제 소개할 위대한 소설들은 너무나 광범위하게 달라서 독자를 위한 충실하고 변하지 않는 '토의 주제'를 내가 정해 줄 수는 없다.(삶의 철학과 종교적 믿음, 일과 놀이와 가족생활의 경험에 따라 각자의 접근법은 전적으로 달라질 것이다.) 그러나 소설 속의 관념과 상호 작용하는 과정으로 들어서는 데 도움이 될 만한 주제 두어 가지는 제시할 수 있다. 소설의 수사 단계 탐구는 다른 독자와 서로 도와가며 진행해야 한다는 사실을 기억하기 바란다. 다음 질문 가운데 하나에 대답하면서 대화를 시작하게 될 것이다. 독서 동료에게도 이 점을 요청해 보자. 편지나 이메일로 토론한다면 첫 번째 편지는 다음 질문 가운데 하나에 대한 대답으로 두어 문단 정도가 좋다. 만나서 토론하더라도 대답을 독서 일기에 적는 것이 좋다. 그래야만 독서 일기에 기록한 메모가 소설을 읽는다는 것에 대한 여러분의 생각이 성장하는 과정을 보여 주는 '역사' 역할을 할 수 있기 때문이다.

무엇을 물어야 하는가? 질문의 대다수는 하나의 중심적인 의문 사항과 관련되어 있다. 이 책은 인생에 대한 정확한 묘사인가? 이것이 참인가?

소설 읽기의 수사 단계에서는 인간 경험의 본성에 대해 토론해야 한다. 사람들은 어떠한가? 무엇이 사람들을 이끌고 형성하는가? 우리는 자유로운가? 그렇지 않다면 무엇이 우리를 구속하고 제한하는가? 이상적인 남자와 여자는 어떠한가? 이상적인 남자나 이상적인 여자가 존재하기는 하는가? 혹은 이러한 생각 자체가 그저 하나의 환상에 불과한 일종의 초월적 '진리'를 제시하는 것인가?

등장인물에 공감할 수 있는가? 공감할 수 있는 인물이 있다면 이유는 무엇인가? 주요 등장인물의 어느 부분에 감정 이입되는지 그 지점을 찾을 수 있는가? 등장인물이 처한 진퇴양난의 상황이나 그에 대한 인물의 반응이 어떤 인식을 불러일으켜야 한다. 심지어 가장 기이하고 극도로 광적인 인물 속에서도 인정한다고 토로할 만한 무언가가 있어야 한다. 존 가드너는 여기에 주목한다. "에이햅 선장이 광인이라는 게 한눈에 드러난다 하더라도, 진리를 알고자 하는 그의 무시무시한 갈망을 우리는 긍정적으로 본다."

위대한 소설에서는 악인이라 할지라도 독자에게도 생길 법한 정서나 동기를 지닌다. 소설 속의 나쁜 인물은 그가 괴물이기 때문이 아니라 진정한 인간으로서의 자질이 왜곡되고 과장된 나머지 파괴적으로 변해서 악한이 되는 것이다. 마찬가지로 여주인공이 순수하게 선해서는 안 된다. 그런 인물은 독자 내부의 기대와 공명할 수 없기 때문이다. 그녀의 위대함은 독자도 알아볼 수 있고 심지어 공유하고 있는 약점을 극복한 덕분이어야 한다. 만약 여주인공이 이디스 워튼의 『환락의 집』에 나오는 릴리 바트처럼 성공하지 못하면, 그녀가 실패했듯이 우리도 실패할지 모르며 그녀의 입장이라면 우리도 굴복할지 모른다고 느껴야 한다.

각각의 등장인물에 공감할 만한 그 인물만의 자질을 밝혀내어 보자. 에이햅의 진리 추구, 릴리 바트의 아름다움에 대한 추구, 허크 핀의 자유에 대한 갈망. 여러분 내부에서 이런 자질을 느끼거나 다른 사람에게서 관찰할 수 있는가? 소설 속에 이런 자질이 규범과는 멀찌감치 왜곡되거나 과장되고 어떤 식으로든 뒤틀리는가? 반대되는 어떤 경향 때문에 그 자질이 파괴되거나 꽃피지 못하는가? 그렇게 반대되는 충동이 여러분 안에서도 발견되는가?

그런 후에 숙고해 보자. 글쓴이는 등장인물의 중심적인 성격을 규정하는 데 이런 자질을 선택했다. 글쓴이는 선택을 하면서 인간 조건에 어떤 선언을 하고 있는 것인가? 모든 인간들의 보편적인 갈망과 그런 갈망을 이루려고 할 때 우리 모두가 부딪히게 되는 반발인가?

글쓴이의 기법이 그가 인간 조건에 대해서 취하고 있는 '주장'에 실마리를 제공하는가? 시점, 배경, 세부 묘사의 활용, 의식의 흐름 등 각각의 기법은 글쓴이가 어떤 철학에 몸담고 있는지 함축적으로 보여 준다. 시점이 무엇을 함의하는지 숙고해 보자. 19세기 화자들은 전지적 작가 시점을 선호했고, 이는 그들에게 결과적으로 신의 위치를 부여해 주었다. 모든 것을 보고 모든 것을 묘사하고 모든 것에 대해서 도덕적인 판단을 제기하니 말이다. 전지적 작가 시점이 서서히 줄어드는 현상과 모든 것을 보고 결정하는 존재로서의 신에 대한 전통적인 믿음이 쇠퇴하는 현상, 이 두 현상이 평형을 이룬다는 사실은 일찍이 다수의 비평가들에 의해 관찰되었다. 전지적 작가 시점이 없다면 한 사람의 정상적이고 '표준적인' 시점은 존재하지 않는다. 각각의 인물들은 일어나는 사건에 대해서 다른 생각을 가지고 있기 때문에 어떤 특정한 시점도 참으로 취급될 수 없다.

책의 배경이 인간이 형성되는 방식에 대해서 무엇을 말해 주는가? 소설가가 우리는 환경의 산물, 즉 우리가 살고 있는 장소와 시간이 지금의 우리 존재를 결정짓는다고 믿는다면 물리적인 풍경에 세심한 관심을 보일 것이다. 그러나 인간이 주변 환경을 극복해 낼 힘을 지닌 자유로운 영혼이라고 믿는다면, 글쓴이는 인물의 머릿속에서 무슨 일이 벌어지고 있는지에 관심을 기울일 것이다. 물리적인 배경에 대해 충실하게 세부 묘사하는 대신 그와 같은 정도로 정서와 사고, 기분을 상세히 기록할 수 있을 것이다.

소설이 자기 반영적인가? 소설에서 인간의 조건을 더 발견하는 것이 가능하기나 한가? 인간에 대한 이야기가 진리를 전해 줄 수 있는가? 문자 언어가 존재의 의미심장한 문제를 실제로 소통시킬 수 있는가?

이런 질문에 대한 대답이 자동적으로 긍정이 되는 것은 아니다. 소설가는 글을 쓰면서 자신의 언어가 독자들에게는 일종의 진짜 의미를 전달한다고 생각한다. 인간 존재는 작품 속으로 환원될 수 있고 여전히 인식 가능한 무엇이라고 말이다. 하지만 또한 대부분의 작가들은 이런 일이 실제로 일어날 것인지에 대해서 깊이 회의하고 있다. 이 소설은 이런 긴장이 존재함을 보여 주는가? 소설은 내용에 주의를 집중하게 만드는가? 아니면 읽기와 쓰기 행위에 대해서 주의를 집중시키는가? 소설 속 등장인물이 글을 읽는가? 그들은 자신의 독서에서 무엇을 얻는가? 어떤 독서는 칭찬받는 반면 어떤 것은 비난받는가? 등장인물은 글을 쓰는가? 만약 그렇다면 글쓰기에서 무엇을 성취하고자 하는가? 그들이 종이에 적어 둔 것 때문에 불멸하게 되는가? 아니면 파멸당하는가?

소설이 자기 반영적이라면 이야기하기가 인간 존재에 대해서 의미심장한 발언을 할 수 있다고 긍정하는 것인가? 아니면 그러한 가능성에 의문을 제기하는가? 다음 목록에서 가장 처음 나오는 소설 『돈키호테』와 마지막 소설 『소유』는 시간상으로 400년쯤 떨어져 있다. 하지만 두 소설의 작가 모두 읽기와 쓰기 행위에 대해서 성찰한다. 돈키호테는 책을 너무 많이 읽어서 현실 감각을 잃었고, 『소유』의 중심인물들은 자신들이 남긴 이야기와 시, 편지를 통해서 재발견된다.

글쓴이는 시대의 영향을 받았는가? 이 질문에 대한 상식적인 대답은 아마 '그렇다.'일 것이다. 하지만 이것은 소설이 그 시대나 글쓴이와 아무런 상관 없는 '가공품'이며, 글쓴이의 시대에 대한 지식은 손에 쥔 소설에 대한 이해에 아무런 기여를 할 수 없다고 주장하는, 이른바 형식주의자들과 수십 년 동안 열띤 토론을 벌였던 주제이다.

가령 『위대한 개츠비』를 1920년대 미국에 대한 지식 없이 읽을 수 있다는 주장은 점점 힘들어지게 되었다. 추는 반대 방향으로 멀리까지 흔들려 올라갔기 때문이다. 소설이 그 시대의 산물과 다름 없고 일종의 상상이 가미된 역사와 사회 풍습을 반영하며 특히 특정 인종이나 성별 혹은 계급을 억압하는 것들로 읽혀야 한다고 주장하는 문학 평론가들과 함께 말이다. 『주홍 글자』는 간통한 여자들을 청교도주의자들이 어떻게 취급하는지 우리에게 말해 주고 있다. 『허클베리 핀의 모험』은 19세기 중반의 노예제에 대한 지식을 제공하고, 『암흑의 핵심』은 원주민 종족에 대한 식민주의자들의 사고방식을 드러내 준다.

이 모든 것은 사실이지만, 이런 소설들은 시대의 반영을 훨씬 넘어선다. 소설을 무엇보다 작은 문화사로 읽어 내는 것은 무미건조한 일이다. 현명한 독자는 중도를 택해야 한다. 글쓴이가 당대에 통용되는 지혜의 영향을 받았을뿐더러 시대가 글쓴이에게 상상력의 수혜를 준다고 가정해 보자. 소설의 어떤 측면에서 보면 글쓴이가 동시대인들을 훨씬 넘어서는 상상력의 도약을 이루어 낼 수 있었을 것이다.

수사 단계의 토의 가운데 일부로, 글쓴이가 살았던 시대의 간략한 역사를 읽고 싶어질 수도 있다. 거창하게 계획할 필요는 없다. 기본적인 교과서에서 서너 쪽을 읽으면 글쓴이의 시대에 대한 감을 잡을 수 있을 것이다. 미국과 영국 작품에 소설 목록의 초점을 맞추었으니 폴 존슨의 『미국 민중사』와 케네스 O. 모건의 『옥스퍼드 삽화 영국사』에 시간을 들여도 좋겠다. 사회적이고 문화적인 흐름에 좀 더 관심을 둔 자세한 역사는 클레이턴 로버츠, 데이비드 로버츠 공저의 『영국사』가 있는데, 『선사 시대에서 1714년까지』와 『1688년에서 현재까지』의 두 권으로 구성되어 있다. 좀 더 광범위한 세계상을 그리려면 1993년에 나온 개정판인, 미국 옥스퍼드 대학 출판사가 펴낸 존 모리스 로버트의 『세계사』와 『클라이브 폰팅의 세계사』를 보면 된다.

주먹구구식이지만 괜찮은 방법은 문제의 작품이 출간된 전후로 20년씩을 다룬 책을 읽는 것이다. 『천로역정』을 읽을 때는 1660년에서 1700년 사이에 영국에서 일어난 사건에 관해서 찾아봐야 한다. 독서 일기장 위쪽 여백이나 따로 종이 한 장을 마련해 결정적인 역사적 사건을 기억할 수 있도록 간략하게 연표를 작성한다면 도움이 될 것이다.

점점 늪에 빠지고 있다는 느낌이 들면 수사 단계의 독서는 건너뛰어도 좋다. 계획 전체를 포기하는 것보다는, 소설은 읽고 역사는 넘어가는 편이 효과적이다. 반면 '탈주 노예법'에 대해서 찾아보지 않고서는 『허클베리 핀의 모험』을 충분히 이해하지 못할 것이며, 조지 오웰이 비관적인 장광설을 썼던 유명한 1949년의 영국 정치와 문화에 대해서 파악하지 않고서는 『1984』의 의미를 완벽하게 읽어 내지 못할 것이다.

책 안에 주장은 있는가? 이제는 다른 고려 사항을 함께 모아서 최종 진술을 작성해 보자. 글쓴이가 말하고 있는 것은 정확히 무엇인가?

소설은 주장이 아니므로, 이야기를 결코 삼단 논법으로 요약해서는 안 된다. 소설가의 본래 의도는 독자를 경험하지 못한 세계로 이끌어 가는 것이지, 독자에게 하나의 논점을 설득시키는 것이 아니다. 특정 인물의 인생을 묘사하면서 글쓴이는 일반적인 인간 조건에 대해서 특정한 진술을 하는 셈이다. 돈 드릴로의 소설 『화이트 노이즈』의 등장인물로 히틀러 연구를 하는 교수 잭 글래드니는 덧없는 하루살이 문화 속에서 익사해 가는 중이다. 드릴로는 우리 모두가 그렇다는 사실을 알려 주고 싶어 한다. 토머스 하디의 불운한 등장인물들은 진창에서 빠져나오려 분투하는 자신들을 끝없이 내리누르는 무자비한 자연의 힘에 대항해 투쟁한다. 그들은 언제나 패배한다. 그래서 하디는 우리 모두도 패배할 것이라고 알려 주고 싶어 한다.

그러면 주요 인물들에게 무슨 일이 벌어지는지, 그리고 그 이유에 대해서 생각해 보자. 주인공의 운명 속에 담긴 주장이 있는가? 혹은 악한의 몰락에는 논거가 있는가?

동의하는가? 이제 위에 제시된 궁극적인 질문을 스스로에게 던져도 좋다. 이 작품은 참인가?

여기서 참이라는 단어의 두 가지 의미를 고려해야 한다. 설득력 있고 생생하며 매력적이고 현실에 맞도록 세부 사항을 주의 깊게 써서 독자를 소설 속 세계로 끌어당기고, 등장인물이 어떤 운명을 지닐지 관심을 잃지 않게 하는 소설, 즉 우리가 경험하는 세계가 소설과 공명한다면 그 소설은 현실적이다. 인간 경험이 어떠해야 한다는 것에 대해서 우리 자신의 확신과 반대되는 생각을 제시하는 작품은 그럼에도 불구하고 바로 그렇기 때문에 참일 수 있다.

혹은 인간 존재의 한 측면을 생생하게 그려 낸다면, 이 정도가 인간이 살아갈 수 있는 유일한 수준이라는 의견을 제시하는 것이다.

혹은 '어떠해야 한다'는 것이 도무지 없다는 의견을 제시한다면, 현재 우리 눈앞의 것을 초월하여 추구할 것은 아무것도 없고 현재 상태를 초월하여 믿을 것은 아무것도 없다는 말이다.

책 자체는 그래도 믿을 만하다고 여기면서 이런 관념 전체는 맹렬하게 거부하게 될지도 모른다. 그렇다면 대체 어떤 의미에서 그 책이 참인가?

이것과 관련한 마지막 질문이다. 허구적 이야기의 존재 이유는 무엇인가? 도대체 왜 소설을 읽는가? 인간 본성에 대해서 어떤 진리를 찾고자 하는가? 소설이 우리 자신에 대해서 무언가 어렵고 맞닥뜨리기 힘든 진실을 드러내야 하는가? 소설이 어떤 행로의 필연적인 종착점을 보여 주는가? 아니면 도덕적 변화의 동인인가? 우리가 행로를 수정할 수 있도록 본보기를 보여 주는 것인가? 소설이 우리에게 본보기를 제시한다는 이러한 생각은 그 자체로 어떤 배후를 가정하고 있다. 즉 어떤 문화든 모두에게 적용되는 인간 행동의 표준이 있으며, 인생에서 우리는 그 표준을 가시화시키는 추구를 하라는 가정이다.

알렉산더 포프가 상반되는 생각을 다음 구절로 표현한 적이 있다. "무엇이건 그것이 옳다." 소설은 하나의 이상을 싹트게 하지 않는다. 왜냐하면 전 시대의 모든 인간을 지배하는 불변적 행위 규범과 같은 존재의 가정은 편협하고 근시안적이기 때문이다. 소설은 전형을 제시하는 일과는 아무런 관련이 없다. 그저 현실을 탐구할 뿐이다. 수많은 문을 열어 내부를 들여다보게 해 주지만, 독자가 어떤 문턱을 넘어서야 하는지에 대해서는 아무런 제시도 하지 않는다.

우리가 꼭 읽어야 할 소설들

디포와 리처드슨, 필딩은 소설 창조에 도움을 주었으나 이 목록에는 올라 있지 않다. 문학을 전공한 학자들에게는 매력적이겠지만 그들의 산문은 확실히 시대에 뒤떨어졌다. 『파멜라』에서 리처드슨은 이렇게 쓰고 있다. "부비 부인과는 그렇게 된 것이었다. 어느 날 아침 티틀 부인과 태틀 부인이 마차를 타고 우연히 하이드파크에 들렀을 때 부비 부인이 조이와 팔짱을 끼고 우연히 걸어오고 있었던 것이다. 티틀 부인이 말한다. '오 신이시여, 내 눈을 믿을 수가 없네요. 부비 부인이 맞나요?'"

『파멜라』와 필딩의 『조지프 앤드루스』는 모두 풍자적인데, 풍자는 가장 빨리 구식이 되는 문학 형식이다. 디포의 산문은 그럭저럭 받아들일 만해도 『로빈슨 크루소』는 당시에 유행하던 짤막한 여행담 형식에 해당하는 늘어지는 무정형의 글이다. "나의 아버지에게 불행한 일이 일어났고 날씨가 사나흘간 흐렸는데, 그동안 나는 이 계곡에 있었다. 태양을 볼 수 없는 상태에서 아주 불편하게 떠돌아다니다 결국은 해변을 발견하고 푯대를 찾아갔던 길로 되돌아오는데, 그러고 나서는 수월하게 고향 쪽으로 방향을 틀었다. 날씨는 뜨거웠고 총과 탄약, 손도끼가 아주 무겁게 느껴졌다." 그리고 비슷한 내용이 좀 더 이어지지만, 별다른 사건은 벌어지지 않는다.

그래서 이 책에서는, 소설 목록이 이후 영국 소설가들의 선구가 되었던 세르반테스에서 시작하여 버니언과 스위프트로 넘어간다. 원래 영어로 씌어진 문학 작품에 무게가 실리긴 했지만 적당한 가격의 번역본을 구할 수 있는 세계 문학의 주요 작품들을 포함시키려 노력했다. 포괄적이라기보다는 대표적인 목록이고, 목록에 실린 소설은 시간의 풍화를 이겨 낸 가치 때문만이 아니라 소설 발전사에서 중요한 단계를 보여 주거나 소설 속 생각이나 인물들이 우리의 언어 속으로 이미 진입했기에 선택했다.

연대순으로 정리한 다음 소설들을 읽어 보기 바란다.

돈키호테 **미겔 데 세르반테스**

Don Quixote(1605) · MIGUEL DE CERVANTES

상상력은 넘치게 풍부하지만 돈이 별로 없는 가난한 시골 신사 알론소 키하노는 기사 이야기에 마음이 사로잡혀 밤낮으로 읽고 심지어 책을 사기 위해 괜찮은 농지까지 팔아 치울 정도다. 그는 자신이 낭만적 이야기 속에 살고 있다고 상상하면서, 자신의 이름을 돈키호테로 개명한다. 그리고 마을의 한 소녀를 자신의 애인이라 주장하고, 농부인 산초 판사를 하인으로 끌어들여 원정길에 나선다. 사기꾼이 시골을 떠돌면서 잘 속아 넘어가는 사람들을 이용한다는 악당 이야기의 전형을 세르반테스는 이 이야기에서 그대로 좇았다. 하지만 이 여정에서 돈키호테는 순진한 인물이며, 『돈키호테』에 등장하는 669명의 인물 가운데 그가 만나는 사람들은 일반적으로 벽창호에다 그의 환상을 참을성 있게 지켜보지 못한다. 돈키호테와 산초 판사가 이런저런 모험을 하면서 방랑하는 동안 돈키호테의 친구들과 이웃들은 그를 잡아들여 집으로 데려올 계획을 세운다. 마침내 그들의 계획이 성공한 후 돈키호테는 광증 치료를 받기 위해 라만차로 끌려온다. 그가 녹색의 무명 잠옷을 입고 회복 중에 있을 때 이웃 집 아들인 산손 카르라스코가 대학에서 돌아와 돈키호테에게 소식을 전해 준다. 그의 모험이 책으로 출간되었는데 1만 2000부가 넘게 찍었다는 것이다! 명성에 환호작약하여 산초와 돈키호테는 다시 모험길에 나선다. 마을 사람들에게 고용된 카르라스코가 노인네를 집으로 데려오기 위해서 다른 기사로 위장하고 다음번 모험담 내내 두 사람을 뒤쫓는다. 결국 '하얀 달의 기사'인 체하며 돈키호테를 무찌르고 집으로 돌아가라고 명령한다. 돈키호테는 비틀거리며 자신의 농장으로 되돌아오지만 곧 고열을 동반한 병에 걸려 죽는다. 표면적으로 보면 『돈키호테』는 모순적이며 독서에 반하는 소설이다. 돈키호테의 광기는 독서로 인한 것이다. 더구나 교육받은 대학 졸업자인 산손 카르라스코는 앙심을 품은 무능한 인간으로 그려진다. 하지만 소설 마지막에 가난한 시골 신사 알론소 키하노는 죽어서 묻힌 반면, 독서로 인해 창조된 기사 돈키호테는 글쓰기를 통해서 계속 살아남아 영원한 삶을 산다. 돈키호테의 모험은 흥미롭지만 소설 『돈키호테』의 진정한 매력은 독자의 상상 속에서 우화가 현실감을 얻는 방식에 대한 미겔 데 세르반테스의 끊임없는 관심에 있다.

저자 추천본

에디스 그로스만의 에너지 넘치는 2003년 번역본은 원작의 의미를 대체로 유지하면서도 현대적 영어로 이야기를 풀어 놓는다. 하지만 1775년에 나온 토비아스 스몰레트의 고전적인 번역본(Random House, 2001)을 읽는 것도 의미가 있다. 그로스만은 가독성과 세르반테스의 의도를 충실히 재현하려는 목적 사이에서 적절히 균형을 잡은 반면, 스몰레트의 번역은 영어적 상상력으로 진입한 『돈키호테』를 잘 구현해 냈다. 월터 스타키의 축약본(New York: Penguin, 1987)도 추천할 만하다.

국내 번역 추천본

미겔 데 세르반테스, 박철 옮김, 『돈키호테 1·2』(시공사, 2015).

미겔 데 세르반테스, 안영옥 옮김, 『돈키호테 1·2』(열린책들, 2014).

미겔 데 세르반테스, 김정우 옮김, 『돈키호테』(푸른숲주니어, 2007). ★청소년용

천로역정　　존 버니언

The Pilgrim's Progress(1679) · JOHN BUNYAN

『돈키호테』와 『천로역정』은 둘 다 현실 세계와 명백히 상반된 환상 속에서 전개된다. 세르반테스의 주인공은 광기에 사로잡혔고 존 버니언의 이야기는 꿈이다. 꿈속에서 기진맥진한 주인공 '크리스천'은 등에 짐을 진 채 손에는 한 권의 책을 들고 있다. 등짐은 그의 삶을 파괴시키고 있으며, 책은 집에서 뛰쳐나가지 않으면 파멸하고 말 것이라는 내용을 담고 있다. '복음 전도사'라는 이름의 한 신비로운 방문객이 버드나무 가지로 만든 좁은 문을 가리킨다. 마침내 '크리스천'은 그 문을 가까스로 통과해서 십자가 하나를 발견하고 등짐이 굴러떨어진다. 하지만 이것은 그의 영적인 과업에서 시작에 불과하다. 이제 그는 시온 산으로 여행해야 한다. 가는 도중에 그는 아볼루온과 싸우고, 사망의 음침한 골짜기에 출몰하는 악귀들에게서 도망치고, 허영의 시장(고삐 풀린 자본주의의 덕목들을 깨닫게 하는 도시)의 유혹을 이겨 내고, 절망의 거인과 검을 겨루고 마침내 깊은 강에 이르는데, 그곳에서 '칠흑 같은 어둠과 공포'와 마주한다. '소망'에게 구조된 그는 해안에 이르러 '빛나는 이'의 엄호를 받으며 신의 현존 속으로 들어간다.(『천로역정』의 후속 편은 첫째 권 이후 6년 만에

씌어졌는데, 한 권으로 묶어 출판하는 경우가 많다. 내용은 '크리스천'의 아내 '크리스티아나'와 네 아들이 몇 년 후에 그의 길을 뒤따른다는 이야기다.)

'크리스천'은 신실한 청교도 성직자 같은 태도를 취하면서, 준비된 서류의 빈칸을 올바르게 채우기만 하면 영성이 성숙해지기라도 한다는 듯이 깔끔하게 번호를 매긴 목록으로 영적인 진리들을 나열했다. 하지만 『천로역정』에서 지옥의 위협은 절대 사라지지 않으며, 그 도시로 당당하게 행진해 들어갈 때도 그는 다른 순례자가 도시 언저리에 있는 신비한 문에 다가와 몸을 밀어 넣고 있는 모습을 보게 된다. 그는 정색을 하고 끝맺는다. "천국의 문에도 지옥에 이르는 길이 있음을 그때 나는 알았다."

저자 추천본

현대식 철자법으로 바꾼 영어 원문은 Penguin Classics, Wordsworth Classics, and Dover Thrift Editions으로 구입할 수 있다. 우연이라도 요약본은 선택하지 말아야 한다.

국내 번역 추천본

존 버니언, 정성묵 옮김, 『천로역정』(두란노, 2019).

존 버니언, 여성삼 옮김, 『천로역정』(북프렌즈, 2005).

걸리버 여행기 조너선 스위프트

Gulliver's Travels(1726) · JONATHAN SWIFT

배의 외과 의사인 레뮤얼 걸리버는 A 지점에서 B 지점으로 항해하려 하지만 항해술도 형편없고 해적의 습격과 폭동, 폭풍우 때문에 매번 항로에서 이탈하게 된다. 처음에는 파선된 채 릴리펏이라는 섬에 이르렀다가 신장 15센티미터 남짓인 사람들에게 감금당한다. 마침내 가까스로 영국으로 탈출했지만 사람들이 기괴할 만큼 거대하다는 느낌을 받는다. 두 번째 항해에서 걸리버는 바람에 밀려 어느 거인 섬에 이르게 된 것이었는데 거기서는 애완동물 취급을 받는다. 이번에는 독수리 한 마리가 그를 낚아채 영국 국적의 선박이 있는 근처 바다에 떨어뜨리는 바람에 구조된다. 하지만 영국으로 돌아가서도 그는 마찬가지의 불쾌한 지각 변화로 고통받는다. 영국인들이 이제는 난쟁이처럼 보이는 것이다. 불안해진 걸리버는 고향을 떠날 항해를 계획하고 이번에는 날아다니는 섬 라퓨타를 발견하게 된다. 라퓨타 섬 남자들은 음악과 수학에 몰두해 있는 반면 여자들은 이웃 섬에 사는 남자들을 갈망한다. 마지막 네 번째 여행에서 야후라는 이름의 인간과 비슷하지만 야수 같은 생물체가 절반을 차지하며 살고 있는 섬에 상륙한다. 나머지 절반에서는 휴이넘이라는 우아하고 지적인 말이 살고 있다. 마침내 영국으로 영구 귀국한 걸리버는 영국인들(이제는 야후족으로 보이게 된다.)에게 너무나 격렬한 반감을 갖게 되어 말 두 마리를 사서 거처를 외양간으로 옮겨 말과 함께 살아간다. 불쌍한 걸리버. 여행이 마음을 넓혀 주어야 하건만 인간 행동의 과장된 모습을 보면서 살았던 탓에 인류 전체에 대한 증오를 굳혀 놓을 만큼 편협해졌다. 『걸리버 여행기』는 지각의 모험이자 부분적으로는 선전이 갖는 힘의 모험담이다. 스위프트는 독자가 걸리버의 눈으로 보게 만들고 걸리버의 해석대로 사건을 받아들이도록 이끈다. 그리하여 시나브로 '진리'에서 아주 먼 곳으로 항로를 바꿔 버릴 것이다.

저자 추천본

Dover Thrift Edition과 Penguin Classics이 가독성이 좋다. 앨버트 J. 리베로가 편집한 North Critical Edition에는 주석이 많이 달려 있다. 소설에 집중하는 데 방해가 될 수도 있지만, 정치적, 문화적 풍자를 위한 소설이기에 주석이 없으면 다소 당황스러운 이야기들을 이해하는 데 도움이 될 수 있다.

국내 번역 추천본

조너선 스위프트, 이종인 옮김, 『걸리버 여행기』(현대지성, 2019).

조너선 스위프트, 신현철 옮김, 『걸리버 여행기』(문학수첩, 2000).

오만과 편견 제인 오스틴

Pride and Prejudice(1815) · JANE AUSTEN

『오만과 편견』은 탐구와 바다 항해로 이루어진 남성의 세계를 다루지 않고 여자들의 집안 세계를 다룬다. 여성 소설계에서 200년 남짓 앞서 오프라 바람을 예견하고 있다. 소설은 이렇게 시작한다. "재산깨나 있는 독신 남자에게 아내가 꼭 필요하다는 것은 누구나 인정하는 진리다." 한 부인이 찰스 빙리와 피츠윌리엄 다아시 두 남자를 위해 케이크에 당의를 뿌리고 있다. 두 남자는 돈이 많을뿐더러 넘볼 수 없는 사회적 지위를 지닌 독신남들이다. 하지만 빈곤한 베넷 가의 다섯 딸은 남편이 없다면 가난으로 서서히 몰락할 일만 남았을 뿐이다. 찰스 빙리가 근처에 집을 얻자 온순하고 상냥한 첫째 딸 제인은 그와 사랑에 빠진다. 하지만 그의 친구인 다아시는 베넷 부인의 천박함과 다른 식구의 저속한 처지에 질색하며 유순한 자신의 친구에게 제인을 포기하라고 설득한다. 그러는 한편 다아시는 자신의 의지와는 달리 둘째 딸 엘리자베스에게 점차 매료

되는 바람에 결국 불쾌하기 그지없게 그녀에게 청혼한다. 엘리자베스는 분노하며 다아시의 청혼을 거절한다. 하지만 한때 다아시의 어린 시절 친구였던 방탕한 난봉꾼이 방종하고 제멋대로인, 엘리자베스의 막내 동생 리디아를 유혹한다. 한편 다아시는 이 상황을 바로잡으려고 중재에 나선다. 그는 빙리를 다시 제인에게 돌려놓는다. 엘리자베스는 마음이 변했다는 증거에 태도가 온화해져 다아시의 청혼을 받아들인다. 엘리자베스의 아버지인 베넷 씨는 이렇게 말하며 결혼을 승락한다. "그 사람은 직접 자신이 겸손하게 부탁하는 일이라면 감히 거절하지 못하게 만드는 그런 사람이야." 소설은 양쪽의 결혼식으로 끝을 맺는다. 『오만과 편견』은 문학사에서 소설의 모든 조건을 충족하는 로망스의 하나지만, 제기되지 않은 질문을 남기고 끝난다. 겉모습이 전부인 세상에 대해 분개하던 엘리자베스가 이제는 영국 최고의 부자이자 가장 보수적인 남자와 결혼하면서 그런 세상의 중심부로 들어서게 된 것이다. 그녀의 새로운 인생이 그녀를 어떻게 변화시킬까?

저자 추천본

지난 20년 동안 오스틴의 소설이 영화나 미니 시리즈로 많이 제작된 덕분에 그녀의 소설은 Dover Thrift Editions, Vintage Classics, Penguin Classics 등 다수의 출판사에 의해 출간되어 왔다. 이 소설은 해설 없이도 훌륭히 읽히기 때문에 편집이 너무 많이 되어 있거나 주석이 많이 달린 판본은 선택하지 않는 것이 좋다.

국내 번역 추천본

제인 오스틴, 윤지관·전승희 옮김, 『오만과 편견』(민음사, 2003).

올리버 트위스트　찰스 디킨스

Oliver Twist(1838) · CHARLES DICKENS

이름 없는 한 여자가 구빈원에서 아이를 낳은 후 자신의 정체도 알리지 않은 채 세상을 떠난다. 태어난 지 겨우 몇 분밖에 안 된 신생아는 너저분한 매트리스에서 숨을 헐떡이며 누워 있다. 아기가 "세심한 친할머니에 외할머니며…… 지혜로운 의사 선생들에 에워싸여 있었다면, 십중팔구 죽어 버렸을 것이 틀림없다." 하지만 주위에는 과로한 의사와 술에 전 간호사 외에는 아무도 없었기에 아기는 살아남았다. 이렇듯 뒤틀린 행운 덕에 올리버 트위스트라는 아이는 우리 앞에 나타나게 되지만 그 아이가 받아 마땅한 사랑과 관심을 아기 적부터 주위 어른들이 빼앗아 버린다. 아이를 키우던 간호사는 복지 보조금을 가로채고 지역 교구에서는 그를 5파운드에 관 제조업자에게 팔아치운다. 때를 틈타 올리버는 런던으로 도망친 후 장물아비 페이긴에게 소매치기하는 법을 배운다. 올리버는 길거리에서 부유한 브라운로 씨에게 구출되지만, 몽크스와 사이크스라는 두 도둑이 매춘부인 사이크스의 여자 친구 낸시의 도움으로 그를 다시 유괴해 억지로 강도짓을 돕게 만든다. 올리버가 강도짓하던 집의 주인인 메일리 부인과 질녀 로즈는 물건을 훔치던 올리버를 붙잡은 후에 입양하려고 하지만, 몽크스와 사이크스는 아이를 다시 유괴해 오려고 작정한다. 범죄에 가담한 것이 후회스러워진 낸시가 로즈와 메일리 부인에게 유괴 계획을 경고하고, 배신을 알아챈 사이크스는 낸시를 때려 죽인다.(디킨스는 현상을 빈틈없이 관찰하는 입장이며 아무런 분석적인 꼬리표도 달지 않는다. 사이크스를 떠나라고 설득하는 로즈에게 낸시가 말한다. "나, 돌아가야 해요. 그렇게 고통받고 학대받아도 그 사람한테 다시 끌려요. 결국 그 사람 손에 맞아 죽으리란 것을 알아도 그럴 거예요.") 올리버는 로즈와 메일리 부인에게 과거의 은인 브라운로 씨를 소개하고, 그들 셋은 사이크스와 몽크스가 다시 올리버를 유괴하려 할 때 붙잡으려는 계획을 세운다. 사이크스는 매복하던 장소에서 도망가려던 중에 사고로 목이 졸린다. 몽크스는 잡히고 나서 올리버의 사생 이복형제임이 드러나는데, 올리버를 쫓아다녔던 이유도 어린 동생의 유산을 가로채려던 속셈 때문이었다.

이 책에서 당혹스러운 두 가지 우연은 로즈가 올리버의 이모로 밝혀지고, 브라운로 씨가 몽크스와 올리버 형제가 자신의 학교 동창인 에드워드 리퍼드의 아들임을 깨닫게 되는 장면이다. 전체 플롯의 절반 이상을 잘라내도 무리 없을 만큼 개연성이 없는 디킨스의 이야기는, 런던에서 살아남은 아이들은 순전히 우연한 사건 덕분이고 개인적으로 은인들이 그들에게 우연히 동정을 베풀었기 때문임을 보여 준다. 『올리버 트위스트』의 원래 부제는 버니언의 작품 제목을 냉소적으로 풍자한 '교구 소년 역정'이다. '크리스천'은 스스로의 운명을 추구할 수 있는 성인이지만, '올리버 트위스트'는 타인의 친절에 전적으로 의존할 수밖에 없다.

저자 추천본

조지 크룩생크의 독창적인 도판이 첨부된 3권짜리 1838년 판본이 온라인에서 이용 가능하며, 페이퍼백으로 된 The Modern Library edition(2001)도 찾아볼 수 있다.

국내 번역 추천본

찰스 디킨스, 이인규 옮김, 『올리버 트위스트 1·2』(민음사, 2018).

찰스 디킨스, 왕은철 옮김, 『올리버 트위스트』(푸른숲주니어, 2006). ★청소년용

제인 에어 샬럿 브론테

Jane Eyre(1847) · CHARLOTTE BRONTE

외숙모의 미움과 사촌들의 괴롭힘을 받으며 자란 고아 제인 에어는 처음에는 학교로, 다음에는 손필드 저택의 가정교사 자리로 도피한다. 그녀를 고용한 로체스터는 위풍당당한 사람이다. 제인은 그의 청혼을 받아들인다. 하지만 광기 어린 기괴한 웃음소리와 손필드 저택에서 일어나는 기이한 사건들이 로체스터의 아내 버사 때문이라는 사실을 결혼식 날 알게 된다. 버사는 결혼 직후에 정신을 놓아 버려 다락방에 갇혀 있다. 중혼을 하려다 저지당한 로체스터는 함께 살자고 제인을 설득한다. 그러나 제인은 도망 나와 황야를 건너고 넘어질 듯 비틀거리며 먼 친척이 있는 리버스 가의 시골집으로 간다. 자매인 다이아나와 메리와 함께 지내다가 둘의 오빠인 내성적이고 금욕적인 세인트 존 리버스의 구애를 받는다. 하지만 세인트 존이 하느님께서 아내이자 선교 여행의 조력자로 제인을 지목하셨다고 말하면서 청혼을 하자 제인은 거절한다. 다행히 먼 삼촌에게 물려받은 약간의 돈이 있어 제인은 어느 정도 자립을 할 수 있게 된다. 그녀는 다음번 행로를 숙고하던 중 불현듯 자신을 부르는 로체스터의 환영이 생생하게 떠오른다. 제인은 손필드 저택으로 돌아가지만 눈앞에는 거무스름한 폐허만이 펼쳐져 있을 뿐이다. 로체스터의 정신병자 아내가 집에 불을 지른 것이었다. 로체스터는 이제 다시 결혼해도 될 자유를 얻었으나 눈이 멀고 화상을 입었다. 그래도 제인은 그와 결혼한다. "독자여, 나는 그와 결혼했다." 이 대목은 소설의 가장 유명한 구절 중의 하나다. 그리고 제인이 그를 돌보면서 아들을 낳는 것으로 소설은 끝난다. 로체스터는 문학사에서 으뜸가는 악한으로, 성적이고 매력적이며 부유하고 평판이 나쁘다. 샬럿 브론테는 그를 위해 완벽한 여자를 창조해 낸 셈이다. 제인은 처음에는 로체스터와의 결혼을 거절하지만, 나중에는 그의 청혼을 받아들인다. 남편이 아닌 자신이 지배적인 위치에 오른 후의 일이다.

저자 추천본

Wordsworth Classics, Dover Thrift Editions, Everyman's Library 판본을 입수할 수 있으며, Audible의 오디오북(혼자 읽어 주는 무삭제본을 선택하는 게 좋다.)도 나와 있다.

국내 번역 추천본

샬럿 브론테, 유종호 옮김, 『제인 에어 1·2』(민음사, 2004).

주홍 글자 너새니얼 호손

The Scarlet Letter(1850) · NATHANIEL HAWTHORNE

헤스터 프린은 바다에서 남편이 실종되고 한참 후에 임신한다. 청교도 공동체는 헤스터를 간통으로 교수형에 처하겠다고 위협하지만 마을의 목사인 아서 딤스데일이 그녀 편에 선다. 마을의 노인들은 헤스터를 살려 주는 대신 주홍색 천에 A 글자를 바느질해서 가슴 앞에 달고 다니게 한다. 그녀가 딸 펄을 낳고서 평온하게 살고 있는 그 마을에 한 이방인이 나타난다. 풍상을 다 겪은 남자는 인디언들과 함께 수년을 살았으며 자신을 로저 칠링워스라고 소개하지만, 헤스터는 그가 실종된 자기 남편임을 알아본다. 헤스터의 임신 사실에 배신감을 느낀 칠링워스는 자신의 정체를 마을 사람들에게 밝히길 거부한다. 대신 그는 아서 딤스데일과 친분을 애써 쌓으려 하는데, 마음속으로는 그가 펄의 아버지라고 확신하게 된다. 남성적인 동료 의식을 가장한 채 그는 딤스데일에게 정신적인 고통을 받게 한다. 딤스데일로 하여금 교수대에 올라 마을 전체에 자신의 죄를 고백하고 자신의 셔츠를 찢어서 기이한 낙인, 그러니까 가슴에 새겨진 A 자를 드러낸 다음 마침내 죽어 가도록 만든다. 하지만 쫓고 쫓기는 게임에서 쫓기는 대상을 잃은 칠링워스도 죽고 만다. 헤스터는 펄과 함께 떠나지만 몇 년 뒤 여전히 옷에 A 자를 새긴 채 예기치 않게 마을로 돌아와 죽을 때까지 조용히 살아간다. 사회의 도덕이 허용하는 한계 밖에서 태어난 펄은 가까스로 사회의 모든 압력을 벗어난 다음 행복한 삶을 이어 간다. 하지만 앵글로색슨계 미국 사회를 떠나 신비로운 귀족 남자와 결혼을 통해서만 펄은 자유를 얻게 된다. 아무도 그를 본 적은 없지만 "영국의 문장 가운데서는 유례가 없는" 문장이 찍힌 편지가 헤스터에게 정기적으로 도착했다.

저자 추천본

Dover Thrift Editions, Penguin Classics, Vintage Classics.

국내 번역 추천본

너새니얼 호손, 김욱동 옮김, 『주홍 글자』(민음사, 2007).

모비 딕 허먼 멜빌

Moby-Dick(1851) · HERMAN MELVILLE

어느 교사가 불안스레 자신의 인생을 변화시키리라 결심한다.('이시마엘'이라고 불러 달라고 부탁했지만 그의 정체는 밝혀지지 않는다.) 그는 온몸에 문신을 한 남양(南洋) 출신의 식인종 퀴퀘그와 함께 포경선 피쿼드 호에 승선하기로 계약한다. 피쿼드 호의 선장 에이햅은 온몸에 하나의 거대한 상흔이 새겨 있는데, 목발을 짚고 있는 광기 어린 고래잡이꾼이다. 에이햅은 모비 딕이라는 거대한 흰 고래를 찾아 죽일 작정이다. 마침내 고래를 발견하자 고래를 뒤쫓으려고 선체에서 간이배들을 내린다. 에이햅은 선두 쪽의 배를 타고 있었는데 모비 딕과 부딪혀 배가 박살이 난다. 에이햅은 구조된 후 다시 한번 흰 고래의 뒤를 쫓는다. 추격 사흘째, 고래가 들이받아 배는 산산조각 나고, 에이햅은 작살 고리에 달려 있던 밧줄에 목이 휘감겨 물속으로 휩쓸려 들어간다. 지나가던 배에 구조된 이시마엘을 제외한 전 선원은 죽음에 이른다.

이야기는 상당히 직설적으로 보일지 모르지만 소설은 상징주의를 연습한 두툼한 연습장이라 하겠다. 실제로는 무엇에 대한 내용인가? "신과 영웅을 창조하고 파괴하려는"(에릭 모트람) 인간의 충동, 영적 진리를 추구하는 인간을 앞에 둔 신의 "불가해한 침묵"(제임스 우드), "너무나 많은 의미가 덧붙여져 결국은 무의미해진" 언어(우드), "경이로움뿐 아니라 비참함"까지 불러온 인간의 지식 추구(제임스 매킨토시), 문화적 권위의 거부와 용인된 문화적 진리의 전복(캐롤린 포터), 이성애적 불안과 동성애적 정체성 등 전거를 들기 어려울 만큼 수많은 비평가들이 언급했다. 이 소설은 강박에 대한 이야기이기도 하다. 자주 보이기는 하지만 결코 찾을 수는 없는 진리를 향한 결실 없는 추구, 동행이 있을 때조차 본질적으로 고립된 고독한 인간의 자아, 자연스럽고 야만적이며 복잡하지 않은 인간 퀴퀘그와 혼란스럽고 불확실하며 교육 받은 인간 이시마엘 사이의 갈등, 그리고 무엇보다도 실제로 고래를 쫓고 작살을 꽂아 난도질하는 것을 보여 주는 내용이기도 하다.

저자 추천본

The Penguin Classic paperback. 이 판본은 서체가 큼직하여 가독성이 높고, 제본 상태가 좋다. The Wordsworth Classics 판본도 수준이 높다. Norton Critical Edition은 고래잡이에 관한 흥미로운 각주가 많이 달려 있다.

국내 번역 추천본

허먼 멜빌, 황유원 옮김, 『모비 딕 1·2』(문학동네, 2019).
허먼 멜빌, 김석희 옮김, 『모비 딕』(작가정신, 2011).
허먼 멜빌, 김정우 옮김, 『모비 딕』(푸른숲주니어, 2007). ★청소년용

톰 아저씨의 오두막 해리엇 비처 스토

Uncle Tom's Cabin(1851) · HARRIET BEECHER STOWE

톰 아저씨는 켄터키에 있는 아서 셸비 농장의 노예다. 셸비가 양심적인 주인이긴 하지만 그래도 노예 소유주이고, 톰은 그저 그의 자산일 뿐이다. 빚을 지게 된 셸비는 톰을 '강 아래' 남부 지방의 노예 시장에 팔기로 한다. 그곳은 아주 잔혹할뿐더러 뜨겁고 습도 높은 생활 환경에 묶

은 죽을 먹이면서 들일을 시키기 때문에 노예들이 두려워하는 지방이다. 셸비는 자신의 가족과 함께 지내던 톰을 파는 것으로도 모자라 다섯 살배기 해리마저 어머니 엘리자에게서 떼어놓아 팔아 버리기로 한다. 분개한 아내가 항의해도 셸비는 빚 때문에 달리 선택권이 없다고 주장한다. 남자들에 비해 도덕적으로 인간미를 갖춘 셸비 부인은 남편과 언쟁을 벌인다. 우연히 언쟁을 엿들은 엘리자는 아이를 데리고 급히 도망치기로 하고 톰 아저씨에게 함께 가자고 설득한다. 하지만 그는 주인이 자신을 팔아서 돈을 구해야 한다는 것을 알기 때문에 충심을 다해 남는다. 이렇듯 백인의 목적에 헛되이 동화되어 버린 톰은 결국 자기 목숨을 건다.

그는 남부로 떠나지만 가는 길에 에바 세인트 클레어라는 폐결핵에 걸린 금발의 착한 소녀의 목숨을 구해 준다. 에바는 아버지 세인트 클레어를 설득해서 톰을 사게 하고, 임종을 맞으면서 아버지에게 톰을 자유롭게 풀어 주자고 간청한다. 세인트 클레어는 동의하지만 자신이 한 약속을 지키기도 전에 사고로 세상을 떠난다. 그의 아내는 빚을 갚기 위해 톰을 팔아 버리고 톰은 새 주인인 술주정뱅이 악한 사이먼 리그리에게 맞아 죽는다.

날카로운 얼음 조각이 떠다니는 강을 건너는 위험천만한 여정을 거치며 엘리자는 오하이오에 도착한다. 엘리자는 노예제를 지지하는 상원 의원 집에서 도피 생활을 한다. 상원 의원은 엘리자를 불쌍히 여겨 그녀를 퀘이커교 공동체로 보내 주고, 이번에는 퀘이커 교도들이 엘리자가 캐나다로 피신하도록 돕는다. 그사이 아서 셸비는 해리와 톰을 팔아 버리겠다는 계획이 머릿속을 떠나지 않자 자신의 노예들을 찾아내겠다고 결심한다. 톰의 죽음을 둘러싼 정황을 알게 될 즈음 그는 사이먼 리그리의 야만적인 학대를 피해 달아나던 다른 두 명의 노예와 마주친다. 알고 보니 둘 가운데 한 명인 케이시가 엘리자의 어머니임이 밝혀진다. 셸비는 켄터키로 돌아가 남아 있는 자신의 노예를 전부 풀어 준다. 케이시와 그녀의 동료는 캐나다로 가서 엘리자를 찾아낸다. 도망치는 노예 모두는 과거 노예였던 자들을 위한 새로운 해외 영토인 라이베리아로 가기로 마음먹는다.

디킨스와 마찬가지로 스토도 자신의 독자들이 가엾은 이들에게 공감하기를 바란다. 하지만 디킨스가 은혜를 베푸는 개인에게서 희망을 찾아내는 반면, 스토는 부당한 체제에 부딪히면 그들도 결국 무력해질 뿐임을 보여 준다. 스토는 완벽한 사회 개혁을 바라며 독자의 정서적 지지와 의지를 얻으려 시도하면서, 당대 '여성 소설'에서 매우 호소력 있는 소재(위험에 빠진 어린이, 아이를 빼앗긴 어머니, 숭고한 여성들)를 차용한다.

저자 추천본

The Modern Library Classic paperback, Signet Classics(200주년 기념본), Dover Thrift Editions.

국내 번역 추천본

해리엇 비처 스토, 진형준 옮김, 『톰 아저씨의 오두막』(살림출판사, 2018). *청소년용

해리엇 비처 스토, 이종인 옮김, 『톰 아저씨의 오두막 1·2』(문학동네, 2011).

마담 보바리 귀스타브 플로베르

Madame Bovary(1857) · GUSTAVE FLAUBERT

'사실주의의 아버지' 귀스타브 플로베르는 자신의 여주인공이 로망

스 소설 속에 살고자 하기 때문에 그녀를 죽음에 이르게 만든다. 엠마 루오는 의사의 아내가 되고 싶은 마음에, 마을 의사인 샤를 보바리와 결혼한다. 하지만 현실은 지루하기 짝이 없어 병이 도지고 만다. 엠마의 남편은 시골에서 개업을 포기한 채 아내를 데리고 루앙이라는 도시로 이사하고, 그곳에서 엠마는 딸을 낳는다. 하지만 어머니라는 자리도 연애에 대한 여인의 갈망을 채워 주지 못한다. 아기가 엠마에게 침을 흘리자, 분명 삶의 흔한 현실 가운데 하나인데도 그녀는 혐오감으로 질겁한다. 대신 그녀는 공증 사무실에서 서기 일을 보고 있는 레옹을 갈망하다 그가 마을을 떠날 때까지 시어머니의 분노를 자초한다. 시어머니는 엠마가 "온갖 나쁜 책과 소설을 읽느라" 너무 시간을 보낸다며 "그러다가 아주 큰일이 나지, 얘야."라며 아들에게 불평한다.

손톱은 지저분하고 태도는 농군 같은 남편에게 질려 연애에 목말라하는 엠마는 마을의 독신남 로돌프 불랑제의 관심에 절호의 기회를 맞는다. 그는 "여자를 수없이 겪어서 그 방면에는 훤했다." 하지만 불랑제는 엠마가 꿈꾸는 왕자가 아니다. 그는 엠마와 관계를 맺은 후 그녀를 데려가겠다고 약속하지만, 만나기로 한 약속을 무시한다.('어린애까지 떠맡을 수는 없지!' 그는 혼자 생각한다. '게다가 또 여러 가지 귀찮은 일들이 생기고, 돈도 들고!') 실망한 엠마는 이제 막 마을로 돌아온 레옹과 연애를 시작하고, 남편의 돈을 말도 없이 탕진하다 점차 빚더미에 올라앉게 된다. 마침내 행정관으로부터 재산을 압류당하게 된다. 레옹도 로돌프도 도와주지 않자, 엠마는 음독자살한다.

여기서조차 로망스와 현실은 전쟁을 벌인다. 엠마의 아름답게 차려입은 시신을 내려다보며 "아직도 저렇게 예쁘시다니."라며 여관집 여주인이 한숨 짓는데, 마침 '시꺼먼 액체'가 '토사물처럼' 엠마의 입 밖으로 흘러나온다. 샤를 보바리는 슬픔으로 죽음을 택하고 둘의 딸은 고아로 남겨져 방직 공장에서 일하게 된다. 딸이 어머니의 실패를 되풀이하지 않으리라는 것을 입증해 주는 부분이다. 어머니의 몰락을 불러온 탐닉은 정기적으로 돈이 나오는 화수분이 필요했기 때문이다.

저자 추천본

애덤 소프가 번역한 Vintage Books의 2011년 판본이 원작의 리듬을 훌륭히 살렸다.

국내 번역 추천본

귀스타브 플로베르, 김화영 옮김, 『마담 보바리』(민음사, 2000).

죄와 벌 표도르 도스토예프스키

Crime and Punishment(1866) · FYODOR DOSTOYEVSKY

라스콜리니코프는 스스로도 납득하기 어려운 살인을 저지른다. 가난한 라스콜리니코프는 지참금이 필요한 여동생을 위해 한 전당포 주인을 살해하고 보석붙이를 훔친다. 하지만 훔쳐 온 보석들은 거의 돈이 되지 않을 정도로 보잘것없었다. 라스콜리니코프는 서서히 예심 판사 포르피리 페트로비치의 주시를 받는다. 의심받고 있다는 사실을 깨닫고 라스콜리니코프는 자수를 망설이지만 창녀 소냐에게 관심을 가지면서 계획을 포기한다. 그녀는 퇴역 관리와 폐병 환자 어머니 사이에서 태어난 신앙심이 두터운 사람이었다.

그사이 라스콜리니코프의 누이 두냐는 본의 아니게 세 남자와 동시에 관계를 맺게 된다. 그녀는 관료인 루진과의 약혼을 파기하고 대신 라스콜리니코프의 친구 라주미힌과 관계를 맺는다. 두냐가 거절하자 원한을 품은 루진은 소냐의 옷에 돈을 몰래 넣어 놓고 소냐가 훔쳤다며 고발한다. 다행히도, 그의 행동이 이웃의 눈에 띈 덕에 소냐는 혐의에서 풀려난다. 두냐는 자신의 옛 학생인 악의에 찬 스비드리가일로프의 관심을 끌게 되고, 그는 그녀를 따라서 상트페테르부르크로 간다. 라스콜리니코프가 살인 사실을 마침내 소냐에게 털어놓는데, 이 사실을 엿듣던 스비드리가일로프가 두냐를 자기 방으로 끌어들인 다음 가둬 버린다. 자신과 결혼하면 라스콜리니코프를 돕겠다고 약속하지만 두냐는 거절한다. 그는 그녀를 놓아 주고 절망감에 빠져 마침내 자살한다.

이 모든 뒤틀린 사랑은 소냐와 두냐, 그리고 그의 어머니가 라스콜리니코프에게 베푼 사랑과 상반된다. 모두가 그에게 양심을 정화하라고 설득하자 라스콜리니코프는 결국 자수하여 시베리아 8년 유형 선고를 받는다. 두냐와 라주미힌은 결혼하고 소냐는 라스콜리니코프를 따라 시베리아로 가서 수용소 근처에 살면서 수감자들을 돌본다. 시베리아에 수감된 라스콜리니코프는 상처 입은 자존심으로 고통받는다. “아, 내가 혼자이고 아무도 나를 사랑하지 않았다면, 나 역시 아무도 사랑하지 않았더라면!” 그는 혼자 생각한다. “그러면 이런 일은 결코 일어나지 않았을 텐데!”

하지만 라스콜리니코프는 베개 속에 소냐가 건네준 복음서 쪽지 한 장을 간직하고 있다. 그가 그것을 꺼내면 그의 범죄 이야기는 끝을 맺고 새로운 이야기가 시작된다. 하지만 도스토예프스키는 그 이야기를 해주지 않는다. 도스토예프스키는 이렇게 쓴다. “여기 새로운 이야기, 한 사람이 점차 새로워지는 이야기……, 그가 차츰 한 세계에서 다른 세계로 옮겨 가는 이야기, 이제까지는 전혀 몰랐던 새로운 현실을 알게 되는 이야기가 시작된다. 어쩌면 새로운 이야기의 주제가 되기에 충분할지 모르지만 지금 우리의 이야기는 여기가 끝이다."

자신의 범죄에 대해 점차 불안해하는 라스콜리니코프에 대한 도스토예프스키의 세심한 보고는 죄의식에 대한 고전적인 묘사이다. 150여 년이 지난 오늘날까지도 현실적인 느낌을 준다.

저자 추천본

리처드 피비어와 라리사 볼로콘스키가 공역한 Vintage Classic paperback(New York: Random House, 1992)을 읽기 바란다. Dover Thrift edition으로도 구입 가능하며, 이 판본은 콘스탄스 가넷의 고전적인 번역으로 소개되었다.

국내 번역 추천본

표도르 도스토예프스키, 김연경 옮김, 『죄와 벌 1·2』(민음사, 2012).
표도르 도스토예프스키, 홍대화 옮김, 『죄와 벌 상·하』(열린책들, 2007).

안나 카레니나 레프 니콜라예비치 톨스토이

Anna Karenina(1877) · LEO TOLSTOY

스테판 오블론스키는 곤경에 빠진다. 아내 돌리를 두고 부정을 행하다 붙잡힌 상태다. 다행히 스테판의 누이동생 안나가 오고 있다. 안나는 오빠와 올케 사이에 협상을 위해 브론스키 백작을 만난다. 돌리의 여동생 키티에게 서푼어치 관심을 보이던 백작은 안나를 보자 사랑에 빠진다. 안나는 남편과 여덟 살의 아들을 두고도 브론스키와 점점 노골적인 불륜 관계를 이어 나가다가 결국 브론스키의 아이를 갖게 되자 그와 함께 달아난다. 그러는 사이에 키티는 브론스키를 애타게 그리워하다가 차츰 실속 있고 훌륭한 또 다른 구애자 레빈에게 위안을 얻는다. 둘은 결혼하여 레빈의 토지를 운영하면서 함께 일한다.

그러나 안나와 브론스키는 헤어진다. 안나는 남편의 법원 명령으로 아들에게서 떨어져 있어야 하는 데서 오는 슬픔과 죄책감, "브론스키의 사랑이 식어 버렸다고 확신하자 마음속에 자리 잡은 초조함"에 시달린다. 한편 브론스키는 "안나로 인해 자신이 어려운 처지에 놓였다는 회한"이 들기 시작한다. 그들의 연정 관계는 퇴락하여, 서로 싸우게 되자 안나는 달아날 작정으로 기차역으로 달려간다. 철로를 바라보면서 안나는 생각한다. "저기야. ……그렇게 하면 그이를 벌주고, 모든 사람으로부터, 아니, 나 자신으로부터 벗어나게 되는 거야." 안나는 달려오는 기차에 몸을 던진다. 망연자실해진 브론스키는 군대에 입대한다.

레빈과 키티 역시 더없이 행복하지는 않다. 레빈은 믿음의 위기를 겪으며 자살 직전까지 스스로를 몰고 간다. 하지만 둘은 낭만적인 사랑 이상으로 서로 믿으며 안나와 브론스키에게 없었던 가족이라는 형식적인 구조를 지녔다. 가족에 대한 책임감과 재산 때문에 레빈은 애써 참는다. 그리고 "자신만의 개인적이고 명확한 인생의 무늬를 포기하며" 굳세게 삶을 지속한 덕분에 레빈은 믿음이라는 선물을 부여받는다. 영적인 힘이 존재의 허무한 뼈대를 채워 준다. 책의 말미에서 그는 숙고한다. "이런 식으로 계속해 나갈 것이다……. 하지만 지금 내 인생은…… 더는 예전처럼 무의미하지 않다. 내 인생은 내 힘으로 부여한 선이라는 의심할 수 없는 의미를 지니고 있다."

톨스토이의 소설은 희망과 리얼리즘의 절묘한 혼합으로 끝을 맺는다. 레빈의 새로운 힘은 환경에 달려 있지 않다. 오히려 일상의 삶에 깃든 영적인 국면을 믿겠다는 자신의 결심에 달려 있다.

저자 추천본

2000년에 레너드 J. 켄트와 니나 베르베로바가 개정한 콘스탄스 가넷의 1901년 번역본이 가장 서정적인 영어판으로 남아 있다.

국내 번역 추천본

레오 톨스토이, 연진희 옮김, 『안나 카레니나 1·2·3』(민음사, 2009).

레오 톨스토이, 박형규 옮김, 『안나 카레니나 1·2·3』(문학동네, 2010).

귀향　토머스 하디

The Return of the Native(1878) · THOMAS HARDY

『귀향』은 영웅이나 여주인공이 아니라 풍경 묘사에 한 장 전체를 할애하면서 시작된다. 홀로 자연적 힘을 뿜어내는 이그던히스. "한 번 어둠이 물들기 시작하자 묘하게도 음험하게 펼쳐진 들녘의 굴곡과 골짜기들." 유스테시아 바이는 이그던히스에 기대어 살고 있다. 그녀는 '여자답다고 불리는 자잘한 기술'보다는 '장군과 같은 포괄적인 전략'이 드러나는 삶을 계획하고 있고 '사회에 순응하지 않으려는 본능'을 지닌 원기왕성한 여자다. 그녀는 이그던히스로부터 도망치는 데 성공한 클림 요브라이트가 고향 마을로 돌아오자, 그가 자신을 이곳에서 구원해 줄 사람이라 여긴다. 둘은 결혼하지만 클림이 이그던히스에 남아서 학교 교사가 되기로 결정하자 그녀는 분노한다. 그리고 상황은 악화된다. 클림은 책을 너무 많이 읽어 시력을 잃게 되지만, 달관하여 나무 베는 일을 하게 된 것이다. 어쩔 수 없는 상황으로 농부 같은 존재 속에 갇혀 버린 유스테시아는 옛 구혼자였던 데이먼 와일디브와 관계를 맺기 시작한다. 클림의 어머니가 소문을 듣고 요브라이트의 집을 방문한다. 하지만 클림이 자리를 비운 사이에 유스테시아는 와일디브와 즐기는 중이라 시어머니의 노크 소리에 답하지 못한다. 클림의 어머니는 관목 숲에서 잠시 쉬려다가 뱀에게 물리고 만다.(자연의 악의적인 힘에 희생당하는 인물은 유스테시아만이 아니다.) 나무를 하고 집으로 돌아오던 클림은 죽어 가는 어머니를 우연히 발견한다. 그는 마을 사람으로부터 어머니가 그의 집에서 나오더라는 말을 듣고, 아내에게 해명을 요구하다가 불륜 사실을 알게 된다. 유스테시아는 데이먼과 함께 달아날 생각으로 떠나려고 한밤중에 그를 만나러 가던 중, 물방아용 저수지에 빠져서 목숨을 잃는다. 데이먼도 뒤따라 뛰어들었다가 역시 목숨을 잃고 만다. 자연과 사회의 힘은 물처럼 『귀향』의 등장인물 곁에서 부글부글 끓어오르고 고였다가 흘러가는데, 등장인물들은 헛된 탈출을 시도한 끝에 결국 그 물에 가라앉고 마는 것이다.

하디는 영어권 작가 가운데 가장 위대한 '풍경의 작가'로, 그가 그려 낸 히스 관목 습지와 들판, 언덕배기는 마치 직접 만지고 감지할 수 있을 정도로 사실적이고, 그가 그려 낸 어두운 숲과 깊은 웅덩이는 위협으로 가득하다.

저자 추천본

Penguin Classics, Modern Library Classics, Signet Classics 판본이 구입 가능하다. Audible에서 나온 앨런 릭먼의 무삭제 오디오북도 있다.

여인의 초상　헨리 제임스

The Portrait of a Lady(1881) · HENRY JAMES

이사벨 아처는 미국인 여성이다. 그녀의 미국인 구혼자 캐스퍼 굿우드는 다갈색 피부에 단호한 턱을 가진 키가 훤칠한 실업가이다. 하지만 남편과 아들과 함께 영국의 시골 저택에서 수년간 살아온 이사벨의 숙모는 이사벨을 투박한 미국에서 구해 내어 그녀에게 유럽을 보여 주려고 마음먹는다. 영국에서 이사벨은 귀족인 워버턴 경에게 구애받지만 사촌 랠프에게 어설프게 애정을 느끼게 된다. 그사이 이사벨의 미국인 친구이자 미국에서 발간하는 신문의 기자로, 독립적이고 외고집인 헨리에타 스태크폴이 영국에 도착한다. 쇠락해 가는 구식 유럽이 이사벨의 마음을 움직이는 데 당황한 헨리에타는 굿우드를 초청하지만, 자신만의 길을 가기로 마음을 정한 이사벨은 굿우드에게 돌아가라고 요청한다.

다행히 이사벨은 억지로 자립하지 않아도 된다. 삼촌이 세상을 떠나면서 랠프의 요구에 따라 이사벨에게 재산의 절반을 남겼기 때문이다. 수중에 돈이 생기자 이사벨은 미망인 멜 부인과 알게 되어 여행을 떠난다. 멜 부인에게서 이사벨은 길버트 오스몬드를 소개받는다. 그는 묘하게 못미더운 미국인으로, 열다섯 살짜리 딸 팬시를 데리고 있다. 이사벨은 오스몬드와 결혼하기로 마음먹지만, 이사벨이 자유를 포기하고 있다며 랠프가 반대한다. "넌 별 볼 일 없는 예술 호사가의 감수성이나 지켜 주는 일보다는 좀 더 나은 걸 할 사람이었다고!" 랠프는 이렇게 소리 지른다. 이사벨은 들은 척도 않는다. 하지만 3년이 지나면서 이사벨은 결혼 생활에 지쳐 재치도 호기심도 명석함도 잃고 만다. 멜 부인이 사실상 팬

시의 어머니이고 애인인 오스몬드와 그동안 관계를 유지해 왔다는 사실을 알게 되자 이사벨은 남편의 기만에 염증을 느끼게 된다. 이사벨은 죽어 가는 랠프를 보러 영국으로 여행을 가겠다고 말한다. 사촌의 죽음 이후에 이사벨은 캐스퍼 굿우드를 다시 만난다. 굿우드는 이사벨에게 오스몬드를 떠나고서, 자신과 함께 미국으로 가자고 간청한다. 이사벨은 이를 거절한다. 굿우드는 헨리에타 스태크폴에게서 이사벨이 로마로 떠났다는 소식을 듣게 된다. 이렇게 소설은 모호하게 끝난다. 헨리에타는 말한다. "이것 봐요, 굿우드 씨, 잠깐만 기다려 봐요." 이사벨이 결국 그에게 돌아가게 될까? 독자로서는 알 수 없는 일이다. 하지만 자유로워지려고 애쓸수록 이사벨은 언제나 자신을 속박 속에 가두어 스스로 상처를 입곤 했다. 그러니 굿우드와 결혼한다고 해서 이사벨이 어찌 더 자유로워질 수 있다는 말인가?

저자 추천본

Penguin Classics, Signet Classics, and Oxford World's Classics, Dover Thrift Edition 판본이 구입 가능하다.

국내 번역 추천본

헨리 제임스, 최경도 옮김, 『여인의 초상 1·2』(민음사, 2012).

허클베리 핀의 모험　마크 트웨인

Adventures of Huckleberry Finn(1884) · MARK TWAIN

허클베리 핀은 어느 동굴에서 6000달러를 발견한 후에 별안간 인기를 얻는다. 톰 소여는 강도 일당에 합류하기를 바라고, 더글러스 과부댁과 그의 동생 '윗슨 아줌마'는 문화생활을 몸에 배게 할 계획을 세우는데, 주정뱅이 아버지가 허크를 유괴해서 숲속 오두막에 감금해 버린다. 허크는 담배를 피울 수 있고 악담하고 지저분하게 지낼 자유를 얻은 것에 대해서는 감사할 일이지만 매일 두드려 맞는 일은 즐거운 일이 아닌지라 자신이 피비린내 나게 살해당한 것처럼 꾸민 다음 달아난다. 숲에서 허크는 윗슨 아줌마의 노예 짐과 마주치는데, 짐 역시 팔려 가지 않으려고 도망쳐 나온 상태다. 허크와 짐은 미시시피강을 따라 자유를 향해 떠난다. 둘은 파손된 배 한 척을 살펴보기도 하고, 자만심이 대단한 한 무리의 뗏목 만드는 사람들과 우연히 만나는가 하면, 어느 가족 간의 지독한 다툼에 참견도 한다. 그러면서 허크는 파손된 배 주인을 아는 체하고, 뗏목장이의 아들인 체하고, 고아인 체하기도 한다. 그러다 마침내 자신들이 추방당한 프랑스 왕과 브리지워터 공작이라고 주장하는 두 반대론자와 만난다.

이번에는 그 공작과 왕이라는 사람이 복음 전도자에 배우, 서커스 곡예사, 부유한 무두장이의 실종된 상속인인 척하며 다니는데 허크는 그들과 동행한다. 그사이에 짐은 생포될까 두려워 뗏목에 머물러 있다. 공작과 왕이 짐을 어느 지방 농부에게 푼돈을 받고 팔아넘기자 허크는 그를 구출할 계획을 세운다.(왕은 이후에 탈옥한 사기꾼임이 드러난다.) 허크는 톰 소여인 척한다. 도움을 주려고 나타난 톰 소여는 허크 편인 척한다. 혼자서도 충분히 도망칠 수 있었을 짐은 지하 감옥에 갇힌 척한다. 그래야 두 소년이 공들여 탈출을 개시할 수 있으니까 말이다. 세 사람 모두 붙잡히지만 톰 소여는 짐이 그간 자유의 몸이었다고 소리친다. 윗슨 아줌마는 두 달 전에 죽었고, 그녀의 유언에 따라 그에게 자유를 선사하지만 톰은 "모험을 위하여" 자신의 허위 구출 계획을 무대에 올리고 싶어 했다.

"하지만 나는 그 마을에서 빠져나와야 한다고 생각한다……." 허크는 책의 말미에서 불만을 토로한다. "왜냐하면 샐리 아주머니가 나를 양자로 삼아 교화시키겠다고 하는데 난 그건 못 참는다. 전에도 그런 일은 당해 본 적이 있으니까." 자유를 향한 허크의 탈출(전형적인 미국식 추구)은 그가 정체성을 끊임없이 바꾸며 절대로 정착하지 않도록 몰아간다. 데이비드 F. 버그가 말했듯이 허크는 이해하고 있었던 것이다. "끊임없이 움직이는 것만이 그나마 자유에 가까이 다가갈 수 있는 길"이라는 사실을.[13]

저자 추천본

Dover Thrift Editions, Penguin Classics, Bantam Classics, Signet Classics의 판본이 구입 가능하고, 공용 도메인의 전자책으로도 이용할 수 있다. 일라이저 우드의 무삭제 오디오북은 허클베리 핀의 목소리를 훌륭하게 담아냈다.

국내 번역 추천본

마크 트웨인, 김욱동 옮김, 『허클베리 핀의 모험』(민음사, 1998).
마크 트웨인, 김경미 옮김, 『허클베리 핀의 모험』(시공주니어, 2008). *청소년용

붉은 무공 훈장 스티븐 크레인

The Red Badge of Courage(1895) · STEPHEN CRANE

남북 전쟁에 참전한 시골 소년 헨리 플레밍은 자신이 전투를 무사

히 치러 낼 수 있을지 고민한다. 첫 전투가 시작되면서 그는 무턱대고 사격 중인, 혼란스럽고 무질서한 병사들의 무리 한가운데 있는 자신을 발견한다. 총격을 시작한 헨리는 자신이 이미 전투를 하고 있다는 사실을 깨닫고는 기쁨에 안도한다.(크레인의 전투 장면은 극단적인 리얼리즘과 제한 시점이 매혹적이다. 크레인의 시점은 들고 찍은 비디오카메라를 19세기식으로 옮긴 것이라 해도 좋다. 거리에 서 있는 평범한 한 사람이 사건을 바라보는 시점 말이다.) 헨리 주위의 병사들이 철수한다. 헨리는 이전처럼 그들을 따르지만 이번에는 사람들을 따라가는 것이 그를 비겁한 도망자 처지로 몰고 간다. 죄책감과 수치심에 사로잡힌 헨리는 명예롭게 부상당한 이들을 애처롭게 뒤따라 연대에 합류한다. "그는 하나님의 선택을 받은 인간의 행렬을 구경하는 느낌이었다……. 그는 결코 그들처럼 되지는 못하리라."

헨리는 다른 병사들이 자신을 비아냥거리고 있다고 상상한다. 갑자기 총퇴각 중인 인간 파도가 압도할 듯 쏟아져 그들을 지나가면서 부상병 행렬을 뒤덮어 버린다. 헨리는 지나가는 병사에게 무슨 일이 벌어진 것이냐고 묻지만 공포에 사로잡힌 그 남자는 권총으로 헨리를 때리고 달아나 버린다. 부상당한 헨리는 마침내 야영대로 돌아가서 자신이 전투 중에 다쳤다고 말한다.(헨리의 상사인 상병이 그의 머리를 살펴보더니 말한다. "아, 탄환이 스쳤군. 근데 누가 몽둥이로 후려갈긴 것처럼 이상하게 부었는걸.") 하지만 헨리의 연대는 곧 다시 한번 전투에 휩쓸린다. 헨리는 나무 뒤에 숨어서 앞을 향해 무턱대고 총을 갈겨 댄다. 포연이 사라지자 자신이 놀랍게도 전투의 최전선에 있음을 알게 된다. 헨리는 더는 겁쟁이가 아니라 영웅인 것이다.

스티븐 크레인은 『붉은 무공 훈장』을 두려움의 초상이라 불렀으나, 두려움과 용감함은 헨리의 명성과는 아무런 관계가 없으며, 그의 영웅적 행위는 순전히 우연일 뿐이다.

저자 추천본

Dover Thrift Editions, Puffin Classics, Signet Classics의 페이퍼백이 구입 가능하며, 무료 전자책으로도 이용할 수 있다. Audible의 오디오북도 여러 개 있다.

암흑의 핵심　조셉 콘래드

Heart of Darkness(1902) · JOSEPH CONRAD

다섯 명의 옛 친구들이 템스강 유람선에 모였다. 그들 가운데 한 명(선원이자 방랑자인 말로)이 콩고강으로 떠났던 여정을 풀어 놓는다. 무역 회사에 고용되어 상아 생산 중심지를 둘러보는 임무를 맡은 말로는 아프리카 오지로 떠난다. 여행 중에 말로는 무역 회사의 또 다른 고용인인 커츠라는 신비로운 사람에 대한 이야기를 반복해서 듣게 된다. 어마어마한 양의 상아를 실어 보내고 원주민 일꾼들을 성심껏 돌보아 회사에 이득을 가져다주면서 아프리카인의 교육을 동시에 맡고 있는 사람이다. 하지만 말로는 커츠의 손이 닿는 중심지로 점점 다가가면서 황폐해진 항구들과 부서진 장비, 적의에 찬 아프리카인들을 발견한다. 마침내 커츠를 찾아냈을 때 그는 죽어 가고 있었다. 그는 원주민들보다 더 야만인이 되어 갔으며, 좀 더 많은 상아를 실어 보내기 위해 콩고 전 지역을 파괴시키고 있었다. 말로가 그를 다시 영국으로 데려오기도 전에 커츠는 "무서워라! 무서워라!"라고 중얼거리며 죽음을 맞는다. 버니언의 '크리스천'처럼 말로는 순례를 했던 것이다. 그의 아프리카 여행은 하늘나라가 아닌 인간 영혼의 가장 내밀한 오지로의 여정이었다. 그는 오지에서 혼란과 환영, 명료함과 의미의 결여, 거짓 그리고 죽음만을 발견했을 뿐이다. 문명의 세계로 돌아온 말로는 커츠의 약혼녀를 만난다. 그녀는 커츠의 유언에 대해서 묻는다. 말로는 커츠가 그녀의 이름을 입에 올리며 죽었다고 거짓말을 한다. 커츠의 마지막 말은 인간 존재에 대해 그가 알아낸 유일한 진리이다. 그러나 누구도 마주 대할 수 없는 진리이다. 암흑은 아프리카에만 있는 것이 아니다. 말로가 이야기를 마치자 유람선에 타고 있던 남자들은 고개를 들어 영국의 하늘을 선회하고 있는 "시커먼 구름…… 흐린 하늘…… 헤아릴 수 없는 암흑의 핵심"을 본다.

저자 추천본

Modern Library Classics, Everyman's Library, Oxford World's Classics에서 재출간되었다. 케네스 브래너가 읽어 주는 무삭제 Audible 오디오북도 구입 가능하다.

국내 번역 추천본

조셉 콘래드, 이상옥 옮김, 『암흑의 핵심』(민음사, 1998).

환락의 집 이디스 워튼

The House of Mirth(1905) · EDITH WHARTON

뉴욕의 사교계 명사인 릴리 바트는 나이 스물아홉에 아직 미혼으로 가진 돈도 없다. 이모가 보내오는 인색한 보조금에 의지해 지내면서도 그녀의 미적 감각을 만족시키는 명품이라면 친구들과 보조를 맞춘다. 젊고 예쁜 시절이 지나가고 귀한 손님 같은 시기가 끝나는 게 두려워진 릴리는 마지못해 부자 남편감을 낚아 보려 시도한다. 선택권은 한정되어 있다. 현금으로 자신의 높은 사회적 지위를 유지하고 있는 유대인 금융업자 사이먼 로즈데일이 이미 그녀에게 청혼했지만 릴리는 그처럼 바닥으로 가라앉는 것은 참을 수가 없다.(워튼의 태평스러운 반유대주의는 시대적 증상이다.) 매력적이고 마음이 통하는 변호사 로렌스 셀든은 불행히도 그녀의 취향에 비해 너무 가난하다. 최고의 선택은 중후하고 개성 없는 백만장자 퍼시 그라이스이다. 그런데 그는 미국 관련 문헌을 수집하는 데다 항상 어머니 말에 순종한다. 혼인하려는 자신의 갈망이 경멸스러워지고, 마음이 내키지 않는 계획들은 수포로 돌아간다. 그러는 동안 릴리의 평판도 몰락한다. 더는 '순수한 미인'이 아닌 릴리는 '도금 시대' 사회 계층의 밑바닥으로 급속도로 추락한다. 릴리는 급기야 여성용 모자 판매직 임금 노동자가 되려 하지만 하루 10시간의 노동을 감당할 수가 없다. 직장에서 해고되고 싸구려 하숙집에 사는 신세로 전락한다. 그사이에 모아 둔 돈도 점점 바닥나고 불면증에 시달리자, 릴리는 편안히 잠들기 위해 수면제 클로랄을 두 배 용량으로 들이킨 다음 다시는 깨어나지 못한다.

돈으로 살 수 없는 것이 있겠지만, 워튼이 그리는 미국에서 돈 없이는 살아갈 수가 없다.

저자 추천본

Signet Classics, Dover Thrift Editions, Penguin Classics의 판본을 구입할 수 있다. 애나 필즈의 목소리로 녹음된 무삭제 오디오북은 개인적으로 내가 가장 좋아하는 판본이다.

국내 번역 추천본

이디스 워튼, 최인자 옮김, 『기쁨의 집 1·2』(펭귄클래식코리아, 2008).

위대한 개츠비 F. 스콧 피츠제럴드

The Great Gatsby(1925) · F. SCOTT FITZGERALD

닉 캐러웨이는 평화로운 중서부의 고향을 떠나 멀리 롱아일랜드사운드에 집을 임대한다. 닉의 아름다운 사촌 데이지는 물길 너머에 살고 있다. 베일에 가려진 백만장자 제이 개츠비는 닉의 집 바로 옆에 자리 잡은 아름다운 최신식 저택에 살고 있다. 개츠비는 대학 시절부터 줄곧 데이지를 사랑해 왔다. 개츠비의 욕망은 낭만적인 구절을 인용해 우아하게 치장되지만, 진짜 숭배하는 것은 돈으로 구현된 데이지의 모습이다. 데이지는 "가난한 이들의 아귀다툼과는 동떨어져 마치 은처럼 안전하고 자랑스럽게" 빛을 발한다. 데이지의 남편 톰은 자동차 정비공의 아내 머틀 윌슨과 연애를 시작하고, 제이 개츠비는 닉에게 자신과 데이지 사이에 다리를 놓아 달라고 간청한다. 닉 자신은 사교계의 명사 조든 베이커와 열정 없는 관계에 빠져든다. 이 세 쌍의 연애가 병렬적으로 이어지는 동안 정비공의 아내를 제외한 다섯 명의 중심인물들 사이에 긴장감이 고조된다. 플라자에서 재앙과도 같은 저녁 식사 시간에 톰은 개츠비를 비웃으며 간통이라고 비난한다. 데이지와 제이 개츠비는 함께 자리를 뜬 후 개츠비의 차를 타고 사운드로 돌아오다가, 차로 달려든 머틀을 치고 만다. 운전은 데이지가 했으나 제이 개츠비가 책임을 떠맡는다. 머틀의 남편이 개츠비의 정체를 알아챈 후 그의 저택을 찾아가 개츠비를 총으로 쏘아 죽인 다음 자살한다.

닉이 개츠비의 장례를 치러 주지만 아무도 참석하지 않는다. 데이지와 톰은 방랑 생활을 시작하고 조든 베이커는 다른 사람과 결혼한다. 마침내 닉은 뉴욕을 떠나 중서부 고향으로 되돌아간다. 중부 미국의 어둡고 내실 있는 가치를 위해 뉴욕과 그곳의 기만적인 아름다움을 버린 것이다.

저자 추천본

The Scribner Classics paperback 2판. 제이크 질렌할의 Audible 무삭제 오디오북도 꽤 훌륭하다.

국내 번역 추천본

F. 스콧 피츠제럴드, 김욱동 옮김, 『위대한 개츠비』(민음사, 2003).

댈러웨이 부인　버지니아 울프

Mrs. Dalloway(1925) · VIRGINIA WOOLF

어느 날 아침 클라리사 댈러웨이는 저녁에 열릴 파티용 꽃을 사기 위해 집을 나선다.(그 순간 우리는 환한 영상으로 명멸하며 어지럽게 해체된 댈러웨이 부인의 생각 속으로 빠져든다.) 『댈러웨이 부인』은 1923년 어느 하루 동안 세 명의 주요 등장인물의 생각을 따라간다. 50대 초반의 런던 사교계 부인인 클라리사 댈러웨이는, 퇴짜 놓기 전까지 피터 월시의 구애를 받던 옛 시절을 떠올린다. 현재 훨씬 젊은 여자와 사랑에 빠져 있는 피터 월시 역시 그 시절을 음미하며 클라리사의 남편을 처음으로 소개받던 순간을 떠올린다. 포탄 충격으로 완전히 분열 직전에 이른 병사 셉티머스 워렌 스미스는 전쟁 당시 사건을 회상하며 화염 속에서 죽어 가는 전우들의 모습을 본다. 세 사람의 현실 속 삶은 단 두 번 교차할 뿐이다. 한 번은 피터 월시가 셉티머스와 그의 울고 있는 아내를 공원에서 걸어가며 지나쳤을 때이고, 다른 한 번은 그날 저물녘에 셉티머스의 의사가 클라리사의 파티에 와서 자신의 젊은 환자가 불과 몇 시간 전에 자살했다고 무심코 언급하는 대목이다.

하지만 이야기는 실제 현실 세계 내에서 벌어지지 않고 다른 우주 공간에서 일어난다. 즉 정신적인 현실, 시공간을 지배하는 원칙이 다른 세계, 등장인물들이 결코 직접 만나지는 않지만, 신비롭게도 생각 속에서는 서로 교차하는 그곳, 서로 만난 적이 없는 셉티머스와 클라리사가 서로에게 거울 이미지가 되는 그곳이다. 셉티머스는 단절되고 산산이 부서진 제1차 세계 대전 이후의 영국에 대처하지 못하고, 클라리사 댈러웨이는 오로지 깊이 생각하기를 거부하는 덕분에 살아남는다.(울프는 이렇게 쓴다. "그녀는 언어도 역사도 아무것도 모른다. 이제 잠자리에서 보곤 하는 회고록을 제외하고는 단 한 권의 책도 제대로 읽지 않는다.")

저자 추천본

The Harvest Book paperback. 아넷 베닝이 읽은 무삭제 Audible 오디오북도 출간되어 있다.

국내 번역 추천본

버지니아 울프, 정명희 옮김, 『댈러웨이 부인』(솔, 2019).

버지니아 울프, 최애리 옮김, 『댈러웨이 부인』(열린책들, 2009).

소송 프란츠 카프카

The Trial(1925) · FRANZ KAFKA

『소송』은 이렇게 시작한다. "누군가 요제프 카에 대해서 거짓말을 퍼뜨리고 있었던 것이 틀림없다. 그가 잘못한 것도 없이 어느 날 아침 체포되었기 때문이다." 때는 그의 서른 번째 생일 아침이고, 처음에 요제프는 체포를 농담으로 여긴다. 하지만 검사가 나타나 농담이 아님을 확인해 준다. 그러면서 요제프 카는 의심의 여지없이 유죄이지만 심리가 열릴 때까지 직장에는 나갈 수 있다고 한다. 카는 고발을 논박해 보려고 끊임없이 시도하지만 어찌 된 영문인지 결코 아무것도 알아내지 못한 채 시도하는 것마다 혼란으로 종결될 뿐이다. 구경꾼들 앞에서 자기변호를 하지만 구경꾼은 알고 보니 법원의 관리들이다. 그를 처음 체포했던 감시인들이 관리들의 손에 좌지우지된다는 사실도 알게 된다. 요제프 카는 변호사를 고용할 생각에 병석에 누워 있는 변호사를 찾아갔다가 자신을 유혹하는 간호사의 부추김에 자리를 비웠다 돌아와 보니 법원 사무처장이 그사이 찾아왔다는 사실을 알게 된다. 이렇듯 스스로를 변호하려는, 손에 잡히지 않고 비합리적인 시도를 1년 내내 이어 간다. 서른한 살 생일날 아침에 다른 두 명의 감시인이 나타나 카에게 함께 갈 것을 명령한다. 자신을 처형할 작정임을 깨달은 그는 도망칠 기회도 있었지만 죽음을 맞기로 한다. 카프카의 도입부는 카가 합리적인 세계에 살고 있음을 암시한다. '틀림없다'는 일종의 원인과 결과를 의미하고, '잘못된 고발'은 기준이 되는 정의가 존재한다는 것을 가정한다.

그러나 합리적인 질서는 환상이다. 소송 과정은 일체 말이 되지 않는다. 결국은 소송 과정을 나타내는 말, 즉 고소, 재판, 범죄, 유죄 등은 물론이고 심지어 요제프 카라는 이름의 의미마저 함께 비워지게 된다. 마지막에 카의 처형자들은 말없이 카를 심판대에 올린다. 우주의 합리적인 질서와 그 질서를 표현하는 언어 양쪽 모두 환영으로 드러난다.

저자 추천본

브리온 미첼의 번역본을 읽기 바란다.

국내 번역 추천본

프란츠 카프카, 권혁준 옮김, 『소송』(문학동네, 2010).

토박이 　리처드 라이트

Native Son(1940) · RICHARD WRIGHT

비거 토머스는 부유한 달턴 씨 소유의 쥐가 들끓는 시카고의 한 아파트에 살고 있다. 달턴 가는 흑인 세입자들에게 막대한 집세를 받고 일부를 흑인 학교에 기부하면서 자기네를 진보주의자라고 생각한다. 비거가 달턴 가의 운전기사 자리를 얻자 그 집안의 딸인 메리 달턴과 사회주의자인 그녀의 남자 친구 잰은 그를 동등한 인격체로 대한다. 비거는 여기에 기이한 분노를 느낀다.(비거는 잰이 악수를 청해서 손을 잡으면서 생각한다. "저들은 왜 그냥 내버려두지 않을까? 비거는 자신의 검은 피부를 강하게 의식했고 잰과 비슷한 부류의 남자들이…… 그냥 서서 바라만 봐도 자신의 검은 피부를 느끼게 만든다는 자각이 마음속에서 불쑥 일었다.")

평등주의자의 몸짓을 좀 더 내세우며 잰과 메리는 비거에게 함께 술 마시러 가자고 초대한다. 셋은 술에 취한다. 비거는 비틀거리는 메리를 집에 데려다 주고 방까지 안내한다. 메리에게 입을 맞추려던 그는, 복도 바깥에서 메리 어머니의 말소리가 들리자 소리를 죽이려고 베개로 메리의 얼굴을 덮는다. 잠시 후 메리가 죽었다는 사실을 알아채고는 기겁을 한다. 겁에 질린 비거는 메리의 시신을 화덕에 밀어 넣고 여자 친구 베시를 설득하여 잰을 모함하도록 몸값을 요구하는 위조 편지 작성을 돕게 한다. 베시마저 겁을 먹자 그녀가 잠든 사이에 벽돌로 결국 살해하고 만다. 베시의 죽음은 눈에 띄지 않는다. 하지만 경찰은 비거가 메리 달턴을 살해했다고 결론 내리고 수색에 들어가서 흑인 가정들을 급습하면서 사우스사이드를 샅샅이 뒤진다. 체포되어 재판에 부쳐진 비거는 백인들이 흑인에 대해 두려워하는 것들, 말하자면 흑인의 힘과 성욕, 과거의 부당한 처우에 대한 복수심 등의 대명사가 된다.

궁지에 몰린 비거에 대해 책임감을 느낀 잰은 여자 친구의 살인범을 변호하려고 변호사 맥스를 고용한다.(그가 비거에게 말한다. "나는…… 메리 일로 슬픔에 잠겼어요. 살해당한 모든 흑인들, 동포가 노예제 때문에 붙잡혔을 때 슬퍼해야 했던 흑인들 생각이 들더군요.") 맥스는 비거의 유죄를 인정하지만 비거의 인생이 백인들의 부당한 대우로 인해 "위축되고 뒤틀려" 왔다고 주장한다. 맥스는 정상을 참작할 만한 상황을 제시하며 종신형을 탄원하지만, 비거는 결국 사형을 언도받는다.

라이트의 소설은 흑인의 관점으로 씌어진 자연주의의 선구적인 실천작이다. 백인 미국인들은 자연의 힘에 저항해 투쟁한다지만, 미국의 흑인들은 이 투쟁에서 육체를 지닌 도구에 불과했던 것이다.

저자 추천본

The Harper Perennial paperback.

이방인 알베르 카뮈

The Stranger(1942) · ALBERT CAMUS

『토박이』처럼 『이방인』은 그 자체로는 무의미하지만 인간 존재에 관한 진리를 드러내 보이는 살인에 관한 내용이다. 메리 달턴의 살해는 미국 내 흑인과 백인의 관계가 절망적으로 왜곡된 모습을 보여 주고, 『이방인』에서 아랍인의 살해는 삶의 사건에 아무런 궁극적인 의미가 없음을 웅변하듯 보여 준다. 소설의 주인공인 뫼르소의 행위는 밋밋하고 강조점 없이 이어지며 제시되기 때문에 어떤 특정 행위도 다른 행위에 비해 중요하지 않다. 어머니가 죽자 뫼르소는 모두가 참석을 바라는 것 같다는 이유로 어머니의 장례식에 참석한다. 장례식 다음 날 우연히 마리를 만나고 둘은 같이 잔다. 뫼르소는 예전 신문을 읽고 축구 경기를 보고 돌아오는 관중을 쳐다보고 저녁을 먹기로 마음먹은 다음, 마리에게 그녀가 원한다면 결혼하겠다고 말한다. "사실 그다지 중요하지는 않았다." 그는 생각한다. 뫼르소의 위층 이웃인 레이몽은 자신의 여자 친구가 수치심을 느끼도록 도와달라고 부탁한다. 뫼르소는 동의한다. ("그의 부탁을 거절할 이유가 없어.") 하지만 이 일로 여자 친구의 오빠가 격분하여, 아랍인 친구의 도움을 받아 레이몽을 공격한다. 나중에 해변을 걸어가던 뫼르소는 바위 그늘에서 잠들어 있는 그 아랍인 친구를 발견하고 별다른 이유 없이 그의 몸에 다섯 발의 총격을 가한다. 뫼르소는 그 자리에서 체포되어 재판에 부쳐진다. 어떤 감정도 보이지 않는 그는 위험하고 냉혹한 범죄자로 비난받으며 사형 선고를 받는다. 하지만 뫼르소는 처형을 고대한다. 죽음이란 삶의 유일한 확실성이기 때문이다. 그는 느낀다. "자유의 끝에서…… 나는 우주의 친절한 무심함에 마음을 열었다."

카뮈의 '부조리' 철학에서 삶의 중요성은 없으며 인간은 모두 죽음을 선고받고 필연적인 종말을 향해 가는 존재다. 단 하나의 가능한 응답은 죽음이 다가오는 것을 인정한 다음 후회 없는 선택을 하며 현재를 능동적으로 살아가는 것이다.

카뮈는 「부조리한 인간」에서 이렇게 쓴다. 이 진리를 체념하고 받아들인 사람이라면 누구든 "부조리에 물든다." 행위에는 아무런 의미가 없지만, 행위는 결과를 가지고 있고, "그 결과를 조용히 존중해야 한다……. 책임질 사람은 있을지 모르지만 누구도 잘못한 이는 없다."[14] 아랍인을 죽이겠다는 뫼르소의 결정은 선택 결과에 따른 고통을 기꺼이 감수하려는 태도 때문에 받아들일 수 있다. 의지적 행위와 죽음의 담담한 수용에서 뫼르소는 '부조리한 인간'의 전형이다.

저자 추천본

Vintage Books에서 출간한 매튜 워드 번역본이 카뮈가 사용하는 의도적인 문체상의 차이점을 잘 포착하고 있다. 옮긴이의 서문을 꼭 읽기 바란다.

국내 번역 추천본

알베르 카뮈, 김화영 옮김, 『이방인』(민음사, 2011).

1984 조지 오웰

1984(1949) · GEORGE ORWELL

오웰의 『1984』는 사적인 삶의 침해에 대한 공포감이라는 전례 없는 감정 상태는 말할 것도 없고 '빅 브라더'와 '사상경찰'이라는 용어도 우리에게 남겨 주었다. 윈스턴 스미스는 텔레스크린을 통해 행동과 말이 낱낱이 감시당하는 런던의 한 아파트에 살고 있다. 정당 지도자인 빅 브라더의 포스터는 윈스턴에게 그가 언제나 사상경찰의 감시 아래 있다는 사실을 상기해 준다. 윈스턴은 진리부에서 일하고 있는데, 모든 책과 신문을 끊임없이 다시 써서 빅 브라더가 모든 정치적인 발전을 예언한 것처럼 보이게 만드는 일을 맡는다. 진리부는 모든 언어를 공식 언어이자 매년 어휘 수가 점점 줄어드는 '신어'로 바꾸려는 목표를 갖고 있다. 한 관리가 설명한다. "결국 우리는 사상 범죄를 말 그대로 불가능하게 만들 걸세. 사상에 관련된 말 자체를 없애 버릴 테니까."

윈스턴은 일기를 쓰기 시작하면서 정당을 거역한다. 이내 그는 좀 더 적극적인 형태로 저항을 한다. 윈스턴은 동료 줄리아와 연정 관계를 맺고, 정당에 반대하는 투쟁을 벌이는 형제단에 가입하라는 그의 상관 오브라이언의 초대에 응한다. 하지만 오브라이언은 정당의 간첩으로 드러나고, 윈스턴과 줄리아는 형제단에 가입하자마자 체포된다. 오브라이언은 윈스턴의 사회 복귀 치료 책임자로서 정당이 지시하는 것만을 믿어야 한다고 윈스턴을 설득한다. 오브라이언은 말한다. "당이 진실이라고 주장하는 것은 무엇이든 다 진실이야. 정당의 눈을 통하지 않고는 현실을 볼 수 없네." 결국 윈스턴은 망가지기 시작한다. 그는 감옥에 앉아서 이렇게 쓴다. "자유는 예속. 둘 더하기 둘은 다섯."

하지만 오브라이언은 단순한 복종이 아니라 윈스턴이 빅 브라더를 사랑하게 되기를 바란다. 윈스턴은 이렇게 끊임없이 협박당하면서 결국에는 개종하게 된다. 굶주린 쥐들로 가득한 우리 안에 윈스턴의 머리를 묶어 두고 쥐들이 그의 얼굴을 뜯어먹게 만들겠다고 하자, 윈스턴은 비명을 지른다. "줄리아한테 하세요! 나 말고! 줄리아한테!" 줄리아를 향한 그의 사랑이 이미 식어 버렸고, 이제 윈스턴은 당을 사랑할 수 있게 된 것이다.

오웰의 지상 지옥은 1984년에 도래하지 않았다. 하지만 오웰은 정신과 의지 모두가 거대하고 강력한 기관에 의해서 조종될 수 있는 세계에 대한 오싹할 정도로 자세한 미래상을 보여 주었다. 이는 포스트모더니스트들보다 그리고 광고에 사로잡힌 우리 사회에 대한 포스트모더니스트들의 유죄 선언보다 수십 년을 앞서 있다.

저자 추천본

Signet Classic 판본. 사이먼 프레블의 Audible 무삭제 오디오북도 구입 가능하다.

국내 번역 추천본

조지 오웰, 정회성 옮김, 『1984』(민음사, 2003).

조지 오웰, 김기혁 옮김, 『1984』(문학동네, 2009).

보이지 않는 인간 랠프 엘리슨

Invisible Man(1952) · RALPH ELLISON

『보이지 않는 인간』에서 이름 없는 화자는 베일 아래 존재한다. 그 베일은 흑인이 어떠해야 하는지에 대한 백인의 그림을 독자의 눈에 다시 비춰 준다. 화자는 권투 경기장에서 다른 흑인 학생과의 경기에 이긴 끝에 백인이 재정을 지원하는 남부의 흑인 전용 대학의 장학금을 받게 된다. 발음이 명료하고 외모가 준수한 그는, 대학 측으로부터 대학을 방문 중인 백인 설립자에게 학교를 안내하라는 부탁을 받는다. 설립자는 한사코 도시 빈민가로 차를 돌리게 하더니 이윽고 흑인 노병들이 시중드는 술집으로 가겠다고 고집한다. 술집에서 전쟁 후유증을 앓는 흑인 노병이 설립자에게 달려든다. 돌발적인 사건이 벌어진 것을 알게 되자 대학 총장은 화자를 퇴학시킨 다음 그를 종업원으로 고용하지 말 것을 추천하는 '소개장'을 주며 북부의 일자리로 보내 버린다. 결국 청년은 희디흰 색깔의 제품으로 유명한 페인트 공장에서 일자리를 찾는다. 그는 싸움에 말려들어 자기가 맡은 페인트 깡통을 지키지 못하고 있다가 통이 폭발하는 바람에 파편을 맞아 의식 불명 상태에 빠진다. 그리고 병원에 입원하여, 강제로 전기 충격 실험 치료를 당하게 된다. 마침내 그는 병원에서 탈출한 후 거리에 쓰러졌다가, 다른 흑인들에게 구조되어 거처를 얻는다. 그는 압제에 처한 흑인들을 위해 일하고 그들의 할렘 의제를 도맡고 있는 단체 '형제애단'의 대변인이 된다. 하지만 형제애단의 지도부와 불화 끝에 그들이 자신을 대의의 도구로 여길 뿐이라는 사실을 깨닫는다. 형제애단에서 폭동을 선동하다 체포되자 화자는 맨홀로 뛰어내린다. 그때 경찰 두 명이 맨홀을 덮어 버린다. 화자는 비밀 지하방에 거처를 정하고 1396개의 전구를 연결한 후 전력을 훔쳐 불을 밝힌다.

그는 다른 사람들에게 영리한 흑인 소년으로, 흑인의 삶의 이면을 보여 주는 안내인으로, 부주의한 노동자로, 실험 대상으로, 쓸모 있는 대변인으로, 폭도로 보였지만 결코 본래의 모습으로는 비치지 않았다. 그의 주위에 있는 모든 사람들은 "자기네를 투영하거나 상상의 산물만을…… 볼 뿐이다. 다들 내게서 모든 것을 보고 무엇이든 읽어 내지만 정작 나를 보지는 못한다." 화자가 그의 삶 내내 은유적으로 눈에 보이지 않았던 것처럼, 이런 토대에서라면 '보이지 않는 인간'은 문자 그대로 눈에 보이지 않게 된다. 하지만 엘리슨의 빛나는 소설로 기민한 독자는 작가 엘리슨을 볼 수 있다.

저자 추천본

The Vintage International paperback.

국내 번역 추천본

랠프 엘리슨, 조영환 옮김, 『보이지 않는 인간 1·2』(민음사, 2008).

오늘을 잡아라　솔 벨로

Seize the Day(1956) · SAUL BELLOW

토미 윌헬름은 아내와 아이들과 별거한 후 성마르고 나이 든 아버지가 대주는 숙박비에 의존해 호텔에 머무르고 있다. 토미는 파산하게 되자, 주식 시장 전문가라고 주장하는 의사 탬킨의 도움으로 라드 산업에서 떼돈을 벌 희망을 품는다. 하지만 탬킨은 라드 주식값이 가파르게 떨어지고 토미의 투자금이 탕진되자 수수께끼처럼 사라진다. 소설은 하루 동안 일어난 일이지만, 토미는 과거에 대한 생각과 새로운 인간으로 거듭나기 위해 시도했던 모든 일을 떠올리며 하루를 보낸다.

토미는 배우가 되려고 했지만 실패했다. 그는 윌헬름 애들러에서 토미 윌헬름으로 이름을 바꿨다.("윌헬름은 항상 토미가 되고 싶어 했다. 하지만 그때까지 토미라고 느껴 본 적은 한 번도 없었다.") 친구들에게 자신이 곧 회사의 부사장이 될 거라 으스댔지만 승진은 되지 않았다. 회사에 남아 실패를 인정하려니 굴욕감이 들어 결국 그는 직장을 그만두었다. 하지만 아버지에게는 부사장이 되었다고 뽐내었다. 아버지와 자신 둘 다 부사장이라는 직함이 신화에 불과하다는 사실을 알고 있으면서 말이다. 의사 탬킨이 사기꾼이라고 얼마간 의심하면서도 탬킨의 충고에 억지스레 매달렸기 때문에 투자자로의 변신이라는 마지막 시도를 포함해서 자신을 갱생시키려는 계획은 번번이 실패한다. 그날 하루가 끝날 때쯤 정신을 차리고 보니 윌헬름은 낯선 이의 장례식장에 와 있고, 사람들은 그를 망자의 친척이라고 착각하고 있다. "교회 안에 사람들 가운데 오직 그만이 홀로 흐느끼고 있었다. 아무도 그가 누구인지 몰랐다. 한 여자가 말했다. '저 사람, 여기 오기로 했다던 뉴올리언스에 산다는 그 사촌인가요? …… 계속 저러는 걸 보니까 정말 가까운 사람이었나 봐요.'"

흐느껴 우는 동안 윌헬름은 눈물 속에서 행복을 느낀다. 적어도 여기서는 언제나 갈구해 왔던 그것을 찾는다. 타인의 눈에 중요하게 보이는 자리가 그것이다. 비록 허위의 정체성에 근거한 것이지만 말이다.

저자 추천본

The Penguin Classics.

백년의 고독　　가브리엘 가르시아 마르케스

One Hundred Years of Solitude(1967) · GABRIEL GARCÍA MÁRQUEZ

호세 아르카디오 부엔디아와 그의 아내 우르술라는 사촌지간이다. 우르술라는 돼지 꼬리 달린 아기를 낳을까 두려워서 남편이 침대 곁에 다가오지 못하도록 한다. 이웃 사람 하나가 초야를 치르지 못하는 그의 결혼 생활을 비아냥거리자 호세 아르카디오 부엔디아는 결투 끝에 그를 죽이고 아직 입증되지 않은 남자다운 열정을 품고 우르술라의 방을 찾아든다. 우르술라의 아기는 돼지 꼬리 없이 태어났지만 죽은 이웃 사람은 끈질기게 밤마다 그의 집을 배회한다. 그래야만 그의 욕실에서 목에 묻은 피를 씻어 낼 수 있기 때문이다. 그리하여 호세 아르카디오 부엔디아는 아내와 아이들을 데리고 마콘도라는 새 도시를 찾아 떠난다.

마콘도는 처음에는 고립된 도시였지만, 집시들에 의해서 바깥 세계에 마침내 알려진다. 집시 가운데 한 명인 멜키아데스는 산스크리트어로 씌어진 비밀스러운 필사본 한 장을 품고 있다. 바깥과의 교류는 번영과 곤란을 동시에 가져다준다. 호세 아르카디오 부엔디아의 첫째 아들은 집시들과 달아나고, 둘째 아들 아우렐리아노는 대령이 되어 모호한 내전 중에 벌어진 유혈 전투에서 싸우다가 그의 어머니가 자기 손으로 죽이겠다고 협박하자 그만둔다.("네가 돼지 꼬리를 달고 태어나기만 했어도 내 이미 널 죽여 버렸을 거다." 어머니는 느닷없이 이렇게 고함을 지른다.) 마침내 아우렐리아노는 퇴역하여 연어 통조림 공장으로 돌아오고, 그의 증조카인 아우렐리아노 세군도가 가족의 삶에서 중심이 된다. 세군도는 아름답고 허세가 심하며 신경질적인 여자와 결혼하지만 마을 여자 페트라 코테스와 연인 관계를 지속한다. 페트라 코테스는 세군도의 소유지 근처를 거닐면서 자신만의 비옥한 분위기를 발산하여 그를 번창하게 만들어 준다. 그렇지만 마법적인 번영은 경제 발전에 직면해서 활기를 잃는다. 마콘도에 철길이 열리고 양키 무역업자들이 기차를 타고 바나나를 팔러 몰려온다. 바나나 회사는 무질서와 폭력, 암살부터 가족 내의 불화에 이르기까지 온갖 문제점을 마콘도에 들여놓는다.(세군도의 형제인 아우렐리아노 부엔디아 대령이 불평한다. "우리가 빠져든 이 진창을 보시오. 바나나 좀 먹자고 백인 놈들을 불러들이는 바람에 모두 벌어진 거잖소.") 바나나 회사의 노동자들은 아우렐리아노 세군도의 주도하에 파업을 계속한다. 분노한 양키 무역업자들이 비를 부르자 비는 4년 동안 줄곧 내렸고, 결국 물에 흠뻑 젖은 프롤레타리아 계급은 굴복한다.

세군도의 손자인 아우렐리아노 바빌로니아가 자라서 어른이 되는 동안 두 가지 강박도 함께 자라난다. 이모에 대한 근친상간적인 열정과 돼지 꼬리가 달린 아이의 아버지가 될 것이라는 강박이다. 그는 수세대 전부터 마콘도에 이어져 내려오는 신비에 싸인 집시의 필사본에 매료된다. 수년간의 번역 끝에 그는 그 필사본이 "인간의 관습적인 시간 순서"가 아니라 "(사건들이) 한순간에 공존하는 방식으로" 바로 자신의 대까지 포함하여 부엔디아 가문 전체의 이야기를 하고 있음을 알게 된다.

가브리엘 가르시아 마르케스는 똑같은 서사 전략에 따라 평범한 사건을 마술적인 것과 병렬 배치하여, 인간성에 대한 일종의 '객관적인 역사'를 정확하게 기록한 '사실주의' 소설의 가능성에 의문을 던지고 있다. 그의 가족사 속에서 환상과 현실은 서로 구별할 수 없을 만큼 나란히 존재한다.

저자 추천본

The Harper Perennial Classics paperback 그레고리 라바사 번역. 존 리의 목소리로 녹음된 무삭제 Audible 오디오북도 나왔다.

국내 번역 추천본

가브리엘 가르시아 마르케스, 조구호 옮김, 『백년의 고독 1·2』(민음사, 2000).

어느 겨울밤 한 여행자가 이탈로 칼비노

If on a Winter's Night a Traveler(1972) · ITALO CALVINO

샐먼 루시디는 이 소설을 "여러분이 앞으로 읽게 될 책 중에서 가장 복잡한 책"이라고 했지만, 이 소설이 열한 개의 도입과 오직 하나의 결말을 지니고 있다는 사실을 아는 한 그리 심하게 길을 잃지는 않을 것이다. 칼비노의 화자는 독자에게 직접적으로 말한다. 여러분이 이 책에 몰입하자마자, 서류 가방이 뒤바뀌는 것과 관련된 첩보 오락물이 명백한 이 소설은 제본이 잘못되어서 처음 32쪽이 계속해서 반복된다는 사실을 곧장 발견하게 된다. 여러분이 책을 들고 다시 서점에 가면 다른 독자, 그러니까 역시나 잘못 제본된 소설의 나머지 부분을 찾고 있는 아름다운 소녀와 만나게 된다. 서점 주인은 여러분에게 새 책 한 권을 준다. 하지만 이 소설은 완전히 다른 이야기로 밝혀진다. 그 소설에 점점 마음을 빼앗기지만 역시 나머지 쪽들이 백지임을 발견하게 된다. 그래서 나머지 이야기를 찾으러 간다. 읽기 시작하는 매 이야기는 여러분에게 다른 도입부를 가져다준다. 이렇게 열 가지 도입 장들이 각 소설의 결말을 찾으려는 탐색을 통해서 서로 연결된다. 그리고 결국에는 혼란스러운 상태가 누구 탓인지 결말에서 발견하게 된다. 이런 배경을 뒤로하면 세 번째 질문이 머리를 떠나지 않는다. 칼비노는 왜 이러고 있는 걸까? 각 소설의 도입부에서 그는 첩보 소설, 모험담, 성년 입문 이야기 등 소설의 공식을 하나씩 조롱한다. 독자가 '실제' 소설을 찾기 위해 이 이야기들 사이를 쫓는 과정에서 만나는 어떤 '현실'도 그들이 발견하는 각각의 소설만큼이나 환상에 불과하다는 것을 칼비노는 쉴 새 없이 그리고 명백하게 말해 준다. 소설 하나는 이렇게 시작된다. "나는 여러분이 이 이야기 주변으로, 내가 이야기함 직한 다른 이야기 속으로 배어들기 바라며…… 또한 우주처럼 어느 방향으로든 움직일 수 있고…… 이야기들로 가득한 공간이 있음을 느끼기 바란다……." 이 책에서 혹은 인생에서 찾을지도 모르는 어떤 '질서'도 여러분의 의지가 부여한 것이다. 그것은 현실과는 아무런 상관이 없다.

저자 추천본

The Harvest edition. 이 판본은 윌리엄 위버가 번역했다.

국내 번역 추천본

이탈로 칼비노, 이현경 옮김, 『어느 겨울밤 한 여행자가』(민음사, 2014).

솔로몬의 노래　토니 모리슨

Song of Solomon(1977) · TONI MORRISON

밀크맨 데드는 미시간주의 한 자선 종합 병원에서 태어났다. 집세 수금인인 그의 아버지 메이컨 데드는 망명자이자 북부에 살고 있는 흑인으로, 남부 출신 미국계와 뿌리를 알 수 없는 아프리카계의 혼혈이다. 메이컨에게는 누이동생 파일러트가 있는데, 그녀를 출산하던 중 어머니는 죽고 파일러트만 살아남는다. 파일러트는 신비롭게도 배꼽이 없다. 어릴 적에 파일러트와 메이컨은 아버지가 살해당하는 모습을 보고 도망치던 중 펜실베이니아의 어느 동굴에 숨어든다. 늙고 악의 없는 한 백인이 그곳에 잠들어 있었는데 분노로 들끓던 메이컨이 그 사람을 죽였고, 곧이어 동굴 안에서 금덩이가 든 배낭 몇 개를 발견한다. 파일러트는 메이컨이 금을 훔쳐 가지 못하도록 막았지만, 메이컨이 동굴 밖으로 나간 사이 금과 함께 사라졌다. 파일러트는 버지니아주에서 일하고 싶었으나 배꼽이 없다는 이유로 번번이 거절당했다. 결국 그녀는 다시 동굴로 돌아와 그곳에서 발견했던 뼈들을 수거한다. 그리고 사생아 딸 레바와 레바의 딸 헤이가, 그리고 예전에 금덩이가 담겨 있었다고 메이컨이 생각한 정체불명의 녹색 배낭을 가지고 오빠 메이컨이 정착한 도시로 살러 간다.

밀크맨은 12년 동안 헤이가와 연인 관계를 맺지만 점점 그녀에게 싫증이 나고 대신 동료로서 그의 친구 기타에게 관심을 돌린다. 기타는 "명료한 판단력으로 단 한 번도 그를 실망시키지 않은 유일한 사람"이었다. 하지만 기타는 정치가가 되었고 '7일 결사단'이라는 이름의 단체에 가입해 있었다. 그 단체는 흑인 남자나 여자, 아이가 살해될 때마다 백인을 한 명씩 처형하는 곳이다. 정치는 지루하지만 기타에게 복수를 위한 살인 자금이 필요하자 밀크맨은 파일러트의 금을 훔치도록 도움을 준다. 하지만 파일러트의 지하실에 있던 녹색 배낭에는 금이 아니라 뼈가 들어 있다. 그리하여 밀크맨은 그 금덩이에 무슨 일이 벌어진 것인지 알아내기 위해 펜실베이니아로 길을 나선다. 그곳에서 금은 찾지 못했지만 자신의 뿌리는 제대로 찾는다. 그는 파일러트의 어린 시절 이야기 속에 등장하는 인물들과 만나고, 아이들이 길거리에서 부르던 무의미한 노래들이 자신의 할아버지와 할머니, 이모, 고모, 삼촌들의 이름을 담고 있음을 알아낸다. 거기다 기타가 자신을 따라오고 있었고 그가 언제부터인가 자신의 적이 되었음을 깨닫는다. 소설 막바지에서 기타는 금 때문에 밀크맨을 총으로 쏜다. 북부에서 남부로 향하는 밀크맨의 여정은 도망친 노예들의 탈출과는 반대 방향으로 진행된다. 이는 남부로 되돌아와서 자신의 가족 관계를 다시 찾기 위해서 노예를 소유하는 문화의 흔적과 대면해야 하는, 노예 신분에서 풀려난 자유민들의 뿌리를 향한 추구 과정이다.

저자 추천본

The Vintage 재판. 소설 전체를 읽지 않고 요약된 Audible 오디오북만 듣는 것은 좋지 않다. 하지만 모리슨 본인이 직접 이야기를 들려주기 때문에 추가로 들어 볼 만하다.

화이트 노이즈　돈 드릴로

White Noise(1985) · DON DeLILLO

잭 글래드니는 언덕 위에 자리한 대학교에서 히틀러학 교수로 재직 중이다. 그의 아내 배비트는 죽음을 병적으로 두려워해서, 슈퍼마켓 전단지에 광고를 내는 수상한 의약 연구 회사의 '향정신성 의약품'을 복용하고 있다. 그 부부가 각각 여섯 번의 다른 결혼으로 낳은 배다른 아이들은 갖가지 기이한 불안감에 고투하고 있다. 이 모든 혼란에 일종의 질서를 찾고자 노력하는 글래드니의 계획은 눈앞을 뒤덮는 거대한 검은색 유독 구름에서 화학적 유출이 발생하여 중단된다. 지역민들은 구름이 마침내 흩어질 때까지 모두 소개된다. 집으로 돌아온 글래드니는 아내의 알약 제공처를 추적한다. 한 남자를 찾아낸 글래드니는 과거의 영웅들을 흉내 내며 그와 총격전을 벌이는데 별다른 일은 일어나지 않는다. 글래드니와 배비트, 그리고 그들의 배다른 아이들은 매 주 해 왔듯 다시 한 번 슈퍼마켓 쇼핑을 하며 책의 마지막을 장식한다. 바뀐 것은 아무것도 없다. 『화이트 노이즈』는 빅 브라더가 없는 『1984』와 같으며, 우리 인생에 진정한 의미는 하나도 없다고 우리를 설득한다. 대중 매체와 자신들의 물건을 구매하기 바라는 회사에 의해 무질서한 사건에 어떤 질서가 부여된다. 그들은 우리 삶에 의미 있어 보이는 이야기들을 우리 대신 만들어 내지만, 실제로는 그 회사의 생산품을 소유해야 한다고 우리를 설득하는 행위인 것이다.

저자 추천본

The Penguin Classics.

국내 번역 추천본

돈 드릴로, 강미숙 옮김, 『화이트 노이즈』(창작과비평사, 2005).

소유 A. S. 바이어트

Possession(1990) · A. S. BYATT

롤랜드 미첼은 직장을 잡지 못한 학자이며, 박사 논문 지도교수였던 제임스 블랙커더의 조수로 일하면서 집세를 마련하는 소심한 대학원 졸업생이다. 블랙커더는 빅토리아 시대 다작 시인 랜돌프 헨리 애시를 연구하는 영국 제일의 권위자이고, 롤랜드는 애시의 서한들을 파고들며 낮 시간을 보낸다. 롤랜드는 어느 날 런던 도서관에서 애시가 어느 정체 모를 사랑하는 여인에게 보낸 잊혀진 편지 한 통을 발견한다. 동료 학자 모드 베일리와 함께 편지를 훔쳐 낸 그는 그 여인의 정체를 밝히는 일에 착수한 끝에 역시 빅토리아 시대 시인이자 미국 여권주의자들의 총애를 받고 있는 크리스타벨 라모트가 그 여인이라는 사실을 알아낸다. 모드와 롤랜드는 편지와 드러나지 않은 수수께끼에 암시를 주는 일기의 내용, 빛나는 시편, 비평 논문, 전기와 이야기 등의 마음을 빼앗길 만한 미로를 훑으며 크리스타벨과 랜돌프를 추적해 간다. 각각의 정보들은 일어날 것 같지 않은 사랑 이야기에 또 다른 세부 사항을 덧붙여 준다. 그들은 블랙커더의 지독하디 지독한 적인 미국인 학자 모티머 P. 크로퍼의 추적을 차례대로 받는다. 크로퍼는 애시의 편지 일체를 그의 어마어마한 재산으로 사들여서 영국 밖으로 가져가고 싶어 한다. 그러면서 모드와 롤랜드는 두려워하면서도 서로에게 사랑을 느낀다. 그리고 미궁의 중심부에 이르자 깜짝 놀랄 만한 비밀 하나를 발견한다. 그 비밀에 대한 플롯에 기대어 소설의 마지막 부분을 전개시켜 나가기 때문에 여기서는 밝히지 않겠다.

저자 추천본

The Vintage International edition. 버지니아 리슈먼의 목소리로 들을 수 있는 Audible의 무삭제 오디오북도 나와 있다.

국내 번역 추천본

A. S. 바이어트, 윤희기 옮김, 『소유』(열린책들, 2010).

로드　　코맥 매카시

The Road(2006) · CORMAC McCARTHY

알 수 없는 어떤 대재앙이 인류를 휩쓸면서 지구는 파괴되고 재로 뒤덮였고 식인 야만인 무리에게 점령당했다. 몇 명의 생존자들만이 자신의 인간성을 지킬 수 있었다. 그들 중 무명의 한 남자와 그의 아들이 바다에 도착하면 뭔가 더 좋은 것을 찾을 수 있기를 희망하며 배고픔과 식인 무리와 싸워 가면서 녹아 버린 고속도로를 따라 파괴된 도시들을 지나간다. 매카시의 퓰리처상 수상작 소설은 가장 오래된 세계 문학 형태 중 하나인 탐색의 서술 기법(『돈키호테』와 『천로역정』)과 '로드 내러티브'로 알려진 지극히 미국적인 장르, 즉 더 좋은 일들이 기다리고 있을지 모르는 끝 모를 지평선을 향한 열린 공간으로의 여행(『허클베리 핀』과 『모비딕』)을 솜씨 좋게 결합한다. 냉혹할 정도로 현실적이고 포스트모던하게 모습을 드러내는 ("그는 그에게서 파란 비닐 방수포를 걷어 접은 다음, 밖으로 가지고 가 식료품 카트에 집어넣은 뒤 접시와 비닐봉지에 든 콘밀 케이크와 플라스틱 병에 든 시럽을 들고 돌아왔다.") 그 소설은 서서히 심오한 마법의 스타일을 드러낸다. 아들의 머리를 감기고 불 앞에서 말리면서 그 남자는 자신의 행동이 "옛날의 도유의식과 비슷함을 깨닫는다. 그러라지. 형식들을 불러와라. 달리 아무것도 없는 곳에서 허공으로부터 의식들을 만들고 그 위로 숨을 내뿜어라." 매카시는 이야기를 풀어 가는 내내, 우리가 세상을 이해하는 방식, 즉 세상을 선과 악, 영웅과 악당, 신과 악마로 분류하려는 인간의 강박적인 충동을 지적한다. 그러나 그 범주들은 계속해서 무너진다. 결국 존재라는 수수께끼는 우리가 이해할 수 없는 것이다. 이 소설은 "모든 것이 인간보다 오래되었으며 그들은 콧노래로 신비를 흥얼거렸다."라며 끝을 맺는다.

저자 추천본

The Vintage International edition.

국내 번역 추천본

코맥 매카시, 정영목 옮김, 『로드』(문학동네, 2008).

더 읽어 볼 책들

폴 존슨, 『미국 민중사(*History of the American People*)』(New York: HarperCollins, 1999).

케네스 O. 모건, 『옥스퍼드 삽화 영국사(*Oxford Illustrated History of Britain*)』 개정판(Oxford: Oxford University Press, 2009).

클레이턴 로버츠, 데이비드 로버츠, 더글러스 R. 비슨, 『영국사 1권: 선사 시대에서 1714년까지(*History of England: Volume I: Prehistory to 1714*)』 6판(Upper Saddle River, N. J.: Pearson, 2013).

클레이턴 로버츠, 데이비드 로버츠, 『영국사 2권: 1688년부터 현재까지(*History of England: Volume II: 1688 to the Present*)』 6판(Upper Saddle River, N. J.: Pearson, 2013).

로버츠 J. M 『펭귄 세계사(*The Penguin History of the World*)』, 6판(Odd Arne Westad. New York: Penguin, 2014).

조지 브라운 틴돌, 『미국: 내러티브 역사(*America: A Narrative History*)』 요약본 8판(New York: W.W.Norton, 2009).

6

자서전 읽기의 즐거움

『고백록』 아우구스티누스
『마저리 켐프의 책』 마저리 켐프
『수상록』 미셸 드 몽테뉴
『아빌라 성녀 테레사의 고독한 인생』 아빌라의 테레사
『성찰』 르네 데카르트
『죄인에게 넘치는 은혜』 존 버니언
『감금과 회복 이야기』 메리 롤런드슨
『고백록』 장 자크 루소
『프랭클린 자서전』 벤저민 프랭클린
『미국 노예, 프레더릭 더글러스의 인생과 시대』 프레더릭 더글러스
『월든』 헨리 데이비드 소로
『어느 노예 소녀의 인생 삽화』 해리엇 제이콥스
『노예제를 떨치고』 부커 T. 워싱턴
『이 사람을 보라』 프리드리히 니체
『나의 투쟁』 아돌프 히틀러
『간디 자서전』 마하트마 간디
『앨리스 B. 토클라스의 자서전』 거트루드 스타인
『칠층산』 토머스 머튼
『기쁨에 놀라서』 C. S. 루이스
『맬컴 엑스의 자서전』 맬컴 엑스
『새장에 갇힌 새가 왜 노래하는지 나는 아네』 마야 안젤루
『고독의 일기』 메이 사턴
『수용소 군도』 알렉산드르 I. 솔제니친
『거듭나다』 찰스 W. 콜슨
『기억의 허기』 리처드 로드리게스
『쿠레인에서 오는 길』 질 커 콘웨이
『모든 강은 바다로 흐른다』 엘리 위젤

"내가 네 나이 때……."

사람들은 늘 자신에 대한 이야기를 했다. 아우구스티누스(신학자에 학자이자 로마 문명을 계승한 아프리카인)와 해리엇 제이콥스(노예이자 어머니이며 미국 내에서 탈주한 흑인 노예)는 둘 다 자서전을 썼다. 그러나 종이 위에 글자들을 나열한 아우구스티누스의 기교가, 개종에 관한 그의 이야기와 가난과 탈출의 서사인 제이콥스의 연대기에 어떤 도움을 주어 '훌륭하게' 만들어 주지는 않는다. 아무도 자서전 쓰기에 전문가가 될 필요는 없다. 하지만 자서전 작가는 이상한 확신에 사로잡혀 있다. 자기 삶의 사소한 사실들이 불특정 다수의 낯모르는 독자들에게 흥미로울 것이라는 확신 말이다. 파티에서 따라야 하는 세련된 태도, 즉 당신 자신에 대해서 단조롭게 이야기하지 말라는 일체의 충고에 한결같이 어긋나는 확신이다. 하지만 자서전 작가는 독자의 마음을 사로잡을 것이라는 숭고하기 짝이 없는 확신을 갖고서, 부모님과 2학년 때 같은 반 친구, 결혼을 둘러싼 복잡하고 불길한 예감에 대해서 이야기한다. 도대체 왜 독자들이 자신의 이야기를 계속 읽어 줄 것이라고 생각하는 것일까?

인생을 이야기로 바꾼다는 것

태초에 아우구스티누스가 있었다.

북아프리카의 로마 제국 말단 지역에서 태어난 아우구스티누스는 최초의 '자서전 작가'다. 그가 일상적 삶의 사소한 사실을 써내려 간 최초의 글쓴이는 아니었다. 일기나 일지는 인간이 시간의 흐름을 감지하게 되고 문자 언어를 지니게 된 이래로 끊임없이 작성되었기 때문이다. 하지만 아우구스티누스는 자기 인생을 들려준 최초의 작가였다.

인생을 이야기로 바꾼다는 것은 생각만큼 간단한 일이 아니다. 일기 쓰는 사람은 매일매일의 사건을 총체적인 유형으로 고정시키지 않고 단순하게 적어 나간다. 하지만 자서전 작가는 가늠자를 대고서 중요하게 여겨지는 생각과 사건을 설명하면서 자기 인생을 조리 있게 옮겨 적어야 한다. 그리고 가늠자 자체는 자서전 작가가 자신의 인생을 위해 선택한 종합적인 의도를 통해 이루어진다. 그러므로 자서전 작가의 회고적 시선은 사건을 단순히 이야기하는 것이 아니라 이야기의 설명 방식만이 자신의 인생을 의미 있게 해 준다고 결론지은 다음 만들어 낸 전체적인 목록의 일부로 사건들을 바라보게 된다. 4세기에서 20세기까지는 건너뛰고, 멕시코인 부모에게서 태어나 캘리포니아에서 자란 리처드 로드리게스를 보자. 어려서부터 그는 새크라멘토 초등학교에서는 영어를 사용했지만 학교 밖에서는 스페인어로 말했다.("이 소리들은 이렇게 말을 해 주었다. ……'나는 백인 놈들하고는 절대 쓰지 않는 말로 너한테 말을 걸고 있어. 네가 바깥의 누구와도 다른 특별하고 가까운 사람이라고 여겨져. 너는 우리 편이야. 우리 가족.'") 하지만 로드리게스의 학교 교사들이 그에게 영어를 좀 더 연습해야 한다고 제안하자, 그의 부모는 집에서도 영어를 쓰라고 단언했다. 자서전 『기억의 허기』에서 로드리게스는 이렇게 쓴다.

> 어느 토요일 아침, 부모님이 스페인어로 이야기 중인 부엌으로 들어갔다. 나를 본 순간 부모님의 말이 영어로 바뀌는 것을 듣고서야 아버지와 어머니가 좀 전에 스페인어로 말하던 중이었음을 알게 되었다. 부모님이 발음하는 백인 놈들의 말소리에 나는 화들짝 놀랐다. 나를 밀쳐 버린 것이었다. 사소한 오해와 심오한 통찰의 순간, 깊이를 헤아릴 수 없는 슬픔으로 목이 죄어 오는 느낌이 들었다. 나는 재빨리 돌아서서 부엌을 나갔다……. 그 뒤 며칠 동안은, 점점 더 화를 내며 "우리한테 앵글레즈('영어'를 뜻하는 스페인어)로 말하라니까."라는 부모님 말씀을 귀에 딱지가 앉도록 들어야 했다. 그러고 나서야 비로소 나는 학교에서 쓰는 영어를 배우겠다고 마음먹었다. 수주일 후 일이 터졌다. 어느 날 학교에서 내가 대답하려고 자진해서 손을 들었던 것이다. 나는 큰 목소리로 외쳤다. 그리고 학급 전체가 이해한다는 사실을 이상하다고 생각하지 않았다. 그날, 나는 불과 며칠 전만 해도 내 모습과도 같았던 불편한 아이의 모습에서 멀찌감치 옮겨 가게 되었다. 세상에 속해 있다는 평온한 확신, 그 믿음이 마침내 손에 잡힌 것이었다.[1]

로드리게스가 묘사한 대로 일이 벌어졌나? 아니, 물론 그렇지 않다. 어른인 로드리게스가 알아차리는 것은 모든 점에서 어린 시절 기억의 결 위에서 이루어진다. 아이는 화가 났던 것이고, 어른이 되어서야 그 것이 '사소한 오해와 심오한 통찰의 순간'이라는 사실을 알게 되었다. 아이는 영어로 대답했고, 오직 성인이 된 로드리게스만이 이 대답과 수주 전에 부엌에서 있었던 짧은 사건 사이의 관련성을 이해한 것이다. 그리고 이 특정한 이야기는 로드리게스가 자기 인생의 이야기를 미국인이라는 공적인 삶으로 들어온 이야기로 볼 때만 중요해진다. 그는 이렇게 쓴다. "결국 지금의 나라는 남자를 그려 내기 위해서 한때 나였던 그 소년을 떠올리게 되었다. 살아남으려면 획득해야 했던 것을 설명하기 위해 잃어서 너무나 서럽던 그것을 떠올린다."

만약 그의 삶에서 성적인 면모가 부상하거나 위대한 창조적 재능이 펼쳐지는 시기였다고 판단했다면, 부엌에서 있었던 사건은 완전히 다른 의미를 갖게 되었을 것이다.

달리 말하면 로드리게스가 부엌에서 있었던 사건을 들려주는 방식은 과거에 대한 객관적인 재구성이 아니다. 오히려 소설가가 소설을 쓰는 것과 비슷하게, 글쓴이가 구성한 이야기의 일부이다. 로드리게스는 생각이 점층적인 해석으로 이어지도록 서술의 흐름을 만들어 내면서 의미를 구성해 나간 것이다. 이것이 자서전 작가가 하는 일이다. 그렇게 본다면 아우구스티누스가 최초의 자서전 작가인 셈이다. 아우구스티누스는 자기 삶의 의미를 선택하고 그 의미를 반추할 수 있도록 자신의 삶에서 일어난 사건을 정돈했기 때문이다. 로드리게스는 미국인이 되고 아우구스티누스는 신의 신봉자가 된 것이다.

하지만 아우구스티누스의 『고백록』은 적어도 네 가지 혁신도 함께 이루어 냈고, 바로 그 이유 때문에 다른 자서전 작가들이 그의 이야기를 하나의 유형으로 삼아 자신들의 삶을 서술하게 되었다. 예전의 작가와는 달리 아우구스티누스는 자신이 밑그림을 그리고 있는 도안에 포함되는 사건만 선택해서 이야기한다. 그래서 한 아이의 아버지가 되었던 것은 무시하고 대신 청소년기에 과수원에서 배를 훔쳤던 사건을 수쪽에 걸쳐 서술한다. 이 사건은 그에게 아담과 이브의 원죄를 끊임없이 상기시켰고 그들의 흠이 그의 내부에도 있음을 보여 주는 사건이다. 이전의 작가와는 달리 아우구스티누스는 거대한 외부의 사건이 아니라 결심과 생각을 인생의 진정한 이정표로 이해한다. 고대 서사시의 영웅처럼 아우구스티누스는 새로운 해안을 향해 여행을 떠나지만 그의 여정은 타락에서 성스러움으로 향하는 내면의 고된 여행이다. 이전의 작가와는 달리 아우구스티누스는 사적인 자아를 우주의 중심에 둔다. 그의 이야기는 로마인의 이야기도 북아프리카인의 이야기도 아니고, 심지어 교회 신자의 이야기도 아니다. 아우구스티누스라는 엄청나게 초자연적인 중요성을 지닌, 숨겨지고 은밀한 인생을 살았던 한 개인에 대한 것이다. 이전의 작가와는 달리 아우구스티누스는 삶의 단 한 순간을 축으로 하고 다른 모든 일은 그 주위를 회전한다고 본다. 과거에서 의미를 선택하여 그 의미에 다른 모든 것을 관련시키고, 사적인 자아의 내면적 인생을 서술하고, 오늘날의 자아를 만들어 준 분수령이 될 만한 과거의 사건을 찾는 모든 것이 아우구스티누스 이후 전기 저술의 관습이 되었다. 아우구스티누스는 또한 '도대체 내 인생에 대해서 누가 듣고 싶어 하는가?'라는 난처한 문제에 대답을 제시한 최초의 작가다. 마저리 켐프, 아빌라의 테레사, 존 버니언, 토머스 머튼, 찰스 콜슨까지 이어지는 영혼형 자서전 작가들처럼 아우구스티누스에게 그 대답은 다음과 같다. "나처럼 다들 죄인이다."(틀림없이 광범위한 독자층이 예상된다.) 자서전의 목적이 은총을 내리기 위해서 죄인을 지목하는 것이라면 자서전 작가는 겸손하면서도 동시에 자기중심적일 수 있다. 정교하고 개인적인 자기 심문은 수천 명의 독자들에게 아주 중요하다. 결국 동일한 신성의 이미지가 독자 내면에 잠들어 있으니, 그들은 동일한 자기 탐색을 수행하고 동일한 신과 만나야 한다.

'고백적인' 자서전이 사라지지는 않지만, 다른 종류의 인생 이야기가 바로 옆에서 움트게 된다. 신을 향한 중세적 초점이 흐려지기 시작하면서 계몽기의 사람들은 자신들이 죄인이 아니라 인간이라고 결론짓는다. 당시는 발명의 시대였다. 베네치아의 한 유리 제조업자는 광을 낸 청동에 나타나는 왜곡 현상 없이 얼굴이 비춰지는 '거울'이라는 것을 발명해 냈다. 16세기와 17세기의 사상가들은 자신의 얼굴을 보는 것만큼이나 명료하게 사적인 자아를 일별할 수 있다고 확신하게 되었다.

그래서 미셸 드 몽테뉴와 르네 데카르트, 장 자크 루소는 아우구스티누스의 발명품인 자서전을 훔쳐서 달아난다. 그들은 자신들의 사적인 자아가 세속적인 개종을 통해서 신성이 아니라 자기 인식이라는 새로운 해안으로 향하는 여정에 대해서 이야기한다.

이것이 자서전의 중심부에 완벽하게 새로운 매듭을 지어 놓는다. 아우구스티누스와 그와 동류인 종교적인 자서전 작가들에게 성스러움을 향하는 여정은 자기 인식을 향한 여정이다. 이것은 직설적인 주장이다. 신성은 신의 가장 본질적인 자질이기 때문이다. 그래서 자아가 좀 더 신성해질수록 좀 더 신과 같아진다. 자아는 신의 이미지이기 때문에 신에 가까워질수록 좀 더 자기 자신이 되며, 실재를 향해 좀 더 가까이 끌려가게 된다.

하지만 계몽주의 자서전 작가가 자신의 중심을 들여다볼 때 반사된 신의 얼굴은 보이지 않는다. 그는 신과도 사회와도 심지어는 자신의 의지와도 무관하게 존재하는 (전문 용어로 '자율적인') 자아를 보는 것이

다. 자유롭고 자율적인 존재는 오직 스스로에게만 의존한다.[2]

'신의 이미지'라는 자아에 대한 구체적인 정의를 내릴 수 없는 상태에서 자서전 작가들은 어느덧 회의주의로 떠밀려 갔다. 회의주의란 자신의 중심이 무엇에 발 딛고 있는지 정확히 모른다는 자인이었다. '아우구스티누스 이후' 최초의 자서전 작가인 몽테뉴는 1580년에 출간한 에세이집에서, 이처럼 신비스러운 '자아'가 무엇인지 확실히 알 수 없기 때문에 오직 자신이 생각했던 자신의 모습을 독자에게 말하려고 애쓰면서 스스로를 '에세이'(assay, 시험하다)할 뿐이라고 발표했다. 1641년 데카르트는 '감각하는 자아'(그의 감각이 자신을 기만할지 모르기 때문에), '느끼는 자아'(정서도 똑같이 신뢰할 수 없기에) 혹은 '종교적 자아'(신에 대한 지식이 감각이나 정서만큼이나 확실하지 않기 때문에)로서의 자기 존재도 확신할 수 없다고 결론지었다. 데카르트는 오직 자신이 그 문제에 대해서 생각하고 있다는 것만 알았다. 그리하여 확신을 가지고 말할 수 있는 유일한 진술은 이렇다. "나는 존재한다. 내가 존재한다는 것이 나로부터 진술되거나 내 정신 속에서 떠오를 때에만 필연적으로 참이다."

자서전 작가들이 자신이 누구인지 정확히 모른다면 자서전의 목적은 무엇인가?

회의주의는 자서전의 목적을 실제로 변화시키지 않는다. 인생 이야기는 여전히 독자에게 하나의 사례를 제공하고, 독자 자신의 인생을 이해할 수 있는 기준이 되는 역할을 한다. 하지만 회의형 자서전 작가는 독자가 무엇보다 신성을 추구하고 있다고 간주하지 않는다. 신에 대한 지식은 결국 자기 인식으로 가는 여정에 지나지 않는다. 대신 회의형 자서전 작가는 글쓴이가 자기 인생을 틀 짓는 방법을 보여 준다. 따라서 확실성의 부재, 아우구스티누스의 여정에 구체적인 형상을 부여했던 신이 부재한 가운데도 자아를 정의할 수 있다는 사실을 보여 준다. 회의형 자서전 작가는 독자에게 이렇게 말한다. “이것이 내가 나의 인생에서 선택한 의미다. 나는 파악하기 어려운 나의 자아가 사유하는 존재임을 발견했다. 이것은 당신도 선택할 수 있을 만한 의미이지 않겠는가?”

데카르트와는 달리, 파악하기 어려운 자아가 사유하는 존재로 입증되지 않을 수도 있다. 대신 리처드 로드리게스의 자서전에 나온 대로 미국인으로 판명될지 모른다.(독자 여러분도 자신의 타고난 운명과 현재의 국적 정체성 사이에서 균형점을 찾을 수 있다.) 혹은 질 커 콘웨이의 자서전 『쿠레인에서 오는 길』에서처럼 가정적이 되라는 압력에 대항해 투쟁하는 여성으로 판명될지 모른다.(주위 사람들이 여러분의 정체성은 그저 딸일 뿐이라고 말한다 해도, 여러분은 자신의 자아가 학자임을 발견할 수 있다.) 혹은 신세계에서 벤저민 프랭클린의 인생 이야기처럼, 비록 시작은 미약하지만 미국에서 대성하는 기업가로 판명될지도 모른다. 자아가 무엇으로 드러나든 글쓴이는 진실함과 진정성을 주장하고 독자가 따를 만한 사례로서 그 자아를 제공하는 것이다.

이런 종류의 자서전은 아우구스티누스 이후에 등장하겠지만 아우구스티누스식의 자서전은 사라지지 않았다. 1666년 존 버니언은 자기 인생의 이야기인 『죄인에게 넘치는 은혜』를 엄청나게 수용적인 대중을 대상으로 출간했다. 2년 만에 책은 6판을 거듭했고 다음 두 세기 동안 영혼형 자서전을 유행시켰다. 6장 마지막에 소개된 목록의 책들은 영혼형 자서전이나 회의형 자서전의 하나이고, 신에 이르는 안내서나 자기 정의로 향하는 안내서의 하나다. 이들 두 종류의 자서전은 아우구스티누스라는 공통의 조상을 갖고 일정한 가족 유사성을 보이는 사촌지간이다.

두 사촌은 끊임없이 서로에게서 빌리고 빌려준다. 회의형 자서전은 종종 일종의 고백에 탐닉하는데, 영혼형 자서전에서 찾아볼 수 있는 죄의 고백과 아주 유사하다. 회의형 자서전에서 고백은 신의 은총에 이르는 길은 아니다. 약점과 함께 자신의 모든 것을 기꺼이 드러낸다는 것은 진실성의 증거이며, 더 나아가 독자들에게 믿음을 주고 글쓴이의 인생을 채택하게 만드는 근거가 된다. 영혼형 자서전도 진실성에 의문을 품는 독자에게 자아의 길을 정당화하는 회의형 자서전식의 필요성에서 자유롭지 못하다. 아빌라의 테레사는 자신의 이야기를 신에게 바쳤지만, 그녀의 종교적 환영이 사실인지 의심했던 상급자들로부터 스스로를 방어하기 위해 쓴 것이기도 했다. 찰스 콜슨의 『거듭나다』가 독자에게 신에 이르는 길을 제공할지도 모르지만, 워터게이트 사건을 자세히 알고 싶어 하는 다른 독자를 콜슨이 내내 잊지 않고 있었음은 분명하다.

5분 만에 읽는 자서전 비평사

소설처럼 대부분의 자서전에는 시작과 중간, 끝이라는 플롯이 있다. 소설가들은 스스로를 장인으로 인식하는 반면 자서전 작가들은 스스로를 결코 전문가로 여기지 않고 종종 '뜻밖의 작가'라고 보기도 한다. 소설가들은 소설 쓰기의 관습과 어려움에 대해서 생각하고 때로는 소설이 어떻게 씌어져야 하는지에 대한 시론을 쓰기도 한다. 그러나 대부분의 자서전 작가들은 전문가와 상의하거나 자서전 작법 이론을 검토하지 않은 채 자기들 인생의 사건을 적어 내려간다. 소설은 리얼리즘이나 자연주의와 같은 유파나 운동에 귀속될 수 있지만 자서전은 편리한 문학의 꼬리표를 달지 않는다.

하지만 자서전을 비예술적이라 보는 것은 환상이다. 자서전 작가는 기교를 사용한다. 과거를 재구성함으로써 생겨난 의미를 현재로 끌어올 뿐 아니라 자신의 인생을 재서술하는 관습도 따르고 있다. 무의식적으로 행할지는 몰라도 여전히 이 두 가지는 기교이다. 벤저민 프랭클린이 자서전에서 사용했던 가장 고전적인 도입부를 떠올려 보자. "나는 뉴잉글랜드의 보스턴에서 태어났다. 내 어머니는…… 뉴잉글랜드의 첫 정착민 가운데 하나인 피터 폴저의 딸이었다." 노예였던 미국인 프레더릭 더글러스가 자기 인생 이야기를 쓸 때도 출생과 선조 이야기로 시작한다. 그는 우리에게 말한다. "나는 터커 호에서 태어났다. 내 나이를 정확하게는 모른다……. 어머니가 누구인지 알기만 했을 뿐이지 내 인생을 통틀어 네 번인가 다섯 번밖에 보지 못했다……. 어머니는 아버지가 어떤 사람이었는지 조금도 내비치지 않고 떠나 버렸다."

프랭클린에게는 가족이 독립의 원형을 제공했다.(그의 조상은 독서와 글쓰기를 중요하게 여기는 자유민이었고 비합리적인 종교의 권위에 머리 조아리기를 거부했다.) 하지만 더글러스의 이후 이야기에서 가족은 아무런 자리도 차지하지 않는다. 그렇다면 왜 그는 자신의 출생과 혈통으로 이야기를 시작했을까? 자서전 쓰기에 대한 책을 한 번도 읽은 적은 없지만, 다른 인생 이야기를 읽었던 독서 경험을 통해 '적절한' 자서전은 출생과 가계로 시작한다고 알아차렸기 때문이다.

이것이 자서전의 관습이다.

이러한 관습들은 1950년대에 학자들이 인생 이야기 쪽으로 관심 어린 눈길을 던지기 전에는 별달리 검토되지 않았다. 자서전은 항상 어딘가 이류이고 조금은 멋대로인 데다 스스로에 대한 끝없는 매혹 외에는 별다른 기술이 요구되지 않는 문학적 시도로 간주되었다. 하지만 1950년대에 줄지어 발표된 저서와 논문은 자서전이 보이는 것처럼 단순하고 간단한 활동이 결코 아님을 시사했다. 1960년 로이 파스칼이 언급한 것처럼 자서전 작가는 오히려 "반쯤은 발견해 내는 것이고, 나머지 반쯤은 역사와 사실에 입각한 진리에 매달려 만들어 낼 수 있으리라고 주장할 만한 것보다 더 심오한 구도와 진리를 창조해 내는 것이다."[3] 1950년대에 갑자기 자서전이 비평적 탐구의 주제가 되어야 했던 이유는 설명되지 않았지만, 세기 중반에 일어나는 대부분의 현상처럼 새로운 관심은 아마도 제2차 세계 대전의 정신적 외상과 관련 있을 것이다. 로이 파스칼은 자서전이 역사적 사실보다 더 진실한 진리를 발견하는 방법일 수 있다고 주장했다. 양식 있는 사람들이 역사적인 사실(불가해한 살육과 인종 대학살의 노골적인 기록)의 극복을 갈구하던 시대에 그가 살았기 때문이었다. 인생 이야기라는 안경을 통해 역사적인 사실을 보는 비평가야말로 사실을 초월해서 더 심오한 진리를 찾을 수 있으리라는 생각이 아마도 아름답고도 믿기 어려울 정도로 전도유망하게 보였을 것이다.

1950년대에는 프로이트의 심리학도 대중화되었다. 무의식이라는 개념이 영어에 진입했으며 포착하기 어려운 자아(self)에 대한 우리의 생각을 돌이킬 수 없을 정도로 물들였다.

프로이트에 따르면 무의식은 완전히 알아차리지 못할 때조차 우리를 조종하기 때문에, 설명할 수 없는 충동의 꼭두각시 상태를 극복하고 어떤 식으로든 자유롭게 행동하길 조금이라도 바란다면 무의식을 발굴해 내야 한다는 것이다. 물론 2000년 전 성 바울이 의식과 무의식 사이의 갈등에 대한 설명을 제공해 주긴 했다. 바울이 "내가 하지 않을 것을 나는 한다. 그리고 내가 해야 하는 그것을 나는 하지 않을 것이다."라며 탄식했을 때 말이다. 하지만 대립하는 두 자아라는 바울식 모형은 신의 이미지를 본뜬 진정성 있는 자아라는 아우구스티누스적 견해에 대한 믿음을 필요로 한다. 프로이트식 모형은 자기 구도적이고 독립적이며 결국에는 자기 이해라는 계몽주의적 견해인 회의주의를 예전부터 받아들였던 학자와 이론가들에게 훨씬 더 친숙하다. 따라서 불가해한 인간 행동을 설명하는 일에서는 프로이트가 바울보다 적절해 보인다. 그는 외부의 신성한 힘에 굴복하지 않고 내면 공간에 대한 엄청난 이해가 필요한 해결책을 제시했다. (대단히 유용한 심리 치료 시간처럼) 자서전은 충동 하나하나의 정체를 확인하고 분류하면서 내면의 공간을 점검하고 질서를 부여한다.

그래서 프로이트 시대의 비평가들은 내면의 공간을 정리하기 위해 자서전의 '나'를 사용하는 법칙에 점점 관심을 갖게 되었다. 의식적인 정신, 즉 에고(ego)는 자신의 행동을 어떻게 정당화할까? 무의식에서 솟아나는 충동은 어떻게 설명할까? 자서전 작가는 그녀가 자신의 오빠에게 항상 분개했던 이유를 알아내기 위해 노력하고, 자서전을 설명하기 위한 방법으로 사용한다.

의식적인 정신과 같이 자서전을 만들어 내기 위해 앉아 있는 자아는 절대 온전히 이해 못할 힘에 밀리고 이끌리고 내몰린다. 자아는 자신의 인생을 종이 위에 써내려 가기 시작하고 과거의 사건을 반추하면서 스스로의 동기와 무의식적 충동을 발견하기 시작한다. 자아는 1인칭, 즉 '나'로 글을 쓰지만 자서전의 나는 과거의 사건이 벌어졌을 때 자아에게 부인되었던 인식을 가지고 과거 사건을 돌이켜 살아 낸다. 결국 자서전의 나는 그것이 대변하는 자아와는 아주 다른 사람으로 드러나게 된다.

이는 그다지 새로운 통찰은 아니었다. 우연한 기회에 자서전을 쓰게 된 이가 1580년에 글을 썼던 몽테뉴까지 거슬러 올라가면서 이 역설에 대해서 성찰했다. "나로서는 이 인물을 나 자신에 맞추어 본뜨는 과정에서, 나라는 사람을 입 밖에 내기 위해서 너무 자주 나 자신을 만들어 내고 구성해야 하기 때문에 이 인물 자체가 어느 정도는 단단해지고 형태를 갖추게 되었다. 다른 사람들에게 보이려고 나 자신을 채색하면서, 원래의 나보다 더 또렷하게 채색한 것이다. 내 책이 나를 만든 것이 아니듯 나도 내 책을 만들지 않았다." 하지만 이 역설을 이론적인 문제로 논의할 수 있도록 해 주는 언어를, 프로이트가 문학 비평가들에게 제공했다. 1950년대 중반에서 후반까지 이 문제에 관한 책과 논문들이 봇물 터지듯 쏟아졌고 지금까지 활발하게 비평적 논의가 진행되고 있다. 어느 대학 도서관에 가더라도 로버트 세이어("자신의 이야기를 쓸 수 있는 사람은 알아들을 수 없는 미지의 상태에서 떨쳐 일어설 수 있다.")에서부터 로돌프 가셰("자서전이 이른바 저자의 삶이나 경험적으로 실제 인물의 삶을 이루는 경험적인 사건의 총체와 어떤 식으로든 혼동되어서는 안 된다.")[4]에 이르기까지 단순한 것에서부터 난해한 것에 걸쳐서 수많은 책들이 소장되어 있을 것이다.

때로는 명료하지 않아서 사람들에게 환상을 심어 주기도 했지만, 비평적 논의가 이어진 덕분에 사후에나마 자서전이라는 장르에도 이름이 붙었다. 1970년대 초반 학자들은 매우 놀랍게도 여성들이 자신의 인생을 남성들과 다르게 여긴다는 점을 깨닫게 되었다. 최초의 자서전 작가인 아우구스티누스는 그리스와 로마의 영웅 이야기를 듣고 등장하는 남자들의 미덕과 겨루면서 성장했다. 그래서 그의 영혼 여정은 서사시의 영혼 탐색과 비슷한 분위기이다.

하지만 마저리 켐프는 결코 서사시의 영웅을 따르는 선택 사항을 갖지 못했다. 서사적인 이야기 대신에 그녀는 대부분의 여성들처럼 가정에서의 성취에 대한 이야기들을 들었다. 남편과 열네 명의 아이들에 포위

된 상태에서는 인생을 고독한 여정이라 생각할 수는 없는 노릇이었다. 그런데 왜 아우구스티누스의 경험이 그녀의 인생 이야기를 형성했다는 것일까?

하나의 장르로서 여성 자서전은 여성들이 자신의 투쟁과 성취를 남성적인 눈으로 본다고 주장했던 고집 센 문학 전통에 의해 왜곡되는 듯했다. 여자는 인내하고 조용하며 남자에게 자신의 삶을 바쳐야 한다고 들어 왔던 여성들은 인내심을 지니고 양보하면서 수동적인 '나'로 서술되는 자서전을 만들어 냈다. 여성들이 지은 영혼형 자서전은 죄와 능동적으로 맞붙어 싸우는 것이 아니라 남성인 신에게 수동적으로 순종하는 어려움을 다룬다. 19세기 내내 여성의 자서전 속의 '나'는 반대에 맞서 자신 있게 행동하기보다는 자신의 불완전함을 토로하는 편에 가까웠다. 퍼트리샤 스팩스가 관찰한 대로 자서전은 공적인 얼굴을 보여 주는데 "남자들이 세상에 돌리는 얼굴은…… 전형적으로 자신의 힘을 구체화하는 반면, 여성의 공적 얼굴은 '기꺼이 순종한다는 것'을 보여 주어야 한다."[5] 심지어 제인 애덤스와 아이다 타벨과 같은 사회 활동가의 경우에도 공공연하게 굴복하는 얼굴이 끈질기게 남아 있다. 여성 이야기에 대한 연구에서 질 커 콘웨이는, 사적으로 교류할 때 이들 여성은 강력하고 확신으로 가득하지만 자서전에서는 대의를 찾아 나서기보다 대의에 의해서 발견되고 수동적으로 행동을 요청받는 모습을 그려 낸다고 지적한다.

예전에 노예제가 있었던 미국에서는 특히 '흑인 자서전' 장르 역시 동일한 종류의 왜곡 증상을 앓는다. 미국 흑인 자서전 작가들은 심지어 자신들의 삶의 형태에 맞지 않을 때조차 백인들이 실천하는 형식을 스스로 쓰고 있음을 발견하게 된다. '노예 서사'라고 불리는 초창기 미국 흑인 자서전에서 글쓴이는 백인들이 그랬을 것처럼 반드시 탄생과 혈통으로 이야기를 풀어 간다. 하지만 이야기는 조금 뒤에 흑인 자서전의 관습이 된 사건, 즉 '흑인성'의 인식을 통해 진짜 시작된다. 미국 흑인 작가는 다음 사건 이전까지는 스스로를 그저 **한 사람**으로 여긴다. 그러다가 어린 시절의 한 순간 불현듯 다른 누군가로부터 경멸이나 두려움이 담긴 시선을 받게 된다. 이 순간 나는 스스로를 더는 '정상적'이지 않으며 무엇인가 다른 존재, 즉 **흑인**으로 보게 된다. 이 순간부터 미국 흑인 자서전 작가는 이중적 시각과 싸워 나간다. 백인 자서전 작가처럼, 흑인들은 스스로를 자신의 책 속에 창조해 내려고 애쓰지만 그럴수록 스스로를 타인들의 적대적인 시선을 통해 보지 않을 수 없게 된다. 흑인성은 그들의 정체성인 동시에 비극적인 운명이며 "삶을 처방하고 운명 짓는 조건"이다.[6]

두 번째 관습은 거의 모든 미국 흑인 자서전에서 나타난다. 읽기와 쓰기의 세계로 들어가는 것이다. 프레더릭 더글러스는 어릴 적 어느 부인에게 읽기를 배웠다. 하지만 그녀의 남편이 수업을 중지시켰다. 그는 아내에게 단호하게 말했다. "공부가 그 애한테 별 도움도 안 되고 손해만 엄청 끼칠 거야. 당신이 그 애한테 읽는 법을 가르치면 차츰 쓰는 법도 알고 싶어질 테고 그걸 다 배우고 나면 혼자 힘으로 도망가 버릴 거라고."[7] 그렇게 수업이 끝나 버리자, 더글러스는 알고 지내던 백인 청년을 설득해서 알파벳을 설명해 달라고 했다. 더글러스에게 읽기 공부는 개종이었고 신세계로 한 발짝 뗄 수 있는 지점이었다. 독서를 통해 그는 어휘를 배웠다. "덕분에 내 마음속에서 종종 스치듯 떠올랐다가 표현할 단어들이 없어서 곧 죽어 버리는 수많은 재미있는 생각에 말을 선사할 수 있었다."[8] 그리고 글쓰기를 통해서 그는 희생자에 그치지 않고 목격자와 활동가로서 백인 세계로 진입했다. 글쓰기는 그에게 과거 노예였던 시절마저도 장악할 수 있는 힘을 주었다. 그는 이제 자신이 노예였던 시절을 기록하고 노예 소유주들에 대한 도덕적 심판으로 그 시간들을 채워 낼 수 있었다. "잘못을 서술한다고 온전하게 만족감을 채울 수 없었다. 그들을 규탄하고 싶었다. 노예를 소유하는 악행의 가해자들을 향한 나의 도덕적인 분노를 밀쳐 두고 사실을 진술할 만큼 오랫동안 참을 수가 없었다."

자서전은 글쓴이에게 자신의 인생에 생기를 불어넣고, 과거 사건으로 돌아가 의미를 읽어 내고, 무의미했던 것에 형태와 의미를 부여하게 한다. 그러면 소설과는 어떻게 다른가?(사실이 조금 과장된 것처럼 보인다고 화를 내야 하는가?)

자서전 비평이 물꼬를 트기 시작하자 많은 지식인들이 사실과 상상 사이의 경계에 대해 질문을 던지기 시작했다. 냉정하고 확고한 사실의 존재에 대한 믿음, 그리고 관찰, 경험 혹은 진리를 구축하는 다른 과학적인 방법으로 증명할 수 있는 지식에 대한 믿음은 르네상스 시대를 전후로 서구적 관점의 일부가 되었다. 궁극적으로 진리를 판별하기 위해서 과학적인 증거에 의존하는 관점은 코페르니쿠스 시대 즈음 시작된 '근대'와 그 이후를 분리해 준다. 그러나 20세기의 마지막 3분의 1 시기부터 사상가들은 과학적 증거의 오류 불가능성에 의문을 품기 시작했다. 여러 다른 유형의 확실성이 존재하며, 근대적 의미에서 '증거'는 과학적 확실성을 다른 확실성보다 특히 드높여 주었다는 것이다. 과학자 역시 사람이고, 존재하는 사실뿐 아니라 자기들이 바라는 사실을 찾는 경향이 있다는 것이다. 특히 자서전에서 '사실'은 손에 넣기 어려운 대상임을 지적했다. 역사 속 인물 두 명이 동일한 사건을 서로 다르게 설명한다면, 관점에 따라 두 가지 모두 진실로 간주될지도 모르는 일이다.

모더니즘에 대해 이런 질문을 던지는 이들을 포스트모더니스트라고 이름 붙인다.(다음 장에서 살펴볼 문학적인 모더니즘과 포스트모더니즘과는 이 맥락에서 조금 다르다.) 포스트모더니즘은 자서전이 꽃을 피우는 데 한몫했다. 대개 하나의 관점이 다른 관점보다 더 '가치 있다'고 꼬리표를 다는 것에 저항하기 때문이다. 교외의 자동차 수리공도 대통령과 마찬가지로 자기 인생을 이야기할 권리를 지니고 있다는 말이다. 하지만 각각의 개인적인 관점이 가치 있다고 칭찬하면서 포스트모더니즘은 모든 이에게 진리가 되는 '규범적인' 관점에 대한 집착에서 점차 자유로워지도록 도움을 주었다. 독자는 과거 사건에 대한 진리를 찾기 위해 자서전을 읽는 것이 아니다. 오히려 다른 관점에서, 다른 사람의 피부 안에서 세상을 보기 위해 자서전을 읽는다. 그 관점에 완전히 공감해 여성이나 옛 노예, 혹은 멕시코 이민 2세의 인생을 이해하게 된다면, 사건들이 '정확한지' 여부가 정말 문제가 될까?

포스트모더니즘이 제기한 많은 질문처럼 이 질문 또한 해답을 찾지 못한 채 남아 있다. 하지만 대부분의 경우에 자서전을 숙독하는 독자는 스스로 깨닫지 못한다 해도 실천적인 포스트모더니스트이다. 그는 모더니스트들에게 사랑받았던 '사실'을 찾고 있는 것이 아니다. 그는 "자아와 자아의 그 심오하고 끝없는 신비에 대한 매혹, 그 매혹에 동반하는 자아에 대한 불안, 누구도 보거나 만지거나 맛보지 않았던 실재의 어스름과 상처의 가능성에 대한 불안"[9]을 증명해 보이고 있는 것이다. 영혼형이든 회의형이든 자서전 독자는 인적미답의 물길까지 모두 포함한 지도, 즉 심오한 내면 공간에 대한 안내서를 바라고 있다. 그러다가 우연히도 워터게이트에서 진짜 무슨 일이 일어났는지 정확히 알게 된다면, 그것은 그저 예기치 못한 덤인 것이다.

자서전 제대로 읽는 법

1단계: 문법 단계 독서

자서전을 처음 읽을 때(문법 단계 독서), 간단히 질문해 보자. 무슨 일이 벌어졌는가? 글쓴이의 주장을 액면 그대로 받아들여라. 작품 전체를 다 읽기 전까지 인생 전부를 알 수 없을 것이므로, 두 번째 통독을 마칠 때까지는 과거에 대한 글쓴이의 해석에 비판은 잠시 미루어 둔다. 중요한 내용이 들어 있다고 생각되는 구절은 귀퉁이를 접거나 독서 일기장에 메모하여 기억한다. 이것이 어떻게 중요한지 아직 모른다 해도(게다가 두 번째 독서에서 그 구절이 사소한 것으로 밝혀질지도 모른다.) 메모는 나중에 제시할 분석적인 질문에 대한 대답을 찾는 과정을 단순화시켜 줄 것이다.

제목, 표지, 차례를 읽는다. 첫걸음은 책을 훑어보는 것이다. 소설을 읽는 법과 똑같은 과정을 따른다. 독서 일기장과 펜을 가까이 두고 제목이 있는 장과 뒤표지 문안을 읽는다. 책 제목과 저자 이름, 작성한 날짜를 빈 페이지의 상단에 적어 둔다. 저자가 누구인지를 말해 주는 짧은 문장을 기록한다.

차례를 훑어본다. 많은 자서전에는 장 제목이 없지만, 제목이 있다면 글쓴이가 자신의 인생에 부여하는 형태를 미리 개관할 수 있을 것이다. 예를 들어 『나의 투쟁』의 장 제목은 '내 부모님의 고향'으로 시작해서 '제2공화정이 몰락한 이유', '인종과 인간', '강한 자는 혼자 있을 때 가장 강하다', '자기 방어의 권리' 등으로 이어지면서, 히틀러가 자처하는 입장을 미리 엿볼 수 있다. 즉 그는 자기 자신을 독일인과 동일시하고, 그럼으로써 자기만의 '고통'과 입신을 독일이라는 국가의 고통과 향상에 비춰

본다.(자신이 권력에 오르기 위해서 원한다면 어떤 일이라도 가능하며, 그 때문에 히틀러 자신의 눈에는 자신이 독일이다.) 글쓴이의 목적을 개관했다면 그 내용에 대해서 짤막하게 한두 문장을 써 보자.

글쓴이의 인생에서 중심적인 사건은 무엇인가? 소설을 처음 읽을 때 각 장에서 플롯의 간략한 윤곽을 제공해 주는 주요 사건을 적어 두기로 했다. 하지만 자서전을 처음 읽을 때는 글쓴이의 인생에서 벌어진 사건을 기록해야 한다. 글쓴이가 지적인 성장이나 정신 상태의 변화에 초점을 맞춘다고 해도, 인생의 물리적인 사건이 인물의 내적 성장을 버텨 주는 틀거리를 제공한다. 이러한 사건을 독서 일기장 한 페이지의 왼쪽 절반 부분에 순서대로 정리하여 적어 둔다. 목록은 한 페이지 이내로 제한한다. 자서전은 우발적인 사건으로 빼곡할지 모르지만 모든 사건을 최초의 개요 안에 기록할 필요는 없다. 중심적인 사건만 선택한다. 매 장에 대해 자문한다. 이 모든 사건 가운데 가장 중요한 두 가지는 무엇인가?(조금은 기계적으로 좁혀 들어가는 장치이므로 한 장에 중요한 사건이 세 개라고 판단하면 하나를 지워야 한다는 의무감은 갖지 않도록 한다. 그러다 보면 『간디 자서전』처럼 수많은 장으로 이루어진 긴 자서전의 경우 어떤 장들은 전체를 삭제해야 할지도 모르니까.) 출생과 교육, 이사나 여행, 결혼, 직업, 불운(빈곤, 투옥, 이혼, 사랑하는 이의 죽음), 부모 되기, 대단한 성취, 은퇴 등이 인생의 '골격'을 이룬다. 이들 사건을 나열하면서 독특한 점을 기록한다. 이를테면 '첫 직업을 갖다'가 아니라 '변호사로 일을 시작했지만 처음에는 그 직업을 싫어했다.'

예를 들어 데카르트나 니체의 자서전에는 외부적인 사건이 아주 드물거나 없다. 데카르트의 『성찰』에서 "나는 오늘 할 일을 마쳤고 앉아 있으므로 앉은 자리에서 이 내용 전부를 쓴다."라는 내용이 물리적인 사건의 전부이며, 니체의 글에는 '사건'이 전혀 없다. 이런 경우에는 주요한 지적 사건을 적는다. 즉 글쓴이가 증거를 정리하면서 다다른 결론을 적는다. '그러므로'라든가 '내 결론이다' 혹은 '명백히'와 같은 단어들을 찾아서 결론을 확인한다. 이들 '결론짓는 용어들'은 여러 가지 사실을 짜 맞추면서 그 사실들이 무슨 의미인지 글쓴이가 직접 말하려 한다는 것을 알려 준다.

개인적인 사건과 우연히 마주치거나 혼합되는 역사적인 사건은 무엇인가? 독서 일기장의 한 페이지 왼쪽 절반 부분에 개인적인 사건을 나열해 가면서 역사적인 사건, 즉 바깥 세계의 거대한 사건(전쟁 발발, 서술자의 권리에 영향을 미치는 법적 변화, 자연재해)에도 관심을 갖는다. 그 거대 사건들은 독서 일기장의 오른쪽 페이지에 개인적 사건과 나란히 시기를 맞춰 적어 둔다.

어떤 인생을 재서술하는 데서 역사가 차지하는 부분은 다양하다. 이따금 역사적인 사건이 글쓴이의 삶에 직접적으로 영향을 미친다. '도망 노예 송환법'은 북부에서 더글러스의 입지를 위태롭게 만든다. 인도의 자유를 영국이 탄압하여 생긴 사회적인 불안으로 인해 인도에서 간디의 삶은 영원히 변화된다. 마야 안젤로의 어린 시절은 흑인 차별 정책에 의해 형성된다. 때로는 전쟁과 재해가 흐릿한 메아리로 배경만 이루기도 한다. 때로는 역사적 사건이 우회하여 언급되는 정도에 그치는데, 현재는 사라졌지만 글쓴이의 시대에 상식적인 지식의 일부를 형성했기 때문이다. 5장에서 세계사 책 한 권이 소설에 균형 잡힌 관점을 마련해 줄 것이라고 시사한 바 있다. 여기서 그 이야기를 다시 떠올리고 싶을지도 모른다. 자서전에서 흐릿하게 보이는 사건에 관한 좀 더 자세한 세부 사항을 얻기 위해서 말이다. 이런 목적에 가장 유용한 책은 『역사 시간표』인데, 정치, 미술, 음악, 문학 등 일곱 가지 다른 분야에서 역사로 남은 주요 사건 목록을 연도별로 담은 참고 서적이다. 글쓴이의 생애가 포함된 시간대를 쉽게 훑어보고 중요해 보이는 사건을 기록할 수 있다.(글쓴이의 자서전에 중요한 역사적 정황이 부재하면 그 부재가 의미 있을지도 모른다.) 독서 일기 오른쪽 페이지에 추가 정보도 함께 기입해 두면서, 다른 색의 펜을 쓰거나 글쓴이가 직접 제공한 역사적 정보와 구분되는 방식으로 기록한다.

글쓴이의 인생에서 가장 중요한 사람은 누구인가? 이야기의 윤곽을 이루는 사건은 무엇인가? 인간은 스스로를 다른 사람에 비추어 정의한다. 그러므로 우리는 우리의 독특함으로 자기 정의를 찾는 셈이다. 독특함이란 다른 누구도 지니지 않은 무엇이다. 우리를 독특하게 만들어 주는 것에 대한 이야기를 할 때, 우리 이야기가 다르다는 것을 보여 주기 위해서는 다른 사람의 이야기도 해야 한다.

모든 자서전은 하나 이상의 인생의 윤곽을 그린다. 어느 자서전 작가든 자기 이야기와 대비되어 강조 지점을 만들어 주는 다른 이야기를 적어도 하나 이상 말해 준다. 흔히 부모 가운데 어느 한쪽의 이야기다. 질 커 콘웨이의 자서전은 대부분 어머니와의 관계에 대한 이야기다. 이야기가 전개되면서 재능은 타고났지만 펼칠 기회가 없어서 마침내 망상과 불안정 속으로 침몰한 여자라는 비극적 인물에 관한 마음을 끄는 초상화가 그려진다. 그 이야기는 콘웨이의 이야기와 나란히 진행되면서 어떤 두려움을 전달한다. 자신의 어머니처럼 기운이 넘치고 재주를 타고난 콘웨이가 여성에게 부과된 사회의 한계를 극복할 수 없다면 어찌 될 것인가?

니체는 아버지 이야기를 하고, 해리엇 제이콥스는 그녀를 괴롭힌 노예 소유주 이야기를 한다. 거트루드 스타인은 파리의 화가들에 대해서, 그리고 엘리 위젤은 강제 수용소에서 살해된 여동생, 그러니까 증오로 파멸당한 모든 무력한 유대인 아이들을 상징하는 인물인 그녀의 이야기를 한다. 읽어 나가는 동안 글쓴이의 인생에서 중심에 서 있는 인물을 확인한다. 다른 종이에, 자서전 작가가 구술한 내용과는 조금 거리를 두면서 이 인생을 형성한 사건의 간략한 목록을 만들어 보자.

자신만의 제목과 부제를 붙여 본다. 소설에서 했던 것처럼 자서전을 읽은 후 제목과 부제를 붙인다. 분석 단계에 접어들면 그 제목이 기억의 실마리 역할을 할 것이므로 글쓴이의 의도를 찾아낸다. 어렵다면 다음의 구성을 활용해 보기 바란다.

어느 ……의 이야기: 이 책에서 (글쓴이의 이름)은…….

첫 번째 빈칸을 채우려면 저자를 가장 잘 묘사하는 명사를 사용하고, 두 번째 문장에서는 널리 알려진 글쓴이의 업적 한두 개를 꼽아 본다. 예를 들어 미국 자서전의 아버지인 프랭클린의 경우는 다음과 같이 쓸 수 있다.

어느 실업가의 이야기: 이 책에서 벤저민 프랭클린은 맨손으로 출발하지만 확고한 결심과 근면한 노동으로 부와 명성을 얻는다.

아니면 이렇게 해도 좋다.

어느 미국인의 이야기: 이 책에서 벤저민 프랭클린은 모든 억압에서 스스로를 해방시키고 자신이 바라던 삶을 이루어 낸다.

삶은 여러 단면을 지니기 때문에 자서전에 제목 붙이는 방법은 많이 있으니 '제대로' 하고 있는지 걱정하느라 지체하지 말기 바란다. 이후 다시 제목 달기로 돌아갈 것이고, 지금 정해 놓은 제목이 여전히 첫 순위인지 그때 가서 판단하면 된다.

2단계: 논리 단계 독서

자서전의 주요 사건을 파악했기 때문에 작품을 하나로 묶는 주제를 찾아내야 한다. 흥미롭다거나 혼란스럽다고 표시해 둔 구절로 돌아가서 다시 한번 읽어 본다. 개요도 다시 훑어본다. 글쓴이의 인생에서 가장 중심적이라고 여겨지는 부분을 재독한다.

그러고 나서 독서 일기를 활용해서 다음 질문에 대해 답해 본다. 개별 질문은 가장 중심적인 질문인 '글쓴이는 자신의 삶에서 어떤 유형을 발견했는가?'에 대한 여러분의 대답에 도움을 주기 위한 것이다.

서사를 하나로 묶어 주는 주제는 무엇인가? 가설을 세우면서 시작해 나간다. 자서전의 주제에 대한 첫 번째 이론을 구성하는 것이다.

우선, 자서전의 주된 지향점이 영혼형인지 회의형인지 확정한다. 영혼형 자서전은 신에 대한 글쓴이의 관계가 글을 통합하는 구심점이 된다. 신에 대한 진정한 앎이라든지 영혼의 상태 변화로 인생이 절정으로 치닫는다. 하지만 종교적인 충만함을 향한 움직임은 다른 형태를 취할 수도 있다. 여행이나 전투, 견뎌 내야 하는 심판에 직면한 경험, 자아의 진정한 본성을 드러내는 심리적 계시 등이 그것이다. 이러한 영혼의 움직임을 재현해 내기 위해서 글쓴이가 사용하는 은유는 어떤 것인가? 이 은유가 신성을 어떻게 이해하는지 밝혀 주는가? 신에 대한 앎은 발견해야 하는 신세계, 힘으로 정복해야 하는 영역, 혹은 우리의 진짜 얼굴을 비춰

주는 거울인가?

회의형 자서전이라면 글쓴이는 영성을 주제로 하지 않고 자신의 이야기를 이해하려고 애쓰고 있는가? '회의적'이라는 말이 반드시 '세속적'이라는 뜻은 아니다. 종교적 경험은 특정 역할을 할 수 있지만 다른 주제가 이야기의 시작과 중간, 끝을 제공해야 한다. 글쓴이가 부모, 형제, 연인과의 관계를 서서히 해결하거나 해소하는 것을 묘사하는 '관계형'인가? 두 가지의 다른 선택 사항 사이에서 갈등하는 삶으로 제시하는 '대립형'인가? 여성이 집 안에만 머물러 있거나 사회생활을 하는 인생 중 선택하는 것, 그러니까 관습적으로 여성스러운 인생과 지적이거나 사회적 활동형의 인생 가운데에서의 선택 문제를 포함할지 모른다. 남성에게 이 선택은 공적인 인물로 살아가느냐 사적인 인물로 행복을 느끼느냐 사이의 갈등 형식을 취하게 될 것이다. 신화적인 영웅이나 여주인공의 틀 속에 글쓴이를 던져두고 고난을 정복하고 난관을 극복하는 '영웅형'인가? 글쓴이를 동일한 조건에 처한 다른 모든 여성들이나 남성들의 상징으로 변형시키는 '대표형'인가?(해리엇 제이콥스는 노예들의 어머니를, 벤저민 프랭클린은 부와 자유를 찾는 젊은 미국 청년을 대변한다.) 혹은 글쓴이의 경험이라는 렌즈를 통해서(예를 들어 여성 해방) 사회 운동을 묘사하는 '역사형'인가? 이러한 주제들은 여러분만의 사고 과정을 위한 출발점으로 작용할 수 있지만 이 주제에 제한된다고 느끼면 안 된다. 읽어 나가면서 여러분 스스로 범주를 만들어 내도 좋다.

가능성 있는 주제가 정해지면 그 주제를 묘사하는 두어 문장을 작성한다. 분석 말미에 다시 앞으로 돌아와서 그 주제를 손보게 될 것이다.

인생의 전환점은 어디인가? '개종'이 있는가? 여기서 말하는 '개종'

이란, 글쓴이가 자신에 대한 거대한 진리를 깨닫고 자기 삶의 방향을 전환하는 지점이거나 무언가에 대한 경험이 너무나 강렬하거나 숭고하여 경험 이후에는 이전과 동일한 인물이 결코 아닌 지점을 말한다. 심지어 회의형 자서전에도 개종이 포함되어 있다. 존재의 한 상태에서 다른 상태로 탈바꿈하는 것은 자서전의 필수적인 요소이다. 글쓴이가 항상 똑같은 인물이라면 자기 삶의 연대기적인 사건들을 늘어놓는 것은 아무 보람도 없다. 객관적이고 바뀌지 않는 화자로서 자기 자신을 소재로 삼아 하나의 역사를 쓰면 그만일 것이다. 하지만 자서전은 역사가 아니다. 성장하고 바뀌는 인생 이야기이다. 변화를 찾아본다. 미국 흑인 작가들은 흑인성을 처음으로 인지할 때, 즉 처음으로 자신을 다른 사람의 눈을 통해 보면서 자신들의 변화를 더듬어 나가는 경우가 흔하다. 수많은 여성 자서전 작가들은 스스로가 다른 사람에게 속해 있지 않고 독립적이고 강한 사람임을 서서히 깨닫게 된다. 영혼형 자서전 작가들은 신성을 보게 되면서 그들의 시야가 영구히 바뀌었음을 알게 된다.

예전에 작성한 윤곽으로 돌아가 훑어본다. 중요한 사건들이 몰려 있는 것처럼 여겨지는 장이 있는가? 이렇게 몰려 있는 곳은 아마도 변화 직전이나 직후일 것이다. '처음으로'라는 핵심 단어를 찾을 수 있는가? 프레더릭 더글러스는 다음 사건이 일어나기 전까지는 할머니의 손에 키워졌고 '상냥함과 사랑'으로 주위 사람들의 보살핌을 받았다. 그런데 어느 날 할머니가 그를 소유주의 대농장에 데려가더니 그곳에 남겨 두었다. 그가 주위를 둘러보았을 때 할머니는 이미 떠난 후였다. "그 전까지는 한 번도 속아 본 적이 없었다."고 더글러스는 회고한다. "할머니와 헤어진 것에 대한 슬픔과 원망의 감정이 뒤섞였다……. 이것이 내가 처음으로 노예제의 현실과 맞닥뜨린 일이었다."

자서전에 하나 이상의 전환점이 들어 있을 수도 있다. 앞의 사건이 가장 최초이자 근본적이기는 하지만 더글러스의 이야기 안에는 다른 변화들(알파벳 습득이나 노예주 코베이와의 다툼)이 있다. 하나의 전환을 가장 중심적이라고 지목할 수도 있고 이야기 가운데 두 개의 다른 지점을 똑같이 중요하게 여길 수도 있다. 자서전의 시작과 마무리에서 명백한 변화가 발생하고, 그래서 첫 장을 서술하는 '나'라는 인물이 마지막의 '나'와는 사뭇 다르게 여겨지더라도 그 변화가 좀 더 점진적이라고 느낄지도 모른다. '개종'이 즉각 일어나는지 아니면 느리게 진행되는지, 그리고 화자가 어떻게 변화하는지 기록한다.

글쓴이는 무엇에 대해 변명하는가? 또 어떻게 정당화하는가? 시인 메이 사턴이 말한다. "나는 성격이 완고하다. 종종 함께 어울리기 힘들 정도로." 하지만 바로 이어서 이렇게 덧붙인다. "내가 참을 수 없는 것, 꼬리를 쳐드는 고양이처럼 내 분노를 치솟게 하는 것은 한마디만 내뱉어도 스스로 바닥을 드러내는 허세와 잘난 체함, 천박한 기질이다. 나는 상스러움과 조잡한 영혼이 싫다." 글쎄, 누군들 그렇지 않을까? 그런 것들은 어느 누구에게도 마찬가지다. 결백한 인생은 없기에, 어떤 자서전이든 결점의 회계학을 포함한다. 심리적으로 인간은 죄와 더불어 살 수 없기 때문에 이런 결점에 대한 변명이 정당화의 방식으로 언제나 뒤따르게 된다.

만약 이러한 고백과 정당화가 발견되고 눈에 띄면 글쓴이의 인생을 조망하는 유형을 끄집어내는 데 도움이 될 것이다. 영혼형과 회의형 자서전에서 변명은 다르게 나타난다. 영혼형 자서전은 자기 정당화가 결여된 죄의 고백을 요청하며, 죄가 거대해도 신의 용서에 영향을 미치지 않기 때문에 글쓴이는 신 앞에 자신의 결점을 완전히 내보일 수 있다. 신의 눈이 존재하기 때문에 정직할 수 있다는 말이다.(사실상 어떤 영혼형 자서전에서는 죄질이 나쁠수록 용서는 나아진다.) 기독교 전통에서 용서는 영혼의 재생을 의미하기 때문에 새로운 영혼이 되는 것이다. 그러므로 개종 이후에 자신의 이전 인생을 이야기하는 글쓴이는 결과적으로 다른 인간에 대해서 쓰는 것이기 때문에 훨씬 더 파괴적인 자기비판을 허용하게 된다.

반면 영혼형 자서전의 글쓴이는 독자들이 이런 결점들을 찾아내리라는 사실을 속속들이 잘 알고 있다. 그래서 글쓴이가 신에게 고백할 때조차 독자 앞에서 자기 자신을 정당화할 수 있게 된다. 이런 일이 일어나는가? 그렇다면 어디인가?

회의형 자서전에서 자신의 결점을 고백하는 것은 다른 형식을 취한다. 글쓴이가 자신의 영혼을 낯모르는 다수의 청자 앞에 펼쳐 놓을 때 정직하게 고백하기는 어렵다. 어쩌면 불가능하다. 과오를 솔직히 인정하는 것은 청자가 동정표를 던질 것임을 고해자가 확신할 때에만 가능하다. 용서가 보장되지 않은 상태에서 글쓴이는 자신의 고백을 설명으로 보호해야 하며, 그렇게 하면 은혜롭게 용서할 생각이 없을지도 모르는 독자들도 그의 인생 전부가 가치 없다고 기각시켜 버릴 수 없다. 이러한 고백 가운데 가장 전형적인 예가 간디이다. 간디는 자신의 아들들에게 흠잡을 데 없는 교육을 시킬 수 없었던 이유를 설명한다.

"아이들에게 충분한 관심을 줄 수 없었던 무능력과 그들에게 옛날 내가 바랐던 문학 교육을 제공할 수 없게 만드는 피할 수 없는 다른 원인, 내 아이들 모두는 이 문제에 대해서 내게 불만을 품어 왔다. 그렇지만…… 영국이나 남아프리카에서 받을 수 있는 인위적인 교육은 아이들이 현재 자신들의 삶에서 보이는 소박함과 봉사의 정신을 결코 가르쳐 줄 수 없었을 것이며, 그들이 살아가는 인위적인 삶의 방식은 나의 공적인 과제에 심각한 장애가 되었을 것이다." 간디는 자신의 과오를 인정하면서 변명하기도 하지만, 한편으로는 자신의 잘못이 더 나은 결과를 낳았음을 설명한다.

이 인물의 인생에서 모델(이상형)은 무엇인가? 자서전 작가는 말하고 있는 이야기가 분기하는 지점, 즉 자신이 바라 마지않는다고 여겼던 삶에서 이탈하는 지점에 이르면 자기 인생을 변호한다. 원하는 이상에 미치지 못했기 때문에 변명하는 것이다. 그 이상이 무엇인가? 완벽한 학자, 완벽한 아내, 딸, 어머니, 혹은 강력한 지도자인가?

이상이 무엇이든 자서전 작가는 언제나 그 이상형에 비추어 스스로를 잰다. 로저 로젠블라트는 이렇게 쓴다. "모든 자서전에는 완벽함을 향한 긴장감이 감지된다. 한 개인을 우주적인 유형과 연결 짓는 완벽함……. 모든 자서전 작가에게는 완벽한 이상형이 존재한다. 거기에 미치지 못한다는 게 처음 자서전에 기운을 불어넣는 요소일 것이다. 우리 앞에 낱낱이 드러난 삶을 이해하고자 한다면 우리에게 주어진 '현실'을 아는 것만큼이나 이상형을 상세하게 알아야 한다."[10]

자신이 작성한 제목과 부제, 주제를 다시 한번 살펴본다. 그런 후 작가의 변호를 다시 훑어본다. 그리고 자문해 본다. 작가가 완벽해질 수 있다면 어떤 사람이 될까? 이 사람이 자신과 비교하고 있는 이상적인 인물에 속하는 인성은 어떤 것일까? 어디서 이상형이 기원할 수 있는지 암시되고 있는가? 아이들에게 화를 낸 후에 죄의식을 느끼는 어머니는 언제나 인내하고 쾌활하며 세 살배기 아기와 몇 시간 동안 놀아 줄 수 있는 이상적인 어머니의 이미지를 동화한 것인가? 아내나 딸로서 자신의 실패를 변호하는 자서전 작가에게는 언제나 이상형으로 삼는 특정 이미지가 있다. 그것은 독서에서 비롯되었거나 부모님으로부터 혹은 종교적 공동체에서 만들어진 것일 수도 있다. 아니면 매체와 학교 교육, 조직체에서 만난 이들의 의견을 종합하여 우리가 '사회'라고 부르는 모호한 것에서 비롯되었을 수도 있다. 이러한 이상형이 지닌 이미지의 근원을 추적해 들어갈 수 있는가?

이 삶의 끝은 무엇인가? 글쓴이가 도달한 곳, 울타리를 발견한 곳, 안식을 찾은 곳은 어디인가? 이야기가 끝나기도 전에 글쓴이가 이야기를 끝맺어야 하는 것이 자서전의 특성이다. 몽테뉴가 자신의 『수상록』에서 주목했던 것처럼 죽음 이후까지는 어떤 인생도 공정하게 평가될 수 없다. 왜냐하면 "상황에 따라 가볍게 옮겨 다니는 인간 행위의 불확실성과 변하기 쉬운 속성 때문에…… 우리 인생의 (모든) 다른 행동은 최후의 행위를 시금석으로 하여 진위 결정을 내려야 한다……. 내 연구의 열매에 대한 평가는 죽음 이후로 유예된다."

하지만 글쓴이가 들려주는 자신의 인생 이야기에서 글쓴이가 죽을 때까지 기다릴 수는 없는 법이다. 그래서 자서전 작가는 멈추는 시점과 결말을 창조해 낸다. 존 버니언은 『죄인에게 넘치는 은혜』에서 이렇게 결론짓는다. "하느님과 내 관계에 대해 더 많이 이야기할 수도 있지만, 전쟁에서 승리한 전리품 가운데 이것을, 하느님의 집을 지키기 위해서 나 봉헌했도다." '전쟁에서 승리한'이라니. '실제' 존 버니언은 살아 있는 동안 의심이나 유혹과 끊임없이 싸워 나갔다 해도, '자서전적' 버니언은 최후의 승리를 찾아냈다.

'멈추는 시점'은 어쩌면 다른 무엇보다도 자서전 속의 화자와 화자

뒤에 서 있는 현실 속 인물 사이의 차이를 두드러지게 만들어 준다. 어떻게 살아 있는 사람이 자기 삶의 최종 형태를 알 수 있단 말인가? 이러한 확실성이 부재한 가운데 작가는 자기 삶의 최종 의미를 창조해 내고 독자가 볼 수 있도록 적어 두어야 한다.

자서전의 마지막 장을 다시 읽는다. **그래서라든지 그때 이후로라든지, 이제는이나 그러는 동안** 등의 단어와 대개 함께 등장하는 결론을 내리는 진술문을 찾아본다.(가령 다윈의 비망록은 다음 진술로 끝맺는다. "지난 30년 동안 내 마음속에서 어떠한 변화도 의식하지 않았다." 이 문장은 글로 씌어진 그의 삶을 놀라울 정도로 서둘러 평가한 것이다.) 자신의 인생 전체가 의미 있는 무늬를 직조하면서 펼쳐지는 모습을 회고하며 볼 수 있는 유리한 지점으로 작가가 이 특정한 장을 선택했다는 사실을 기억하기 바란다. 대개 마지막 장은 퍼즐 맞추기에서 다른 모든 것의 의미를 결정하는 최후의 한 조각을 포함하고 있다.

자서전을 결말짓는 작가의 입장, 즉 작가는 어디서 무엇을 하고 있는지를 묘사하는 간략한 문단을 작성하고, 작가가 직접 제공하는 평가가 있다면 무엇이든 인용한다.

이제 처음 질문으로 다시 돌아간다. 글쓴이의 인생 주제는 무엇인가? 가치를 평가하기 위한 과정을 시작하면서 처음 제기했던 주제로 돌아가 살펴본다. 변화와 결말, 변호와 이상형을 검토한 후에도 여전히 진실하게 들리는가? 다음 각각의 요소들이 주제를 명료하게 해 주어야 한다. 글쓴이가 책 속에서 자신을 어떻게 구성해 나가고 있는지, 이야기 속의 '나'는 어떻게 형성되는지 이전보다 잘 파악할 수 있어야 한다. 생각이 바뀌었다면 자서전의 주제에 대한 서술을 고쳐 보고 제목과 부제로 돌아간다.

3단계: 수사 단계 독서

자서전을 평가하는 독서는 묘사된 개인의 일생을 축으로 삼았다. 세 번째 최종 단계 독서로 옮겨 가면 씌어진 하나의 삶을 넘어서서 시점을 확대해 본다. 글쓴이는 자신이 속해 있는 남성, 여성, 이민자, 활동가 등의 집단 혹은 좀 더 넓게는 인간성 전체에 대해서 어떤 확대된 결론을 도출하는가?

이 단계의 독서는 다른 독자와 함께할 때 최고의 결실을 얻는다. 글로든 대화로든 다음 첫 질문에 대답하고 독서 동료의 답을 들어 보자. 이어서 동료에게 두 번째 질문에 대답하게 하고 여러분 자신이 준비한 답을 제시한다. 이러한 대화는 서로 번갈아 가며 악역을 도맡게 해 준다.

작가는 혼자서 쓰는가? 아니면 집단으로 쓰는가? 글쓴이는 스스로를 모방할 수 없을 정도로 독특하고 고독한 영혼으로 여기고 있는가? 이런 경우는 극히 드물며, 대개의 경우 자서전은 보다 광범위한 집단의 사람들에게 채택되는 유형이나 특정 계급의 인간들이 강요받는 삶의 방식을 대변한다.

메이 사턴은 창조적인 영혼을 위해 글을 쓰는가? 프레더릭 더글러스는 흑인을 위해, 해리엇 제이콥스는 노예의 어머니를 위해, 리처드 로드리게스는 남미계 미국인을 위해 쓰는가? 만약 그렇다면 어떤 이들인가? 지나친 일반화를 경계하기 바란다. 스스로 자서전 작가의 상황과 동일시할 수 있는 독자는 누구인가? 로드리게스는 대다수 남미계 미국인 2세들에게도 인식될 법한 경험을 묘사하고 있지만, 그의 이야기 중에서 그와 그의 가족, 교육이 선사한 독특한 부분은 무엇인가? 그가 다른 사람들과 공유하지 못할 자기 경험을 보편성으로 간주하는 실수를 범하고 있는가?

각각의 자서전에 다음 질문들을 던져 보기 바란다. 글쓴이는 자신의 경험 가운데 어떤 부분을 보편적이라고 여기는가? 글쓴이 자신의 어떤 부분이 독특해 보이는가? 글쓴이의 경험과 가장 밀접하게 동일시할 만한 '집단'에 속해 있는가? 만약 그렇다면 그것이 여러분에게 진짜처럼 들리는가? 그렇지 않다면 그 이야기의 어떤 부분이 여러분 자신의 경험과 공명하는가?

최종적으로는 도덕적인 판단을 내린다. 글쓴이가 다른 이들이 따를 만한 유형을 세웠다면 여러분도 좋다고 생각해 따를 만한가? 여기에서 좋다는 의미가 무엇인지 정확하게 정의해 본다. 그 말은 '사회적으로 구성'되었다는 의미인가?("만약 모든 이들이 그런 식으로 행동한다면 사회는 갈등 없이 굴러갈 것이다.") 혹은 '윤리적으로 일관성이 있는가?'("내가 이해할 때, 이 유형은 도덕 법칙이나 신의 법칙에 이를 것이다.") 혹은 '자기실현적인가?'("이렇게 행동했던 사람이라면 인간으로서 가능한 최고 지점에 이를 것이다.") 이것들이 '좋다'는 단어의 세 가지 다른 의미이지만, 어떤 의미를 의도하는지 정치하게 생각하지 않고 같은 단어를 사용하는 경향이 있다. 이제 생각해 보자. 정확한 언어 사용은 교육 받은 독자의 징표다.

자서전의 세 가지 시점 혹은 시간 틀은 무엇인가? 각각의 자서전이 세 가지 구분되는 시간 틀을 지니고 있음을 기억하기 바란다. 사건이 실제로 일어나는 시기, 글쓴이가 그 사건을 종이 위에 옮겨 적는 시기, 자서전이 읽히는 시기.[11] 독서의 첫 번째 단계이자 작가의 인생에서 벌어지는 일을 손꼽을 때는 첫 번째 시간 틀에 익숙하게 된다. 이제는 두 번째와 세 번째 시간 틀에 대해서 생각할 시간을 가져 보기 바란다.

두 번째 시간 틀인 자서전 작가가 글을 쓰는 시기는 흥미를 돋우는 점이다. 왜 글쓴이는 특정한 시점에 자기 인생에 대해 쓰려고 결심했을까? 아이가 가족의 정보를 알고 싶어 했을까?(벤저민 프랭클린이 언급한 글쓰기의 의도다.) 죽음이 다가오고 있을까? 화자가 정치적 혹은 문화적 사건으로 집중 조명을 받아, 대중이 세부적인 정보를 요구하는가? 글쓴이가 구금되거나 감옥에 갇히거나 대통령으로 선출되었는가?

글쓴이가 자기 인생을 글로 옮겨 쓰게 된 이유를 언급한 부분을 찾아본다.(가장 광기 어린 자아만이 이런 일을 본질적으로 흥미롭다고 여긴다.) 이 이유가 진짜처럼 들리는지의 여부를 물어본다.(프랭클린의 아들이 실제로 자기 아버지의 인생 전체를 글로 써 달라고 했을까? 결국 첫 문단 이후로 아들에 대한 언급은 없다.) 그 이후에 질문한다. 글을 쓸 때 작가의 심정은 고조되어 있었나? 아니면 가라앉은 상태였는가? 이 이야기는 석달 만에 활화산처럼 씌어졌는가? 아니면 25년에 걸쳐서인가?(버니언의 자서전이 그랬듯이) 감옥에서 쓴 자서전은, 훌륭한 업적과 대중의 환호 이후 인생의 정점에서 쓴 것에 비해 과거 사건에 대해 다른 유형을 창조한다. 단기간에 씌어진 자서전은 인생의 짧은 시기 동안 글쓴이가 지녔던 태도를 요약한다. 수년에 걸쳐 씌어진 자서전은 글쓴이가 되풀이하여 수정하고 끊임없이 원형으로 돌아가기 때문에 좀 더 균형 잡혀 있다.

마지막으로 출간 이후 해가 지나면서 자서전이 어떻게 바뀌었는가? 책은 살아 있는 대상이므로 독자에 따라, 시기에 따라, 세대에 따라 변한다. 히틀러의 자서전은 제2차 세계 대전 이전에 출간되었는데, 우리의 귀에는 측은할 정도로 혼란스러운 동시에 기이하리만치 위협적으로 들린다. 프랭클린의 자서전은 고된 노동과 검약에 대해 신뢰할 뿐 아니라, 빈곤하기 짝이 없는 이민자들마저 미국 사회의 상위 계층으로 진출시키는 노동과 검약의 저력에 대해서도 끝없이 신뢰한다. 요즘 세상에 이런 확신은 순진하게 들린다. 첫 아이를 출산한 직후 마저리 켐프에게 나타난 환각은 산후 정신 장애라고 손쉽게 진단을 내릴 수 있다. 부커 T. 워싱턴이 노예였던 이들에게 정치권력을 최소한 당분간만이라도 잊으라고 호소한 것은 현대인의 귀에는 거슬리는 소리다.

여러분이 쓰고 있는 현대라는 안경을 결코 벗을 수 없겠지만, 적어도 안경을 끼고 있다는 사실을 알아차릴 수는 있다. 옛사람들은 좀 더 무지하다거나 요즘 사람들보다 통찰력이 떨어질 것이라는 연대기적 속물근성에 주의하기 바란다. 항우울제만 넉넉하면 마저리의 환각은 사라졌을지도 모르지만 약을 복용한다고 해서 그녀의 삶에 잠복한 난제들이 해결되지는 않았을 것이다. 고해 신부는 마저리의 종교적인 소명을 인정하고 더 나아가 견딜 수 없는 삶으로부터 벗어나도록 허락해 주었다. 현대 의학이 산후 정신 장애에 대해서 고해 신부보다 더 나은 처방을 내리지는 못했을 것이다.

각각의 자서전을 자기 방식으로 이해하려고 노력한 후에 여러분 자신의 시간 틀로 바꾸어 본다. 수사 단계의 가장 특징적인 질문을 스스로에게 던져 본다. 나는 동의하는가? 현대적인 우리의 이해 방식과 그 시대의 이해 방식 가운데 어느 쪽이 더 타당한가? 16세기에 마저리는 종교적인 인생을 위해서 열네 명의 아이들을 버리고 집을 나왔다. 21세기에 정신적으로 비슷한 고통을 받고 있던 텍사스의 한 여성은 정신과 의사가 처방한 약을 복용한 후 다섯 명의 어린아이들과 집에 있던 중 욕조에 아이들을 모조리 익사시켜 버렸다. 누가 더 책임감 있게 행동했는가?

글쓴이의 판단은 어디에 놓여 있는가? 토머스 머튼의 자서전 『칠층산』 서문인 '독자에게 남기는 글'에서 윌리엄 H. 섀넌은 그의 자서전에 세

가지 의미 층위가 포함되어 있음에 주목한다.

> 우선 **역사적인** 층위가 있다. 그의 인생에서 실제로 일어났던 일이 그것이다. 두 번째는 **기억된** 층위이다. 머튼이 회고할 수 있었던 자기 인생의 사건이 그것이다. 기억은 종종 선택적이어서 기억된 과거가 역사적인 과거와 반드시 일치하지 않을 수도 있다. 마지막으로 **금욕적 판단**의 층위가 있다……. (머튼의) 금욕의 서약은 (세례명은 루이스 신부였다.) 토머스 머튼이 말하는 이야기 방식에 채색하는 역할을 한다. 『칠층산』은 토머스 머튼이라는 이름의 한 청년이 루이스 신부라는 이름의 성직자에게 정죄당하는 (게다가 아주 심하게 정죄당한다고 섀넌은 언급한다.) 이야기이다.[12]

어떤 자서전에서든 동일한 의미의 층위를 찾아볼 수 있다. 이야기는 제각기 역사적 국면과 '기억된' 국면, 그리고 판단의 국면을 지닌다. 글쓴이는 무엇을 혹은 누구를 판단하는가? 비판의 눈을 스스로에게 돌리는가? 아니면 다른 이에게 보내는가? 스스로를 비판한다면 판단에 활용하는 근거는 무엇인가?(논리 단계 독서에 나왔던 이상형이 기억나는가?) 사회, 가족, 신 등의 타자를 판단한다면 그의 비판이 타당한가? 그의 성공과 실패에 궁극적으로 책임 있는 이는 사회, 가족, 신 가운데 누구인가?

동의하는가? 여러분이 보기에, 글쓴이는 자신을 너무 가혹하게 비난하거나 판단하는가?

글쓴이의 인생이 그리는 무늬에 대해서 글쓴이와 결론이 다른가? 자서전을 처음 읽을 때 그려 보았던 사건의 개요와 두 번째 읽으면서 메모했던 평가를 훑어보면, 두 가지 다른 양식이 보일지 모른다. 자서전 작가의 인생이 자기 파괴적이거나 보잘것없다거나 집념이 강하다고 여겨질지 모르지만, 작가는 관용과 희생양의 양식을 본다. 혹은 여러분이 위대한 자기 희생과 용기를 읽어 낼 곳에서 자서전 작가는 '나는 얼마나 비열하고 무가치한 인간인지!'라고 요약한다.

제시된 사건에서 여러분이 양식을 찾고 있는 중이었다면, 어떤 양식을 찾아낼 것인가? 필요한 모든 정보를 반드시 얻지는 않았기 때문에 어려운 훈련일 수 있다. 글쓴이가 자기 인생에서 하나의 양식에 들어맞는 부분만 포함시키고 들어맞지 않는 부분은 삭제했음을 명심하기 바란다.

관련된 질문을 던질 수 있다. 무엇이 빠졌을까? 이 작품 안에 없다고 볼 만한 것은 무엇인가? 왜 글쓴이는 그것을 호도하는 선택을 했을까?

두 가지 방식으로 '빠진 요소'를 얻을 수 있다. 다른 출처를 통해 찾아낸 작가의 인생에 관한 지식을 통해서(한 여자와 35년 동안 결혼 생활을 했지만 아내에 대해서 한 번도 언급하지 않았다는 사실을 알고 있다. 이유는?), 혹은 작가가 직접 내비친 단서를 통해서일 수도 있다. 토머스 머튼은 처음 종교적인 질서로 진입하지 못하게 막았던 '과거'를 언급했지만 그 과거가 무엇인지에 대해서는 결코 말하지 않는다.(새넌이 '독자에게 남기는 글'에서 비밀을 누설해 버린다.) 프랭클린은 과거에 완벽하지 못한 행위를 겨우 세 번 저질렀을 뿐이다.(조금은 믿기 어렵다.) 메이 사턴은 연애에 대해 너무나 우회적으로 서술하는 바람에 처음 읽을 때는 놓치기 쉽다. 왜인가? 빠진 요소들은 글쓴이가 맞추어 놓은 무늬를 어떤 식으로 어긋나게 만드는가? 빠진 요소들이 합쳐지면 다른 무늬를 만들어 낼까?

글쓴이에게 동의하는가? 글쓴이의 관점에서 보면 그는 정직했는가? 아니 성찰해 보니 속았다는 느낌이 드는가?

이야기에서 얻게 된 인상은 무엇인가? 어떤 기대를 가지고 있었는가? 천재는 어떻게 일하는지, 혹은 어려운 결혼 생활을 어떻게 견뎌 낼 수 있는지, 광기는 어떻게 극복되는지 알고 싶은가? 그리고 글쓴이의 인생을 일일이 상술하는 것이 이해에 도움이 되었나? 아니면 여전히 루소의 청소년기 이야기를 들여다보면서 '좋아, 하지만 이 남자는 자기 아이들을 고아원에 보내고도 이유를 설명하지 않잖아.'라고 생각했는가?

이 질문의 배후에 남아 있는 것은 검토해 볼 가치가 있는 가정이다. 과학적인 탁월함이나 문학적인 영광, 혹은 새로운 철학 체계는 이를 성취한 인간의 인생을 검토해 본다면 설명될 수 있다는 것이다. 이 책에서 소개하는 자서전은 제각각 성취를 이룬 사람들이 쓴 것이다. 이런 성취는 자서전 쓰기를 정당화한다. 하지만 인생의 사건들이 누군가의 성취 대상을 얼마나 깊이 있게 설명해 주는가?

일시적이긴 하지만 자서전에서는 성공의 비밀을 암중모색하고 있는 성공한 인간을 볼 수 있다. 그러나 천재라 하더라도 자신의 사고 과정을 얼마나 이해할지 의문을 품으며 책의 마지막 장을 덮게 될지도 모른다. 때로 자서전은 만남과 아주 유사하다. 관계를 맺고 있는 사람에 대해서는 어떤 식의 객관적인 평가도 내리기가 어렵다. 하지만 달리 누가 그들에게 이런 평가를 내릴 수 있겠는가?

그래서 최종적으로, 여러분은 창조성이나 노예제, 혹은 신 체험에 대해서 자서전을 읽기 전보다 더 많이 이해하고 있는가? 아니면 여전히 이해하지 못하고 있는가?

고백록　아우구스티누스

The Confessions(A.D. c. 400) · AUGUSTINE

신에게 반항하던 자가 어떻게 신을 '내 심장의 빛'으로 여기게 되었을까? 아우구스티누스가 설명하는 인생 이야기는 그 질문에 대한 대답의 윤곽을 그려 준다. 아우구스티누스는 아기일 때 이미 자신의 창조자인 신에 대한 기억을 지녔음을 알게 된다. 하지만 그의 의지와 지성은 신을 모르고 있었다. 소년 시절 그는 오직 허영만을 좇아서 공부하고, 청년이 되자 '육욕의 습관'에 탐닉하여 연인을 취한다. '정신의 빈곤'을 깨닫자 공허함을 채우기 위해 카르타고에서 교사가 되고, 이어서 급진적인 예언자 마네스(3~7세기 페르시아에서 번창한 이원적 종교)의 신봉자가 된다. 그는 선과 악에 대한 자신의 심층적인 질문에 모두 답해 줄 수 있는 권위자가 도래하기를 기다리며 마니교 교파에 9년 동안 머무른다. 하지만 권위자가 마침내 도착했을 때, 아우구스티누스는 그가 '인문학에 무지하며 아주 관습적인 지식'만 지니고 있음을 깨닫는다. 지적 욕구는 충족되지 못하고 교파에 대한 열정은 사라지기 시작한다. 가르침에 대한 열정도 마찬가지다. 그의 학생들은 해가 갈수록 난폭해지고 무지해 가기 때문이다. 아우구스티누스는 이렇게 쓴다. "여기서 벌써 서른이 되었는데 지금껏 진창에서 헤매고 있구나."

자신의 삶에 질서를 찾고자 하는 노력 끝에 그는 오래 만났던 연인과 둘 사이에서 태어난 아들을 버리고 교사가 되기 위해 밀라노로 향한다. 처음에는 신플라톤주의를 공부하다가 이어서 '로마인에게 보내는 바울의 사도 서한'을 공부한다. 두 가지 모두 마니교 신학보다 지적인 충족감을 주고 그의 정신 역시 기독교 교리가 진리임을 확신하게 되지만 의지는 부족하다.

아우구스티누스가 밀라노의 정원에 앉아 "내 가슴의 쓰라린 고통에 흐느껴 우는데" 어느 꼬마의 목소리가 들린다. "집어 들고 읽으세요, 집어 들어 읽으세요." 그는 '로마인에게 보내는 바울의 사도 서한'을 집어 들고 읽는다. "주 예수 그리스도를 입어라. 그리고 정욕에 빠진 육체를 위해서는 아무런 대비도 하지 마라." 이어서 이렇게 쓴다. "그 문장의 마지막 단어를 읽자마자 모든 불안을 해소시켜 주는 빛줄기 하나가 내 가슴 속으로 홍수처럼 밀려드는 듯했다. 모든 의심의 그림자가 흩어졌다." 그는 교사 일을 그만두고 세례를 받고 고향으로 돌아가게 된다.

그런데 그 반항아가 어떻게 성인이 되었는가? 그의 의지가 신을 알았던 기억과 지성을 드디어 연결 지었다. 아우구스티누스는 인간을 세 부분으로 나눈 최초의 자서전 작가다. 사람은 삼위일체인 신의 이미지로 만들어졌기 때문에, 인간은 기억(성부), 지성(성자, 로고스 혹은 말씀), 그리고 의지(성신)로 이루어져 있다. 이들 세 부분은 서로 독립되어 있고, 사실상 서로 투쟁한다. 신은 태어날 때부터 인간의 기억 속에 존재한다. 진리를 갈구하는 탐구 정신이라면 누구든 신과 대면할 것이다. 하지만 개종이 일어나려면 신의 의지와 조화하는 의지가 더불어 등장해야 한다. 밀라노의 정원에서 아우구스티누스가 행동했던 것처럼 말이다. 하지만 사람을 간결하게 세 부분으로 나누었을 때조차, 아우구스티누스는 그 설계의 부적절함에 탄식한다. 그는 이렇게 쓴다. "나의 자아도 파악하기 어려움을 깨닫는다. 나는 혼자 힘으로 고난과 수많은 땀방울을 들여 하나의 토양이 되었다."

저자 추천본

영어로 『고백록』을 읽을 경우, 여러 선택을 할 수 있다. 헨리 채드윅의 1991년 번역본(Oxford World's Classics)은 아마도 가장 널리, 특히 학자들이 많이 읽을 것이다. 문자 그대로 번역한 경향이 있지만, 현대적 영어 구조를 이용한다. 마리아 볼딩의 1997년 번역은 문자 그대로의 번역 느낌이 덜해서 더 역동적이다. Hackett 출판사에서 다시 출간한 프랭크 J. 쉬드의 1948년 번역은 세 작품 중에서 가장 시적이고 서정적이기 때문에 여전히 많은 사람들, 특히 가톨릭 공동체 내에서 선호하는 판본이다.

국내 번역 추천본

아우구스티누스, 박문재 옮김, 『고백록』(CH북스, 2016).
아우구스티누스, 최민순 옮김, 『고백록』(바오로딸, 2010).
아우구스티누스, 선한용 옮김, 『성 어거스틴의 고백록』(대한기독교서회, 2019).

마저리 켐프의 책 　마저리 켐프

The Book of Margery Kempe(c. 1430) · MARGERY KEMPE

1432년 쉰다섯 살의 마저리 켐프는 죽기 직전에 마을 사람에게 부탁하여 자신의 자서전을 받아쓰게 했다. 4년 후에 한 신부가 이 쪽지의 화자를 '피조물'이라는 3인칭으로 바꾸고 이야기로 옮겨 적는다. 켐프의 언어가 두 남자의 손을 거치긴 했지만, 으레 여성에게 요구되는 일인 임신과 가정에 둘러싸인 한 여성의 인생을 온전하게 보여 준다. 아우구스티누스처럼 마저리 켐프도 욕망으로 분열되지만, 그와 달리 켐프는 자아 성취를 위해 중세 세계를 배회할 만큼 자유롭지 못하다. 그런데도 그녀는 끊임없이 신성을 향해 끌려간다. 첫째 아이를 낳으며 정신적 외상을 입은 후에 그녀에게 "타오르는 불꽃으로 온통 물들어 있는…… 악마"가 보인다. 악마는 그녀에게 믿음을 버리라고 명령한다. 그녀가 자해를 할까 봐 두려웠던 가족은, 그리스도의 환영이 그녀의 침대 곁에 앉은 모습으로 나타날 때까지 그녀를 '묶어 둔다'. 그녀는 그리스도의 모습에 '제정신으로 돌아와 안정'을 찾게 된다. 그리고 일상적인 삶으로 복귀한 후 처음에는 양조업을 하고 나중에 제분업자로 살아간다.

하지만 두 사업이 모두 실패하자 '부부 관계라는 부채' 없이 살면 천상의 환희를 이해하게 되리라고 말하는 환영이 그녀 앞에 나타난다. 그런 현상을 이해할 수 없던 남편 켐프는 자신에게도 신이 나타나면 성교를 포기하겠노라고 응답한다. 그리하여 마저리는 부부 관계의 부채를 갚아 나가는 동안 열네 명의 아이들을 낳게 된다. 그뿐 아니라 그녀는 천사를 동반한 데다 시공을 넘나들며 여행하는 신비적인 환영에 사로잡히기 시작한다. 그녀가 자신의 남편이 순결해지라고 기도하자, 남편은 성불능이 되어 버린다.("당신은 좋은 아내가 아니야."라고 남편은 하소연하듯 불만을 토로한다.) 마침내 그들은 합의점에 도달한다. 그가 마저리를 '주무르지' 않는다고 약속하면 그녀가 남편의 빚을 자기 돈으로 갚아 주겠다고 한다.

켐프의 영적 소명이 마침내 캔터베리 대주교의 귀에 들어가게 되고, 주교는 그녀에게 수녀복을 하사한다. 반대파에도 불구하고 그녀는 '성스러운 여성'으로 점점 주목받게 되면서 예루살렘과 로마로 순례를 떠나고, 유명한 여성 신비주의자인 노리치의 줄리언도 만난다. 그러나 켐프는 공적인 인사가 되었음에도 가정으로 다시 되돌아가게 된다. 나이 먹은 남편이 노망이 들자 집으로 돌아가 남편을 보살피게 된 것이다. 켐프는 이렇게 쓴다. "빨래하고 밥하고 불 지피느라 보내는 시간이 늘어났다. 그래서 명상을 온전하게 하지 못했다."

저자 추천본

존 스키너가 현대 영어로 번역한 판본이 읽기 쉬울 뿐만 아니라 원작에도 충실하다.(Image, 1998) 배리 윈디트의 1986년 Penguin Classics 번역서는 다소 고문체 느낌이 나지만, 이해하기 쉽다. The Norton Critical Edition은 린 스탤리가 켐프의 중세 영어를 현대 영어로 번역하고 낯선 지리와 역사, 신학 용어에 일일이 주석을 달았다.

국내 번역 추천본

마저리 켐프, 정덕애 옮김, 『마저리 켐프 서』(황소자리, 2010).

수상록 미셸 드 몽테뉴

Essays(1580) · MICHEL DE MONTAIGNE

몽테뉴의 인생에서 일어난 외적인 사건들은 그의 에세이에서 우회적으로 나타날 뿐이다. 그는 대학을 졸업하고 변호사가 되었고, 결혼한 후 몇 명의 아이들을 낳았지만, 살아남은 아이는 오직 딸 하나뿐이다. 가족의 재산을 물려받은 이후에 변호사를 그만두고 공부에 전 시간을 할애했다. 하지만 그의 공부는 '우울한 유머'와 난삽한 '헛소리'로 빠져드는 통에 흐트러져 버렸다. 자신의 난삽한 사고를 통제하고자 그는 『수상록』을 쓰기 시작했다. 정치적으로나 학문적으로 자격이 없던 그는 자기가 알고 있는 것을 쓰는 길을 택했다. "나 자신이 내 책의 소재다." 그는 독자에게 이렇게 말한다. 힘 있고 유명한 인사만이 자기 삶의 화려한 사건에 대해서 글을 쓰던 시절에 몽테뉴는 인생의 진정한 흥미는 공적인 외부 사건이 아니라 사적인 자아를 형성하는 사유와 습관, 정서에 있다고 주장했다.

16세기 프랑스의 전쟁에 대해서 특별히 관심이 없다면 이 책을 통독할 필요는 없다. '독자에게'라는 몽테뉴가 쓴 서문부터 읽기 바란다. 1권에는 자아를 형성하고 왜곡하는 정서의 힘과 슬픔에 대한 내용인 2~4장, 기억에 관한 9장, 불가피하게 죽음을 향해 가는 인생의 절정에 대한 19~21장, '우정에 대하여'라는 제목으로 몽테뉴의 에세이 가운데 가장 유명한 애정 어린 관계를 그린 28장, 사회와 맺는 관계를 언급한 29장, 미덥지 못한 말의 본성에 대한 51장 등이 있다.

2권에서는 우리가 '핵심'이나 '진정한' 자아라고 생각하는 다양한 자질에 대한 5~8장, 위대한 인간의 인생을 공부하는 가치에 대한 10장, '자아'를 이루는 미덕과 악덕에 대한 몽테뉴의 명상 전체를 보여 주는 17~21, 29, 31장은 놓치지 않고 읽기 바란다.

마지막으로 3권에서는 '유용한' 행위와 '좋은' 행위의 차이점에 대한 1~2장, '경험에 대하여'라는 13장을 읽어 보기 바란다. 여기에서 몽테뉴는 진리의 본성에 대해 곰곰이 생각한다. 정신이 확실성에 이르는 길을 사유할 수 있을까? 사색의 물에 빠진 몽테뉴는 일상적인 삶의 세목 주위에 구명 밧줄을 던진다. 몽테뉴는 온전한 정신을 지키기 위해서 다양하기 짝이 없는 세상에 경계선을 그으며 자신의 시야에 기꺼이 제한을 가하는 선택을 내린다. 그리고 이렇게 결론짓는다. "만약 여러분이 자신의 인생을 검토하면서 동시에 꾸려 나갈 수 있었다면 가장 뛰어나고도 뛰어난 과업을 이미 성취한 것이다."

저자 추천본

The Penguin Classics paperback edition. 몽테뉴는 1592년 임종 시까지 『수상록』을 계속해서 개정했기 때문에 M. A. 스크리치가 역자 서문에서 언급했듯 "최종본 같은 것은 없다". 여기 소개한 펭귄 출판사의 판본은 『수상록』 묶음을 A(첫 번째 판본), A1(1582년 판본), B(1588년 판본, 책 한 권 분량이 추가되었다.), C(몽테뉴 임종 시와 비교되는 최종 판본)로 구분하는, 상당히 통상적인 관례를 따른다. 스크리치 또한 몽테뉴 사후 첫 판본에 첨가된 내용을 표시하기 위해 '95라는 표시를 해 두었다.

국내 번역 추천본

미셸 드 몽테뉴, 정영훈 편, 안해린 옮김, 『몽테뉴의 수상록』(메이트북스, 2019).

미셸 드 몽테뉴, 손우성 옮김, 『몽테뉴 수상록』(동서문화사, 2016).

아빌라 성녀 테레사의 고독한 인생 　아빌라의 테레사

The Life of Saint Teresa of Ávila by Herself(1588) · TERESA OF ÁVILA

카스티야 지방의 스페인어로 씌어졌고 1611년에 처음 영어로 번역된 테레사의 자서전은 어린 시절 이야기로 시작된다. 아우구스티누스처럼 그녀는 하느님의 선함을 알지만 거부한다. 아우구스티누스가 지적인 유혹에 빠졌다면 테레사는 육체적 허영에 매료된다. 그녀는 "향수와 내가 구할 수 있는 모든 장신구를 써서 외모로 타인의 관심을 끌기 위해" 노력한다. 수도원 기숙 학교로 보내진 테레사는 "이 세상은 허영이며, 세계는 이내 스러져 갈 것"이라는 사실을 배운다. 그녀는 지옥으로 가게 될 것이 두려워서, 신에 대한 진정한 사랑이 없음에도 불구하고 스스로 수녀가 되기로 결심한다. 테레사는 신의 소명 속에서 기쁨을 느끼게 된다. 하지만 수도원 내부 규율을 해이하게 준수하면 허영에 탐닉할 만큼의 자유를 얻는다는 것도 이내 깨닫는다. 테레사는 하느님을 떠나 배회하지만,

신은 기도 중에 그녀를 꾸짖으며 다시 돌아오라는 가르침을 준다.(여기서 테레사는 기도의 네 가지 상태와 영혼의 신 체험이 이루어지는 장소를 묘사하기 위해 자신의 이야기를 중단한다.) 이야기를 다시 시작한 테레사는 지옥의 고통을 뼈저리게 통찰하고 '지상에서 가능한 한 아주 완벽하게' 규율을 지키는 수도원을 세우라는 신의 소명을 전한다. 재력가 '미망인 여사'의 도움으로 테레사는 수녀들이 좀 더 참회하는 삶을 살아갈 수 있는 성 요셉의 집을 세운다. 테레사는 그녀의 통찰을 망상이라 여기는 상급자들의 반대에 부딪힌다. 하지만 이와 같은 '혹독한 박해'와 싸워 나가는 과정에서 테레사는 계시를 받는다. "이루 형용할 수 없는 영혼의 무아경…… 모든 진리를 충족시키는 하나의 진리"를. '수많은 학식 있는 남자들'의 진리보다 위대한 이러한 비언어적 진리는 삼위일체의 진리를 그녀가 일별하며 느낀 황홀경이다.

아우구스티누스는 신플라톤주의와 『신약』을, 몽테뉴는 일상적 삶의 확실성을 추구했다. 하지만 테레사는 지성도 육체적 존재도 아닌 진리를 찾는다. 그녀는 직접적이고 신비로운 신 체험인 '황홀경의 상태' 속으로, 영혼이 '진정한 계시와 위대한 은총과 통찰'을 부여받는 상태로 독자를 소환한다. 어쩌면 학식 있는 남성들이 그것을 환각이라고 경멸할 때조차도 독자에게 자신만의 통찰을 믿으라고 반복하고 또 반복해서 알려준다.

저자 추천본

The Penguin Classics edition(New York: Penguin, 1988). 이 판본은 J. M. 코언이 번역했다. E. 앨리슨 피어스의 번역본(New York: Doubleday, 1991)도 추천할 만하다.

국내 번역 추천본

아빌라의 테레사, 고성 밀양 가르멜 여자 수도원 옮김, 『아빌라의 성녀 데레사 자서전』(분도출판사, 2015).

성찰 르네 데카르트

Meditations(1641) · RENÉ DESCARTES

어쩌면 데카르트는 테레사의 확신을 시샘했을지도 모른다. 데카르트는 심층적으로 종교적인 인간이었지만 기질상 맹목적으로 신성한 진리를 받아들일 수는 없었다. 『성찰』에서 데카르트는 "나는…… 태어났다."와 같은 자신의 육체적인 삶을 이야기하지 않는다. 하지만 어느 날 생각을 정리하기 위해 자리에 앉았다가 어느 것이 실제로 믿을 만한 가치가 있는지 깨달은 날에 '시작'된 자신의 지적인 인생을 이야기하기 시작한다. 그는 자신의 감각으로 서두를 풀어 가면서 '물리적인 세계에 대한 나의 경험이 참인지, 나는 아는가?'라고 스스로 묻는다. 그는 '아니'라고 생각한다. 때로 감각이 그를 기만해 왔기 때문이다. 예를 들면 멀리 있는 물체가 실제보다 가깝다고 말해 주는 것처럼 만약 그의 감각이 하나에서 그를 기만한다면, 다른 모든 것에서 그를 기만할 가능성이 있고 바깥 세상에 대한 그의 생각이 잘못되었을 가능성도 있다. 데카르트로서는 신이 강력하며 선한 존재임을 안다기보다는 믿고 있는데, 그러한 신이 그에게 기만당하도록 허락하지 않을 것이라는 사실을 그가 증명할 수 없음은 당연하다. 어떤 악마적인 힘이 개입하여 그를 기만의 상태로 얽어매는 것도 가능하다.

데카르트로서는 자신이 지각한 사물에 현혹될 수 있지만, 그 문제에 대하여 생각하고 있다는 한 가지 사실만은 확실하다. 그리고 생각하고 있다면 존재함에 틀림없다. 그래서 결론을 내린다. "내가 무엇에 대해 나 자신을 확신했다면 나는 확실히 존재했다……. 그래서 모든 것을 신중히 평가하면, '나는 있다, 나는 존재한다.'는 명제는 내가 진술하거나 내 정신에서 착상하여 진술할 때마다 필연적으로 참이라고 해야 한다."

이 문제를 매듭짓고 나서야 데카르트는 신의 존재와 진리의 본성, 정신과 육체의 관계라는 다른 질문으로 옮겨 갈 수 있게 된다. 그는 계속 이어 간다. "나는 이제 눈을 감고 귀를 막고 내 모든 감각을 닫을 것이다. 내 사유에서 모든 이미지와 물리적인 사물을 지워 버리고…… 나 자신에 초점을 맞추고 나 자신을 좀 더 깊이 들여다볼 것이다. 나 자신을 잘 알게 되고 나 자신에게 좀 더 익숙해지도록 노력할 것이다. 나는 생각하는 사물이다……."

아우구스티누스와 마저리 켐프, 테레사가 자아 감각을 신과의 관계에 둔 반면 몽테뉴는 일상의 존재에 둔다. 하지만 데카르트는 자기 정신에서 스스로를 발견한다. 그는 감각하는 사물이나 느끼는 사물 혹은 종교적인 인간으로서 존재하지 않는다. 그는 의심의 여지없이 사유하는 사물로서만 존재한다. 자아가 스스로를 곰곰이 생각하는 방법상의 엄청난 변화는 이후 모든 자서전에도, 우리의 생각이 우리가 누구인지를 밝혀 줄 것이라고 가정하면서 정신을 끊임없이 발굴하는 식으로 되풀이된다.

저자 추천본

데즈먼드 M. 클라크가 번역한 The Penguin Classics paperback(1999), 로저 아레우와 도널드 크

레스가 번역한 Hackett의 판본(2006), 존 코팅엄이 번역한 Cambridge University Press의 번역서(1996년 개정)도 훌륭하다. Cambridge University Press의 번역서가 아마도 가장 현대적으로 느껴질 것이다.

국내 번역 추천본

르네 데카르트, 이현복 옮김, 『성찰』(문예출판사, 1997).

르네 데카르트, 소두명 옮김, 『방법서설/성찰/철학의 원리』(동서문화사, 2016).

죄인에게 넘치는 은혜　존 버니언

Grace Abounding to the Chief of Sinners(1666) · JOHN BUNYAN

비국교도인 버니언은 영국 국교도의 제의와 교리, 권위와 신도들까지 거부한다. 그래서 아주 외로운 처지에 놓인다. 그는 다른 신도들과 함께하기를 열망한다. "가난한 여인 서넛이 문간에 앉아 햇볕을 쬐며 하느님에 대해 이야기하는" 것이 들리자 그는 완전히 새로운 삶으로 들어서기를 갈망한다. 그녀들은 "어떤 높은 산의 양지 바른 곳에 있는…… 반면 나는 추위 속에서 오한에 떨며 몸을 웅크리고 있는" 듯하다고 쓴다. 버니언의 눈에 여자들과 자신 사이에 벽이 보인다. 그는 벽을 뚫어 낼 방법을 궁리하던 중 마침내 '좁은 틈'을 발견한다. "고된 추구 끝에 드디어 머리를 집어넣고, 그다음에는 옆으로 힘을 써서 어깨를 넣은 다음 이윽고 내 몸 전체를 집어넣었던 것 같다. 그러자 뛸 듯이 기뻐서 밖으로 나가 그들 가운데 앉았고, 나도 태양빛과 그 온기에 위안을 받았다."

마침내 다른 신도 집단에 들어선 버니언도 안정감과 충만한 은총을 느껴야 한다. 하지만 그가 느낀 일시적인 위안과 희망은 곧 신성 모독에 대한 강박적인 욕망으로 바뀌고, 이러한 순환은 이어진다. 버니언은 유혹에서 손을 떼려고 애쓰다가 "다시금 옳은 마음으로 바뀌고", 유혹에 격하게 빠졌다가 은총을 이해하게 되고 또다시 죄책감에 시달린다. 마침내 그는 자신의 정의가 자기 것이 아니라 예수 그리스도의 것임을 파악하게 된다. "이제 내 다리에 묶여 있던 족쇄가 진짜 풀렸다." 이것이 최후의 행동인가? 사실은 그렇지 않다. 다시 어둠이 그의 영혼에 깔리자, 신이 버니언에게 최후의 성전을 보증해 준다. "살아 있는 신의 도시에 있는 시온 산으로 가게 될 것이다. ……이제 막 태어난 이의 집합소로…… 완벽해진 정의로운 인간의 영혼에게."

마침내 버니언은 신 앞에서 그와 함께 서 있는 동료들을 찾았다. 그는 더는 혼자가 아니다. 마침내 구원에 도달했을까? 그럴지도 모른다. 하지만 버니언에게 개종은 빛나는 유일한 순간이 아니라 언제나 뒤에서 신중하게 지켜보는 눈과 더불어 걸어가는 길고 긴 길이다. 『천로역정』의 크리스천처럼 버니언은 '천국의 문 앞에서조차 지옥의 문'의 위협을 받는다.

저자 추천본

Penguin Classics, Oxford World's Classics, Vintage의 재판본 출간되었다. 온라인에서 무료 전자책으로도 이용할 수 있다.

국내 번역 추천본

존 버니언, 고성대 옮김, 『죄인의 괴수에게 넘치는 은혜』(CH북스, 2016).
존 버니언, 이길상 옮김, 『죄인 괴수에게 넘치는 은혜』(규장, 2009).

감금과 회복 이야기 메리 롤런드슨

The Narrative of the Captivity and Restoration(1682) · MARY ROWLANDSON

감금 서사는 가시와 덤불, 돌림병과 폭풍우를 이겨 내며 미국의 황야를 길들이려 했던 백인 정착민들이 적대적인 인디언들에게 납치당하는 과정을 보여 주는 미국 특유의 자서전 형식이다. 자서전 내에서 악한 영혼을 구현하는 인디언들은, 지상에 하느님의 왕국을 건설하려는 식민지 개척자들을 죽여 없애려는 인물들로 나온다. 메리 롤런드슨의 이야기에서 인디언들이 매사추세츠의 랭커스터 지역의 작은 정착지를 공격한다. 그사이 마을의 목사인 메리의 남편은 매사추세츠 주지사에게 랭커스터 지역민들을 보호할 주둔군을 부탁할 작정으로 보스턴에 머무르고 있다. 메리는 언니와 조카들이 살해당하는 장면을 목격하며 인디언의 총격에 부상당한 어린 딸과 다른 아이들과 함께 생포된다. 아흐레 뒤에 딸은 죽는다. 인디언들은 아이를 묻어 주고 메리와 살아남은 아이들은 몸값을 받기 위해 가둬 둔다. 보복을 피하기 위해서 납치자들은 인구가 적은 지역을 통과하며 이들을 끌고 간다. 메리는 하루하루를 기록한다. 메리는 내내 자신의 고난과 『신약』 속 인물의 고난이 얼마나 유사한지 여러모로 생각한다. 메리의 경험은 그들의 경험, 그리고 동일한 경우에 나타날 가능성이 있는 하느님의 응답과 언제나 비교된다. 메리는 감금된 인디언의 천막식 오두막 안에서, 움직이면 죽여 버리겠다고 협박을 받자 탄식한다. "「사무엘서」 하 24장 14절의 다윗과 이야기하게 해 주소서. '나는 엄청난 궁지에 처해 있다……. 이런 고통스러운 조건은 그날과 다음 날 반나절까지 이어졌고, 하느님이 나를 기억하셨으니, 그분의 은총은 위대하다.'"

노동을 하게 된 롤런드슨은 인디언 주민 가운데 친절한 이와 몰인정한 이 양쪽을 대하게 된다. 마침내 몸값을 치르고 보스턴에서 남편을 만나게 된다. 여전히 생포된 처지에 있던 아이들도 결국 되찾아 부모와 재회한다. 메리는 이렇게 쓴다. "현재의 일과 작은 고충들을 초월해서 바라보는 법을 배웠다. 그리고 그들 아래서 조용히 있는 법도. 「출애굽기」 14장 13절의 모세의 말씀처럼 '조용히 그대로 있어라. 그러면 하느님의 구원을 보게 되리라.'"

저자 추천본

호레이스 켑하트가 편집한 『메리 롤런드슨과 다른 인디언 감금 이야기』(Dover, 2005)와 고든 M. 세이어가 편집한 『미국인 감금 이야기』(Houghton Mifflin, 2000)에서 이 이야기를 찾을 수 있다. 닐 솔즈베리가 편집한 The St. Martin's Press 판본3(1997)은 절판되었지만, 중고로 살 수 있다.

고백록 　장 자크 루소

Confessions(1781) · JEAN-JACQUES ROUSSEAU

루소의 자서전은 아우구스티누스의 자서전을 투박하게 본뜨고 있다. 아우구스티누스처럼 루소는 모든 인간이 똑같이 죄 지은 존재라고 공표한다. 루소는 이렇게 쓴다. "영원한 존재여, 이루 셀 수 없는 내 동료 인간들의 무리를 내 주위로 모여들게 하소서. 여기 당신의 왕좌 계단에서 똑같은 신실함을 지닌 그들의 가슴을 차례로 내보이게 하소서. 그러고 나서 그들 가운데 하나가 당신에게 감히 이렇게 말하도록 하소서. 내가 저 인간보다 더 나았다."

그러나 아우구스티누스와 달리 루소는 죄가 자신을 인간으로 만들어 준다고 주장한다. 그는 죄를 한탄하기보다는 찬양한다. 그는 자신의 변태적인 성적 취향과 도벽을 털어놓는다. "도둑질과 매질은 어떤 계약을 맺은 관계라고 결론 내렸다……. 이런 생각에 힘을 얻어 이전보다 더 가벼운 마음으로 훔치기 시작했다." 그리고 자신의 다섯 아이 전부를 고아원에 보낸 일, 원한과 증오 등 자신의 실패를 우리에게 말해 준다. 그는 이 모든 것이 신에 의해서가 아니라 어린 시절의 영향과 사회적인 비난이 이어져 형성된 자아의 본질적인 부분이라고 주장한다. 루소는 그러했어야 하는 자아의 그림을 그리지 않고, 그것에 대해 변호하기를 거부하며 현재 자아의 윤곽만을 그린다.

모범으로 따를 '이상적인' 자아가 없는 루소는 그의 인생 이야기에 질서를 부여할 수 없다. 그는 이렇게 쓴다. "내 이야기를 진전시켜 나갈수록 내가 도입시킬 수 있는 질서와 순서가 줄어든다." 그러나 그는 사막의 하느님처럼 내가 있다고 공표함으로써 이러한 혼란에 궁극적으로 승리를 거둔다.(「출애굽기」의 울림은 의도적이다. 루소는 하느님의 이미지나 생각하는 존재가 아니라 그저 자기 자신이다.) 게다가 하느님처럼 그는 심판할 수 없다. 『고백록』은 몇몇 시민들 앞에서 자서전을 공개적으로 낭독하는 내용으로 끝맺는다. 그는 하나의 도전으로 낭독을 끝맺겠다고 우리에게 전해 준다. "나로서는 여기서 두려움 없이 공개적으로 선언한다. 누구든 나의 본성과 나의 인성, 나의 도덕과 나의 성향, 나의 쾌락과 나의 버릇을 스스로의 눈으로 검토하는…… 이라면, 그러고도 나를 불명예스러운 인간이라고 생각하는 사람이라면, 그는 목 졸려 죽어야 하는 사람이다." 이런 선언에 직면하자 청중은 말을 하지 못한 채 잠잠해진다. 루소는 있는 그대로의 그이니, 감히 누구도 그를 심판하지 못한다.

저자 추천본

앤절라 스칼라가 번역하고 패트릭 콜먼이 편집한 The Oxford World's Classics 판본(2000)은 여전히 가장 읽기 쉽고, J. M. 코언의 1953년 번역본(Penguin Classics)은 약간 구식이긴 하지만 여전히 이해하기 쉽다. 프레더릭 데이비슨의 Audible 오디오북도 이용 가능하다.

국내 번역 추천본

장 자크 루소, 이용철 옮김, 『고백록 1·2』(나남, 2012).

프랭클린 자서전 벤저민 프랭클린

The Autobiography of Benjamin Franklin(1791) · BENJAMIN FRANKLIN

벤저민 프랭클린은 이 자서전으로 아메리칸 드림을 만들어 낸다. 보스턴 출신의 가난한 소년이 가족의 배경이나 물려받은 재산 없이 사업에 성공하는 이야기가 그것이다. 프랭클린처럼 자신의 운으로 자수성가하는 인물도 만들어 냈다. 어떤 미덕을 지녀야 하는지 판단한 다음 고된 노동을 통해 미덕을 성취해 나가기 시작한다. 그는 이렇게 쓴다. "겸손, 예수와 소크라테스처럼 되자." 그는 단점에 대해서도 외부의 도움 없이 대처한다. 단점들을 상아 탁자에 납연필로 적어 두었다가 극복되면 물걸레로 닦아 내는 것이다. 프랭클린은 『프랭클린 자서전』 전체에서 자신의 실수와 다른 사람에 대한 그의 죄가 의도적이지 않고 다음 판본에서 교정할 수 있는 인쇄상의 실수인 오자라고 칭한다. 혼자의 힘으로 부자가 되었던 것만큼 쉽사리 자신을 흠 없는 사람으로 만들 수 있는 것이다. 그러나 오직 혼자의 힘으로 영화를 일구어 내는 자아상이란 허구에 불과하다. 프랭클린의 가족은 그에게 읽고 쓰는 귀중한 능력을 선사해 주었고, 그의 맏형은 첫 직장을 구해 주었다. 게다가 프랭클린이 자신의 단점을 폐기했다는 것도 마찬가지로 의심스럽다. 중대한 실수를 인정하지 않으려는 성향은 자수성가한 이 미국 남자가 오만하다는 것을 보여 준다. 이후 200년 동안 그와 같은 인물 유형은 1부에 나타난 프랭클린의 은밀한 부분에서 핑곗거리를 찾아낸다. "마음만 먹으면 모든 것에 이유를 만들거나 찾아내도록 할 수 있으니, 합리적인 피조물이라는 것은 그 얼마나 편리한가?"

저자 추천본

이 글은 오래전부터 공용 도메인에서 찾아볼 수 있었고, 온라인에서 무료 전자책으로 이용할 수 있을 뿐 아니라 여러 판본으로도 읽어 볼 수 있다. 「자서전」과 프랭클린의 편지 일부, 『가난한 리처드의 경구』의 요약본을 수록한 판본(Penguin, 1986)이 있다. Oxford World's Classics, Dover Thrift Editions, Signet Classics에서도 출간되었다. 무삭제 오디오북도 10개가 있다.

국내 번역 추천본

벤저민 프랭클린, 이계영 옮김, 『프랭클린 자서전』(김영사, 2001).

벤저민 프랭클린, 강미경 옮김, 『프랭클린 자서전』(느낌이있는책, 2017).

미국 노예, 프레더릭 더글러스의 인생과 시대 프레더릭 더글러스

Narrative of the Life of Frederick Douglass, an American Slave(1845) · FREDERICK DOUGLASS

태어나서 한 번도 부모를 보지 못한 프레더릭 더글러스는 조부모의 손에 자란다. 조부모는 자애롭고 온화하며 낚시와 정원 일에 능숙하고 이웃들에게 존경받는 분들이다. 하지만 일할 나이가 된 더글러스를 주인의 대농장에 데리고 가서 다른 아이들 무리 속에 버려둔다. 가족 정체성을 박탈당한 그는 짐승 취급을 당한다.(아이들은 '수많은 돼지들처럼' 여물통에서 밥을 먹는다.) 하지만 더글러스는 짐승 취급을 거부하고 자기 자신을 새롭게 이해하기 위해서 싸워 나간다. 그는 주인의 반대를 무릅쓰고 글을 배우고 자신을 생각하고 말하는 인간으로 여기기 시작한다.("만약 저 아이가 성경 읽는 법을 배운다면 노예로는 영원히 적합하지 못하게 될 거야."라고 주인은 단언한다.) 잔혹한 노예주 코베이에게 매를 맞고 학대당하자 더글러스는 코베이와 엉겨 붙어 난투극을 벌이고, 마침내 자신을 한 남자로 여길 수 있게 된다. 더글러스는 이렇게 쓴다. "코베이 씨와 싸우면서 내가 남자라는 느낌이 되살아났다. 이전에 나는 아무것도 아니었으나 이제 나는 한 남자였다."

정신적으로도 정서적으로도 자유인의 삶을 위한 준비를 갖추면서 더글러스는 매사추세츠로 달아나고 노예제 폐지자들의 모임에 소속되어 북부의 백인들에게 노예로서 자신의 경험을 이야기하게 된다. 그는 다시금 자신을, 이번에는 연설가이자 사상가로 개조한다. 노예제 폐지론자 친구들에게는 그의 이러한 변화가 과하게 느껴져 "배운 티가 나면 좋지 않으니…… 대농장식 말투를 조금은" 유지하라는 지적까지 받게 된다. 더글러스가 사기꾼이라고 규탄받자 그들의 두려움은 현실화된다. 청중은 더글러스가 "노예답게 말하지 않고, 노예답게 생기지 않고, 노예답게 행동하지 않는다."고 이야기하기 시작한다. 더글러스는 이렇게 쓰고 있다. "사람들은 내가 메이슨딕슨선(미국 남부와 북부의 경계선) 남쪽으로는 한 번도 가 본 적이 없다고 믿었다." 이런 비난에 답하려고 그는 노예 시절 자신의 인생 전체를 글로 쓴다. 그렇게 새로운 정체성의 본질적인 부분으로 지난날의 예속된 세월을 되새기는 것이다.

저자 추천본

헨리 루이스 게이츠의 편집본(New York: Library of America, 1996)을 읽기 바란다. 더글러스는 세 차례에 걸쳐 자서전을 썼다. 첫 번째 판은 『어느 미국인 노예, 프레더릭 더글러스의 인생 서사』로 1845년에 출간되었고, 두 번째는 『나의 굴레와 나의 자유』로 1855년에 출간되었다. 세 번째 판본은 위에서 소개한 헨리 루이스 게이츠의 편집본으로 1881년에 출간된 최종 판본이다. 각각의 자서전은 이전 판본의 이야기를 재서술한다. 게이츠의 편집본은 세 가지 모두를 포함한다.

국내 번역 추천본

프레더릭 더글러스, 손세호 옮김, 『미국 노예, 프레더릭 더글러스의 삶에 관한 이야기』(지만지, 2014).

월든 헨리 데이비드 소로

Walden(1854) · HENRY DAVID THOREAU

소로는 프랭클린에 반대한다. 프랭클린의 이야기는 미국인에게 부자 되는 법을 알려 주지만, 소로는 부자든 빈자든 미국인이라면 모두 미국 경제의 늪에 빠진다고 본다. 땅을 물려받은 사람조차 땅의 노예가 되어 대지에서 이윤을 창출하려고 '기계'처럼 일하지 않으면 안 된다. 소로는 가장 유명한 인용문에서 이렇게 말한다. "인간 군상은 조용하게 필사적인 삶을 꾸려 간다." 그래서 소로는 미국적 삶의 새로운 유형을 제시한다. 그는 월든 호숫가의 손수 만든 오두막에 은둔한다. 미국 경제로부터 이러한 식으로 물러나는 것은 전적으로 상징적인 행위이다. 오두막은 근처 도시 중심가에서 겨우 2킬로미터 남짓 떨어져 있을 뿐이니 말이다. 하지만 일시적이나마 사고팔거나 일할 필요성을 거부하고 경제적인 필요로부터 자유로운 인간 정체성을 구축하도록 만들어 준다.

소로가 묘사한 월든에서의 소박한 삶은 경제적인 해법이 아니다. 그도 모든 미국인들이 숲으로 은둔할 수 없음을 철저하게 인식하고 있었다. 다만 불복종의 한 형식이다. 그의 글은 시간순으로 진행되지 않는다. 글들은 호숫가에서의 삶의 다른 면모들, 고독한 삶과 방문자들에 대처하는 법, 독서의 가치, 먹을거리를 손수 해결하는 방법 등에 대해 논한다. 소로는 설교한다. "소박하게, 소박하게, 이 땅 수백만의 가정과 마찬가지로 국가라는 것은 그 자체로…… 사치와 무분별한 소비, 신중한 계획과 가치로운 목표의 결핍으로 인해 황폐화된 흉측하고 비대하게 웃자란 기구다. 가정에 대한 치료책처럼 국가를 위한 유일한 치료책은 엄격한 경제와 스파르타식보다 더 가혹하게 소박한 삶과 숭고한 목적이다."

소로는 소박함의 본보기로 자기 자신을 바로잡는다. 월든에서 그가 보낸 세월은 우리가 따라야 할 하나의 유형이다. 월든은 새로운 종류의 존재 가능성을 보여 준다. 낡은 삶의 마른 껍질을 부수어야 하는 '아름답고 날개 달린 삶'의 가능성 말이다.

저자 추천본

Dover Thrift Editions에서 독립적으로 출판되기도 했고, Modern Library Classics, Signet Classics, and Bantam Classics에서 다른 글과 함께 문집으로 출간되기도 했다.

국내 번역 추천본

헨리 데이비드 소로, 강승영 옮김, 『월든』(은행나무, 2011).
헨리 데이비드 소로, 김석희 옮김, 『월든』(열림원, 2017).

어느 노예 소녀의 인생 삽화 해리엇 제이콥스

Incidents in the Life of a Slave Girl, Written By Herself(1861) · HARRIET JACOBS

엄격한 할머니 손에 정숙하게 자란 해리엇 제이콥스는 해결할 길 없는 난제와 맞닥뜨린다. 그녀의 주인 '플린트 박사'가 그녀를 정부로 삼겠다고 마음먹었기 때문이다. 제이콥스가 선택한 흑인 남자와의 결혼을 주인이 허락하지 않자 그녀는 어려운 선택의 기로에 서게 된다. 정숙함을 지킬지 말지의 문제가 아니라, 선택을 통해 버릴지 아니면 증오하는 주인에게 굴종하여 버릴지의 문제다. 그래서 자신을 보호하려고 제이콥스는 이웃 백인 남자와 관계를 갖기 시작하고 그의 아이 둘을 출산한다. '샌즈 씨'와의 관계가 일시적인 보호막이 되지만 플린트 박사는 계속해서 제이콥스에게 집착하며 그녀를 팔지 않으려 하고, 샌즈 씨는 결국 백인 여자와 결혼하여 제이콥스와의 관계를 끝낸다. 서너 차례 도망칠 기회가 주어지지만 아이들을 남겨 두고 떠나야 하기 때문에 그럴 수 없다. 결국 플린트 박사의 관심을 피해 보려는 절박한 노력 끝에 탈출을 위장하여 할머니의 다락방 지붕 밑 낮은 공간에 7년 동안 피신해서 지낸다. 결국 제이콥스와 그녀의 아이들은 탈출하게 되지만 '도망 노예 송환법'은 북부에서도 체포될 수 있음을 뜻한다. 결국 제이콥스는 관대한 백인에게 팔려서 자유를 얻지만, 그녀는 이를 씁쓸한 승리라고 여긴다. "뉴욕이라는 자유 도시에서 팔린 한 인간!……(내 자유를) 조달해 준 너그러운 그 친구에게 깊이 감사하지만, 결코 정당한 소유물이 아닌 무언가에 대해서 대금을 요구한 그 비열한 악당에게는 경멸을 보낸다."

'린다 브렌트'라는 허구의 이름으로 훌륭한 영어를 구사하며 7년 동안 다락방에서 지냈다는 것이 자기 이야기의 신빙성을 해친다는 사실을 제이콥스도 알고 있기 때문에 진실을 보증해 줄 위치에 있는 백인들의 편지를 자서전에 수록했다. 그리하여 백인의 목소리는 노예제의 현실을 있는 그대로 반영해 주면서 제이콥스의 이야기에서 얽히고설킨 실타래가 된다. 제이콥스는 이렇게 쓴다. "노예제는 흑인뿐 아니라 백인에게도 저주다. 백인 아버지들을 잔인하고 육욕에 사로잡히게 만들고 그 아들들을 폭력적이고 음탕하게 만들고 딸들을 더럽히고 아내들을 불행하게 만든다. 그리고 유색 인종으로 보자면 고통의 극단과 끝간 데 없는 추락을 묘사하기 위해서 내 펜보다 더 유능한 펜이 필요하다."

저자 추천본

Dover Thrift Editions, Penguin Classics. Modern Library Classics에서 출간한 문집에는 프레더릭 더글러스의 자서전 첫 번째 판인 『어느 미국인 노예, 프레더릭 더글러스의 인생 서사』가 함께 수록되어 있다. (위 참조)

국내 번역 추천본

해리엇 제이콥스, 이재희 옮김, 『린다 브렌트 이야기』(뿌리와이파리, 2011).

노예제를 떨치고 　부커 T. 워싱턴

Up from Slavery(1901) · BOOKER T. WASHINGTON

노예제는 워싱턴의 어린 시절에 폐지되지만 남북 전쟁 이후 노예들은 일자리를 찾기가 힘들었다. 워싱턴과 어머니, 계부는 암염갱에서 일하기 위해 웨스트버지니아로 되돌아간다. 워싱턴은 노예가 아니지만 생활고에 시달렸다. 더글러스와 마찬가지로 그에게도 교육은 새로운 정체성을 갖는 길이다. 워싱턴은 학자이자 교육자로 거듭난다. 그는 일하면서 야간 학교를 어렵사리 마친 후 햄프턴 대학교를 졸업하고 대학원 공부를 계속한 끝에 햄프턴 대학교에 강사직을 얻는다. 그는 1881년 흑인 학생을 위한 '사범 학교'를 터스키기에 설립하는 데 주도적인 역할을 한다. 이곳은 실용 기술을 가르치려고 설립된 학교이다. 워싱턴은 흑인도 인내와 교육, 근면한 노동과 훌륭한 생활 양식을 통해 스스로의 힘으로 노예와 희생자가 아닌 시민이라는 새로운 정체성을 형성할 수 있다고 보았다. 당분간은 정치권력에 대해서는 잊고, 위생과 식사 예절, 돈을 취급하는 능력을 향상시키면 백인들이 마침내 존중감에서 우러나 정치권력을 보장해 줄 것이라고 독자에게 충고한다.

자서전에서 워싱턴은 겸손하고 열심히 일하며 더할 나위 없이 존경스러운 인물이자 고통받는 사람들의 이상적인 지도자로 그려진다. 그러나 인종 관계에 대한 '순응주의적' 견해로 인해 워싱턴은 다른 흑인 지식인들과 갈등을 겪는다. 평화를 선호하는 바람에 평등에 대한 필요를 무시한다며 비난받은 것이다. 하지만 워싱턴은 스스로를 흑인의 모범이라고 여겼다. 워싱턴은 자신의 고유한 경험을 다른 흑인 젊은이들을 위한 이상으로 언급한다.

그는 암염갱에서 일하고 야간에는 학교에 간다. 그러니 흑인 젊은 이들 역시 그렇게 할 수 있다는 것이다. 어린 시절 그는 새 모자를 사 달라고 엄마에게 투정하는 대신 집에서 만든 모자를 기꺼이 썼다. 그러니 그들도 백인처럼 되려고 돈을 물 쓰듯 하지 말고 경제적인 독립을 위해 절약하고 저축해야 한다고 말한다. 워싱턴은 다른 이들에게 그가 권면한 것과 똑같은 끈질긴 인내를 통해 탁월함과 힘을 얻었다.

저자 추천본

The Oxford World's Classics paperback, 윌리엄 L. 앤드루스 편집(2000).

이 사람을 보라 　프리드리히 니체

Ecce Homo: How One Becomes What One Is(1908) · FRIEDRICH NIETZSCHE

니체는 관습적인 자서전의 목적을 공개적으로 천명한다. 마흔네 살이 되던 해, 현재의 그를 만든, 1888년에 받은 영향을 거슬러 추적한다. 하지만 "나는 왜 이렇게 현명한가?"와 "나는 왜 이렇게 똑똑한가?"로 시작하는 내부의 장들은 연대순도 아니고 논리적이지도 않다. 자서전으로서 『이 사람을 보라』는 자신의 지성으로 스스로의 '자아(self)'를 찾으려는 데카르트의 시도나 신에 대한 사랑으로 자신의 '자기'를 찾으려는 버니언의 시도, 혹은 고된 노동과 교육으로 '자아'를 찾으려는 워싱턴의 시도와 대조된다. 니체는 자신의 '자아'를 다른 곳에서 찾는다. 니체의 철학을 요약하는 것은 불가능하다. 왜냐하면 그는 실존주의자였고, 실존주의는 모든 철학 체계를 거부하고 인간 존재에 대한 어떠한 설명도 거부하기 때문이다. 대신 개별 인간의 행위와 개별 인간의 삶은 각자 고유한 의미를 창조해야 한다. 인간 각자는 완벽히 자유롭게 자신만의 길을 선택한다. 실존은 끝없이 다양하기 때문에 어떠한 체계로도 환원될 수 없다. 우주에는 아무런 '도덕 법칙'도 없고 '옳은 것'도 '그른 것'도 없다. 그저 이후에 빚어진 결과를 감내해야 하는 선택만이 있을 뿐이다. 그래서 니체의 자서전은 고유한 실존의 독특함에 대한 찬가이자 그의 선택과 선택의 결과에 대한 기록이다. 마지막으로 니체는 '좋은 사람'이라는 개념에 악담을 퍼붓는다. "약하고 병들고 엉성하게 만들어진 좋은 사람은 긍지 있고 제대로 된 짜임새에 긍정적인 인간, 대담하게 선택하고 선택의 행위에서 의미를 찾는 인간에 대립하여 만들어진 이상형이다."

니체는 3주 만에 『이 사람을 보라』를 탈고하고 미쳐 버린다. 원고를 인쇄업자에게 보내고 2주 후의 일이었다. 제목은 『신약』에서 인용한 것이다. 빌라도가 십자가 앞에서 대중에게 예수 그리스도를 가리킬 때 했던 표현이다. 하지만 니체에게 '이 사람'은 그리스도가 아니라 자신이다. 그는 스스로를 '이상형'이자 표본이 되는 모델로 제시하지 않고, 자신이 선택한 것에서 의미를 발견하고 선택의 결과와 더불어 살아가는 한 인간의 사례로 자신을 제시한다.

저자 추천본

2009년 Oxford World's Classic으로 재출간된 던컨 라지의 번역서는 니체의 독특한 스타일을 유지하면서도 가능한 이해하기 쉽게 되어 있다. Audible의 오디오 버전은 앤서니 M. 루도비치의 번역을 읽었다.

국내 번역 추천본

프리드리히 니체, 이상엽 옮김, 『이 사람을 보라』(지만지, 2016).

나의 투쟁　아돌프 히틀러

Mein Kampf(1925) · ADOLF HITLER

히틀러는 독일 공화국에서 독립하려는 바이에른을 막으려던 시도가 실패하여 감옥에 갇혀 있는 동안 『나의 투쟁』을 썼다. 인생을 설명하는 와중에 히틀러는 자신의 모든 선택이 지난날의 독일의 영광을 되찾기 위한 것이며 자신은 독일의 모든 인간이고 그의 실패는 독일의 굴욕을 보여 주며 자신의 권력 복귀는 독일의 영광을 되찾는 것과 같다고 말한다.

어린 시절에도 왜 모든 독일인이 '비스마르크 제국에 속하는 행운'을 갖지 못하는지 궁금했다고 쓰고 있다. 그는, 바이에른이 프랑스에 패하고 프랑스의 통치에 굴복한 것은 독일 민족이 통일되었다면 피할 수 있는 일이었다고 믿는다. 이것에 대해서 히틀러는 '독일의 가장 심대한 굴욕의 시기'라고 계속해서 칭한다. 그는 정부 관료가 되기를 거부하고 화가의 길로 접어드는데, 개인적인 이유 때문이 아니라 독일이 아닌 프랑스의 이익에 복무하는 정부의 일원이 된다는 사실을 참을 수가 없기 때문이다. 빈에서의 공부와 정치에 처음으로 연루된 일, 제1차 세계 대전 동안 바이에른 군대에서 복무한 일, 독일 노동당에 가입한 일, '결점 있고 비효율적인' 독일 정부에 대한 조바심은 모두 독일 민족에 대한 '강렬한 애정'과 '프랑스 치하의 오스트리아 제국에 대한 깊은 증오'에 기인한 것이다. 히틀러는 자신이 독일의 힘을 회복하도록 "강력하고 급진적인 방법을 사용"

할 수 있는 유일한 인물이라고 생각한다. 유대인 핏줄의 악마적인 영향력과 "내적인 행복을 영구히 붕괴할 민족적 순수성의 상실"에 대한 그의 헛소리는, 완벽하게 합리적으로 들리는 지루한 관료제를 종식시키자는 끊임없는 외침과 오싹하리만치 맞물린다. 이 모든 질책을 헤치고 나아가는 것이 지루하다면, 전체를 읽지 않아도 좋다. 1부 1~6장과 11장, 2부 2~4장과 10, 11, 15장을 읽으면 히틀러의 선동술에 대한 환상적인 이해가 명백하게 드러날 것이다. 21세기는 인종적 순수성에 대한 히틀러의 교의를 거부했지만 그의 선동술은 여전히 유효하다. 국가보다는 시장의 이익에 부합하는 방향으로 선회했지만 말이다.

저자 추천본

가장 초기의 영어 번역서는 1938년 미국 출판사인 Reynal & Hitchcock의 후원으로 출간되었다. 이 번역서는 많은 문장이 번역이라기보다는 다른 말로 바꾸어 놓은 표현에 가까웠기 때문에, 제3제국이 유일하게 정확성을 인정한 제임스 머피의 1939년 번역이 더 바람직하다. 몇 가지 전자책 버전이 있지만, 인쇄물에서 찾기가 쉽지 않다. 랠프 만하임(1943)의 번역본은 Houghton Mifflin에서 재출간되었다.(1998) (공격적인 마케팅에도 불구하고) 자격증 없는 번역가의 자기 출판적인 노력물은 피하기 바란다.

국내 번역 추천본

아돌프 히틀러, 황성모 옮김, 『나의 투쟁』(동서문화사, 2014).
아돌프 히틀러, 이명성 옮김, 『나의 투쟁』(홍신문화사, 2006).
아돌프 히틀러, 서석연 옮김, 『나의 투쟁』(범우사, 1996).

간디 자서전: 나의 진리 실험 이야기 마하트마 간디

An Autobiography: The Story of My Exper iments with Truth(1929) · MOHANDAS GANDHI

간디 자서전은 빌린 옷을 입은 인생으로 되어 있다. 그는 서양의 형식을 이용하여 영적인 진리를 찾아 나서는 자신의 이야기를 서양인에게 말하는 동양의 사상가이다. 한 친구가 자서전 작업에 착수하려는 그에게 말한다. "동양인 가운데 (자서전을) 쓴 사람은 하나도 모른다네. 서양의 영향을 이미 받은 사람을 제외하고 말이지. 자네가 오늘 원칙으로 지키고 있는 것을 내일 거부하게 된다면…… 자네는 뭘 쓸 텐가?" 그래서 간디의 자서전은 부분적으로는 자서전이 되는 것 자체에 대한 옹호다. 그는 자신의 정치적 행동을 하게 한 영적인 진리에 도달한 과정을 그릴 작정이라고 쓴다. "내 인생은 오직 그 실험들로 이루어져 있으니 그 이야기가 자서전의 형태를 갖추게 될 것이다."

간디는 영국 통치하의 인도에서 태어나 열세 살에 결혼하고(인도의 관습이지만 간디는 해명해야 한다고 느낀다.) 열아홉에 아내와 어린 아들을 두고 법률을 공부하기 위해 영국으로 떠난다. 이윽고 법정 변호사가 되어 인도로 돌아오지만 일거리를 찾을 수 없다. 남아프리카에서 임시직으로 일하는 와중에 그는 인도인 이민자들이 '유색인'으로 분류되어 차별로 고통받고 있음을 알게 된다. 그는 남아프리카에서 20년 가까이 머무르며 인도인의 권리를 위해 일한다. 제2차 세계 대전 이후 불안정한 상태의 인도로 돌아온 간디는, 영국이 인도 국민들에게 엄혹한 규제를 과다하게 부과하고 있음을 알게 된다. 이러한 억압에 대한 간디의 비폭력적인 이의 제기는 시민 불복종 형식으로 전국으로 번졌고 절정에 이르면서 마침내 영국까지 알려지게 된다. 이야기 전체를 통해서 간디는 자신의 정치적 행위를 지배하는 영혼의 원칙을 찾기 위해 스스로를 들여다본다. 이 가운데 주요한 원칙은 아히스마(비폭력)로, 간디의 인생을 지배하는 원칙이 된다. 간디는 이렇게 쓴다. "아히스마의 신봉자는 모든 행동을 측은함에서 시작하고, 하찮은 미물이라고 파괴하는 상황을 온 힘을 다해 멀리하게 되면 비로소 신념에 충실한 것이다." 간디는 이러한 영적인 원리를 '깊은 자기 성찰'을 통해서 발견한다. 그는 우리에게 말한다. "나 자신을 철저하고도 남김없이 뒤져 보고 모든 심리적인 상황을 검토하고 분석했다……. (나의 결론이) 내게는 전적으로 옳아 보이며, 지금으로서는 최종적인 것 같다."

저자 추천본

The Beacon Press paperback, 마하데브 데샤이 번역(1993).

국내 번역 추천본

마하트마 간디, 박홍규 옮김, 『간디 자서전: 나의 진실 추구 이야기』(문예출판사, 2007).
마하트마 간디, 함석헌 옮김, 『간디 자서전: 나의 진리 실험 이야기』(한길사, 2002).

앨리스 B. 토클라스의 자서전 거트루드 스타인

The Autobiography of Alice B. Toklas(1933) · GERTRUDE STEIN

간디가 친숙하지 않은 형식을 빌린다면 거트루드 스타인은 다른 사람의 인생을 빌린다. 에스텔 젤레닉의 말대로 그녀의 자서전은 "말로

하는 자아(self)의 위장"[13]이다. 스타인은 자신의 동료인 앨리스 B. 토클라스의 목소리를 사용하지만 토클라스의 인생은 처음 몇 쪽만 다룰 뿐 이야기는 이내 스타인 자신으로 돌아간다. 스타인의 자서전은 전형적인 "나는…… 태어났다."로 시작하여 캘리포니아에서 토클라스의 출생을 연대순으로 서술하다가 3쪽 이후 그녀 인생의 명백한 전환 지점인 20대 후반으로 끌어올린다. 그때 그녀는 거트루드 스타인을 만나는데 "한 천재를 만났다."고 쓴다. 여기에서 토클라스의 목소리를 빌려 스타인은 덧붙인다. "충만한 나의 새로운 인생이 시작되었다." 통상적인 자서전적 '개종'에 대한 이런 식의 조롱을 기점으로, 거트루드 스타인과 그녀가 파리에서 보냈던 삶, 화가 파블로 피카소와 피에르 마티스, 폴 세잔과의 우정, 파리를 떠나게 했던 독일군의 공격, 전쟁 중에 병원에서 근무했던 이야기로 전환된다. 서사는 끊임없이 다른 인물들의 작은 전기로 빠져나간다. 이런 형식은 갖가지 색깔의 조각들로 이루어진 초상화 같은 효과를 낳는다. 면밀히 살펴보면 조각 하나하나는 다른 이들의 사진이다. 결국 독자는 지금까지 다른 수십 명의 초상화로 이루어진 거트루드 스타인의 초상화를 봐 왔던 것이다.

스타인의 자서전은 비평가로부터 '전형적으로 여성적'이라고 평가받는다.(앞서 소개했던 '전형적으로 남성적'인 자서전과 반대되는 것이다.) 정치보다는 사람들 이야기를 일화적으로 쓰는 그녀의 이야기는 연대순으로 서술되지 않는다. 시대순으로 정리하면 4장이 첫 장이고 이어서 3, 1, 2, 5, 6, 7장이 뒤따른다. 연대순을 무시한 스타인의 자서전은 문제를 해결하는 '실마리'의 문학적 번안물에 가깝다고 할 수도 있다. 스타인의 진정한 자아를 어떻게든 일별하려는 독자는 실마리를 재배치하고 빠진 부분을 찾아내야 한다.

저자 추천본

The Vintage Books paperback(1990).

국내 번역 추천본

거트루드 스타인, 권경희 옮김, 『앨리스 B. 토클라스 자서전』(연암서가, 2016).

칠층산 토머스 머튼

The Seven Storey Mountain(1948) · THOMAS MERTON

토머스 머튼은 트라피스트 규율에 순종하면서 새로운 인간이 되었다. 그의 자서전은 이기적이고 자기중심적인 지식인에다 이제는 죽고 없는 '옛' 머튼의 이야기를 전해 준다. 머튼은 자신의 인생을 가혹하리만치 심판하고, 기독교적 삶의 중심 미덕인 사랑이 자기 인생의 초기부터 결핍되었다며 비난한다. 어린 시절 놀이에서 남동생을 배제시켰던 것이 "모든 죄의 유형이자 원형이다. 사랑받는다고 기뻐하지 않는다는…… 전적으로 자의적인 이유 때문에 의도적이고도 공식적인 의지를 발휘하여 사심 없는 사랑을 거부한다." 머튼이 청년기와 교육, 케임브리지에서 보낸 시절을 이야기하는 의도는, 하느님의 사랑을 끊임없이 거부하면서 머튼의 죄가 진짜 이런 식의 유형을 쫓아간다는 사실을 우리에게 보여 주기 위한 것이다.

머튼의 정신은 그의 의지보다 먼저 하느님을 수용하기 시작한다. 머튼은 중세 철학에 관한 책을 읽으면서 "시끄럽고 극적이며 열정적인 인물이자 모호하고 질투심 많으며 은폐된 존재"인 하느님에 대한 자신의 생각이 하느님에게서 기인하지 않고 다른 인간들이 만들어 놓은 이미지에서 비롯되었음을 깨닫기 시작한다.

하느님에 대한 왜곡된 생각에서 해방된 머튼은 하느님의 존재를 파악하려고 신학 서적을 읽기 시작했다가 가톨릭교회와 '장엄하고 심오하며 통일된 교의'를 지닌 신학에 매료된다. 그러나 지적인 이해로 하느님의 사랑이 받아들여지지 않는다. 그는 '스카치 소다로 논쟁에 불을 지피며 하느님에 대한 경험적 지식과 신비주의에 대해 수시간 동안' 떠들어대는 자기 자신을 경멸한다. 마침내 머튼은 교회라는 제도에 굴복하고 그 명령을 겸손하게 받아들이는 것으로 하느님의 사랑에 순복할 수 있게 된다. 그는 아우구스티누스부터 콜슨에 이르는 개종 이야기에서 반복되는 주제에 대해 이렇게 쓴다. "지성의 개종은 충분하지 않다. 의지가 신에게 완전히 귀속되지 않는 한 말이다."

저자 추천본

The Mariner Books anniversary edition(1999).

국내 번역 추천본

토머스 머튼, 정진석 옮김, 『칠층산』(바오로딸, 2009).

기쁨에 놀라서: 내 젊은 시절 삶의 형태 C. S. 루이스

Surprised by Joy: The Shape of My Early Life(1955) · C. S. LEWIS

루이스의 자서전은 일부는 지성과 상상력의 발전을 다루고, 일부는 기독교적 믿음을 이해하는 길에 이르는 이야기를 다룬다. 이러한 이중 구조에는 두 이야기가 치명적으로 갈등할 가능성이 늘 뒤따른다. 루이스 이야기의 제목은, 말로는 온전히 묘사할 수조차 없는 충격적인 경험인 기쁨의 근원을 발견하려는 시도에서 비롯된 것이다. "그것은 하나의 감각이다. 물론 욕망의 감각이다. 하지만 무엇에 대한 욕망인가?…… 일상의 삶과는 아주 다른…… 이제는 이렇게 말할 수 있을, 뭔가 '다른 차원'이다." 루이스가 추구하는 기쁨은 그의 지성과 믿음을 서로 묶어 주는 연결 고리임이 드러난다. 처음에 그는 북유럽 신화를 공부하고 과거에 예상치 못한 날카로운 기쁨을 가져다주었던 다른 주제를 연구하면서 지적인 즐거움을 추구한다. 자서전 중반부에서는 루이스의 교육 과정의 흔적을 밟아 가며 그의 학교생활을 눈이 즐거울 만큼 생생한 초상화로 그려 내는데, 그에게 그리스어를 처음 가르친 교사와 기쁨에 대한 갈망에 직접적으로 말을 걸어 주는 책을 끊임없이 찾던 즐거움을 보여 준다.

하지만 루이스의 환희가 '학자적 관심으로 미묘하게' 바뀌면서 기쁨이 사라져 버린 것을 깨닫는다. 비슷한 시기에 그는 이신론이 지적으로 진리임을 확신하게 된다. 그는 이렇게 쓴다. "하느님이 하느님이었음을 인정하고 굴복하여 무릎을 꿇고 기도했다. 어쩌면 그날 밤은 영국사상 가장 낙담하고 가장 내키지 않는 개종이었을 것이다." 하지만 루이스의 의지는 아직 신의 소유가 아니다. 그는 여전히 "개입당하지 않고…… 내 영혼이 내 소유라고 부를" 운명이다. 기쁨과 상상력, 지성은 이야기의 말미까지도 함께하지 않는다. 그러다 마침내 루이스의 의지는 이성적으로는 절대 다다를 수 없는 방식으로 개종된다. "방법을 알 도리는 없지만 언제 최후의 한걸음을 떼었는지는 잘 알고 있다. 어느 일요일 아침에 휩스네이드 쪽으로 운전 중이었다. 출발할 때는 예수 그리스도가 하느님의 아들임을 믿지 못했지만 동물원에 도착했을 때 나는 알고 있었다. 하지만 그

길을 가며 생각에 잠기지 않았다는 사실만은 분명했다." 기쁨을 경험하는 자신을 재발견한 것은 그때뿐이다. 다만 기쁨 자체가 목적이 아니라 신성을 알아보게 하는 푯말로서의 기쁨 말이다.

저자 추천본

1995년 발행본을 재간행한 Harcourt Books. Audible의 무삭제 오디오북도 나와 있다.

국내 번역 추천본

C.S. 루이스, 강유나 옮김, 『예기치 못한 기쁨』(홍성사, 2018).

맬컴 엑스의 자서전　맬컴 엑스

The Autobiography of Malcolm X(1965) · MALCOLM X

맬컴 엑스의 자서전은 다른 사람이 썼다. 알렉스 할리가 맬컴 엑스에게 생각이 흘러가는 그대로 말해 주면 자신이 자서전으로 형상화하겠다고 설득했다. 다른 작가와의 이러한 협업은 이야기의 핵심에 다른 목소리를 도입하며 결국은 전체 형식을 변형한다. 할리는 맬컴 엑스가 아직 엘리야 무하마드의 신봉자이자 '이슬람 국가 운동'(미국 내부에 분리된 흑인 국가 설립과 배상금 요구를 주창했다.)의 대변인을 지낼 때부터 자서전 작업에 착수했다. 1964년 맬컴은 무하마드 및 이슬람 국가 운동과 결별했고 무하마드의 혼외 관계(그는 서글퍼하며 쓴다. "도덕적인 문제에 대해서는 언제나 아주 강력하게 가르쳐 왔다. 이슬람교도들이 엘리야 무하마드 자신에게 배신당했음을 알게 되었다.")에 환멸을 느낀다. 그리고 이슬람 국가 운동의 늘어 가는 폭력적인 수사법(결별 이후에 이슬람 국가 운동이 그의 암살을 승인했다는 사실을 알게 된다.)도 불편해졌다. 그는 자신만의 조직을 형성하고 "우리 공동체의 도덕적인 기질을 파괴하는 악덕을 없애는 데 필수적인 영적인 힘"에 대해 설파하기 시작한다. 맬컴은 다시 돌아가 자서전 앞부분인 이슬람 국가 운동에 대해서 열렬하게 이야기했던 부분을 고치고 싶었지만, 할리가 받아들이지 않았다. 결국 『맬컴 엑스의 자서전』은 수정 없이 씌어짐으로써, 하나의 정신에서 다른 정신으로 넘어가는 '개종'을 명료하게 보여 주는 것으로서는 드문 자서전이 되었다. 더불어 기이한 예지력도 보여 준다. 첫 장에서 맬컴은 말한다. "나도, 역시, 폭력으로 목숨을 잃을 거라는 생각을 항상 하고 있었다." 마지막 장에서 그는 자신의 인생을 이렇게 요약한다. "이를테면 이미 종결된 인생…… 이제는 하루하루를 마치 죽은 사람처럼 살아간다." 에필로그에서 할리는 자서전을 완결하기 전에 일어난 맬컴 암살 사건을 이야기한다.

저자 추천본

The Ballantine Books paperback. 9판본이 구입 가능하다.

새장에 갇힌 새가 왜 노래하는지 나는 아네　　마야 안젤루

I Know Why the Caged Bird Sings(1969) · MAYA ANGELOU

평론가이자 학자인 조앤 브랙스턴은 아프리카계 미국 여성의 자서전은 '전통 속의 전통'이라고 했다. 흑인 남성들은 자신의 삶에 맞게 백인 남성들의 자서전 전통을 재창조했을지 모르지만, 흑인 여성들은 이야기할 수 있는 경험이 아주 다를뿐더러 기준이 될 만한 것도 거의 없었다. 안젤루의 열일곱 살(그녀가 아들을 낳았을 때) 때까지의 이야기인 『새장에 갇힌 새가 왜 노래하는지 나는 아네』는 (어머니 남자친구의 폭행으로 일곱 살 때 빼앗긴) 어린 시절의 순결, 인종적 정체성(그녀는 어렸을 때 이렇게 생각했다. "나는 정말 백인이었다. 그런데 상상 속의 무자비한 계모가 나를 검은 곱슬머리에 넓적한 발, 벌어진 치아를 가진 아주 뚱뚱한 흑인 소녀로 바꾸어 놓았다."), 가족 관계(아버지는 없고, 할머니는 수수께끼 같은 인물이고, 엄마는 이해하기 어려운 사람이었다.), 심지어 이름까지(그녀의 백인 고용주는 그녀의 이름이 '너무 길다'면서 그녀를 '메리'로 고집스럽게 불러 댔다.), 연속적으로 이어진 박탈의 순간들을 말해 주고 있다. 사춘기에 이르자 그녀의 성적 정체성도 빼앗겼다는 사실이 드러난다. 안젤루는 이렇게 쓴다. "흑인 여자는 남성들의 편견과 백인의 비논리적 증오, 그리고 흑인들의 권력 부족이라는 삼중의 십자포화에 휘말리는 동시에, 자연의 모든 악의적인 힘에 공격받는다." 이 길 없는 황무지에서 안젤루는 더글러스가 그랬던 것처럼 글이 아니라 말의 힘으로 황무지를 벗어날 수 있는 희미한 길을 발견한다. 한 나이 든 여성이 그녀에게 "말은 종이에 적힌 글 이상의 의미를 지닌다. 글에 더 깊은 의미의 뉘앙스를 심어 주려면 인간의 목소리가 필요하다."고 말한다. 그 말에 용기를 얻은 안젤루는 자신의 목소리를 재발견하기 시작하지만, 그녀의 자서전은 단순히 읽고 쓰고 말하는 그녀의 능력으로 끝나지 않는다. 어릴 적부터 자신의 신체가 충분히 하얗지 않다고 (그리고 충분히 여자답지 않다고) 생각하도록 교육받은 안젤루는 자신의 몸을 되찾는 방법 또한 찾아야 한다. 책의 마지막 부분에서 그녀는 심지어 잠자면서도 어린 아들을 보호하는 타고난 자신의 능력을 발견한다. 엄마의 역할을 해내는 능력이 자신의 여성성과 화해하는 출발점이 된다.

저자 추천본

Ballatine Books(2009). 『새장에 갇힌 새가 왜 노래하는지 나는 아네』는 안젤루의 일곱 권에 걸친 자서전 중 첫 번째(이자 가장 중요한) 작품이다. 오디오 무삭제본은 안젤루 본인이 읽었다.

국내 번역 추천본

마야 안젤루, 김욱동 옮김, 『새장에 갇힌 새가 왜 노래하는지 나는 아네』(문예출판사, 2009).

고독의 일기 메이 사턴

Journal of a Solitude(1973) · MAY SARTON

시인이자 소설가인 메이 사턴은 출판을 염두에 두고 일기를 계속 써 왔다. 각각의 일기들은 사턴의 인생에서 특정 부분을 설명해 준다. 이 일기는 낭만적인 관계가 끝나면서 고통을 겪던 시절에 사턴이 고독의 본성을 이해하려고 시도한 내용으로 되어 있다. 사턴은 고립된 상황이 갖는 의미를 찾기 위해 갖은 애를 쓰면서 자신의 작업이 어떤 가치가 있는지 정의 내리려 한 덕분에 혼자서 지내야 한다. 사턴은 창조적인 여성이면 그런 것처럼 내적인 의구심으로 비롯된 좌절감을 겉으로 드러낸다. 자신이 사람들을 돌보기보다는 책과 더불어 혼자 지내면서 책임을 회피했다는 것이다. 사턴은 글을 쓰면서 다른 사람과 함께하고 싶은 소망이 그녀의 작업을 망칠지도 모른다는 사실을 깨닫는다. 사턴은 한탄한다. "어쩌면 여성은 '사력을 다하기' 어려울 것이며, 허드렛일이나 가정생활 이외의 하고 싶은 일을 하려고 주변 정리를 하기 훨씬 더 어려울 것이다. 여성들의 삶은 조각났다." 일기는 우울과 파편으로 가득하지만 사턴은 끊임없이 혼돈에서 이치를 찾아내어 의미를 부여하려고 노력한다. 어느 월요일 사턴의 기록이다.

"또다시 어둠이, 일요일 판 《타임스》에 나온 산산조각 난 평론…… 생존을 위한 낡은 투쟁이겠지만……. 마음속으로 나는, 거듭해서 공격받는 데도 이유가 있다고(어쩌면 이것이 생존을 위한 하나의 방법일 테지.) 믿게 되었다. 내게 성공할 마음이 없음을, 어떤 의미로는 그 불우함이 나의 날씨라는 걸……. 어찌 된 일인지 거대한 구름이 낀 덕분에 그날은 괜찮았으니, 우리 머리 위를 뒤덮는 장관을 선물해 준 것이었다." 정말 그 구름이 사턴의 비루함을 상관없는 것으로 만들어 준다고 믿는가? 아니다. 하지만 사턴이 그러기를 원한다는 사실은 믿을 수 있다.

책 말미에 사턴은 반쯤은 자의로 반쯤은 타의로 고립된 채 살아가는 자신의 결정에 줄곧 죄책감을 느낀다. 하지만 그녀는 결론 내린다. "이제, 너무 오랫동안 빼앗기고 두들겨 맞느라 기능하지 못하게 된 깊은 자아(self)가 되찾아지리라는 예감이 든다. 그 자아는 내가 혼자 살아갈 운명이며 다른 이들을 위해 시를 쓸 운명이라고 내게 말해 준다."

저자 추천본

The trade paperback from W.W. Norton(1992).

국내 번역 추천본

메이 사턴, 최승자 옮김, 『혼자 산다는 것』(까치글방, 1999).

수용소 군도 알렉산드르 I. 솔제니친

The Gulag Archipelago(1973 in English) · ALEKSANDR I. SOLZHENITSYN

솔제니친의 자서전은 러시아 체제 아래서 행해지는 체포와 구금이라는 악몽과도 같고 어처구니없는 현실을 전달하기 위해서 1인칭에서 시작하여 2인칭으로, 다시 3인칭으로 옮겨 간다. 솔제니친은 이렇게 쓴다. "그들이 당신의 통행증을 확인한 후에 공장 복도 쪽으로 데리고 가면 당신은 체포된 것이다. '그리스도를 위해' 그 밤을 참아 낸 종교적인 순례자로 체포된 것이다. 당신 집의 전기 계량기 숫자를 확인하기 위해 들른 계량기 기사에게 체포된다. 길거리에서 마주친 자전거 탄 사람에게 체포되고, 열차 차장에게, 택시 운전사에게, 은행 창구 직원에게 체포된다……." 솔제니친은 러시아인들의 굴종을 '보편적인 무지' 탓으로 돌린다. "그들이 당신은 데려가지 않을지도 모르니까? 이 모든 것이 무사히 지나갈지 모르니까?" 하지만 행동을 요청하기 위해 씌어진 이 회고록은 사실 '무사히 지나가지' 않을 것이라고 독자를 설득한다. 솔제니친은 체포와 취조, '교정 노동 수용소'로 독자를 이끈다. 수용소는 남녀노소 할 것 없이 수십 년 동안 거친 곡식과 묽은 죽으로 연명하면서 영하의 혹한에 고된 노동을 하며 생존하는 곳이다.

솔제니친의 자서전은 혼자만이 아니라 수감자 모두의 이야기이다. 그들의 이야기는 수감이라는 추상적인 생각을 구체적으로 느낄 수 있게 세부적인 것들까지 상세히 묘사했다. 그래서 다른 세상 사람들의 시선을 마침내 사로잡는다. 하지만 솔제니친이라는 한 인간 역시 이야기를 통해서 변화한다. 그는 자신 역시 악하다는 사실을 배운다. "젊은 시절 성공에 도취해서 나 자신한테는 오류가 없다고 느꼈고, 그래서 잔인해졌다. 나는 권력의 힘을 물릴 정도로 느꼈고, 살인자이자 압제자였다……. 최초로 나 자신 안에서 고귀함의 꿈틀거림을 감지한 것은 감방의 썩어 가는 짚더미 위에 누워 있을 때뿐이었다." 수감 생활 동안 솔제니친은 혁명은 압제에 대한 잘못된 해결책임을 배운다. 그는 이렇게 결론짓는다. "가장 훌륭한 이들의 가슴에도 절멸되지 않는 악의 작은 귀퉁이가…… 남아 있다. 그때 이후로 모든 종교의 진리를 이러한 말로 이해하기에 이르렀다. 그들은 인간 내부의 악과 싸운다……. 그때야 비로소 역사상 모든 혁명의 허위를 이해하게 되었다. 그들은 자신들과 동업자인 악에 대해서 그 운송인만을 파괴할 뿐이다."

저자 추천본

『수용소 군도』는 일곱 권 분량의 묵직한 저작으로 1973년부터 1985년 사이에 영어로 출간되었다. 모두 1800쪽에 달하는 삭제 없는 판본은 자서전을 공부하는 학생에게는 불필요한 러시아 역사와 러시아 사회의 세부 묘사로 가득하다. 『수용소 군도』를 읽는 가장 손쉬운 방법은 권위 있는 Perennial Classics의 축약본을 활용하는 것이다. 이 책은 에드워드 E. 에릭슨 주니어가 솔제니친으로부터 직접 승인받아 편집한 전체 일곱 권 분량의 회고록 축약본이다.(Harper Perennial Modern Classics, 2007년에 개정되었다.) 처음 세 권은 프레더릭 데이비슨의 목소리로 녹음된 오디오북으로 출간되었다.

국내 번역 추천본

알렉산드로 I. 솔제니친, 김학수 옮김, 『수용소 군도』(열린책들, 2009).

거듭나다 찰스 W. 콜슨

Born Again(1977) · CHARLES W. COLSON

워터게이트 사건 당시 리처드 닉슨의 '해결사'였던 콜슨은, 아우구스티누스처럼 자신의 치명적인 결점을 공개적으로 고백하면서 자신의 이야기를 해 나간다. 하지만 이 결점은 워터게이트 사건과 아무런 관련도 없는데 책의 초반부터 등장한다. 자기로서는 어떤 불법 행위에도 연루되지 않았다고 끈질기게 주장한다. 고해서로서 『거듭나다』는 정직과 여론 조작 사이에서 줄타기하는 듯한 긴장을 유지하며 계속 흥미를 돋운다. 콜슨이 고백한 죄는 모두 영혼의 죄다. 그는 어떤 '법적인' 범죄도 저지른 적이 없다고 말한다. 그의 죄는 개인적인 자존심이다. 그는 이렇게 쓴다. "내가 기억할 수 있는 과거부터…… 자존심은 그때까지 내 삶의 핵심이었다. 물론 나는 하느님을 몰랐다. 내가 어떻게 알 수 있었겠나? 나는 그동안 나 자신에게만 관심을 가졌다. 내가 이런저런 것을 했고, 내가 성취해 냈고, 내가 성공을 거두었으니 신에게 아무런 믿음도 보내지 않았으며 신이 내게 주신 선물에 대해서는 단 한 번도 감사하지 않았다." 아우구스티누스처럼 콜슨은 자신의 이상을 통해 새로운 신앙을 이해하려고 노력한다. "내가 받은 훈련은 하나같이 분석이 판단보다 앞선다고 단언했다."

아우구스티누스처럼 콜슨은 사업가이자 기업가인 친구 톰 필립스와 자신의 믿음을 공유한다. 그의 친구는 '빈틈없는 기지와 노골적인 능력'으로 회사의 정상까지 올랐으며, 자신의 경험이 말할 것도 없이 타당하다고 설득한 인물이다. 아우구스티누스처럼 콜슨은 한 권의 책을 읽고 믿음에 이르렀다. 콜슨의 경우는 C.S. 루이스의 신학 관련 저서의 한 권이다. 하지만 아우구스티누스와 달리 콜슨은 대화할 때 매우 공적인 면모를 보여 준다. "내게 일어났던 그 모든 일에 의도가 있을 수 있을까?" 그는 서문에서 묻는다. "그러고 나자 나는 그것을 이해하기 시작했다. 국가는 암흑에 싸여 있었고 분노와 씁쓸함, 환멸이 온 나라를 뒤덮었다. 반면 내게는 장대한 개혁의 관점에서 사고하는 성향이 있었고, 국가적 영혼의 쇄신은 개인으로부터, 개인의 영혼이 쇄신하는 데서부터 시작할 수 있다고 하느님이 말씀하시는 것 같았다." 자기 이야기 내내 콜슨은 개인의 형성을 국가의 쇄신과 연관 짓는다.

미국인들에게 콜슨의 자서전은 아마도 아우구스티누스 이후로 영적인 자서전으로서는 가장 영향력 있는 작품일 것이다. 콜슨은 자신의 개종을 단순히 한 인간의 타락과 부활 이야기가 아니라 분명 미국의 '정비'를 위한 청사진으로 배치한다. 부커 T. 워싱턴처럼 그는 자신의 이야기에서 국가 전체의 표본을 본다. 그리고 그의 『거듭나다』에 대한 해석은 개인의 신성함을 국가 쇄신의 열쇠로 보여 주는 하나의 온전한 문화적, 정치적 운동을 가속화하는 데 도움이 되었다.

저자 추천본

The Chosen Books paperback(2008).

국내 번역 추천본

찰스 콜슨, 양혜원 옮김, 『백악관에서 감옥까지』(홍성사, 2003).

기억의 허기: 리처드 로드리게스의 교육   리처드 로드리게스

Hunger of Memory: The Education of Richard Rodriguez(1982) · RICHARD RODRIGUEZ

『기억의 허기』 첫 장에서 미국에 거주하는 남미계 이민자의 아들인 로드리게스는 자신을 이해하는 데 필요한 무대를 설치하고 있다. 그는 이렇게 쓴다. "나는 가족의 일원에서 떨어져 도시로 옮겨 가는 나의 행보를 다루기 때문에 내 글은 정치적이다. 나는 그렇게 나이 들어갔다. 나는 공적인 사람이 되면서 인간이 되었다." 언어는 가족 정체성에서 공적 정체성으로 돌아가는 몸짓의 상징이 된다. 로드리게스는 부모님이 집에서 스페인어로 말하는 것을 금지시킨 후에야 교실에서 영어로 말하는 법을 배우게 된다. 이것은 대단한 진보이면서 동시에 파괴적인 상실이다. 로드리게스는 더는 '불편한 아이'가 아니었으나 집 안에는 이제 새로운 침묵이 감돌았다. "아이들인 우리가 영어를 배워 가면 갈수록 부모님과 나누는 말은 점점 줄어들었다." 리처드 로드리게스에게 공적인 목소리를 선사해 준 바로 그 언어 때문에 집에서는 침묵하게 된 것이다. 하지만 로드리게스에게 이 거래는 불가피했다. 그의 이야기는 스페인어를 쓰는 다른 아이들에게 본보기가 된다. 그의 자서전은 어떤 면에서는 영어 교육에 대한 변호이면서 아이들에게 공적인 삶에 충분히 참여할 기회를 박탈하는 이중 언어 교육에 대한 거부이다. 그는 이렇게 쓴다. "공적으로 스스로를 대중의 일원으로 여길 수 있는 사람만이 역설적으로 개인성을 충분히 성취한다……. 나 자신을 더는 흰둥이 사회의 외국인이 아니라 미국인으로 생각할 수 있을 때 비로소 나는 충만한 공적인 개인성에 필요한 권리와 기회를 찾을 수 있었다." 로드리게스는 자신의 이야기를 계속하면서 공적인 자아와 사적인 자아 사이의 갖가지 긴장감을 탐구해 나간다. 대학에서 공적인 성취와 혼자만의 지적인 삶이 갈등하고 교회의 성사와 예배에 참석하면서 "신 앞에 홀로 있다는 무거운 짐"을 벗게 된 데 이어, 마침내 삶의 사적인 풍경을 공적인 자서전으로 쓰게 된 것이다.

저자 추천본

The Bantam paperback(1983).

쿠레인에서 오는 길　질 커 콘웨이

The Road from Coorain(1989) · JILL KER CONWAY

콘웨이의 자서전은 출생으로 시작하지 않는다. 황량하리만치 아름다운 호주 풍경에 대한 명상을 14페이지에 걸쳐 소개하는데, 이 풍경 자체가 콘웨이의 어린 시절과 청소년기를 형성했다. 그녀는 호주의 한적한 양 농장에서 태어난다. 남자아이들만 있는 가족의 예기치 않은 막내로 태어나 어린 시절부터 검약하고 강인하고 냉철하며 좋은 관리인이라는 '이상적인 여성상'을 지니게 되었다. 좋은 관리인이란 '아름다움에 대해 갖게 될지 모를 갈망을 억누르고 집안에 고장 난 물건을 고치는 법을 알고 있으며 두려움을 비웃어 주고 역경으로 단련된' 사람을 말한다. 그녀의 어머니가 여기에 걸맞은 이상적인 여성이다. 하지만 콘웨이는 자라면서 가뭄과 자연재해, 비극이 부모에게서 소중한 농장을 빼앗아 가는 것을 목격하게 된다. 이러한 거친 세계에서 탈출을 결심한 그녀는 학자로서 새로운 인생을 살기 위해 지적인 성취에 의지한다. 하지만 그녀는 여전히 어머니에게서 벗어나지 못한다. 콘웨이의 어머니는 의미 있는 일을 할 수 있는 오지 농장 관리인 자리를 빼앗기자 대신 심할 정도로 통제적이고 편집증적이고 비합리적인 아이들의 관리인아 되어 버린 것이다. 콘웨이는 이렇게 쓴다. “나는 일곱 살이 되자 다른 여자 아이에게 관심을 갖게 되었다.” 콘웨이의 인생 이야기는 여성의 재능을 자유롭게 펼치지 못하게 억압하는 세상에서 어떻게 여성이 자신의 자리를 찾는지 파악해 나가는 시도로 그려졌다.

저자 추천본

Vintage Books(2011). 바버라 카루소의 목소리로 녹음된 Audible 오디오북을 이용할 수 있다.

모든 강은 바다로 흐른다: 회고록 엘리 위젤

All Rivers Run to the Sea: Memoirs(1995) · ELIE WIESEL

위젤은 홀로코스트를 떠올리며 대답을 찾고자 하지만 그 답을 영원히 이해하지 못하리란 걸 알기에 괴로워한다. 그는 고통에 찬 자서전 첫 권에서 이렇게 쓴다. “아우슈비츠는 하느님과 함께라도, 하느님 없이도 상상할 수 없다.” 위젤은 수용소에 끌려가서 가족을 잃는다. 석방되었지만 어떤 국가도 자신을 환영하지 않으리라는 것을 알게 된다. 마침내 샤를 드골이 위젤을 위시한 한 무리의 망명자들을 프랑스로 초대한다. 열여섯의 나이에 이곳에서 그는 ‘정상적인’ 삶이 어떤 것인지 다시 배워야 한다. 모든 확실성은, 심지어 종교 의식의 확실성마저도 무의미해졌다. "언제까지 우리는 죽은 자들을 위한 기도문을 암송하게 될까? 친척이 사망하면 애도의 기간은 보통 11개월 동안 이어진다. 하지만 죽은 날짜를 모른다면 어쩔 것인가? 유대교 율법 학자들도 우리 상황을 해결할 수 있는 법을 확신하지 못했다."

마침내 위젤은 수용소에서 살아남은 두 명의 누이들과 다시 만나 학교로 돌아가게 되고, 이디시어 신문 《시온 인 캄프》에서 기자 생활을 시작한다. 그는 신문 잡지와 정치 연설, 1960년대로 이어지는 이스라엘 국가 설립을 통한 공적인 항변과 관련된 자신의 모습을 계속해서 묘사해 나간다. 이것만으로도 이야기는 훌륭하게 끝날 것 같지만, 위젤은 결혼식 직전에 꾸었던 꿈을 언급하면서 회고록을 끝맺는다. "마흔 살이 되어서 모세의 율법으로 축성받아 사랑하는 여자와 가정을 꾸리려고 결심한 남자는 어떤 꿈을 꾸는가?" 위젤은 자신을 어머니에게 매달린 어린아이로 여긴다. 어머니가 중얼거린다. 메시아에 대한 내용이었는가? 그는 어머니에게 이렇게 말하고 싶은 것이다. "엄마는 죽었어, 그리고 그분은 오지 않았고. 게다가 그분이 오신다 해도 너무 늦었을 거야." 그는 아버지와 함께 안식일 예배를 드리러 가는 길에 별안간 자신이 죽음을 향해 가는 행렬에 끼어 있음을 알게 된다……. 그는 엄숙하게 웃고 있는 아름다운 소녀를 터져 나오지 않는 목소리로 불러서 소녀의 금발을 쓰다듬는다. 고독을 찾아가기도 하고 고독에서 도망치기도 하는 위젤의 생각은 산을 기어오르고 가파른 좁은 길을 요란스럽게 내려가고 눈에 보이지 않는 공동묘지 사이를 헤매면서, 이미 들은 바 있고 이제 발설해야 하는 이야기를 수신하고 있다. 위젤의 자서전은 이러한 이야기들을 전해 주려는 시도이자 이들 가혹한 운명의 어린이와 여자들, 남자들을 순간이나마 살려 내려는 시도이다. 그의 어머니는 인사할 기회조차 없이 아이를 빼앗긴 모든 유대인 여성을 상징한다. 그의 여동생은 학살당한 모든 아이들이다. 그의 아버지는 목숨을 잃기 전에 살았던 공동체에서 추방당한 모든 유대인 남성들이다.

저자 추천본

The Schocken Books paperback(New York: Random House, 1995).

더 읽어 볼 책들

버나드 그룬, 대니얼 J. 부어스틴, 『역사 시간표(*The Timetables of History*)』 개정 3판(New York: Touchstone Books, 1991) 7장.

7

역사서 읽기의 즐거움

『역사』 헤로도토스

『펠로폰네소스 전쟁사』 투키디데스

『국가·정체』 플라톤

『영웅전』 플루타르코스

『신국론』 아우구스티누스

『영국인 교회사』 비드

『군주론』 니콜로 마키아벨리

『유토피아』 토머스 모어 경

『통치론』 존 로크

『영국사』 데이비드 흄

『사회계약론』 장 자크 루소

『상식』 토머스 페인

『로마 제국 쇠망사』 에드워드 기번

『여권의 옹호』 메리 울스턴크래프트

『미국의 민주주의』 알렉시스 드 토크빌

『공산당 선언』 카를 마르크스·프리드리히 엥겔스

『이탈리아 르네상스의 문화』 야코프 부르크하르트

『흑인 민중의 영혼』 W. E. B. 듀보이스

『프로테스탄트 윤리와 자본주의 정신』 막스 베버

『빅토리아 여왕』 리턴 스트레이치

『위건 부두로 가는 길』 조지 오웰

『뉴잉글랜드 정신』 페리 밀러

『129년 대공황』 존 케네스 갤브레이스

『지상 최대의 작전』 코넬리어스 라이언

『여성의 신비』 베티 프리단

『요단강이여, 흘러라』 유진 D. 제노비즈

『먼 거울』 바버라 투치맨

『대통령의 측근들』 밥 우드워드·칼 번스타인

『자유의 함성』 제임스 M. 맥퍼슨

『어느 산파 이야기』 로렐 대처 얼리치

『역사의 종언과 최후의 인간』 프랜시스 후쿠야마

역사는 다른 무엇보다도 토론이다.
다른 역사들 사이의 토론이다…….
토론은 사물을 변화시키는 가능성을
창조하기 때문에 중요하다.

— 존 H. 아널드

연구 중인 한 역사가를 떠올려 보자. 어느 대학 도서관 사료 보관소에서 편지나 재고품 목록, 판매 영수증 등의 낡은 자료들을 낱낱이 훑어보는 역사가의 모습이 떠오를 것이다. 동전이나 도자기, 돌조각에 새긴 비문 등의 먼지투성이 공예품 앞에 웅크리고 있는 모습을 그릴지도 모르겠다. 아니면 전쟁에 대한 오래된 연대기를 읽거나 그리스어로 된 승전 보고서를 해독하거나 전쟁 연표를 재구성하는 모습일 수도 있다.

진실은 자신의 연구실에서 책상에 다리를 걸친 채 다른 역사가의 최신 저작을 읽고 있는 바로 그 모습일 것이다. 역사는 과거 사건의 탐색이기 때문에 역사가들은 아주 오래전에 살았던 사람들이 남긴 증거를 연구하는 작업도 물론 한다. 이 증거는 일기와 편지뿐 아니라 송장과 계산서, 영수증 등 모든 종류의 문헌을 포함한다. 남부의 대농장 경제가 어떻게 돌아갔는지 우리가 어떻게 알겠는가? 노예 판매, 재고품 구입, 곡물에 지급된 가격을 기록한 문서들을 가지고 공들여서 분류 작업을 거치는 것이다. 이민자와 여행자, 진군하는 군대가 남긴 물질적인 흔적 역시 결정적이다. 로마인들이 영국에서 얼마나 멀리 나아갔는지 우리가 어떻게 알겠는가? 풀밭 아래 남은 로마군의 야영지 흔적과 로마식 도로, 벽의 잔해를 통해서다.

하지만 이것은 역사가가 하는 작업의 일부에 불과하다. 고대사 연구에 관한 입문서에서 네빌 몰리가 논평한 바에 따르면 "대부분의 실천적인 고대 역사가들은 사실상 '1차' 자료 연구에 시간을 송두리째 쏟지 않는다. 그들은 다른 역사가들의 주장을 공부하는 것에 종종 더 많은 관심을 가진다."[1] 역사가의 전반적인 임무는 무슨 일이 벌어졌는지 말해 주는 것에 그치지 않고 이유를 설명하는 것이다. 사실을 가지고 꾸밈없는 윤곽을 구성하는 것만이 아니라 사실에 대한 이야기를 해 주는 것이다. 그리고 이러한 작업은 단순히 증거 자체에 대한 사색만이 아니라 대개 다른 역사가들과 주고받는 과정에서 이루어진다. 역사가는 '참신한 정신'을 지니고 자료나 공예품 더미 앞에 앉아 있는 것이 결코 아니다. 역사가의 정신은 왜 로마가 몰락했는지 혹은 어떻게 미국 흑인 노예들이 활기 넘치는 고유문화를 계발시켰는지에 대한 다른 사람들의 이론으로 가득 차 있다. 증거를 검토할 때 역사가는 이미 이런 질문을 던지고 있다. 내가 이미 알고 있는 이론들이 이것을 설명해 주는가? 아니면 내가 더 나은 해석을 떠올릴 수 있는가?

역사가들이 하는 이야기들은 소설가가 하는 이야기와 공통점이 많다. 소설처럼 역사는 '영웅'이나 한 개인, 한 국가, 혹은 일하는 여성, 병사, 노예와 같이 국가 내 특정 집단에 대한 이야기를 한다. 소설의 영웅처럼 '역사적 영웅'은 낮은 임금, 전쟁의 필요성과 같은 문제를 가지고 씨름하고 대처하는 전략을 찾는다.

역사에서 결론은 소설에서 절정과 마찬가지로 영웅이 선택한 전략에 대해 최종 판결을 내린다. 그래도 소설가와 달리 역사가는 정확한 역사적 사실을 중심으로 얼개를 짜야 한다. 아주 단순한 비유를 들어 보자. 마치 두 명의 글쓴이가 한 테이블 앞에 앉아 있는 여자의 초상화를 그리는 것과 같다. 소설가는 상상력을 통해 그림을 그리기 때문에 여자에게 인종이나 나이, 의상 등의 어떤 특징을 부여할 수 있다. 반면 역사가는 세인트루이스의 간이식당 바깥의 한 테이블에 앉아 있는 젊은 백인인 실제 여성을 바라보고 있는 것이다. 배경은 희미한 반면 개성을 도드라지게 그릴 수 있다. 역사가는 다채롭고 바쁜 장면에 대비되도록 꿈결 같은 형상으로 그릴 수도 있고, 여자의 인종, 나이, 걱정스러운 표정은 인지되지만 무슨 옷을 입었는지는 모르도록 그릴 수도 있으며, 얼굴을 흐릿하게 만들고 꾀죄죄한 옷과 낡아서 벗겨지는 핸드백을 극도로 세심하게 그릴 수도 있다. 하지만 젊은 백인 여성을 중년의 아시아계 여성이나 미국 흑인 남성으로 만들 수는 없다.

눈앞에 보이는 것에 충실해야 한다는 의무감으로 보면 역사가는 자서전 작가들의 임무를 사실상 공유한다. 두 집단 모두 독자가 최종 해석으로 향하도록 이끌어 주고, 그 사건에 의미를 부여하도록 '실제' 사건을 도안의 형태로 갈무리한다. 하지만 최근까지도 역사가들은 자서전 작가와의 비교라면 사소한 것도 거부했다. 결국 자서전은 도저히 객관적일 수 없는 것이다. 조지 거스도프가 논평한 대로 "자서전은 자신만의 신화적 이야기의 의미를 부여하려는 창조자의 노력을 드러낸다." 거스도프가 덧붙인 대로 객관성은 신화를 넘어서서 사실을 '식별'해야 하는 역사가의 임무다.[2]

수세기 동안 객관성은 역사가에게 유일하고 가장 중요한 자질이었다. 어떤 주제에 사사로이 연루되어 있는 역사가는 전통적으로 신뢰할 수 없고 비전문적이라 평가되었다. 과거 사건에 대해 사적인 관련성을 요약한 자서전은 학문적인 시도들 가운데 가장 낮은 평가를 받았다. 과거에 대한 정보 출처로서도 자서전은 거의 무관심에 가까운 평가를 받는다. 역사가 제러미 포프킨이 지적한 것처럼 "학생들에게 표준적인 안내서들은 이러한 '설득력이 거의 없는 사적인 기록들'에 의존하지 말라."[3]고 주의를 준다.

완벽하게 객관적인 역사가라는 이상은 어디서 나온 것일까?

15분 만에 읽는 역사에 대한 역사

역사 문헌(historiography, 'graphos'는 그리스어로 '쓰기'를 뜻한다.)은 수천 년에 걸쳐서 계발되었다. 그래서 고유한 역사를 지닌다. 거대하고 복잡한 '역사 문헌사'의 윤곽을 그리려는 나의 시도를 독자들은 각자 공부의 입구라고 봐야 한다. 이 책은 사실은 다층적이고 복잡한 연관 관계가 있는 곳에 단순한 연결을 시도하는 것이다. 게다가 수많은 요인들이 실제로 작용했으며 '결과'가 수년 동안 '원인'과 함께 존재했던 곳에 직접적인 원인('합리주의에 대한 조바심이 낭만주의를 이끌었다.')을 제시한다. 이 책은 위대한 철학적인 성찰을 단순화시켜 역사 글쓰기에만 적용하여 검토한다. 그래서 이 장에 등장하는 '상대주의'와 '포스트모더니즘'과 같은 단어에 강조 부호를 붙이는 것이며, 그리하여 역사적인 글쓰기의 특정 유형에 대한 분류로 단어들을 한정시키는 것이다.

자신을 역사의 초심자로 생각하기 바란다. 초심자에게는 복잡한 것으로 나아가기 이전 단계로 단순함이 필요하다. 어린이에게 처음으로 철자 소리를 가르치려 할 때 'ㅎ'은 '학'으로 발음나는 소리를 만들어 낸다고 말할 것이다. 'ㅎ'이 수많은 다른 소리 또한 만들어 내는 것이 사실이다. 하지만 초심자에게 'ㅎ'이 만들어 낼 가능성 있는 모든 소리를 동시에 말해 준다면, 그는 혼란에 빠져 포기하거나 읽기 공부를 거부할지도 모르니 처음에는 가장 단순한 발음만 배우는 것이다. 일단 읽기 시작하면 철자 'ㅎ'의 다른 복잡한 성격을 이해하기 시작할 것이다. 이후에 나오는 개요는 역사에 대한 '초급' 접근법을 제공해 준다. 여러분이 뒤이어 역사적 글을 읽어 나간다면 이 단순한 구조에 점차 새로운 복잡성이 부여될 것이다.

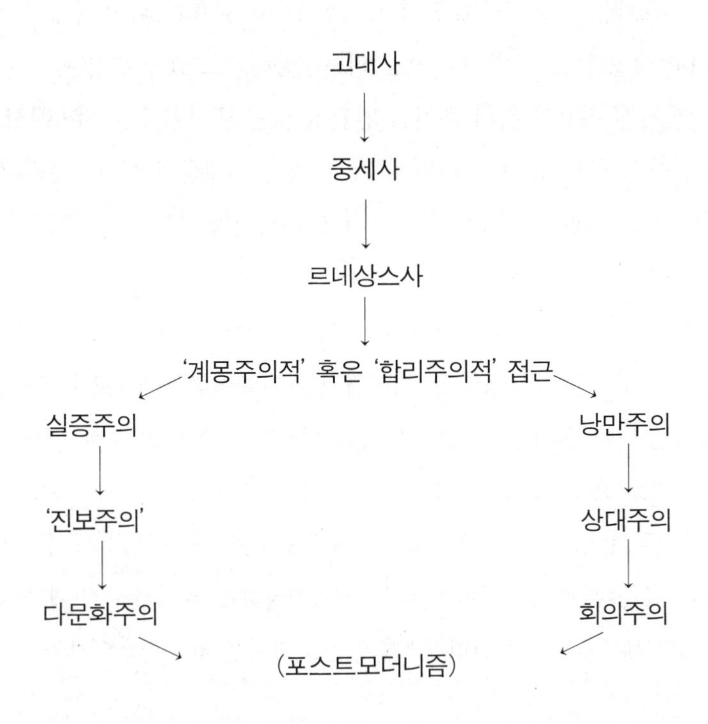

고대사

역사는 현실을 해명하고, 기억에 생기를 주고,
일상에 길 안내를 제공한다. —키케로

역사에 관한 글의 초기 형태는 고대 왕들의 승전보에 보존된 내용들이다.(일반적으로 패전은 기록되지 않는다.) 군인 연대기가 사료적 가치는 있지만, 특정 왕의 불후의 명성이라는 유일하고도 제한된 목적을 지니기 때문에 '역사 글쓰기'는 아니다. 요즘 시각으로 보면 고대의 연대기들은 역사라기보다는 언론 발표물에 가깝다. 아시리아의 통치자 센나케리브가 유대 왕국을 침공해서 "마흔여섯 개의…… 강력한 요새 도시와 헤아릴 수 없이 많은 작은 마을"을 파괴하고, 유다 왕국이 "제왕의 엄청난 탁월함"에 "압도"되었다고 우쭐대면서 호기심 많은 아시리아의 독자들을 계몽시키려고 의도한 것은 아니다. 왕은 의기양양해하고 있는 것이다.

과거를 비추기 위해 씌어진 일관성 있는 이야기라는 의미에서 '역사'는 그리스에서 최초로 나타났다. 그리스의 위대한 역사가 3인방 헤로도토스, 투키디데스, 크세노폰은 역사에 대해서 좀 더 넓은 시각을 지녔다. 왕이나 지도자의 특권을 단순히 선전하기보다는 인간(주로 그리스 남자들)의 이야기를 쓰려고 시도했다. 그들의 의도는 과대 광고를 넘어서 있었다. 투키디데스는 "십중팔구는 과거를 되풀이하거나 과거를 닮게 될 미래를 열어 줄 열쇠로서 과거에 대한 정확한 지식을 열망하는 이들"을 위해서 글을 썼다. 그리고 그리스 역사가들은 최초로 신화와 '역사' 사이에 경계선을 분명하게 그었다. 헤로도토스는 진리와 부조리 사이에 세심한 선을 긋는다. 이 선이 현대 역사가가 인정하는 영역까지 언제나 닿지는 않지만(헤로도토스는 그리핀에게서 금을 훔치는 외눈박이 인간들로 가득한 나라 이야기에 무척 감명받는다.) 그런 선이 존재한다는 것을 의식하고 있다. 실제로 벌어진 것, 투키디데스의 표현에 따르면 "과거에 대한 정확한 지식"을 기록하려고 노력하면서 그리스 역사가들은 혁신가가 되었다.

그렇지만 다른 면에서 그리스 혁신가들의 역사를 보기만 해도 고대 연대기와 비슷하다는 느낌을 받는다. 그리스의 역사는 왕과 장군에 지대한 관심을 보이는 영웅 중심의 역사다. 고대인들에게 '역사'는 위대한 인간이 야심과 계획, 음모, 전투, 승리를 구가하거나 스스로 유약함을 드러낼 때 발생한다. 역사가 크세노폰은 이렇게 말문을 연다. "키루스는 왕이 될지도 모르니 계획에 착수했다……. 왕궁의 누구든 자신을 방문하러 왔을 때, 돌아간 방문자들이 왕보다 키루스에게 더 헌신하게 만드는 방식으로 그들을 대접했다." 키루스의 교활한 외교는 사건 전체의 발단이 되었고, 키루스는 원형을 따를 운명이었기 때문이 아니라 자신의 야심 덕분에 위대한 페르시아의 왕이 되었다. 역사에는 '거대한 원형'이 없었다. 역사는 내적으로 연결된 이야기들, 다시 말해 위대한 인간의 인생을 각각 말해 주고, 자체 내에 고유한 원인을 품고 있는 개별 인생 이야기가 우글대는 군집일 뿐이다. 이들 그리스 역사가들의 이야기를 거대한 '계획'으로 만들어 주는 유일한 '목적'은 없다. '계획'은 기독교가 출현한 이후에 가시적으로 드러나게 되었다.

중세사

야훼께서 당신이 기름 부어 세우신 고레스에게 말씀하신다. 내가 너의 오른손을 잡아 주어 만백성을 네 앞에 굴복시키고 제왕들을 무장 해제시키리라……. 내가 너를 이끌고 청동 성문을 두드려 부수고 쇠빗장을 부러뜨리리라. — 「이사야서」 45장 1~2절 중세 역사가들은 역사를 내적으로 연결된 연속적인 이야기에서 신이 정한 운명에 따라 시작과 끝이 생기고 순서대로 이어지는 하나의 긴 이야기로 변형시켰다. 고대 역사가들이 서로 이어 놓은 이야기들은 기이하고 예측 불가능한 연결 지점으로 이어져 있었는데, 기독교와 더불어 이 연결 고리들은 활 모양으로 굽어지지 않고 앞을 가리키며 '끝'까지 이어지는 일직선의 사슬이 된다. 키루스는 자신의 야심을 추구했기 때문이 아니라 오래전 신이 계획한 일이기 때문에 왕이 된 것이다.

최초의 중세 역사가는 당연히 아우구스티누스이다. 그의 『고백록』이 서구에서 싹튼 자아 개념의 중심이었던 것처럼, 『신국론』은 서구에서 싹튼 역사 사상의 중심이 되었다. 410년 고트족이 로마를 강탈한 이후로 기독교인들이 옛날 신들을 버려서 파국을 초래했다는 소문이 널리 퍼졌다. 소문에 응답하며 아우구스티누스는 13년에 걸쳐, 같은 시공간에 나란히 존재하고 있는 두 개의 분리된 정치적 실재(신의 왕국과 인간의 왕국)에 대한 역사 기록 일체를 논하는 '이론적 역사'라는 글쓰기에 착수했다. 두 왕국의 구성원들은 어떤 목표(예를 들면 평화롭게 살고자 하는 욕망)를 공유하지만 결국에는 다른 목적을 추구하게 된다. 한쪽은 권력을 추구하고 다른 쪽은 신을 경배한다. 나란히 서 있는 존재가 역사에 긴장과 갈등을 만들어 내고, 그 속에서 신은 자신의 왕국을 완벽하게 만들어 나가고, 그러는 사이 신을 믿지 않는 인간은 신과 싸우고 신에게 저항한다.

신의 계획이 발현된다는 의미에서 역사는, 이스라엘의 과거와 미래 일체를 지상에 '신민'을 형성하려 했던 신의 계획을 완성하려는 것으로 보았던 히브리 역사가들의 방법을 기독교식으로 개작한 것이었다. 이들 '신민'의 근원적 고향을 지상에서 천국으로 이동시킴으로써 중세 역사가들은 「창세기」에서 비롯되는 우주 전체의 이야기를 끊어지지 않는 하나의 선이라고 말할 수 있게 되었다. 역사에서 신의 행위 일체는 그리스도 탄생과 그 이후 부활의 시절을 뒷받침했던 것이다. 예전에는 형태가 없다고 여겼던 것에서 어떤 의미를 만들어 낼 수 있게 된 역사가들에게 이것은 명확한 설명 방식이었다. 창조에서 시작하여 세계의 재생으로 끝맺는 이야기로 역사가들을 이끌기 위해서, 불멸하는 신에 대한 믿음과 이성이 서로 결합했다. 그러면서 마침내 역사의 사건들은 의미를 갖게 되었다.

하지만 역사를 영원한 신의 작업장으로 시각화시키는 것은 중세 역사가들에게 고대와 중세 사이의 차이점에 특징을 부여해 주지 못했다. 만약 모든 인간이 신의 형상으로 만들어졌다면, 인간들은 본질적으로 똑같아야 한다. 만약 모든 인간이 하나의 이야기의 일부라면 고대와 현재는 연극의 1막과 마지막 막과는 별다른 차이가 없게 된다. 그래서 섭리주의자뿐만 아니라 고대와 현대를 똑같은 방식으로 보려는 경향의 역사가에게도 중세사가 채택된다.(중세 회화 작품에는 반드시 중세 의상을 입은 성경 속 인물이 그려져 있고 히브리 왕의 손에는 15세기 무기들이 들려 있다.) 과거를 외국[4]처럼 여기는 감각, 즉 L. P. 하틀리의 유명한 구절에 나오는 것처럼 과거는 "다르게 행동한다."는 착상은 르네상스 시대에 이르러 계발되기 시작했다.

르네상스사

역사는 하나의 문명이 자신의 과거에 대해서 스스로에게 이야기를 제공하는 지적인 형식이다. — 요한 하위징아 역사가 조이스 애플비는 주목한다. "15세기와 18세기 사이에 기독교의 역사적 계획은 서서히 신뢰성을 잃게 되었다. 인간의 일에 신의 목적이 관철된다는 확실성과 믿음은 늘어만 가는 회의에 자리를 내주었다."[5]

이것은 사실이다. 그렇지만 기독교적 세계인 중세와 비종교적 세계인 르네상스 시대 사이에 엄청난 간극을 끼워 넣은 인기 있는 그림에는 단순화의 오류가 보인다. 우선 '기독교 역사'는 사실상 결코 사라지지 않았다. 미 대륙에 진출한 새로운 유럽 식민지에 대해서, 마침내 지상에 신의 왕국을 건설하기 위해서 신이 몸소 이러한 정착을 도입했다고 주장하는 역사가가 있었다. 하지만 르네상스 역사의 문제의식과 실천에서 훨씬 더 중심을 차지하는 부분은 과거의 배치가 아니라 시간상 현재에서 벗어난 아득한 이방의 공간이라는 감각을 계발시키는 점이었다. 이러한 시간 감각이 오늘날에도 왼쪽에서 시작해 오른쪽으로 그어 나가는 일직선의 '시각표'라고 불리는 것을 가능하게 만들어 준다. 이는 시간이 하나의 진보이자 미발달한 시작과 완벽한 끝을 가진 화살 같은 실재라는 기독교적 가설에 기대고 있다.

1600년 즈음 유럽인들은 '원시적'이라는 단어를 '미발달한'이라든가 '아직 근대가 아닌'이라는 의미로 사용하기 시작했다. 존 루카치가 지적한 대로[6] (시간적으로 멀리 떨어져 있기 때문에 열등한) '원시적'이라는 개념은 그리스적 개념인 (공간적으로 그리스 땅으로부터 멀기 때문에 열등한) '야만인'을 대체했다. '원시적'이라는 개념 바로 뒤에는 시간순에서 벗어나서 일어나는 무언가를 이르는 '시대착오'라는 개념이 나온다. 역사적인 차이에 대한 감각은 아직 날개를 활짝 펴지 않았다. 셰익스피어 극의 로마인들은 의심의 여지없이 엘리자베스 시대인들이고("시계가 세 시를 쳤습니다!" 고대 로마에는 시계가 존재하지 않는데도 카시우스는 이렇게 외친다.)

18세기에 유행하는 무릎까지 오는 반바지에 화장분을 바른 가발을 쓰고 연기를 한다. 하지만 르네상스 시대에는 선형적인 시간은 수용할 만한 현실이 되었다. 르네상스 시대의 역사가는 인간이 이룩한 선형적인 시간 틀 내부에서 바라보면서 그 이유에 대해서 질문했다. 그리고 대답을 찾는 과정에서 역사가는 중세 작가들과는 눈에 띄게 다른 전략을 좇아갔다.

이성은 이전의 모든 세대가 집단적으로 뇌를 냉장 보관해 둔 것처럼 르네상스 시대에 갑자기 '발견'된 것이 아니다. 오히려 르네상스 시대에 바뀐 것은 이성이 힘을 발휘할 수 있는 재료였다. "왜 야만적인 앵글족이 영국을 침략해서 본토인이었던 브리튼인을 학살했을까?" 등과 같은 역사적 질문을 마주한 중세의 어느 역사가라면 신의 목적과 당혹스러울 만큼 다르게 역사가로서 자신의 의지를 펼쳐야 하는 데 따른 심오한 신학적 질문과 씨름했을 법하다. 이와 유사한 도전에 맞닥뜨린 르네상스 시대의 한 역사가는 인간의 욕망과 두려움, 야망에 대한 탐구로 방향을 전환했던 것이다. 이 점에서 르네상스의 역사는 중세와 대응하기보다는 그리스 역사와 훨씬 비슷했으며 르네상스 시대의 학자들이 고전적인 과거를 우상화했기 때문에 그다지 놀랄 일은 아니다.

하지만 그리스인들은 어떤 사건들에 대해서 기꺼이 신성의 작용으로 원인을 돌렸다. 르네상스 시대의 사상가들에게는 이러한 설명이 드나들던 골목 출입구가 삐걱대면서 서서히 닫혀 갔다. 르네상스 시대는 데카르트가 가장 명료하게 표현해 낸 철학으로 형성되었다. 『성찰』에서 확인했던 것처럼 데카르트는 서 있을 확실한 자리와 그의 결론이 참임을 알게 되는 방법을 찾았다. 데카르트는 신을 믿었지만 인간과 명료하게 소통하는 신의 능력에 대해서는 불신했다. 기술적인 혁신(가장 눈에 띄는 것으로는 망원경)은 이미 밝혀냈다. 하느님에 대한 지식에서 참된 결론을 곧장 추론한다고 주장했던 중세 사상가들에 의한 설명 방식이 부정확한 것 같다는 사실 말이다. 참된 결론을 보증하는 유일한 길은 신성의 발현이나 신의 목적을 출발점으로 두지 않고 자신만의 방법으로 추론해 나가는 것이었다. 신이라는 산은 더는 최고의 전망을 제공하는 유리한 위치가 아니었으며, 인간 고유의 정신이 더 높은 봉우리를 제공해 주었다.

중세의 역사가는 신이 의도한 바를 찾아 나섰고 역사 쓰기를 통해서 신의 목적을 밝혔다. 반면 르네상스 시대의 역사가는 하나의 문명이 발생했다 쇠퇴하는 이유를 알아내기 위해서 과거의 연속된 사건을 통해 자신의 길을 추론해 냈다. 그리고 이러한 추론은 당대에서 아주 중요했다. 만약 신이 역사의 패턴을 운명으로 정해 두지 않았다면 변경하고 통제할 수 있기 때문이었다. 과거 로마가 몰락한 이유를 찾아내면 자신의 문명이 가까운 미래에 유사한 몰락을 겪지 않도록 구해 낼 수 있을지 모른다. 예를 들어 마키아벨리는 성공적인 지도자의 자질을 알아내고자 과거 속을 헤맸다. 역사적인 토대에서 효과적으로 현재를 통치하는 처방에 이르도록 자신만의 길을 추론해 냈던 것이다. 토머스 모어는 이상적인 사회의 윤곽을 그리는 과정에서 미래에 닥칠 영국의 문제를 해결해 줄지도 모르는 그리스의 지나간 관념들을 품고 있었다.

처음으로 역사는 존재가 아니라 생성의 문제가 되었다. 국가의 모습을 그대로 단순히 묘사하기보다는 발전해 나가는 방식을 설명하려는 시도 말이다. 생성이라는 단어는 진보, 마지막 지점을 향해 가는 운동의 의미를 담고 있다. 르네상스 시대의 역사가들은 기독교도 역사가들이 정리한 선형적 시간의 토대를 철저히 파괴했다. 대신 그들은 벽을 조금 무너뜨리고 옛 주춧돌 위에 땜질하는 식으로 건물을 세웠다. 아이러니컬하게도 덜 현실화된 시간에서 좀 더 완벽한 현실로 나아가는 선형적 진보라는 기독교적 시간 감각은, 생명이 원시 상태에서 진보된 상태로 시간에 따라 진화한다는 후대 학자들의 제안을 가능하게 해 주었다.

‘계몽주의적’ 혹은 ‘합리주의적’ 접근

역사를 공부한다는 것은 무질서에 순종하면서도 질서와 의미에 대한 믿음을 간직한다는 의미다. — 헤르만 헤세

계몽주의 시대의 학자들은 땜질식 건물을 짓는 것에 그치지 않았다. 그들은 풍경 전체를 굽어보는 거대하면서도 화려한 ‘이성’의 사원을 세웠다. 기회가 주어졌다면 계몽주의 시대의 사상가들이 무엇보다 다윈적 은유를 선택하리라는 것도 무리는 아니다. 신에게 시달렸던 중세의 질척한 배아 상태에서 드디어 걸어 나와 합리주의라는 건전한 해안에서 자유사상이라는 햇살에 몸을 말리게 되었으니 말이다.

데카르트는 17세기 초반에 이미 신의 계시가 아니라 이성이 유일하게 참된 지식의 원천이라고 제안했다. 17세기 중반이 되자 인간은 오직 추론하는 능력만으로 세상에 들어선다고 존 로크가 가설을 세웠다. 신에 대한 본유적 지식이나 본능, 자연적인 애국심이 아니라 물리적인 세계를 그저 보고 만지고 느끼고 들으며 그 세계에 대해서 추론하는 능력 말이다. 인간이 알고 있는 모든 것은 감각의 증거를 분석해서 배운 것이다. 이것이 모든 지식의 원천이며 (만져서 알 수 있고 물리적 증거를 온전히 믿을 수 있고 편견 없는 방식으로 취급하는) 인간의 이성은 진리의 궁극적인 원천이 된다. 인간 정신이 ‘빛의 선사자’인 것이다.

역사적 사건에서 의미를 찾으려는 기독교적 충동은 여전히 남아 있었다. 하지만 역사가들은 이제 자신들의 이성을 자유롭게 활용하면서 의미를 찾게 되었다. 추론 불가능하고 비논리적인 요인, 말하자면 종교적 신념이나 애국심이 역사가들에게 영향을 주었다면 그들의 순수하고 믿을 만한 이성은 타락했을 것이다. 그들은 더는 진리를 쓰지 않았다. 마찬가지로 역사가들이 교회나 국가로부터 특정 결론에 이르라는 압력을 받는다면 진리는 발견될 수 없을 것이다. 1784년 칸트는 "지금 우리는 계몽된 시대를 살고 있는가?"라는 질문에 "아니다. 하지만 우리는 계몽의 시대에 분명 살고 있다……. 인간들이 이 문제들을 자유롭게 다룰 수 있다는 점에서 그 영역의 문은 이미 열렸기 때문이다."라고 답했다. 자유란 전제 조건이 없는 상태, 신에 대한 선행하는 믿음도 보복의 두려움도 없는 상태를 의미했다. 역사는 어떤 종류든 이데올로기적인 목적에 봉사할 예정이 없었다. 역사는 진리를 찾을 예정이었다.

역사가가 과거를 과학적으로 검토하면 진리를 찾을 수 있다는 관념은 질서 정연한 우주에 대한 새로운 이해에 기대고 있었다. 17세기 후반 아이작 뉴턴의 '자연 과학'은 깜짝 놀랄 만한 그 무엇을 제시해 주었다. 보편적이고 우주적인 법칙들이 행성과 같은 거대한 본체에서 가장 작은 파편에 이르기까지 우주가 작동하는 모든 층위를 지배한다는 것이었다. 이러한 법칙들은 수학을 통해서 증명될 수 있으며, 우주 전체에서 불변할 것이었다.

이제 계몽주의 철학자들은 이성에 대한 모델을 지니게 되었다. 이성은 중력 같은 것이었다. 중력처럼 이성은 수학적으로 확실성을 지녔다. 중력처럼 이성은 우주 전체에서 불변할 것이었다. 중력처럼 수학은 언제나 동일한 결론을 도출시키는 것이었다. 제대로 수행된 실험이 오직 단 하나의 결과만을 이끌어 내듯, 제대로 접근하면 역사 또한 단 하나의 올바른 결과, 즉 진리를 낳을 것이었다.

뉴턴의 법칙은 이성뿐 아니라 역사 자체에도 모형으로 작용했다. 과학자와 마찬가지로 역사가도 물리적인 법칙처럼 진짜면서 예측 가능한 역사적 법칙을 발견할 수 있을 것이었다. 뉴턴이 물체의 낙하를 관찰하는 것으로부터 중력 법칙에 이르는 길을 추론해 냈다면, 역사가는 국가의 몰락을 관찰하여 이로부터 제국의 법칙에 이르는 길을 추론해 냈다. 크든 작든 모든 대상을 지배하는 중력의 법칙 같은 과학 법칙처럼 역사적 법칙은 모든 국가에 보편적으로 적용 가능했다.[7] 보편적인 역사적 법칙의 탐색은 학문의 활용에 그치는 것이 아니었다. 그것은 실제적이고 다급한 당면 과제였다. 당시는 유럽 전체에서 군주제라는 권력의 솔기가 너덜너덜해지고 있었고, 프랑스에서는 1789년에 갈기갈기 찢어졌다. 군주들은 신의 선택을 받았기 때문에, 다른 이들 앞에서 권위를 지니고 그들을 신의 권력으로 다스린다고 주장했다. 그러나 이제 일반인들도 군주와 같은 이성의 능력과 스스로를 다스릴 대등한 능력을 지니고 있으니 왕과 동등하다고 보았다. 군주제가 주장하는 신이 부여한 권위는 묵시록에 대한 보편적인 믿음만큼이나 시들어 버린 것이었다.

하지만 신이 제정한 통치 유형이 없다면 국가는 어떻게 스스로를 통치해야 할까? 여기에 대답하기 위해서 역사가들은 인간 공동체를 통치하는 보편적인 역사적 법칙을 찾아내기 위해 과거를 샅샅이 뒤졌다. 로크는 인간이 정부와 계약을 맺음으로써 스스로를 다스릴 수 있다고 결론지었다. 루소는 오직 스스로와 계약 관계에 들어서야 한다고 결론지었다. 이렇듯 공화주의에 새로이 전념하는 현상을 설명하면서 역사가들은 역사적 진화라는 개념에 점점 의존하게 되었다. 개별 국가만이 아니라 역사 자체가 성숙을 향해 진화하고 있다는 것이었다. 군주제는 어린아이들을 위한 것이었지만 공화제는 어른들을 위한 것이었다. '원시인' 대 '문명인'이라는 관념이 오늘날 역사에 대한 우리의 사고방식의 근저에 여전히 깔려 있다. 즉 '고대'와 '암흑기', '전근대'와 '근대성', '역사의 종말'에 대해서 이야기하도록 만들어 준 것이다.

사실주의 문학과 마찬가지로 계몽주의는 결코 사라지지 않았다. 그것은 현대 서구의 정체성을 형성했다. 다른 일관된 신앙 체계와 마찬가지로 계몽주의는 자체 교리를 지니고 있으며 오늘날에도 그 교리는 여전히 암송된다. 이성은 '자율적'이며, 인간의 어떤 다른 부분과도 독립적이다. 세계에 대한 진리는 신앙과 직관이 아니라 인간 개인에게서 가장 중요한 단 하나의 요소인 정신을 활용하면 발견 가능하다. 그리고 정신은 진짜 존재하는 것을 보기 위해서 편견에서 벗어날 수 있다.

제도적인 권위는 의심스럽다. 권위는 우선적으로 진리가 아니라 권력과 관련되어 있다. 그래서 편견 없이 이성을 정당하게 활용하기보다는 권력을 유지하는 데 도움이 되는 생각을 맹목적으로 주장하는 경향이 있다.(근대 학문 집단 내에서는 대학원 과정을 마쳐야만 교리의 이 부분을 말할 입장이 된다.)

모든 결과에는 원인이 있으며 원인은 발견이 가능하다. 이 세상에 궁극적인 신비는 없다. 언제나 설명 방식이 존재한다. 『2001년: 스페이스 오디세이』로 유명한 아서 C. 클라크는 언젠가 이렇게 썼다. "정점에 이른 과학 기술은 마술과 구분 불가능하다." 계몽주의의 좌우명이란 것이 있다면 이런 말일 것이다. 우리 눈에는 기적처럼 보일지라도 거기에는 아직 찾아내지 못한 원인과 결과가 반드시 존재한다.

계몽주의 역사가들은 과학적인 정밀 조사를 통해 과거에서 신비를 없애려고 최선을 다했다. 그리스적 의미의 역사 이야기 묶음은 중세적 의미의 단일한 역사 이야기로 바뀌었다. 그러니까 중세에서는 위대한 인간의 열정이 묶어 주는 이야기들이 아니라 신이 때맞춰 행하는 유일한 이야기로 역사를 이해했다. 르네상스 시대에 이러한 유일한 이야기는 신성의 이야기가 아니라 인간의 이야기로 변모했다. 그런데 근대에 이르러 역사가들은 역사를 설명되어야 하는 물리적 현상의 확장으로 바라보게 되었다.

계몽주의는 두 가계의 역사가들을 낳았다. 한쪽 가계의 아이들은 부모를 숭배했으며, 다른 쪽 가계는 부모를 미워했다. 서로 싸우다가 결국 50대를 맞이하는 형제자매들처럼, 양쪽 가족들도 결국 수백 년 뒤에는 똑같은 거실에 앉아 있게 된다.

실증주의에서 '진보주의'에서 '다문화주의'로 그리고 포스트모더니즘을 향해

실증주의

역사는 과학이며 그 이상도 그 이하도 아니다. —J. B. 베리

계몽주의의 첫 아이인 실증주의[8]는 과학자인 동시에 역사가라고 하는 계몽주의 특유의 이상 가운데 하나에 심취한 19세기의 결과물이다. '실증주의'라는 용어는 프랑스 사회학자 오귀스트 콩트가 창시했다. 콩트는 지식의 종합자로서의 과학자라는 관념에 매혹되어 있었다. 지식의 종합자로서의 과학자는 인간 존재에 대한 사실을 관찰할 수 있고, 관찰 결과에서 모든 것을 설명하는 하나의 '거대 이론'으로 뭉쳐질 만한 법

칙을 도출해 낼 수 있다.[9] 콩트의 관점에서 보면 역사가들은 이 고귀한 임무를 맡은 협업자들이었다.

실증주의는 역사가와 과학자들 모두 똑같이 장대한 목표를 추구하기 때문에 그러한 목적 추구 방식도 똑같아야 한다는 논리적인 주장을 고수했다. 계몽주의 시대에 '과학적 역사'를 향해 가는 움직임에도 불구하고 18세기 내내 역사는 아마추어들의 업무였다. 데이비드 흄과 에드워드 기번, 메리 울스턴크래프트는 작가이자 학자였지만 그들 가운데 누구 하나도 역사학자로 '훈련'받지 않았다. 확실히 18세기 역사가들은 아무도 역사로 생계를 이어 가지 않았다. 하지만 19세기 실증주의자들은 역사가를 위한 전문적이고 과학적인 훈련 체계를 정립하기 시작했다. 대학의 세미나와 상당한 도제 실습 기간, 박사 논문의 출간이나 자격을 갖춘 계층으로 들어가는 순위로 '진입권'을 획득하기 위한 다른 학문적인 작업들이 그것이다.

이러한 과학적인 훈련의 상당 부분은 자료들을 제대로 다루는 것과 관련되어 있다. 19세기 독일 역사가들은, 학자가 직접 연구해서 만든 '1차 자료'와 간접 정보나 다른 학문적 작업의 결과물인 '2차 자료' 사이에 처음으로 선을 그었다. '과학적인 역사가들'은 과학자들의 증거 활용법을 모형으로 삼아 자료를 활용했다. 역사가들은 과학자들처럼 더는 헤로도토스가 그랬던 것과 같이 풍문을 자료로 삼지 않았다. 그들은 우선 증거를 비교하여 검토하고 계량하고 옳음을 확인해야만 했다.

'증거'란 비교, 검토하고 계량하며 옳음을 확인할 수 있다는 의미가 되었다. 실증주의자들에게는 거대한 자연의 힘이 위대한 인간보다 훨씬 더 연구할 가치가 있었다. 역사적인 사건은 인간의 야망 때문이 아니라 특정 국가 내에서 금속의 분포 상태나 특정 곡물이 자라는 토양이나 도시를 보호해 주는 산맥과 같은 물리적인 요인으로 인해 발생했다. 역사적 변화를 인간의 열정으로 설명하는 것은 신의 섭리만큼이나 의심스러웠다.

'진보주의'

역사 자체는 목적을 추구하는 인간 활동과 다름 없다. — 카를 마르크스

'진보주의'(전진하는 진보에 대한 신념, 역사는 언제나 더 나은 세계를 향해 행진하고 언제나 나아가고 언제나 개선된다는 믿음)는 실증주의의 당연한 후속편이었다. 결국 과학자들은 한 위대한 발견에서 또 다른 위대한 발견으로 진보하고 있었고, 각각의 발견은 세계를 변모시키는 기회를 함께 몰고 왔다. 역사가들도 마찬가지였다.

삼단 논법은 단순했다. 만약 역사가들이 학문적으로 정확하고 꼼꼼하게 작업한다면 역사적인 법칙을 발견하게 될 것이다. 역사적 법칙은 보편적이고 불변하기 때문에 좀 더 완벽한 존재로 이끌어 갈 미래의 행위를 처방할 수 있을 것이다. 왜냐하면 이성은 인간의 가장 강력한 부분이기 때문에 사람들이 그 필요성을 확신하게 되는 순간부터 추천은 실효를 거두게 될 것이다. 특정한 진로가 옳음을 지성이 확신하면 의지는 언제나 개종한다. 왜냐하면 더 약한 의지는 항상 더 강한 지성의 통제를 받기 때문이다.(현대의 정치적인 용어에서 '진보적'은 때때로 '자유주의적'이라는 말로 대체 가능하다. 사회 변화 전략으로 '교육이 답이다'가 최고로 진보적이면서 본질적으로 자유주의적인 말이 되는 이유를 설명하는 것도 마찬가지의 논리다.)

자신의 죄 많은 의지가 이성보다 훨씬 강력하다는 사실을 발견한 아우구스티누스라면 당황해서 손을 들어 버렸을지 모를 일이다. 그러나 아우구스티누스는 다른 세계에 살고 있었다. 그의 우주 속에서 에덴동산은 고도가 높았다. 원죄 이후로 인간 조건은 타락 일로에 놓였고 오직 신성이 직접 개입해야 상황이 호전될 수 있기 때문이었다. 하지만 진보-주의는 눈앞에 황금빛 미래를 펼쳐 보였으므로 빈자와 범죄자, 외골수들은 '이성'의 수사법에 의해 꼼짝없이 개종되었다. 역사는 변화를 위한 도구가 되었다. 역사가 야코프 부르크하르트는 19세기 말에 독일 청중에게 이렇게 말했다. "역사가 거대하고 쓰라린 삶의 수수께끼를…… 풀도록 언제든 도와주기만 한다면, 지상에서 삶의 진정한 본성을…… 우리는 반드시 (이해해야만 합니다.) ……다행히도 고대 역사는 뛰어난 역사적 사건에 대한 몇 가지 자료를 보존해 두었으므로, 그 사건의 개화와 성장, 쇠퇴를 면밀하게 추적해 볼 수 있습니다."[10] 이러한 고대의 유형들은 역사가들이 세계를 완벽하게 만들기 위해서 사용할 수 있는 원칙들을 드러내 줄 것이다.

진보에 대한 믿음은 좀 더 낙관적인 몇 가지 다른 형식을 취했다. 영국 역사를 연구하면서 과거란 완벽을 향해 가는 불가피한 진보라고 보았던 역사가들은 '휘그당적' 역사를 쓴다는 말을 들었다. 미국사에서 진보적인 운동 측은, 역사란 아메리칸 드림을 보존하기 위해서 민중(정직한 노동자)과 귀족(부패하고 부정직한 기업가) 사이에 이루어지는 끊임없는 투쟁이라고 보았다. 격렬한 투쟁의 시기가 지난 후 이 갈등이 좀 더 완벽한 미국적 민주주의로 이끌어 주리라는 것이다. 미국의 진보주의는 아마도 역사의 진보라는 복음에 대한 가장 유명한 복음 전도자일 카를 마르크스의 저작에서 내용을 가져왔다.

마르크스는 역사를 통틀어 모든 인간 존재 내에서 존재하는 계급 투쟁이라는 오래 묵은 원형을 보았다. 이 투쟁 속에서 인간을 좀 더 완벽한 존재로 이끌어 줄 수 있는 역사적인 원칙을 찾아냈다. 『공산당 선언』은 이렇게 시작한다. "지금까지 사회에 존재해 온 모든 역사는 계급 투쟁의 역사다. 자유민과 노예, 귀족과 평민, 영주와 농노, 십장과 일꾼, 한마디로 억압자와 피억압자는 끊임없이 서로 대립하고 있다." 실증주의자 마르크스는 사람들이 살아가는 이러한 유형의 물질적인 조건이 역사를 여는 열쇠라고 믿었다. 역사적 진보를 믿는 마르크스는 이 분석이 미래를 재형성하는 데 사용될 역사적 법칙을 드러낸다고 믿었다. 전 세계 노동자들에게 '생산 수단'에 대한 통제권이 주어져야만 한다.(원재료와 설비는 제품을 생산하기 위해 필요했다.) 그러면 '노동자의 천국'이라는 유토피아가 도래할 것이다.

마르크스는 두 적대 계급 사이의 끊임없는 투쟁이 역사를 완벽함으로 몰고 가는 원동력이라고 보았다. 마르크스는 이 개념을 철학자 헤겔에게서 빌려 왔다. 헤겔은 역사를 신성의 자기실현으로 보는, 길고도 어려운 소책자를 썼다. 헤겔에 따르면 역사는 앞으로 전진하면서 '절대 정신'이 존재의 의미를 차츰 명료하게 만들며 서서히 스스로를 드러낸다. 마르크스는 (1895년 프러시아에서 이 과정이 완벽하게 실행되었다는 헤겔의 확신과 더불어) 세계정신의 발현에 대한 헤겔의 비의적인 묵상 부분은 버리지만 역사가 앞으로 어떻게 전진하는지에 대한 헤겔의 묘사는 유지한다. 그것은 두 개의 상반된 세력, 즉 헤겔의 용어로는 '정'과 '반'이 투쟁하고, 이 투쟁으로부터 새롭고 좀 더 완벽한 실재인 '합'이 솟아난다는 내용이다.

마르크스라는 진보-주의의 한 종류가 진보-주의를 영원히 바꾸어 놓았다. 상위 계급과 투쟁하는 하위 계급을 진보하는 역사적 운동에서 생명이 되는 요소로 다루었다. 노동자 계급은 부르주아 계급, 즉 공장과 제품 생산을 통제하는 사람들로, 미국인들이 '중상위 계급'이라고 여길 계층의 반명제였다. 반명제와 명제, 하위 계급과 상위 계급 사이의 투쟁이 없다면 종합 명제, 앞으로 향하는 진보도 공산주의적 상태도 없다. 노동자들은 정당한 자격으로 중요한 존재가 되었다. 그들은 더 이상 이성으로 개종되어야 하는 빈자이자 범죄자, 외골수가 아니라 스스로의 힘('작인')과 고유한 가치, 고유한 삶의 양식을 지닌 인간이 되었다.

다문화주의

"역사, 엄숙한 진짜 역사에 나는 흥미를 느낄 수가 없어요……. 페이지마다 온통 교황과 왕들의 다툼, 전쟁과 역병이. 남자들은 모두 아무짝에도 쓸모없고, 여자들이라고는 거의 나오지도 않죠." — 제인 오스틴의 『노생거 사원』 중에서, 캐서린의 대사

역사 문헌에서 마르크스주의 혁명은 역사가의 운명을 돌이킬 수 없이 뒤바꾸어 놓았다. 초기 진보-주의는 역사에서의 갈등을 무시한 채 교육을 잘 받고 유복하게 살아온 이들의 업적을 찬미하는 엘리트주의 경향을 보였다. 하지만 마르크스 이후 가난하고 억압받은 이들과 지배에 저항하는 투쟁은 역사적 평등에 본질적인 부분이 되었다.

마르크스 이후 역사가들은 점차 단순히 경제적으로 억압받는 이들뿐만 아니라 모든 압제받고 지배받는 사람들에 대해 연구하기 시작했다. 마르크스 자신은 분명 주의를 기울이지 못했던 여성들과 미국 흑인, 미국 원주민, 남미계, 도시 거주자, '하위 주체자(영국 점령하의 인도인들처럼 외국 침략에 의해 식민지화된 사람들)' 등이 그들이다. 다문화 연구는 역사 문헌의 영역을 넘어서서 확장된 운동의 첫 단계였으며, 얼마간 시간이 흐름은 이후에는 '다문화주의'라는 별명을 얻었다.

이전에는 무시되었던 사람에 대한 연구는 때로는 '아래로부터의 역사'라고 불렸다. 역사가 짐 샤프는 "역사가에게서 완전히 무시되었던…… 태반의 사람들의 과거 경험 구출하기"라고 표현했다.[11] '아래로부터' 작업하는 역사가들은 왕이나 장군, 정치가와 같은 '성공한 사람과 선동자'에만 초점을 맞추는 것은 과거에 대한 부분적인 그림만을 제공한다는 사실을 깨달았다. '사회사'로도 알려진 '아래로부터의 역사'는 대체 역사를 구축하기 위해서 개인의 일기나 구술사, 인터뷰와 같은 비전통적 자료를 활용한다. 그 자료들은 거대한 사건들이 머리 위로 굴러가고 있는 동안 '실제 사람들'이 무엇을 하고 있었는지 그려서 보여 준다. 일부 역사가들은 부의 분배와 인구 조사 결과, 인구 이동, 출산율, 죽음의 원인 등 100여 가지 다른 숫자들을 동원하는 양적 분석으로 방향을 틀었다. 가령 사회 역사가라면 수백 가지 세금 자료를 검토하고 땅주인으로 목록에 오른 여성들의 사례를 찾아내고 어떤 조건에서 그들이 자산을 축적했는지 추적하면서 여성의 권리에 대한 결론을 도출할 수 있을 것이다.

실증주의자들이라면 찬사를 보냈을 것이다. 하지만 사회 역사학자들이 과학적이라서 계량적인 방법을 주로 사용한 것은 아니었다. 사실상 사회 역사가들은 과학에 대해서 양가감정을 보였다. 다른 사람들의 인생을 짓밟는 교육받은 엘리트에게서 생산된 과학이라는 것이다. 그보다 사회 역사학자들은 어떤 문제에 직면해 있음을 스스로 발견한 '짓밟힌 익명의 사람들'에 대해서 쓰기를 원했다. 편지와 회고록 같은 전통적인 '1차 자료'는 거의 대부분 교육받은 엘리트가 쓴 것이므로, 교양 있고 글을 쓸 여유가 있는 상대적으로 소수의 유복한 일부 계층에서 역사의 초점을 빗나가게 만들었다. 그래서 역사가들은 세금 계산서나 재고품 목록, 출생과 사망 기록, 광고, 급료 봉투나 다른 종류의 증거를 서로 이어 붙이는 새로운 자료에 관심을 돌렸다.

사회 역사학자들은 나머지 인류 전체에게 적용될 만한 이야기에서 결론을 도출해 내는 것에 신중한 태도를 보였다. 결국 '전통적인 역사'는 가장 최상위 사회 계층의 사건 연구를 통해서 '평범한' 사람들의 인생이 설명 가능해지라고 가정하는 실수를 저질렀던 것이다. 사회 역사학자는 똑같은 덫을 피하고 대신에 각각의 인생이 지닌 독특함에 고유의 무게를 부여하고 싶어 했다. 로렐 대처 얼리치의 『어느 산파 이야기』는 조산원인 마사 발라드의 인생의 모든 세목들을 말해 주지만, 얼리치는 '식민지 시대 뉴잉글랜드의 여성'뿐만 아니라 '18세기 조산원 직업'에 대한 진술도 피한다. 비석에조차 자신의 이름 대신 남편의 이름을 새겼기에 일기가 없었더라면 알려지지도 못했을 한 인생, 한 여자의 인생에 대해서 얼리치는 우리에게 대신 이야기하려 한다.

가장 극단적인 형식을 통해 사회사는, 짓밟힌 자들의 인생을 그들을 짓밟았다고 추정되는 자와 함께 묶어 버릴지도 모르는 통일적인 주제를 일체 기각하면서 배타적으로 유린된 익명의 사람들에게 초점을 맞춘다. 하지만 '아래로부터의 역사'에서 훨씬 더 온건한 형식은 모든 남자와 여자에게 적용 가능한 보편적인 역사 법칙에 대한 계몽주의적 시각이 붕괴되기 시작했음을 보여 준다. 수많은 사회 역사학자들은 분리된 역사의 다양성을 옹호하면서 '인류 이야기'의 유효성을 거부했다. 역사를 하나의 일관성 있는 전체로 통합하려는 시도라면 무엇이든 반대했다. 이 시도는 그 모든 독특한 이야기를 피할 수 없는 신원 불명의 것으로 폄하하고 무시하기 때문이었다.

그래서 사회 역사학자는 일반화에 저항했다. 대신 고유한 세계의 작은 조각에 눈을 단단히 고정시킨 채 특정한 문화를 지배하는 진실을 설명할 뿐이다. 사회 역사학자는 진실을 드러내 주리라고 채택된 객관적인 시점이라는 이상을 거부했다. 대신 각각의 특정한 문화 내부에서 생겨났으며 진실의 다른 판본들을 생산하는 다중 시점으로 바라보았던 것이다. 사회 역사가 에드워드 에어스의 말대로 "일반화는…… 역사적 경험의 정서적 그늘과 사람들이 그 속에서 선택해야만 하는 변화하는 맥락들…… 명백하게 견고해 보이는 구조에 드리워진 불안정한 상태를 알아차리는 우리의 능력을 마비시킨다."[12] 이것이 우리를 포스트모더니즘으로 이끌어 준다. 하지만 역사를 통과하는 여정을 완결 짓기 전에 다시 저 멀리 계몽주의로 되돌아가서 다른 가계의 역사가들을 만나 보자.

낭만주의에서 상대주의에서 회의주의로 그리고 포스트모더니즘을 향해

낭만주의

진정한 역사적 지식은 냉담함과 객관성이 아니라 인간 존재에 대한 심오한 이해를 지닌 고결한 인성을 요구한다. — 프리드리히 니체

18세기 사상가들은 모두 계몽주의의 영향을 받았지만, 18세기 사상가 모두가 계몽주의의 교리를 환영한 것은 아니었다. 낭만주의는 계몽주의의 관념을 다소 무비판적으로 수용했다. 진보주의자들처럼 낙관적인 낭만주의자들은 인간이 대단히 높은 곳까지 서서히 솟구쳐 오르면 환경에 대해서 승리를 거둘 운명이라고 믿었다. 하지만 이성의 차가운 계산은 인간을 거기에 도달시켜 주지 않으며, 상상력과 창조력의 열정적인 분출을 통해서만 그 봉우리까지 올라갈 수 있다고 보았다.

우선 이성의 활용은 물리적 세계로 제한되었다. 다수의 낭만주의자들은 중세의 전통적인 기독교를 거부했다. 하지만 많은 이들이 자연에서 신성의 현존을 보는 범신론적 믿음을 지니고 있었다. 유형의 물리적인 세계를 초월해서 인간에게 흘긋 보일 수도 있는 영광스럽고도 비가시적인 현실을 낭만주의자들은 숭배했다. 역사가 진보하면서 신비한 신성이 서서히 스스로 발현한다는 헤겔 신학은 본질적으로 낭만적이었다. 맛보고 만지고 볼 수 있는 이 세계 가운데 것을 강조하는 무미건조한 계몽주의에 반대하여 낭만주의자들은 신비의 존재를 강조했다. 그들은 역사적 사건에 대해서 유일하고 설명 가능한 원인이나 거대한 질문에 합리적인 대답 찾기를 거부했다. 세계의 복잡함은 다층적인 대답을 요구했다. 가령 에드워드 기번은 로마의 쇠퇴와 몰락에 대해서 수많은 복잡성과 다층적인 설명을 펼치느라 최종적인 해석에 도달하지 않는다.

인간은 그만큼 복잡한 존재였다. 낭만주의자에게 인간을 오직 합리적인 피조물로 분류하는 것은 인간을 인간이게 하는 창조성, 직관, 정서, 종교적 느낌, 애국심과 같은 독특함을 없애는 일이었다. 실증주의에 대항하여 낭만주의자들은 이마누엘 칸트가 자신들과 같다고 주장했다. 왜냐하면 칸트는 생각하는 자유를 강조했고, 자유는 실증주의적 논리를 거부하는 낭만주의에게는 중심적이었기 때문이다. 실증주의자들은 인간을 하나의 톱니이자 계산기, '살로 만들어진 기계'(마빈 민스키의 표현이다.)로 바꾸어 놓아서, 인간의 행위는 인간 주위의 요소들을 검토하면 확실하게 계산될 수 있다고 여겼던 것이다.

낭만주의 역사가는 과거의 연구에서 정서와 창조성, 열정과 인간의 야망을 다시 불러내고자 했다. 계몽주의 사상가들은 인간의 동일성과 모든 인간을 지배하는 보편적인 법칙을 강조했다. 하지만 낭만주의자들은 인간의 독특함과 무한한 다양성을 찬미했다.

계몽주의는 애국심에 대해 이성을 타락시키는 비합리성이라 경멸했지만, 낭만주의의 다양성에 대한 존중은 국가 정체성을 좀 더 존중하는 풍토를 낳았다. 낭만주의 역사가들은 대신 18세기의 철학자 요한 고트프리트 폰 헤르더의 주장을 따랐다. 헤르더는 역사적인 사건들에는 원인이 있다고 믿었지만 그 원인을 어떤 식으로든 확실하게 발견하는 인간의 능력에 대해서는 회의적이었다. 대부분의 원인은 유일하거나 단순하지 않으며 다층적이고 분간하기 어려울뿐더러 역사적 인물들 스스로에게조차 은폐되어 있는 열정에 의한 것, 즉 심리적인 것일지 모르기 때문이었다. 인간은 신비의 깊은 우물이고 역사는 좀 더 깊은 우물이었다. 그곳과 갈라진 틈 가운데 일부는 역사가에게 접근 불가능한 영역으로 언제까지 남아 있을 것이었다.

인간성이 본질적으로 동일하다는 주장보다는 오히려 인간이 궁극적으로 신비하다는 헤르더의 주장이, 아무도 인류에 대해서 일반적인 결론을 내릴 수 없다는 회의주의를 초래할 수 있었을 것이다.(헤르더는 "수많은 발생을 하나의 계획으로…… 긴밀하게 배열시키는 것"은 이성을 초월하는 작업이라고 했다. 그것은 오히려 "창조나…… 화가와 예술가"에게 속하는 행위였다는 것이다.)[13] 하지만 중세 이후의 다른 사상가들처럼 헤르더는 이렇듯 긴밀한 배열을 지배하는 어떤 원칙을 찾으려고 애썼다. 그는 부서진 역사가 아니라 통합된 역사를 원했고, 그래서 민족주의라는 유기적 원칙을 찾아냈다.

헤르더와 그를 따랐던 낭만주의 역사가들에게 민족 정체성은 모든 사람들이 공통으로 지녔지만 인간에게 개체성을 허락해 주는 것이었다. 헤르더에 따르면 "민족 정체성은, 일부는 자연 풍경에 의해, 일부는 조건에 의해, 일부는 태생적이고 스스로 자양분을 제공하는 인간의 인격에 의해 결정된다. 인간은 하나의 민족에서 나왔으며 그 안에 속해 있기 때문에 인간의 신체와 교육, 사고방식은 유전적이다."[14] 민족주의는 과학에 대한 최고의 통찰(예를 들어 풍경과 같은 자연 요소에 대한 연구)과 사람들을 차이 나게 만드는 막연하면서 개인적인 무언가에 대한 낭만주의의 존중을 결합시킨 듯했다. 역사가들은 민족사 쓰기를 새로운 관심사로 찾아냈다. 학자들은 모국어를 조사하고 민요를 수집했다. 헤르더보다 40여 년 후에 태어난 언어학자 그림 형제가 그랬던 것처럼 말이다.

일부 낭만주의 민족주의자들은 인종의 순수함이라는 덜 매력적인 관심을 키워 갔다. 독일 철학자 헤르더는 고대 역사가 타키투스가 다음과 같이 썼던 내용에 동의하면서 인용한다. "독일 종족은 다른 종족과 섞이면서 질이 떨어진 적이 한 번도 없어서 독특하고 순수하며 독창적인 원형 그대로의 국가를 형성한다." 불길하기 짝이 없게도 헤르더는 다음 말을 덧붙인다. "지금, 주위를 둘러보라……. 독일 종족은 다른 종족들과 섞여서 질이 떨어졌다." 민족 정체성의 영광이라는 생각과 완벽함에 이르려면 가치가 열등한 다른 국가들과 타인들을 정복해야 한다는 믿음은 서로 두세 걸음 떨어진 것에 불과했던 것이다.

상대주의

아무것도 기억될 수 없는 것이 역사다. —R. G. 콜링우드

1957년 카를 포퍼는 낭만주의적 민족주의를 반박하는 자신의 책을 "굽힐 수 없는 역사적 운명의 법칙에 대한 파시즘적이고 공산주의적인 믿음에 희생자로 쓰러져 간 모든 신조나 국가 혹은 민족에 속한 셀 수 없이 많은 남녀들"[15]에게 바쳤다.

포퍼는 누구든 인간 역사의 과정을 "과학적이거나 다른 어떤 합리적인 방법으로" 예측하려면 논리가 그러지 못하도록 막아 준다고 주장한다. 그는 역사가 과학적 지식의 성장 자체에 영향을 받는다고 쓴다. 하지만 "지식의 성장은 예측하기가 불가능하다. 성장하는 인간의 지식 같은 것이 있다면 우리가 내일 무엇을 알게 될지 오늘 예측할 수 없게 된다." 그래서 역사 역시 예측할 수 없는 것이다.

낭만주의적 민족주의는 피비린내 나는 막다른 골목임이 판명되었으나, 낭만주의에게 실증주의는 고사하고라도 '진보-주의' 쪽으로 되돌아 퇴각하는 길은 없었다. 20세기 전반은 빛을 뿜으며 앞으로 나아가는 진보에 대한 인간의 신념뿐 아니라 진리를 드러내는 과학의 힘에 대한 의문의 여지없는 신념까지 파괴시켜 버렸다. 포퍼는 계몽주의 역사가들이 자랑스럽게 제시했던 바로 그 '보편적인 법칙'의 존재를 부인하기 위해서 이성을 사용했다. 과학의 한계에 대한 늘어 가는 자각을 보여 주기 위해서 말이다. 진리를 드러내는 유일하고도 중심적인 존재로서 과학의 역할에 대한 문제 제기가 다양해지기까지는 약 20년이 걸리겠지만, 근래 수백만의 사람들을 가능한 효과적으로 죽이는 데 과학 지식이 사용되었기 때문에 더 이상 옛날의 황홀한 매력을 지키지 못했다.

절대적 진리에 대해서 신중한 주장을 내세우며 역사가들은 상대주의를 향해 조심스레 움직여 갔다. 실증주의처럼 상대주의는 윤리학과 인식론, 철학 분야에서는 조금 다른 의미를 지닌다. 하지만 역사가들에게 상대주의는 역사 안에서든 역사에 대해서든 '절대적인 진리'를 찾으려는 추구가 잘못 들어선 길을 암시했다. 지난 세기에는 수많은 상반된 목소리들이 자신들만의 절대 진리를 외쳤고, 증거와 살육을 함께 동원해 그 진리를 뒷받침했다. 그중 어느 목소리 하나 절대 진리를 지니고 있었던가? 하나도 없다고 카를 포퍼는 대답했다. 각자는 각자의 자리에서 진리로 보일 뿐인 진리를 지녔다고 말이다.

상대주의는 사회 역사학자들이 취한 다문화주의적 접근과 유사하지만 혜택받지 못한 특정 집단에 대한 연구가 아니라 계몽주의의 전체 구조에 대한 환멸에 뿌리를 두고 있다. 계몽주의는 세상에 존재하는 두 종류의 대상에 대한 확신에 뿌리를 두었다. 즉 연구 대상과 연구하는 사람이다. 이것이 객관성을 허락했고, 덕분에 학자들은 연구 대상에서 자신을 완전히 배제하여 안전하고 중립적인 거리에서 바라볼 수 있었다. 이제 상대주의자들은 학자와 대상 사이의 차이점을 거부하게 되었다. 상대주의에는 학자들이 서 있을 중립적 공간도 연구해야 할 타성적이고 객관적인 진리도 없었다. 학자가 어디에 서 있든 그는 자신의 연구 주제를 만지고 영향을 주고 변화시키고 그 속에 참여하게 된다.

낭만주의의 유산에 충실한 상대주의는 개인과 개인의 고유한 경험을 모든 지식의 중심에 둔다. 이제 역사가의 임무는 객관적인 연구가 아니라 개인이 지닌 특정한 관점을 통해 과거를 탐색하는 것이었다. 역사가는 더 이상 어떤 거대한 지적인 종합을 찾아내기 위해 노력하지 않는다. 지적인 종합이 '진리'의 독점을 요구하기 때문이다. 역사가는 그저 과거를 살았던 개인의 자리에 자기 자신을 대입하려 했다.

상대주의는 전통적으로 역사의 초점이 되었던 정치학과 군대사, 경제학 등 역사가에게 한 나라 전체에 대한 일반적인 결론에 이르도록 강요하는 모든 분야로부터 거리를 두게 했다. 대신 역사가들은 역사적 사건에 대해서 다른 이야기를 해 줄 수 있을 법한 사람들의 경험으로 방향을 돌렸다. 세라 B. 폼로이는 연구서 『여신, 창녀, 아내, 노예: 고전적인 고대 여인들』에서 이렇게 썼다. "이 책은 고전 학자들에게 전통적으로 중시되는 모든 영역에서 남자들이 활동하는 동안 여자들은 무엇을 하고 있었는지 스스로 질문을 던져 보면서 착상하게 되었다."[16] 수세기 동안 실제로 그랬던 것처럼 여자들이 정치와 군사, 경제, 지적인 삶에서 배제되었다면, 어떻게 지성사나 정치사, 군대사가 문명의 진실한 이야기에 근접한 무언가를 말할 수 있을까?

지성사학자나 정치사학자라면 한 국가의 이야기가 바로 그 이야기라 주장할지 모르지만, 상대주의자는 그저 하나의 이야기를 할 뿐이라고 보았다. 그 사회의 특정 일원들에게 상대적으로만 진실할 뿐인 이야기다.

회의주의

우리의 심오한 사상가들은 큰 역사, 즉 인간의 사건을 모조리 포괄하는 의미심장한 질서는 없다고 결론 내렸다. — 프랜시스 후쿠야마

회의주의란 절대 진리를 안다고 주장하는 이들에 대해서 의심하는 성향을 지닌 정신적 태도로서, 역사학 방법론으로서는 최소한 피에르 아벨라르 이후에 등장했다. 그는 1120년에 "의심함으로써 우리는 탐구에 이르고, 탐구함으로써 진리를 인지한다."고 언급했다. 모든 학자들은 회의주의를 어느 정도 활용한다.

하지만 역사학 방법론으로서 회의주의와 역사의 진짜 본성에 대해 확립된 철학으로서 '회의주의'는 아주 다른 개념이다. 역사적 회의주의는 낭만주의의 논리적 귀결점이었다. 왜냐하면 회의주의 역사가는 인

간 존재를 지배하는 전체적 결론에 이르도록 만드는 이성의 힘을 전적으로 거부했기 때문이다. 역사가는 그저 가능한 여러 판본 가운데 하나로서 과거에 대한 자신만의 판본을 제시할 뿐이었다. 과거의 어느 부분이 좋다거나 나쁘다고 판단하지 않았다. 역사의 어느 부분에 대한 도덕적 판단은 결국 판단의 관점에 전적으로 의존한다. 다른 역사가는 그 문제를 다르게 볼지도 모르며, 그 시대를 살았던 사람이라 하더라도 다른 시각을 가지고 있었을지도 모르니 말이다.

최악의 회의주의는 그릇된 역사를 낳았다. 최선의 회의주의는 역사가들에게 새롭고 복잡한 학식의 동기를 부여해 주었다. 존 아널드가 지적한 대로 "유대인 대학살이 왜 일어났는가?"라고 질문하면서 '아돌프 히틀러'라는 관습적인 대답을 믿기를 거부하는 회의주의자의 마지막 행보는 아마 유대인 대학살에 대한 총체적인 부인이 될지도 모른다. 아니면 "동시대 다른 국가 내부에 존재하던 반유대주의와 파시즘적 요소들"을 너무 깊이까지 파고드는 까닭에 제2차 세계 대전을 공부하는 정통 역사학자들에게 대부분 무시될지도 모른다.[17]

하지만 어떤 형태로든 회의주의는 모든 학자들이 '객관성의 신화'를 물리치도록 이끌어 준다. 민족 정체성이나 인종, 계급이나 성차, 종교적 확신이나 야망과 탐욕 혹은 인간의 개인성 가운데 다투고 겨루는 다른 모든 성질과 상관없이 과학자를 포함해서 인간이란 언제나 진리에 이를 수 있게 해 준다는 계몽주의 상표의 신비로운 이성을 소유한 인간은 사실 아무도 없기 때문에 과학자-역사가라는 이상에는 결점이 있음을 인정하게 된다.

그래서 다시 한번 우리는 포스트모더니즘에 이르게 된다.

포스트모더니즘

역사는 끝없는 토론이다. —피터 게일

포스트모더니즘은 '근대 이후 시대'라는 뜻이다. 근대가 포스트모더니즘보다 선행하기는 했어도 여전히 함께 존재한다. 근대는 갈릴레이와 천상을 지배하는 법칙을 추론해 낼 수 있다는 그의 자신감과 더불어 시작되었다. 근대는 계몽기와 그 이후 시기 전체를 포함한다. 자연이 이해되고 장악될 수 있으며, 과학이 생명을 개선시킬 것이라고 근대는 약속했다. '더 나은'이라는 말이 '더 빠른'과 '더 효율적인'을 뜻한다고 근대는 선포했다. 서구가 먼저 근대로 진입했고 식민지를 점령하여 수출을 하면서 근대의 복음도 함께 전파했다. 그래서 세계의 근대화는 서구화와 동의어이다. 근대성과 함께 지구의 나머지 세계도 서구 자본주의와 서구 민주주의, 언론의 자유, 인권, 양성 평등, 윈도에 기반한 운영 체계 그리고 값싼 햄버거를 제공받게 된 것이다. 모든 국가에 보편적으로 적용 가능한 역사 법칙의 발견을 향해서 몰고 가려는 계몽주의의 궁극적인 표현이 근대성이다. 근대성의 타고난 추진력이 지구의 구석구석까지 하나의 '근대적인' 삶의 방식을 확립한 것이다.

포스트모더니즘은 근대성이 유일한 삶의 방식이 아니라 삶의 방식의 하나라고 항변한다. 포스트모더니즘은 르네상스 시대까지 거슬러 올라가, 데카르트의 선언이 계몽주의 사상의 중심이 되었을 때 "나는 생각한다, 그러므로 존재한다."라는 결론이 중립적 입장인 체하면서 속여 왔다고 지적했다. 이성을 탐구의 중심에 놓는 것은 그 학자가 어디서 끝날 것인지 결정해 주는 것이었다. "나는 신을 믿는다, 그러므로 존재한다."를 출발점으로 삼으면 어떤 유형의 결론을 가리키게 될지 알 수 있는 것처럼 말이다. 포스트모더니스트에 따르면 자아는 더는 "나는 생각한다, 그러므로 존재한다."라고 말할 수 없다. 인간은 유일하고도 중심적인 정체성을 갖지 않기 때문이다. 인간은 다양하고 때로는 모순적인 충동과 정신, 정서, 믿음, 편견, 성차, 성적 선호도, 계급, 영혼의 성숙 등의 요소로 이루어져 있다. 다문화주의와 상대주의, 회의주의는 모두 포스트모더니즘의 형식이었다. 포스트모더니즘에 따르면 역사에 대한 하나의 진리가 진짜 있을지도 모른다.(이 점에서 포스트모더니스트 역사학자들은 불가지론자이다.) 하지만 진리를 들추어냈다고 역사가가 확신할 수 있는 방법은 결코 없다는 것이다.

그러면 포스트모더니스트들은 어떻게 역사를 연구하는가? 아주, 아주 조심스럽게. 모두에게(혹은 심지어 '모두'의 중요한 한 부분이라 해도) 진리가 되리라고 선포할 수 있는 것은 이론적으로 없기 때문에 포스트모더니스트 역사학자들은 보편적인 진술이나 전체를 몰아가는 일반화를 하지 않는다. 그들은 조심스럽게 개개인의 삶에 초점을 맞추고 사소한 단언조차도 우회적으로 설명한다. 포스트모더니즘 역사를 읽는 독자들은 종합이나 그저 단순한 결론이라도 바라는 상태가 될지도 모른다. 역사학자 제러미 포프킨이 주목한 것처럼 포스트모더니즘은 "무명의 17세기 중국인 여성의 죽음과 같은 아주 사소한 사건이 역사적 과정에 중요한 통찰을 제공할 수 있다."는 사실을 보여 줌으로써 역사적 실천에 엄청난 힘을 실어 주었다. 하지만 "개개인의 삶에 관한 연구는 종종…… 역사학자를 좌절하게 만든다. 증거는 과거의 삶에 대한 우리의 질문 전부에 답을 줄 만큼 완전하지도 결론적이지도 않기 때문이다."[18]

포스트모더니즘은 젊은 역사가들의 학문적 작업이나 혜택받지 못한 자들에 대한 연구인 경우가 흔하다. 전통적인 학자들은 여기에 경각심 어린 눈길을 보낸다. 포프킨의 탄식은 포스트모더니즘에 대한 최초의 반대 사례다. 진짜 어려운 질문 던지기를 회피하고 인간 존재에 대한 진리를 공식화하기 거부한다면 그저 조잡한 학문성에 그친다는 것이 전통적인 역사를 중시하는 학자들의 불평이다. 일부 포스트모더니스트들은 원인과 결과를 연결 짓는 식의 선형적 서사를 완전히 버리고 다른 모형을 따르도록 역사가들에게 요청했다. 가령 엘리자베스 디즈 어마스는 역사가들이 시각 예술의 선례를 따라서 다음의 형식대로 사유하도록 격려한다. "과거와 현재, 미래의 만화경적인 사실을 서로 뒤섞고 다시 한번 유쾌한 무늬로 본떠 만드는…… 콜라주라는 모델은 선형성이나 시간을 관습대로 대리 표상하는 구속에서 역사가들을 해방시켜 주는 미덕을 지닌다."[19] 전통적인 역사가인 거트루드 힘멜파브는 (다른 역사학자들보다 특히) 포스트모더니즘에 대해서 이렇게 반격한다. 포스트모더니즘이 "우리를 해방과 창조성이라는 사이렌의 부름으로 유혹하는데…… 어쩌면 지성과 도덕의 자살로 이끄는 초대장인지도 모른다."[20] '아래로부터의 역사'를 실천하는 이들은 포스트모더니즘 역사가들의 좀 더 극단적인 단언 때문에 난처한 상황에 처한 나머지 포스트모더니즘이라는 분류표가 같이 붙는 것을 거부하면서 자신들을 '미시사', '여성사', '하위 주체사' 혹은 다른 주제 연구가로 불려지기를 원한다.

전통적인 역사와 포스트모더니즘은 양쪽 모두 신랄함이 줄어들지 않는 가운데 굉음을 내며 여전히 교전 중이다.

역사의 종언

과거에 대한 지식은 우리가 투쟁해서 얻은 것이다. 그것은 창조하고 맞서 싸우

고 변화하는 곳에서 나온다. —나탈리 제먼 데이비스

「스타 트렉」 속의 우주(광고 시간을 제외하면 55분 동안 때때로 철학적인 진술을 어떻게든 해내는 이상하고 비논리적인 공간)에서는 보그라는 악당이 다른 종족보다 훨씬 사악하다. 보그족은 다른 모든 문명이 자신들의 집단 일부가 되기를 바란다. 그들은 단음조의 규칙적인 윙윙거림처럼 이렇게 말하며 우주 전체를 위협한다. "우리는 보그족이다. 저항은 무익하다. 너희는 동화될 것이다." 보그족은 단 한 번도 스스로를 '나'라고 생각하지 않는다.

최소한 "나, 보그"라는 에피소드 전까지는 그랬다. 장뤽 피카드 선장과 대원 하나가 다친 십 대 보그족 하나를 발견하고는 그에게 컴퓨터 바이러스를 주입시켜 나머지 종족 모두에게 퍼뜨리도록 결정한다. 하지만 그러고 나자 어린 보그족에게서 개인적인 정체감이 열리면서 자신을 '휴'라고 부르기 시작한다. 그래서 피카드와 나머지 대원들은 그 바이러스를 빼내어 버리자고 결정한다. 개인적인 자아 감각(고유한 정체성과 존엄성을 지닌 단일하고도 분리된 영혼)은 아주 강력하기 때문에 그것 자체만으로도 보그족을 전염시킬 것이고 그러한 집단적인 존재에 불만을 가지게 되리라는 이유다.

이 모든 것에 함축된 가치 판단은 이렇다. 스스로를 우선적으로 개인보다는 공동체의 일원으로 여기는 이들은 아직 제대로 발전하지 않았다. 그들은 아직 어리고 불완전하며 개인이라고 하는 서구적 의미의 자아감을 지닐 만큼 성숙하지 못한 존재다. 나아가 인간의 역사 일체가 개인성이라는 개념을 향해 움직이고 있다. 너무나 강력하므로 정복하기 위해 그저 도입되기만 해도 족할 정도다. 이것이 '역사의 종언'이며, 이는 묵시록이 아니라 다만 역사의 최종 목적지다.

'역사의 종언'이라는 어구는, 모든 국가는 필연적으로 근대 자유민주주의를 향해 진화한다고 주장하는 프랜시스 후쿠야마의 표현이다. 후쿠야마는 서구의 역사 서술에 관한 진실 하나를 그려 준다. 우리는 중세 기독교의 유산을 결코 떨쳐 내지 못했으며, 그리하여 기독교는 의미, 즉 역사적 과정에서 '종언'을 찾도록 만드는 원인이 되었다는 것이다. 선형적인 역사는 서양적 정체성의 일부가 되었다. 포스트모더니스트들조차 '역사의 종언'을 마음에 품고 있다. 어떠한 관점도 비난 없이 수용될 관용의 낙원 같은 시기가 바로 그것이다.

역사서 제대로 읽는 법

역사서를 읽어 나가면서 탐정들과 기자들이 던지는 고전적인 질문을 스스로에게 묻게 될 것이다. 누가? 무엇을? 언제? 어디서? 왜? 1단계 탐구에서 글쓴이가 말하는 이야기에 대해서 이런 질문들을 던져 보자. 이 역사는 누구에 관한 것인가? 그들에게 무슨 일이 일어났는가? 언제, 어디서 그 사건이 벌어지는가? 어떻게 역사 속 인물들은 도전을 극복할 수 있는가? 아니면 왜 실패하는가? 2단계 탐구에서는 역사가의 주장을 꼼꼼하게 살펴볼 것이다. 어떤 증거를 제공하는가? 어떻게 자신의 주장을 방어하는가? 어떤 역사적인 증거를 사용하는가? 마지막으로 3단계 탐구에서는 역사가의 존재에 대해 살펴볼 것이다. 이 역사가는 인간 존재에 대해서 무엇을 말해 주는가? 등장하는 남녀들이 어떤 이들인지 역사는 어떻게 설명하며, 이 세계에서 그들은 어떤 자리를 차지하고 있는가?

1단계: 문법 단계 독서

제목과 표지, 차례를 읽어 본다. 책을 훑어보는 것이 언제나 첫걸음이다. 5장 소설 편에서 했던 것과 똑같은 과정을 밟는다. 독서 일기장과 펜을 옆에 놓고 제목이 있는 앞표지와 뒤표지 문구들을 읽는다. 책 제목과 저자 이름, 출판 연도나 저작 연도를 독서 일기장 빈칸의 맨 위에 적는다.(이러한 것들이 항상 똑같지는 않다.) 더불어 글쓴이가 학자인지 수녀인지 정치가 혹은 노예인지를 짤막하게 한 문장 정도 적어 둔다. 차례에서 작품의 전체적인 구조에 대한 분위기를 조금이라도 파악했다면 역시 메모한다.(예를 들어 야코프 부르크하르트의 『이탈리아 르네상스의 문화』는 차례가 매우 세밀하고, 「예술 작품으로서의 국가」, 「개인의 발전」, 「고대의 부활」, 「세계와 인간의 발견」, 「사교와 축제」, 「도덕과 종교」의 여섯 가지 일반적인 분야로 구분되어 있다. 여섯 개의 주제를 표제 아래에 적어 두고 부르크하르트의 주장이 펼쳐지는 포괄적인 안내문으로 삼아도 좋다.)

글쓴이가 저술 목적을 언급하는가? 저자 서문이나 서론을 읽는 것으로 시작한다. 서론이 없다면 첫 장을 읽는다.(다른 학자들이 작성한 비평은 책을 다 읽을 때까지 미루어 둔다.) 글쓴이의 목적을 찾아본다. 목적은 초반부에 드러나는 법이다. 가령 비드는 『영국인 교회사』를 이렇게 시작한다. "역사는 착한 사람과 그들의 좋았던 시기에 대해 말해 줌으로써 사려 깊은 청자들이 좋은 점을 더욱 열심히 모방하도록 만들어야 한다. 사악한 인간들의 나쁜 결말을 기록해서 독실하고 성실한 청자나 독자가 해롭고 비뚤어진 것을 삼가도록 북돋우고, 하느님이 보시기에 좋고 기뻐할 만하다고 배운 것을 최대한 주의하여 스스로 추구하도록 해야 한다." 달리 말해 비드는 역사를 통해서 독자들에게 선한 것을 모방하고 해로운 것을 피하도록 가르치려 한다. 글쓴이의 목적을 찾았으면 자신의 말로 바꾸어 적어 둔다. 문장이 짧다면 그대로 적는다.

역사에서 중심 사건은 무엇인가? 역사가가 이야기 주위에 어떤 구체적인 사건을 구축했는가? 그 사건의 목록을 연대순으로 작성한다. 너무 상세한 부분은 포함시키지 않도록 한다. 필요하다면 자의적인 척도를 세워서 각 장이나 부분에서 가장 중요한 사건만 적어 둔다.

누구에 대한 이야기인가? 읽어 나가면서 마주치는 주요 등장인물을 기록한다. 개인인가, 집단(메리 울스턴크래프트에게는 '여성', 조지 오웰에게는 '노동자')인가, 아니면 국가 전체인가? 주요 등장인물이 개인이라면 역사는 단 한 사람에게 초점을 맞추는가, 아니면 혈연이나 다른 인연으로 맺어진 개인들의 관계망인가? 역사가가 사람 혹은 집단을 그리고 있다면 어떻게 그들을 특징짓는가? 국적, 성별, 나이, 계급, 직업, 경제적 상황 등으로 구별 짓는가? 두 경우에서 역사가는 '위로부터 아래로' 아니면 '아래에서 위로' 향하는 역사 이야기를 하고 있는가? 다시 말하면 부유하고 영향력 있으며 정치력을 지닌 사람들에 초점을 맞추고 있는가? 아니면 '평범한' 사람들과 그들의 일상적 삶을 그리는가? 역사가가 국가 이야기를 한다면 국가를 특징짓는 것은 무엇인가? 사람들은 자신을 어떻게 그리는가? 전사, 학식 있는 사람, 농부 혹은 자유민인가? 역사가의 눈에 이 국가는 다른 국가보다 어떻게 더 나은가? 혹은 더 나쁜가? 로크의 『통치론』이나 니콜로 마키아벨리의 『군주론』 같은 책에서는 중심인물이 한쪽은 통치자나 정부이며, 다른 쪽은 지배받는 사람들이라는 아주 넓게 정의한 집단임을 알게 될 것이다.

주인공은 어떤 난제에 직면해 있는가? 일단 중심인물이나 집단의 정체성을 파악하고 나면 소설 부분 첫 번째 독서에서 던졌던 질문과 동일한 기초적인 내용의 질문을 스스로에게 던져 본다. 문제가 무엇인가? 중심인물이 전심전력으로 도전해야 하는 난제는 무엇인가? 유진 D. 제노비즈의 『요단강이여, 흘러라』에는 두 종류의 중심인물군이 등장한다. 바로 노예와 노예 소유주다. 두 집단 모두 노예제 때문에 빗나가고 구금당한다. 베티 프리단의 『여성의 신비』에 나오는 중산층 주부들은 신비 자체로 인해 구금된다. 여성들이 달성할 가치가 있는 유일한 열망은 가정과 아이들이라고 여기게 만드는 지각 방식이 그것이다. 이 질문에 하나 이상의 대답을 찾게 될지 모른다. 범위가 넓은 집단인 '14세기 사람들'에 대해 쓴 바바라 투치맨은 흑사병과 세금, 전쟁, 약탈 등 대여섯 가지 다른 난제를 목록으로 꼽는다.

누가 혹은 무엇이 난제를 초래하는가? 등장인물이 직면한 난제가 무엇인지 파악했으면, 스스로에게 물어본다. 글쓴이는 어떤 설명을 제시하는가? 누가 혹은 무엇이 여기에 책임이 있는가? 때로는 어떤 체계가 답이 될 것이다. 『요단강이여, 흘러라』에서 제노비즈는 '가부장적 태도'라고 정의 내린 체계로 인해 백인과 흑인 모두 난제에 빠졌다고 설명한다. 다른 책에서는 난제가 훨씬 구체적으로 드러날 것이다. 가령 코넬리어스 라이언의 『지상 최대의 작전』에서, 공습에 들어간 공격 개시를 주도한 군대가 나치와 맞서 싸웠다는 사실은 명백하다. 많은 경우에 글쓴이는 하나 이상의 원인을 제시할 것이니 목록을 작성해야 할 필요가 있다.

역사적 문제의 원인들을 확인하는 것이 역사 저술의 중심부를 차지한다. 데이비드 흄의 『영국사』에서 군주가 의회에 책임이 있다고 하원이 선언한 이유가 그것이다. 장 자크 루소의 『사회계약론』에서는 왜 사람들이 사회와 계약을 맺으려고 결심하는지를 묻는다. 역사가의 임무는 이러한 질문에 대답하는 것이다. 제대로 답하고 있는가?

역사의 주인공에게 무슨 일이 벌어졌는가? 책 속의 역사를 마치 영화의 플롯처럼 한 문단으로 요약해야 한다면 어떻게 하겠는가? 위에 나온 인물과 문제점에 대한 대답을 이용해서 풀어 갈 수 있다. 읊어 보기 바란다. "난제에 직면해서 중심인물은……." 이 문장을 어떻게 끝내야 하는가? 인물은 어떤 행위를 취하는가? 그 인물은 역사의 불평등에 대항해 어떻게 싸우며, 역사의 문제를 어떻게 극복할 계획인가? 인물이 본질적으로 수동적이라면 그는 무엇을 하는 데 실패했는가?(메리 울스턴크래프트의 『여권의 옹호』의 한 부분은 이렇게 요약 가능하다. "교육 결핍의 문제에 직면한 여성들은 더 생각하고 덜 느껴야 한다는 사실을 깨닫지 못했다.") 한 명 이상의 중심인물이나 하나 이상의 설명이 있다면 이런 문장들을 더 많이 만들어 내야 할 것이다. 토머스 페인의 『상식』과 같이 좀 더 이론적인 저작에서 추천하는 형식의 문장을 만들어야 할 것이다. "야만적이고 전제적인 군주국에 처한 식민지 시민들은 반드시……."

이러한 연습은 단계별로 실행이 가능하다. 예를 들어 야코프 부르크하르트의 『이탈리아 르네상스의 문화』에서 "새로운 과학적 발견과 국가는 어떠해야 하는지에 대한 새로운 관념에 마주한 이탈리아 시민들은 스스로를 집단의 일원이라기보다는 개인으로 여기는 새로운 그림을 그려 나갔다." 아니면 아주 세부적인 목록을 작성할 수도 있다. 부르크하르트의 저작에서 각 부분들은 르네상스 시대에 이탈리아인들이 직면했던 다른 난문과, 각각의 난문에 대한 반응을 다르게 분석한 내용을 제공한다.

책에 대한 관심이 길잡이 노릇을 하도록 만든다. 주제가 관심을 끈다면 역사가가 고심하고 있는 문제와 중심인물들이 그 문제에 대응하는 방법을 한두 페이지 이상의 분량으로 목록을 작성하고 싶어질지 모른다. 읽고 있는 책이 그다지 내키지 않는 장르라면 좀 더 폭넓은 요약으로 충분하다. 각 장에 고유의 짤막한 역사가 들어 있는 플루타르코스의 『영웅전』과 같은 책이라면 각각의 전기마다 한두 문장을 써야 할 것이다.

인물들이 전진하는가, 아니면 후퇴하는가? 이유는 무엇인가? 가장 기본적인 용어로 말하면 역사 속에 운동이 있었는가? 책의 끝부분에서 인물들의 형편이 나아지는가, 아니면 나빠지는가? 역사적 사건들은 그들의 운명을 개선하는가, 아니면 비참하게 만드는가? 인물들은 마지막 장에도 첫 장과 본질적으로 동일한 자리에 있는가? 만약 그렇다면, 역사가는 미래에 변화가 일어나야 한다고 제안하고 있는가?

이야기가 언제 펼쳐지는가? 이는 기본적인 질문이지만 역사 저작과 분명 무관하지는 않다. 이 질문은 네 가지로 구분된다. 역사가의 연구가 포괄하는 연대는 언제인가? 연구가 망라하는 시간 틀은 어떻게 되나? 10년 주기인가, 한 사람의 일생인가, 아니면 수백 년인가? 루소와 로크처럼 이론적인 글을 쓰고 있다면 역사가의 권고가 포괄하는 시간 틀은 어떻게 되는가? 정부에 대한 그의 제안이 전 시대에 해당할 정도로 보편적인가, 아니면 인간 역사의 특정한 지점에 해당하는가? 역사가가 살았던 때는 언제였나? 역사가는 시간상 그의 주제와 얼마나 떨어져 있는가?

이런 질문에 대한 대답을 간략히 메모한다. 하지만 연표도 도움이 된다는 사실을 깨달을 것이다. 독서 일기장 한쪽 페이지나 간이판, 길게 자른 신문 용지 등에 그린 연표를 계속 채워 나갈 수 있다. 정교할 필요는 없지만 역사를 포괄하는 연도와 저자의 출생과 사망 연도, 그리고 타당하다면 각각의 역사가들이 그 연도에서 가장 중요하다고 강조한 사건 두세 가지를 표시해 두어야 한다. 독서 중인 어떤 시대에 대해서든 이런 정보를 담고 있는 연표 하나가 역사가와 그들의 저작을 연대순으로 맞추도록 도와줄 것이다.

이야기가 일어나는 장소는 어디인가? 세계의 어느 부분이 그려지고 있는가? 글쓴이와 관련 있는 곳은 어디인가? 글쓴이는 조국의 과거를 그리고 있는가? 아니면 시공간 모두 동떨어진 장소를 묘사하고 있는가? 조국과 조국 문화는 얼마나 멀리 있는가? '장소 감각'은 시간 감각만큼이나 역사에서 중심이 된다. 지구본뿐 아니라 지도나 지도책의 도움을 받는 것도 좋다. 지리 감각이 흔들린다면 독서 중인 역사 속의 실제 장소를 확인하면서 실제 세계를 마음속에 정리해 나가도록 한다.

2단계: 논리 단계 독서

일단 역사적 내용을 파악했으면 정확성 평가로 넘어가도 좋다. 소설을 분석할 때 자신에게 다음의 질문을 던졌다. 등장인물의 인성이 얼마나 제대로 성장하는가? 인물의 행위는 소설가가 부여해 준 페르소나에 부합하는가? 이것은 내적 논리에 대한 질문이다. 글쓴이가 자신만의 규칙을 얼마나 제대로 이행하는가? 하지만 역사서를 읽어 나가면서 부가적으로 비평적인 걸음을 내디뎌야 할 필요가 있다. 역사가는 논증을 형성하기 위해 외부 증거를 사용하는데, 역사가의 이야기는 외부 증거를 제대로 사용하는가? 아니면 이야기를 특정 방식으로 형성하기 위해 증거를 왜곡하는가?

역사가의 주요 주장을 찾는다. 각 장의 마지막 두 문단과 마지막 장을 확인해 보자. 이 부분에서 역사가는 요약해 주는 진술을 던지는 경향이 있다. 자신이 제시한 이야기에 대한 해석을 짤막하게 평가하는 두세 문장 말이다. 종종 마지막 전 문단에 요약문을 포함하고, 마지막 문단에서 그 문장을 수사적으로 풍성하게 덧칠한다. 가령 『흑인 민중의 영혼』에서 W. E. B. 듀보이스는 「부커 T. 워싱턴과 다른 이들에 대하여」라는 장의 마지막 문단에서 다음과 같이 결론 내린다. "남부로서는 자기네가 근본적으로 선하며, 예전부터 지금까지 잔인하게 악행을 저지르고 있는 인종에게 해야 할 바를 충분히 했으며 스스로를 좋은 세력으로 단정하는 순진하다 못해 소박한 비평의 주장에 마음이 끌리는 것이 당연하다. 죄로 보자면 남부와 공범인 북부가 금으로 덕지덕지 발라 준다고 남부의 양심이 구원받지는 않는다. 외교나 온화함, 혹은 정치만으로 이 문제를 매듭지을 수 없다."

이것이 앞 장까지 듀보이스가 펼친 모든 논의의 핵심이다. 남부와 북부는 흑인이 곤경에 처한 것에 공동 책임이 있으며, '검둥이 인종'은 끈기 있게 개혁을 기다리지 말고 그들에게 책임을 물어야 한다. 마지막 문단은 독자들에게 그렇게 해 주기를 요청하는 내용이다. 이렇게 요약문을 찾아냈다면 강조 표시를 한 후 각자의 표현으로 고쳐서 메모한다. 각각의 요약문 사이에 여분의 공간을 남기면 다음 분석에서 채워 넣을 수 있다.

역사가는 어떤 물음을 던지고 있는가? 역사를 쓰려면 역사가는 과거에 대한 질문에 대답을 해야 한다. 여러분의 언어로 바꿔 쓴 요약문을 보면서 물어본다. 이 요약문은 어떤 질문에 대한 대답인가? 위에 제시했던 사례에서 듀보이스는 이렇게 묻고 있다. "흑인은 행동주의자가 되어야 하는가? 아니면 자신을 개선하며 인정받기를 기다려야 하는가?" 듀보이스는 북부와 남부가 모두 유죄이고 행동이 필요하다고 주장하며 질문에 답한다.

역사책의 장마다 반드시 질문을 찾을 필요는 없을 것이다. 요약문을 훑어보면서 역사가가 똑같은 질문에 대답하려고 여러 장을 쓰고 있음을 알게 될지도 모른다. 하지만 일단 질문을 정식화하면 대답을 제시하는 요약문 위에 각 질문을 메모한다.

역사가는 질문에 대답하면서 어떤 근거를 사용하는가? 역사가가 출처를 밝히는가? 마사 발라드의 일기를 기초로 발라드를 연구한 로렐 대처 얼리치는 1차 자료에 대해 아주 상세하게 묘사한다. 하지만 주석을 훑어볼 일은 더 잦아질 것이다. 역사가가 문서 자료(편지나 일기, 판매 영수증 등)나 구술 자료(면담 기록, 민담)를 주로 사용하는가? 아니면 다른 역사가들의 주장을 주로 활용하는가? 잡지나 신문, 광고 등의 매체를 어떻게 사용하는가? 세금 기록이나 비슷한 종류의 1차 자료에서 파악한 정보로 양적 분석을 하는가? 글이 아닌 노래나 건축물, 의복 양식 혹은 이미지 등의 문화적 자료를 사용하는가? 시각 자료(회화, 상징, 깃발)를 사용한다면 그것을 단순히 묘사하는가? 아니면 도해로 표현하는가? 도해를 넣지 않는다면 색상이나 질감, 특징, 시각 자료가 나타난 장소, 본 사람에 대해 묘사하는가? 역사가가 자신이 활용한 자료의 어느 부분에 대해서 의심이나 유보적인 표현을 내비친 적이 있는가? 어떤 유형의 증거를 주로 활용했는지에 대해서 간단히 메모하고 싶을지도 모른다. 이 자료는 광범위한 토대에서 끌어낸 것인가? 아니면 한두 가지 제한적인 정보에 의존하는가?

증거가 질문과 대답의 관련성을 뒷받침하는가? 이제 질문과 대답을 확보했으니, 질문과 대답 사이를 연결하기 위해서 글쓴이가 제공하는 증거를 살펴볼 차례다. W. E. B. 듀보이스가 "흑인은 자신을 개선하며 인정받기를 기다려야 하는가?"라고 묻고 "아니다. 북부와 남부가 흑인의 곤경에 책임이 있기 때문이다."라고 대답한다면, 듀보이스는 두 종류의 증거를 제공해야 하는가? 우선 듀보이스는 북부와 남부가 흑인에게 행했던 역사적인 사실을 제공하여 유죄를 입증해야 한다. 두 번째로 북부와 남부가 흑인의 인내에 대해서 우호적이 아니라 점차 적대적으로 변해 가는 식으로 대응했음을 입증하면서 '참을성 있는 인내'에 대한 자신의 비난을 뒷받침해야 한다. 사실 듀보이스는 이 작업을 했는데, 그는 지난 15년 동안 예전 노예였던 이들은 이러했다고 진술한다. "첫째, 정치권력, 둘째, 시민권 주장, 셋째, 흑인 청년의 고등 교육이란 세 가지를…… 포기하고, 산업 교육과 부의 축적, 남부와의 우호 관계에 진력하라는 요구를 받았다. ……이러한 승리의 결과로 어떤 보답이 돌아왔는가? 그 세월 동안 흑인의 시민권 박탈과 흑인의 지위를 열등 시민으로 구분 짓는 법적인 산물이 탄생하게 되었다."

때로 역사가는 인과적 진술을 명료히 하는 것만으로도 질문과 대답 사이를 관련지어 줄 것이다. 지금까지 읽은 장을 훑어보면서 다음과 같은 구절이나 구문으로 시작하는 사실과 해석 사이의 명백한 연결 고리를 찾아보기 바란다.

> 역사적 요인으로 인하여, 역사적 인물이 특정한 방식으로 행동했다.
>
> 왜냐하면 역사적 요인이기 때문에, 역사적 인물이 특정한 방식으로 행동했다. 그러므로…… 이 말 앞에서 역사적 요인을 발견할 것이고 이후에 설명이 나올 것이다.
>
> 그래서 분명한 사실은…….
>
> 그래서 이어지는 것은……라는 것은 그리 놀랄 일이 아니다…….
>
> 결과적으로…….

일단 역사가가 질문과 대답을 연결하기 위해서 어떤 종류의 증거를 제시하는지 스스로 묻고 나면, 증거를 검토할 시간을 갖는다. 사실의 오류를 정확하게 짚어 낼 수 없을지도 모른다. 그렇게 하려면 해당 역사가가 활용하는 실제 자료를 살펴봐야 하기 때문이다. 하지만 역사가가 인용한 증거를 어떻게 사용하고 있는지는 평가할 수 있다. 논증법을 써서 해당 역사가가 증거를 공정하게 다루고 있는지의 여부나 원하는 결론에 이르기 위해서 무책임하게 다루고 있는지의 여부를 판단할 수 있다. 증거를 평가하면서 다음의 통상적인 실수를 찾아보기 바란다.

1) 다층적인 명제로 인해 방향 잘못 잡기: 요약문을 보고 각각의 문장에 하나 이상의 '명제'가 들어 있는지 여부를 살핀다. 하나의 명제는 하나의 사실 서술이다. 듀보이스는 위의 요약에서 네 가지 명제를 제시한다. 북부는 유죄다. 남부는 유죄다. 행동주의는 효과가 있을 것이다. 참을성은 효과가 없을 것이다. 다층적인 명제를 포함하는 진술에 실수가 없다 하더라도 역사가는 하나의 명제를 설명하는 증거를 제시하고, 이어

서 한두 개의 부가적인 명제를 제시한 다음, 두 명제를 섞어서 하나의 진술로 요약하는 것이 좋다. 첫 번째 명제가 사실임을 확신했기 때문에 다른 명제들은 흘려보낼지도 모른다. 듀보이스는 '참을성'이 남부에서 통하지 않았음을 분명히 해 주는 역사적 증거를 제시하지만, 북부도 남부만큼 유죄라는 주장에 대해서는 어떤가? 듀보이스는 여기에 어떤 증거를 제시하는가?

2) 진술을 질문으로 대체하기: 진술을 질문으로 대체하는 수사 전략은 글보다 말에서 좀 더 흔하지만, 독자들이 행동하기를 바라는 역사가는 이런 수사법에 호소하는 경향이 있다. 하지만 질문은 정보를 주지 않는다. 사실의 진술을 의미하지만 하나의 진술로 바뀐다면 종종 과장되거나 명백하게 거짓으로 판명되기 쉬울 것이다. 『상식』에서 토머스 페인은 다음과 같이 노기를 내뿜는다. "우리에게 조화와 화해를 말하는 당신은 과거가 되어 버린 시간을 우리에게 돌려줄 수 있는가?" 이 질문의 의미는, 틀림없이 과거를 되돌리는 것만큼이나 화해가 불가능하다는 것을 독자에게 설득하는 것이다. 하지만 페인은 "화해는 불가능하다."고 대담하게 진술하지 않는다. 그랬다면 진술을 증거로 뒷받침해야만 할 것이기 때문이다.

3) 잘못된 유추 끌어내기: 페인은 수사적인 질문에 이어 다음 질문으로 여세를 몰아간다. "창녀에게 예전의 순수함을 돌려줄 수 있는가? 누구도 영국과 미국을 화해시킬 수 없다." 이 유추는 화해의 불가능성을 그릴 작정이지만 이것이 전부는 아니다. 다른 부분적인 비유를 끌어와서 (직접적으로 그렇게 말하지 않은 채) 화해가 도덕적으로 악이 될 수 있음을 보여 준다. 유추는 주장의 일면을 그려 보이려는 의도이지만 정확한 병렬 관계로 취급되어서는 안 된다. 18세기의 유명한 유추 하나가 이 사

실을 명백히 해 준다. 우주는 시계공의 손에 움직임이 부여된 시계와 같다는 말은 신과 신의 창조물 사이의 관계에 대해서 아주 특수한 요점을 보여 준다. 신은 창조물에 책임이 있지만 창조물이 굴러가게 만들려고 계속해서 지배권을 쥐고 있을 필요는 없다는 것이다. 하지만 이 유추에서 우주가 '정지하게' 되리라는 의미가 나와서는 곤란하다. 유추의 목적은 그것이 아니다. 페인처럼 뛰어난 수사가인 역사가는 종종 직접 뒷받침하기 어렵다고 여기는 어떤 결론(화해의 도덕적 해악)을 위해서 선동적인 유추를 선택할 것이다.

4) 예시를 통한 주장: 이야기를 한다고 논점이 증명되는 것은 아니다. 베티 프리단은 『여성의 신비』에서 1950년대 여성에게는 지성을 사용해서 입신하는 기회가 가로막혀 있었다고 주장한다. "'여성적이지 않다'는 이유로 여자들은 물리학 공부를 하지 않을 것이다. 한 여성이 부동산 사무실에 직장을 얻기 위해서 존스홉킨스 대학 측이 전공과 관련해서 제안한 특별 연구원 자리를 거절했다. 미국 여성이라면 누구나 욕심낼 만한 것을 바랄 뿐이라고 그녀는 말했다. 결혼해서 아이를 넷 낳고 괜찮은 교외에 있는 괜찮은 집에 사는 것 말이다."[21] 첫 구절은 사실일지 모르지만 두 번째가 그 구절을 입증해 주지는 않는다. 그녀가 연구원 자리에 지원했는가? 연구원 자리가 뜻밖에 제공되었나?(그렇다면 프리단의 주장은 반증될 것이다.) 다른 여성들은 이 연구원 자리를 수락했는가? 몇 명이며 비율은 어떤가? 예가 아무리 명확하다 하더라도, 진짜 여성이 되기 위해 가정에 머무르며 아이를 기르겠다고 확신한 여자 한 명을 예로 든 것이 여성을 가정으로 보내자는 체계적이고 국가적인 음모를 입증하지는 않는다. 미국 여성을 훨씬 넓게 표본 추출하여 입증해야 한다.

5) 잘못된 표본 추출: 역사가가 몇몇 특수한 경우를 인용해서 제

시한 다음 결론을 도출할 때마다 그 결론에 정당한 근거가 있는지 여부를 살펴야 한다. 역사가가 얼마나 많은 사례를 들고 있는가? 의미 있는 숫자인가? 표본 추출은 '대리 표상'하는가? 즉 역사가가 결론을 도출하고 싶어 하는 집단에서 끌어온 것인가? (예를 들어 여성 역사가들은 초기 여성주의 학자들이 백인 여성을 표본 추출한 다음 흑인 여성도 대리 표상하는 표본을 활용하지 않은 채 여성 일반에 대한 결론을 끌어냈다는 지적을 계속해 왔다.) 추출한 표본이 역사가의 결론을 대표하지 않는다면, 이 결론은 어떤 집단을 대리 표상하는가? 이 집단을 포함하려면 역사가의 결론은 다르게 고쳐서 서술되어야 하는가?

6) 성급한 일반화: 역사에서 특수성의 활용은 필요하면서도 동시에 복잡한 일이다. 역사 이론은 역사적 사실에 뿌리를 두어야 하지만 너무나 서둘러 결론을 끌어내려는 유혹에 종종 빠진다. 다음 주장을 생각해 보자.

> 고대 그리스 여성들은 억압받았다.
> 고대 영국 여성들은 억압받았다.
> 고대 중국 여성들은 억압받았다.
> 그러므로 모든 고대 문명의 여성들은 억압받았다.

이 결론은 그럴듯해 보이지만 역사가가 모든 고대 문명에 대해서 빠짐없이 조사하지 않았다면 사실상 확신을 가지고 말할 수 없는 명제다. 이것만으로는 사실 고대 그리스와 영국, 중국의 여성들이 억압받았다는 결론만을 이끌어 낼 수 있을 뿐인데, 이 역사가는 일반화를 성급하게 도출해 냈다. "우리가 역사적으로 증명할 수 있는 한도 내에서 고대 문명의 여성들은 억압받았다."로 한정했다면 실수를 막을 수 있었을 것이다.

7) 조건 한정에 실패: 억압 역시 위의 결론에서 문제가 된다. 그 말이 '재산 소유는 허용하지만 투표권은 거부되는' 것을 의미하는가? '투표권이 허용되고 재산도 지니지만 남자와 똑같은 일을 하면서 더 낮은 임금을 받는 것'을 의미하는가? '낙태가 허용되지 않는 것'을 의미하는가? '구멍에 갇혀서 남은 음식으로 연명하는 것'을 의미하는가? 특히 추상적인 용어는 분명하게 설명해야 한다. 정의 없이 개념어(자유, 자질, 억압, 미덕)를 사용하는 것은 쉬운 일이다. 하지만 이들 단어 각각에 내포되어 있는 정확한 개념은 시대에 따라 변할 수 있다. 아리스토텔레스와 아우구스티누스가 미덕이라는 단어를 사용할 때 두 가지는 아주 다른 뜻을 의미한다. 루소와 프리단이 **평등**을 말할 때 아주 다른 의도를 지닌다. 이 역사가의 주장을 스스로 요약한 내용을 훑어보기 바란다. 아주 추상적인 용어에 기대는 주장인가? 만약 그렇다면 글쓴이가 그 용어를 정의하고 있는가? 이를테면 '인간의 권리'를 정확히 정의하면서 주장하는가? 존 로크는 조심스레 이렇게 쓴다. "평등 상태는 모든 권력과 사법권이 상호적이며 아무도 다른 이보다 권력을 더 많이 소유하지 않은 상태다." 이것은 사회나 경제가 아닌 정치적 정의다. 평등은 메리 울스턴크래프트와는 상당히 다른 무언가를 의미한다.

8) 후행 추론: 후행 추론은 아무것도 존재하지 않는 데서 인과 관계를 찾는 것을 말한다. 묘사를 하고 그 안에서 원인을 찾아내는 것이다. 예를 들어 역사가가 "용병 부대에 의존하는 모든 제국은 붕괴했다."고 언급한다면 성급한 일반화와 관련된다 할지라도 역사적으로 사실일 수 있다. 그렇다면 역사적인 증거로 이 진술을 뒷받침할 수 있을 것이다. 하지만 역사가가 "용병 부대에 의존하기 때문에 제국은 붕괴한다."고 결론짓

는다면 영향을 미친 다른 원인을 무시한 것이다. 첫 번째 진술의 진실성이 의심의 여지가 없다고 입증할 수 있다고 하더라도 용병 부대가 붕괴의 원인이었다는 결론은 비논리적일 것이다. 붕괴하고 있다고 스스로 판단한 제국이 방어력 증강을 꾀하려는 절박함에 용병을 고용하는 것도 마찬가지로 진실일 수 있다. 이 경우 용병은 원인이 아니라 단지 증상일 뿐이다. 두 가지 사실이 동시에 진실이라는 것이, 하나가 다른 하나에서 발생했음을 의미하지는 않는다. 하지만 역사가는 부분적이나마 확신하기 위해서라도 훨씬 많은 증거를 필요로 할지 모른다.

9) 이 뒤에, 따라서 이 때문에: 인과 관계 찾기는 항상 까다로우며, 역사가들은 시간의 전후 관계를 인과 관계로 혼동하는 오류를 저지르는 경향이 있다. 문자 그대로 '이 뒤에, 따라서 이 때문에'인 것이다. 이것은 하나의 사건이 시간상 다른 것 뒤에 오기 때문에 처음 사건이 두 번째 사건의 원인이라고 생각하는 오류다. 그래서 좀 더 많은 정보가 없으면 역사가는 글을 쓸 수 없다.

> 로마는 용병으로 군대를 소집했다.
> 그래서 로마는 몰락했다.
> 그러므로 용병 부대가 로마 몰락을 초래했다.

용병과 몰락 사이의 관계는 우연일 수도 있다. 또한 원인과 결과를 가리킬 수도 있다. 하지만 시간이 우연히 일치할 때 역사가의 조사의 출발점으로 삼아야지, 결론을 짓는 진술문으로 삼아서는 안 된다. 역사가가 이러한 연속성이 발생하는 여러 경우를 찾아낼 수 있다 하더라도, 관계성에 대한 조사는 여전히 이어 나가야 한다. 덧붙이자면, ('이 뒤에, 따라서 이 때문에' 오류의 고전적인 진술인) 밤은 낮에 언제나 뒤따르지만 낮이 밤을 초래한다고 주장하는 천문학자는 없을 것이다.

10) 단일한 인과 관계 확인하기: 원인 예측은 까다로운 작업이다. '이 뒤에, 따라서 이 때문에'는 좀 더 넓은 오류를 서술한다. 과도한 단순화가 그것이다. 역사가는 어떠한 역사적 사건이라도 단일한 원인 탓으로 돌려서는 안 된다. 모든 역사적 사건에는 다층적인 원인이 있다. 역사가가 히틀러의 권력 입성에 대해서 완벽할 만큼 바람직한 원인(독일은 억눌려서 절박해진 상태였다.)을 밝혀낼 수 있다 하더라도, 그렇게 되는 데 기여한 이유를 계속해서 찾아야만 한다. 낙담이라는 것이 유대인 동포에 대한 독일인의 증오에 초점을 맞추면 설명되는가? 어떤 역사가가 하나의 특수한 인과 관계를 평생 탐구했다는 사실은 전적으로 수긍할 만한 사실이지만, 단일한 원인을 발견했다고 결론짓는 것은 역사가의 지나친 단순화이다.

11) 유사성과 차이점 모두를 조명하지 못한 점: 다른 문화나 다른 시기에 발생한 사건들 사이에서 평형 관계를 도출할 때 차이점도 언제나 함께 설명하는가? 말하자면 프랑스 혁명과 미국 혁명 사이에서 공통점을 짚어 내기란 비교적 간단하지만, 이와 더불어 각각의 혁명을 다른 문화적 배경에서 나온 독특한 사건으로 취급해야 한다. 그렇다면, 역사가는 그 차이점을 제대로 이해하는가? 아니면 지금 문제와 현재 중요한 것을 과거 속에서 읽어 내고 있는가?

역사 장르를 구별할 수 있는가? 역사가의 질문과 대답, 활용한 자료, 자료 배치의 용도에 대해 검토했으니, 그가 추구하는 장르와 분야를 식별할 수 있어야 한다. 대체로 역사가들은 역사의 주제를 정치와 지성,

사회라는 세 분야로 구분하는 것에 동의해 왔다.

정치사는 전통적인 역사학에서 가장 오래된 분야이다. 이는 국가와 지도자, 전쟁과 조약, 정부 권력을 통제했던 사람들의 이야기를 전해준다. 정치사는 지도자에 초점을 맞춘다. 전통적인 전기(유명하고 권력 있는 이들의 전기)와 외교사, 국제사, 군대사까지 포괄한다. 비드는 '정치사'를 했다. 데이비드 흄도 그랬고 제임스 M. 맥퍼슨도 마찬가지였다.

지성사는 20세기 초반에 발원했다. 미국의 역사 저술 분야에서는 1940년대와 1950년대에 자연스럽게 나타났다. 지성사는 특정 사회 운동이나 일련의 사건을 이끌어 냈다고 보이는 하나의 사상에 초점을 맞춘다. 페리 밀러의 『뉴잉글랜드 정신』은 지성사이다. 왜냐하면 청교도들이 신앙 서약에 대한 생각이 바뀌어 가는 과정과 그 생각이 청교도적 삶에 미쳤던 영향을 중심으로 정리되었기 때문이다. 지성사는 사람들이 사고방식을 공유하며 그것이 행동 방식을 변화시킨다고 가정한다. 또한 정신의 내용을 어느 정도 확실하게 알고 분석할 수 있다고 가정한다. 인간에게 가장 중요한 부분을 사고 과정이라 여기던, 계몽기에 중요했던 가치 체계를 따르는 것이다. 과학, 철학, 정치, 경제, 종교가 정신에서 시작해서 외부로 뻗어 나가서 나머지 세상에 영향을 미친다는 가정이다.

사회사는 지성사와 정치사에 반발하여 일어났다. 이들 역사는 지상의 대다수 사람들을 배제하고 지도자에게 초점을 맞추는 엘리트주의에 종교적 믿음이나 정서, 어떤 계급에 속했는지 여부와 다른 수백 가지 요인을 배제하고 사상에만 집중하는 합리적인 역사로 여겨졌다. 사회사학자는 소수가 아니라 다수에게 적용되는 삶의 양식에 대한 연구를 시도한다. 그들은 전통적인 자료들이 소수의 교육받은 엘리트의 인생과 의견을 반영하기 때문에 비전통적인 자료를 사용하게 될 것이다. 사회사학자는 '평범한 사람들'이 어떻게 살아가는지, 시간에 따라서 그들의 삶의 양식이 어떻게 변화해 왔는지에 관심을 가진다. 정치와 경제학, 전쟁과 학술 논문, 개개인의 삶에 영향을 미친 거대한 사건을 검토한다.

이들 세 분야 사이에 겹치는 부분도 어느 정도 있다. 사회사학자의 영향을 받은 지성사학자는 예전보다 대중적인 생각과 (엘리트가 아닌) 대중문화가 발현되는 방식을 연구하는 경향을 보일 수 있고, 경제 경향에 대한 연구는 전통적인 정치사 방법론과 사회사 방법론을 결합 가능하게 해 준다. 하지만 여기에서 어떤 중요성에 우선적으로 전념할지가 문제된다. 위대한 지도자와 '다중' 가운데 어느 쪽이 좀 더 역사에 영향을 미치는가? 각각의 역사를 읽으면서 기본 장르를 구분해 낼 수 있는가? 읽고 있는 책이 정치나 지성 혹은 사회적 진영 중에서 어디에 좀 더 단단히 뿌리내리고 있는가? 위로부터의 역사인가 아니면 아래로부터의 역사인가?

자격 있는 역사가임을 어떻게 설득하는가? 읽고 있는 책의 경향이 일단 파악되면 역사가에게 시간을 할애하기 바란다. 그의 경향은 어떠한가? 역사가가 자격을 어떻게 갖췄는지 설명하는 부분을 우선 살펴본다. 투키디데스는 전문 역사가가 되기 이전 시절에 대해 쓰면서 자신이 펠로폰네소스 전쟁에 참여하여 전투를 치렀기 때문에 알맞은 필자라고 설명한다. 덕분에 이후 역사가들이 자신의 교육이나 연구 내용을 언급하는 경향이 좀 더 늘어나게 되었다. 역사가가 자신의 역사가로서의 자질에 대해 언급하지 않는다면 책날개나 뒤표지에서 학문적인 업적이나 개인적 경험 혹은 다른 자격을 확인한다. 때로 역사가는 서론에서 자신의 이론적인 입장을 설명할 것이다. 종종 인터넷에서 저자 이름을 찾아보는 것도 흥미로울 것이다.

다른 역사가가 한 역사가의 작품에 대해 쓴 평론을 여기저기서 발견하게 될 것이며, 이 평론은 양쪽의 의도를 밝혀 줄 것이다. 제도권에서 취득한 학문적 자격증이 반드시 훌륭한 역사가라는 징표는 아니다. 다만 대학에서 훈련받은 역사학자는 코넬리어스 라이언 같은 제도권 바깥의 역사가에 비해 자신의 정체성을 특정 학파와 좀 더 동일시하는 경우가 있다. 역사가의 훈련과 배경을 이해하면 어떤 역사가의 저작이 위의 범주 가운데 어디에 들어맞는지 좀 더 명료하게 이해할 수 있을 것이다.

3단계: 수사 단계 독서

일단 역사가의 방법론을 이해하고 나면 결론에 대해 좀 더 폭넓게 성찰할 수 있다. 역사가는 무엇을 말하는가? 그리고 인간의 본성과 목적으로 행동을 이끌어 가는 능력, 자신의 삶을 변화시키고 주변 세계를 통제하는 능력에 대해서 뭐라고 말하는가?

역사의 목적은 무엇인가? 역사적 주장의 기본을 파악한 후에 다시 돌아가서 역사 저작의 전체 기획을 배경으로 결론을 생각해 봐야 한다. 역사를 서술한 목적이 무엇인가? 역사가는 자기 자신을 과거의 사건과 객관적이고도 진실된 관계를 펼치는 최초의 사람이라고 여기는가? 민족적 긍지를 자아낼 의도인가? 어떤 집단의 사람들에게 행동을 요청하거나 개혁을 강요하기 위해서인가? 근대적 현상이라는 현재 상태의 근원을 분석하여 설명을 제공하고 있는가? 지금 사람들이 이상으로 삼아서 따르거나 경고로 삼아 피해야 할 유형을 세우려 하는가? 과거의 과장된 평가를 바로잡거나 과소평가를 정당하게 확장시킬 의도인가? 역사가가 역사 서술의 본성을 어떻게 이해하고 있으며, 역사 서술의 일반적인 본성을 어떠하다고 생각하는지, 이러한 특정 역사의 목적에서 결론을 이끌어 낼 수 있는가?

이야기는 앞으로 전진하는가? 이 역사물이 반드시 정해진 목적으로만 향해 가는 선형적인 운동의 흔적을 보여 주는가? 만약 그렇다면 글쓴이는 미분화된 상태에서 발전된 상태를 향해 앞으로 나아가는 이야기를 말하고 있는가? 아니면 갈등과 혼돈 때문에 정상에서 내리막길을 선택하고 있는가? 어떤 종류의 진전이나 쇠락의 흔적이 남아 있는가? 정치적인가, 지성사적인가, 아니면 사회적인가? 혹은 반대로 이야기에 앞으로 나아가는 운동이 결여되어 있음을 보여 주는가? 결론에 이른 이후에 다시 물어본다. 역사가는 인간 존재에 대해 대체로 어떤 믿음을 지니는가? 즉 앞으로 진보하는가? 아니면 제자리에서 헤엄치고 있다고 여기는가? 우리는 위로 올라갈 운명인가? 아니면 아래로 내려갈 운명인가?

인간적이라는 것은 무엇을 의미하는가? 역사는 언제나 인간의 특정 면모를 중점적으로 집중 조명한다. 존 로크에게 인간은 자유롭지 않는 한, 진정한 인간이 될 수 없다. 메리 울스턴크래프트에게 여성은 교육받지 않는 한, 진정한 인간이 될 수 없다. 야코프 부르크하르트에게는 인간이 우선 스스로를 개인으로 여기고 그다음 공동체의 일원으로 인식하지 않는 한, 진정한 인간이 될 수 없다. 이들 역사에서 남녀는 어떻게 그려지는가? 그들은 본질적으로 노동자, 애국자, 가족의 일원, 사업가, 합리적인 동물 혹은 신의 어린 양인가? 그들의 주된 특성은 무엇인가? 인간이 되기 위해 그들은 무엇을 열망해야 하는가?

왜 일이 잘못되는가? 어느 역사가든 악에 대한 설명은 인간 본성을 어떻게 이해하는지 진실을 드러내 준다. 역사서를 읽은 사람들이 다른 사람들에게 도전받거나 박해받는 원인은 무엇인가? 억압하는 자의 동기는 무엇인가? 왜 사람들은 비열하게 살아가는가? 악행을 저지른 자에게 역사가가 이름 붙이는 동기는 무엇인가? 사람들이 서투른가? 외부 요인 때문에 심리적으로 뒤틀리게 되는가? 의도는 좋지만 그들로 하여금 비행을 저지르게 몰아가는 자연의 힘에 직면하면 무력해지는가? 그들은 탐욕스럽거나 신에 반항하거나 자신이 우월하다고 확신하는가?

자유 의지는 어떤 위치를 차지하는가? 역사서에 등장하는 사람들이 스스로의 운명을 책임지는가? 그들은 강한가, 아니면 무력한가? 역사 속 인물들이 스스로의 세계를 변화시킨다면 그들은 바르게 행동했기 때문인가, 교육을 잘 받은 덕분인가? 아니면 권력의 지위를 차지하고 있기 때문인가? 혹은 가난하고 교육받지 못한 사람들도 그들만큼 자기 삶을 자기 방식대로 이룰 수 있는가?(우리는 이것을 **작인**이라고 부른다.) 인간과 무관한 역사적 사건의 물결 앞에 부자도 빈자도 모두 무력한가?

역사가라면 무엇에 주된 책임이 있는지 주장하기 마련이다. 역사적인 도전에 직면한 인간의 능력이나 무력함에 대한 책임 말이다. 아니면 중도적 입장을 취하려고 할지 모른다. 마키아벨리는 『군주론』에서 이렇게 쓴다. "세상일은 어느 정도 운명이나 신에 의해서 결정되므로 인간의 분별력으로 바로잡을 수 없다는 의견을 얼마나 많은 이들이 가져왔고, 지금까지 가지고 있는지 나도 모르는 바는 아니다……. 운명이 우리 행위의 절반을 중재한다는 말이 진실일 수 있지만, 다른 반쪽 혹은 절반 가까이에 대해서 우리 스스로 운명을 결정할 수 있다고 나는 판단한다." 그

절반은 어느 쪽인가?

사회적 문제에 대해서 역사는 어떤 관련성을 갖는가? 역사가가 당대 정책에 관여해야 하는지 여부는 역사가들 사이에서 여전히 논쟁 중이다. 어떤 이들은 과거에 대한 통찰을 가진 역사가들이 현실 정치와 사회 이론을 형성하는 데 관여해야 한다고 주장한다. 다른 이들은 '객관성의 결여'에 경악한다. 윌리엄 E. 로이흐텐베르크는 브라운 판결에서 상담을 도우면서 역사가들에게 이렇게 지적한다. "'제14조 수정 조항'의 입안자들은 학교에서 인종 차별을 없애도록 연방 정부에 권한을 부여할 의도가 없었다는 주장을 피해 가려고 흑인 학생들을 위한 상담 제도를 신설했던 것이다." '공적인 역사'는 역사가의 역할에서 중요한 부분이다. 반면에 리처드 호프스태터는 이렇게 경고한다. "역사에서 자신의 방침이 나온다고 생각하는 실천적 역사가는 사실 자신의 방침에서 그의 역사가 비롯된 것일지도 모르며, 역사를 서술하는 작가로서 가장 중요한 죄를 저지르는 셈이라고 내몰릴지도 모른다. 어쩌면 과거의 고결함과 독립성, 과거가 지닌 성격을 존중하지 않게 될지도 모른다."[22]

역사가는 사회적 사건에 대해서 다음 세 가지 태도 중에서 하나를 취할 것이다. 자유로운 입장은 과거를 과거 자체로 여겨 과거와 현재 사이에 평형 지점을 애써 이끌어 내지 않는다. 두 번째 입장은 자유주의와 반대되는 입장으로서, 한 정책을 옹호하면서 페인, 로크, 프리단처럼 사회적인 변화를 이끌어 내려고 역사를 쓴다. 혹은 '간접적 옹호'라는 중도를 좇는 경우도 있어서, 과거를 현재와 연결 짓지만 사회 변화에 대해서 직접적인 충고는 자제한다. 각각의 역사가가 어떤 행로를 선택하는지 구별할 수 있는가?

역사의 종언은 무엇인가? 글쓴이가 역사적 진보를 말하고 있다면 '더 높은 상태'는 무엇을 수반하는가? 주체는 자신에 대해서 더 알게 되는가? 자신의 공동체에 대해서 좀 더 알게 되는가? 스스로를 좀 더 독립적인 행위자로 볼 수 있게 되는가? 자신의 국가에 좀 더 충성한다고 보는가? 이것이 쇠락의 이야기라면 끝은 처음과 어떻게 다른가? 그 문명이나 집단 혹은 주체가 어떻게 쇠퇴하게 되었는가? 끝에 가서 그들은 어떻게 나빠지는가?

달리 말하면, 그 역사 이야기의 목적은 무엇인가? 역사가는 인간성의 궁극적인 형태와 형식을 무엇이라 보는가?

이 역사는 이전에 등장했던 다른 역사가의 이야기와 어떻게 같은가, 혹은 어떻게 다른가? 역사가는 역사적 사실뿐 아니라 다른 역사가들의 사상에서도 영향을 주고받는다. 이 책에서 소개하는 역사책들을 읽어 나가면서 각각의 역사가들에게 적용하여 위의 질문에 대한 여러분의 대답과 비교해 보기 바란다. 역사가의 작업이 전반적으로 발전적이라고 여겨지는가?

다르게 설명할 수 있는가? 마지막으로 똑같은 사실이 주어졌을 때 유사한 결론에 이를 것인가?

이것은 온당하지 않은 질문이다. 역사가들이 사용한 자료 전체를 여러분이 가지고 있지 않기 때문이다. 역사가가 덜 중요하다고 판단해서 폐기한 자료들이 있을 수 있으며, 다른 역사가의 손에서 어떤 사실이 감추어졌을지도 모르는 일이다. 이 경우 전혀 다른 해석이 도출될 수도 있기 때문이다. 창의력을 한 번 발휘해 보자. 여러분이 알고 있는 사실을 다르게 해석할 수도 있는가? 리턴 스트레이치는 빅토리아 여왕에 대해 쓰면서 여왕이 "점점 앨버트 공의 지적인 지배 아래 완전히 종속되어 갔다."고 쓴다. 그리하여 마침내 앨버트 공이 "왕관의 기능과 권능의 실질적인 통제자"가 되었으며 "결국 앨버트 공이 영국의 실질적인 왕이 되었다."는 것이다. 스트레이치의 논평을 분석하면 앨버트 공과 빅토리아 여왕의 관계에 따른 행동 양식은 다르게 해석할 수 있는가? 역사 과정에 좀 더 친숙해지면 자기 자신의 역사에도 적용해 보기 바란다.

우리가 꼭 읽어야 할 역사서들

여기서 소개하는 역사서들을 읽는 것은, 시간에 따라 변화해 온 역사의 글쓰기 방법을 이해하기 위함이다. 따라서 이 책은 연구 주제순이 아니라 연대순으로 저작을 정리했다. 역사의 '위대한 저서' 전체를 포함시키지 않았으며, 선별하지도 않았다. 그러한 목록을 작성하려면 무슨 저작이 목록에 올라야 하는지 합의에 도달하는 데만 수년은 족히 걸릴 것이다. 다음 목록은 전문 역사가가 아니라 일반 독자를 위해 작성했기 때문에 학자들이 가장 중요하다고 생각하는 책에 전적으로 초점을 맞추지는 않았다. 오히려 학술적인 역사서(『요단강이여, 흘러라』)를 대중 역사서(『지상 최대의 작전』)와 함께 묶어서 우리가 이해하는 과거라는 개념을 형성해 가도록 했다. 철학은 고유한 독서의 방법과 배경 지식이 필요한 분야이기 때문에, 역사 자체의 글쓰기보다는 헤겔과 헤르더, 그리고 역사 철학에 주로 초점을 맞춘 이들의 저작으로 독서 목록의 방향을 정했다. 마키아벨리의 『군주론』, 존 로크의 『통치론』 등의 정치에 대한 저작도 포함시켰다. 왜냐하면 이 책들은 국가를 어떻게 통치해야 하는지를 언급함으로써 이후의 역사가들이 과거의 정부를 분석하는 방식에 영향을 주었기 때문이다.

목록에 나오는 고대의 저작을 읽을 때 한 자라도 놓칠 새라 의무감까지 느낄 필요는 없다. 헤로도토스와 투키디데스의 역사서들은 아주 길고 자세하다. 갈등의 기본 성향을 이해하려고 그리스 전쟁의 세목들까지 통달할 필요는 없다. 논증으로 구성된 후기의 저작들은 처음부터 끝까지 따라가야 한다. 하지만 사건에 관련된 배경을 제시하는 역사서에서 이해에 중대한 손실이 없다면 한두 가지 배경은 건너뛰어도 좋다. 비전문 역사가가 아우구스티누스나 흄, 기번이나 토크빌의 책에 단어 하나까지 빼놓지 않고 읽을 필요는 없다. 따라서 축약본으로 읽어도 좋을 몇몇 역사서는, 저자 추천본으로 제시했다.

역사 헤로도토스

The Histories(441 B.C.) · HERODOTUS

『역사』 2권에서 헤로도토스는 두 신생아 이야기를 엄숙하게 전해 준다. 아기들은 침묵 속에서 자라났고 처음으로 내뱉은 말은 프리기아어라는 것이다. 프리기아인들이 지상에서 가장 오래된 인종임을 증명하는 것이다. "나는 이렇게 그려진 이야기를 멤피스에 있는 헤파이스토스 사제에게서 들었다." 헤로도토스는 우리에게 정보를 알려 준다. "그러나 그리스에서 변형된 이야기에는 여러 가지 다른 부조리가 포함되어 있다." 허구에서 진실을 분리하려는 시도는 헤로도토스가 정확함을 바라고 있음을 보여 주고, 그래서 그에게 '역사의 아버지'라는 칭호를 부여하는 것이다. 여행자의 이야기와 사제의 이야기, 목격자 증언을 활용하여 헤로도토스는 과거를 낭만적이 아니라 사실적으로 다루고 과거의 왕과 영웅을 전설적인 영웅이 아니라 실제 사람들로 평가하고 있다.

헤로도토스는 이전 역사가들보다 좀 더 폭넓은 목적을 지니고 있다. "나는 소수든 다수든 인간들의 정주에 대해서 공평하게 다룰 것이다." 그는 이렇게 선포하지만 주요 목적은 그리스와 페르시아, 그리스 반도를 처음으로 눈독 들였던 페르시아의 키루스 황제와 그리스 사이의 갈등에 대한 이야기다. 하지만 헤로도토스는 전쟁을 단순 묘사하는 데 그치지 않겠다고 약속한다. 전체 갈등의 뿌리를 드러내겠다는 것이다. 막대한 부를 소유한 리디아의 크로이소스 왕은 이웃한 페르시아의 키루스 황제가 점차 힘을 키우자 근심이 늘어 간다. 그래서 신들이 좀 더 개입하면 이득이 되리라는 생각에 그리스 신들을 자신의 진영으로 끌어들이기 위해서 아폴론에게 제물을 바친다. 그런 후에 키루스 황제를 공격했고, 크로이소스 왕은 참패하여 페르시아에서 매장될 처지에 놓인다. 아폴론이 크로이소스를 구해 내자 키루스는 분노를 그리스에 전가하게 된다. 전설과 진실을 구분하려 노력한다면서 헤로도토스는 '진리'의 영역에서 신성의 개입을 막지 않고, 믿을 만한 증거를 평가한다면서 사제들에게 들은 이야기를 맨 위의 목록에 둔다. 더구나 역사적 차이점에 대한 헤로도토스의 감각은 아직 세밀한 분별력을 갖추지 못했다. 이를테면 세 명의 페르시아인이 그리스어로 민주주의와 과두 정치, 군주제 가운데 최상의 정부 형태에 대해서 언쟁하는 식이다. 하지만 헤로도토스가 새로운 구분법을 만들어 낸 것은 분명하다. 서사시 같은 문학 자료의 사용(영웅주의와 야망, 다른 인간적 자질과 관련된다.)과 사실을 드러내는 목격자 증언의 사용을 구분한 것이다.

나머지 부분에서 헤로도토스는 키루스 황제가 권력을 장악하게 되고 캄비세스 2세와 다리우스 왕의 왕좌를 이어받으며 다리우스 치하에서 시작된 전쟁의 세부 사항을 자세하게 그려 나간다. 49.195킬로미터를 달려온 전령이 그리스의 승전보를 전한 다음 죽은 마라톤 전투, 영웅적인 스파르타인 무리가 그리스의 퇴각을 엄호하다 장렬히 전사한 장소인 테르모필레 전투, 전쟁에서 결정적인 해상 전투가 벌어졌던 살라미스

섬, 페르시아 보병과 싸워 아테네가 최후로 승리를 거둔 플라타이아이 전투 등에 대한 언급은 그리스와 그들이 치른 전쟁에 대한 이후 모든 역사물의 중심 사료가 되었다. 군사 전략에 대한 세심한 관심은 수세기 동안 군대사의 전형이 되었다.

저자 추천본

1999년 이후로 새로운 번역서가 몇 권 출간되었지만, 로빈 워터필드가 번역한 The Oxford World's Classics(2008년 재발행본) 판본이 가장 마음에 든다. 이 판본은 가독성과 직해성의 균형을 잘 잡고 있다. 2014년에 톰 홀랜드의 번역서가 출간되었는데, 훨씬 현대적이고 이해하기 쉽지만, 원문의 의미를 훼손한 경우가 너무 잦았다. (나중에 한 번 더 읽을 생각이라면, 고등학생에게는 훌륭한 선택이 될 수도 있다.) 다른 판본으로 오브레 드 셀랭쿠르의 번역본(개정판,Penguin Classics, 2003)도 있다.

국내 번역 추천본

헤로도토스, 박현태 옮김, 『헤로도토스 역사』(동서문화사, 2016).
헤로도토스, 박광순 옮김, 『헤로도토스 역사 상·하』(범우사, 2001).

펠로폰네소스 전쟁사　　투키디데스

The Peloponnesian War(c. 400 B.C.) · THUCYDIDES

페르시아의 위협이 누그러지자 그리스 도시 국가 가운데 아테네와 스파르타는 서로에게 칼을 겨누게 되고, 펠로폰네소스 전쟁이라고 알려진 일련의 황폐한 갈등을 겪는다. 귀족 계급인 투키디데스는 기원전 424년까지 아테네 장군이었는데, 주요 전투에서 패전하자 유배되었다. 유배지에서 그는 계속되는 갈등 이야기를 쓰기 시작했다. 전쟁은 아직 끝나지 않았으나, 투키디데스는 이미 온갖 전설과 왜곡된 소식들을 전해 들어 이를 바로잡으려 했다. 그는 단호하게 펜을 들었다. "나의 역사에는 낭만적인 내용이 없으니 흥미가 어느 정도 떨어지지나 않을까 두렵지만, 과거에 대한 정확한 지식을 바라는 탐구자에게 유용하다고 평가받는다면…… 만족할 것이다."(1장 22쪽) 투키디데스는 자신의 저작, 그리고 역사 서술을 대체로 삶의 유형이라고 보았다. 왜냐하면 (그가 썼듯이) 과거에 대한 정확한 지식은 "미래에 열쇠가 되며, 미래는 십중팔구 반복되거나 과거를 닮을 것이기 때문이다."

투키디데스는 헤로도토스처럼 전쟁의 기원을 추적하고자 전쟁 훨씬 이전부터 파고들지만, 먼 과거에 대해 글을 쓰는 어려움을 깨닫게 된다. "시간이 아주 많이 흘렀기 때문에 전쟁 이전의 시대에 대한 정확한 정보를 얻을 수 없었다……. (하지만) 전쟁이든 다른 무엇이든 아마도 그 시간들은 그다지 중요하지 않았다고 생각한다." 이렇듯 그리스 반도의 초기사를 한꺼번에 폐기시키는 것은 현대의 역사가라면 있을 수 없는 일이라고 여길지 몰라도 투키디데스는 그리스 문명이 이전에 나타난 다른 무엇에든 의존하고 있다고 보지 않았다. 그리스 문명은 독특하며 조상이 없다고 본 것이다.

광범위한 자료를 적어 둔 헤로도토스와 달리 투키디데스는 이야기를 고르고 선택해서 마지막 이야기는 신중하게 형식을 다듬는다. 그는 아테네인이며 유배당한 상황에서도 아테네의 대의에 명백히 편향되어 있음을 보여 준다. 펠로폰네소스 전쟁에서 아테네는 처음에 코린토스와 싸운다. 코린토스와 코린토스의 식민지 몇몇 나라 간의 전쟁에 개입한 후의 일이다. 이후로 아테네는 코린토스의 동맹국인 스파르타와 갈등을 겪게 된다. 헤로도토스와 달리 투키디데스는 역사적 사건을 신의 개입으로 돌리지 않고, 대신 정당 사이의 길고 긴 정치적 협상, 그리스 도시 국가 사이의 복잡한 연합망, 페르시아 전쟁 말기 이후로 흔들리는 그리스의 정치적 상황으로 그려 낸다. 그의 설명은 서서히 쇠락하는 아테네를 보여 준다. 아테네는 위대한 정치가 페리클레스의 부재와 전염병의 창궐, 시칠리아에서의 재앙에 가까운 패배로 인해 약해져 간다. 아테네는 쇠락에 반전을 꾀하기 위해 불명예로 물러난 장군 알키비아데스를 소환하는데, 투키디데스는 이런 진전에 희망의 음색을 불어넣는다. 하지만 이윽고 아테네는 패하고 투키디데스는 역사를 끝맺지 못한 채 죽음을 맞이한다. 아테네는 끝내 굴복하게 된다.

저자 추천본

역사 전공자가 아닌 독자가 투키디데스의 작품을 읽기에 가장 좋은 방법은 로버트 B. 스트래슬러(Free Press, 1998)가 편집한 『투키디데스: 펠로폰네소스 전쟁 종합 안내서』를 읽는 것이다. 번역만 놓고 보면, 스티븐 래티모어의 번역본(Hackett, 1998)을 읽기 바란다. 각 섹션에 들어가기 전에 간략하게 내용을 요약하여 소개하고 있기 때문에 고대 역사를 잘 모르는 독자에게 도움이 된다.

국내 번역 추천본

투키디데스, 천병희 옮김 『펠로폰네소스 전쟁사』(숲, 2011).

투키디데스, 박광순 옮김, 『펠로폰네소스 전쟁사 상·하』(범우사, 2011).

국가·정체　　플라톤

The Republic(c. 375 B.C.) · PLATO

이상적인 문명에 대한 플라톤의 그림은 원형이 되는 플라톤의 국가에 반대하여 자신들이 만든 국가를 지지하는 후대 역사가들에게 참조할 만한 반면교사가 되었다. 『국가·정체』에서 플라톤은 자신의 주장을 대신 말해 줄 역사 속의 실제 인물을 등장시킨다. 소크라테스와 몇몇 다른 저명한 철학자들이 연회석에서 인간 사회를 구성하는 것과 무엇보다 정의롭게 만드는 것이 무엇인지 토의를 벌이고 있다. 그들은 국가가 시민들의 안전을 지키기 위해서 법률을 집행하는 절충안으로 정의를 규정짓는다. 하지만 구성된 정의보다 자연적인 정의를 더 선호할 법한 소크라테스는 정의로운 사회가 어떤 모습일지 사람들을 이끌어 그려 보게 한다. 사람들은 시민들이 엄격한 계급 구분을 기꺼이 수용하는 국가를 조합해 낸다. 이 국가의 시민들은 자기네가 태어난 장소를 알고 있다. 교육은 적어도 남자들에게는 보편적이다. 국가의 시민들은 자기 쾌락보다는 조국의 선을 위해 행동한다.(쾌락은 언제나 지루함과 불만족으로 이어지기 때문이다.) 우생학을 '합리적'으로 적용하여 강하고 지적인 사람이 2세를 갖도록 장려함으로써 병약한 사람들은 서서히 눈에서 사라져 간다. 힘과 지혜를 겸비하고 눈앞의 세상이 실재의 그림자에 불과하다는 사실을 이해하는 철인이 국가의 지도자가 될 것이다. 철인은 다중의 의지를 경청하기보다는 실재에 순응하도록 국가를 이끌어 가려고 노력하게 된다. 철인의 임무는 실재를 이해하고 실재를 통해 그 자체로 하나의 이상인 정의를 발견하는 일이다. 그리고 이 결론에는 물론 소크라테스의 권위라는 소인이 찍혀 있다.

현재의 역사가 중에서 감히 이 방법을 모방할 사람은 없을 것이지만, 소크라테스의 입을 빌려 표현함으로써 플라톤의 역사관이 드러난다. 역사 서술은 결국 그림자에 불과한 '역사적 사실'이 아니라 생각의 발견과 관련된다는 것이다. (플라톤이나 소크라테스와는 무관하게 존재하는) 이상 국가를 표현하는 데 있어서, 플라톤이 소크라테스가 사용했을 법한 방식으로 표현했다면 플라톤은 역사를 정확히 행하고 있는 것이다. 플라톤은 소크라테스라는 진리를 발견하고, 거기에 그림자처럼 매달려 있으니 말이다. 자신의 결론을 드러내기 위해서 소크라테스식의 대화법을 사용한 것 또한 '역사적'이라고 간주될 수 있다. 결국 소크라테스는 대화술을 발명해서 실재에 대한 우리의 지식에 공헌하고 있으니, 그런 의미에서 이상 국가 추구에 아직 참여하는 중이라고 볼 수 있다.

저자 추천본

지난 15년 동안만 적어도 네 권의 새로운 번역본이 등장하여 독자들에게 많은 선택권이 생겼다. R. E. 앨런의 2006년 Yale University Press(paperback, 2008)와 C. D. C. 리브의 2004년 번역본(Hackett)은 원문에 대한 충실함과 가독성의 균형을 잘 맞추어 비전문가를 위한 최고의 번역일 듯하다. 나는 개인적으로 로빈 워터필드의 번역(Oxford World's Classic, 2004)을 좋아한다. 철학자들로부터 플라톤의 원문에서 멀어졌다는 비판을 받아 왔지만, (철학을 전공하지 않은) 역사학자에게는 읽기 쉽고 유용하게 느껴진다.

국내 번역 추천본

플라톤, 천병희 옮김, 『국가』(숲, 2013).
플라톤, 박종현 옮김, 『플라톤의 국가·정체』(서광사, 2005).

영웅전 플루타르코스

Lives(A.D. 100~25) · PLUTARCH

플루타르코스는 현대적 의미에서 최초의 전기 작가다. 사람들의 삶을 연대기로 만들면서 그들을 역사적 사건이라는 거대한 도식 속의 요소로 취급하지 않고 인간으로 그려 낸 인물이다. 플루타르코스에게는 위대한 인물의 삶이 바로 거대한 도식이다. 역사는 유명하고 권력과 특권을 지닌 이들에 의해서 형성된다. 토머스 칼라일이 "세상에서 인간이 성취한 것에 대한 역사는 사실상 여기서 작업했던 위대한 인간들의 역사다."라고 말할 수 있게 해 준 전통적인 전기 서술의 기원이 된 인물은 수백 년 전의 플루타르코스다.

글을 써 나가면서 플루타르코스는 주제가 되는 인물 각각의 공적인 성취와 개인적인 삶을 서로 이어 준다. "가장 영광스러운 위업이 인간의 미덕이나 악덕을 가장 분명하게 드러내 주지는 않는다. 때로는 그다지 중요하지 않은 문제나 표현, 농담 등이 인간의 인성과 성향을 제대로 파악하도록 해 준다." 나아가 공적인 것과 사적인 것은 얽히고설키듯 섞여 있어서 사적인 인생은 인성을 드러내고 인성은 역사의 과정을 결정짓는다. 로물루스의 위대한 전투에 대해서도 승리로 이끌어 준 것은 로물루스의 정복 의지뿐만이 아니라는 이야기를 플루타르코스는 전한다. 로물루스는 만년에 가죽끈을 지닌 젊은 청년들을 어디든 대동하려고 했기 때문에 구경꾼은 누구든 그 자리에서 명령을 내려 체포하거나 묶어 둘 수 있었다고 한다. 말하자면 로물루스의 자질이 그를 승리로 이끌어 주기도 했다는 것이다. 플루타르코스는 그리스와 로마의 영웅 이야기에서 비슷한 유형의 미덕과 악덕을 포착하여 한 쌍으로 전해 준다. 플루타르코스에게 역사는 도덕적인 기획이며 역사적인 인물들은 모방하거나 멀리해야 하는 표본이기 때문이다. 아테네의 영웅 알키비아데스와 이후 셰익스피어의 비극에 등장한 코리올라누스, 두 인물도 마찬가지다. 우리는 알키비아데스가 기품 있고 매력적이기는 하나 '야망과 욕망'으로 뒤틀렸으며 코리올라누스가 '관대하고 가치 있는 본성'을 지녔으나 젊은 시절에 수양이 부족하여 '오만하고 도도한 기질'의 노예가 되었다는 사실을 알게 된다. 두 인물 모두 자신의 결점에 좌우되는 성향이라 다채로운 경력을 갖게 되었다. 하지만 플루타르코스는 코리올라누스에게 도덕적인 우위를 부여한다. 왜냐하면 성격은 나쁘더라도 그는 직설적이고 정직한 사람인 반면 알키비아데스는 "인간들 가운데…… 양심적이기로는 최악"이었다는 것이다. 여기에 교훈이 있다. 도화선이 짧은 것은 장애에 불과하지만 파렴치한 행위는 치명적인 약점이다. 이들 전기는 도덕적인 성장을 안내해 주는 우화다. 플루타르코스가 직접 쓰고 있듯이 "위대한 인간들의 미덕은…… 내게 일종의 거울인 셈이다. 거울 속에서 나 자신의 인생을 꾸미고 조절하는 법을 보게 될 것이다."

저자 추천본

플루타르코스를 영어로 읽는 데는 두 방법이 있다. 우선 the Modern Library Clasics(New York, 2001)의 『고귀한 그리스인과 로마인의 삶』이라고 두 권으로 출간된 전기 전체를 읽는 방법이 있다. 이 판본은 17세기 시인 존 드라이든이 번역했으며 1864년 시인이자 역사가인 아서 휴 클로가 교정하여 그 자체로 영어 고전이 되었지만 조금은 고풍스러운 산문으로 읽기가 수월하지 않다. 다른 하나는 로빈 워터필드가 좀 더 매력적인 현대어로 번역한 발췌 인물전으로, the Oxford World's Classics(Oxford: Oxford University Press, 1999)으로 출간되었다. 『로마인의 삶: 여덟 명』과 『그리스인의 삶: 아홉 명』의 두 권으로 구성되어 있다.

국내 번역 추천본

플루타르코스, 이성규 옮김, 『플루타르코스 영웅전 전집 1·2』(현대지성, 2016).

플루타르코스, 천병희 옮김, 『플루타르코스 영웅전』(숲, 2010).

신국론 아우구스티누스

The City of God(completed 426) · AUGUSTINE

북아프리카 태생의 아우구스티누스는 원죄에 대한 교리를 상세하게 진척시킨 것으로 유명하다. 원죄는 인간이라면 태어날 때부터 아담으로부터 물려받은 죄로, 하느님께 소명을 받아 신을 숭배하지 않는 이상 자기중심적인 상태는 변하지 않는 것을 말한다. 『신국론』은 자기 숭배자들의 공동체인 지상의 도시와 신을 숭배하는 자의 왕국인 신의 도시가 지상에 불가해하게 뒤섞여 있다고 주장한다. 다른 두 개의 목적을 지닌 도시가 억지로 동시대에서 존재하기 때문에 역사의 긴장이 발생한다는 것이다.

아우구스티누스는 신의 도시가 교회와 동일하지 않다고 조심스럽게 설명한다. 교회에 다닌다고 해서 모두가 하느님을 진실로 숭배하지는 않기 때문이다. 신의 도시가 기독교인 개인들로 이루어진 것만은 아니다. 교회 자체는 신이 지상의 일을 위해 선택한 곳이기 때문이다. 마찬가지로 인간의 도시가 신을 따르지 않는 인간들만으로 이루어진 것도 아니며, 특정 정부와 동일하지 않은 것도 마찬가지다. 오히려 지상의 도시는 인간들이 자기 욕망을 쫓는 장소이며, 가장 강력한 욕망은 권력욕이다. 아우구스티누스는 지상의 도시에서 "군주들과 그들이 정복한 국가들은 지배에 대한 사랑으로 지배된다."고 말한다. 플라톤과 달리 아우구스티누스는 지상의 도시가 정의로울 수 있는 방법은 없다고 본다. 왜냐하면 권력을 행사하여 정의를 강요해야만 도시가 정의로울 수 있고, 권력은 언제나 결점을 지니기 때문이다. 아우구스티누스는 구분해서 말한다. "진정한 정의는 그리스도가 창시자이자 지배자인 공화국에만 존재한다."

그러나 다른 도시에 비해 신의 도시는 지상의 도시와 좀 더 쉽게 공존할 수 있다. 아우구스티누스는 국가 혹은 '연방'을 어떤 대상에 대한 공통된 사랑으로 서로 묶여 있는 인간 집단이라고 정의한다. 그러한 연방은 "우등한 사람들은 고차원적인 관심으로 서로 묶여 있는 데 비해, 열등한 사람들은 낮은 관심으로 서로 묶여 있다." 신의 도시는 가장 고등한 연방의 한 유형이다. 신에 대한 사랑으로 서로 묶여 있기 때문인데, 반면 평화에 대한 사랑으로 한데 모인 지상의 도시는 권력을 향한 욕망으로 묶여 있는 지상의 도시보다 훨씬 우수하다. 평화롭게 살기를 바라는 신의 도시의 일원들은 평화를 추구하는 지상의 도시와 협력할 수 있지만 독재자가 지배하는 도시에는 언제나 반대편에 서 있을 것이다. 아우구스티누스는 결론짓는다. "믿음으로 살아가지 않는 지상의 도시는 지상의 평화를 구한다……. 신의 도시는 오로지 그래야 하기 때문에 평화를 이용한다. 평화를 바라는 인간 세상의 이런 조건이 사라질 때까지……. 이처럼 두 도시에서 평화로운 삶이 공통되기 때문에 두 도시 사이에 조화가 존재한다." 그리하여 아우구스티누스는, 신의 도시가 지니는 궁극적이면서 영적인 충족에 두 눈의 초점을 흔들림 없이 맞춘 상태에서 지상의 도시를 통치하는 원칙을 배치시킨다.

저자 추천본

종교와 정치 철학자에게는 원전(헨리 베텐슨이 번역하고 G. R. 에반스가 편집한 1184쪽에 달하는 Penguin Classics)이 낫겠지만, 아마추어 역사학자에게는 드미트리우스 B. 제마와 게럴드 G. 워시가 번역한 Image Classics 축약본(1958)이 나을 것이다.

국내 번역 추천본

아우구스티누스, 추적현 옮김, 『신국론 1·2』(동서문화사, 2016).

아우구스티누스, 성염 옮김, 『신국론 1·2·3』(분도출판사, 2004).

영국인 교회사 비드

The Ecclesiastical History of the English People(731) · BEDE

비드의 역사는 최초로 한 국가의 이야기를 들려준다. '그리스'와 같은 민족 집단과 상반되는 정치적 통일체로서의 국가 말이다. 비드는 국가적 정체성을 세우기 위해서 과거를 활용한다. 덴마크 왕국의 일부로 출발한 영국이 비드 사후 200년 동안 한 명의 군주 아래 통합되지 않았다는 사실을 고려하면, 이는 평범한 업적이 아니다. '영국인'이 5개 국어를 말하고 수십 명의 왕을 가졌다고 해도 비드는 그들이 하나의 정체성을 지닌다고 보았다. 그는 이렇게 쓴다. "현재로서는 영국에 다섯 권의 책으로 씌어진 하나의 신성 규율처럼 다섯 가지 언어가 있는데, 그 언어들은 단 하나인 동일한 종류의 지혜를 찾고 설명하는 데 전념한다."

비드는 영국이라는 왕국이 물리적인 국경보다는 영적인 국경을 지녔다고 보는 면에서 아우구스티누스를 차용한다. 어쩌면 8세기 중반에 물리적인 국경을 정의하기란 상당히 어려운 일이기 때문이었을지도 모른다. 그러므로 비드의 역사는 영국인의 '교회사'가 되고, 영국에서 신의 도시가 성장해 나가는 이야기를 들려주게 된 것이다. 초기 영국과 아일랜드 정착민들(원래 스키타이에서 온 픽트족)의 묘사에서 시작하여 로마의 영국 점령으로 넘어갔다가 원주민 브리튼족과 침략한 앵글족 사이의 계속되는 전투, 그리고 마침내 아우구스티누스(『신국론』을 쓴 히포의 아우구스티누스가 아니라 캔터베리의 아우구스티누스이다.)의 도래에 이르러 비드의 서사는 전환을 맞게 된다. 아우구스티누스는 독특한 영국식 교회인 '에클레시아 앵글로룸'을 설립하는데, 이 교회가 영국의 다양한 민족들을 영적 공동체로 묶어 준다. 이후부터 영국 왕들에게는 사형 집행 직전의 참회와 면죄를 위한 짧은 시간('신성한 종교에 무지'했던 엘프리트는 한 문단에 끝난다.)만 할당되고, 그레고리우스 교황이라는 영적인 황제 아래 영국의 영적인 왕인 아우구스티누스가 별이 된다.(그는 길이가 긴 장을 아홉 개나 차지한다.) 『영국인 교회사』는 왕에 대한 간략한 묘사와 주교에 대한 긴 이야기가 엇갈려 나타나는 형식으로 이어진다.

아우구스티누스에 대한 그레고리우스의 충고는 이제는 영국을 통일시킨 믿음에 공통된 관습을 세우려는 관심을 보여 준다. 그는 "(다양한 교회에서 관습들을) 신중하게 선별하라."고 아우구스티누스에게 명령한다. "그리고 아직 신앙의 신참자인 영국 교회에게 다른 교회에서 모을 수 있었던 것들을 끈기 있게 가르쳐라……. 그리고 관습들이 한 묶음으로 다 모아지면 영국인들의 마음이 관습에 익숙해지는지 살펴보라." 이것이 바로 비드가 전해 주는 이야기다. 영국은 여러 다른 인종으로 가득한 나라인 만큼, 신에 대한 지식으로는 결코 통일되지 않았다는 것이다. 『영국인 교회사』는 국가 경축일인 부활절 이야기로 결론을 맺는다. 부활절은 민족적 발전의 '마지막 지점'을 상징한다. 부활절 축제의 정확한 날짜를 두고 벌어진 논쟁이 길고 세부적인 논의의 과정 끝에 마침내 해결되고, 나머지 전 기독교 국가들과도 일치하게 되자, 영국인들은 하나의 국가로서뿐 아니라 그리스도 왕국의 시민으로서도 성숙함을 보여 주었다.

저자 추천본

The Oxford World's Classic. 주디스 맥클루어와 로저 콜린스가 번역했다.(2000년에 재출간)

군주론 니콜로 마키아벨리

The Prince(1513) · NICCOLÒ MACHIAVELLI

도시 국가 베네치아와 밀라노, 나폴리, 피렌체가 자국의 이익을 위해 투쟁하던 르네상스 시대 이탈리아의 정치적 혼돈 속에서, 니콜로 마키아벨리는 정치술 입문서를 상재한다. 그는 역사서를 쓰지 않지만 그가 채택한 방법은 역사적이다. 각각의 정치술은 역사적 증거로 입증된다. 마키아벨리의 결론이 옳음을 보여 주는 과거에서 뽑아 낸 입증 사례를 역사적 증거로 각각의 정치술이 뒷받침되기 때문이다. 마키아벨리는 군주가 지배할 법한 영역, 국가, 왕국을 관찰하면서 이야기를 시작한다. 또한 르네상스 도시 국가에 대한 그의 성찰(세습 공국, 약탈 공국, 왕국 등)은 다소 엉뚱해 보일지 모르지만, 마키아벨리는 특정한 정부 형태를 이용하여 다중의 본성에 대해 일반적인 진술을 하고 있다. 예를 들어 3장 「혼합된 통치권에 관하여」는 혼합된 통치권을 묘사하는 것에서 시작하여 정치 철학에 대한 매우 중요한 진술에 이른다. "인간은 자신에게 더 좋을 것이라 믿으면 기꺼이 군주를 바꾼다." 충성심과는 무관하게 새롭고 더 나은 질서가 뒤따른다는 믿음이 서면 신민들은 통치자를 기꺼이 갈아치운다는 것이다.

피통치자의 속성을 설명한 후에 마키아벨리는 플루타르코스의 우화식 전기적 접근법으로 돌아가 자신이 천거한 자질에 해당하는 각각의 역사적 사례를 제시하며 통치자의 속성을 묘사해 나간다. 그는 이렇게 쓴다. "신중한 인간은 언제나 위대한 인간이 뚫어 놓은 길로 들어가며 가장 탁월했던 사람을 모방한다. 그러면 능력이 거기까지 이르지 않더라도 최소한 비슷한 흉내는 내게 된다." 마키아벨리의 역사적인 참조는 모세까지 거슬러 올라간다. "모세로서는 이집트인들에게 억압받고 노예로 살아온 이스라엘 민족을 찾아낼 필요가 있었다. 그래서 예속 상태에서 벗어나고자 이스라엘 민족은 모세를 따를 마음이 내켰을 것이다." 이것이 마키아벨리의 첫째 원칙이 된다. 효율적인 지도자는 신민들에 대한 자신의 도덕적 권위를 드높이기 위해서 신민들의 비참함에 호소할 것이다.

마키아벨리에게 '선한'의 의미는 '효율적인'이며, 그래서 마키아벨리는 도덕을 자유롭게 묵인한다는 평판을 얻었다. 하지만 그도 도덕성을 지니고 있다. 마키아벨리의 생각에 '선한' 점은 국가의 번영이다.(그는 로렌초 데메디치에게 여기로 와서 자신의 고통받는 도시 국가를 구해 달라는 간청으로 『군주론』을 끝맺는다.) 국가의 번영이 국가의 일원인 개인에게 이익을 주기 때문에, 군주가 취한 행동이 실제로는 '악'할지 몰라도 국가와 백성들에게 이득이 된다면 '선한' 것이다. 사실 마키아벨리는 지속적인 악함이 군주와 국가 양쪽에 나쁜 선택이라고 본다. 한 차례의 잔인한 행동은 "스스로를 보호하는 데 필요한 한 번의 일격"일지 몰라도 끊임없는 잔인함은 군주가 언제나 "손에는 칼을 쥐고 백성들에 의존하지 않고" 통치해야만 한다는 것을 의미한다. 『군주론』에서 정치는 '이상'이 아니라 '현실'이며, 권력을 유지하는 것이 그중 가장 거대한 현실이다.

저자 추천본

하비 C. 맨스필드의 번역본 2판(University of Chicago Press, 1998)과 피터 본더넬라의 최근 번역본인 Oxford World's Classics(2008)은 둘 다 원문에 충실하고 읽기 쉬우며 설명이 자세한 유용한 각주가 달려 있다.

국내 번역 추천본

니콜로 마키아벨리, 강정인·김경희 옮김, 『군주론』(까치글방, 2015).

유토피아 토머스 모어 경

Utopia(1516) · SIR THOMAS MORE

플라톤은 이상 사회를 묘사하고 마키아벨리는 실재하는 사회를 묘사한 반면, 토머스 모어는 효과가 있을지도 모를 사회를 제안하면서 '상상의 역사'를 논한다. 그는 스스로를 역사 속에 등장시켜 토머스 모어라는 이름의 등장인물 이야기를 한다. 그 인물은 어느 날 미사가 끝난 후에 라파엘 히슬로데이라는 여행자를 만난다.(그의 이름은 그리스어 단어를 조합해서 만든 것으로 '허튼소리에 재주 있는 이야기꾼'이라는 뜻이다.) 히슬로데이는 '유토피아(혹은 '없는 곳')'라고 불리는 먼 대륙으로 떠났던 여행 이야기를 한다. 소설가처럼 모어는 옛날 여행담 형식을 풍자적으로 사용한다. 히슬로데이를 따라 그는 고전과 『신약』의 원칙들을 취사선택하여 조합한 상상의 대륙을 통과해 간다. 유토피아는 쉰네 개의 동일한 도시로 이루어졌고 모두 정확히 39킬로미터 떨어져 있다. 시민들은 모두 똑같은 삶의 조건을 지닌다. 다들 공동으로 보유한 토지에 농사일을 하러 간다. 희소성이 아니라 유용성에 따라 가치가 생긴다.(그래서 금은 아무런 가치가 없다.) 다들 어떤 식으로든 신의 권능을 믿지만 다른 종교적인 분파로 전향하는 것은 허락되지 않는다. 왜냐하면 "하나의 종교가 진짜 진리이고 나머지가 허위이고 인간이 합리적이고 적절하게 그 문제를 숙고하기만 한다면 진리인 종교가 곧 자연적인 힘으로 전체를 휩쓸 것이기 때문이다." 이러한 '중용'은 『유토피아』의 중심 가치이며, 옳은 것을 선택하여 하게 만드는 이성과 무사심(無私心), 이 두 가지를 발휘하는 모든 인간의 능력과 자발성의 토대다. 아우구스티누스처럼 모어는 기독교 국가의 가능성에 대해서 회의적인 듯하다. 신앙을 강요하기 위해서 협박과 폭력을 가해야 할 것이기 때문이다. 하지만 그는 무언의 기독교 윤리가 모든 법의 토대를 단단하게 받쳐 주는 국가를 그려 낸다.

모어는 이렇게 쓴다. "인간이라면, 신의 예정과 무관한 모험들로 이 세상이 굴러간다고 생각할 만큼 비열한 상상력에 인간 본성이 지닌 고귀성을 허락해서는 안 된다. 그리하여 인간들은 이번 생이 끝난 후에 악덕은 극단적으로 처벌받고 미덕은 관대하게 보상받는다는 사실을 믿게 된다." 이러한 종교적 맥락을 공유하지 않으면 비드의 영국처럼 유토피아는 일관성을 지니지 않을 것이다.

저자 추천본

Penguin Classics(폴 터너 편집, 2003), Dover Thrift Editions(1997), Norton Critical Editions(3판, 2010. 서문을 읽기 바란다. 간략하게 역사적 배경이 소개되어 있다.).

국내 번역 추천본

토머스 모어, 주경철 옮김, 『유토피아』(을유문화사, 2007).

통치론 존 로크

The True End of Civil Government(1690) · JOHN LOCKE

존 로크는 군주제에 대한 적대감이 커져 가는 시기에 살았지만 두 명의 군주를 방어했다. 수십 년 전에 의회와 영국은 올리버 크롬웰의 영국 공화국을 선호하여 스튜어트 왕을 처형했지만 크롬웰의 가혹한 행위에 마침내 지쳐서 스튜어트 왕가를 왕정복고시켰다. 불행히도 스튜어트 왕가를 잇는 남자 상속인들의 무능함이 입증되었고, 1688년 영국은 스튜어트 왕가의 딸을 대신 왕좌에 앉힌다. 네덜란드인 남편 빌렘 공과 함께 메리는 의회와 협조한다는 조건 아래 여왕의 자리를 차지했다. 이 '명예혁명', 즉 '무혈혁명'은 계약 군주제를 확립했으며, 군주제의 권력은 군주에서 이론상으로는 국민의 대표 기구인 의회로 이동했다.

로크의 글은 명예혁명을 지지한다. 로크의 주장에 따르면 정치적 권위는 재산을 보호하기 위해서만 행사되어야 한다. 인간이 '자연 상태'에 있을 때는 자신의 재산을 보호해야 한다. 이는 사람들을 항구적인 전쟁 상태로 몰고 간다. 대신 인간은 '연합'으로 서로 모여서 자신들의 재산에 대한 각각의 권리를 보호해 주는 일을 위임하는 정부를 형성할 수 있다.

인간과 정부 사이의 계약을 위해 사람들은 "어떤 종류의 자유를 포기"할 필요가 있지만 로크는 인간의 탐욕 때문에 이것이 필수적이라고 본다. "만약 인간들이 연합을 형성하지 않고 법 아래 서로 단결하지 않고도 평화롭고 조용하게 살 수 있었다면, 이 세상 인간들을 사기와 폭력으로부터 보호하기 위해서만 만들어진 행정관이나 정치는 전혀 필요하지 않았을 것이기 때문이다." 나아가 정부는 오로지 재산 문제만 관심을 가져야 하기 때문에 이것은 아주 제한적인 포기이다. 이것은 "보호 외에는 다른 목적이 없는 권력이며, 국민들을 위험에 처하게 하고 노예화하거나 의도적으로 빈곤에 빠뜨릴 권리는 결코 가질 수 없다."

하지만 로크는 정부가 그렇게 좁은 영역에 스스로를 제한시킬 것이라고 믿지 않는다. 그래서 정부를 세 영역으로 분화해야 한다고 그는 제안한다. 재산을 보호해 주는 법을 만드는 입법부, 입법부의 실행을 감독하는 '행정부', 그리고 마지막으로 외부 권력을 다루는 '연합부' 말이다. 하지만 권력의 분배에도 불구하고 정부가 제한된 책임을 넘어서는 것을 막지 못한다면 정부는 해체될 수 있다. 국가가 힘을 부여하고 그 힘을 빼앗아 갈 수 있는 반면 "새로운 입법부를 세우는 것이 그들의 안전과 선에 최상임을 알게 될 것이다." 로크의 글은 최소한 한 가지 당혹스러운 질문에 대답하지 않은 채 끝맺는다. 공통의 권위가 재산 있는 사람들로부터 지정되고 정부가 지정한 사람들에게 책임이 있다면, 재산이 없는 사람들은 어떻게 되는가?

저자 추천본

공용 도메인에서 전자책으로 읽어 볼 수 있고, Cambridge University Press 판본인 『로크: 정부에 대한 두 논문』 3판(1988)도 이용 가능하다. .

국내 번역 추천본

존 로크, 강정인 옮김, 『통치론』(까치글방, 2007).

영국사 데이비드 흄

The History of England, Volume V(1754) · DAVID HUME

데이비드 흄은 당시 계몽주의에서 유행시킨 형식대로 이성의 편견 없는 활동을 보여 주게 될 영국사 쓰기에 착수했다. 로크나 다른 이들처럼 그는 의회가 왕권에 제한을 가하기를 원했다. 하지만 그는 영국이 항상 자유로웠으며 독재 군주들이 역사적으로 국민에게 속한 권력을 장악한 것이라 주장했던 당대 역사가들의 주장을 거부했다. 과거를 과학적으로 분석하면 영국의 왕들이 대체로 의회나 다른 조언단에 상의하지 않고 행동했으며 그렇게 행동할 때는 사실상 왕권이 가장 강력했음을 보여 준 것이라고 흄은 주장했다. 의회가 군주에게 책임을 요구했을 때 역사적인 선례를 세운 셈이었다.

그래서 흄은 자신의 영국사를 스튜어트 왕가에서 시작했다. 이 시점에 영국 하원의 부당한 공격이 계속 늘어나면서 군주의 대응을 강요했다고 흄은 서술했다. 흄의 견해에 의하면 영국이 불안해진 데는 스튜어트 왕가 쪽의 결점 못지않게 의회의 결점이 컸다. 흄은 이렇게 쓴다. "의회의 개원은 아주 불안정했다. 휴회에 비하면 의회의 회기는 너무 짧았다. 그런 만큼 사람들이 주권을 찾아서 눈길을 위로 돌리면 국가의 권위와 전적인 위엄에 힘입은 유일하고도 영구적인 행정권으로서 군주의 눈과 마주치기 일쑤였다. ……그러므로 수많은 사람들은 혼자라서 간단하고 여러 사람 섞이지 않은 군주를 영국 정부로 상상했으며, 인민 의회는 영국 정부의 존재와 실존에 어떤 정도의 본질도 없이 천에 붙은 장식만 형성하는 존재로 추정했다." 당장 흄은 군주가 원하는 대로 할 수 있는 권리를 지지하는 '토리당에 편파적인' 인물로 비난받았다. 하지만 사실상 흄 역시 자신의 의견에 회의적이었고, 왕족이 신적인 특권을 지녔다고 자처하면 무엇이든 거부했다. 한편 그는 다중이 조악하다는 견해를 지녔고, 어떤 정부든 국가의 평화와 번영을 위해 최선을 다한다면 응당 권력을 가져야 하며 찬성하거나 반대하는 어떤 철학적인 주장도 신경 쓰지 말아야 한다고 생각했다. 이는 '공리주의적' 견해다.

흄은 과학적인 연구 방법론을 추구하지 않았고 자료를 조심스럽게 걸러 내지도 않았다. 그래서 『영국사』는 사소하지만 때로는 중대한 사실적 오류로 가득하다. 그의 역사는 방법론 때문이 아니라 목적 때문에 '계몽적'이다. 그는 특정 시각을 증명하려 의도하지 않고 오히려 과거가 무슨 이야기를 하든 파악한 다음 다수의 청중에게 중계해 준다. 흄은 친구에게 보내는 편지에서 이렇게 썼다. "역사가의 첫 번째 자질은 진실하고 공평무사한 것이며, 그다음 자질은 재미있게 쓰는 것이지."

저자 추천본

프로젝트 구텐베르크에서 무료로 전자책을 읽을 수 있다. Liberty Fund에서 출간한 여섯 권짜리 문고판 시리즈(Indianapolis: Liberty Fund, 1985). 연대순으로 번호가 매겨져 있다. 1권은 로마 시대 영국에서 1216년 존 왕의 죽음까지 다루고, 2권은 1485년까지 초기 군주제를 다루며, 3~4권은 튜더 왕조, 5~6권은 스튜어트 왕가의 왕들을 다룬다. 하지만 흄은 실제로 스튜어트 왕가의 인물들에 대해서 먼저 썼다. 5~6권이 처음 저술되어 각각 1754년, 1757년에 출간되었다. 흄은 이어서 거꾸로 써 나갔다. 흄의 방법론과 목적을 이해하기 위해서는 스튜어트 왕가에 대해 쓴 5권만 읽어도 좋지만, 재미를 붙이게 되면 전체를 읽어 나가도 좋다.

사회계약론 장 자크 루소

The Social Contract(1762) · JEAN-JACQUES ROUSSEAU

로크와 루소 모두 정부를 계약이라고 보지만 루소는 로크와 달리 인간의 타고난 선함 덕분에 계약을 하게 된다고 믿는다. 루소에게 자연 상태의 인간은 도덕 감각을 지니고 있다. 문명화되지 않았지만 자연적으로 윤리적인 '고귀한 야만인'이다. 그러나 인간의 본성은 선할지 몰라도 특히 재산 소유를 부추기는 부분에서 인간 사회 구조는 악하다. 소유는 사회의 원죄다. 처음 한 인간이 "이것은 내 것이다."라고 말한 이후로 모든 것이 타락하기 시작했다. 하지만 사회 계약을 통해서 구원은 가능하다.

사회 계약은 인간들이 상호 동의에 의해 들어서게 되는 연합이다. 루소에게 사회 계약의 모형은 가족이다. 아버지와 어린아이 양쪽은 '자신의 이익을 위해서' 어느 정도 자유를 포기한다.(어머니는 여기에서 빠진 것 같다.) 어린아이는 보호를 얻고 아버지는 사랑을 얻는다. 마찬가지로 '국가'란 구성원이 보호를 얻고 국가는 사랑 대신에 지배의 즐거움을 얻는 연합이다. 이 연합에서는 구성원 전체가 동등한 참여권을 포기한 덕분에 자유가 보존된다. "각자가 자신을 완전히 포기하기 때문에 조건은 모두에게 평등하다……. 다른 사람에게 부담이 되는 일에는 아무도 흥미를 갖지 않는다." 모든 구성원은 다른 모든 구성원에 권력을 발휘하며, 이것이 사회 계약의 본질이다. "우리 각자는 자신의 인간됨과 자신의 힘 전체를 일반 의지라는 궁극적 방향 아래 공통으로 투여한다……. 이러한 연합 행위가 도덕적이고 집단적인 '정치체'를 만들어 내는데…… 정치체의 구성원들은 그 정치체가 소극적일 때는 국가라고 부르고 적극적일 때는 주권자라고 부른다."

루소는 이어서 법을 전 국민의 의지라고 정의한다. 입법부가 밑그림을 그리고 국민의 일반 의지가 의무를 지운다는 것이다. 그런데 결함 하나가 루소의 눈에 띄게 된다. "국민은 언제나 스스로 선한 것을 욕망" 하지만 불행하게도 국민은 "결함을 항상 구분해 내지는 못한다."는 점이다. 그러므로 국민은 입법자를 필요로 하는데, 국민이 자신의 눈으로 보지 못한다 해도 그들이 바라는 것이 무엇인지 분명하게 볼 수 있는 '위대한 인간'이 입법자이다. 하지만 위대한 인간은 독재자가 아니다. 왜냐하면 위대한 인간이 국가의 헌법을 제정한다 하더라도 강제하는 역할은 하지 않기 때문이다. 오히려 국민이 그 법을 시행할 것이다. 아마도 그것이 자신들이 바라기는 했지만 스스로는 분명하게 떠올리지 못했던 '선한 것'임을 인지했기 때문일 것이다. 이것이 실제 삶에서 어떻게 작동하는지 설명하려던 루소는 복합적인 모순 상태에 빠진다. 하지만 『사회계약론』에서는 루소 자신이 입법자 역할을 맡고 있다. 루소야말로 대중이 하지 못하는 것을 식별해 내고 다른 이의 손에 그 집행을 편하게 넘길 수 있는 '위대한 인간'이 된 것이다.

저자 추천본

Penguin Classocs(1968), 모리스 크랜스턴 번역.

국내 번역 추천본

장 자크 루소, 김영욱 옮김, 『사회계약론』(후마니타스, 2018).

상식　토머스 페인

Common Sense(1776) · THOMAS PAINE

능동적이고 강력한 국가로부터 멀어지는 시대 경향을 이어받아서, 토머스 페인은 최소의 정부가 최고의 정부라고 강조했다. 자유방임으로 알려진 원칙이다. 미국 혁명기에 대한 글을 쓰는 페인은 정치 철학자라기보다는 식민지 이주자들 그리고 특히 펜실베이니아 주민들에게 군주제가 사망했음을 단호하게 설득하는 선동가에 가깝다.

페인은 정부와 사회 사이의 구분선을 그으며 시작한다. 페인은 "사회는 우리의 필요로 만들어지며 정부는 우리의 사악함으로 만들어진다. 전자가 후원자라면 후자는 처벌자다. 모든 국가에서 사회는 은총이지만 국가는 최고의 국가라 하더라도 필요악에 불과하다. 거기다 최악의 국가는 참을 수 없는 존재다."라고 말한다. 사회는 사람들이 일을 하기 위해서 서로 모인 것이며, 정부는 "세계를 통치하는 데 도덕이라는 미덕이 무능력"하기 때문에 사회 내에 필요하게 되었다. 루소에게 사회와 국가는 동일하다. 페인에게 '국가'는 환영받지 못하는 손님이자 가족 가운데 아무도 그가 손님방에 있기를 원하는 사람이 없다 해도 '목숨과 자유, 재산'을 보호하기 위해서 객실에 머물러야 하는 경찰이다.

'경찰' 정부는 군주제가 되어서는 안 된다. 이를 증명하기 위해 페인은 한때 이상적인 평등이 지배했던 세계사를 그려 낸다. 그는 이렇게 쓴다. "성경 연대기에 따르면 태초에 왕은 없었다. 그 결과 전쟁이 없었다. 인류를 혼돈으로 몰아넣는 것은 왕들의 자존심이다." 페인은 모호한 태초의 평등을 그의 이상으로 여긴다. 이스라엘 가부장들의 조용한 시골

생활을 언급하면서 창세기의 폭력적인 묘사는 무시한다. 이러한 전원의 순수를 현재에 복위시키기 위해서 각 식민지에서 파견한 사절들은 누가 대통령이 될지 알아내고자 제비뽑기를 하는 의회에 매년 참석해야 한다. 대통령은 그저 의회의 의장일 뿐이며 최소한 의원 350명의 승인을 받은 법률을 통과시키게 될 것이다. 이것은 악덕을 줄여 줄 것이다. 왜냐하면 파견단 전원은 각자 다른 이들의 야심을 점검하는 역할을 수행할 것이기 때문이다. 페인은 한 사람이 권력을 너무 오랫동안 차지하면 필연적으로 독재자가 될 것이라 두려워한다. 4년은 생각할 수 없을 만한 기간이다. 이제는 미국 식민지의 생명과 자유, 재산을 보호하는 데 쓰이는 자신의 권력을 보호하느라 너무 바빠진 영국의 군주처럼 말이다. 오직 신만이 독재하려는 충동으로부터 자유롭다. "하지만 누군가 말하는 미국의 왕은 어디에 있는가? 내가 말해 주겠네, 친구. 그는 저 위를 다스리지. 그리고 영국의 야만인 왕족처럼 인류를 황폐하게 만들지 않는다네."

저자 추천본

Penguin Classics(아이작 크램닉 편집, 1982), Dover Thrift Editions(1997)을 읽어 볼 수 있다. 에릭 포너가 편집한 The Library of America edition(1995)에는 「인간의 권리」, 「이성의 시대」 등이 수록되어 있다.

국내 번역 추천본

토머스 페인, 남경태 옮김, 『상식』(효형출판, 2012).
토머스 페인, 방광순 옮김, 『상식론』(범우사, 2007).
토머스 페인, 박홍규 옮김, 『상식, 인권』(필맥, 2004).

로마 제국 쇠망사 에드워드 기번

The History of the Decline and Fall of the Roman Empire(1776~88) · EDWARD GIBBON

기번은 로마의 쇠퇴와 멸망이라는 아주 광범위하고도 복잡한 결과를 초래한 모든 원인을 계몽주의식으로 분석하려 시도한 역사서를 썼다는 점에서 위대하다고 평가받는다. 게다가 그는 원본은 아니지만 라틴어 원문 자료로 돌아갔다. 역사 전공자들이 제시한 1차 자료의 과학적인 분석은 그의 사후에 이루어질 터였다.

로마에 대한 기번의 관심은 현재에 대한 그의 관심을 반영하고 있다. 정의로운 정부에 대한 고귀한 실험인 로마는 수세기에 걸쳐 성공해 왔음에도 불구하고 결국 몰락했다. 로마의 몰락을 이해하기 위한 노력의 배후에는 다음과 같은 숨겨진 뜻이 있다. 아마도 다음번에 나타날 문명은 몰락하지 않고도 로마의 위대성을 성취할 수 있을지도 모른다는 것이다. 기번의 역사서는 이렇게 시작한다. "기독교 시대 두 번째 세기에 로마 제국은 지구상의 상당한 영토를 포괄하고 인류의 가장 문명화된 영역을 이해했다……. 자유 헌법이라는 개념은 합당하게 존중받으며 유지되었고 로마 의회는 주권을 소유하는 듯이 보였다. 정부의 행정권 일체는 황제에게 양도되었다." 하지만 권력의 분리가 제국을 유지시켜 주지 않았다. 왜인가?

『로마 제국 쇠망사』에서 기번은 쇠퇴로 이끌었던 모든 요인을 드러내는 데 탁월하다. 경제 상황과 다양한 기술 발전의 효과, 지리, 계급 충돌, 새로운 문화와 종교적 관념의 부상, 정부 형태의 결함, 그리고 더 많은 요인들을 보여 준다. 고대인들의 사고방식을 재현해 내는 데는 그다지 성공적이지 않으며, 사실상 그는 폭넓은 집단을 하나의 인격으로 묶는 설명 방식을 과도하게 쓴다. 가령 기독교 교회 형성에 관한 장에서 이렇게 쓴다. "(기독교도들이) 수동적으로 복종하라는 금언을 되풀이해서 가르쳐 주는 동안, 로마인들은 시민 행정이나 제국의 군사 방어 역할에 능동적으로 참여하기를 거부했다……. 하지만 인간의 인성이란 아무리 일시적인 열정으로 자극되거나 가라앉는다 하더라도 점차 적절하고 자연스러운 층위로 돌아올 것이다……. 원시 기독교인들은 경영과 세상의 쾌락에 무신경했다. 하지만 결코 완전히 소멸되지 않는 행동에 대한 사랑은 곧 되살아나서 교회 행정에서 새로운 업무를 찾아냈다……. 가톨릭교회는 위대한 연방 공화국의 형식을 취해서 힘을 얻었다." 여기서 기번은 테르툴리아누스와 오리게네스를 포함하여 다양한 교회 신부들에 대한 주석을 달고 교회 평의회가 이룩한 내용에 대해 몇 가지 사실을 덧붙인다. 하지만 그의 해석은 고대의 광범위한 집단이 본질적으로 당대인들과 동일하게 범주화될 수 있다는 가정에서 출발한다. 달리 말하면, 그는 입장을 바꿔서 고대인의 정신 속으로 들어가는 힘든 작업을 하지는 않는다.

저자 추천본

Penguin출판사와 Everyman's Library 모두 기번의 묵직한 역사서를 비축약본으로 출간했다. 허레이쇼 혼블로어라는 C. S. 포레스터의 소설 속 해군 대령은 읽을거리라고는 기번의 책밖에 없는 상황에서 3년의 항해를 버텨 냈다. 데이비드 워머슬레이가 편집한 이 축약본이 대다수 독자들에게 아마 최고일 것이다.

국내 번역 추천본

에드워드 기번, 송은주 외 옮김, 『로마 제국 쇠망사 1~6』(민음사, 2008~2010).

여권의 옹호 메리 울스턴크래프트

A Vindication of the Rights of Woman(1792) · MARY WOLLSTONECRAFT

젊은 여성으로서 울스턴크래프트는 경제적으로 독립하려고 처음에는 간호사로, 이후에는 학교 사무직과 가정교사를 거쳐 전업 작가로 일하게 된다. 『여권의 옹호』는 1792년에 출간되었는데, 같은 해 토머스 페인은 『인간의 권리』를 출간했다. 로크와 페인 그리고 루소는 인간이 스스로를 통치해야 한다고 주장했고, 울스턴크래프트는 여성도 똑같이 해야 한다고 주장했다. 하지만 울스턴크래프트는 자치할 수 있는 여성의 능력에 대해서 기운 빠지는 견해를 지녔다. 여성이 정신적으로 열등하기 때문이 아니라 그동안 '가짜 나약함'을 배웠기 때문이라는 것이다. 이 가짜 나약함이 '교활함'을 낳고 '욕망이 분출할 때조차 긍지를 훼손하는 경멸스러운 유아적 분위기'를 낳는다. 울스턴크래프트는 이성과 미덕, 지식이라는 세 가지 자질이 우리에게 행복을 가능하게 해 주고 사회가 돌아가도록 허락한다고 주장한다. 하지만 여성들은 교육을 거부당하기 때문에 이성을 훈련하도록 허용받지 않았다. 그들은 미덕보다는 기만을 배운다. "여성들은 교활함이라 제대로 이름 붙여진 인간의 나약함에 대한 지식과 부드러운 기질, 외부에 대한 순종, 철없는 일종의 예의 바름에 대한 용의주도한 관심 등으로 남자의 보호를 얻게 되리라는 사실을 유아 때부터 배웠고 어머니를 통해 보고 자랐다." 게다가 지식보다는 느낌을 찬미하라는 무언의 압력을 받는다. "여성들의 감각은 자극받고 이해는 무시되어, 결국 여성들은 자기 감각의 희생양이 되며…… 모든 일시적인 느낌의 분출에 휩쓸린다……. 그들의 행동은 불안정하고 의견은 흔들린다."

이것은 과도한 말이지만 울스턴크래프트는 '인류의 절반'에게 "끝없는 무력함과 멍청한 묵인"으로 살아가도록 가르치는 교육 체계를 비난한다. 사회는 여성을 그저 아내로만 훈련시킨다고 그녀는 주장한다. 여성에게 생각하고 스스로 강해지도록 가르치는 진짜 교육은 사회 자체를 변형시킬 것이다. 여성을 압제하는 연습을 하지 않는다면 남성들은 더 이상 그토록 쉽사리 폭군으로 바뀌지는 않을 것이다.

울스턴크래프트는 중산층 여성과 남성에게 비난의 장광설을 돌린다. 서문에서 그녀는 귀족 여성은 엄청난 재산 때문에 기운을 낭비하는 바람에 교육으로 만회할 수 없을 지경이라고 설명한다.(가난한 여성들이 배제되는 이유는 설명하지 않는다.) 여성이 여성 개혁을 수행할 입법에 책임이 있다고 남성들을 설득해야 하기 때문에 남성들도 물론 그녀의 청중에 포함된다. 그리고 울스턴크래프트는 어떤 경우든 자신이 우선적으로 남성을 위해 글을 쓰고 있다는 사실을 인식했다. 그녀의 글이, 논리적인 주장을 따라가는 훈련을 받은 적이 없고 많은 경우 글도 제대로 배우지 않은 대부분의 여성들에게는 너무나 어려웠으리라는 사실은 역설적이다.

저자 추천본

이 책은 다수의 사이트에서 무료로 읽을 수 있다. Dover Thrift Editions(1996), Longman Cultural Editions(2006, 해설이 포함되어 있다.), Oxford University Press(2009, 울스턴크래프트의 글 「남성 권리의 옹호」도 포함되어 있다.)에서도 페이퍼백을 출간했다.

국내 번역 추천본

메리 울스턴크래프트, 손영미 옮김, 『여권의 옹호』(연암서가, 2014).

미국의 민주주의　알렉시스 드 토크빌

Democracy in America(1835~40)　·　ALEXIS DE TOCQUEVILLE

프랑스 정치학자 알렉시스 드 토크빌은 귀족 혈통을 타고났지만 자유주의 성향을 지녔다. 프랑스도 포함하여 근대 정부는 필연적으로 민주주의를 향해 진화하고 있다고 믿었으며, 미국을 여행하면서 실현된 민주주의를 관찰했다. 그곳에서 토크빌은 당혹스러운 모순점을 찾아냈다. 위대한 민주주의의 시민들이 종종 "풍요로운 가운데서…… 특이한 우울함"과 "안락하고 고요한 존재의 한가운데서…… 삶에 대한 혐오"를 보여주었고, "내가 본 것은 세계에서 가장 행복한 조건 속에 자리 잡은 가장 자유롭고 계몽된 인간이었지만, 일종의 구름이 그 모든 표정을 버릇처럼 뒤덮고 있는 듯 보였고 그들은 기뻐할 때조차 엄숙하고 흡사 슬퍼 보이기까지 했다."

토크빌은 이 현상을 민주주의의 실현 한가운데 존재하는 자유와 평등 탓으로 돌린다. 자유는 시민들이 "이 세계에서 오로지 상품을 추구하는 데만" 탐닉하도록 몰아갔으며, 평등은 시민 개개인이 다른 시민과 경쟁하도록 부추기기 때문에 물질적인 혜택을 "마음껏 누리고 이용하고 즐기는 시간이 제한되어 있어서 일종의 끊임없는 동요"로 가득 차게 된다. 이러한 측면에서 토크빌은 『국가·정체』에 나온 플라톤의 경고를 그대로 되풀이하고 있다. 플라톤은 미덕보다 쾌락 추구에 전념하는 자는 결국 끊임없이 새로운 흥밋거리를 찾아다니게 될 것이라고 경고했다. 정부에 참여하게 만드는 시민의 자유, 즉 민주주의의 토대인 시민의 자유가 시민의 의무를 다하게 만들기보다는 오히려 쾌락에 빠지게 하는 역설적인 상황을 낳는다. 토크빌은 시민들에게 의회에 참여하라고 설득하는 것이 미국에서는 아주 어려운 일이라는 사실에 주목한다. 똑같은 상품을 쫓아가는 주변 모든 사람들에게 압박감을 느껴서 끊임없이 다른 상품을 사느라 피로해진 민주주의 사회의 시민들에게는 정부에 참여할 기운이 거의 남아 있지 않은 것이다.

토크빌은 로크와 루소가 추상적으로 제안했던 원칙이 실현된 모습을 보았다. 그리고 재산에 대한 로크의 강조와 완벽한 평등에 대한 루소의 제안이 지닌 결점을 보게 된다. 물질주의와 획일적인 평등은 민주주의의 두 가지 골칫거리를 낳는다. 물질주의는 시민들이 일반적인 복지에 흥미를 잃도록 만들며 평등은 경쟁을 낳고 경쟁은 다수의 독재로 이어질 수 있기 때문이다. "민주주의 시대를 살고 있는 사람들은 열정을 지니는데, 그 열정 대부분은 부를 향한 욕망과 거기서 발생하는 문제로 소진된다. 동료 시민들이 다들 독립적이고 무심할 때는 비용을 지불해야만 서로 협조할 수 있다. 이것이 대개 부의 사용을 늘리고 부의 가치를 무한하게 증대시킨다……. 그러므로 미국인의 행동은 근원적으로 원칙적이든 보조적이든 부에 대한 사랑이 엿보인다. 부에 대한 사랑이 미국인들의 갖가지 열정에 가족 유사성을 부여하며, 그토록 지루한 그림을 만들어 주는 것이다."

저자 추천본

『미국의 민주주의』는 1835년에 1권이, 1840년에 2권이 출간되었다. 하비 맨스필드와 델비 에인스롭의 2000년 번역본(University of Chicago Press, paperback 2002)이 가장 읽기 쉽다. 대부분의 독자에게는 Hackett(2000)에서 출간한 축약본이 나을 것이다. 이 책은 스티븐 그랜트가 번역하고 샌포드 케슬러가 요약했다.

국내 번역 추천본

알렉시스 드 토크빌, 임효선·박지동 옮김, 『미국의 민주주의 1, 2』(한길사, 1997).

공산당 선언 카를 마르크스·프리드리히 엥겔스

The Communist Manifesto(1848) · KARL MARX AND FRIEDRICH ENGELS

『공산당 선언』은 1848년 카를 마르크스가 스물아홉 살이고 프리드리히 엥겔스가 스물일곱 살이었을 때 처음 출간되었다. 이 선언문을 작성하면서 두 사람은 자산을 공유한다는 유토피아적이고 궁극적으로 평화적인 서약인 '사회주의'에서 혁명이 자산 공유를 이끌 것이라고 제안하면서 공격적인 '공산주의'로 옮아갔다.

『공산당 선언』에서 마르크스와 엥겔스는 역사를 물질적인 상품의 관점에서 연구해야 한다고 주장한다. 사람들이 살아가는 법을 이해하기 위해서 생계를 어떻게 이어 가는지 먼저 이해해야 한다는 것이다. 이러한 안경을 쓰고 역사를 검토하자 부르주아로 분류되는 계층이 상품을 생산하는 수단을 대규모로 통제하고 있다는 사실이 드러났다. 자본 투자가 필요한 '생산 수단'의 통제는 "봉건적이고 가부장적이며 목가적인 관계를 종식시켰으며…… 무감각한 '현금 지불' 외에는 노골적으로 이해관계로만 이어지는 인간관계를 남겼을 뿐이다……. 이것은 의사와 변호사, 신부와 시인, 과학자를 임금 노동자로 개종시켰으며…… 가족 관계를 그저 화폐에 불과한 관계로 환원시켜 버렸다." 요약하면, 우리의 근대 경제 체제는 남녀 인간을 노동으로부터 '소외'시켰다. 인간의 노동을 삶의 방식으로 취급하지 않기 때문에 사람들은 결국 현금 보수만을 위해서 노동하게 된다는 것이다.

'생산물을 위해 끊임없이 확장하는 시장'을 필요로 하는 부르주아가 끊임없이 '생산 양식', 즉 상품을 생산하는 방식을 혁명화하여 생산물들이 더 빠르고 많이 생산되기 때문에 이런 결과가 나타났다. 여기에 대응하여 '일자리를 구할 수 있어야 생존할 수 있는 그 노동력으로 자본이 증가되어야 일을 구하는' 프롤레타리아, 즉 노동자 계급이 성장하게 되었다. 자신을 조금씩 팔아야 하는 이들 노동자는 경쟁의 끝없는 변천이라는 상황에 노출된…… 상품이다." 노동자는 상품이기 때문에 유지에 필요한 금액의 총합만을 끌어올 수 있다. 임금은 내려가고 기술은 더 이상 본질적이지 않다. 왜냐하면 공장 체계는 업무를 무의미한 부분으로 구분해서 "소규모 상인과 상점 주인, 연금 생활자, 수공업자와 농민들은…… 점차 프롤레타리아 계급으로 몰락한다. 왜냐하면 그들의 소규모 자본은 근대 산업이 이루어지는 규모를 충족시키지 못하기 때문이기도 하고…… 그들의 특별한 기술은 새로운 생산 방법에 의해서 쓸모없다고 여겨지기 때문이기도 하다."

패밀리 레스토랑이 하나같이 맥도널드의 황금빛 간판 아래 웅크리고 있는 세상에서 이러한 서술에 이견을 달기는 어렵다. 하지만 이어지는 처방, 즉 자본을 부르주아의 손에서 제거해서 프롤레타리아를 '지배 계급으로 조직한' 국가의 손에 넘긴다는 내용은 로크와 페인이 두려워한 권력의 부패 효과를 무시한 것이다.

저자 추천본

1910년 이후, 『공산당 선언』의 대부분의 영어판은 프리드리히 엥겔스와 협의하여 새뮤얼 무어가 작업한 번역본을 사용했다. 이 판본은 Penguin Classics(2002), Dover Thrift Editions(2003),

Verso(에릭 홉스봄의 서문이 수록, 2012), Norton Critical Editions(해설 수록, 2012)에서 출판되었다.

국내 번역 추천본

카를 마르크스·프리드리히 엥겔스, 이진우 옮김, 『공산당 선언』(책세상, 2018).

이탈리아 르네상스의 문화　야코프 부르크하르트

The Civilization of the Renaissance in Italy(1860) · JACOB BURCKHARDT

르네상스 시대를 인간의 근대화가 시작된 시대라고 보는 대중적인 개념은 야코프 부르크하르트에게서 나왔다. 그는 이렇게 쓴다. "중세 인간 의식의 양면(내면으로 향한 의식과 외면으로 향한 의식)은 공통된 베일 아래 꿈꾸고 있거나 반쯤 깨어 있다. 이 베일은 신앙과 환상, 유치한 선입견이라는 직물로 만들어졌고, 베일 너머로 세상과 역사는 기이한 색조로 차려입은 모습이다. 인간은 종족, 시민, 정당, 가족 혹은 단체 등 일반적인 범주를 통해서만 그 구성원으로서 자신을 의식했다. 이 베일은 이탈리아에서 처음으로 공중분해된다. 이탈리아라는 국가와 이 세계의 모든 것을 객관적으로 취급하고 고찰하는 일이 가능하게 되었다. 동시에 주관적인 면은 거기에 맞추어 강조되면서 자기를 주장했다. 그리하여 인간은 영적인 개인이 되었고 스스로를 그러한 자격으로 인식하게 되었다."[23]

부르크하르트의 르네상스 시대 이야기는 이 시기를 "최초의 근대기"로 보는 이러한 분석에 집중한다. 예를 들어 프레더릭 2세는 일상사를 "국정 업무를 철저히 객관적으로 다루는 것에…… 일찌감치 익숙해진…… 근대 최초의 군주"로 그려진다. 전쟁 자체는 "순수하게 합리적인"

행위가 되었다. 이탈리아는 "개성으로 가득 차기" 시작했다. 부르크하르트의 분석에 따르면 "이러한 개인의 완성"은 명성에 대한 근대적 개념을 낳았으며 재치와 풍자의 근대적 형태, 근대 대학의 형태, 근대적 인간주의, 근대적 삶에 속하는 것으로 인식 가능한 수십 가지의 특징들을 이끌어 냈다. 부르크하르트에게 르네상스 시대 이탈리아 도시 국가는 고전주의의 이상에 기반한 최초의 근대적인 공화제 정부로 자리 잡는다. 고대의 도시 국가 모형을 이탈리아식으로 차용하여 "공화적인 이상을 차례로 강화시켰고, 이후 근대 국가들 내에서와 무엇보다 우리 자신 내부에서 그 이상이 승리를 거두는 데 엄청난 기여를 했다." 다수의 학자들이 이탈리아 르네상스의 중추적인 역할에 의문을 제기했다. 부르크하르트는 르네상스 시대와 19세기 사이의 차이점을 밋밋하게 만드는 경향이 있다. 하지만 이 해석은 하나의 표준이 되었고 여전히 유용하다.

저자 추천본

The Penguin Classics paperback(1990). 이 판본에는 피터 버크의 서문이 수록되어 있다. 2부 「개인의 발전」은 부르크하르트의 주장에서 가장 중심을 이룬다.

국내 번역 추천본

야코프 부르크하르트, 이기숙 옮김, 『이탈리아 르네상스의 문화』(한길사, 2003).

흑인 민중의 영혼　W. E. B. 듀보이스

The Souls of Black Folk(1903) · W. E. B. DU BOIS

하버드에서 학문적 훈련을 받고 애틀랜타 대학에서 교수를 지낸 사회학자 듀보이스는 "20세기의 문제점은 인종 분리선의 문제다."라고 말하면서 책을 시작한다. 이 문장이 자리 잡은 곳은 이후 거의 대부분의 미국 흑인사 저자들의 작업을 형성해 준 관찰 지점이다. 듀보이스의 책은 역사와 자서전, 문화 연구의 혼합이며, 미국 흑인 교육사에서부터 시작해 '재건'(남부 모든 주가 재건에 들어간 1865~1877년까지의 시기를 말한다.)의 실패와 미국 흑인의 '슬픈 노래'의 의미를 거쳐 미국 흑인 지도자로서 부커 T. 워싱턴의 위치까지 아우른다. 듀보이스와 워싱턴의 수용주의 정책은 첨예하게 불일치했다.(워싱턴은 "흑인이 미래에 일어서는 것은 일차적으로 자신의 노력에 달려 있다."고 믿는다.) 그렇기 때문에 흑인 시민권이라는 점에서 미국 사회는 치명적인 결점을 갖게 되었다고 보는 듀보이스 특유의 분석은 주목할 만하다.

듀보이스의 '이중 의식' 개념은 그의 모든 저작의 중심이다. 그는 '이중 의식'을 '베일'이라는 은유를 통해서 설명한다. 미국 흑인들은 스스로를 이중의 시각으로 본다고 그는 주장한다. 그들 자신의 시각뿐 아니라 적대적인 백인의 눈을 통해서도 본다는 것이다. 그는 이렇게 쓴다. "이중 의식, 항상 자신의 자아를 흥미로운 경멸과 연민을 가지고 바라보는 세상의…… 눈을 통해 보는 감각은 아주 독특한 감각 작용이다. 우리는 언제나 자신이 둘이 됨을 느낀다. 즉 미국인이자 흑인이라는 두 개의 영혼, 두 개의 생각, 두 개의 화해할 수 없는 분투를…… 미국 흑인의 역사는 이런 투쟁의 역사다……. (흑인은) 그의 동료들에게 저주받거나 침 세례당하는 모욕 없이, 기회의 문이 면전에서 거세게 닫히지 않고도 흑인이면서 미국인이라는 부류가 인간으로 대접받기를 바랄 뿐이다." 마지막 장에서 흑인 자서전 작가처럼 듀보이스는 어린 시절 학교에서 한 소녀가 그의 초대장 받기를 거절했던 순간까지는 하나의 시야로 세상을 봤다.

"이웃고 내가 다른 사람과 다르다는 어떤 느닷없음이 나를 엄습하면서 그들의 세계로부터 거대한 베일에 가려진 세계로 쫓겨났다."

베일 안의 존재는 흑인에게 하나의 장점을 제공한다. 신생아에게 두 번째 시야를 갖도록 하는 '큰그물망'과 비교하면서 듀보이스는 미국 주류 사회로부터 철수하는 것이 흑인에게 보다 진정한 시각, 즉 그 사회의 결점을 드러내는 관점을 제공한다고 말한다. 베일은 이익이라기보다는 장애라고 해야 옳다. 그래서 듀보이스의 어린 아들이 죽었을 때 그는 안도감이 뒤섞인 슬픔에 대해 묘사한다. "그 베일이 아이를 가리긴 하지만 아직 그 아이의 태양의 절반도 가리지 못했다……. 이 작은 영혼이 자라나 그 베일 안에서 숨 막히고 왜곡되리라 생각하거나 그러기를 바랄 만큼 나는 어리석었으니." 베일이 들추어지는 모습을 보려다 결국 절망에 빠졌을 마르크스 숭배자 듀보이스는 적극적인 공산당원이 되었고, 이후 가나에서 삶을 마감했다.

저자 추천본

Dover Thrift Editions(1994), Oxford World's Classics(2007). 「프레더릭 더글러스의 인생 서사」, 「노예제를 떨치고」가 함께 수록된 문집도 출간되었다.(Dover, 2007)

프로테스탄트 윤리와 자본주의 정신 　 막스 베버

The Protestant Ethic and the Spirit of Capitalism(1904) · MAX WEBER

미국 청교도 정착민들의 칼뱅주의 프로테스탄티즘이 자본주의의 창시자였다는 막스 베버는 신학에서 쓰이는 삼단 논법으로 주장을 펼친다. 칼뱅주의에서 구원받은 자는 자신의 힘으로 신의 왕국에 이른 것이 아니다. 왜냐하면 모든 인간은 천성적으로 선한 무언가를 행하는 데는 물론 스스로 신에게 돌아서는 데조차도 무력하기 때문이다. 대신 어떤 이들이 신의 은총과 은혜 덕분에 신에게 "선택된다." 구원 혹은 천벌의 선택은 신의 은밀한 판단에 속하는 일이기 때문에 인간은 누가 선택되고 선택되지 않는지 추정할 수 없다. 하지만 인간은 신이 없으면 선행을 할 수 없다. 그래서 인간은 수없이 선행을 행하고 자신들이 선택되었다는 사실을 남에게, 그리고 스스로에게 입증하면서 자신의 삶에 내린 신의 은총을 보여 준다. 베버는 이것이 자기 확신의 방식으로 일하고 또 일하고 또 일하도록 만드는 강력한 심리적 추동력을 낳는다고 말한다.(결국 비난받고 싶어 하는 이는 아무도 없다.) 베버는 여기에 프로테스탄티즘에서 독특하다고 여기는 신학적 '소명' 의식을 덧붙인다. 가장 고귀한 삶은 세계를 부인하고 수도원으로 물러나는 것이 아니라 오히려 신이 당신에게 '소명했던' 장소인 세상에서 뛰어난 성취를 이루는 것이다. 칼뱅주의자 베버는 이렇게 쓴다. "선택된 기독교인은 최선을 다해서 세상에 신의 계율을 채워 넣어 신의 영광을 증대시킬 뿐이다……. 인간의 삶의 폭은 무한히 짧아서 자신만의 선택을 확실하게 하는 것이 중요하다. 사교와 한담, 사치로 시간을 낭비하거나 심지어 건강을 위해 필요 이상으로 많이 자면서 시간을 낭비하는 것은…… 전적으로 도덕적인 비난을 받아 마땅한 일이다……. 그래서 나태한 명상은 무가치하거나 심지어 하루에 부여된 노동을 미루고 하는 것이라면 직접적인 비난의 대상이 된다. 각자의 소명에 신의 의지를 능동적으로 활용하는 편이 신께서 더 기뻐할 것이기 때문이다."

이렇게 매 순간을 소중히 여기는 것은 서구의 '합리화'를 뒷받침하도록 도왔다. 정치와 경제, 그리고 매일의 일상에서 모든 업무를 성취하기 위해 가장 효율적인 방법에 전념하는 것이 그것이다. 합리적인 활동은 시간 낭비를 없앤다. 그래서 서구 자본주의 사회에서 진보에 가장 확실한 길은 합리적인 방법을 채택해서 좀 더 효율적이 되는 것이다. 진보는 경제적으로 필수적일뿐더러 철학적으로는 본질적이다. 왜냐하면 선을 획득하는 것이 신의 호의에 대한 증거이기 때문이다. 여유를 두면서 일하거나 태어날 때와 동일한 사회 계층으로 남아 있는 것은 실패의 증거이며 심지어는 비난받을 만한 일이다. "세속에서의 소명에 따른 끊임없고 지속적이며 체계적인 노동을 금욕의 가장 훌륭한 수단이라고 종교적으로 가치롭게 여기는 동시에 재생의 가장 확실하고도 명백한 증거이자 진실한 신앙으로 여기는 것은 자본주의 정신을 일으켜 준 지렛대 중에서 가장 강력한 것임에 틀림없다."

저자 추천본

Oxford University Press, 개정본(2010) 슈테펜 칼베르크가 번역했다. 피터 바에르와 고든 C. 웰스가 번역하고 편집한 『프로테스탄트 윤리와 자본주의 정신 외』(Penguin 20th Century Classics, 2002)에 수록된 번역도 훌륭하다.

국내 번역 추천본

막스 베버, 박문재 옮김, 『프로테스탄트 윤리와 자본주의 정신』(현대지성, 2018).
막스 베버, 김상희 옮김, 『프로테스탄트 윤리와 자본주의 정신』(풀빛, 2006).

빅토리아 여왕 **리턴 스트레이치**

Queen Victoria(1921) · LYTTON STRACHEY

『빅토리아 여왕』에서 스트레이치는 우연히 왕좌에 오른 중산층 가정주부를 그린다. "전기에서 선택의 자유가 폭넓은 것이 아니다." 스트레이치가 한때 그렇게 말하긴 했지만 그가 그려 낸 빅토리아의 그림은 차라리 아첨에 가깝다. 불 같은 기질에도 불구하고 어린 소녀 빅토리아는 "아주 진실했다." 어떤 처벌이 뒤따르더라도 결코 거짓말하지 않았다. 빅토리아의 가정교사 레첸 양은 빅토리아가 "소박하고 규칙을 잘 지키며 단정하고 헌신의 미덕을" 전수받았다고 확신했다. "하지만 꼬마 소녀는 사실상 그러한 가르침이 그다지 필요하지 않았는데, 천성적으로 소박하고 단정하고 언제든 경건했으며 예의범절에 예민한 감각을 지녔기 때문이었다." 박물관 개관과 병원 건립, 예술품 수집과 왕립 농업원에서 행하는 연설에서 "지치지 않는 인내"를 보여 주었던 배우자 앨버트 공의 도움으로, 빅토리아는 여왕으로서 "쉴 새 없는 노동"에 전념하고 고국을 위해 끝없는 노고를 마다하지 않았다. 빅토리아는 "키가 아주 작고 통통한 편이며 무척 수수"하게 자랐으며 옷차림은 "번쩍거리기는 하지만 중산층 의복"을 차려입은 모습이었다. 스트레이치는 이렇게 쓴다. 생의 마지막에 빅토리아 여왕은 국민들에게 다가가기 쉬운 군주였으며 국민들은 "빅토리아 여왕의 진실함, 활기, 성실함, 자부심, 소박함에 진심으로 호감을 느꼈다." 찬란함이나 정치적 통찰력 혹은 르네상스 시대의 통치자들에게는 미덕에 속하는 가치보다는 중산층의 미덕이 빅토리아 여왕을 좋은 군주로 만들어 주었다. 그녀는 신권과 권위를 주장하는 군주가 아니라 평범한 사람이었다.

게다가 비록 여왕이긴 하지만 완벽한 빅토리아 시대 여성의 모습을 보여 준다. 남편을 받드는 아내이자 많은 아이들의 어머니이고 때로는 비합리적이며 결코 지적이지 않은 여성으로서 말이다. 스트레이치가 그린 소녀 시절의 빅토리아는 이 틀을 깨고자 노력한다. 그녀가 결혼하지 않겠다고 선언한 것이다. 어린 빅토리아는 "솔직하고 차분한" 표정에서 "대담하고 불만에 가득한" 표정으로 바뀐다. 그렇지만 다행히도 그녀는 사촌인 앨버트와 사랑에 빠져 결혼하고 비로소 진정한 여성적 인물이 된다. 빅토리아는 발모럴에 있는 시골집에서 조용하고 평범한 삶을 살면서 큰 행복을 느낀다. 빅토리아보다 지적인 앨버트가 그녀를 위해 서류를 정리하고 일과를 처리해 주었고, 그러는 사이에 빅토리아는 "(남편이 일러 준) 단어 하나도 소중히 여기고 철자 하나까지 귀하게 받아들이며 숨 막힐 듯 집중하고 열렬히 순종한다." 빅토리아는 여자이며, 군주로서의 오만함을 범하지 않기에 스트레이치는 그녀를 아낀다.

저자 추천본

Mariner Books(2002).

위건 부두로 가는 길 조지 오웰

The Road to Wigan Pier(1937) · GEORGE ORWELL

오웰의 작업은 기록 보고서로 출발했다. 오웰은 '레프트 북 클럽'(이 단체는 "세계 평화와 더 나은 사회, 그리고 경제적 질서를 위하고 파시즘에 반대하는 대단히 급박한 투쟁"에 전념한다.)의 편집장으로부터 영국 북부 실업자들의 일상에 대한 글을 써 달라는 청탁을 받았다. 오웰은 북부로 떠나 실업자와 노동자 양쪽의 삶을 문서로 작성했다. 일상에 대한 그의 묘사는 아낌없이 사실적이며 빈민 노동자의 지저분함과 빈곤의 심리학 전체를 세세하게 그려 낸다. "거실에 있는 싱크대, 회칠이 갈라져 떨어져 나간 벽, 받침도 없는 오븐, 조금씩 새는 가스, ……벌레들. 하지만 나는 그것들을 싸구려 술로 잠재운다." 거기다 "기본 식단은 흰 빵에 마가린, 소금에 절인 쇠고기, 설탕 넣은 차와 감자이다……. 오렌지나 통밀빵 같은 건강식품에 좀 더 지출을 한다면 나아지지 않을까? ……그래, 그럴지도 모른다. 하지만 핵심은 보통 사람이라면 누구도 그러지 않으리라는 것이다……. 영양 부족에 혹사당하고 지겨운 데다 비참하다면 지루하기 짝이 없는 건강식품을 먹고 싶지 않게 된다. 조금은 '맛난' 무언가를 원하게 된다."

그렇다면 빈곤에 대처해서 무엇을 해야 할 것인가? 오웰의 견해에 따르면 영국의 사회주의는 내부적으로 분열된 상태이므로 개혁을 끌어내지 못했다. 영국의 사회주의자들은 자신들이 이론적으로 지지하는 프롤레타리아 문화와 생활 양식이 달라서 소외되어 있다. 화이트칼라 영국인은 사회주의자가 되지만 "그들에게 동의할 노동 계급의 구성원보다는 그들을 위험한 볼셰비키주의자라고 여기는 자신과 동일한 계급의 구성원들에게 훨씬 편안함을 느낀다. 화이트칼라 영국인의 음식과 포도주, 의복과 서적, 그림, 음악, 발레에 대한 취향은 여전히 뚜렷한 부르주아 취향이다……. 그들은 프롤레타리아를 이상적으로 묘사하지만…… 노동 계급에 대한 증오와 두려움, 경멸을 배운 어린 시절에 받은 교육이 아직도 효과를 나타내고 있다."고 오웰은 쓴다. 덧붙여 오웰은 사실은 프롤레타리아에 속한 화이트칼라 노동자들이 그 사실을 인식하지 못한다고 말한다. 그들은 스스로를 중간 계급이라고 여긴다. 그는 이렇게 묻는다. "어떤 면에서는 광부나 부두 노동자보다 실제로 형편이 더 나쁜 점원과 매장 감독이라는 비루하고 몸서리쳐지는 일개 중대 가운데 얼마나 많은 이들이 스스로를 프롤레타리아라고 생각하는가? 프롤레타리아는 그렇게 생각하도록 배운 대로 칼라 없는 사람을 의미한다. 그리하여 '계급 전쟁'에 대한 이야기로 그들을 감동시키려 한다면 그들을 결국 두렵게 만들 결과만 낳게 될 뿐이다. 그들은 자신들의 임금에 대해서 잊고 자신들의 억양만 기억하며 자신들을 착취하는 계급을 방어하려고 쏜살같이 달려간다." 오웰은 이렇게 결론짓는다. 영국 사회주의자들은 공산주의자들로부터 수사를 단순히 차용하기보다는 오히려 영국 노동자들이 착취당하는 정확한 방법을 설명하는 법을 배워야 한다. "여기서 본질적인 핵심은 적고 불안정한 임금을 받는 모든 이들은 같은 배를 탔으며 같은 편에서 싸워야만 한다는 것이다."

저자 추천본

Mariner Books paperback(1972).

국내 번역 추천본

조지 오웰, 이한중 옮김, 『위건 부두로 가는 길』(한겨레출판, 2010).

뉴잉글랜드 정신　　페리 밀러

The New England Mind(1939) · PERRY MILLER

막스 베버처럼 페리 밀러는 청교도 신학이 새로운 미국의 과제와 교차하는 지점에 대해 쓴다. 베버와 달리 밀러는 경제학에 특별히 관심이 없다. 그는 '지성사학자'이므로 사상이 어떻게 행동의 변화를 초래했는지에 초점을 맞춘다. 밀러에게 뉴잉글랜드 청교도의 중심 사상은 신과 인간 사이의 언약이다. 신은 오직 신의 주권 의지에 기반해서만 '소명 부여'를 선택하기 때문에 신의 은총은 예측 불가능하다. 그래서 청교도의 경건함은, 신앙인들이 죄로 인한 절망과 신의 불가해함에 대한 고뇌에도 불구하고 진정 선택받는지 여부에 대한 의심으로 가득하다. 청교도들은 논리적이고 전적으로 합리적인 일련의 교리를 구축하여 이 문제를 어떻게든 포함시킨다. 언약의 교리 속에서 신이 인간과 맺은 깨뜨릴 수 없는 합의 속으로 들어섰기 때문에 인간은 구원을 확신할 수 있는 것이다.

신과 인간 사이의 언약은 일반적으로 청교도 사회의 본보기가 되었다. 밀러가 쓴 내용대로 언약의 신학은 "매사추세츠의 지도자들에게 신앙과 개인적인 행동의 영역에서뿐만 아니라 정치와 사회 영역에서도 똑같이 엄청난 가치를 지녔다." 밀러는 청교도주의자가 은총에 대한 경험을 공적으로 간증하여 교회 회원이 되는 법을 묘사한다. 교회 회원제는 그 자체로 신성한 맹세로 들어서는 언약이며, 언약은 시민 공동체에 들어선 각각의 구성원에게 완전한 시민의 자격을 보장한다. 교회 구성원의 아이들은 잠정적으로 자격을 얻게 된다. 아이들은 나이가 들면 자기네 은총의 경험을 간증하고 언약에 들어서야 한다. 청교도 첫 세대는 회원제를 추구하기 위해 양심적인 태도를 보였지만 아이들이 온전한 구성원 자격에 지원하는 경우는 점점 줄었다. 공동체와 교회 양쪽에 영향을 준 이러한 흐름을 염려한 청교도 지도자들은 '반쪽짜리 언약'을 마련했다. '반쪽짜리 언약'이란 지역 구성원들에게 교회의 중심 성사인 성만찬에 참여하지 않아도 교회 구성원으로 세례를 받고 완전한 교인으로 허락하는 것이다.

밀러의 역사에서 '반쪽짜리 언약'과 이후의 발전은 경건함이 쇠퇴함을 적시해 준다. 이후에 어느 청교도 성직자는 신앙 고백을 하지 않은 이들에게도 성만찬을 허락했다. 세속화, 즉 신의 승인에 대한 염려가 줄어드는 것이다. 지상에 신의 왕국이 마침내 자리 잡게 된 장소인 청교도적 '언덕 위의 도시'는 내부에서 붕괴되기 시작했다. "뉴잉글랜드에서 최초 3세대는 사상의 단일체를 위해 거의 깨지지 않는 충실함이라는 대가를 지불했다." 그러나 교리적 일치는 결국 불일치와 분열에 굴복하고 말았다. 밀러는 이렇게 쓴다. "기초를 확립한 세대와 비교하면 열정은 감소되고 눈에 띄게 떨어져 나갔다." 청교도주의를 연구하는 최근 학자들은 이렇게 단순한 경건함 대 냉담함이라는 쇠퇴 이야기를 계속해서 문제 삼았지만, 밀러는 가장 영향력 있는 20세기의 청교도 역사가로 유일하게 남아 있다.

저자 추천본

Belknap Press(1990). 1권 제목은 『뉴잉글랜드 정신: 17세기』이며, 2권은 『뉴잉글랜드 정신: 식민지에서 속주로』이다.

1929년 대공황 존 케네스 갤브레이스

The Great Crash 1929(1955) · JOHN KENNETH GALBRAITH

갤브레이스는 1954년에 이 책을 쓴 이후 두 차례의 개정 작업을 거쳤다. 개정판은 1970년대와 1920년대에 이룬 발전의 메아리와도 같은 이후의 발전에 관해 성찰한다. 서문에서 갤브레이스는 '대공황' 이야기가 "그 자체만으로도" 이야기할 만한 가치가 있지만 "좀 더 우울한 의도" 역시 지닌다고 쓰고 있다. "재정적인 환상이나 광기에 대항하는 보호책으로 기억이 법보다 훨씬 낫다." 갤브레이스의 의도는 도덕적이거나 적어도 당시로 보면 사회적인 것이다. 그는 위로부터 아래로 향하는 입법의 형태가 아니라 구성원들 사이의 상식적인 합의를 이끌어 내면서 문화를 보존하려는 목표를 지닌다. 갤브레이스는 이렇게 결론짓는다. "역사는 인간을 자기 자신과 타인의 탐욕으로부터 보호한다는 점에서 매우 공리적이다. 역사는 기억을 유지시키기 때문에 기억이란 미국 증권 관리 위원회(SEC)와 똑같은 목적에 봉사하는데, 지금까지 기록으로 보면, 기억 쪽이 훨씬 더 효율적이다."

『1929년 대공황』에서 갤브레이스가 그린 생생한 역사는 주식 시장에 대한 관심이 팽창하다 마침내 정점에 달했던 대공황 발생 1년 전을 중심으로 한다. 갤브레이스는 순수하게 경제적인 요인들에 일정한 관심을 보이지만 주요 관심은 그 드라마 같은 상황에서 활동했던 인물에 있다. 공황이 근본적으로 부의 추구에서 삶의 동기를 얻던 당시 미국인의 성향 때문에 발생했다. 갤브레이스의 서술에 따르면, 1928년 미국인들은 "최소한의 물리적인 노력으로 급격하게 부를 얻으려는 터무니없는 욕망을 보여 주고 있었다." 그러기 위해서 그들은 다른 회사의 주식을 사들이려는 목적으로만 조성된 회사 주식을 사들였다. 미국인들은 '전문적인 재정 지식과 기술, 조작술'을 떠벌리던 재정 전문가에게 맹목적인 신뢰를 보냈다. "라디오 사, J. I. 케이스 사나 몽고메리 워드 사에 직접 투자하여 돈을 벌 수 있을지도 모르지만, 독특한 지식과 지혜를 지닌 사람들에 맡기는 것이 얼마나 안전하고 현명한 일인가." 객관성은 갤브레이스의 목표가 아니다. '재정의 근친상간'은 이들 전문가들이 건넨 충고를 위해 갤브레이스가 사용한 용어로, 전혀 도발적이지 않다. 전문가들은 '차트 위에 씌어진 터무니없는 글자와 그림'에 의존했고, 전문가들의 의견을 따라서 주식을 구매했던 투자자들에 비해 그다지 고귀한 견해도 지니지 않았기 때문이다. 투자자들은 그저 부자가 되고 싶었기 때문에 설득당했다고 갤브레이스는 말한다. 주식 시장이 폭락하자 전문가와 투자자 모두는 스스로를 기만했다. "누군가 지금까지 재정의 천재였다면 자신의 천재에 대한 믿음은 한순간에 소멸되지 않는 법이다. 난타당해도 굽히지 않는 불굴의 천재에게는 자신의 회사 주식을 유지하는 것이 여전히 대담하고 상상력이 풍부하며 효율적인 행로로 보였다……. 그들은 쓸모없는 주식을 사들였다. 지금까지 사람들은 다른 사람들에게 수없이 사기를 당해 왔다. 1929년 가을은 아마도 사람들이 스스로를 사기 치는 데 성공한 가장 대규모 사건이었을 것이다."

저자 추천본

The Mariner Books 재간행(2009).

지상 최대의 작전　코넬리어스 라이언

The Longest Day(1959) · CORNELIUS RYAN

라이언은 공격 개시일 이야기를 전하면서 미시사 기술법을 활용한다. 미시사는 역사 전체를 조명하려는 시도에서 역사의 한 부분만을 세밀하게 검토하는 방법론이다. 『지상 최대의 작전』은 1944년 6월 6일의 사건을 상세하고 정직하게 더듬어 나가며 제2차 세계 대전을 조명한다.(이 책은 1962년에 존 웨인의 영화로도 만들어졌다.) 미 공군과 함께 폭탄 투하 임무에 동행하기로 했던 전쟁 통신원 라이언은 기자의 눈으로 양쪽 편에서 사건을 검토한다. 2장은 이렇게 시작한다. "롬멜은 사무실로 사용하던 1층 방에 혼자 있었다. 그는 거대한 르네상스식 책상 옆에 앉아서 책상 스탠드 불빛 하나에 의지해 일하고 있었다." 이후에 우리는 6월 6일에 침략할지 말지를 결정하느라 고투 중인 아이젠하워를 만난다. "그렇게 중대한 결정을 내려야 했던 그 미국인은 그 문제와 씨름하며 긴장을 풀려고 노력했다……. 이삿짐 트럭 비슷하게 생긴 길고 낮은 대형 운반차인 아이젠하워의 이동 주택은 침실과 거실, 서재로 쓰이는 세 개의 칸으로 이루어져 있었다."

라이언은 공격 개시일에 진주만에 몰려든 침공의 파도를 차분하면서도 상세한 어조를 유지하며 그려 나간다. "갑자기 고막을 찢는 소리가 들리더니 비행선이 옆으로 누웠다가 솟구쳐 올랐다가 밑으로 곤두박질치면서 철을 캐는 광산의 삼각형 입구 위로 줄줄이 처박혔다. 존스는 천지를 울리는 폭발음과 함께 비행선이 터지는 모습을 보았다. 느린 화면의 만화 영화가 떠올랐다. 뿜어 나오는 물줄기에 실려 올라간 것처럼 허공으로 솟구쳐 올라 주위를 살피듯 서 있는 사람들……. 사람 기둥 꼭대기에서 사람의 몸과 사지의 일부가 물방울처럼 흩어졌다."

그는 책의 마지막 단락에서처럼 이따금씩 시점을 넓힌다. "주민 대부분이 프랑스인인 이 마을은 곧 자유를 찾게 될 것이다. 히틀러가 지배했던 유럽 전체가 그러했듯이. 제3제국은 이날로부터 정확히 1년간 지속되었다." 하지만 여기서도 라이언은 거의 즉시라고 할 만큼 신속하게 좁은 초점으로 돌아온다. 앞의 문단은 다음 문장으로 끝난다. "세인트샘슨 교회에서 자정을 알리는 종소리가 들렸다."

라이언은 383회의 구술 취재를 통해 작전 개시일에 대한 병사들의 시각을 구성했지만 대학의 역사학자들에게는 순수 '미시사'에 미치지 못하는 결과로 비추어질 것이다. 라이언은 병사 개인의 6월 6일 경험에 초점을 맞추지만, 작전 개시일부터 전쟁의 소용돌이 속에 있던 기간 전체에서 그날의 위치에 대한 기존의 이해 방식 내에서 그들의 이야기를 파악한다. 전체는 병사들의 이야기가 아니라 기존의 역사학적 사료로 구성했다. 기법에 대한 인터뷰에서 라이언은 인터뷰를 사용해서 "큰 그림이라는 총체적인 중요성 아래 개별 사건을 자리 잡아 두었다."[24]고 언급했는데, '전문' 역사가라면 인터뷰로 전체 서술의 틀을 결정했을 것이다.

저자 추천본

The Simon & Schuster 재간행(1994).

국내 번역 추천본

코넬리어스 라이언, 최필영 옮김, 『디데이』(일조각, 2014).

여성의 신비 　베티 프리단

The Feminine Mystique(1963) · BETTY FRIEDAN

프리단은 '여성의 신비'의 지배를 받는 미국 세계를 묘사한다. "진정으로 여성적인 여자는 직업도 고등 교육도 정치적 권리도 원하지 않는다……. 그들이 하는 일이란 어린 소녀 시절부터 남편감을 찾고 아이들을 낳는 삶에 전념하는 것이다." 프리단은 메리 울스턴크래프트의 불평을 되풀이하지만 지난 300년 동안 가정에 구금된 여성을 그리지는 않는다. 오히려 그녀는 '구시대적 여성성'이 1950년대까지 발전되어 가고 있었고, 그때 이상한 일이 벌어졌다고 쓰고 있다. 여성들이 거꾸로 가기 시작한 것이었다. 평균 결혼 연령이 떨어졌다. 여성의 대학 입학 비율도 떨어졌다. "한때 전문 경력을 바랐던 여성들이 이제는 아기를 낳는 경력을 쌓고 있었다." 여성들이 좀 더 넓은 지평에 대한 갈망을 억제하면서 가정과 가족을 자신의 꿈을 충족시키는 수단으로 받아들이려 노력하게 되었다. "만약 1950년대와 1960년대 한 여성에게 문제가 있었다면 결혼 생활이나 그녀 자신에게 문제가 있음을 알았다……. 부엌 바닥에 왁스칠을 하면서 신비로운 충족감을 느끼지 않는 여자라면 어떤 사람이란 말인가?"

서서히 말라죽어 가면서 만족하려고 애쓰는 가정주부상을 만들어 가기 위해서, 프리단은 면담과 여성 잡지에 의존한다. 『여성의 신비』는 프리단의 스미스 대학 동창생들에 대한 질문서로 시작된다. 그녀는 《맥콜스》의 1960년대 발행분 차례를 검토한 후에 이렇게 쓴다.

"이렇게 크고 예쁜 잡지에서 솟아오른 여성상은 젊고 경박하고 유치하다시피하다. 솜같이 가볍고 여성적이며 수동적이고 침실과 부엌, 성교, 아기 그리고 가정 세계에 즐거이 만족하는 여성……. 정신과 영혼의 삶, 사상과 생각의 세계는 어디에 있는가?"

프리단이 제시하는 설명은 일부는 사회적이다.(전쟁 이후 '가정과 아늑한 가정생활을 꿈꾸던 남성들이 전쟁에서 돌아와' 매체를 이어받는 동안, 여성 잡지 작가들은 "글쓰기를 멈추고" 집으로 돌아가 "아이를 낳기 시작했다.") 또 일부는 프로이트적이다.(미국 문화는 남자들을 사랑하고 그들의 필요에 봉사하기 위해서 존재하는 '유치한 인형' 같은 여성에 대한 프로이트의 묘사를 수용했다. 그리고 일부는 경제적이다.("가정주부인 여성의 주요 역할은 집에 필요한 물건들을 사들이는 것이다……. 가정주부직을 영속시키는 여성 신비의 성장은 여성이 미국 경제 활동의 주고객이라는 사실을 깨달을 때 의미가 있다. 여성은 사회적인 역할이 주어지지 않은 채 이름 없는 열망에 들떠 있으며 가정주부라는 위치를 삭제하려는 원동력 속에서 지낸다면 좀 더 많은 상품을 구매할 것이라는 사실을, 누군가가 어딘가에서 어떻게든 계산해 냈음에 틀림없다.") 프리단의 결론은 그녀의 방법론적 결함만큼이나 힘 있고 확신에 차 있다. 여성이 구매하는 것이 틀림없다는 사실을 계산한 '누군가'는 누구인가? 프리단이 그리고 있는 교외에 사는 백인 여성이 자신들의 사치스러운 집에서 고통받는 동안 흑인, 남미계, 노동자 여성은 무엇을 하고 있었는가? 하지만 토머스 페인처럼 프리단은 역사가라기보다는 복음 전도자에 가깝다. 그녀 역시 마음속에 혁명을 담고 있다. "실제 능력에 힘입어 인생 계획을 세우는 여성이 충분히 늘어나면 (여성은) 동등한 정도의 진지함으로 직업과 정치, 결혼과 모성의 의무를 다하기 위해 일에 전념할 수 있을 것이다."

저자 추천본

50주년 기념본이 2013년(W. W. Norton)에 출간되었다. 게일 콜린스의 서문과 애나 퀸들렌의 후기가 수록되었다. 어느 쪽이든 본문을 먼저 읽고 읽기 바란다.

국내 번역 추천본

베티 프리단, 김현우 옮김, 『여성성의 신화』(갈라파고스, 2018).

요단강이여, 흘러라: 노예가 만든 세상 유진 D. 제노비즈

Roll, Jordan, Roll: The World the Slaves Made(1974) · EUGENE D. GENOVESE

미국 흑인사의 개척을 보여 준 이 책에서 제노비즈는 노예와 노예주를 상호 의존적으로 보지 않는다면 노예의 역사는 이해될 수 없다고 주장한다. 백인이 흑인 세계를 형성했던 것처럼 분명 노예도 백인 세계를 형성했다. 그는 노예제가 노예를 완전히 의존적이고 무방비적이며 가족 관계도 없도록 만들었다는 일반적인 생각을 거부한다. 대신 노예제에 처한 아프리카인들은 자신들만의 관습과 고유한 세계를 발전시켰다. 이렇게 '분리된 흑인 민족 문화'는 좁은 삶의 공간과 가혹하기 그지없는 역경 속에서 자신과 아이들에게 살기 좋은 세계를 만들어 주기 위해 물리적으로뿐만 아니라 영적으로 생존을 위해 고투하도록 노예들을 격려했다. 노예의 '저항하는 힘'에 대한 제노비즈의 새로운 강조는 노예의 독립과 힘에 혁명적인 회전력을 불어넣는다. 그들은 더는 수동적인 희생자로 보이지 않게 되었다. 노예 종교는 미국의 흑인이 백인 지배에 저항하는 능력을 최고로 발휘하도록 해 준 대표적인 사례다. 백인의 기독교는 노예들이 자기 주인에게 순종해야 한다고 말하지만, 노예들은 자신만의 특이하고 각별한 기독교 형식을 발전시켰다. 압제자에 대한 신의 복수를 강조하는 대신 죽음 이후의 자유를 약속받는 것이었다.

하지만 제노비즈는 노예들에게 그들만의 운명을 인도하거나 노예 소유주를 완전히 악으로 보는 단순한 분석에 빠지지 않는다. 대신 백인과 흑인이 '유기적으로' 관련되어 있다고 주장한다. 노예와 노예 소유주는 가부장적 태도에 기반한 관계로 서로의 세계를 변화시켰다. 백인의 대농장 소유주는 '흑백으로 이루어진 종속적인 대가족을 감독하는 권위적인 아버지'로 행동한다. 가부장적 태도에는 선과 악이 뒤섞여 있다. "애정과 친밀함이라는 진짜 요소를 통해 백인과 흑인을 서로 묶어 주고 한 종류의 인간으로 합일시켜 주었다." 백인에게는 그들의 노예를 '강한 의무감과 책임감'으로 돌볼 의무가 있으면서 한편으로는 잔인함과 증오로 그들을 대해도 괜찮았다. 가부장적 태도로 인해 흑인은 진짜 의무와 애정에서 우러나와 노예주에 봉사했으면서 한편으로 흑인에 대한 백인의 권위를 어떻든 자연스럽게 받아들이면서 자신들을 왜곡시켰다. 제노비즈에게는 대농장 흑인 유모의 역할이 복잡한 관계를 상징해 주는 인물이다. "흑인 유모를 이해하게 되면 대농장의 가부장적 태도의 비극을 이해하게 된다……. 흑인 유모는 주로 백인 아이들을 키웠고 여자 행정 관리인이나 사실상의 상급자로서 대저택을 운영했다……. 대개 흑인 유모는 백인에게 진실한 충성심을 보였고 일처리가 효율적인 데다 양심적인 가족의 일원이며 언제나 자신의 자리를 알고 있는 완벽한 노예가 되어 주었다. 거기다 노예들에게는 백인들이 용인하는 흑인 행동의 표준을 제공해 주었다. 그녀는 또한 강인하고 세상 물정에 밝으며 지략이 뛰어나야만 했다."

그러나 이러한 힘을 휘두르는 가운데 그녀는 백인 '가족'에 의존적이 되어서 자기네 사람들 가운데서는 권위를 세울 수가 없었다. 억압하는 자와 억압받는 자라는 단순한 관계를 거부한 제노비즈의 태도는 노예제에 대한 두려움을 호도하기를 거부할 때조차도 노예의 힘과 독립적인 문화를 인정하고 있다.

저자 추천본

The Vintage Books paperback(1976).

먼 거울: 비참한 14세기　　바바라 투치맨

A Distant Mirror: The Calamitous Fourteenth Century(1978)　·　BARBARA TUCHMAN

투치맨의 14세기 연구는 14세기의 세부 사항을 가지고 지금과 닮은 패턴을 짜 맞춘다. 그녀는 서문에서 "끔찍한 20세기를 경험한 이후에 우리는 적대적이고 폭력적인 사건의 압력으로 원칙이 붕괴되는 곤혹스러운 시대에 대한 거대한 동료적 공감대를 갖게 되었다."고 쓰고 있다. "미래에 아무런 보장이 없는 고통의 시기라는 기미를 인식하게 된다." 투치맨은 '고통의 시대'인 14세기를 앙게랑 드 쿠시 7세의 시점으로 관찰한다. 그는 두 명의 프랑스 왕에게 조언을 했고 영국 공주와 혼인한 하급 귀족이었다.

투치맨은 기사도의 쇠락, 즉 약자를 보호해야 할 기사들이 스스로 독재적인 계급이 되어 가는 모습을 기술한다. 기사와 귀부인의 연분홍빛 사회에 대한 낭만적인 관념을 일체 거부하고 오히려 밤늦게 성의 넓은 방에서 벌어지는 음주 시간을 묘사하면서, 중세 후기식의 술집 파티처럼 기사들이 귀부인들을 더듬고 모욕하여 화가 난 남편들과 드잡이하는 모습을 그리고 있다. 다음 문장에서 보듯이 투치맨은 모든 일상생활에서 기독교가 끼친 영향력을 그리고 있다. "기독교는 중세적 삶의 기반이었다. 심지어 계란을 삶는 데조차 '「시편」 제51장을 외는 시간만큼'이라는 조리법이 나올 정도다." 하지만 평화나 미덕을 이끌어 내는 능력에 대해서는 회의적이다. "영적이기보다는 세속적인 교회는 신에게 가는 길을 안내하지 않았다." 투치맨은 흑사병에 대해서 말하지만 다만 한 시기에 벌어진 하나의 재앙일 뿐이라고 여긴다. 그 시기는 "예상외의 위험들이 줄을 잇는 시기였다. 길길이 날뛰는 세 가지의 악. 첫째, 흑사병과 세금. 둘째, 거칠고 비극적인 갈등, 기이한 운명, 불안정한 돈, 마술과 배신, 모반, 살인, 광기, 군주들의 타락. 셋째, 감소하는 농사일, 쓸모없어져 소개되는 땅, 죄의식과 죄, 그리고 신에 대한 적의의 전언을 몰고 다니는 반복되는 흑사병의 검은 그림자."

투치맨은 사상보다는 정치에 좀 더 관심을 보여 철학과 과학의 발전보다는, 영국과 프랑스가 평화를 이루려고 서로의 땅을 동시에 훔치던, 복잡하면서도 결국은 파괴적인 시도에 초점을 맞춘다. 그녀는 전사 계급의 삶을 세부적으로 그리지만 농민 계급에는 그다지 관심을 두지 않는다. 대신 영국의 침공과 프랑스의 쇠약, 약탈하는 기사, 부패한 성직자들이 저지르는 일련의 사건으로 인한 정치적인 위기와 무질서의 시기를 묘사하는 데 관심을 둔다. 투치맨은 14세기의 폭력과 불안을 자신이 살고 있는 시대와 비교하면서 역사에는 동질성이 있다고 주장하는 가운데 (20세기가 14세기보다 당연히 낫다고 보는) 단순한 '진보주의'와 (20세기가 전대미문의 위험을 향해 소용돌이치듯 곤두박질하는 세기라고 보는) 쇠락에 대한 비관적 감각을 거부한다.

저자 추천본

The Random House paperback 재간행(1987).

대통령의 측근들 밥 우드워드·칼 번스타인

All the President's Men(1987) · BOB WOODWARD AND CARL BERNSTEIN

워터게이트에 관한 우드워드와 번스타인의 책은 닉슨의 최종적인 하야를 이끌어 내는 데 크게 기여했던 《워싱턴 포스트》 기사들을 모아 정리한 보고서에 기초하고 있다. 포스트모더니스트들이라면 갈채를 보낼 만한 비틀림 속에서 『대통령의 측근들』의 저자들은 관련자 모두를 계속해서 보여 준다. 책은 닉슨이나 대통령 쪽 사람들이 아니라 우드워드의 이야기로 시작된다. "1972년 6월 17일 토요일 오전 9시. 전화가 울리기에는 이른 시각. 우드워드는 수화기 쪽으로 더듬거리며 얼른 잠을 쫓는다. 《워싱턴 포스트》의 시정 담당 편집자의 전화였다. 그날 새벽 카메라 장비와 전자 기구들을 지닌 채 민주당 본부를 턴 혐의로, 남자 다섯이 체포되었다는 것이었다. 그가 가담할 수 있었을까?"

워터게이트의 역사는 상류층 미국인의 비행으로 서서히 밝혀진다. 서서히 전모가 드러나는 사건 개요에서 우드워드와 번스타인은 복잡하고 불명예스러운 연속적인 사건을 한 번에 극히 일부분씩 이해하는 '전형적인 미국인'을 위한 입장에 서 있다. 문체는 직접적이고 기교가 없다. "우드워드는 스토너에게 《워싱턴 포스트》가 오보를 정정할 책임이 있다고 말했다. 묵묵부답. 사과가 필요하다면 받아들이겠다. 묵묵부답. 우드워드는 신문 보도가 잘못 나갔을 때 얼마나 심각해지는지 스토너에게 알려 줄 요량으로 목소리를 높였다. 마침내 스토너가 자신은 밥 할데만에게 사과를 권하지 않겠다고 말했다." 이러한 산문체라면 어떤 상도 받을 수 없을 테지만, 책의 의도에는 부합한다. '진리'를 가능한 명료하고도 무감동하게 드러내는 것 말이다.

『대통령의 측근들』은 워터게이트 불법 침입으로 시작하여 대통령 측근들의 피소로 끝난다. 마지막 문단은 1974년 1월 30일에 있었던 대통령의 대국민 연설을 다룬다. 대통령은 이렇게 말했다. "저는 국민 여러분들이 알아 주시기 바랍니다. 국민 여러분들이 미국의 대표로 저를 뽑아 주신 이 자리에서 제가 물러날 의도는 조금도 없음을 말입니다." 『대통령의 측근들』은 1974년에 완성되어 닉슨이 사임한 8월 9일 직전에 출간되었다. 그러므로 이것은 불법 침입과 조사에 관한 역사일 뿐만 아니라 역사 그 자체의 일부이기도 하다.

저자 추천본

Simon & Schuster 재발간본(2014).

국내 번역 추천본

밥 우드워드·칼 번스타인, 양상모 옮김, 『워터게이트』(오래된생각, 2014).

자유의 함성: 남북 전쟁 시대 제임스 M. 맥퍼슨

Battle Cry of Freedom: The Civil War Era(1988) · JAMES M. McPHERSON

"미국의 남북 전쟁에서는 양쪽 모두 자유를 위해 싸운다고 공언했다." 맥퍼슨의 서문은 "전쟁과 그 원인을 한 권의 책으로 요약하는 것"의 어려움을 이렇게 시작한다. "정치권과 국가 주권을 보호하기 위해 무장했다고 주장하는 남부와 이 세상에서 공화국의 자유와 최후이자 최고의 희망"을 보존하기 위해 싸웠다고 주장하는 북부의 주장에 맞서 맥퍼슨은 정치적이고 군사적인 사건과 수사법의 균형 맞추기에 착수한다. 전쟁을 불 지르는 데 한몫했던 사회적이고 경제적인 발전을 통해서 말이다.

맥퍼슨은 1장에서 세기 중반 미국의 조건을 관찰한다. 특히 서부에서 보이는 고삐 풀린 듯한 성장, 면과 면 생산을 경제적으로 실현 가능하게 해 준 저임금 노예 노동에 대한 의존도를 나타낸 남부의 경제 상태, 갈수록 벌어지는 빈부 격차, 인종 간 갈등, 도시 인구의 급속한 성장, 생산 현장에서 멀어도 물품 판매를 가능하게 만든 교통수단의 발달, 노동쟁의, 아이 중심의 육아 가정으로의 진화가 그것이다. 이렇듯 다양한 묘사는 모두 남북 전쟁에 대한 맥퍼슨 이야기의 배경이 된다. 남북 전쟁에 대한 묘사는 제임스 K. 포크 대통령 재임 시기와 전쟁을 점화시켰던 불꽃에 관한 2장에서 시작된다. 불꽃이란, 급속하게 영역을 팽창하는 미국에서 새로 편입되는 영토들은 노예 소유제를 둘 것인지 노예를 해방할 것인지를 두고 벌어진 논쟁을 말한다. 이 쟁점으로부터 맥퍼슨은 군사·사회적인 남북 전쟁사를 자세하게 펼쳐 나간다. 그는 북부 연합이나 남부 연합 동조자들 전체를 뭉뚱그리지 않고 전쟁에서 다른 입장에 처했던 모든 집단들의 윤곽을 주의 깊게 그린다.

맥퍼슨은 남북 전쟁에 대해서 특별히 독특하거나 놀랄 만한 입장이 아니라, 황당할 만큼 다양한 전쟁의 면면들과 전쟁이 어떻게 그리고 왜 이어졌는지에 대한 끝없이 이질적인 이론을 일관성 있게 끌어당겨 묶어 낸 능력으로 크게 평가받는다. 맥퍼슨의 이야기는 북부 연합의 승리로 끝맺는다. 이 승리는 "미국 남부의 상을 무효화하고 북부의 상이 미국의 그림이 될 것임을 확실히 한다." 그러나 신생 미국에는 수많은 문제들이 남아 있다. 맥퍼슨의 책은 다음 질문으로 끝맺는다. "이 새로운 질서 속에 해방된 노예와 그들의 자손들은 어떤 위치를 차지하게 될 것인가?"

저자 추천본

The Oxford University Press 대형 페이퍼백 재간행(2003).

어느 산파 이야기: 1785 ~1812년 일기로 본 마사 발라드의 인생 로렐 대처 얼리치

A Midwife's Tale: The Life of Martha Ballard, Based on Her Diary, 1785~1812(1990) · LAUREL THATCHER ULRICH

얼리치의 책에서 영역을 좁힌 부제는 책의 새로운 방향을 말해 준다. 개인의 소소하면서도 특수한 내용에 대한 연구가 그것이다. 페리 밀러라면 뉴잉글랜드 전체에 대해서 글을 쓸 수도 있었을 것이지만 60년이 흐른 다음 얼리치는 한 여자의 일기 한 권, 즉 한 세대를 포함하는 시간 폭에 초점을 맞춘다. 마사 발라드의 일기가 더 넓은 사회 발전(예를 들어 전문적으로 훈련받은 산부인과 남자 의사가 이전까지 조산원과 개업 간호사들의 영역을 잠식하는 것)에 대한 암시를 준다 하더라도 얼리치는 전체적인 결론을 이끌어 내지 않기 위해 아주 조심스러워한다. 얼리치의 방법론은 보편성이 아니라 특수성을 위해 과거를 검토하는 것이므로 특이한 점을 도드라지게 하고 관련성을 찾지 않는다. 이러한 일반화를 피하는 것은 '전통적인' 역사 자료에 대한 얼리치의 불만뿐 아니라 모든 사회 계급에 적용되는 진리에 대한 포스트모던적 불신을 반영해 준다. "마사 발라드의 일기는 초기 공화국의 사회사에서 몇 가지 두드러지는 주제와 관련된다."고 얼리치는 서문에서 밝혔다. 그러나 권력을 지닌 남성들이 남긴 기록과는 본질적으로 다르다는 것이다. 이 일기는 '18세기적 삶에서 망실된 하부 구조'를 복원하고 "그 시기를 다룬 역사서가 대부분 근거로 내세웠던 증거의 본성부터 변형시킨다." 가령 마사의 남편인 에프레임 발라드가 채무자 수감소에 갔을 때 마사에게는 땔감이 떨어졌다. 이 문제는 그녀가 이제 의지해야 하는 큰아들과 며느리와 그녀의 긴장 관계를 악화시킨다. '그녀의 삶의 축'은 아들에게 '기울어'졌다고 얼리치는 쓰고 있다. 마침내 가족의 집을 물려받고 마사를 침대 하나 있는 방으로 보내기로 결정한 아들과 며느리와의 관계는 점점 악화된다. 마사의 일기 속에 "독선과 자기희생의 독특한 혼재"가 드러나고 그 속에서 마사는 여전히 아들의 가족을 위해 요리하면서도 아들에게 땔감을 구해 달라는 부탁은 하지 않는다. "대다수 역사가들은 부채로 인한 투옥을 경제사와 법률사의 관점에서 연구했지만 마사의 일기는 초점을 주택 융자와 변호사로부터 땔감 상자와 아들로 이동시켜서, 정치와 사회적 변화의 시기에 가족의 역사가 투옥의 유형을 어떻게 형성했는지 보여 준다."

이렇게 '잊힌' 가족의 기록은 그 시기의 역사를 때로는 보충하고 때로는 모순되게 말해 준다. 이 새로운 초점은 얼리치의 결론에서 두드러진다. "이런 인생을 축복하는 것은 문자 기록의 힘과 빈곤을 인정하는 것이다. 자신의 일기 밖으로 나가면 마사에게는 역사가 없다……. 통계와 세금 명부, 마을의 상점 출납부에 나와 있는 것은 그녀의 이름이 아니라 남편의 이름이다……. 일기가 없었다면 이름조차 확실치 않았을 것이다……. 마사는 결혼하며 얻은 성뿐 아니라 원래 이름마저 잃었다. 77년의 인생 가운데 58년 동안 그녀는 '발라드 부인'으로 살았다……. 지금도 캐모마일 덤불이 자라나 정원을 뒤덮고 있을 벨그레이드 가의 외딴 장소에 있는 비석에조차 그녀의 이름은 없다."

저자 추천본

The Vintage paperback(1991).

국내 번역 추천본

로렐 대처 얼리치, 윤길순 옮김, 『산파 일기』(동녘, 2008).

역사의 종언과 최후의 인간　프랜시스 후쿠야마

The End of History and the Last Man(1992) · FRANCIS FUKUYAMA

「역사의 종언」이라는 자신의 1989년 논문을 확장시킨 후쿠야마의 책은 큰 '역사'(사건들의 연쇄가 아니라 '유일하고 일관되며 진화론적 과정'인 역사)는 필연적으로 근대와 자유 민주주의, 산업화된 상태를 향해 간다고 주장한다. 근대 과학은 이 운동의 중심에 있는데 "근대 과학을 경험한 모든 사회에 단일한 결과"를 낳았다. 왜냐하면 "부의 무한한 축적을 가능하게 만들고, 그래서 무한하게 확장하는 인간 욕망의 연쇄를 충족시켜 주기" 때문이다. 근대 과학으로 인해 "역사적 기원이나 문화적 유산과 무관하게 모든 인간 사회가…… 점차 서로 닮아 갈 것이 틀림없다."

과학의 힘은 산업화를 향한 근대적 움직임을 설명하지만 민주주의가 발전하는 현상에 대해서는 설명하지 못한다. 결국 산업화한 수많은 국가들은 다른 정부 형식 아래서 움직였던 것이다. 그러면 왜 민주주의도 근대 세계를 변형시키는 것인가? 동물들은 음식과 쉴 곳, 안전만이 필요한 반면 인간은 부가적인 욕구, 즉 다른 사람들로부터 가치 있고 존엄하다고 '인정받으려는' 욕구에 따라 움직인다. 이 '인정받으려는 욕구'가 민주주의로 향하는 모든 사회를 추진하는 힘이라고 후쿠야마는 주장한다. 자유 민주주의는 "자유로운 개인으로 시민들의 자율성을 인정하면서, 그들을 아이가 아니라 어른으로 대접한다. 우리 시대에 공산주의는 자유 민주주의로 바뀌고 있다. 전자가 제공하는 인정의 형식에 결정적으로 결함이 있음을 깨달았기 때문이다. 그는 '인정받으려는 욕구'에 대한 정의와 묘사에 상당한 시간을 할애한다. 인정받으려는 욕구를 티모스라고 부르면서, 인정받으려는 욕구가 어떻게 국가에 대한 사랑, 민족주의, 민족성, 종교, 그리고 다른 인간 영혼의 '비합리적' 욕구와 상호 작용하는지 논쟁한다. 마침내 후쿠야마는 묻는다. 자유 민주주의적 상태가 진정으로 역사의 종언인가? 그것은 "인정받으려는 욕구를 적절하게 충족" 시키는가? 아니면 더 나은 사회의 미래 형식이 좀 더 철저한 양식으로 인정받으려는 욕구를 충족하게 될 것인가?

마지막 부의 끝인 「최후의 인간」에서 후쿠야마는 자유 민주주의가 "인간 문제에 대한 가능한 최고의 해결책"이라고 결론 내린다. 그리고 자유 민주주의로 향하는 움직임은 "경제적인 발전의 결과로 인한…… 인류의 균질화" 때문에 강화되고, 곧 인간성은 "수많은 여러 화초로 꽃피는 1000개의 새싹"이 아니라 오히려 "하나의 길을 따라 뻗어 가는 긴 화물 열차"같이 보이게 될 것이다. 어떤 열차는 "날카롭고 활기차게 마을로 들어오고"(즉 민주주의라는 은총에 도달한다.) 어떤 열차는 길을 따라 진흙에 처박혀 있으며 어떤 열차는 "인디언들의 공격에…… 불타고 버려진 채 길가에 있을 것이다." 어느 쪽이 실패한 사회가 될지는 독자의 결정으로 남아 있다. 얼리치와 정반대인 대항하는 역사적 글쓰기를 통해 후쿠야마는, 역사적인 세부 사항이 불어나는 충족감에 가라앉은 채 영광스러운 끝을 향해 계속 흘러가는 헤겔적 사회를 그리고 있다.

저자 추천본

Free Press 재발간본(2006).

국내 번역 추천본

프랜시스 후쿠야마, 이상훈 옮김, 『역사의 종말』(한마음사, 1997).

8

희곡 읽기의 즐거움

『아가멤논』 아이스킬로스
『오이디푸스 왕』 소포클레스
『메데이아』 에우리피데스
『새』 아리스토파네스
『시학』 아리스토텔레스
『만인』 14세기
『포스터스 박사』 크리스토퍼 말로
『리처드 3세』 윌리엄 셰익스피어
『한여름 밤의 꿈』 윌리엄 셰익스피어
『햄릿』 윌리엄 셰익스피어
『타르튀프』 몰리에르
『세상의 이치』 윌리엄 콩그리브
『지는 것이 이기는 것』 올리버 골드스미스
『스캔들 학교』 리처드 브린즐리 셰리든
『인형의 집』 헨리크 입센
『진지해지는 것의 중요성』 오스카 와일드
『벚꽃 동산』 안톤 체호프
『성녀 조앤』 조지 버나드 쇼
『대성당의 살인』 T. S. 엘리엇
『우리 읍내』 손턴 와일더
『밤으로의 긴 여로』 유진 오닐
『닫힌 방』 장 폴 사르트르
『욕망이라는 이름의 전차』 테네시 윌리엄스
『세일즈맨의 죽음』 아서 밀러
『고도를 기다리며』 사뮈엘 베케트
『사계절의 사나이』 로버트 볼트
『로젠크란츠와 길덴스턴은 죽었다』 톰 스토파드
『에쿠우스』 피터 셰이퍼

연극을 읽는다는 말은 용어상 모순이다…….
연극은 의례나 구경거리를 보고 귀로 들어서 반응하는 것이기 때문이다.

— 에드워드 파트리지

연극은 문학이며 책으로도 완벽하게 경험할 수 있는 것이지,
상연을 통해서만 완벽하게 경험할 수 있게
만들어진 것이 아니다.
연극을 읽는 것은……
연극을 관람하는 경험만큼이나 감동적이다.

— 에드워드 올비

안락한 방에 고상하지만 비싸 보이지 않는 가구들. 무대 오른쪽 뒤편에는 복도로 이어지는 문이 보이고 왼쪽 뒤편에는 헬메르의 서재로 통하는 문이 보인다.

한기가 땅에서 마지못한 듯 가시고 안개가 걷히면서 언덕배기에 늘어서 휴식을 취하는 군단 병력이 점차 눈에 들어온다.

앞에 인용한 두 단락의 문장은 2년 간격을 두고 씌어진 글로, 독자에게 각기 다른 영향을 미친다. 안락한 방에 고상해 보이지만 비싸지 않은 가구를 갖추었다는 문장은 다른 감각은 무시한 채 오직 시각에만 호소하고 있다. 배경이 비어 있으니 살인부터 혼인에 이르기까지 어떤 사건이든 이 문장 속의 공간에서 벌어질 수 있다. 하지만 둘째 풍경은 물리적인 장소에 그치지 않고 분위기나 예감도 암시한다. 풍경은 꾀병을 부리듯 서서히 드러나며, 안개는 마지못한 듯 땅에서 걷히고 마치 한 마리 용처럼 늘어선 군인들은 어느 순간이든 정신을 차리고 일어나 그곳을 초토화시킬 수도 있다.

첫째 문장은 헨리크 입센이 1897년에 쓴 희곡 『인형의 집』에 나오는 글이며, 둘째 문장은 1895년에 출간된 스티븐 크레인의 단편 소설 『붉은 무공 훈장』에 나오는 글이다. 희곡과 소설에는 가족 유사성이 있다. 양쪽 모두 인물들이 각본에 따라 움직인다.

양쪽 모두 플롯을 전개시키고 인물의 성격을 드러내기 위해서 대화를 사용한다. 소설이나 희곡 모두 기본적인 갈등에 대처한다. 크레인의 주인공은 자신의 남성다움을 발견하고, 입센의 노라는 여성성이 자신을 구속한다는 사실을 깨닫는다. 그리고 이야기를 전개하는 역사적인 시점도 같다. 입센과 크레인은 둘 다 사실주의자이므로 등장인물의 삶에서 심리 전환의 한 지점을 실제처럼 자세하게 묘사하고 있다.

그러나 두 이야기는 아주 다르다. 소설이나 자서전, 역사물처럼 연극은 우리가 앞서 세 차례나 밟아 본 기본 궤적을 똑같이 따라간다. 고대의 영웅주의와 운명에 대한 매혹에서 시작해 중세에는 신의 계획에 몰두했다가 르네상스 시대에는 인문주의에 대한 무한한 추구로 관심이 이동한 다음, 근대에는 사실적이고 '과학적인' 설명에 대한 집착에 이어 탈현대에는 바로 그 과학에 대한 강박을 혐오하기까지 한다. 하지만 희곡과 소설은 똑같은 방식으로 읽힐 수 없다. 소설가 크레인은 독자에게 주고 싶은 인상을 모두 제공하지만 극작가 입센은 이야기에서 오로지 하나의 단면만을 제공한다. 입센은 광경과 소리, 분위기와 예감을 『인형의 집』을 무대에 올리는 연출가나 조명 감독, 무대 감독이나 의상 담당자, 배우의 손에 맡겨야만 한다.

무대로 인해 희곡에서 말하는 이야기에는 다른 제한이 가해진다. 소설은 광활한 전망을 가로지르며 뻗어 나갈 수 있다. 하지만 희곡은 무대와 관객의 관심 영역에 맞아떨어져야 한다. 소설은 인물의 마음이 이끄는 다양한 길을 배회하지만, 희곡은 등장인물의 말과 행동을 전달할 뿐 그들이 누구인지에 대해서는 말하지 않는다. 희곡의 주체는 내면의 삶이 아니라 인간의 행위이다. 심지어 대사의 형식조차 책에서 무대로 옮겨 가면서 바뀐다. 소설가 조이스 캐럴 오츠는 희곡 언어에 대해 이렇게 쓴다. "책 속의 인생에서 희미하게 어른거리는 빛은 무대 안에서는 몇 분 안에 사그러들지도 모른다. ……산문은 홀로 있는 각각의 개인에게 전달되고 개별 독자의 의식 속에서 생기를 얻는 언어인 반면, 극 형식의 대화는 살아 있는 배우들이 서로 주고받으면 전체 관객이 엿듣게 되는 특별한 언어다."[1]

소설 속의 대화는 혼자서 음미하는 개별 독자의 마음속에서만 메아리칠 뿐이다. 희곡의 대화는 청중이라는 한 무리의 집단 속에서만 들린다. 학교 교사라면 청중 한 사람 한 사람이 기이하고 예측할 수 없는 인성의 소유자라는 말을 잊지 않고 해 줄 것이다. 여기에 더해 극작가는 일군의 사람들에게 자기 이야기가 드러나는 방식을 통제할 수 없다. 소설가는 문장을 끊임없이 살펴보면서 모든 독자가 똑같은 언어로 읽을 것이라는 사실을 아는 상태에서 문장을 쓰고 다듬는다. 하지만 희곡의 언어는 적어도 각기 다른 분야에서 일하는 두 사람의 손을 거친다. 희곡을 무대에 올리고 해석하며 다른 최종 판본으로 편집하는 연출가, 그리고 등장인물에 자신의 얼굴과 성격을 빌려주는 배우라는 매체를 거치게 된다. 희곡이란 자서전과 정반대 지점에 있다. 자서전은 사적인 내용을 다루면서 독자에게 들여다볼 권리를 주기 전에 받아들일 만한 형식으로 다듬어서 통제한다. 반면 희곡은 관객 앞에 무대로 올리는 일을 맡은 이들을 신뢰한다. 즉 아직은 알려지지 않은 손에 내맡기는 것이다.

이렇듯 연극이 공동 작업이라면 희곡을 읽을 이유가 있을까?

희곡을 읽는 이유는 스스로 연출가가 되어서 희곡을 마음속으로 구체화할 수 있기 때문이다. 『햄릿』의 한 장면을 떠올려 보자. 덴마크의 왕자인 햄릿은 최근에 돌아가신 아버지 생각에 사로잡혀 있다.(아버지의 유령에 홀려 있다고 말해도 좋다.) 햄릿은 돌아가신 선왕을 떠올리는 차원에서 "아버지가 보인다네."라고 친구인 호레이쇼에게 말한다. 하지만 전장을 활보하고 다니는 햄릿의 아버지 유령을 이미 목격했으나 햄릿에게는 아직 알리지 않았던 호레이쇼는 유령을 찾아서 눈길을 이리저리 돌린다. "어디요, 왕자님?" "내 마음의 눈에." 햄릿은 이 질문을 당연한 듯 받아들이며 서둘러 답한다.

햄릿의 아버지가 아들의 마음속에 사무치는 존재이기는 하나 햄릿은 아버지의 유령이 눈에 보이는 존재가 되어 무대에서 자신에게 모습을 드러내기 전에는 아버지의 죽음에 아무 행동도 취하지 않는다. 햄릿은 눈으로 보고 나서야 행동을 취하도록 자극을 받는다. 이 행동은 궁극에는 햄릿이 사랑하는 모든 사람들의 죽음으로 이어진다. 만약 햄릿이 상상력을 좀 더 발휘해 기억 속에 아버지가 무시로 등장한다는 사실에서 자신만의 결론을 이끌어 낼 수 있었다면, 유령의 출현(그리고 실제로 모습을 드러냈다는 사실로 인해 줄줄이 이어지는 모든 죽음)은 불필요했을지도 모른다. 하지만 일단 유령이 특정한 형태로 나타나자 아버지에 대한 햄릿의 관념이 불가피하게 '육화'될 수밖에 없었으며, 일단 유령이 자기 아들에게 최후통첩을 내리자 사건이 줄지어 일어나기 시작했고 멈출 수 없게 된다.

이것이 독자에게 주는 교훈은 무엇일까? 일단 무대에 올려지면 하나의 희곡은 돌이킬 수 없는 현실이 되며, 외부에서 그 현실에 필연적인 결과를 부여한다는 사실이다. 하지만 희곡이 독자의 마음속에 있으면 독자의 상상력에만 종속되어서 무한한 가능성으로 채워질 수 있으며 무대에 올려진 형태보다 훨씬 풍부하다는 사실이다.

희곡은 다른 형식의 문학 작품보다 장소에 구속된다. 희곡은 무대 상연을 전제로 구상되기 때문에 무대화라는 가능성과 한계가 따를 수 있고 극작가는 이것을 염두에 두고 작품을 쓴다. 그래서 희곡은 전 세계 독자를 상대로 쓰는 것이 아니라 특정 지역의 관객('본토극'이 영화나 텔레비전 대본과 차이가 있는 하나의 지점)을 대상으로 씌어지는 것이다. 그리스 희곡은 아테네 시민을 대상으로 씌어졌고, 중세 도덕극은 문맹의 교회 신자들을 대상으로 했으며, 왕정복고기의 영국 코미디는 중산층의 런던 시민이 대상이었다. 현대극은 브로드웨이나 시카고 혹은 런던 상연용이다. 이러한 연극들은 훨씬 다양한 관객에게 말을 걸 수 있지만, 희곡은 특정 지역 관객이 이해하는 관습에서 형식을 이끌어 낸다. 셰익스피어는 극장 아래층에 앉아서 동요하는 하류층 관객을 염두에 두고 작품을 썼는데, 고상한 독백 가운데 '저급한 유머'로 그들을 즐겁게 해 주지 못하면 무대 위로 물건을 집어던지리라는 사실을 충분히 알고 있었기 때문이다. 이런 이유로 셰익스피어는 연극의 최종 형식을 변경했다.

희곡의 발전은 지역 극장과 지역의 역사, 지역의 관습에 영향을 받기 때문에 알맞은 '희곡사'를 쓰기 위해서는 각각의 국가와 전통을 개별적으로 다루는 수밖에 없다. 각 나라별로 고유의 고대극과 고대 제의가 있으며 현대로 이어지는 나름의 통로 또한 다르다. 따라서 앞으로 서술할 개략적인 무대의 역사는 특정 지역에만 국한할 것이다. 바로 영어권 국가들이다. 고대 그리스 희곡과 유럽 연극도 소개하겠는데 그 이유는 우선 이들 작품이 영어권 극작가들에게 영향을 미쳤기 때문이다. 더불어 독일과 러시아, 프랑스 역사를 훑지 않았기 때문에 독일의 표현주의극과 러시아의 상징주의극, 프랑스의 부조리극은 충분히 소개할 수 없다.[2]

5막으로 구성한 연극의 역사

1막: 그리스

아이스킬로스, 소포클레스, 에우리피데스, 아리스토파네스, 아리스토텔레스

지난 수천 년 동안 인간은 여러 가지 이야기를 몸짓으로 만들어 왔다.(문화 인류학의 하위 분야들은 하나같이 연극과 유사한 고대 문화의 제의를 중심으로 성장했다.) 그러나 문자로 씌어진 최초의 희곡은 고대 그리스에서 나왔다. 최초의 그리스 극작가는 테스피스라는 시인으로, 그 명성은 희곡 전 영역에 걸쳐 드높았다. 그리스 희곡 초기 시절에는 시인들이 혼자 무대에 올라가서 자기 작품을 낭독하는 것이 흔했다. 테스피스는 무대 앞뒤로 자리를 바꾸어 가며 주인공과 함께 노래하고 춤추고 대화를 나누는 코러스라는 혁신적인 형식을 도입한 것으로 보인다. 테스피스의 모든 희곡 작품은 하나도 남아 있지 않기 때문에 이 사실을 확인할 수는 없지만, 희곡의 주인공과 대화하는 '집단적인 인물'인 '코러스'는 이후의 모든 그리스 연극에 등장한다.

테스피스의 뒤를 이은 위대한 그리스 극작가들은 2만 명의 관객까지 수용 가능한 야외 경기장에서 상연할 목적으로 작품을 썼다. 이들 작품의 목적은 축제에 상연되는 것이었으며, 배우들은 새벽부터 공연을 시작해서 몇 시간이나 대사를 외쳐 댔고, 관객은 연극 막간에 음식과 술을 즐긴 것으로 보인다. 이러한 무대에서 연기란 고개를 돌리거나 얼굴 표정을 짓거나 우아한 몸짓을 하면서 감정을 전달하는 문제가 아니었다. 배우의 미묘한 표정을 보기에 관객은 너무 멀리 있었다. 게다가 관객은 많이 취해 있었을 것이다.

대신 배우들 각각은 하나의 감정을 보여 주는 육중한 가면을 쓰고 연설을 하면서 극을 진행해 나갔다. 특수 효과는 제한적이었다. 가장 정교한 시각 효과라면 제우스나 아폴론 역을 맡은 배우가 무대에 등장할 때 삐걱거리며 기중기를 타고 내려오는 정도였다. 그래서 예기치 못한 신의 등장을 묘사하기 위해서 '데우스 엑스 마키나', 즉 '기계에서 나온 신'이라는 구절이 나왔다. 가장 정교한 행위인 해전, 지진, 칼로 찔러 죽이기, 아이를 끓는 물에 집어넣기 등은 관객의 시선 밖에서 일어나는 식이었고 이때 코러스가 무대 바깥을 응시하며 행위를 묘사했다. 공연 수개월 전에 선발된 열다섯 명 남짓의 남자들로 구성된 코러스는 노래와 춤, 육체 단련 등의 특수 훈련을 받았다.

무대만 갖추어지면 그리스 희곡은 관객에게 여흥거리를 제공했다. 그리스 희곡은 신화를 익숙한 형태로 반복해서 들려주었다. 따라서 관객은 언제 어떤 사건이 벌어질지 이미 알고 있었다. 그리스 희곡은 전형적으로 다섯 부분으로 나뉜다. 이것은 이후 전통적인 영어권 5막극의 모델이 된다. '도입(프롤로그)'이 진행되는 동안 관객은 작품의 '배경 이야기'를 듣는다. '합창 입장(파라도스)'에서는 코러스가 입장하면서 행위의 서막을 노래하거나 읊조리며, 이후에는 에피소드가 이어지는데 작품의 주요 등장인물들 사이에서 벌어지는 다른 '장면' 몇 가지로 구성된다. 다음에 이어지는 '막간'은 장과 장 사이를 이르는 말로, 행위나 장소가 변한다는 사실을 알려 주며 논평이나 설명을 낭독하는 것으로 이루어진다. '막간'에는 코러스가 의식이 진행되는 방향에 따라서 '스트로피(좌회전)'나 '안티스트로피(우회전)'라고 알려진 대로 무대 한편에서 다른 편으로 자리를 옮겨야 했을 것이다. 마지막으로 '퇴장(엑소더스)'은 최후의 절정에 이른 장면을 말한다. '장면(에피소드)'이 '퇴장'을 향해 구축되어 감에 따라 관객은 뒤이을 위기나 대단원 혹은 해결의 순간을 기대하면서 흐름을 따라갔을 것이다. 연극의 전 과정을 통해서 희곡의 주인공에게 공감해야 하는데, 이는 홈경기 도중에 축구 경기장에서 발생하는 감정과 비슷한 것이다. 고대 그리스극은 투기장에서 공연하고 의례화한 의상, 승리의 몸동작에 관객의 감정 이입을 요구한다는 점에서, 현대 브로드웨이가 생산하는 연극보다는 오히려 슈퍼볼 경기 쪽을 닮았다.

당시 위대한 그리스 극작가들이 추종하던 아리스토텔레스는 극작가들의 관습을 법칙으로 요약해서 『시학』을 썼다. 아리스토텔레스의 글에 따르면 희곡의 목적은 모방이다. 보는 이가 존재의 진실을 더 훌륭하게 이해할 수 있는 삶을 모방하는 것이다. 그것을 더 효과적으로 하기 위해서, 모방은 삶의 좁은 범위에 엄격하게 초점을 맞추어야 한다. 그래서 모든 희곡은 세 가지를 '일치'시켜야 한다. 먼저 시간의 일치는, 연극이 '태양의 한 주기' 동안에 일어나는 일로 제한하는 것이다.(달리 말하면 인생 전체보다는 가장 중요한 순간에 집중되는 것이다.) 행위의 일치는, 연극이 단 하나의 사건이나 주제를 중심으로 일어나는 사건들에 초점을 맞춘다는 뜻이다. 배경의 일치는, 아무리 동떨어진 행위라 하더라도 단 하나의 물리적인 장소에서 일어나야 함을 말한다.

모방의 가장 강력한 형식인 비극은 "존경받을 가치가(spoudaois) 있으며 (도덕적 과오가 아니라) 중대한 지적 과오를 저질러서 행복에서 불행으로 몰락하는"[3] 주인공에 관한 이야기이다. 오이디푸스는 최선을 다해 자신의 운명을 피하려고 애쓰는 과오를 저지른다. 아가멤논은 두 가지 불운 중 한 가지 선택을 강요당하자 잘못된 것을 고른다. 아리스토텔레스의 글에 따르면, 비극은 연민(누군가에게 정도 이상의 불운이 일어나는 장면을 지켜볼 때 느끼는 감정)과 두려움(이렇듯 정도 이상의 불운이 일어날지 모른다는 사실을 생각할 때 생기는 감정)의 감정을 환기시키면 성공이다. 그 함의는 분명하다. 도덕적 과실은 상대적으로 피해 가기가 쉽지만 매우 청렴한 사람이라 할지라도 '정직한 실수'를 저지를 수 있고 그 실수는 곧 파국으로 이어질 것이며 당신 역시 오이디푸스의 처지가 될 수 있다는 의미인 것이다. 만약 비극이 지켜보는 사람이나 독자가 더 잘 이해할 수 있게 모방적인 것이 되려면 **카타르시스**가 있어야 한다. 카타르시스는 주인공이 재앙과 마주친 이유를 명쾌하게 설명한다.[4]

아이스킬로스와 소포클레스 그리고 유리피데스는 비극 작가다. 아리스토파네스는 희극 작가다. 희극은 당대의 예법과 도덕의 중심을 거슬러 대비 효과를 만드는 데 의존하기 때문에 비극보다는 언제나 빨리 낡는다. 이를테면 정치에 관한 농담은 시대가 다르면 설득력을 잃지만 잘못된 선택의 위험성은 절대 사라지지 않는다. 그리스 이후의 로마인들은 그리스 문학의 원칙 대부분을 차용하여 비극보다는 희극을 더 많이 썼는데, 오늘날 로마의 극작가나 아리스토파네스의 희극이 그리스 비극보다 대중의 인기를 얻지 못하는 이유가 바로 여기에 있다.

그런데 로마 비극조차도 그리스 비극보다 작품성이 떨어진다. 연극은 로마 사회에서 대체로 낮은 지위를 차지했다. 로마의 연극 집단은 그리스의 극단처럼 축제 때 공연을 했다. 그런데 그리스의 축제는 연극 공연을 중심으로 진행된 반면, 로마의 연극은 사자 싸움이나 전차 경주, 모의 해전 등의 좀 더 눈요깃거리가 많은 공연과 경쟁해야 했다.(비극 작가 테렌스는 자신의 연극 중 최초 두 차례 공연이 검투사 쇼를 보기 위해 도중에 자리를 뜨는 관객 때문에 취소되었다고 불만을 토로했다.) 로마인들은 연극 주제에 혁신을 이루어 내지 못했으며, 주제의 혁신은 그리스 연극이 완전히 자취를 감춘 중세에 나타날 터였다.

2막: 신비극과 도덕극

만인

대학의 연극 감상 교재에 나오는 설명과는 달리 고전극의 종말은 기독교가 가져온 것이 아니었다. 그것은 로마를 침략했던 이교도들이 가져온 것이다. 고전극은 구경거리를 제공하기 위한 물리적 공간, 연습과 훈련을 위해 수주일 동안 시간을 바칠 수 있는 연기자, 앉아서 관람할 시간이 있는 관객이 필요했다. 시간과 돈이 있는 관객 없이는 고전극은 프로 축구와 마찬가지로 존재할 수가 없었다. 대신에 유랑하는 음유 시인들과 방랑 곡예사와 광대들은 중세 내내 영국과 유럽을 떠돌아다녔다. 그래서 공연이나 연기는 자취를 감추지는 않았지만 극장은 맥없이 무너졌다.

기독교가 (사슬처럼 연결된 그리스인의 이야기를 세상의 종말로 향하는 일직선으로 탈바꿈시키는) 새로운 형태를 역사에 부여한 것과 마찬가지로, 기독교 교회 역시 연극에 새로운 물리적 공간을 제공하여 연극이 스스로 갱신하게 했다. 제도적인 교회는 연기 자체에 대해 그다지 열정을 보이지는 않았다. 떠돌이 음유 시인과 곡예사, 광대들은 도덕의식이 희박하다고들 생각했고, 교회의 주교와 신학자들은 고전극이 제우스와 아폴론, 아테나 등 다른 '악마'들을 숭배하여 씌어졌다고 의심했다. 하지만 연극 자체는 기독교적 세계관과 상당히 조화를 이루었다. 결국 연극은 행위를 중심으로 구축되는 것이며, 신이 행하는 의미심장한 역사적 행위가 기독교의 전부이기 때문이다. 연극은 도입과 중반, 위기와 대단원으로 구축된다. 기독교는 에덴동산에서 도입을 발견했고, 국가로 존재하는 이스라엘을 중반으로 보았으며, 십자가에 못 박히는 사건을 위기로, 부활을 대단원으로 찾아냈다. 그리고 기독교는 구세주 아담이라는 자신들만의 고전적인 영웅을 가졌으며, 이 절충적인 인물은 에덴동산에서 잘못된 지적 선택을 함으로써 십자가에서 고통스러운 파국을 맞는다. 부활 이후 모든 인간의 역사는 이 유일한 중심 사건에서 퍼져 나간 파문으로 작동하는 대단원이었던 것이다.

게다가 교회의 의식은 그 자체로 연극적이어서 창조, 십자가에 못 박힘, 부활 이야기를 끊임없이 다시 서술하는 것에 기대고 있다. 교회의 예배는 심지어 대화까지 포함한다. 『구약』 읽기, 찬송, 『신약』의 다른 구절을 매번 예배 때마다 소리 내어 읽기 등 신성한 말씀을 대다수가 문맹인 대중에게 전달하려는 시도는 종종 성경 속의 다른 인물들 사이의 대화를 수반한다. 성경 속의 대화 중 각각의 부분에 각각의 '배우들'이 언제 지정되었는지 아무도 모를 일이다. 하지만 부활절 예배에서 부르는 찬송가, 즉 무덤의 천사와 예수의 몸에 성유를 바르기 위해 들른 세 명의 마리아가 나누는 대화를 자세히 이야기하는 부분은 아마도 최초로 연극화한 부분일 것이다. 처음에는 이 부분을 각기 다른 목소리로 낭독했다가 나중에는 의상과 소도구가 더해졌을 것이다. 이렇게 더해진 오락거리로 예배에 참석하는 대중이 늘었을 것이다. 추측에 불과하지만, 잘 알다시피 다른 성경 속의 이야기들 역시 이내 극화되었다. 이러한 '신비극'('신비'라는 말은 한때 금기시되었지만 이제는 드러내 놓고 설명된 무언가에 대한 오래된 성경적 의미를 뜻한다.)은 창조와 몰락, 카인과 아벨, 노아의 방주, 나사로의 부활, 최후의 만찬 등 성경에 등장하는 중심 장면에서부터 최후의 심판에 이르기까지 여러 가지 이야기를 반복해서 소개했다.[5]

언제부터인가 연극은 밖으로 나가게 되었다.(아마 관객이 늘었거나 교회에서 전도하기 위해 그랬을 것이다.) 신비극은 신앙의 중심지에서 마을 활동의 중심지인 시장으로 자리를 옮겼다. 이 과정에서 신비극은 최초로 공동 후원자를 얻었다. 수로 조합이 신비극 「노아의 방주」를 위해서 물길을 대주기로 했는가 하면 목수들은 방주를 주조해 주었다. 제빵사 조합은 정성 들여 최후의 만찬을 준비해 주었고 금세공자들은 아기 예수에게 선물을 바치는 동방 박사를 위해 보석을 만들었다. 언제부터인가 상품을 진열하려고 연극을 이용하는 조합이 뻔뻔할 정도로 늘자, 요크 시에서는 조합 상징물을 금지하는 조치를 취했다. 연극의 '세속화'는 대중의 시선을 집중시키는 부차적 줄거리를 확장시켰다. 가령 신비극 「노아의 방주」는 전체 줄거리에 노아의 아내가 방주에 들어가기를 꺼리는 내용을 세부 줄거리로 뒤섞어 놓는다. 「두 번째 목자의 이야기」는 극의 제일 마지막 부분에 아기 예수가 아주 잠깐 등장하지만 대부분은 양을 훔치는 이야기로 이루어졌다.

이러한 신비극은 그리스 비극의 적통은 아니다. 두 양식의 기원은 전혀 다르다. 하지만 일련의 연속성이 있다. 그리스 희곡처럼 신비극은 개별 인성을 심리학적으로 탐구하는 것이 아니라 존재의 진리를 삽화처럼 보여 준다. 노아의 아내는 예수 그리스도를 옆에 두고 자기 남편을 훈계하고 욕하는 중세적 잔소리꾼이며 살아 있는 시대착오자이지만, 이야기 속에서는 하느님이 미천한 것들까지 은혜롭게 구원해 주신다는 차원에서 그녀의 자리를 그려 낸다. 신비극은 여러 유형과 일반화로 가득하며, 극 자체는 개인성이 아니라 자질을 그려 내는 것이 목적이다.

곧이어 등장하는 도덕극은 인성의 자질을 우화적으로 탐색하는 성경 이야기라는 토대에서 떨어져 나와 독자성을 지닌다. 도덕극은 육욕, 야망, 탐욕, 나태로 구체화한 추상 개념과 씨름하는 상징적 인물의 이야기를 그렸다. 그것들과 씨름하는 가운데 인간은 선악의 천사들에게서 충고를 듣는데, 천사들은 인간에게 우정과 고해, 속죄를 반려자로 선택하도록 권면한다. 「인내의 성」에는 '인류'라는 인물이 등장하는데, '인류'는 '육욕 선호'와 '육체', '쾌락'의 유혹에 넘어간다. '인류'가 죽자 '자비'와 '정의', '평화'와 '진리'("하나님의 네 딸들")는 '인류'를 천국에 허락해야 하는지를 두고 논쟁을 벌인다. 가장 널리 알려진 중세 도덕극 「만인」은 무대에 '죽음'을 올려서 '만인'에게 사망이 임박했음을 알린다. '부'에서 '우정'에 이르기까지 만인의 벗들은 곧 만인을 버리고 만인의 곁에는 오로지 '선행'만이 남는다.

15세기경에는 연극 공연이 교회라는 물리적 공간에서 완전히 사라지게 되었다. 극단들은 무대 장치를 마차에 싣고 이 마을 저 마을을 떠돌아다니면서 도덕극과 신비극을 공연했으며, 연극은 야외극장에 터를 잡았다. 배우들은 관객 가까이에서 대사를 읊었으며, 그래서 가면을 쓰지 않은 배우들의 얼굴에서 감정 변화가 분명하게 드러나게 되었다.

3막: 셰익스피어의 시대

크리스토퍼 말로, 윌리엄 셰익스피어

"이 세상이란 이익과 기쁨, 권력과 명예, 전능을 약속한다!" 크리스토퍼 말로가 만들어 낸 불만에 가득한 주인공 포스터스 박사는 외친다. "움직이지 않는 양극 사이에서 움직이는 모든 것은 내 명령에 따를 것이다!" 세계를 조종할 수 있는 가능성이 르네상스 시대에 새로 등장했다. 우주에 대한 과학 지식이 축적되면서 새로운 우주적 지배력이 약속될 것처럼 보였다. 최초로 인간은 지상에서 자신의 삶이 지나가고 천국에서 진정한 인생이 시작되기만을 기다리는, 천국과 지옥 사이에서 헤매는 영혼에 그치지 않게 되었다. 인간은 개성을 지닌 인물로 그려졌다. 즉 야코프 부르크하르트의 말을 인용하면 '다면적 인간'이자 이 세상에서 행동하는 힘을 지니고 세상을 변화시키는 자유로운 개인이었다. 중세 연극 속의 평면적이고 우의적인 '만인'은 복잡하고 야심 있고 가능성으로 가득한 한 사람이 되었다.

셰익스피어는 르네상스 시대를 지배하지만 영국 연극에서 처음 등장한 '개인'은 크리스토퍼 말로의 인물이다. 셰익스피어보다 두 달 먼저 태어난 말로는 셰익스피어 최초의 '희곡 역사'가 무대에 등장하기 10년 전인 1580년대에 이미 글을 쓰고 있었다. 그의 초기극 『탬벌레인 대왕』은 스스로 '자기 자신을 신의 채찍'이라 부르는 무시무시한 몽골 정복자에 관한 내용인데, 탬벌레인이 신의 목적을 이루는 도구일지도 모른다는 개념을 거부한다. 대신 그는 능동적으로 생각하는 인간이다. 탬벌레인은 자신의 희생자 중 하나에게 '자연'에 대해 말한다.

높이 치솟는 정신을 가지라고 우리 모두에게 가르쳐 준다.
지구가 헤매인 낱낱의 과정을 평가하고
세계라는 불가사의한 건축물을 이해하는 능력을 지닌 우리의 영혼은,
쉬지 않는 천체처럼 언제나 움직이고
무한의 지식을 지닌 후에도 여전히 나아가며,
우리를 다 쓸 때까지 결코 쉬지 않기를 바란다.

『포스터스 박사』에서 말로는 '만인'을 빌려 와 평면적인 인물을 개인으로 바꾸어 놓는다. '무한의 지식'을 추구하여 쉬지 않고 기어오르는 포스터스는 '만인'과 똑같은 선택에 직면한다. 지상의 부와 지식인가? 아니면 천국의 은총인가! '만인'과 달리 포스터스는 지상을 선택한다. 여느 훌륭한 르네상스 학자들과 마찬가지로 그도 물리적 세계에 대한 학문을 펼쳐 보이는 일에서 등을 돌릴 수는 없다. 설혹 그 때문에 저주를 받는다 하더라도 말이다.

극 말미에 포스터스는 지식과 지옥을 모두 취하게 된다. 르네상스 시대와 계몽주의 시대에는 인간의 행위 능력이 칭송을 받았다. 상황을 조망하고 분석하며 행동의 행로를 결정하고 당당하게 수행해 나가는 능력 말이다. 하지만 두 명의 위대한 르네상스 시대의 극작가는 단순한 르네상스식 낙관주의에 회의를 품는다. 셰익스피어는 희극과 비극, 역사물을 생산하지만 결코 승리에 대해서는 쓰지 않는다. 희극의 행복한 결말조차도 지난 오해와 미래의 파멸 가능성 때문에 심장에 대못이 박히는 종류의 달콤씁쓸한 결말이다. 셰익스피어의 주인공들은 생각이 깊고 행동력은 있지만 불행하고 갈등하며 내적 분열이 있다.

그리스 문학과 건축은 르네상스 시대에 재발견되었고 셰익스피어

는 아리스토텔레스의 극 형식의 법칙을 명백히 의식하고 있다. 그래서 셰익스피어는 5막극을 쓰고 열성은 다소 부족하지만 삼일치를 유지하려고 시도한다. 하지만 관객에게 자신의 영웅에 감정 이입을 당부하는 이유는 주인공이 도덕적으로 고결하기 때문이 아니라 그들의 동기가 심리적으로 설득력 있기 때문이다. 딸들에게 남편보다 자신을 더 사랑해 달라는 리어의 요구는 뒤틀렸지만 딱할 만큼 사실적이다. 햄릿의 우유부단함에 이를 갈면서도 자기 가족 한가운데 쌓인 화톳불에 성냥을 던지기가 꺼려지는 것은 충분히 이해가 된다. 리처드 3세는 도덕적으로는 괴물이지만 실력 있는 정치가며, 더 큰 선보다는 자신만의 목적을 우선으로 여기는 개인이라서, 사적인 파국에 직면했을 때도 백성들에게 최고의 것을 행하려고 고귀하게 노력하는 오이디푸스와는 아주 다른 인물이다.

이 모든 인간들은 슬픈 결말에 이른다. 르네상스 시대에 인간은 미리 지정된 신의 계획에 묶여 있지 않고 자신의 길을 자유로이 선택할 수 있는 존재였다. 그러므로 셰익스피어의 주인공들은 자유롭지만 행복과는 거리가 멀다. 셰익스피어는 『뜻대로 하세요』에서 "이 세상은 하나의 무대다."라는 구절을 가장 많이 인용했다.

> 그리고 남녀 모두는 배우에 불과하다.
> 각자 무대에 등장했다가 각자 퇴장하지.
> 인생에서 한 사람은 수많은 역할을 연기하고
> 연령에 따라 일곱 가지 역할을 맡는다…….
> 이렇게 기이하고 사건 많은 역사를 끝맺는
> 마지막 7막은 2막의 어린아이 같아서 오직 망각만이 있으며
> 이가 빠지고 눈도 보이지 않고 입맛도 없고 아무것도 남는 것이 없다.

그리스 연극은 제의적이면서 양식적인 몸짓으로 부동의 힘에 지배받는 세상 속 인간의 자리를 연기해 냈다. 종종 우주의 법칙을 위반할 때도 있지만, 적어도 혼돈이라는 결과가 빚어진 이유를 인간은 알고 있었다. 중세 연극은 성경이라는 희곡집을 가지고 신에 의해 이미 시작과 중간, 결말이 정해진 이해 가능한 우주 내에서 인간의 자리를 종교 제의적인 공연으로 치러 냈다. 하지만 끊임없는 발견의 시기인 인간 드라마의 3막은 천문학자가 다음번에 하늘에서 무엇을 보게 될지 누구도 알 수 없는 시기이므로, 무대 위의 연기자들은 예정된 결말 없이 연기를 했다. 르네상스 시대의 과학자와 철학자들은 정해지지 않은 결말을 우주에 대한 인간의 증대하는 힘에서 비롯된 영광스러운 것이라고 보았을 것이다. 하지만 셰익스피어는 그다지 확신하지 않는다.

셰익스피어의 시대는 지적인 운동 때문이 아니라 정치 때문에 끝을 보게 된다. 영국의 경제는 말할 것도 없고 극장은 엘리자베스 1세와 그녀의 후계자인 제임스 1세 치하에서 발전을 거듭했다. 하지만 의회의 강력한 세력인 청교도파는 제임스의 아들 찰스 1세가 충분히 청교도적이지 않다고 여겼다. 그래서 내란을 일으켜 왕을 유배 보낸 후 처형했으며, 가톨릭과 종교적인 자유사상에 관련된 모든 것을 금지하는 운동을 일으켰다. 성상의 흔적을 보이는 조각과 모든 예술 작품을 파괴하고, 대중적 부도덕의 중심지인 극장을 폐쇄했다. 영국은 올리버 크롬웰의 통치 아래 들어갔다. 영국 극작가들은 프랑스로 도피하거나 은퇴했고, 배우들은 다른 직업을 구해야 했다. "엘리자베스 시대의 연극 정신은 거의 꺼져 갔다."[6]

이러한 전면적인 붕괴는 극이 소설이나 자서전, 혹은 역사물과 어떻게 다른지 이론적인 주장보다 훨씬 분명하게 보여 준다. 만약 정부가 소설이 비도덕적이라고 선포했다면 소설가들은 계속해서 비밀리에 썼을 것이며, 억압적인 정권 아래 회고록 작가들은 감옥 안에서 몰래 이야기를 썼을 것이다. 하지만 연극은 비밀의 방에서 공연할 수 없다. 연극은 공연할 장소가 있어야 하며 그렇지 않으면 죽고 만다.

4막: 인간과 풍속

몰리에르, 윌리엄 콩그리브, 올리버 골드스미스, 리처드 브린즐리 셰리든, 오스카 와일드

1659년 죽음을 맞을 때까지 크롬웰은 청교도 원칙에 따라서 국가를 운영하고 무엇보다 경마와 춤, 크리스마스 축제를 금지하면서 사회를 '고정'시키려고 노력했다. 그러나 1660년 의회는 청교도적 공화정을 거부하고 유배를 보냈던 찰스의 후계자인 찰스 2세를 돌아오게 했다. 대중의 엄청난 환호가 뒤따랐으나 찰스 2세에 대한 것이었다기보다는 크롬웰의 통치가 끝난 것에 대한 환호였다. 극장은 당당하게 귀환했다. 찰스 2세는 두 극단에 왕실 인가를 내렸고 런던의 유일한 합법 극장으로 선포했다. 그렇게 해서 '적법한 극장'이라는 용어가 탄생했다. 극장들이 재건축되었는데 이번에는 달랐다. 셰익스피어 시대의 극장은 민초에 뿌리를 둔 중세의 공연 장소인 시장에서 발전한 데 반해, '왕정복고기'의 극장은 엘리트 기관이었고 귀족이 운영하거나 왕이 몸소 허가를 한 곳이었다. 셰익스피어가 활동한 '글로브 극장'은 1500석 규모였고 무대 앞에 서서 보는 관객용의 저렴한 입장권이 넘쳐났다. 하지만 런던에 신축 극장들은 기껏해야 500석 규모에 노동자 계급이 저렴하게 입장권을 구해서 서서 보는 공간이 없었다.

부유층이 보러 오는 연극은 르네상스 시대의 연극과는 매우 달랐다. 17세기 말과 18세기 초는 정치적으로 불확실한 시기였으며 철학자들은 수세기 동안 사회를 지배했던 낡은 위계질서에 대항하는 발언을 했다. 영국 군주제는 다른 곳과는 달리 위기에서 살아남았지만 구질서는 예전 그대로가 아니었다. 찰스 2세는 정부들의 손에 놀아나는 한량이었고 그의 신하들은 더 형편없었다. 수년 뒤 다음 군주도 신통찮기는 마찬가지였다. 찰스의 후계자인 가톨릭교도 제임스는 예기치 않게 한 아이의 아버지가 되었다. 그러자 가톨릭교 왕가의 전망에 참을 수 없었던 영국 국민들은 그를 제거하고 여러 가지 제한 조건으로 속박하면서 덴마크의 윌리엄 공을 불러들였다. 당시는 고상한 정치적 이상과 실질적 절충의 시대이자 인간의 자유에 대한 수사가 인간 존재에 대한 실질적인 제한과 결합되었다. 또한 보통 사람에 대한 엄청나게 드높은 존중과 보통 사람에게 실제로 권력이 양도된다면 무엇을 할 수 있을지에 대한 더할 나위 없는 불신이 조장되던 시대다.

구시대의 확실성과 신의 부재로, 왕정복고기와 18세기 사회는 고전 미술과 건축에 대한 새로운 열정과 빠르게 이동하는 사회의 불확실성을 통제하는 풍속에 대한 무한한 존경이 결합되면서 새로운 안정에 관심을 돌렸다. 풍속은 철학자들이 위계질서를 거부하던 세계에서 상류 계급의 존재를 강화했다. 루소는 급진적인 평등에 대한 글을 썼을 테지만 거리에서 사람들은 크러뱃(17세기 남성용 스카프)을 제대로 묶지 못하는 이웃의 촌스러움을 히죽대고 있었던 것이다.

왕정복고기와 18세기 연극은 고전주의 형식을 고수하면서도 풍속에 얽매인 사회를 조롱했고, 특히 성과 결혼을 둘러싼 방어벽을 비웃었다. 왕정복고기와 18세기의 위대한 극작가들은 셰익스피어처럼 인간 본성을 비관했다. 올리버 골드스미스와 몰리에르의 극에 등장하는 인물들은 풍속을 자신이 원하는 행동을 허락하는 무기로 사용했다. 풍속이라는 가면 뒤에 권력에 굶주린 야만의 얼굴이 으르렁댄 것이다. 로크와 루소는 인간의 본성을 차분하게 논쟁할지 모르지만, 골드스미스와 몰리에르는 후미진 구석에서 "인간이 이성의 지배를 받는다고 생각하나? 이리 와서 진짜 인간들이 어떤지 한 번 보시지."라며 고함치는 야유꾼들에 다름 아니었다.

과학자와 정치가, 역사학자와 소설가들이 인간은 별을 따러 올라가고 있다고 선포하던 시기에 극작가들은 그렇게 확신하지 않았다.(실제로 사람들이 행위할 수 있게 무대에 올려야 했기 때문이다.) 그들 극에는 타협과 어리석음, 우둔함, 악의, 사악함, 온갖 냉혹함이 넘쳐났다. 이들 희곡의 상류 계급 주인공들은 폭군이면서 놈팡이들이다. 골드스미스의 말로 씨는 유혹해도 좋은 보통 여자들과 어울려야 만족하게 즐길 수 있다며 죄책감 없이 자랑스럽게 떠들어 댄다. 골드스미스는 이야기의 중심에 토니 럼프킨이라는 '하류' 주인공을 끼워 넣을 정도다. 하류 계층 인물들은 유행에 의해 인성이 닳아 결국 똑같아지지 않기 때문에 정서와 자질이 폭넓다고 골드스미스는 주장했다. 상류 계급의 관객은 자신들을 냉소하는 농담을 이해했을까? 아니, 분명 아니었다. 그들은 토니 럼프킨을 비웃고 말로 씨가 여자를 취하면 갈채를 보냈다.

인생이라는 궁극적인 혼돈에 인공적으로 주어진 틀인 '풍속'은 평탄하고 과학적이며 태엽 장치처럼 기능하는 우주와 규칙에 대한 신념을 지닌 사회가 만든 것이었다. 풍속 희극은 규칙을 풍자했고, 그렇게 함으로써 세계에 질서를 부여하는 능력에 대한 불신을 드러냈다. 하지만 이런 희곡 작품들은 여전히 5부로 이루어진 구조와 시공간과 행위의 일치라는 고전적인 관습을 충실히 따랐다.

'신고전주의'적 구조는 극작을 합리적인 행위로 변형시켰다. 즉 선한 계몽주의적 유행 속에서 인간의 가장 중요한 부분인 이성이 상상력을 확고하게 지배한 것이다.

5막: 관념의 승리

헨리크 입센, 안톤 체호프, 조지 버나드 쇼, T. S. 엘리엇, 손턴 와일더, 유진 오닐, 장 폴 사르트르, 테네시 윌리엄스, 아서 밀러, 사뮈엘 베케트, 로버트 볼트, 톰 스토파드

19세기에 낭만주의자들은 인간을 생각하는 기계로 여기는 계몽주의적 시각에 반기를 들었다. 낭만주의자들은 정서와 창조성을 합리성보다 훨씬 가치 있게 보았다. 극작가는 장인이 아니라 관습과 규칙에 제한받지 않는 천재였다. 19세기 후반 즈음 극작가들은 더 거칠고 더 자유로우며 더 고통스러운 형식을 선호하면서 아리스토텔레스적 이상을 떨쳐내기 시작했다.

낭만주의자들은 질서 잡힌 고전적 희곡 구조뿐 아니라, 세계가 분류될 수 있고 질서가 있으며 지배될 수 있다고 천명한 계몽주의의 낙관주의 역시 거부했다. 낭만주의자들은 인간이 항상 자신의 이해 범위를 넘어설 것이며, 애당초 지식은 인간의 가장 심오한 갈망을 충족시키지 못하리라는 명료한 지식을 글로 보여 주었다.

낭만주의 시인들은 불안과 우울, 자멸의 희생자였다. 낭만주의자들의 극은 '시적 연극', 즉 19세기 무대와는 물리적으로 어울릴 수 없었던 거칠고 환상적인 시극이었다. 계몽주의의 틀에 대항하는 긴장감 속에서 낭만주의 시인은 20세기 초반까지 무대의 관습이라는 감옥에 여전히 갇혀 있었다.

베르톨트 브레히트를 필두로 하는 현대 극작가들은 통찰의 순간을 맞았다. 그들은 삶을 좀 더 진실하게 그리기 위해서 무대의 '사실주의적 관습'을 거부했다. 무대 위의 행위가 전통적인 배경과 자연스러운 대화 및 관객과 배우 사이에 보이지 않는 '제4의 벽'을 따르면 '사실적'이 될 것이라는 환상을 유지했던 '극적 사실주의'는 이제 질서라는 망상을 보였다. 즉 18세기의 세태와 마찬가지로 실제로는 혼돈과 무질서로 이루어진 세계에서 상상적인 규칙을 찾아내는 가짜 구조와 공범 관계로 보였던 것이다.

아리스토텔레스 이후 아마도 연극에서 가장 영향력 있는 이론가인 브레히트는 가차 없는 운명이 인간 존재를 지배하고 우리를 의미 있는 목적을 향해 인도한다는 생각을 거부했다. 그의 극에서 브레히트는 절정으로 이끌어 가는 전통적인 연극 구조 역시 거부했다. 브레히트식 '서사극'에는 더 이상 '정해진 목적'도, 등장인물이 행위함으로써 만들어지는 '해결'도 없다. 대신 서사극은 일련의 삽화들이 서로 연결되며, 주인공이나 행위하는 인간이 아니라 하나의 삽화에서 다른 삽화로 자신의 길을 만들어 나가는 사유하는 인간인 '비극적이지 않은 영웅'에게 관심을 두었다.

질서에 대한 관객의 선입견을 극복하려고 노력하는 가운데 브레히트는 '관객이 비평적인 태도를 갖도록 환상을 파괴하는' 막간을 집어넣는 처방전을 내렸다. 벤야민에 따르면 "무대는 여전히 고양되어 있지만 제4의 벽" 역시 사라진다. "하지만 더는 무대가 헤아릴 수 없는 깊이에서 솟아나는 것이 아니다. 무대는 하나의 공공연한 승강장(무대의 단은 'platform'이고, 연극 용어로는 '덧마루'라고 한다.)이 되었다."[7] 달리 말하면 더 이상 '무대'는 없다. 즉 무엇이 옳고 무엇이 질서 정연한지 판단할 권리를 지닌 사회의 어떤 구성원이 의기양양해질 지점이 없다. 배우와 관객은 극이 품은 생각을 가지고 함께 씨름해 나가는 것이다. 톰 스토파드의 『로젠크란츠와 길덴스턴은 죽었다』나 피터 셰이퍼의 『에쿠우스』와 같은 브레히트식의 극에서는 관객의 자리가 무대의 일부일 수도 있고, 배우들이 걸어 나와 관객과 함께 앉을 수도 있다. 손턴 와일더 극의 무대 감독은 배우들을 진짜 이름으로 소개하면서 관객에게 직접 말을 건다. 와일더는 관객이 에밀리와 조지의 이야기 속으로 빠져들기를 바라지 않으며, 극이 진행되는 내내 정신을 단단히 차리고 있기를 바라는 것이다.

영어로 쓴 극에서 '브레히트식'의 운동 두 가지가 폭넓게 일어났다. 바로 상징극과 '부조리극'이다. 상징주의는 스테판 말라르메 작품에 일부 근거를 두고 있다. 말라르메는 연극이 "묘사적이기보다는 호소력 있고, 진술에 반대되는 암시에 근거해야"[8] 한다고 주장한 프랑스 시인이다. 말라르메는 브레히트보다 한걸음 더 나아갔다. 그는 무대가 탈각하기를, 즉 '탈연극화'하여 알몸으로 돌아가서 극작가가 관객에게 명백한 상징을 제공하기를 바랐다. 상징주의자에게 세계의 질서 정연한 외양은 진짜 진리를 숨기는 베일이다. 베일을 통과하는 유일한 방식은 상징을 사용하는 것이고, 순간적이나마 베일을 들어 올리면 가려진 뒷모습을 얼핏 볼 수 있게 된다. 상징주의극은 의도를 벗어나는 비현실적인 대화, 길고 혼란스러운 중단, 사소한 행동이 특징이다.(가령 사뮈엘 베케트의 『오, 아름다운 나날』에서 한 여자는 허리까지 모래에 파묻혀 있지만 여자의 곤경은 그저 지나치듯 알아차리게 될 뿐이다.)

'부조리극'은 극적 사실주의를 거부하는데, 극의 관습이 부적절해서가 아니라 삶의 의미를 전통적으로 설명하는 것 자체가 부적절하기 때문이다. 극작가 외젠 이오네스코를 인용하면, 인간은 "세계에서 길을 잃었으며 그래서 인간의 모든 행위는 무의미하고 부조리하며 무용해진다."

그래서 부조리극은 원인과 결과를 무시하고 인물을 정밀하게 묘사하지 않고 하나의 유형으로 변환하며, 언어는 의미를 전달하는 아무런 힘도 없는 게임으로 환원된다. 1952년에 출간된 사뮈엘 베케트의 『고도를 기다리며』는 부조리극이다. 극은 플롯과 인물의 발전, 무대 배경도 없다. 극작가는 삶에도 플롯과 인물, 배경과 의미 있는 소통의 가능성 일체가 없다는 결론으로 관객을 이끈다. 부조리극의 원칙을 활용하는 극작가는 특정 유파에 속하지 않는다. 그들은 정신들 사이에 어떤 일치도 환영일 뿐이며, 글을 쓴 개인은 "단절된 채로 사적인 세계에 고립되어 있고, 자기 자신을 고독한 국외자로 여기는 개인"[9]이라고 정의한다. 하지만 그들이 공유하는 태도가 있다. 즉 종교적이든 정치적이든 과학적이든 모든 확실성은 이미 사라졌다는 태도다. 이오네스코는 말한다. "부조리란 목적이 없는 것이다……. 종교적, 형이상학적, 초월적인 근원으로부터 단절되어 인간은 길을 잃었다."[10]

부조리극은 현대적 절망의 한 표현이었지만 모든 현대 극작가가 절망 속에 허우적대는 것은 아니다. 그리고 모두가 삶에 대한 회의를 상징이나 부조리를 통해 표현하려 선택한 것도 아니다. 테네시 윌리엄스와 아서 밀러, 로버트 볼트와 같은 이들은 브레히트에게서 차용했을지는 몰라도 자신들의 이야기가 특정한 시공간에서 펼쳐지게 했다. 가령 튜더 왕조의 영국, 1940년대 뉴욕, 폴란드인 이웃이 사는 뜨거운 아파트 등이다. 자신의 극에서 극적 사실주의의 수준을 유지하는 극작가들은 등장인물의 행위에서 진리를 찾으며 관객이 다른 사람의 행위와 동기에서 인간적인 유사점을 인지할 수 있다고 믿는다. 톰 스토파드는 극 말미에서 로젠크란츠와 길덴스턴을 혼란과 부조리의 회오리 속으로 사라져 버리게 하면서 언어에 대한 선언을 한다. 하지만 아서 밀러는 60대 영업 사원인 윌리 로먼의 심리를 자세하게 그려서 미국 자본주의에 대해 우리에게 이야기 하고, 테네시 윌리엄스는 알코올 중독자인 한 남부 미인의 초상을 통해 절망에 대해 쓴다. 앤 플레처의 표현대로 사실주의극은 "대화의 동기와 존재 이유를 제공한다. 사실주의극은 의미의 충만함과 인물을 결합시키는 어떤 논리를 약속한다……. 대화를 통해서 생각은 연결되고 투명하게 되어 지각할 수 있게 된다.[11] 상징주의와 부조리는 언어가 인간 존재의 진리를 드러낼 수 있는 가능성 자체를 거부하고, 극적 사실주의는 언어에 대한 신념을 갖고 있다. 두 계열의 연극은 계속해서 나란히 존재한다.

연극의 목적
혹은 왜 입장권을 사는가?

1959년에 극작가 해럴드 홉슨은 상징과 부조리로 가득 찬 연극에 분개해서 이렇게 썼다. "누군가가 고급한 우리 극작가들에게 연극의 주된 기능은 즐거움을 주는 것임을 상기시킬 때가 왔다……. 인간을 더 좋게 만드는 것이 아니라 해를 끼치지 않으면서 그들을 행복하게 만들어 주는 것이 연극의 의무다."[12]

연극이 무엇을 해야 하는지에 대한 토의는 그 이후에도 이어졌다. 사실주의든 아니든 '본격' 연극은 줄곧 상당히 많은 관객을 끌어들였지만, 왕정복고기 이후로 하류층 관객을 위한 저렴한 입장권이 사라지자 이후로는 '대중' 연극과 '본격' 연극으로 나뉘게 되었다. 브레히트와 그의 동조자들은 무대를 탈각시키고 배우들을 관객 속으로 들여보냈다. 하지만 '대중' 연극은 통속극이라는 아주 다른 형식을 만들어 냈다. 통속극의 입장권은 본격 연극에 비해 수십만 장이나 많이 팔려 나갔다. 통속극에서 선과 악은 명백하게 정의되고, 악한은 받아 마땅한 것을 받았으며 그것을 지켜보는 관객은 환호했다. 지식인들이 「출구는 없다」 공연을 보러 간 사이 대중은 부부의 사랑과 애국심, 모성애, 빚과 도박, 음주의 위험성을 보여 주는 통속극을 보았다. 미국에서는 「톰 아저씨의 오두막」이 500회가 넘는 순회공연을 하며 역사상 가장 성공한 통속극 중 하나가 되었다. 대니얼 제럴드는 "수많은 배우들이 배우로서의 인생 전체를 '톰 아저씨'를 연기하며 보냈다."고 언급했다.[13] 「가스등 아래서」는 관객에게 런던의 빈곤을 알렸으며, 이 극은 가난한 노동자 소녀가 기차가 달려오는 철로에 묶여 있던 희생자인 외팔의 참전 용사를 구하면서 끝을 맺었다.

통속극은 즐거움을 선사했지만, 진리로 향하는 세 번째 길도 재현했다. 피터 브룩이 자신의 유명한 연구서 『통속극의 상상력』에서 썼듯이, 통속극은 관객으로서 "우주의 기호를 제대로 읽고 해석하려는 이들에게 도덕적으로 판독하기 쉬운 우주에 대한 약속"이 필요했던 "급진적인 자유"의 시기에 태어났다. 사실주의극은, 인간이란 세밀한 심리의 초상을 통해서 진리를 찾을 수 있으며, 인간의 정신이 사람들 사이를 연결하는 장소가 될 수 있다고 주장했다. 비사실주의극은 사람들 사이를 연결하는 것은 아예 불가능하다고 주장했고, 통속극은 궁극적인 선과 악이 존재하며 "심연과 마주칠 때조차 인간은 선과 악에 대한 믿음을 선택할 것이다."고 주장했다.[14] 오늘날 통속극이 더 이상 공연되지 않는 것은 아무도 선과 악을 믿지 않기 때문이 아니다. 통속극의 기능은 착한 편과 나쁜 편이 나오고 승리로 끝맺는 여름용 블록버스터 영화 쪽으로 옮겨졌다.

본격 연극은 영화와 「캐츠」 양쪽 모두에 대항하여 관객을 끌어오기 위한 전투를 벌이며 영구적인 위기에 처해 있다. 본격 연극은 기껏해야 피터 브룩이 '성스러운 연극'이라고 칭했던 것을 보여 줄 뿐이다. 성스러운 연극이란 관객이 "무대 위의 경험을 통해서 자기 인생의 경험을 넘어서는, 보이지 않는 것의 얼굴을 보게 만들어 주는 것이다. 관객은 아름다움과 사랑을 담아 공연한 「오이디푸스」나 「햄릿」 혹은 「세 자매」를 보고 영혼에 불을 댕기고 일상의 단조로움이 반드시 전부는 아님을 상기하게 될 것이다."[15] 본격 연극에서 항상 이런 일이 일어나는 것은 아니며, 지금까지는 그저 난해하고 황량하다고 비난받기만 했다.

목록에 마지막으로 소개한 연극 「에쿠우스」에서 피터 셰이퍼는 말만으로는 전달할 수 없지만 말과 행위가 요구되는, 형언할 수 없는 것과 연결되고픈 자신만의 열망을 표현한다. 미래에 이것이 어떻게 전달될 것인지는 여전히 해결되지 않은 질문으로 남아 있다.(상징주의와 부조리극의 기교는 시대에 뒤떨어졌기 때문이다.) 전자책이 종이책을 죽이지 않는 것처럼 영화가 연극을 더는 죽이지 않겠지만, 영화 문법에 익숙한 관객에게 어느 정도의 사실주의가 필요한지 현대 극작가들은 특별히 합의를 보지 않았다. 소설처럼 연극은 추상화에서 멀어져 갔다. 극작가 테레사 레베크는 말한다. "텔레비전이나 영화도 그러고 있으니까, 서사와 사실주의에서 멀어지도록 자신을 채찍질해야 하며, '새로운 가능성을 여는 것'이 우리의 임무라는 내용의 기사를 한 편만 더 읽는다면, 당장 토해 버릴 것 같다. 이러한 엘리트주의가 관객을 쫓아내고 있다."[16] 극작가 마샤 노먼은 지난 1999년의 인터뷰에서 "관객은 무대에서 무슨 일이 벌어지고 있는지 분명하게 알아야 한다."고 주장했다.

텔레비전은 사회적 의제와 개인적 가족 드라마에서 정말 대단한 작업을 하고 있습니다. 그런 종류는 특정 부류의 극작가들에게 많이 기대던 내용이었죠. 예를 들면 아서 밀러가 있습니다……. 그런데 사실 텔레비전에서 더 잘 다루고 있습니다……. 연극에서 우리는 텔레비전이나 영화에서 더 잘할 수 있는 것들이 아니라 연극만이 유일하게 할 수 있는 것을 찾아야 합니다.[17]

연극이 텔레비전보다 잘할 수 있는 것은 상상하는 일이다. 노먼의 대화는 사실주의적이지만 배경은 비어 있다. 그녀의 연극 「진짜 우울한」은 '정신의 속도에 따라' 움직이는데, 등장인물은 자신의 상상에 따라 이 장면에서 저 장면으로 넘어가고, 그러는 사이에 배우들이 사용하는 도구는 오직 의자 다섯 개와 탁자 하나뿐이다. 노먼은 '가장하기'를 연극의 힘이라고 파악한다. 그런데 노먼의 '가장하기'가 인물의 발전과 연관된다는 사실은 중요하다. 비록 극적 비사실주의의 요소가 있지만 현대 연극은 상징적이고 철학적인 '관념극'에서 멀어져 인간성을 탐구하는 쪽으로 다시 돌아가는 듯 보인다.

희곡 제대로 읽는 법

소설이나 자서전에 비하면 희곡은 대개 짧은 편이다. 그래서 독서 과정에 가외로 한 단계를 첨가해도 괜찮을 것이다. '1단계 탐구' 독서로 들어가기 전에, 한 작품을 읽으며 중간에 쉬거나 앞으로 돌아가지 않고 한자리에 앉아서 한달음에 통독할 시간을 비워 두기 바란다. 결국 하나의 극은 한 날 저녁에 연기하도록 구성되고 연기는 시간에 맞추어 진행되며 연출은 언제나 앞으로 전진할 뿐 뒤로 돌아가지 않는 법이다. 소설과 자서전, 역사책은 숙고할 시간을 두고 여유 있게 읽고, 자유롭게 앞으로 돌아가서 글쓴이의 결론과 전제를 비교하도록 의도된 읽을거리다. 하지만 극작가는 관객이 보는 것에 사치를 부리지는 않으리라는 사실을 알고 있다. 첫 번째 독서에서 이런 현실을 반영해야 한다.

만약 시간을 쏟을 수가 없다면 1단계 탐구로 곧장 들어가도 좋다. 셰익스피어처럼 분량이 상당한 희곡이라면 너무 성가시다고 여기게 될지도 모르니 말이다.

1단계: 문법 단계 독서

소설을 읽을 때와 마찬가지로 읽어 나가면서 다음의 기본적인 질문을 던진다. 이 사람들은 누구인가? 그들에게 무슨 일이 일어나는가? 이후에 그들은 어떻게 달라지는가? 읽어 나가면서 어느 특정 장면이 본질적이라고 느껴진다면 이유는 확신할 수 없다 해도 간단히 적어 두거나 귀퉁이를 접어 두면, 첫 독서를 마친 후에 돌아가서 확인할 수 있다.

제목과 표지, 극의 일반적인 구성을 살핀다. 제목이 인쇄된 쪽과 뒤표지를 읽는다. 극 제목과 글쓴이 이름, 저작 연도를 독서 일기장에 기록한다. 아래에는 저자가 속한 대략적인 시대를 적는다. 고대 그리스인인가, 왕정복고기의 영국인인가, 제2차 세계 대전 이후의 미국인인가? 글쓴이나 연극의 구성에 대한 유용한 정보를 모았다면 그것 역시 적어 둔다. 지적인 독서를 하는 데 도움을 줄 것이다. "현실과 환상이 뒤섞여 있다……. 운명이 우리의 두 주인공을 비극적이지만 피할 수 없는 결말로 이끈다." 이 구절은 『로젠크란츠와 길덴스턴은 죽었다』의 뒤표지에 적혀 있는 내용이다. 이것을 알고 나면 사실주의적인 장면을 기대하지는 않을 것이며, 읽어 나가는 동안 '필연성'을 찾아볼 수 있을 것이다.

이어서 극이 어떻게 나뉘는지 훑어본다. 막이 몇 개인지 기록한다. 3막, 4막, 5막 아니면 단막인가? 극이 고전적인 구조를 유지하고 있는가? 아니면 브레히트 극처럼 삽화적인가? 균형 잡힌 두 부분으로 나뉘는가? 그렇다면 첫 부분의 마지막을 향해 가면서 '손에 땀을 쥐게 하는 요소'를 찾아본다. 따로 프롤로그나 에필로그가 있는가? 그것들이 도입이나 최종 진술을 담는 자리가 될 것이다. 아서 밀러의 2막극 『세일즈맨의 죽음』은 분리된 진혼곡 장면으로 끝맺는다. 세일즈맨의 아내는 "그이한테는 그저 월급이 조금 필요했을 뿐인데!"라고 울부짖지만, 아들은 이렇게 답한다. "월급만 조금 필요한 사람은 아무도 없어요." 이것이 이 극을 정리하는 주제 중 하나다.

무대 지시문은 자세히 읽는다. 독서를 시작하면서 무대 묘사와 무대에서 배우의 움직임을 나타내는 두 가지 지시문에 주목하기 바란다. 옛날 극들은 종종 무대 지시문이 거의 없거나 전혀 없다. '오이디푸스 입장'이 『오이디푸스 왕』에서 볼 수 있는 유일한 지시문이며, 이것조차 번역자가 넣은 것이다. 하지만 등장인물이 무엇을 하고 있는지 유심히 읽다 보면 인물의 대사 속에서 무대 위의 행동을 그리는 데 도움이 될 만한 단서를 찾을 수 있을 것이다. 왕은 외친다. "광기에 사로잡힌 햄릿이 폴로니우스를 살해했다. 그러고는 자기 어머니의 옷장에서 시신을 끌어낸다." 햄릿은 방금 폴로니우스를 살해했지만, 왕의 대사가 없다면 우리는 그가 이후에 무슨 행동을 취했는지 모를 것이다.

좀 더 최근의 대본들은 장면을 아주 세세하게 그리는 경향이 있다. 조지 버나드 쇼는 『성녀 조앤』에서 이렇게 쓴다. "튼튼하고 소박해 보이는 떡갈나무 탁자와 잘 어울리는 의자에 앉아 있는 성주의 왼쪽 측면이 보인다. 집사는 탁자 맞은편에서 성주를 바라보며 서 있다. 그렇게 변명하는 듯한 자세도, 서 있는 거라고 말할 수 있을지 모르겠다. 집사 뒤로 중간 문설주가 설치된 13세기풍의 창문이 열려 있다. 창문 근처 구석으로 망루로 통하는 좁다란 아치형 출입문이 나 있고 문 밖은 나선형 계단이 안뜰까지 아래로 이어진다." 쇼의 묘사는 그 이상 상세하기가 힘들 정도다.

어떤 결론에 이를 수 있을까? 『오이디푸스 왕』의 무대 배경은 연극에서 부수적인 의미일 뿐이다. 미국의 독립 전쟁 직전에는 미국 흑인 복음 전도용으로 현대 의상을 입히고 일본인 가면을 쓴 채 상연되기도 했는데, 『햄릿』처럼 성공과 실패의 스펙트럼은 다양했다. 반면 『성녀 조앤』은 오로지 15세기 프랑스를 배경으로만 상연될 수 있다. 극작가가 이 정도 수준의 세부 묘사를 제공한다면 독자에게 메모를 하라는 의도다. 지시문을 대충 훑어보고 대사로 넘어가지 않기 바란다. 대신 시간을 들여서 마음속에 장면을 그려 보고, 위에 나오는 왕의 대사처럼 단서를 찾아내면 잠시 멈춰서 그것이 묘사하는 행위를 시각화해 본다.

무대와 가구 배치를 그려 보는 것이 도움이 될지 모른다고 생각되면 다음번에 읽어 가면서 펜을 들고 극작가가 지시하는 움직임대로 따라가 본다. 극작가가 시간을 들여서 등장인물의 대사 앞에 '일어서며'라거나 '무대 왼쪽으로 가로지른다' 등의 지시문을 쓸 때마다, 극작가는 무대 위의 무언가로 관객의 관심을 끌기 위해 그 행동을 강조하는 것이다. 등장인물이 '무대 왼쪽으로 가로지르게' 된다면 다른 인물이나 텅 빈 공간,

나무 그늘이나 문턱과 마주치는가?

등장인물의 목록을 작성한다. 각 등장인물을 차례로 독자에게 소개하는 소설과 달리 희곡은 대개 배역표를 전면에 먼저 펼쳐 둔다. 이름을 훑어보자. 원한다면 등장인물을 독서 일기에 기록하고 각각의 인물됨이 드러나는 문장을 간단히 적어도 좋다. 현대극 배역표에는 때로 그 역을 초연했던 배우 이름도 포함될 것이다. 그래서 『욕망이라는 이름의 전차』에서는 스탠리 코월스키를 최초로 연기한 배우인 말런 브랜도와 블랑슈 뒤부아 역을 맡았던 제시카 탠디의 이름을 발견할 것이다. 때로는 특정 역할을 마음속에 떠올리는데, 그러면 도움이 된다. 초연에서 연출가는 신체적으로 그 역할에 '적합'하다고 여겨지는 배우에게 역을 맡겼을 것이 틀림없기 때문이다.

인물의 신체 묘사나 정서를 설명하는 '끝맺음말'에 주의를 기울여 보자. 쇼는 둘 다 제시한다. 그는 이렇게 쓴다. 조앤은 "예사롭지 않은 얼굴이다. 상상력이 아주 뛰어난 사람들이 종종 그렇듯 넓은 양 미간과 돌출된 눈, 큰 콧구멍에 길고 균형잡힌 코, 작은 윗입술에 단호하지만 입술 윤곽이 뚜렷한 입에 예쁘장하고 호전적인 턱을 지녔다." 나중에 군인 로베르 드 보드리쿠르는 다음 지문과 함께 말의 서두를 연다. "그의 가식적인 단호함이 무너지고 원래의 우유부단함이 눈에 띄게 드러나며……."

무대 지시문으로 글쓴이가 이러한 끝맺음말을 삽입한다면 주의를 기울이라는 의도다. 등장인물의 신체 묘사와 인물의 정서에 관해서 실마리를 제시한다면 메모하기 바란다.

각 장면의 주요 사건을 간략하게 메모한다. 각 장면을 읽고 난 후 가장 중요한 행위와 배우들을 특징적으로 묘사하는 간단한 문장을 기록한다. 문장을 쓰면서 다른 인물들 역시 무대 위에 있을 것이라는 사실을 잊지 마라. 읽을 때 등장인물이 무대가 아니라 글쓴이가 설정한 법정이나 거실, 혹은 지하실 같은 실제 장소에 있다고 상상하는 것은 쉽다. 하지만 실제로 배우들은 자신들을 쳐다보는 관객 앞의 높은 덧마루 위에 앉아 있는 것이다. 비평가 로널드 헤이먼의 의견에 따르면, 극작가는 등장인물에게 할 일을 배분하는 것이 골칫거리다. 그는 이렇게 권고한다. "무대 위의 등장인물이 한 명을 넘을 때면, 독자는 그들 전부를 염두에 두어야 한다. 말하고 있는 사람에게만 배타적으로 집중하려는 유혹을 떨쳐야 한다. 듣고 있거나 듣고 있지 않은 인물도 극적 효과에 기여하는 것과 진배없다……. 그들이 말을 하고 있지 않다면, 무엇을 하고 있는 중인가?"[18]

도입과 중간, 절정과 결말을 구분할 수 있는가? 무슨 내용을 다루든 한 편의 연극은 들머리 질문을 던지거나 어떤 긴장감이 있는 장면을 여러분 앞에 제시한다. 들머리 질문 혹은 최초의 긴장감이 무엇인가? 커튼이 올라가면, 오이디푸스 왕이 사원 계단 꼭대기에 서 있고 그의 백성들은 테베가 전염병과 고사, 유산과 흉년에 직면하게 된 이유를 신에게 물어보기 위해 사원으로 밀려든다. 오이디푸스도 우리도 알지 못한다. 이 질문에 대한 답이 우리에게 필요하다. 톰 스토파드는 『로젠크란츠와 길덴스턴은 죽었다』의 시작을 완전히 다른 긴장감으로 몰아간다. 잘 차려입은 엘리자베스 시대인 두 명이 황량한 무대에서 동전을 튕기며 앉아 있다. 그런데 동전 던지기에서 앞면이 연달아 여든여섯 번이나 나온다. 왜 그럴까?

아무리 전위적이라 할지라도 극작가는 자기 무대 앞에 관객을 거느리고 있다. 극작가는 관객의 관심을 계속 끌어야 하므로 자기가 인생에 대해서 생각하는 바를 마치 철학 논문 쓰듯 이야기할 수 없는 노릇이다. 무대 위에 등장인물이 있고 관객이 인물의 행동에 신경을 쓰게 만들어야 하며 그들의 관심을 끌었다면 극이 끝날 때까지 유지해야 한다. 손턴 와일더의 『우리 읍내』에서 와일더는 등장인물의 결말을 암시하며 긴장감을 조성한다. "지금 의사 깁스 씨가 대로를 걸어 내려오고 있습니다." 무대 감독이 진술한다. "쌍둥이를 낳은 집에서 돌아오는 길이죠. 그리고 그의 아내는 아침을 먹으려고 아래층으로 오고 있습니다. 깁스 씨는 1930년에 죽었습니다……. 깁스 부인이 먼저 죽었습니다. 사실은 오래전에……. 지금 부인은 저 위 공동묘지에 누워 있죠."

그가 말하자 깁스 부인이 무대로 나오더니 아침을 준비하기 시작하고 관객은 그녀를 주시한다. 누군가 아침을 차리는 모습을 지켜보는 것은 그다지 흥미롭지 않지만, 그 누군가가 곧 죽을 것이라는 사실을 아는 이는 신의 지위를 부여받은 것과 진배없다. 관객은 알고 있고 깁스 부인은 모른다. 궁금해진다. 부인의 죽음이 플롯의 일부가 될까? 그 일은 언제 일어날까?

1) 긴장감이 최고조에 이르는 지점은 어디인가? 극의 어딘가부터 문제가 정말 해결되기 어렵겠다고 생각되거나 정서가 최고조에 이르는 지점으로 사건이 흘러갈 것이다. 이것이 극의 '중간'이다. 공연에서는 정확히 중간 지점이 아닐 수도 있으며 극의 절정과 결말로 관객을 끌어가는 구조적인 중간부를 말한다. 『욕망이라는 이름의 전차』에서 네 사람(스탠리와 그의 아내 스텔라, 스텔라의 언니 블랑슈와 블랑슈에게 구애하는 스탠리의 친구 미치) 사이의 긴장감은 3막 첫 장면에서 최고조에 이른다. 스탠리가 미치에게 블랑슈에게서 물러나라고 경고했다는 사실을 스텔라가 알게

되는 장면이다. 등장인물들이 가장 소원해지며 다시는 관계가 나아지지 않을 것 같아 보이는 지점이 바로 여기다.

2) 어디서 극의 행위가 절정에 이르는가? 어느 지점에서 긴장감이 인물이나 그들의 상황을 변화시키는 행위로 이어지는가? 대개 '중간'은 절정과 동일하지 않다. 가령 『욕망이라는 이름의 전차』에서는 3막 4장에서 스탠리가 블랑슈를 성폭행할 때 절정에 이른다. 폭행은 스탠리가 (증오와 정욕이 뒤섞여 나오는 행동으로) 블랑슈의 연애를 망쳐 버리고 아내를 멀리하는 '중간'부터 시작된 긴장감이 작용한 것이다. 그런데 극 말미에 이르러 블랑슈를 공격할 때쯤에는 증오와 정욕을 온몸으로 드러내어서 아내와의 관계는 돌이킬 수 없는 상황에까지 이른다.

'중간'과 절정을 구분하면 극작가가 긴장감과 해소를 사용하는 법을 이해하는 데 도움이 되는 도구를 갖게 된다. 정밀한 과학은 아니므로 '올바른' 장면을 찾으려고 초조해하지 않아도 된다. 그저 극의 긴장감이 선명해지는 지점을 찾고 나서 자기 자신에게 물어본다. 이런 긴장감이 어떤 행위를 낳는가? 때로는 '중간'과 절정이 잇따라 나타난다는 사실을 발견할 것이다. 『우리 읍내』에서는 2막 마지막에 일어나는 장면이 '중간'이라고 주장해도 좋다. 에밀리와 조지는 결혼식 직전에 '늙고' 싶지 않다고 말하며 공황 상태에 빠진다. "왜 지금의 내 모습 그대로 머물 수는 없지?"

에밀리는 시간의 흐름을 첨예하게 느끼며 울부짖는다. 그런 연후에 '절정'이 3막 마지막에 나온다. 죽어서 묻힌 에밀리는 자신의 열두 번째 생일날로 돌아갔다가 훌쩍이며 무너져 내린다. 에밀리가 흐느껴 운다. "더는 못하겠어요. 너무 빨리 지나가요. 서로를 바라볼 시간도 우리에게는 없어요."

하지만 이런 경우에 에밀리가 다른 죽은 이들의 경고를 무릅쓰고 자신의 어린 시절을 다시 방문하기로 결심했을 때 '중간'이 발생하고 절정이 똑같은 장면에서 뒤따른다고 주장해도 좋을 듯하다. 여기에 너무 강박증을 갖지는 말자. 여러분이 느끼는 감정에 따라 '중간'과 절정을 선택하기 바란다.

3) 결말은 어디인가? 절정 이후에는 무슨 일이 벌어지는가? 어떤 결과를 가져오며, 이후에 각각의 인물에게 무슨 일이 벌어지는가? 『욕망이라는 이름의 전차』의 마지막 장면에서 블랑슈는 정신 착란을 일으키고 스텔라는 비탄에 빠지며 스탠리는 한 치도 후회하지 않는다. 『우리 읍내』는 등장인물의 해결도 없이 끝난다. "그들은 이해 못해." 에밀리는 산 자와 죽은 자에 대해 절망적으로 말하고, 무대 감독은 다시 등장해서 다음과 같은 단조로운 말로 연극을 종결짓는다. "그로버스 코너스, 11시. 여러분도 편히 쉬시죠. 안녕히 주무십시오." 이 연극의 해답은 관객 스스로 찾아야 할 것 같다.

이 극은 어떤 '막'에 속했는가? 막으로 분리된 구조가 종결로 향하면서 구축되는 아리스토텔레스식인가? 아니면 삽화로 나뉘고 하나의 생각을 받아들이는 방향으로 점차 이끌어 가는 브레히트식인가?

극의 행위를 서로 묶는 것은 무엇인가? 플롯을 통해서 극에 일관성이 주어지는가? 다시 말해 일련의 사건들이 결말을 이끌어 가는가? 아니면 등장인물의 정신세계를 탐구하면서 서로 연결되는가? 무슨 일이 벌어지는지 알고 싶기 때문에 계속 읽는가? 아니면 특정 인물에게 무슨 일이 벌어지는지 관심을 갖기 때문인가? 저자가 탐구하는 관념으로 극이 통일되는가? 독자에게서 어떤 정서를 이끌어 내려고 하는가? 아니면 어떤 결론을 향해 이끌어 가려고 하는가? 마지막 대사들은 지적인 결론을 표현하는가? 아니면 정서적으로 압도시키는가? 확실치 않다면 독서 중인 여러분에게 누군가가 다가와 이렇게 물어본다고 가정해 보자. "그 책 어때요?" 여러분이 『진지해지는 것의 중요성』을 읽고 있다면 이렇게 대답할 것이다. "정체성이 온통 뒤죽박죽되는 내용이에요." 정체성의 오해. 오스카 와일드는 웃음을 선사하려고 글을 쓰지만 동시에 독자가 서로에게 어떻게 정체성을 부여하는지 생각하게 한다.

"이 책은 무엇에 대한 내용이지?"라는 질문에 "짐작도 못하겠어."라고 대답해도 좋다. 때로는 무의미함을 탐구하는 것이 '관념극'의 목적이기도 하다.

극 제목에 대한 설명을 두세 문장으로 쓴다. 책 제목은 출판인의 손을 거쳐 언제나 다시 붙여진다.(T.S. 엘리엇의 책 한 권 분량의 시 『황무지』는 원제가 '그는 다른 목소리로 경찰직을 행한다'였다.) 하지만 극작가의 경우는 원래의 제목을 유지하게 되는 편이다. 극은 대개 출판 전에 상연되고 극 제목은 대본의 일부이기 때문이다. 그래서 극 제목이 극을 요약하거나 묘사하거나 아니면 부언한다고 생각해도 좋다. 제목과 극의 관계는 어떠한가? 제목이 등장인물, 플롯, 관념 혹은 정서를 가리키는가? 절정을 이루는 사건(『세일즈맨의 죽음』), 장소(『벚꽃 동산』), 사람(『사계절의 사나이』)을 가리키는가? 제목을 선택하면서 극작가가 넌지시 비친 의미는 무엇인가?

2단계: 논리 단계 독서

좀 더 정교한 비평으로 들어서면서 극을 다시 읽어 보자. 극의 논리적 일관성이 무엇인지 최종 결론을 내려 본다. 플롯의 연결에서 비롯되는가? 아니면 특정 인물의 심리에서 혹은 어떤 개념 탐구에서 나오는가? 극작가가 한 가지 이상의 논리적 일관성을 사용할지도 모른다. 플롯은 종종 인물을 수반한다. 그중 어떤 것이 더 중심적이라고 생각하는가? "무엇에 대한 내용인가?"라는 질문에 사람이나 사건, 혹은 어떤 개념이라고 대답했는가?

일단 이 질문에 답하고 나면 다음 세 가지 선택 사항 중 하나로 옮겨 간다.

극이 플롯으로 통일성을 지닌다면? 극을 절정으로 이끌어 가는 사건을 나열해 본다. 각각의 사건은 이후의 사건을 이끌어야 한다. 둘 사이의 연관성을 찾을 수 있는가? "왜 이 사건이 다음 사건을 낳는가?"를 물어본다. 각각의 연결 지점을 묘사하는 짤막한 문장을 작성해 본다. 그 문장이 극의 '골격'을 일별하게 해 줄 것이다.

이제 자문해 본다. 어떤 장르를 닮았는가? 두 인물이 환경이나 오해 때문에 떨어져 있다가 가까스로 연결된다는 점에서 로망스인가? 한 소동에서 다른 것으로 진행해 나가는 모험물인가? 앞뒤가 맞지 않고 기묘한 사건을 중심으로 하는 순수 희극인가? 영웅의 몰락에 대한 이야기를 전하는 '비극적인' 내용인가? 추리물인가? 주요 등장인물에게 가려졌던 사실을 서서히 드러내는 것은 플롯 전개에 효과적인 방식이다. 피터 셰이퍼의 『에쿠우스』는 부조리 기법을 차용하지만 형식적으로는 추리물과 아주 유사하다. 그러니까 왜 앨런 스트랭은 자신이 일하는 마구간의 말들의 눈을 멀게 하는가?

다수의 극들이 여러 장르를 혼용하지만 지배적인 장르를 구분할 수 있다면 계속해서 물어본다. 극작가는 왜 극을 진행시키기 위해서 이런 기법들을 선택했을까? 장르와 극의 주제에는 어떤 연관성이 있을까? 다른 장르에서 차용하는 기법은 무엇일까? '장르'는 무한히 유연성 있는 용어이므로 지금 '제대로 가고 있는지' 여부는 너무 걱정하지 않아도 된다. 극작가가 행위를 진행시켜 나가는 방법을 찾아내려는 시도가 목적이다. 지속적인 긴장을 통해서인가, 사실을 드러내면서인가? 아니면 어렴풋이 드러나는 파국의 불길한 조짐에 대한 감이 쌓여 나가면서인가?

극이 등장인물로 통일성을 이룬다면? 각각의 주요 인물들에 대해서, 제5장의 소설과 동일한 기본 질문을 던져 보기 바란다. 등장인물이 달성하기를 원하거나 희망하는 것은 무엇인가? 원하는 것을 얻지 못하게 방해하는 것은 무엇인가? 스스로 얻은 실패나 결함인가? 다른 인물인가? 상황인가? 원하는 것을 얻기 위해서 등장인물이 따르는 전략은 무엇인가? 성공적인가? 패배감에 고통스러워하는가?

극이 관념으로 통일성을 이룬다면? 그 관념을 말로 옮겨 볼 수 있는가? 프롤로그나 에필로그를 다시 읽고 각 막의 마지막 두 쪽을 읽어본다. 관념을 문장으로 공식화할 수 있는지 살펴본다. 각 인물이 무엇을 상징하는가? '관념극'에서는 인물들에게 실제 소망과 필요, 계획이 있는 것처럼 분석할 필요가 없다. 인물들은 다른 무엇인가를 '상징한다.' 각각의 주요 사건이 인물에게 무엇을 하는가? 그들이 초반부에 했던 대사와 극의 말미에 하는 대사를 비교해 보기 바란다. 어떤 변화가 있었는가?

그 변화는 극작가의 관념을 그리는 데 도움이 되는가? 『로젠크란츠와 길덴스턴은 죽었다』 초반부에 주인공 두 명은 동전을 던지면서 매번 앞면이 나올 확률에 대해 논쟁한다. 끝에 가면 뜬구름 잡는 듯한 파편화된 문장 속으로 사라지는 로젠크란츠와 길덴스턴을 제외한 양쪽 극의 모든 인물(스토파드의 인물과 배경으로 함께 이어지던 셰익스피어의 『햄릿』의 인물)은 죽는다. 지금까지 어떤 움직임이 있었는가? 극 초반부에 로젠크란츠와 길덴스턴은 앞면이 나오는 비상한 현상을 설명할 방법이 틀림없이 있을 것이라고 추정한다. 그들은 여전히 세상의 '낡은' 질서 아래에서 움직이고 있다. 극 말미에 가면 설명이라는 관념을 포기한다.

극에서 어떤 일치의 요소를 사용하든 개의치 말고 다음 이어지는 질문에 계속 답하기 바란다.

서로 상반된 지점에 선 등장인물이 있는가? 대립은 강력한 수사 전략이고 특히 시각적으로 드러날 때 힘을 발휘한다. 극중 등장인물 사이에 대립 지점이 있는가? 계급 대립인가? 신체 대립인가? 골드스미스의 『지는 것이 이기는 것』에서 토니 럼프킨과 사촌의 연인 헤이스팅스는 사회적 위치에서 극점에 서 있으며, 럼프킨의 연인 베트 바운서와 헤이스팅스의 애인인 섬세한 미스 네빌도 마찬가지다. 그들은 신체적으로도 반대일뿐더러 모든 부분에서 대립된다. 셰익스피어의 『한여름 밤의 꿈』에 나오는 귀부인 한 쌍 중, 한 명은 키가 아주 크고 다른 이는 아주 작다. 『로젠크란츠와 길덴스텐은 죽었다』에 나오는 두 명의 주인공 사이에는 제시되는 대립이 거의 없다. 실상 그들은 서로 잘못된 이름으로 부르는데, 이것이 스토파드의 주안점 가운데 하나다.

인물이나 계급, 배경이나 외모, 언어나 다른 극적 요소에서 대립되는 점을 찾았다면, 독서 일기에 양쪽의 대립 요소를 나열하고 각각을 아주 간략하게 묘사한다. 극작가의 입장에서 이 전략은 극의 논리적 일관성에 어떤 점을 더해 주는가?

등장인물은 어떻게 말하는가? 각 인물의 대사를 서너 차례 소리 내어 읽어 보기 바란다. 특정 인물의 대사만 찾아가며 몇 군데 읽어 본다. 그러고 나서 다른 인물의 대사를 읽어 본다. 그들 대사의 양식이 서로 다른지 구별할 수 있겠는가?

등장인물이 그들 고유의 배경과 소망, 요구를 지닌 독특한 사람으로 발전해 나가는 개인이라면 대사 사이에 차이점이 보여야 한다. 아서 밀러의 『세일즈맨의 죽음』에서 윌리 로먼의 대사에서 일정한 양식이 보인다.("차들이 줄지어 거리에 서 있고 이 근방은 공기도 신선하지 않아……. 저쪽에 있던 아름다운 느릅나무 두 그루 생각나오? 비프와 내가 그 위에 그네를 매달던 시절을 말이오?") 자포자기한 30대 아들 비프도 그렇다.("내가 일하는 농장에도 봄이 되었지. 그렇지? 갓난 망아지가 열다섯 마리 있는데……. 거긴 지금 시원한 바람이 불 거야. 그렇지?")

'개념극'에서는 모든 대사가 똑같게 들린다. 타락한 권력의 결과를 그린 우화인 T. S. 엘리엇의 『대성당의 살인』에서 토머스 베켓은 말한다. "나를 무모한 자포자기의 광인으로 생각할지 모른다. / 어떤 행동이 선이냐 악이냐를 결정하기 위해서 / 세상과 마찬가지로 결과만 가지고 입씨름한다." 그의 말에 반응을 보이면서 코러스는 합창한다. "우리는 아무 일도 일어나지 않기를 바랐다. / 우리는 사적인 파국도 이해하고 / 개인적인 손실이나 일반적인 고통도 모두 겪으며 / 가냘픈 생명을 이어 왔다." 두 목소리는 동일하다.

이런 연습을 하면 논리적 일관성이라는 문제를 좀 더 명료하게 밝히는 데 도움이 될 것이다. 등장인물의 대사가 모두 똑같이 들린다면, 극작가가 실패했거나 아니면 극 자체가 인물을 통해 전개시키는 극이 아닌 것이다.

정체성에 혼란이 있는가? 소설에서는 인물의 생각을 엿듣는 특권을 종종 부여하며 인물은 자신이 누구인지 알고 있다. 연극은 인물에게 관객의 시선을 제공하며, 소설보다 훨씬 기만의 여지가 많다. 그러니까 밖으로 드러나는 인물의 모습과 궁극적으로 드러나는 부분 사이의 간격이 엄청나게 클 수도 있다.

오이디푸스 이후로 정체성 혼란은 연극에서 불변의 요소로 입지를 굳히고 있으며, 바로 그 형식이 외부 관찰자가 인물을 어떻게 볼 것인지와 관련되는 부분이다.

극에서 특정 측면의 정체성에 혼란이 있다고 생각되면 물어보기 바란다. 정체성 혼란은 무엇을 의도하는가? 정체성이 인간 존재에서 가장 본질적인 요소인가? 인간 조건에 대한 어떤 진술이 혼란을 일으키는가? 오이디푸스의 경우 정체성은 본질적이다. 오이디푸스는 다른 누군가가 되려고 노력했지만, 자신의 정체성을 바꾸려는 시도는 실패할 운명이다. 『로젠크란츠와 길덴스턴은 죽었다』는 그 반대를 보여 준다. 정체성은 우연의 문제이며, 우연의 일치가 일어나서 어떤 요소들이 마주친 결과 전체가 형성된 것이다. 요소들이 달리 결합하거나 다른 일련의 우연들이 생기면 완전히 다른 정체성을 낳게 될 것이다. 『한여름 밤의 꿈』과 『지는 것이 이기는 것』, 『진지해지는 것의 중요성』에서 정체성의 혼란은 어떤 목적을 제공하는가?

절정이 있는가? 아니면 결말이 열린 극인가? 극작가는 플롯을 마무리짓고, 등장인물의 운명이 결정되며 하나의 관념이 깔끔하게 정리되는 만족스러운 결말로 끌고 가는가? 아니면 진퇴양난, 다시 말해 본질적으로 해결책을 거부하는 문제를 그리고 있는가? 일반적으로 극작가는 제기한 문제를 해소할 수 있는 극 형식의 가능성 또는 불가능성을 성찰할 것이다.

극의 주제는 무엇인가? 하나의 극을 '주제문'으로 환원할 때는 세심한 주의를 기울이기 바란다. 결국 극작가는 철학 논문이 아니라 희곡을 쓰고 있는 것이다. 극작가가 자신의 '주제'를 산문으로 쉽게 표현할 수 있다면, 극 대신에 논문을 썼을 것이다. 수도승이자 시인이며 비평가였던 토머스 머튼은 경고했다. "문학의 소재, 특히 연극의 소재는 주로 인간의 행위다. 그러니까 자유롭거나 도덕적인 행위다. 실상 문학과 연극, 시는 이런 행위가 다른 식으로는 불가능했다는 사실을 진술하는 것이다. 만약 여러분이 셰익스피어와 단테 그리고 다른 모든 이들의 활기 있고 창조적인 인생과 인간에 대한 언급을 역사나 윤리 혹은 다른 학문의 무미건조하고 사실에 입각한 용어로 환원할 때, 가장 심층적인 의미를 모조리 잃는 이유는 바로 이것이다. 문학은 다른 질서에 있다."[19]

하지만 심지어 머튼조차도 이렇게 덧붙인다. "그렇다 해도 『햄릿』이나 『코리올라누스』, 『신곡 연옥편』이나 존 던의 『신성한 소네트』 같은 작품의 위대한 저력은 무엇보다 심리학이나 형이상학, 심지어 신학에 대한 논평이 있다는 사실이다." 극작가가 극을 쓰기 위해 책상에 앉았을 때는 무엇인가 그를 괴롭히고 성가시게 하고 표현하게 하는 것이 있기 마련이다. 그것이 무엇이었나? 요약할 수 있는가? 이 대답이 '이 극은 무엇에 대한 내용인가?'에 대한 대답과 똑같아서는 안 된다. 『햄릿』은 자기 계부이자 삼촌의 살인을 공개적으로 고발하지 못하는 한 30대 남자에 관한 내용이지만, 그것이 주제는 아니다.

이 질문에 알맞은 대답은 몇 가지가 있을 수 있다. 『햄릿』의 주제만 하더라도 전적으로 존중할 만한 진술을 지금까지 최소한 열다섯 개 정도 발견했다. 여기에 하나를 더 덧붙이는 시도를 하기 바란다. 극작가가 무슨 문제로 고투하고 있는지, 그리고 어떤 대답을 찾을 수 있을지 서너 문장으로 표현해 보기 바란다.

3단계: 수사 단계 독서

'수사 단계' 탐구에서는 소설에서 제기한 것과 똑같은 수많은 질문을 극작품에도 던져 볼 수 있다. 글쓴이는 독자와 인물 사이에서 공감을 어떻게 창조하는가? 인간 조건을 어떻게 성찰하는가? 극작품에서 인간성의 중심 문제는 무엇인가? 이러한 질문 전체를 열거한 '소설 읽기'에 관한 장으로 돌아가서 참조해도 좋다.

유용한 질문인데 기억하기 바란다. 희곡은 소설이 아니다. 연극은 가시적 움직임을 중심으로 한다. 그러니 수사 단계에서 극을 읽을 때는 좀 더 능동적인 역할을 수행하기 바란다. 극을 그저 자신과 등장인물 사이에 관계를 만들어 내면서 수직적으로 읽는 것이 아니라 수평적으로, 즉 시간에 걸쳐서 무엇인가 제기되고 거듭 제기될 때, 다른 장소에 살고 있으며 아마도 다른 시간에 살고 있는 등장인물과 관객 사이에 새로운 일련의 관계를 창조해 낸다고 보기 바란다.

여러분이라면 이 극을 어떻게 연출하고 무대에 올릴 것인가? 연극에 대한 열정의 정도에 따라 한 장이나 한 막 혹은 극 전체를 연출해도 좋다. 다음 질문에 대답을 하기 바란다.

1) 누가 주요 등장인물을 연기할 것인가? 일단 주요 인물에 배우를 정한다. 상상 속 배우든 실제 배우든 혹은 알고 있는 사람들까지 각각의 인물에게 얼굴과 신체, 버릇과 음색을 부여하면 마음속에서 즉각 극이 구체화되기 시작할 것이다.(가령 가족이나 친구, 만약 블랑슈 뒤부아 역에 사촌 동생을 염두에 둔다면 그 사촌의 이름을 적는다.)

2) 어떤 무대를 사용할 것인가? 솟아오른 덧마루를 쓸 것인가? 아니면 관객과 같은 높이의 무대가 될 것인가? '그림 무대'(뒤에 커튼을 늘어뜨린 평평한 무대)가 될 것인가? 아니면 관객석으로 돌출된 무대인가? 관객석은 2, 3, 4면('원형 무대') 가운데 어떻게 할 것인가? 청중석의 규모는 어떤가? 객석이 50석인 소극장 혹은 400석인 대학 강당, 아니면 발코니가 있는 거대한 극장 중에서 이 극에 가장 효과적인 형태는 무엇이라고 보는가? 커튼을 사용할 것인가?

배우들은 객석과 무대 사이의 경계선인 '제4의 벽'을 위반할 것인가? 배우들을 객석으로 끌어들이기, 즉 한 장면쯤은 무대 뒤쪽에서 통로로 걸어 내려오게 할 것인가? 그렇다면? 무엇을 얻기 위한 것인가? 이 극이 만들어 내는 연극과 관객 사이의 관계는 무엇인가? 수동적인 방관자 입장에서 벗어나 행동에 능동적으로 동참하게 되는가?

3) 어떤 배경과 의상을 사용할 것인가? 어떤 역사 시대를 재창조할 것인가? 아니면 현대를 배경으로 배우들을 내세울 것인가? 배경은 현실적인가? 아니면 인상주의적인가? 정교한 전개라기보다는 암시적인가? 특정 색깔이나 형태가 지배하는가? 만약 그렇다면 이유는 무엇인가?

4) 음향 효과와 시각 효과를 표시한다. 어떻게 실현할 것인가? 군중의 소음이나 전화벨 소리, 교통 소음, 전투 장면 등의 소리가 있는가? 이것들이 어떻게 들리는가? 독서는 침묵하는 행위지만 극은 소리가 필요하기 마련이다. 소리가 배경으로 낮게 깔리는가? 관객 주변을 압도하는가? 무대 위의 연기자 각각은 음향에 어떻게 반응하는가?

가령 투명한 벽이나 유령의 등장, 혹은 꿈을 꾸는 장면 등 극에 특이한 시각 효과가 필요하다면 조명이나 무대 설치는 어떻게 할 것인가?

배우들은 그 상황에 어떻게 반응하는가? 다들 그것을 보게 되는가? 아니면 나머지는 보지 못하는 상태에서 한 사람만 반응하는가? 만약 그렇다면 반응하는 연기자에게 다른 연기자들은 어떻게 반응하는가?

종종 음향과 시각 효과가 무대 지시문이 아니라 다른 등장인물 사이의 대화에서 포착된다는 사실을 기억하기 바란다. "닭이 우니 사라져 버리네." 햄릿의 돌아가신 선친 유령이 사라지는 모습을 지켜보며 겁에 질린 덴마크 병사가 숨 막혀서 말한다. 대사가 없었다면 알 수 없는 장면이다.

극에는 음악이 있는가? 어떤 음악이며 언제 삽입되는가? 상상력이 있고 집에 음반이 있다면 배경 음악 선곡하는 음원이 폭넓은 셈이다.

한 편의 연극 전체에 이 작업을 다 한다면 대개는 대본에 직접 쓰는 것이 가장 간단하다.

5) 무대 지시문을 쓸 수 있는가? 한두 장 정도나 아니면 좀 더 길게 써도 좋다. 각 인물의 동선을 표시한다. 그들은 무대에서 무엇을 하고 있는가? 극작가가 세부 지시문을 써 두었다면 덧붙여야 할 것은 무엇인가? 한 장면을 두 가지 다른 방식으로 무대에 올린다면 장면이 바뀌는 의미는 무엇인가?

이 모든 것은 연출을 위한 초기 단계의 질문이다. 이 과정에 흥미가 생긴다면 이 장 말미에 수록된 '수사 단계 독서를 위한 더 읽을거리'를 자세히 살펴보기 바란다.

6) 여러분이 만드는 무대는 극의 주제를 강조하는가? 희곡에서 찾아낸 주제를 끌어내기 위해서 의상과 배경, 음악과 시각 효과, 동선과 대사, 침묵을 어떻게 사용할 것인가?

7) 다른 연출가들은 어떻게 해석했는가? 이 극을 연출한 몇몇 작품을 연극이든 영화로든 보기 바란다. 틀림없이 지난 50~60년 동안 연출된 작품에 한정되겠지만 그래도 이 극들이 어떻게 상연되었는지 짐작할 수 있을 것이다. 그 작품들은 똑같은 주제를 강조하는가, 아니면 공연에 따라 다른가? 가능하다면 상연 시기가 많이 차이 나는 같은 극을 관람하는 것이 도움이 된다. 의상과 무대 배경, 대사 양식, 강조점이 두 연출 사이에 어떻게 차이 나는가? 비디오나 DVD로 구할 수 있는 연극 목록은 이 장의 말미에 수록되어 있다.

우리가 꼭 읽어야 할 희곡들

읽어 볼 만한 극작가 목록에는 존 드라이든, 존 웹스터, 벤 존슨, 에드워드 올비, 에우제네 이오네스코, 데이비드 매미트, 해럴드 핀터, 샘 셰퍼드, 존 구아르, 마거릿 에드슨, 마샤 노먼과 다른 이들이 포함된다. 목록을 선택하는 기준은 고대 그리스에서 1970년대까지 연극의 발전을 제대로 보여 주면서도 읽기 쉬운 작품들이다. 지난 30년 이후 어떤 희곡 작품들이 세월을 견뎌 낼 수 있을까? 어쩌면 마샤 노먼의 퓰리처상 수상작인 『잘 자요, 엄마』일지도 모른다. 어느 쪽일지 판가름하기는 어렵지만 해럴드 핀터나 샘 셰퍼드의 작품일지도 모른다.('20세기 가장 위대한 희곡' 목록은 지금부터 20년 후에 집계하기가 훨씬 수월할 것이다.)

아가멤논　　아이스킬로스

Agamemnon(c. 458 B.C.) · AESCHYLUS

『아가멤논』은 다른 두 편의 극 『제주를 바치는 여인들』과 『자비로운 여신들』을 더하여 『오레스테스』로 알려진 3부작의 첫 번째 작품으로, 세 편의 희곡은 아가멤논의 불행한 가족 이야기를 완결한다. 배경 설명이 조금 필요하다. 트로이 전쟁은 이미 시작되었다. 트로이의 전사 파리스가 그리스 왕 메넬라오스의 아내인 헬레네를 유괴해 트로이로 데리고 온다.[20] 메넬라오스는 우연히도 헬레네와 자매간인 클리타임네스트라와 결혼한 형제 아가멤논을 불러서 거대한 그리스 군대를 지휘하는 장군으로 삼는다. 하지만 트로이를 사랑하는 여신 아르테미스가 해군 선단에 거대한 바람을 일으켜 그리스군이 항해하지 못하게 조치한다. 이번 원정이 제우스의 의지임을 알고 있던 아가멤논은 예언자 칼카스와 상의했는데, 그는 아가멤논의 딸 이피게네이아를 희생해야만 아르테미스를 진정시킬 수 있다고 말한다. 아가멤논은 아내의 거센 반대를 무릅쓰고 희생양을 바쳤다. 그러자 바람이 잠잠해지고 그리스군은 트로이로 항해했으며 전투는 10년 만에 끝났다. 트로이가 마침내 함락되자, 전령들이 좋은 소식을 가지고 다시 그리스로 떠났다.

극이 시작되면 아가멤논의 충복 파수병이 아가멤논의 궁전 꼭대기에서 트로이의 패전 소식을 기다리며 서 있다. 나이 들어 전투할 수 없는 남자들로 이루어진 코러스들이 들어와서 이피게네이아가 희생된 이야기를 자세하게 알려 준다.(코러스는 "턱없이 무자비하고…… 추잡하며 부도덕한 행위"라고 비난한다.) 클리타임네스트라는 곧이어 도착하여 트로이가 정말 멸망했으며 아가멤논이 고향으로 돌아오는 길이라는 소식을 듣는다.(메넬라오스는 해상 전투에서 죽은 듯하다.) 그녀는 신성한 태피스트리를 땅에 깔아 남편을 환영하지만, 트로이의 공주이자 예언자이며 파리스의 여동생인 카산드라를 포로로 데리고 온 아가멤논은 태피스트리 위로 걸어가기를 거부한다. 오직 신만이 그 위로 걸어야 하는 법이며, 자신은 그저 인간일 뿐이라고 그녀에게 말한다. 하지만 클리타임네스트라가 결국 그를 설득해서 태피스트리에 발을 딛게 한다.

뒤에 남아 있던 카산드라는 아폴론 신에게 굴복당해 살육과 욕조에 대해서 혼란스럽고도 피비린내 나는 이야기를 토해 내는데, 이 과정에서 아가멤논이 아폴론의 저주를 짊어지고 있음이 드러난다. 그의 아버지인 아트레우스는 아가멤논의 형제 티에스테스가 아트레우스의 아내와 잠자리를 한 데 분노하여 티에스테스의 아이들을 불에 구워 그의 형에게 먹이는 벌을 내린다. 카산드라의 눈에는 그 아이들의 혼령이 보인다.("저 아이들은 손에 무엇을 갖고 있지? 오, 애처로운 장면이여! 자신의 살점이며 사지며 갈비뼈나 심장을 쥐고 있구나. 기막히게 끔찍하여라. 자기 아버지가 먹었던 저 음식이란! 내 너희에게 이르노니, 이 범죄에 대한 복수는 점점 가열해지리라.") 아니나 다를까, 클리타임네스트라는 아가멤논이 자신의 딸을 희생시켰으니 죽어 마땅하다고 주장하면서 칼을 들어 욕조에 있던 아가멤논을 죽이고 이어서 카산드라를 찌른다.

아가멤논이 이피게네이아를 희생시킨 것은 사실이지만 그리스가 트로이를 정복하기 원했던 제우스를 기쁘게 하기 위해서였을 뿐이다. 그렇다면 왜 그는 죽어 마땅했는가? 왜냐하면 제우스가 아트레우스의 잘못에 대한 벌로 그에게 두 가지 잘못된 선택지(신들의 왕을 화나게 하거나 자신의 딸을 희생하거나)를 제시했기 때문이다. 그리하여 아가멤논은 자기 아버지의 죄 때문에 악이면서 동시에 선인 행동을 강요받은 것이다. 부모가 자식에게 저지른 악의 결과에 대한 초상인 『아가멤논』은 오늘날에도 그 긴박감을 잃지 않는다.

저자 추천본

Penguin Classics paperback 『오레스테스: 아가멤논, 제주를 바치는 여인들, 자비로운 여신들』(1984)은 로버트 페이글의 훌륭하지만 다소 형식적인 번역본을 사용한다. 페이글의 번역보다 구어적이고 자유롭게 흐르는 듯한 다른 좋은 번역은 데이비드 R. 슬라비트가 번역한 『아이스킬로스 I: 오레스테스』(University of Pennsylvania Press, 1997)이다. 시인이기도 한 슬라비트는 번역하면서 종종 재해석을 하지만 결과는 아주 만족스럽다.

국내 번역 추천본

아이스킬로스, 김종환 옮김, 『아가멤논』(지만지드라마, 2012).

오이디푸스 왕 소포클레스

Oedipus the King(c. 450 B.C.) · SOPHOCLES

테베의 라이오스 왕이 노상강도에게 수수께끼처럼 살해되자 오이디푸스는 그의 왕좌와 아내를 모두 이어받았다. 그러나 이제 왕은 테베가 질병과 재해, 고사병으로 고통받는 이유를 찾아내야 한다. 그는 처남 크레온을 델피 신전에 보내어 아폴론의 신탁을 부탁해 대답을 얻으려 한다. 크레온은 테베가 라이오스 왕을 죽인 범죄자의 은신처가 되고 있다는 소식을 가지고 돌아온다.

오이디푸스는 이 범죄자를 찾아내기로 약속하고 예언자 테이레시아스에게 도움을 청한다. 하지만 테이레시아스가 오이디푸스 본인에게 범죄를 덮어씌우자 왕은 화가 난다. 크레온이 왕좌를 그에게서 빼앗으려고 예언자를 사주해 이 일을 시킨 것이라고 그는 소리친다. 크레온은 오이디푸스의 왕관에 음모를 꾸몄다는 혐의를 전면 부인하며 이렇게 말한다. "내가 왕이라면 원하지 않았던 일들을 해야 할 것입니다. 그러니 내가 지금 살아가고 있는 즐겁고 탈 없는 삶 대신 왜 왕관을 갈구하겠습니까?" 하지만 오이디푸스는 그를 국외로 추방한다.

이런 경솔한 행동에 오이디푸스의 아내 이오카스테는 남편을 설득하려 한다. 예언자가 항상 옳은 것은 아니라면서 그녀는 그에게 이런 이야기를 한다. 그녀가 라이오스와 결혼할 무렵, 델피 신전의 신탁은 태어난 지 사흘 된 자신의 아기가 언젠가 라이오스를 죽일 것이라고 예언했고, 그래서 라이오스는 사람을 시켜 아기를 언덕배기에 버리라고 명했다는 것이다. "우리는 그때 알았죠." 이오카스테가 말한다. "그 아들이 자기 아버지를 절대 죽이지 않으리란 걸. 예언의 공포는 언덕에서 죽었을 것입니다. 왕이시여, 예언자들은 그렇게 말합니다. 마음 쓰지 마세요. 오직 신만이 우리에게 진리를 보여 주십니다."

그녀가 덧붙이길, 라이오스는 아들 손에 죽은 것이 아니라 세 갈래 길이 만나는 곳에서 죽었다는 것이다. 오이디푸스는 경악한다. 수년 전에 적대적인 여행자 무리를 세 갈래 길에서 마주쳤다가 가장 나이 많은 일원을 죽이고 도망한 일이 떠올랐던 것이다. 오이디푸스는 희생자의 신원은 알지 못했다. 대신 이오카스테의 사내아이를 버린 임무를 맡았던 나이 많은 시종을 찾으라고 사람을 보냈다. 마침내 시종을 찾아서 궁궐로 데리고 왔고, 시종은 아기를 오이디푸스의 고향 시골에 있는 어느 양치기에게 주었다고 실토한다.

그리하여 오이디푸스는 자신이 이오카스테의 아들이자 친부 라이오스 왕의 살인자임을 깨닫는다. 코러스가 입장하여 묘사한 최종 장면에서 이오카스테는 목을 매고 오이디푸스는 스스로 눈을 멀게 한다. 크레온은 망명지에서 돌아와 오이디푸스의 소망에 따라 왕위를 맡는다. 이제는 오이디푸스가 대신해서 유형에 처해진다. 운명을 피하려는 영웅적인 시도에도 불구하고 오이디푸스의 운명은 귀환한 것이다. 태생의 진실을 찾으라고 다그치는 지적이고 도덕적인 고결함 때문에 오이디푸스는 낮은 자리로 떠밀려 갔다. 크레온은 결론 내린다. "그대를 위대하게 만들었던 그 힘이 그대를 파멸시켰다."

저자 추천본

몇 가지 훌륭한 번역본이 출간되었다. 마크 그리피스와 글렌 W. 모스트가 편집한 『소포클레스 1 : 안티고네, 오이디푸스왕, 오이디푸스 렉스』(University of Chicago Press, 3판, 2013)는 원래 1950년대에 데이비드 그린과 리치먼드 래티모어가 번역한 작품으로, 오래된 어휘와 표현을 삭제하기 위해 개정되었다. Oxford World's Classics의 번역본 『소포클레스: 안티고네, 왕 오이디푸스, 일렉트라』는 H. D. F. 키토가 번역하고 에디스 홀(재간행본, 2009)이 편집한 것으로, 공연을 염두에 두고 번역된 경우라 특히 소리 내어 읽기에 좋다. Penguin Classcis의 번역본은 로버트 페이글이 작업한 것으로, 세 번역본 중에 가장 직역에 가깝다.

국내 번역 추천본

소포클레스, 강대진 옮김, 『오이디푸스 왕』(민음사, 2009).

소포클레스, 천병희 옮김, 『오이디푸스 왕』(문예출판사, 2001).

메데이아 에우리피데스

Medea(c. 431 B.C.) · EURIPIDES

『메데이아』의 첫 장면에서 무대에 보모가 등장해 메데이아의 옛날 이야기를 해 준다. 영웅 이아손이 메데이아의 나라에 와서 그녀의 아버지가 가지고 있던 황금 양피를 훔치려 했을 때, 메데이아가 이아손을 돕고 난 후 함께 달아났다. 하지만 이아손은 코린토스의 왕 크레온의 딸과 결혼하려고 메데이아와 그녀의 두 아들을 버리고 말았다. 보모는 경고한다. "메데이아가 끔찍한 계획을 세우고 있을까 두렵습니다. 그녀는 위험하거든요……. 자, 이제 놀고 있던 아이들이 돌아옵니다. 아이들은 어머니의 괴로움을 모릅니다. 어린 마음은 아직 슬픔에 물들지 않았지요."

이런 불길한 전조는 나쁜 소식을 앞세운다. 크레온 왕이 메데이아와 그녀의 아들들을 자기 나라에서 추방하려고 온 것이다. 왕은 메데이아에게 코린토스에 하루라도 더 머무르면 목숨을 잃게 될 것이라고 말한다. 메데이아가 간청하자 왕은 스물네 시간의 여유를 허락한다. 이아손이 크레온의 추방 명령을 확인하려고 도착하자, 메데이아는 이아손에게 그가 했던 맹세를 기억해 보라고 간청하지만 그는 그녀를 거부한다. 그러자 메데이아는 초반의 신랄함을 회개하는 척하면서 이아손의 새 아내에게 아름다운 옷 한 벌을 선물로 보낸다. 옷에 독물을 들였던 탓에 공주는 옷을 입자마자 끔찍하게 죽는다. 옷을 벗게 도와주던 크레온도 함께 죽고 만다.

메데이아는 사망 소식이 들리기를 기다리다가 소름끼치고 모순적인 이유를 늘어놓는다.(아이들이 보복 살해당할 것이니 다른 사람보다는 자기 손에 죽는 것이 낫고, 자기가 유배당하면 그동안 아이들이 코린토스에 머무르게 될 텐데, 그러면 엄마를 그리워할 것이며, 그녀 "자신은 두 배는 더 고통스럽겠지만" 아이들이 "자기 아버지를 해치려고" 괴로워하게 될 것이라고 한다.) 그러면서 자기 두 아들을 집으로 데려와 살해한다. 아이들은 고함치며 도움을 요청하지만 코러스는 주저한다.("우리가 참견해야 할까? 이건 살인이야. 우리가 저 아이들을 도와야 한다고 믿어.") 하지만 코러스는 결국 방관자로 남는다. 분노와 두려움에 사로잡힌 이아손이 도착하지만 메데이아는 그에게 아이들의 시신을 보여 주지 않고 비밀리에 묻어서 그녀의 적들이 무덤을 모독하지 못하게 한다. 메데이아의 착란적인 자기 정당화, 즉 사랑하면서 동시에 증오했던 이아손이 버린 아이들을 죽이기로 한 결심과 행동해야 할 때 주저하는 코러스. 남자에게 박해받고 그에 대한 응답으로 자기 아이들을 죽이는 한 여자에 대한 이야기에 등장하는 이 모든 것이 기묘하게 현대적인 감성을 건드린다.

저자 추천본

제임스 모어우드가 번역한 The Oxford World's Classics 페이퍼백(재발간본, 2009)은 읽기 쉽고 현대적인 산문체로 되어 있다. 존 해리슨이 번역한 The Cambridge Translations from Greek Drama(Cambridge University Press, 1999)는 풍부한 설명이 수록되어 있다. 데이비드 그린과 리치먼드 래티모어가 작업한 1950년대 번역본은 마크 그리피스와 글렌 W. 모스트에 의해 개정되었다.(University of Chicago Press, 3판, 2013).

국내 번역 추천본

에우리피데스, 김종환 옮김, 『메데이아』(지만지드라마, 2019).
에우리피데스, 송옥 옮김, 『메데이아』(동인, 2005).

새 　아리스토파네스

The Birds(c. 400 B.C.) · ARISTOPHANES

지금까지 전해져 내려오는 그리스 희극들은 희곡의 구성에 있어서 비교적 표준적인 틀을 지닌다. 서사에서 '행복한 관념'을 도입하고 코러스가 이 관념을 논하고 일련의 장면들은 '행복한 관념'이 실제 삶에서 어떻게 풀려 나가는지 보여 준다. 『새』에서 '행복한 관념'은 불필요한 관료나 거짓 예언자가 없는 문명이다. 두 명의 아테네 남자 피테타이로스와 에우엘피데스가 아테네를 떠난다. "이 도시 자체로는 아무것도 반대할 것이 없네." 에우엘피데스가 덧붙여 말한다. "남자라면 벌금을 물고서라도 지낼 만큼 웅대하고 행복한 곳이지. 하지만 아테네 사람들은 한평생 재판소 안에서 투덜대기나 하잖아." 애완 까마귀와 애완 갈까마귀의 안내를 받으며 두 사람은 새의 왕국으로 가는 길을 찾는다. 깃털 달린 의상을 입고 노래 부르며 춤을 추는 스물네 명의 남자 역할을 맡은 새들은, 새에게 저지르는 인간의 범죄를 비난하며 두 사람을 쪼아 죽일 작정이지만, 후포는 인간들이 자기 방어법을 상담해 줄지도 모른다고 넌지시 일러 준다. "그 도시가 요새를 완벽하게 만드는 법을 저 친구들한테서 배운 게 아니었어." 후포가 지적한다. "자기네 적들한테서 배운 거였지."

그래서 그 아테네 사람들은 뿔뿔이 흩어진 사람들을 하나의 국가로 모으는 법을 새들에게 가르친다. 그 결과가 바로 위대하고 행복한 새의 도시인 구름 뻐꾸기 나라다. 그 국가는 즉시 관료제를 만들어 '사욕 챙기기'를 원하는 인간들을 끌어모으기 시작한다. 신탁 예언자가 도착하더니 그들에게 희생을 제안하고, 감찰관은 신도시를 살펴보려면 사례금을 받아야 한다고 주장하며, 법령 장수는 사례금에 대한 법률을 만들자고 제안한다. 그러나 모두 거부당한다. 마침내 새들이 올림피아를 감쪽같이 벽으로 막아서 어떤 희생의 기색도 넘어오지 못하게 만든다. 기지가 넘치는 새들을 대하며 무력해진 신들은 프로메테우스와 포세이돈, 헤라클레스를 피테타이로스에게 보내, 그가 새들에게 변경 지대를 허물어 달라고 부탁만 해 준다면 주권의 여신(제우스 신의 번개를 관리하는 아름다운 여성)과 혼인시켜 주겠다고 제안한다. 새들은 동의하고 극은 결혼식 노래와 춤으로 끝맺는다. 아테네에 입법가와 점원, 예언자들이 너무 증가해 상황이 좋지 못한 시기에 씌어진 『새』는 이들이 없는 땅에 대한 유토피아적 공상이다.

저자 추천본

'펜 그리스 드라마 시리즈'의 『아리스토파네스 3: 갑옷, 구름, 새』(University of Pennsylvania Press, 1999)가 현대적이고 구어적이다. 데이비드 R. 슬라비트와 팔머 보비가 편집했고, 폴 멀둔이 번역했다. 다른 판본으로는 스티븐 할리웰이 번역한 The Oxford World's Classics의 『새와 그 외 희곡』(2009), 피터 메이넥이 번역한 『아리스토파네스 I : 구름, 벌, 새』(Hackett, 1998)가 있다.

국내 번역 추천본

아리스토파네스, 천병희 옮김, 『아리스토파네스 희극 전집 1』(숲, 2010).

시학　　아리스토텔레스

Poetics(c. 330 B.C.) · ARISTOTLE

아리스토텔레스의 극시 기술에 대한 논문은 부분적으로 연극 기교에 관심을 두지만 논증의 중심은 시의 목적과 관련되어 있다. 모든 예술과 마찬가지로 시는 **모방적**이어야 한다. 듣는 이가 더 잘 이해할 수 있는 방식으로 삶을 모방해야 한다. 아리스토텔레스가 지적했듯이, 모방은 인간의 자연스러운 학습법이며, 인간은 어린 시절부터 선천적으로 모방적이며 제대로 된 모방은 즐거움을 가져다준다. 비극은 고귀한 인물의 모방 혹은 **미메시스**이며, 희극은 열등한 인물의 모방 혹은 미메시스다. 『시학』의 일부가 (희극의 규칙에 대한 그의 논의도 더불어) 소실된 것도 있지만, 아리스토텔레스는 희극을 좀 더 논의하려고 돌아가지는 않는다.

비극은 독특한 인생에 대한 **모방**이다. 고귀한 인성의 주인공은 예기치 않은 운명의 역전을 뜻하는 '페리페테이아', 다시 말해 운명의 돌연한 하락으로 고통받는다. 이러한 반전은 그를 '아나그노리시스(발견)'로, 다시 말해 어떻게 해서 이러한 운명의 변화가 일어났는지 이해하게 그를 이끌어야 한다. 아리스토텔레스에 따르면 비극은 두 가지 정서를 환기시키면 성공한 것이다. 연민은 누군가에게 일어나는 파국의 장면을 보면서 우리가 느끼는 정서이다.(독일어 '샤덴프로이데(Schadenfreude)'는 나쁜 일이 누군가에게 일어났다는 이야기를 들을 때 느끼는 기분 좋은 오싹함을 말한다. 아리스토텔레스는 즐거움을 이 경험의 일부로 여기지는 않았지만, 아리스토텔레스적인 '연민'과 다르지 않다.) 연민은 다소 거리를 두는 정서인 반면, 두려움은 그런 파국이 우리에게도 똑같이 일어날 수 있다는 사실을 알게 될 때 찾아온다. 훌륭한 비극은 보는 이나 읽는 이에게 대단한 이해를 제공하며 모방적이어야 할뿐더러 카타르시스를 주어야 한다. 왜 영웅이 재앙에 맞닥뜨리게 되었는지 관객에게 명료한 설명을 제시해야 한다.

아리스토텔레스에게 비극은 언제나 도덕적 모험이었다. 그는 이렇게 말했다. 유능한 자가 "번영에서 재앙의 나락으로 떨어지는 모습을 보여서는 안 된다. 끔찍하거나 동정적이지 않고 그저 혐오스럽기 때문이다. 방탕한 인간이 불운에서 행운으로 바뀌는 모습도 보여서는 안 된다. 연민이나 두려움은 차치하고 동정조차 약속할 수 없기 때문이다." 연민과 두려움은 선한 인간이 행운에서 불행으로 몰락하는 모습에서 최고로 환기된다. 그중 가장 연민 어린 것은 피붙이 간의 행위다.

저자 추천본

말콤 히스가 번역한 Penguin Classics(1997)와 앤서니 케니가 번역한 Oxford World's Classics(2013) 모두 원문에 충실하면서 이해하기 쉽다.

국내 번역 추천본

아리스토텔레스, 천병희 옮김, 『수사학/시학』(숲, 2017).
아리스토텔레스, 이상섭 옮김, 『시학』(문학과지성사, 2005).
아리스토텔레스, 천병희 옮김, 『시학』(문예출판사, 2002).

만인 14세기

Everyman(fourteenth century)

『만인』에서 무대에 처음 등장하는 인물은 하느님으로, 만인의 사람을 '청산'하겠다고 발표한다. 자신의 창조물들이 영적으로 형편없이 눈멀었기 때문이라는 것이다. 하느님은 '죽음'을 소환해서 '만인', 즉 전 인류에게 보낸다. '죽음'이 도착했을 때 '만인'은 자신의 일상에 만족하며 살고 있는 상태다. 이어 죽음이 당도하자 공황 상태에 빠진 '만인'은 '죽음'에게 집행을 연기해 달라고 간청하지만 여정에 동참할 길동무를 찾을 권리만 얻게 된다. 만인은 '우정'과 '가족'에게 손을 내밀지만 아무도 그와 동행하려 하지 않는다. '우정'은 자기가 '만인'과 함께 나선다면 다시는 돌아오지 못할 것이라며 합리적인 지적을 한다. '친족'과 '사촌'은 발가락에 쥐가 난다고 호소한다. 그는 이어서 '부'와 '재산'에게 간청한다. 그들의 설명대로 '죽일 만한 인간의 영혼을 조건'으로 내걸기 때문에 둘 다 쓸모가 없다. 결국 '만인'은 천상의 동료인 '신중'과 '강함', '아름다움', '지식', '선행'에게 눈길을 돌리기에 이른다.('선행'은 '만인'의 죄 많은 홀대로 너무 허약해진 탓에 일어날 수조차 없어서 땅에 드러누워 있다.) 그들은 동행을 승낙하지만 '만인'이 무덤으로 다가가자 '선행'을 제외한 모두가 '만인'을 버린다. '선행'은 그가 지하 세계로 내려갈 때 그의 곁에 남는다. 에필로그를 전달하는 '학식 있는 신학' 박사는 말한다. "'선행'을 제외하고 최후에는 그들 모두 '만인'을 저버리고 만다." 조금은 예상치 못한 결말이다. 어째서 '지식'과 '신중'이 뒤에 남겨졌는데, '선행'은 두 세계 사이를 지나갈 수 있는 유일한 인성인가?

'선행'은 영혼과 육체의 결합이다. 박사는 경고한다. 청자들은 '완전하고 건전한 대차 대조를 만들어야만' 하느님에게 올라갈 수 있다. 이러한 금전적이고 세속적인 은유는 틀리지 않았다. 영혼을 무시하는 것은 눈먼 행위이지만 '계몽'되는 것은 영혼과 육체가 하나의 전체로 묶여 있음을 이해하는 것이다. 그리고 삶의 육체적인 면에 대한 존중은 극 자체가 우의적 형식이라는 점에서 드러난다. 그 모든 영혼의 실재를 피와 살이 있는 인물들로 재현했으니 말이다.

저자 추천본

A. C. 코울리가 편집한 『만인과 중세 기적극』(New York: Random House)에는 중세 희곡뿐만 아니라 성경에 기반한 다른 희곡이 수록되어 있다. 『만인』의 표준 텍스트 역시 Dover Thrift edition으로 구할 수 있으며, 『두 번째 목자의 이야기』, 『아브라함과 이삭』, 『노아의 홍수』까지 포함하여 신비극 네 편이 수록되어 있다.

포스터스 박사　　크리스토퍼 말로

Doctor Faustus(1588) · CHRISTOPHER MARLOWE

포스터스는 신학과 법학, 의학 학위를 이미 취득했는데, 중세의 교양인이라면 누구라도 부러워할 만한 이 모든 지식을 지니고도 더 많은 것을 바란다. 마술책 한 권을 이리저리 훑어보다가 그는 악마와 거래를 하기로 결심한다. 착한 천사와 악한 천사가 동시에 나타난다. 착한 천사는 그에게 지식을 버리라고 간청한다. "오 포스터스여, 그 망할 책을 옆으로 물려요." 악한 천사는 약속한다. "하늘의 여호와처럼 지상의 그대가 모든 요소들의 지배자이자 지휘관이 되시오." 포스터스는 마음을 정한다. 그는 악마의 하수인인 메피스토펠레스 편에 서서 그의 조건에 수긍하고 피로 계약서에 서명한다.(그가 쓰려고 하자 피가 응고된다.)

이 세상 모든 힘과 24년의 생을 더 부여받은 포스터스는 처음에는 우주의 거대한 질문에 대해 설명하려 한다. 하지만 시간이 흐름에 따라 그는 힘을 허투루 쓰게 된다. 그는 유명 인사들에게 짓궂게 굴기 위해 투명인간으로 변하는가 하면 온 세상을 날아다니는 데다 트로이의 헬레네를 독차지하기 위해 무덤에서 불러오라고 요청한다. 죽음이 가까워지자 그는 공포에 떨기 시작하고 거래에서 물러나려고 하지만 그때마다 메피스토펠레스가 다른 유혹거리를 제안한다. 그는 극 말미에 지옥으로 내려가면서 애도한다. "보시오, 천계에 그리스도의 피가 강을 이루는 것을 보라고! 한 방울이면 내 영혼이 구원될 텐데……. 아, 내 구세주의 이름을 부른다고 내 심장을 찢어 놓지는 말아 주오. 하지만 내가 그에게 기도하게 될까! 아, 나를 용서해 주시오, 루시퍼!"

기회는 충분히 있었지만 이렇게 간청하면서도 포스터스는 결코 하느님에게 기도하지 않는다. 포스터스는 르네상스적 인간, 즉 신학적인 구속에서 자유롭게 풀려나 위대한 지식을 구하는 인간이지만 지식을 찾는 과정에서 뭔가를 잃는다. 말로는 단순히 중세적인 신앙으로 되돌아오는 것은 권하지 않는다. 포스터스는 무턱대고 하느님에게 기도할 수 없다. 그러나 새로운 질서가 뚜렷해지는 데 깊은 양가감정을 보인다. 만약 하느님이 삶의 중심에서 물러나고 인간이 신의 자리를 차지한다면 이 세계는 어떻게 될 것인가? 다음과 같은 정신 상태라는 새로운 질서로 지옥을 그리는 악마의 하수인 메피스토펠레스의 말을 동반자도 없이 혼자서 뇌까리고 있다는 사실을 깨닫게 될지 모른다.

지옥은 국경이 없으며, 테두리가 있는 고유한 장소도 아니다.
왜냐하면 우리가 있는 곳이 지옥이며, 지옥이 있는 곳,
그곳에 우리가 내내 존재할 것임에 틀림없으니.

저자 추천본

데이비드 베빙턴과 에릭 라스무센이 편집한 Oxford World's Classics의 『포스터스 박사 외 희곡』(재발간본, 2008)과 Dover Thrift edition(1994) 모두, 이 희곡을 원문 그대로 전달한다. The Norton Critical Edition(2005) 판본은 두 개의 다른 텍스트(1604과 1616)와 함께 해설도 제공한다.

국내 번역 추천본

크리스토퍼 말로, 이성일 옮김, 『포스터스 박사의 비극』(소명출판, 2015).

리처드 3세　　윌리엄 셰익스피어

Richard III(1592~93) · WILLIAM SHAKESPEARE

왕가의 두 분파인 요크 가와 랭커스터 가는 영국 왕위를 두고 전쟁 중이다. 요크 가는 랭커스터 가의 왕 헨리 4세와 후계자 에드워드 왕자를 살해하고, 요크 가의 에드워드 4세에게 왕위를 넘겨주었다. 하지만 에드워드 4세의 동생 리처드는 왕이 되고 싶어 한다. 그는 왕위를 넘겨받을 가능성 있는 다른 형 클래런스를 죽이고, 살해당한 에드워드 왕자의 부인 앤과 결혼한다. 에드워드 4세가 죽자 리처드는 왕위에 올라 앤을 독살하고 조카 에드워드와 리처드(에드워드 4세의 법적 후계자)를 탑에 보내는데, 탑에서 왕자들은 살해당한다. 하지만 헨리 6세의 미망인이자 복수

의 여신 네메시스 마거릿 왕비가 리처드에게 저주를 내리고 랭커스터 가의 또 다른 헨리라는 이름의 사촌이 돌아와서 그에게 도전장을 내민다. 자기가 살해한 모든 이의 유령에 들린 리처드 3세는 보스워스 벌판에서 벌어진 전투에서 동요되어 말을 잃은 후에 죽게 된다.(이 극에서 가장 자주 인용되는 외침이다. "말! 말을 다오! 이 나라를 줄 테니 말을 다오!")

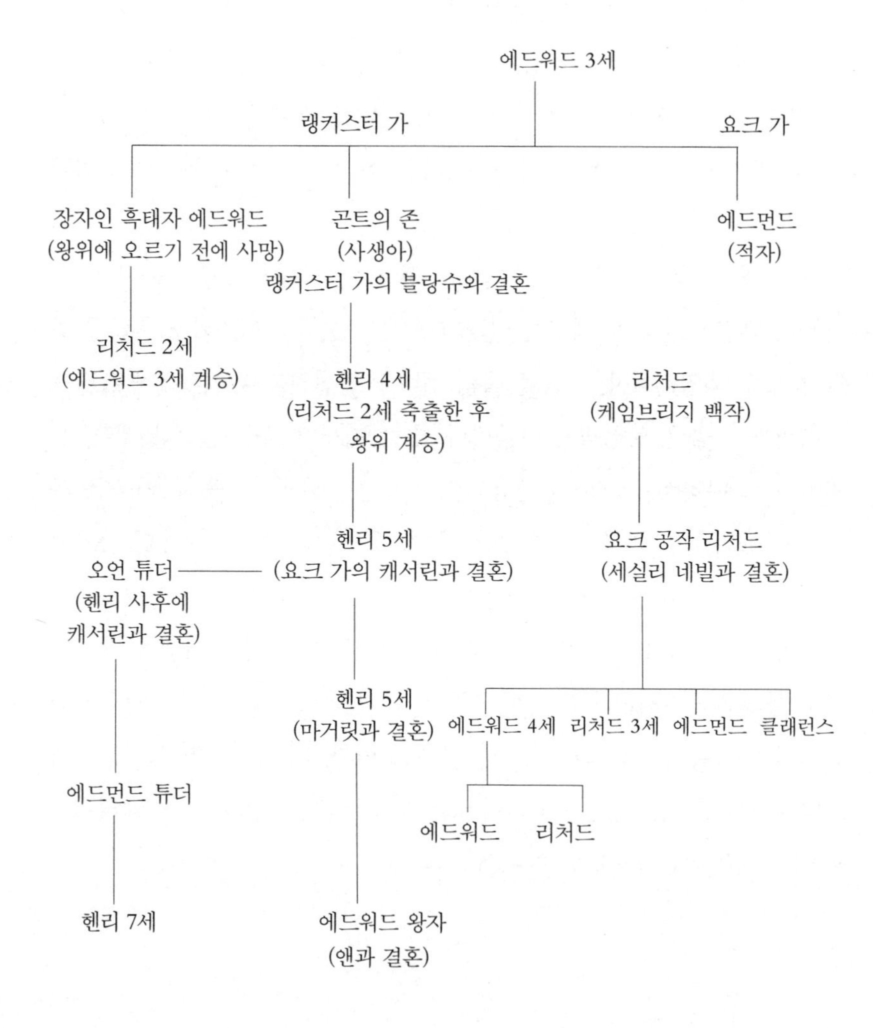

셰익스피어가 무심코 언급하는 수많은 헨리들과 리처드들, 에드워드들이 헷갈리기 일쑤다. 다음 표를 이용해서 읽어 나가는 동안 구분하기 바란다. 랭커스터와 요크의 공통 조상은 에드워드 3세까지 거슬러 올라간다. 그는 아들이 다섯이었다. 그래서 왕족 귀인들을 너무 많이 생산했다. 에드워드 3세는 헨리 4세와 리처드 3세 두 사람의 고조할아버지다.

랭커스터 가는 표의 가운뎃부분을, 요크 가는 오른쪽을 차지하고 있다. 두 가문 사이의 '장미 전쟁'은 헨리 6세 이후에 일어났다. 에드워드 3세의 정통성 없는 후손이었던 헨리 4세가 왕위를 요구했는데, 요크 가로서는 에드워드의 정통성 있는 아들이 물려받아야 한다고 주장할 수 있었던 것이다.

셰익스피어 극의 리처드는 최면적일 만큼 매혹적인 인물이다. 사악하고 남편의 죽음에 책임이 있는데도 앤을 설득해 자기와 결혼하게 만들 정도로 위압적이며, 필요할 때는 매력을 발산하고 위선적이며 유령을 두려워할 만큼은 양심적인 인물이다. 그는 기꺼이 자신의 말과 계획, 심지어 때에 따라서 신체마저 변화시키는 특징을 보인다. "옳지, 거울을 하나 사야겠다." 앤이 처음 그를 퇴짜 놓자 읊조린다. "그리고 재단사도 이삼십 명 불러들여 몸단장하는 법도 배워야겠다." 리처드는 지적이고 현실적이며 유능하고, 자신의 목적을 얻기 위해서는 수단과 방법을 가리지 않고 동원하는 마키아벨리적인 군주다. 하지만 너무 과하게 지배력을 휘둘러서 마거릿 왕비의 저주에 사로잡히고 만다. 리처드는 역사의 굴레에 포박당한다. "모든 살인은 범죄이면서 범죄에 대한 처벌이라는 굴레에서 리처드는 결국 인과응보를 치른다."[21]

저자 추천본

셰익스피어 전집은 수십 종에 이른다. The Folger Shakespeare Library edition은 마주 보는 페이지에 자세한 주석을 달아 놓았다. (바버라 A. 모왓과 폴 워스타인 편집, Simon & Schuster, 1996) Signet Classics(1988), Dover Thrift Editions(1995)도 구할 수 있다.

국내 번역 추천본

윌리엄 셰익스피어, 김정환 옮김, 『리처드 3세』(아침이슬, 2012).
윌리엄 셰익스피어, 신정옥 옮김, 『리처드 3세』(전예원, 1996).

한여름 밤의 꿈 윌리엄 셰익스피어

A Midsummer Night's Dream(1594~95) · WILLIAM SHAKESPEARE

셰익스피어의 가장 유명한 희극의 플롯은 세 무리의 등장인물이 중심이다. 네 명의 젊은 연인들과 시골뜨기 연기자 무리, 요정 부족이 그들이다. 우선 연인들부터 만나 보자. 허미아는 라이샌더와 결혼하고 싶지만, 아버지는 다른 구혼자 디미트리우스와 결혼하기를 바란다. 그녀의 아버지는 지방 귀족인 테세우스 공작에게 하소연한다. 공작은 정복한 전사 여왕 히폴리타와 결혼을 계획 중이다. 테세우스는 허미아에게 아버지가 선택한 사람과 결혼해야 한다고 이야기하고, 그래서 허미아와 라이샌더는 도망갈 계획을 세운다. 허미아는 가장 절친한 친구 헬레나에게만 비밀을 털어놓는데, 헬레나는 디미트리우스한테 빠져 있는 터라 냉큼 디미트리우스에게 달려가 그의 약혼자가 다른 남자와 도망칠 거라고 전해 준다.

그사이 직조공 보텀이 이끄는 시골뜨기들은 테세우스의 결혼식에서 공연할 연극을 연습하기 위해 궁전 숲에 모여 있다. 숲에는 요정들이 산다. 요정 왕인 오베론과 요정 왕비 티타니아는 부부 싸움 중이다. 아내의 기분을 풀어 주려고 오베론은 사랑의 묘약인 꽃즙을 구해 오라고 시종 퍽을 보낸다. 티타니아가 잠에서 깨어 처음 보는 사람을 사랑하게 만들려는 것이다. 이런 와중에 디미트리우스는 숲속을 휘저으며 허미아를 찾아다닌다. 헬레나는 처량하게 눈물을 흘리며 디미트리우스를 따라다닌다. 오베론은 헬레나를 불쌍히 여겨서 디미트리우스가 잠들자마자 그의 눈가에 꽃즙을 바르라고 퍽에게 당부한다. 불행히도 라이샌더와 허미아도 함께 나타나자 헷갈린 퍽은 꽃즙을 라이샌더의 눈꺼풀에 바른다. 라이샌더는 잠에서 깨어나 여전히 디미트리우스를 뒤쫓는 헬레나를 보자마자 벌떡 일어나 허미아를 내팽개치고 헬레나의 뒤를 쫓아간다.

티타니아에게 앙갚음하려고 마음먹었던 오베론은 그녀의 내실을 찾아서 티타니아의 눈꺼풀에 직접 꽃즙을 바른다. 시골뜨기들은 실수를 연발하며 총연습에 돌입한다. 장난거리를 찾아서 날아다니던 퍽은 보텀에게 당나귀 머리탈을 씌운다. 티타니아는 잠에서 깨자 멍청이 직조공에게 열정적으로 사랑에 빠져들어 그를 자신의 내실로 데리고 간다. 오베론은 재미있어하지만, 퍽이 다른 젊은이에게 꽃즙을 발랐다는 사실을 깨닫자 난처해한다. 이제 라이샌더는 헬레나를 쫓아가고 헬레나는 디미트리우스를 쫓아가고 디미트리우스는 허미아를 쫓아가고, 허미아는 이제는 자기를 까맣게 잊어버린 라이샌더의 뒤를 처량하게 흐느끼며 따라간다. 오베론은 퍽에게 일러 이 장면을 안개로 뒤덮어 버리고 모든 이의 눈에 제대로 꽃즙을 바르라고 지시한다. 자신은 티타니아를 찾아가 마법을 풀어 준다.

극은 세 쌍의 결혼식으로 끝맺는다. 테세우스와 히폴리타, 디미트리우스와 헬레나, 그리고 허미아와 라이샌더. 허미아의 아버지는 예비 사위가 이번에는 다른 여자와 사랑에 빠진 것을 알고는 허미아가 원하는 사람과 결혼하도록 허락한다. 시골뜨기는 연극을 아주 형편없이 공연하고, 오베론과 티타니아는 결혼식을 축복하기 위해 나타난다.

모든 것이 뜻대로 되었지만 우연과 요정이 개입한 덕분이다. 이들의 결혼에는 심지어 어두운 면모도 있다. 히폴리타는 테세우스가 그녀를 정복했다는 이유만으로 결혼하는 것이고, 디미트리우스는 여전히 마법에 걸린 상태다. 극 말미에 퍽은 이렇게 결론짓는다.

> 그림자 같은 우리가 마음 상하게 했다면
> 하나만 생각하세요.
> 여러분이 여기서 잠시 조는 동안
> 이 모든 환영들이 왔다가 사라졌다고요.

극의 행복한 결말은 그림자와 마찬가지로 환각에 불과하다.

저자 추천본

The Oxford School Shakespeare edition(Oxford University Press, 재발행본, 2009)은 학생용으로 계획되었지만 모든 독자에게 도움이 된다. Signet Classics(1998), Dover Thrift Editions(1992)도 구입이 가능하다.

국내 번역 추천본

윌리엄 셰익스피어, 최종철 옮김, 『한여름 밤의 꿈』(민음사, 2008).

햄릿 윌리엄 셰익스피어

Hamlet(1600) · WILLIAM SHAKESPEARE

햄릿은 영웅이지만 능동적인 영웅은 아니다. 테베를 고통에서 해방시키고 자기 출생의 진실을 알아내기 위해 고통으로 다가가는 오이디푸스와 달리 햄릿은 행동해야 한다는 사실을 곰곰이 생각하고 주저하며 한탄한다. "세상은 참으로 엉망이구나. 그런데 내가 그것을 바로 맞춰야 한다니!" 햄릿의 가장 큰 욕망은 단순히 행동을 피하는 것이 아니라 존재 자체를 피하는 것이다. 가장 유명한 대사인 "사느냐 죽느냐, 그것이 문제로다."에서 햄릿은 '한 방울 이슬로 용해되기'를 바란다.

아버지의 유령이 등장해서 이제는 그의 어머니와 결혼한 삼촌 클라우디우스가 아버지의 귀에 독극물을 부어 살해했다는 사실을 알게 된 햄릿은 무엇을 해야 할지 초조하다. 그는 미친 척 가장하여 삼촌이 안심하고 무장 해제하게 만든다. 광기를 가장하던 중에 궁중 고관 폴로니우스의 딸 오필리아를 냉혹하게 퇴짜 놓는다. 이윽고 햄릿은 연극배우들이 우연히 방문한 기회를 이용해 클라우디우스 앞에서 그의 살인을 재현하는 장면을 무대에 올린다. 경악한 클라우디우스는 햄릿을 제거하려는 계획을 세운다. 반면 햄릿은 삼촌이 기도하는 동안 죽일 수 있는 완벽한 기회를 얻지만, 왕이 은총을 받는 도중에 죽으면 천국으로 직행할 것이라는 핑계를 늘어놓으며 기회를 거부한다.

왕자가 미쳤다고 확신한 폴로니우스는 여왕의 방에 숨어들고, 이때 아들 햄릿이 그녀에게 이야기하러 들어온다. 하지만 햄릿은 휘장 뒤에서 노인의 소리를 듣고서 클라우디우스라고 생각한 끝에 마침내 행동을 취한다. 엉뚱한 시간과 장소에서. 그는 휘장 너머로 폴로니우스를 찌르고 나서 자신의 실수를 깨닫는다. 양심의 가책을 받은 햄릿은 덴마크를 떠나 영국으로 향한다. 클라우디우스가 그를 살해하려는 계획을 세웠지만, 그는 도망갔다가 덴마크로 돌아오고 자신의 의도를 밝히는 편지 한 장을 앞서 보낸다.

아버지의 죽음에 정신을 잃은 오필리아는 물에 뛰어들어 자살한다. 오필리아의 오빠 레어티즈가 그녀의 장례식에 참석하기 위해 돌아온다. 클라우디우스는 레어티즈를 부추겨서 독검을 들고 햄릿에게 결투를 신청하게 만들고, 더욱 확실하게 하기 위해 술잔에도 독을 발라 놓게 한다. 햄릿이 도착하자 두 사람은 맞붙게 되는데, 레어티즈는 햄릿에게 상처를 입힌다. 하지만 햄릿도 난투극을 벌이는 중, 검에 독이 묻었다는 사실을 모른 채 그 검으로 레어티즈에게 상처를 입힌다. 그 와중에 왕비는 독이 든 술을 마시고, 레어티즈는 무릎을 꿇고 죽어 가면서 햄릿의 운명을 털어놓는다. 햄릿은 독검을 쥐고 클라우디우스를 살해한 다음 죽음에 이른다. 자신의 통제를 넘어서서 이어지는 우연에 떠밀려 마침내 행동을 하게 된 것이다.

저자 추천본

The Oxford School Shakespeare edition(Oxford University Press, 2009). Oxford World's Classics(2008)과 Signet Classics(1998) 판본에는 희곡만 수록되어 있다.

국내 번역 추천본

윌리엄 셰익스피어, 최종철 옮김, 『햄릿』(민음사, 2001).

타르튀프 몰리에르

Tartuffe(1669) · MOLIÈRE

경건한 위선자 타르튀프는 파리의 신사 오르공을 교회에서 만나게 되고 신심을 가장해서 그를 부추겨 오르공의 집으로 초대하게 만든다. 오르공과 그의 어머니는 타르튀프를 무척 좋아하지만 나머지 집안 식구들은 속지 않는다. 타르튀프가 하녀에게 손수건을 건네면서 "그런 모습은…… 사악한 생각을 불러일으키니" 가슴을 가리라고 주문하자 하녀 도린느가 한마디 한다. "선생님은 유혹에 대단히 민감하시군요. 저라면 선생님이 머리끝부터 발끝까지 발가벗고 있어도 한 치도 유혹을 느끼지 않을 텐데요." 오르공의 처형 클레앙트는 오르공에게 그가 속은 것이라고 경고를 보낸다. 클레앙트는 말한다. "종교에는 위선자들이 있죠. 그런 노골적인 협잡꾼들…… 그러니까 자기한테 이롭기만 하면 경건함을 팔아먹는 치들과 위장한 광신도들의 표백된 지하 무덤보다 불쾌한 것은 없습니다."

이야기를 듣는 대신 오르공은 무신론자가 되어 간다며 클레앙트를 비난한다. 그런데 상황은 더 나빠진다. 오르공이 발레르와 사랑에 빠진 자기 딸 마리안느를 타르튀프와 결혼시키겠다고 결심한 것이다. 그는 한숨 쉬며 말한다. "내 너한테 발레르를 주겠다고 약속했다만, 내가 말했듯이 그 사람은 도박 성향이 있는 데다 어쩨 무신론자 같다는 의심이 들거든. 교회에서 한 번도 본 적이 없어." 오르공의 처 엘미르는 타르튀프에게 자기 딸을 가만히 내버려 두라고 설득하지만, 그 '경건한 남자'는 그녀를 유혹하려 든다. "우리 같은 남자들의 특징은 사랑을 하는 데 있어서 신중하다는 것이지요."라며 그녀를 안심시킨다. 그녀의 아들 다미스가 타르튀프의 시도를 엿듣고는 오르공에게 이야기를 전하지만 오르공은 '성자'를 비방한다며 오히려 아들의 상속권을 빼앗아 재산을 타르튀프에게 양도한다. "내게 이 세상 모든 물건은 별다른 매력이 없지요."라고 말하면서도 타르튀프는 선물을 받는다.

그래서 엘미르는 타르튀프를 만나는 동안 오르공을 탁자 아래에 숨어 있게 미리 손을 써 두고는, 타르튀프에게 자신을 받아 달라고 설득한다. 타르튀프가 그렇게 하자 오르공은 그를 내쫓으려 한다. 하지만 이제 타르튀프가 오르공의 재산을 소유하고 있기 때문에 왕의 집행관이 억지로 타르튀프를 퇴거시켜야만 한다. "신앙심 깊은 인간들하고는 상종하지 않는다."며 오르공은 울부짖는다. "지금부터 놈들이라면 질색이니 순수한 악마보다도 나쁘게 대할 테다." "또 과장하시는군요!" 클레앙트가 오르공을 책망한다. "어떤 일에도 중용을 유지하는 법이 없잖아요. 이성적이지도 않고, 항상 이쪽 극단 아니면 저쪽 극단이군요." 하지만 균형이 없다는 것이 오르공의 유일한 단점은 아니다. 진실은 그가 타르튀프를 통해 자기 가족에게 완벽한 통제를 행사할 수 있었고 자신의 독재적인 욕망을 가려 줄 가면으로 경건한 인간의 풍습을 사용했다는 점이다.

저자 추천본

지난 1961년에 리처드 윌버가 번역한 판본(Harvest Books, 1992)은 이 희곡을 두행 압운으로 옮겨 놓았다. 똑같이 두행 압운으로 옮겨 놓은 마야 슬레이터의 최근 번역은 Oxford World's Classics(2008)에서 찾아볼 수 있다. 커티스 히든 페이지의 압운이 없는 1908년 번역은 프로젝트 구텐베르크에서 읽어 볼 수 있다.

국내 번역 추천본

몰리에르, 신은영 옮김, 『타르튀프』(열린책들, 2012).

세상의 이치 월리엄 콩그리브

The Way of the World(1700) · WILLIAM CONGREVE

『세상의 이치』는 아리스토텔레스적인 시간의 일치를 유지하기는 하지만 오직 하루 동안 벌어지는 우발적인 사건으로 가득하다. 음모와 곁가지 이야기가 모든 장면마다 들끓지만 플롯의 뼈대는 한때 위시포트 부인과 사랑에 빠진 척했으나 지금은 상속녀 밀라망트 부인과 사랑에 빠진 신사 미라벨을 중심으로 전개된다. 이제 위시포트 부인은 자신을 사랑하는 척했던 미라벨을 증오한다. 밀라망트 부인은 우연히도 위시포트 부인의 질녀이자 피후견인이다.

미라벨이 지금은 밀라망트를 사랑하는지 몰라도 한때 위시포트 부인의 딸이 그의 가장 친한 친구 페이놀과 결혼하기 전에 그녀를 정부로 삼은 적이 있다. 역시 정부를 두고 있는 페이놀은 밀라망트가 미라벨과 결혼하기를 바란다. 그래야만 위시포트 부인이 화가 나서 밀라망트의 상속권을 박탈할 것이고, 그러면 그 돈은 그녀의 친딸, 즉 페이놀의 아내에게 넘어올 것이기 때문이다. 하지만 밀라망트는 미라벨과 결혼하기를 망설이며 재치 있는 언급을 통해서 그와 거리를 유지한다. 미라벨이 불평한다. “남자란 공정한 거래와 진심으로 여자를 얻느니 차라리 재치로 친구를 얻고 정직으로 재산을 얻으려 들 것이다.”

이렇듯 공정한 거래는 계속 없다. 미라벨은 하인에게 가짜로 부자 삼촌인 체하여 위시포트 부인에게 청혼자로서 자신의 존재를 확인하려 한다. 그런데 위시포트 부인이 직접 ‘부자 삼촌’에게 구애하기로 마음먹는다. 위시포트 부인의 조카인 윌풀 위트우드 경이 도착해서 밀라망트에게 아주 서툴게 구애하기 시작하자, 밀라망트와 미라벨은 용케 결혼하기로 합의하는 데 이른다.

그사이 페이놀은 위시포트 부인의 돈에 닿는 좀 더 직접적인 통로를 얻고자 한다. 그는 자신에게 밀라망트 몫의 상속 재산을 넘겨주지 않으면 미라벨과 그녀의 딸 사이의 혼전 관계를 폭로하겠다고 협박한다. 하지만 미라벨은 페이놀에게 현재의 정부를 발설하겠다는 협박 편지를 답장으로 보내면서 그의 계획을 좌절시킨다. 윌풀 위트우드 경은 밀라망트가 미라벨을 사랑하는 모습을 보면서 위시포트 부인에게 자신은 밀라망트를 원하지 않고 그보다는 외국이나 여행하겠다고 이야기한다. 이에 위시포트 부인이 한숨 쉬며 말한다. "더 이상은 미룰 수도 없고……. 피로감에 가라앉아 버릴 지경이에요." 그러고는 결혼을 승낙한다. 훌륭한 인물이라고는 찾아볼 수 없는 등장인물들은 그들이 입신 출세했을 때만 도덕적이다. 페이놀은 마지막에 악당임이 드러나는데, 그가 사악하기 때문이라기보다는 지금까지 속여 왔기 때문이다.

이 극의 극중 대화는 인물들이 진짜 느낌을 드러내기 위해서보다는 느낌을 은폐하기 위해서 재치와 논쟁을 자주 사용해서 이야기하고 이야기하고 또 이야기하는 것으로 유명하다.

저자 추천본

Dover Thrift Editions(1994), Penguin Classics(『세상의 이치 외』, 에릭 S. 럼프 편집, 2006).

지는 것이 이기는 것 올리버 골드스미스

She Stoops to Conquer(1773) · OLIVER GOLDSMITH

두 명의 예의 바른 젊은 청년이 두 명의 예의 바른 젊은 처녀에게 청혼하는 내용을 다루는 골드스미스의 극 중심에는 예의 바른 사람들이 하나도 없다. 이 극의 진정한 저력은 '꼴사나운 얼간이' 토니 럼프킨에 있다. 헤이스팅스 씨와 말로 씨, 지식층의 부유한 두 신사는 하드캐슬의 저택을 방문하기 위해 길을 나선다. 말로는 한 번도 만난 적 없는 그집 딸에게 구애할 작정이다. 말로가 같은 계층의 여자들에게는 말을 못하고 하녀나 술집 여급에게만 편하게 대할 수 있다는 사실을 모른 채, 양가 부모들이 만남을 주선했다. 말로의 친구 헤이스팅스는 그 집에 사는 질녀 네빌 양에게 이미 빠져 있던 터라 함께 가자고 나선 것이다. 하드캐슬 집안은 네빌 양을 하드캐슬 부인이 예전에 낮은 신분의 남자와 결혼에서 낳은 아들인 토니 럼프킨과 결혼시키려 한다. 그러면 네빌 양의 재산이 집안에 남기 때문이다. 하지만 토니는 반기지 않는다. 그는 '빰이 설교단의 쿠션처럼 넓고 붉은' 시골 처녀 베트 바운서와 사랑에 빠져 있다.

말로와 헤이스팅스가 하드캐슬 저택으로 가는 방향을 묻기 위해 그 지역 선술집에 들렀다가 우연히 토니 럼프킨을 모욕하게 된다. 그러자 토니는 그들에게 해질녘까지 하드캐슬 저택에 결코 도착하지 못하겠지만 모퉁이를 돌면 바로 여인숙이 하나 보인다고 말한다. 그가 말한 '여인숙'이란 하드캐슬 저택이다. 헤이스팅스와 말로는 여관에 돌진하듯 들어가 하드캐슬 가문 사람들을 하인과 여인숙 주인처럼 대한다. 하드캐슬 가문 사람들은 당황한다. 헤이스팅스는 네빌 양과 마주치자 자기 실수를 깨닫지만 둘은 사랑의 도피 계획을 덮어 두려고 농담을 계속 이어 가기로 마음먹는다. 두 사람은 말로에게, 하드캐슬 양이 우연히 이 '여인숙'을 방문 중이라고 말하며 서로 소개한다. 하지만 말로는 이 귀족 부인에게 너무나 겁먹어 얼굴을 제대로 쳐다보지 못한다. 그래서 그녀는 그의 애정을 일깨우려고 술집 여급 옷차림을 하고 미끄러지듯 그를 스쳐 지나간다. 이것이 바로 제목과 같은 '지는 것이 이기는 것'이다. 마침내 착각했던 정체가 모두 바로잡힌다. 네빌 양은 헤이스팅스와 결혼하고 말로는 하드캐슬 양에게 청혼한 다음 그녀가 그 집의 딸임을 알게 된다. 토니는 베트 바운서를 사랑해 네빌 양에 대한 자신의 권리를 포기한다.

골드스미스의 극은 '저급한'이라는 개념에 질문을 던진다. 누가 저급한가? 정직한 토니인가 아니면 첫 만남에 술집 여급을 유혹할 준비가 되어 있는 말로인가?

저자 추천본

Dover Thrift Editions(1991), Oxford World's Classics(『지는 것이 이기는 것 외 다수 희곡』, 니겔 우드, 마이클 코드너, 피터 홀랜드, 마틴 위긴스 편집, 2008).

스캔들 학교　리처드 브린즐리 셰리든

The School for Scandal(1777) · RICHARD BRINSLEY SHERIDAN

피터 티즐 경은 지방 대지주의 딸과 막 결혼했다. 그에게는 아름답고 어린 피후견인 마리아가 있으며, 그는 어린 시절에 아버지를 잃은 두 명의 젊은 청년에게 '일종의 후견인' 역할을 해 왔다. 두 청년은 서피스 가문의 형제인 조지프와 찰스다.

사람들 앞에서 조지프는 "상냥하고…… 일반적으로 언변이 좋아" 보이는 반면, 찰스는 "친구나 인격도 없으며 영국에서 제일가는 난봉꾼에 사치스러운 젊은 사내"로 보인다. 하지만 겉모습은 기만적이다. 찰스는 씀씀이가 헤프기는 하지만 실제로 천성이 선하고, 사실 조지프는 "교활하고 이기적이며 악의적"이다. 찰스는 마리아를 사랑하지만 피터 경이 좋아하는 조지프는 오로지 그녀의 재산에만 관심이 있다.

찰스와 조지프의 삼촌인 올리버 서피스 경이 호주에서 방문한다. 삼촌은 조카들에 대해서 모순된 보고를 받아 온 터라, 대금업자로 가장해서 찰스를 부른다. 찰스는 올리버에게서 돈을 빌리기 위해 올리버 경한테서 상속받을 가능성이 있는 재산을 담보로 하려고 한다. 찰스가 덧붙여 말한다. "그렇긴 해도 그 노인 양반이 내게는 너무 관대하게 대해 주셔서, 제가 장담하지만, 그분에게 무슨 일이 일어났다는 얘기를 들으면 정말 유감일 겁니다." 올리버 경이 지각 있는 말을 던진다. "내 장담하네만, 내 심정보다 더하지는 않을 걸세." 찰스는 돈을 구하기 위해 가족 초상화를 팔려고 내놓는다. 그러다가 이 극에서 가장 유명한 장면 중 하나인 '프리미엄 씨'와 다른 두 명의 대금업자에게 그림을 경매로 팔아 버리는 장면이 등장한다. 그러다 그가 올리버 경의 초상화를 판매하는 것은 거절하자 이에 감동받은 올리버 경이 직접 조카의 빚을 청산해 주리라 마음먹는다.

그러는 동안 조지프는 그의 서재에서 피터 티즐 경의 젊은 처와 밀애 중이다. 둘이 친밀한 대화에 빠져 있는 동안 피터 경이 도착하자 티즐 부인은 근처 칸막이 뒤로 황급히 뛰어든다. 이어지는 장면은 전통 풍속극 관습인 '칸막이 장면'이다. 칸막이 너머 은밀한 장소에서 등장인물들은 사적인 대화를 엿듣는다. 티즐 부인은 피터 경이, 찰스가 자기 아내와 불륜 관계일 것 같은 의심이 든다고 말하는 것을 엿듣는다. 그러다가 찰스가 도착하는 소리에 피터 경이 몸소 벽장 안으로 뛰어든다. 찰스는 들어와서 언젠가 조지프와 티즐 부인이 함께 있는 모습을 어떻게 발견하게 되었는지 낱낱이 묘사하기 시작한다. 그를 제지하려고 조지프가 벽장 문을 열자 피터 경의 모습이 보인다. 찰스가 칸막이를 부수자 티즐 부인의 모습이 보이고, 그녀는 남편에게 애걸하며 용서를 구한다. 피터 경은 아내를 끌고 저벅저벅 나가면서 이제는 빚을 청산한 찰스에게 마리아와 결혼할 것을 허락한다. 찰스의 불안정한 성격에도 불구하고 모든 일이 '정리'되었다. 그런데 이 모든 것은 두 가지 핵심 장면에서 '풍속'이 침해된 덕분이다. 즉 올리버 경과 피터 경 모두 자기 몫이 아닌 남의 말을 엿들은 덕분이다.

저자 추천본

Dover Thrift Editions(1990), Oxford World's Classics(『스캔들 학교와 다른 극들』, 마이클 코드너 편집, 2008).

인형의 집 헨리크 입센

A Doll's House(1879) · HENRIK IBSEN

노라 헬메르는 법을 어겼다. 남편의 병원비 때문에 돈이 필요해서 은행에서 대출을 받기 위해 아버지의 서명을 위조했다.(남편이나 아버지의 허락 없이 여자가 돈을 빌리는 것은 불법이다.) 노라의 친구 린데 부인은 이 사실에 경악을 금치 못하지만, 노라는 옷을 사기 위한 용돈의 일부를 절약하고 밤늦게 대필을 하면서 정기적으로 대출금을 갚아 나갈 수 있었다. "아, 때로는 피곤했어, 너무 피곤했지. 그래도 그런 식으로 일해서 돈을 번다는 게 굉장했어. 내가 마치 남자라도 된 듯한 느낌이었거든."

하지만 그때 노라의 남편 토르발이 노라가 대출받았던 은행의 지점장이 되고, 대출을 승인해 주었던 은행원 크로스타드는 직장을 잃을 위험에 처한다. 그는 노라에게 그녀의 남편이 중재해 주기를 부탁한다. 노라가 거절하자 자기가 노라의 비밀을 알고 있다고 털어놓는다. 노라 부친의 서명 날짜가 부친 사망 사흘 후라는 것이다. 만약 그가 직장을 잃으면 노라의 범죄 사실을 폭로할 것이다.

노라는 위기를 피하려고 애쓴다. 하지만 토르발은 크로스타드 건에 간청하는 노라의 말을 들어주지 않는다. 크로스타드는 직장을 잃게 되고, 토르발은 노라의 범죄 사실을 낱낱이 밝힌 크로스타드의 편지를 받는다. "당신은 내 자랑이자 기쁨이었어." 토르발은 노라에게 고함을 지른다. "그런데 이제 보니 당신은 위선자에 거짓말쟁이야. 더 나쁘잖아, 더 나빠 그…… 범죄자보다!" 토르발은 크로스타드가 직장을 되찾지 않으면 노라의 죄를 상류 사회에 드러낼까 봐 두려워한다. 토르발은 결심한다. "우리 사이에 아무런 변화도 없는 것처럼 보이게 행동해야 해……. 그러니까 내 말은, 당신은 무엇보다 이 집을 떠나서는 안 되겠지만, 애들한테는 아무 짓도 해서는 안 돼."

아내를 심하게 매도하던 중 토르발은 크로스타드에게서 다른 편지 한 통을 받는다. 그가 린데 부인과 결혼하기로 결심했고 더는 노라를 협박하고 싶지 않다는 내용이다. 사람들 앞에서 모욕당할 위협을 벗은 토르발은 당장 안면을 바꾼다. "딱한 노라, 내 이해하지……. 남편이 자기 아내를 용서했다는 사실을 알면 뭔가 강렬한 안도감이 들고 즐거워지거든……. 이런 거야, 아내는 두 배로 남편의 소유가 되는 것 같고, 남편이 아내를 다시 태어나게 해 주는 것 같고, 그래서 어떤 면에서 아내는 남편의 아내이자 남편의 아기가 되는 거거든."

이 말에 노라는 떠나려고 짐을 꾸린다. "나는 그동안 당신의 인형 아내였어요. 결혼하기 전에 아빠의 인형 아이였던 거랑 다르지 않아요." 노라는 남편에게 말한다. 그 둘의 혼인 관계가 유지되려면 아마 기적이라도 일어나야 할 것이라고. 그리고 남편을 남겨 두고 걸어 나간다. 노라는 사회가 요구하듯 남편을 사랑하지만, 바로 이 사랑이 노라로 하여금 동일한 사회가 법적으로 비난하는 행위를 하게 이끌었던 것이다. 이러한 역설의 덫에서, 노라는 자신의 가정이 황폐하며 남편의 사랑은 그저 남편 자신의 자존심을 높이는 데 불과했음을 깨닫는다.

저자 추천본

프랭크 맥귀네스가 번역한 판본(New York: Faber & Faber, 1996)이 읽기 편하며, 지난 1997년 브로드웨이에서 초연되었다. 그 외에 제임스 맥팔레인과 젠스 에이럽이 작업한 훌륭한 번역본을 Oxford World's Classics edition(2008)에서 찾아볼 수 있다.

국내 번역 추천본

헨리크 입센, 안미란 옮김, 『인형의 집』(민음사, 2010).
헨리크 입센, 김창화 옮김, 『인형의 집』(열린책들, 2010).
헨리크 입센, 안동민 옮김, 『인형의 집』(문예출판사, 2007).

진지해지는 것의 중요성 오스카 와일드

The Importance of Being Earnest(1899) · OSCAR WILDE

런던에서 잭 워딩은 자신의 이름을 어니스트(정직함)라고 부른다. 피후견인 세실리가 사는 시골 저택에서는 잭이라고 부르고, 도시에서 벌어지는 모든 일들은 존재하지도 않는 형 어니스트 탓으로 돌린다. 잭은 친구 앨저논 몬크리프의 사촌 그웬덜린 페어팩스를 사랑하게 된다. 잭은 도시에서 어니스트라는 이름을 쓰면서 그녀에게 청혼하고, 그웬덜린은 어니스트라는 이름의 남자와 결혼하는 꿈을 지녀 왔던 터라 청혼을 받아들인다. 그녀의 숙모 브랙널 부인은 잭의 가족 배경을 알려 달라고 요구한다. 그러자 잭은 자기가 빅토리아 역에서 가방에 넣어진 채로 발견되었다고 털어놓고 브랙넬 부인은 두 사람의 결혼을 허락하지 않는다. 그웬덜린은 잭의 시골 주소로 편지를 쓰겠다고 약속한다. 이 사실을 우연히 엿들은 앨저논은 잭의 피후견인이자 아름다운 소녀 세실리가 그녀의 보호자 미스 프리즘과 함께 이 주소에 살고 있다는 사실을 알고 있던 터라 방문하기로 작정한다.

앨저논은 잭보다 먼저 그 저택에 당도해서 자신을 잭의 동생 어니스트라고 소개한다. 세실리는 그를 보자마자 사랑에 빠지고 결혼을 약속한다. 세실리도 언제나 어니스트라는 이름의 남자와 결혼하는 것을 꿈꾸어 왔기 때문이다. 불행히도 잭이 자신의 이중 정체가 너무 복잡해졌다고 판단한 터라 상복 차림으로 도착해서 자기 동생 어니스트가 죽었다고 발표해 세실리를 당황하게 한다. 이윽고 그웬덜린은 세실리가 어니스트 워싱과 약혼했다는 소식을 듣고는 분노에 찬 상태로 도착한다. 사실을 바로잡기 위해서 잭과 앨저논이 자신들의 진짜 이름을 밝히자, 두 여자 모두 잭과 앨저논 모두 어니스트로 당장 다시 세례를 받지 않으면 파혼하겠다고 위협한다. 세례식에 참석하기 위해서 도착한 브랙넬 부인은 미스 프리즘을 보고서 28년 전의 유모임을 알아보고서 자기 신생아 조카가 가방에 담겨져 빅토리아 역에 버려졌다는 사실을 우연히 알게 된다. 잭이 이 조카이자 앨저논의 형이며, 옛날에 그는 어니스트라는 이름으로 세례를 받은 것이다. 잭이 엄숙하게 말한다. "그웬덜린, 한 남자가 별안간 자기 인생을 통틀어 오직 진실을 얘기해 왔다는 사실을 깨닫게 되는 건 끔찍한 일이오."

법정에서 동성애로 유죄 선고를 받고 2년의 중노동형에 처해졌던 와일드는 이성애 결혼 관습을 조롱한다. 그의 희곡에 등장하는 남성 인물들의 이중 정체성(어니스트 — 잭, 앨저논 — 어니스트)과 여성 인물들에게 뚜렷한 개인성이 없다는 두 가지 사실은 얘깃거리를 좀 더 제공한다. 더 진지하게 관찰하면 정체성의 본성 자체가 불확실하다는 데서 이 모든 거품투성이의 희극적 요소가 나오기 때문이다.

저자 추천본

Dover Thrift edition(1990), Prestwick House(해설 각주 수록, 2005), Oxford World's Classic edition(2008)을 구입할 수 있을 뿐 아니라 공용 도메인에서 전자책으로도 읽을 수 있다.

국내 번역 추천본

오스카 와일드, 정영목 옮김, 『오스카 와일드 작품선』(민음사, 2009).

벚꽃 동산 안톤 체호프

The Cherry Orchard(1904) · ANTON CHEKHOV

한때 농부였던 로파힌은 지금 부자다. 그는 라넵스키 부인의 화려한 가족 장원에 머물며 부인이 파리에서 돌아오기를 기다리고 있다. 장원은 부인의 양녀 바랴와 남동생 가예프가 관리하지만 라넵스키 부인의 낭비벽으로 채무 상태다. 라넵스키 부인이 딸 아냐와 함께 도착하자 로파힌은 땅을 분할해서 주말 여행객들에게 임대해 돈을 벌지 않으면 장원을 경매에 넘길 것이라고 말한다. 부인은 말한다. "미안하지만 당신은 이해를 못하는 것 같아요. 이 근방에서 단 하나 기막힌 진짜가 뭐냐 하면 그건 바로 이곳의 벚꽃 동산이에요."

자신의 귀족적인 삶의 방식이 점차 와해된다는 사실을 받아들일 수 없었던 라넵스키 부인은 채무를 무시해 버린다. 좀 더 현실적인 바랴는 로파힌과의 불안정한 관계로 초조해한다. "그 사람은 너무 바빠……. 자기 일 때문에." 그녀가 아냐에게 말한다. "곧 있을 결혼식에 대해 굉장히 말들이 많은데……. 하지만 아무것도 없어. 그건 그저 꿈일 뿐이야." 한때 벚꽃 동산을 '마치 사람처럼' 사랑했던 아냐는 벚꽃 동산의 상징성을 증오하는 사회주의자 페테르 트로피모프의 구애를 받는다. "왜 나는 예전만큼 벚꽃 동산을 아끼지 않는 걸까요?" 아냐가 페테르에게 말하자 그는 답한다. "너의 그 벚꽃 동산은 러시아의 모든 것이지. 네 아버지의 아버지, 그리고 그 아버지의 아버지들은 노예주였어. 그들은 인간의 삶을 소유했다고. 벚꽃 동산 나무 한 그루 한 그루마다 인간들이 매달려 있어. 그들이 나뭇가지 사이로 너를 지켜보고 있고, 나뭇잎마다 들리는 그들의 신음 소리를 네가 듣고 있거든.”

마침내 가족은 나이 든 친척이 보내 준 돈으로 그곳을 다시 사기에 충분하겠다고 판단해 가예프는 들떠서 경매장으로 출발한다. 하지만 가예프가 준비해 간 돈의 여섯 배에 장원은 팔린다. 한때 그의 아버지가 농노로 일하던 그곳을 이제 로파힌이 소유하게 된 것이다. “그 우둔하고 비천한 로파힌이 벚꽃 동산에 도끼를 대고 요란하게 나무들을 땅에 쓰러뜨리겠지.” 가예프가 술에 취해 소리 지른다. 가족은 울부짖지만 즉각 새로운 계획에 착수한다. 가예프는 은행에 취직하고 라넵스키 부인은 파리로 돌아갈 계획을 세우고 아냐는 대학을 가고 자기 힘으로 자신과 어머니를 부양하겠다고 어머니에게 약속한다.

연극 말미에 도끼 소리가 무대 너머에서 들리고 벚나무는 잘려 나간다. 『벚꽃 동산』에는 악한도 영웅도 없으며 체호프는 정답도 제시하지 않는다. 반면 그는 이제는 몰락하는 귀족의 세계를 아름답고도 동시에 숨 막히게, 수심에 찬 탐스러움과 치명적인 결함을 동시에 지닌 모습으로 그려 낸다. 그 복잡성은 주의 깊게 채색되지만 해소되지는 않는다.

저자 추천본

Hackett에서 샤론 마리 카닉의 현대적이면서 서정적인 번역본이 출간되었다.(보급판, 2010) 피터 카슨이 번역한 The Penguin Classics(Penguin Classics, 개정 2002)는 체호프의 다른 희곡 네 편까지 포함하고 있다. 가장 흥미로운 판본은 본인도 뛰어난 극작가인 톰 스토파드가 작업한 판본으로 Grove Press(2009)에서 출간되었다. 그의 작업은 헬렌 라파포트의 직역 번역을 기초로 이루어졌다.

국내 번역 추천본

안톤 체호프, 오종우 옮김, 『벚꽃 동산』(열린책들, 2009).

안톤 체호프, 홍기순 옮김, 『벚꽃 동산』(범우사, 2009).

성녀 조앤 조지 버나드 쇼

Saint Joan(1924) · GEORGE BERNARD SHAW

쇼가 직접 작성한 서문은 그가 몰두한 문제를 펼쳐 보인다. 그의 첫째 문제는 신비에 대한 중세적 믿음을 다루는 것이다. "중세인들은 지구가 평평하다고 믿었는데, 최소한 자신들의 감각에 따른 증거가 있었기 때문이다. 우리는 지구가 둥글다고 믿는다.……확실한 것은 존재하지 않는다는 진리를 현대 과학이 우리에게 증명해 주었기 때문이다." 둘째 문제는 '아무런 악한이 없는' 비극을 쓰는 것이다. "만약 정의감이라는 힘을 발휘하는 보통의 순진한 사람들이 조앤을 화형시키지 않았다면, 그들의 손에 조앤이 죽었다는 사실은 아무런 중요성도 갖지 못했을 것이다." 이 극은 끊임없이 관점의 문제로 회귀한다. 진리와 오류는 관찰자의 입장에 달려 있다.

극이 시작되면 조앤이 병사 로베르 드 보드리쿠르의 요새에 당도해 자신에게 말 한 마리와 보병 중대를 줄 것을, 그러면 현재는 헨리 6세가 차지하고 있는 왕좌를 다시 탈환할 수 있게 돕겠다고 설득한다. 로베르는 회의적이지만 그의 친구들은 이미 조앤과 함께 행동하는 데 동의한 상태다. "상식이 무슨 소용입니까? 기적만이 우리를 구할 수 있을 거요." 그래서 로베르는 조앤을 도팽에게 보내고 그는 마침내 자신의 군대 지휘권을 '아가씨'에게 내준다. 조앤은 현재 오를레앙을 공격하고 있는 영국군에 대항해 싸우는 군대를 이끈다. 기적적으로 바람의 방향이 바뀌어서 조앤의 병사들이 강을 건너게 되고 영국군은 패전한다.

영국군은 이어서 프랑스 주교 보베와 마주친다. 영국인 사제는 조앤이 마녀라고 주장하고, 워릭 백작은 조앤에게 의리를 지키면 봉건 군주에 대한 백성들의 충의가 무너지지 않을까 두려워한다. 주교는 조앤의 애국심이 교회에 위협이 된다고 믿는다. "가톨릭교회는 오직 하나의 영역만 알고 있다. 그것은 바로 그리스도 왕국의 영역이다." 주교는 처음에 영국군과 협조하기를 꺼렸다. "위대한 군주들은 그저 정치적 편의를 위해 교회를 대하기 일쑤입니다." 그가 날카롭게 말한다. "나는 그런 정치적인 주교가 아닙니다." 하지만 주교는 마침내 조앤을 워릭 주와 그의 병사들에게 넘기는 데 조력을 다하고, 그들은 조앤을 화형대에서 불태워 버린다. 그러나 결말의 비극은 끝맺음말을 통해 가벼워진다. 끝맺음말에서 조앤과 그녀의 적들이 왕이 된 샤를 7세, 즉 예전 왕세자 도팽의 꿈에 나타난다. "화형은 순전히 정치적이었다." 워릭이 그녀에게 유쾌하게 말한다. "너에게 개인적인 감정은 없었다는 건 분명히 말할 수 있다." "저는 경께 아무런 원한이 없습니다." 조앤이 정중하게 말한다. 1920년대 어느 목사가 꿈에 나타나 조앤이 성녀가 되었다고 공표한다. 그러자 둘은 목사의 '말도 안 되게 웃기는 복장'을 비웃었고, 이에 목사는 뻣뻣한 태도로 맞받아친다. "당신들은 모두 화려한 의상을 입었군요. 나는 제대로 갖춰 입은 겁니다."

이것이 쇼의 최후 변론이다. 극 속의 인물 각각은 자신의 눈으로 보면 옳은 것을 행하면서 스스로 '제대로 갖춰 입었다'고 생각한다. 극 자체는 조앤의 인생에 대한 최종 판결을 관객에게 남긴다.

저자 추천본

The Penguin paperback(2001).

대성당의 살인　T. S. 엘리엇

Murder in the Cathedral(1935) · T. S. ELIOT

엘리엇의 극에 등장하는 신부 토머스 베켓은 조지 버나드 쇼의 주교와 유보 사항이 같다. 그 역시 정치적 야심이 신에 대한 봉사를 왜곡시킬까 걱정한다. 그러나 『성녀 조앤』에 등장하는 중세 프랑스인들이 20세기의 신사들처럼 말하는 데서 알 수 있듯 쇼가 성실치 못한 극적 리얼리즘을 채택했다면, 엘리엇의 극은 인상주의적이어서 상징적인 인물들과 운문으로 씌어진 것이 특징이다. 유혹자, 암살자 등 한 목소리로 말하는 코러스가 등장하고, 대사가 나온다.

극의 중심인물은 캔터베리 주교인 '불온한 신부' 토머스 베켓으로, 헨리 2세의 왕권 확장에 반대하는 의견을 펼쳐 왔다. 헨리 2세는 교회에 종속된 영역까지 왕권이 확장되어야 한다고 믿는다. 왕의 분노가 두려워진 베켓은 프랑스로 피신한 상태다. 극이 시작될 때 종려 주일에 "길마다 늘어서서 망토를 던져 대는 사람들"을 회상하며 베켓은 영국으로 돌아오고 있다. "그는 신도들에게 언제나 친절했다." 그래서 캔터베리 사람들은 기꺼이 주교를 환영하지만 베켓과 왕 사이의 풀리지 않은 긴장은 여전하다. 세 명의 신부는 베켓의 귀환이 초래할 위험을 걱정한다. 왕과 마찬가지로 베켓은 자부심이 대단하고 강인한 사람으로, 모든 세속의 권력에 분개하고 오직 신에게만 응답한다.

그리스도 이야기의 울림이 들리는 이 이야기에서, 유혹자가 베켓에게 찾아와 부와 권력, 평화를 약속하면서 오직 왕을 만족시켜 주기만 하면 된다고 말한다. "권력은 현재고, 성스러움은 그다음이다." 유혹자 중 하나가 설명한다. 베켓은 유혹을 모두 물리친다. "영국에서 궁극적으로 유일하게, 천국과 지옥의 열쇠를 지닌 내가…… 타락해서 미약한 권력에 욕망을 갖겠는가?" 그러나 베켓의 최종 유혹은 아무런 해결책 없는 심각한 정신적 투쟁으로 그를 이끈다. 그는 자진해서 순교자가 된다. 결국 훨씬 많은 영광을 누리려는 유혹을 느낀 것이다. 어떤 결정을 내리든 베켓은 자기 자신 안에서 타락을 본다.

극 말미에서 헨리 2세가 보낸 기사들이 베켓을 쫓아가 살해하고 나서 한걸음 나아가 관객에게 직접 밝힌다. 자신들은 "우리의 조국을 우선으로 생각하는 네 명의 평범한 영국인"이라고 운문 형식으로 설명한다. 베켓은 자기의 죄를 주시해 고뇌하면서 자기 자신을 잃었을지 모르지만, 이 기사들은 자기들이 옳은 행위를 하고 있다고 확신한다. 체호프와 쇼처럼 엘리엇은 자신의 갈등을 해결하기를 거부하는데, 그가 제시하는 갈등은 내면적인 것이다. 헨리 2세와 베켓 사이에서 벌어진 갈등이라기보다는 주로 베켓 자신의 정신 속에서 벌어진 갈등이다.

저자 추천본

Harcourt(1964).

국내 번역 추천본

T. S. 엘리엇, 김한 옮김, 『대성당의 살인』(동인, 2007).

우리 읍내 손턴 와일더

Our Town(1938) · THORNTON WILDER

『우리 읍내』는 비현실성 때문에 관객의 이목을 집중시키면서 시작된다. 무대 감독이 등장해 각 등장인물을 연기하는 배우들을 소개하는 것이다. 그로버스코너스라는 작은 마을 주민들의 이야기는 인간 존재의 진실을 드러내는 일련의 삽화로서 철학적인 성찰을 불러일으킨다. 에밀리 웹과 조지 깁스는 어릴 적에 만나 결혼하고 아이들을 낳는다.(그들이 결혼식을 준비할 때 "세상 대부분의 사람들은 결혼하죠."라고 무대 감독은 소견을 말한다.) 에밀리가 죽어서 망자들의 공동체로 진입한다. 에밀리가 자신의 열두 번째 생일을 재현하려고 할 때 극은 절정에 이른다. 에밀리는 부모와 지금은 죽은 형제들을 보면서 열두 살 때 했던 것처럼 하루를 경험하려 하지만 눈먼 평범한 사람들 때문에 점차 좌절한다. 그리고 마침내 어머니에게 폭발하고 만다. "아, 엄마, 제발 한순간이라도 정말 나를 보듯이 날 봐 달라고요. 엄마, 14년이 흘렀어요. 나는 죽었고, 엄마는 할머니예요……. 월리 오빠도 죽었고……. 기억 못해요? 그저 이렇게 잠시 동안 우리 모두 함께하는 것뿐이라고요. 엄마, 이 순간만 우린 행복한 거예요. 그러니 서로 바라보자고요." 웹 부인이 신경 쓰지 않고 계속 요리를 하자 에밀리는 무너져 내린다. 그녀는 흐느낀다. "너무 빨리 지나가요. 서로 바라볼 시간도 없어요……. 살아 있는 동안에 인생을 깨닫는 인간이 있기나 할까요? 매 분 매 초를?" 무대 감독이 대답한다. "아니죠. 어쩌면 성자와 시인들은 깨달을지도 모르겠군요."

『우리 읍내』는 '너무 빨리' 스쳐 지나가는 삶의 세목을 보여 주고,

평범한 시간들에 매 순간 저마다의 가치가 있음을 그리고 있다. 결국 극은 인간 조건에 희망을 갖는다. "우리는 다들 영원한 뭔가가 있다는 것을 알죠." 무대 감독은 논평한다. "그것은 집도 이름도 땅도 심지어 별도 아닙니다……. 모두들 뭔가가 영원하고 그것은 인간과 관련된 것이라는 걸 본능적으로 알고 있습니다."

와일더는 인간주의자며, 우리는 어쩌면 우리의 세계와 우리의 결정, 시간의 흐름에 거의 통제권이 없는지도 모르지만 세계 안에서 우리가 하는 것은 영원이라는 의미에서는 의미가 있다. 『우리 읍내』는 비극이지만, 인간이 본질적으로 무의미하다는 것이 아니라 인간성이 본질적으로 가치가 있음을 인식하는 비극이다.(와일더는 희곡과 소설에서 퓰리처상을 받은 유일한 미국인이다. 희곡은 『우리 읍내』와 『위기일발』이며, 소설은 『운명의 다리』다.)

저자 추천본

Harper Perennial Modern Classics(2003).

국내 번역 추천본

손턴 와일더, 오세곤 옮김, 『우리 읍내』(예니, 2013).

손턴 와일더, 김계숙 옮김, 『우리 읍내』(상명대출판부, 1999).

밤으로의 긴 여로　유진 오닐

Long Day's Journey into Night(1940) · EUGENE O'NEILL

유진 오닐은 1940년에 쓴 이 극이 자기 사후 25년 동안 출판되지 않기를 바랐지만 결국 1956년에 처음으로 출판되었다.

8월 어느 아침 제임스 티론과 그의 아내 메리, 그들의 두 아들인 30대 중반의 제이미와 열 살 아래 에드먼드는 식사를 막 마쳤다. 사소한 가족간의 입씨름 중에 긴장이 팽팽해진다. 제임스와 제이미는 서로 싸우고 제이미는 에드먼드를 비웃고 에드먼드는 코웃음을 치고 메리는 중독된 모르핀을 맞고 싶어 한다. 점심때쯤 의사가 에드먼드에게 전화해서 폐결핵이라고 말해 줄 무렵 메리는 모르핀을 맞았고 제임스는 이미 술을 마시기 시작했다. 오후 서너 시쯤 메리가 다시 관계를 이어 보려고 애쓴다. 메리는 울부짖는다. "제임스! 우린 서로 사랑했잖아요! ……그것만 떠올리고 우리가 이해할 수 없는 건, 우리가 변명도 설명도 못하는 인생이 우리에게 저지른 일들일랑은 이해하려고 애쓰지 말자고요……."

하지만 제임스는 응답할 수 없다. 고립되어 있으면서 이런 고독을 두려워하는 가족 구성원들은 모두 서로에게서 연결점을 찾아내려 애쓰지만, 이런 결연감은 계속해서 분노와 씁쓸함을 낳으며 이동하고 변한다.[22] 메리는 제이미와 에드먼드 사이에 태어난 아기가 죽은 데 대해 제임스와 제이미 양쪽을 비난하면서 슬퍼한다. 메리는 남편을 비난한다. "내가 당신 여정에 합류하려고 그 애를 어머니한테 맡기지만 않았어도……. 당신이 내가 그립고 너무 외롭다고 편지를 보냈기 때문이었잖아요. 그랬다면 홍역이 낫지도 않은 제이미는 아기 방에 절대 출입하지 못했을 텐데……. 난 늘 제이미가 일부러 들어갔다고 믿었죠. 그 아이는 아기를 시샘했으니까." 제임스가 지쳐서 묻는다. "죽은 아기를 평화롭게 잠자게 놔둘 수는 없겠소?" 하지만 메리는 마약 중독에 더 빠져들고 소녀 시절로 돌아간 척해야만 평화를 찾을 수 있다. 메리가 읊조린다. "돌아가요. 적어도 고통은 없던 시절로. 행복하던 과거만이 진짜니까."

마침내 어둠이 깔린다. 분노해서 집을 나갔던 에드먼드가 자정이 다 되어 돌아와서 탁자에 취한 채 앉아 있는 아버지를 발견한다. 그는 아버지와 술을 마시며 보들레르를 인용한다. "어깨를 짓누르고 땅으로 밀어붙이는 시간의 끔찍한 무게를 느끼지 않으려면, 줄곧 취해 있으라." 제이미도 술에 취해 들어온다. 메리는 모르핀에 취한 채 자기 방에서 내려온다. 에드먼드는 다시 한번 어머니와 잇닿아 보려고 시도한다. 하지만 그녀는 과거에 사로잡혀 있다. 그녀가 더듬더듬 말한다. "기억 나. 제임스 티론과 사랑에 빠져서 한동안은 정말 행복했는데." 그리고 연극은 끝난다.

오닐은 긴장이 대사를 통해 서서히 구축되는 것을 일부 보여 주지만, 대부분의 긴장은 인물의 표정과 음성으로만 드러난다. 그는 대화의 지문을 사용해서 극의 숨겨진 차원을 드러낸다. 어느 지문에 이렇게 써 있다. "그는 그녀를 향해 뭔가를 감지한 시선을 잠시 던진다. 하지만 의구심이 일어난다 해도 그녀의 부드러움 때문에 의심을 버리고 그 순간 자기가 믿고 싶은 것만 믿는다. 반면 제이미는 어머니를 탐사하듯 쳐다본 후 의심이 확인되었음을 깨닫는다. 제이미의 시선은 바닥으로 떨어지고 얼굴에는 쓰라린 표정과 방어적인 냉소가 서린다."

저자 추천본

The Yale University(2판, 2002).

국내 번역 추천본

유진 오닐, 민승남 옮김, 『밤으로의 긴 여로』(민음사, 2002).

닫힌 방 장 폴 사르트르

No Exit(1944) · JEAN PAUL SARTRE

최근에 죽은 가르생은 지옥에 들어왔는가 했더니 어느 프랑스식 응접실에 앉아 있는 자신을 발견한다. 그곳에는 침대가 없어서 잠들 수 없다. 거울도 없어서 자신의 정체성을 비춰 볼 수가 없다. 창문도 없어서 바깥 세계와 이어질 수 없으며, 칫솔도 없어 개인 소유물은 없다. 그저 너무 육중해서 들어 올릴 수 없는 기이한 청동 벽난로 장식과, 방에 책이라고는 없는데도 페이퍼 나이프는 있다. 사르트르식의 지옥에서 인간은 행동을 취할 수 없고 단 한 순간조차 망각에서 벗어날 수 없다. 빛은 결코 꺼지지 않고 그에게 방을 안내한 시종은 눈조차 깜박이지 않는다. 가르생이 말한다. "아, 휴식 없는 인생이군……. 우리는 항상 눈을 뜬 채로 살아야 하는구나." 도망갈 곳은 없다. 방 바깥은 통로와 다른 방들, 또 다른 통로와 계단뿐이다.

다른 두 명의 인물이 방에 들어온다. 이네즈라는 레즈비언은 연인의 손에 죽고 연인도 자살했다. "6개월 동안 나는 그녀의 심장에서 타올랐지만 재밖에 남지 않았죠. 어느 날 밤 내가 잠들어 있는 동안 그녀가 잠에서 깨어 가스를 틀었어요." 한 사회주의 국가의 여성 에스텔은 자신의 연인과 도망친 후 아이를 죽이고 이윽고 폐렴으로 죽었다. 에스텔은 거울이 없어서 슬퍼한다. "나 자신을 볼 수 없으면 나는 내가 정말 존재하는지 의심이 들어요. 확인하려고 내 몸을 두드려 보지만 그다지 도움이 안 돼요." "당신은 행운이에요." 이네즈가 대답한다. "나는 언제나 마음속에서 나 자신을 의식하거든요. 고통스럽게 의식하죠." 각 인물들은 타인한테서 뭔가를 바란다. 이네즈는 에스텔을 원하고, 에스텔은 자기가 남자에게 매력이 있음을 가르생이 확인해 주길 바라고, 가르생은 자기가 용감하고 배짱 있는 사람임을 이네즈가 알아봐 주기를 바란다. 하지만 지옥에서 등장인물은 모두 행동하는 능력을 상실했다. 서로에게 격분한 그들은 가까스로 문을 열기에 이르지만 방을 떠날 수는 없다. 가르생은 결론짓는다. "타자는 지옥이다. 우리는 함께할 것이다. 영원히, 앞으로도 영원히……. 그러니, 그래, 잘 지내보자고……."

이것이 극의 마지막 대사지만 물론 우리는 '잘 지낼' 수 없다. 사르트르의 실존 철학은 인간이 할 수 있는 것에서만 의미를 발견한다. 행동할 수 없을 때 인간은 무의미한 지옥이다. 『닫힌 방』은 실존주의 자체의 모순을 지적한다. 의미는 인간이 자신의 미래를 바꿀 수 있는 통제력을 갖고 행동할 수 있을 때만 생긴다. 하지만 행동을 하면 언제나 다른 사람과 관계를 맺어야 한다. 그리고 인간이 자신을 증명해 줄 다른 이의 행동에 의존할 때마다 그 사람은 통제력을 잃고 영원히 끝없는 반복에 갇히게 된다. 유일하게 남아 있는 의미 있는 선택은 죽음이다. 그리고 죽음을 선택할 수 없을 때 그는 진정 지옥에 있는 것이다.

저자 추천본

스튜어트 길버트가 번역한 『'출구는 없다(No Exit)'와 세 편의 희곡』(Vintage Books, 재발간본, 1989).

국내 번역 추천본

장 폴 사르트르, 지영래 옮김, 『닫힌 방』(민음사, 2013).

욕망이라는 이름의 전차 테네시 윌리엄스

A Streetcar Named Desire(1947) · TENNESSEE WILLIAMS

남부 여인 블랑슈 뒤부아는 여동생의 집에 가방 하나만 달랑 가지고 도착한다. 그녀는 미시시피에 있는 '아름다운 꿈'이라는 뜻의 가족 저택 벨레브를 잃었고 가진 것이 없다. 그녀의 동생 스텔라는 노동자 계급인 스탠리 코월스키와 결혼했다. 블랑슈는 스탠리가 평범하고 '원숭이 같다'고 생각한다. 스탠리는 블랑슈가 속물적이고 가식적이며 정직하지 않다고 여긴다. 둘은 스텔라의 충실함을 두고 싸움을 벌인다. 블랑슈의 무기는 자신의 고상함과 둘이 공유한 과거의 기억과 죄책감이다. "나는 남아서 싸웠어!" 그녀가 동생에게 말한다. "너는 뉴올리언스로 가서 자신을 챙겼잖아." 스탠리가 스텔라 사이에서 주도권을 쥐고 있는 것은 성적인 요소다. "어둠 속에서 남자하고 여자 사이에 일어나는 일들이 있지. 그런 것이 다른 일들을 모두 하찮게 만들어." 스텔라는 블랑슈에게 말한다. 그녀는 임신하게 되고 스텔라에 대한 스탠리의 주도권은 강화된다. 포커 게임을 두고 다투다가 스탠리가 아파트 거실을 부수고 스텔라를 때린다. 블랑슈는 동생을 데리고 친구 집으로 가지만, 스탠리가 그녀를 찾자마자 스텔라는 돌아간다. "그런 남자하고 같이 살려면 그 사람하고 같이 침대로 가는 수밖에 없어! 그리고 그건 네 일이야, 내 일이 아니라!" 블랑슈가 쏘아붙인다.

블랑슈는 잠시 스탠리의 친구 미치의 구애를 받는다. 하지만 스탠리는 블랑슈의 과거를 조사한 끝에 그녀가 술에 취해 혼음하는 것으로 악명이 높다는 것을 알아낸다. 그가 이상주의자 미치에게 블랑슈의 평판을 들려주자 미치는 그녀를 거부한다. 블랑슈는 스탠리가 한 짓을 알고는 그에게 비명을 지르기 시작한다. 그런데 스텔라가 산기를 보이자 스탠리는 그녀를 데리고 병원으로 간다. 블랑슈를 한 번 더 보려는 욕심에 미치가 도착하자 블랑슈는 자기 과거에 대해 거짓말을 했음을 인정한다. "난 진실을 말하지 않아요. 진실이 되어야 하는 것을 말하죠." 미치가 블랑슈와의 혼인을 거절하면서도 그녀를 유혹하려 하자 블랑슈는 그를 내쫓는다. 흥분한 채 병원에서 아파트로 돌아온 스탠리는 혼자 있는 블랑슈를 발견하고 겁탈한다. 블랑슈는 정신을 잃는데, 극의 마지막 장면에서 간호사와 의사가 와서 그녀를 데려가려 한다. 당황하지만 받아들이면서 블랑슈는 그들과 함께 떠나고 그사이 스텔라는 곤혹과 죄책감에 휩싸인 채 스탠리의 팔에 안겨 울먹이지만, 남편의 품에서 벗어나지는 않는다.

이 극은 리얼리즘 심리극이다. 스탠리는 블랑슈를 증오하면서도 욕망한다. 블랑슈는 스탠리를 혐오하면서도 그의 성적 매력에는 끌린다. 이 극은 새로운 도시 세계에서 품위 있는 남부 상류 사회의 여인 블랑슈를 위한 자리는 없다는 사실에 대한 사회적인 논평이기도 하다.

저자 추천본

The New Directions paperback(2004)이나 Signet mass market paperback(1984).

국내 번역 추천본

테네시 윌리엄스, 김소임 옮김, 『욕망이라는 이름의 전차』(민음사, 2007).

세일즈맨의 죽음 아서 밀러

Death of a Salesman(1949) · ARTHUR MILLER

뉴욕의 어느 자그마한 집에 사는 60대 영업 사원 윌리 로먼은, 자기 주위를 둘러싼 고층 건물과 자신의 무능력으로 인해 덫에 빠지고 우리에 갇혀 있다. 그는 자기 판매 지역인 '양커스 너머'까지 차를 몰고 갔다가 소득도 없이 방금 전에 돌아오는 길이다. "별안간 더는 운전을 못하겠더라고." 아내 린다에게 말한다. "차가 자꾸 길가 쪽으로 붙더라니까." 그는 회사에서 월급을 받던 지위에서 수수료로 먹고사는 지위로 강등되어 영업 영역을 잃어 가고 있으며, 과거와 현재의 혼란 때문에 고통받는다. 윌리의 두 아들 해피와 비프는 별 볼일 없는 30대로 둘 다 집에서 놀고먹는 처지다 보니 윌리의 고통은 가중된다.

현재 윌리는 두 아들에게 이야기를 하면서 과거를 상상하는데, 이 장면은 동시에 무대화된다. 윌리의 눈에, 어린 아들 비프의 운동에 대한 열정을 격려하면서 속임수 쓰는 아들의 성향과 수학 시험에 낙제한 사실을 무시하는 자기 모습이 보인다.

비프와 해피는 아버지가 각종 요금 청구서를 내기 위해서 돈을 빌리고 있다는 사실을 알아채고, 비프의 예전 사장 빌 올리버에게 새 운동용품 사업에 투자를 부탁할 계획을 세운다. 비프와 해피는 올리버를 저녁 식사 자리에서 만나 돈을 얻겠다고 윌리에게 말한다. 한편 윌리는 몸소 사장을 찾아가 월급으로 일할 자리를 부탁한다. "영업은 남자가 바랄 만한 굉장한 직업이었지." 그가 생각에 잠겨 말하는 사이에 그의 고용주는 윌리가 말을 끝내기를 안달하며 기다린다. "당시 영업에는 인격이 있었어, 하워드. 존중과 동료애가 있었어……. 요즘에는 모든 것이 매정하고 건조하고, 우정이나 인격에 신경 쓸 기회도 없다고……. 내가 이 회사에 34년을 쏟아부었네, 하워드. 그런데 지금은 내 보험금도 못 내는 처지야! 오렌지는 껍질을 버리면서 먹지 않나. 하지만 사람은 과일이 아니야!"

하지만 윌리는 "버려진다." 즉 해고당하는 것이다. 그사이에 비프는 빌 올리버를 만나지만 자기가 예전 직장에서 올리버에게 어떤 손해를 끼쳤는지 문득 깨달으면서 감히 돈을 부탁할 엄두를 내지 못한다. 윌리가 식당에 도착하자 셋은 과거 일 때문에 싸운다. 어린 비프가 무대에 등장한다. 비프는 고등학교 3학년 수학 시험에서 낙제해 대학에서 주는 운동선수 장학금을 받을 수 없게 되었다. 그는 도움을 구하려고 윌리를 찾다가 어느 모텔 방에 다른 여자와 있는 아버지를 발견한다. 어린 비프는 대학을 포기하면서 격노하고, 현재의 비프는 자기 인생을 망쳤다며 아버지를 비난한다.

그들은 따로 식당을 떠난다. 집에 돌아온 윌리는 자기 생명 보험금 2만 달러면 비프에게 새로운 사업을 차려 주기에 넉넉하리라는 사실을 깨닫는다. 윌리는 울부짖는다. "그 아이, 그 아이는 굉장해질 거야!" 그는 집을 나와 자동차 사고로 자살한다. 에필로그에서 린다는 흐느낀다. "이해를 못하겠어……. 그이한테는 그저 월급이 조금 필요했을 뿐인데!" "월급만 조금 필요한 사람은 아무도 없어요." 찰리가 맞받아친다.

밀러는 이 극을 비극이라 불렀다. 모든 인간의 심리는 똑같기 때문에 "보통 사람은 왕만큼이나 고귀한 의미에서 비극의 주체로 적합하다." 밀러는 덧붙인다. 심리 비극에서 "사회에서 자신의 '정당한' 입지를 …… 보장받기 위해서 필요하다면 자기 목숨을 버릴 준비가 되어 있는 인물 앞에서 우리 내부에 잠재한 비극적인 느낌이 언제나 그래 왔듯이 우리

가운데도 자신을 강등시키려는 것들의 계략에 반대해서 행동하는 이들이 있다."[23] 20세기 자본주의는 윌리를 강등시킨다. "경쟁으로 미쳐 날뛰고 있어!" 윌리는 극의 시작부에서 불평하지만, 경쟁에 밀린 그의 투쟁은 파국을 맞을 운명에 처한다.

저자 추천본

Penguin Classics(2000) 또는 해설 각주와 설명용 에세이가 추가된 Viking Critical Library (1996) 판본.

국내 번역 추천본

아서 밀러, 강유나 옮김, 『세일즈맨의 죽음』(민음사, 2009).

고도를 기다리며　사뮈엘 베케트

Waiting for Godot(1952) · SAMUEL BECKETT

『고도를 기다리며』 1막에서 두 명의 부랑자 블라디미르와 에스트라공은 무대에 등장해 고도가 오기를 기다리며 나무 옆에 서 있다. 그들은 고도에게 무엇을 요구했는지, 그가 무엇을 주겠다고 했는지, 왜 그들이 기다리고 있는지를 알아내려고 대화를 주고받는다.

그러나 더 이상의 정보는 제공되지 않는다. 다른 두 명의 여행자, 포조와 그의 노예 럭키가 무대에 도착해서 잠시 떠들어 대다가 이윽고 떠난다. 한 소년이 도착해서 두 사람에게 고도가 오지 않고 다음 날 올 거라고 말해 준다. 그들은 가자고 하지만 꼼짝도 않는다.("자, 그럼 갈까?" "그래, 가자." 그들은 움직이지 않는다.) 2막에서 정확히 똑같은 사건이 일어난다. 럭키와 포조가 나타난다. 그들의 역할이 바뀌기는 했지만 전날에 블라디미르와 에스트라공을 만난 것을 기억하지 못한다. 블라디미르는 이 상황을 바꾸려고 애를 쓴다. "우리 이런 한담에 시간을 낭비하지 말자고!" 그가 별안간 고함친다. "기회가 주어진 동안에 뭔가 하자고!" 하지만 그들은 줄곧 기다리고만 있다. 소년이 다시 나타나더니 전날에 동일한 전언을 전달한 것을 기억하지 못한 채 고도가 오지 않을 것이라고 말한다. 블라디미르와 에스트라공은 목을 매달자고 언쟁하지만 그들의 몸을 지탱할 만큼 튼튼한 밧줄이 없다. "계속 이러고 있을 수는 없어." 에스트라공이 말한다. "그건 네 생각이야." 블라디미르가 되받아친다. 그들은 또다시 떠나자고 마음먹지만 또다시 떠나는 데 실패하고 막이 내린다.

고도는 결코 오지 않는다.(고도가 무슨 '의미'냐는 질문에 베케트는 언젠가 이렇게 언급했다. "내가 알았다면 극에서 말했을 겁니다.") 하지만 이 극의 중심은 고도가 아니라 기다림이다.

베케트는 상징적인 작가이며, 모호하고 막연한 결말을 기다리는 두 부랑자는 인간 존재를 상징한다. 마틴 에슬린의 표현대로 "기다림은 인간 조건의 본질적이고 특징적인 일면으로서의 행위다."[24] 인간은 저마다 출생에서 죽음에 이르는 동안 기다림을 위해 어떤 중요한 행위를 수행하지도, 세계를 이해하지도 심지어 다른 인간과 의미 있는 대화를 나누지도 않는 것이다.

저자 추천본

The Grove Press paperback(2011).

국내 번역 추천본
사뮈엘 베케트, 오증자 옮김, 『고도를 기다리며』(민음사, 2000).

사계절의 사나이　　로버트 볼트

A Man for All Seasons(1960) · ROBERT BOLT

대법관 토머스 모어는 헨리 8세 왕이 앤 불린과 결혼하기 위해 아라공의 캐서린과 이혼하는 것을 지지하라는 왕의 압력을 받지만 거부한다. 왕은 모어의 공적인 은총을 원한다. "그대는 정직하지. 게다가 뜻대로 하게끔, 그대는 정직하다고 알려져 있지." 울지 추기경은 모어가 왕에게 동의하기를 바란다. "경이 그 사실을 끔찍하게 도덕적인 곁눈질로 보지 않고 담담하게 볼 수 있다면 정치인이 될 수도 있었겠지요." 하지만 울지는 왕을 기쁘게 하지 못한다. 덕분에 모어가 울지의 자리를 이어받아 헨리 8세로부터 훨씬 더한 압력을 받게 된 것이다. 왕은 모어의 공적인 은총을 원한다. "그대는 정직하지. 게다가 뜻대로 하게끔, 그대는 정직하다고 알려져 있지."

왕이 모어에게 그 결혼이 합법적이라는 서약을 보증하라고 명령하자 모어는 이를 거부하고 투옥된다. 아무도 모어를 처형할 근거를 찾을 수 없는데 공회의 장관 토머스 크롬웰이 왕을 위해 그 일을 진척하려고 작정한다. 그는 모어의 제자 리처드 리치에게 세무서 징세관 자리를 보장해 주면서 겉보기에 순수하게 '흥밋거리를 줄 만한 정보'를 얻어 내고, 공적으로 인정받을 가능성이 있는 것을 미끼로 이 젊은이를 유혹한다. 리치는 유혹에 약하다.(극 초반에 리치는 "노퍽 공작의 50발짝 옆에서 건네받은 반토막짜리 아침 인사"가 자신이 유일하게 인정받은 일이라며 "틀림없이 그는 나를 다른 사람으로 착각했을 거야."라며 불평한다. 이에 모어는 유명 인사가 되려는 욕심을 버리라고 충고하며 교사가 되라고 권면한다. "너는 좋은 선생이 될 거다." "내가 그렇게 된들 누가 알아줄까요?" 리치가 반대를 표명한다. "너와 네 학생들, 너의 친구들과 하느님, 그리고 형편없지는 않은 대중이겠지." 모어가 대답한다.) 자신의 늘어 가는 부와 눈에 띄는 지위에 사로잡혀 포기할 수 없게 된 리치는, 모어가 대역죄를 언급했다고 고발하며, 공적으로 모어에 대한 거짓말을 하는 데 동의한다. 유죄 선고를 받은 모어는 크롬웰을 돌아본다. "자네가 나한테서 사냥한 것은 내 행위가 아니라 내 가슴속의 생각이지. 먼 길을 택한 셈이야. 왜냐하면 자기 가슴을 부인한 자는 필연적으로 가슴을 잃게 되니 말일세. 자네 같은 길을 택한 정치인들 치하에 있는 인민들을 신께서는 도우신다네."

볼트는 직접 서문을 작성했다. "토머스 모어는 알고 있었다……. 자기 내부의 어떤 부분이 적들에게 내줄 수 있는 영역이고, 어떤 부분이 사랑하는 이들에게 내줄 만한 영역인지를……. 마침내 그는 자신의 자아가 머물던 그 최후의 영역에서 물러날 것을 요청받았다. 그리고 그 영역에서 이 유연하고 익살맞으며 겸손하고 세련된 인간은 칼날과 같은 태도를 취한다."

모어의 정체성은 신 앞에 선 그의 고결함에 있다. 헨리 8세가 그에게 요구했던 맹세는 모어의 가장 내밀한 자아를 거짓과 동일시하는 것이었을 것이다. 『성녀 조앤』이나 『대성당의 살인』과 마찬가지로 볼트의 희곡은 역사적인 진실과 비현실적인 요소(행위를 논평하고 비중이 적은 역할을 맡는 코러스 같은 인물, 보통 사람)를 결합시켜서 자아의 자리라고 하는 심리적 문제를 탐색한다.

저자 추천본

The Vintage Books paperback(재발간, 1990). 볼트가 직접 작성한 서문은 극에서 중요한 부분을 차지하며 무대와 의상 등에 대한 볼트의 취향을 보여 준다.

로젠크란츠와 길덴스턴은 죽었다　　톰 스토파드

Rosencrantz and Guildenstern Are Dead(1967)　·　TOM STOPPARD

『햄릿』에 등장하는 부수적인 두 인물 로젠크란츠와 길덴스턴은 그들이 엘시노어에게 소환당한 이유를 추측해 보려고 애쓰지만 끊임없이 방해를 받는다. 처음에는 클라우디우스의 법정에서 공연하기 위해 도착한 배우들에 의해서, 다음에는 햄릿에게 쫓기면서도 내내 비난하는 오필리아에 의해서. 로젠크란츠와 길덴스턴은 자신들만의 인생을 이끌어 나가는 데 무력하다. 그들은 다음에 무엇을 할지 결정을 내릴 수 없기 때문에 행동할 수 없다. 길덴스턴이 한탄한다. "우리만의 길을 자유롭게 찾으라니. 우리가 방향을 부여받은 거라고…… 난 그렇게 생각했는데."

극에서 모든 행위는 『햄릿』에 의해서 결정된다. 무대 밖에서 진행되는 『햄릿』은 이 연극의 '운명'이 되어 일련의 사건이 불가피하게 이어지게 만들지만, 그 사건에는 아무런 의미가 없다. 로젠크란츠와 길덴스턴은 폴로니우스의 시신을 없애려고 시도하고, 햄릿과 영국행 바다 여행을 하려 하고, 마침내 햄릿이 그들의 죽음을 명령했음을 발견한다. 놀랍게도 배우들도 개연성 없이 다들 승선했음을 알게 된다. "누구에게나 해적이 들이닥칠 수 있다." 우두머리 배우는 위로하며 말하지만 그 둘은 그 편지 때문에 낙담했다. 배우가 "모든 것은 죽음으로 귀결하지."라고 덧붙이자 길덴스턴은 그를 찌른다. "죽고 나면 아무도 자리에서 일어나지 않지!" 그렇게 비명을 지르지만 그 배우는 극적으로 죽은 후에 인사를 하려고 깡총 뛰어오른다. 그러자 모든 배우들이 서로 죽이고 길덴스턴과 로젠크란츠를 시신들 속에 남겨 둔다. "처음에 아니라고 말할 수 있었을 순간이 있었던 게지." 길덴스턴이 말한다. "하지만 어쩌다 기회를 놓쳤지."

햄릿의 마지막 장면, 즉 호레이쇼의 마지막 대사가 음악과 어둠 속으로 서서히 사라지는 장면을 보여 주기 위해 조명이 켜지자 두 사람은 시야에서 사라진다. 이 극에는 원인과 결과가 없다. 두 사람은 자기들이 이해할 수 없는 세계에 속해 있다. 그들을 둘러싼 행위를 해석하는 데 도움을 주는 것 역시 하나도 없다. 언어는 쓸모없고 행동을 취하려고 애쓰지만 부조리하게 끝맺으며 진정으로 이해하기가 불가능하다는 사실을 극의 형식 자체가 반영해 준다.[25]

저자 추천본

The Grove Press paperback(재판본, 1994).

에쿠우스　　피터 셰이퍼

Equus(1974) · PETER SHAFFER

브레히트식으로 숫자를 매긴 장면들이 이어지는 『에쿠우스』는 정신 분석가 마틴 다이사트와 강철못으로 말 여섯 마리를 찔러 눈멀게 만든 열일곱 살의 환자 앨런 스트랭 사이의 확장된 정신 분석 상담이다. 가족과 사회로부터 고립된 스트랭은 자기 자신이 '에쿠우스'라고 부르는 거대하고 기괴하며 근원적인 신을 숭배한다. 에쿠우스는 말에 대한 그의 사랑과 성적인 욕망, 뒤틀린 종교 의식, 고립, 실망 그리고 무엇보다 위대하고 압도적이며 초월적이고 자신의 통제를 벗어난 무언가가 우주를 점유한다는 의식으로부터 구성된 힘이다. 앨런의 에쿠우스 숭배는 그에게 고통을 주지만 소란스러운 소비주의로 가득 찬 세상의 진부함으로부터 그를 보호하기도 한다. 앨런은 가게 점원이라는 자신의 의무를 다하려고 필사적으로 노력한다. 그사이 "레밍턴 여성용 면도기요!"라며 손님들은 앨런에게 외쳐 댄다. "로벡스 식기는? 크로이덱스는? 볼렉스 있나? 피프코 전동 칫솔 찾아요."

정신과 의사 다이사트는 에쿠우스에 대한 그의 믿음을 알아내지만 그것을 없애 버리는 데는 주저한다. "그는 광기에서 해방되겠죠." 극 말미에 다이사트가 외친다. "하지만 그러고 나서는요? 시들어 가는 우리 머리 위로 쉴 새 없이 퍼붓는 음극선 속에서 깜박거리며 흘러가는 밤을 보내게 만드는…… 우리를 속박하는 선량하고 정상적인 세계를 그에게 돌려주게 되겠죠!" 그는 앨런의 잔혹하고 강력하고 아름다우며 비웃어대는 신 에쿠우스의 망상을 없애 버리고 앨런 스트랭을 '치료해서' 20세기라는 물질주의와 무관계함의 세상으로 돌려보낼 수도 있다. 하지만 다이사트 자신도, 모든 인간 내면에 숨어서 "'나를 해명해 달라!'고 소리치는" 대단하고 설명 불가능한 힘을 잘 알고 있다.

셰이퍼는 인간이라는 환원 불가능한 복잡성과 궁극적인 신비에 찬성론을 펼친다. 그의 극은 외부가 아니라 내면적 풍경을 다룬다. 따라서 에쿠우스의 무대를 추상적으로 설치하고 무대 위에서 배우들은 벤치에 앉아서 때로는 관객 사이에서 자신의 장면을 연기하기 위해 기다리고 있다. 행위는 내면적인 동시에 명백하게 상징적이고, '정상성' 때문에 완벽하게 삭제될 위험에 처한 인간의 어떤 면을 의미한다. 셰이퍼의 극에 '신'들이 돌아왔다. 하지만 이번에 신들은 올림푸스가 아니라 정신의 깊숙한 곳에 산다.

저자 추천본

The Scribner paperback(2005).

국내 번역 추천본

피터 셰이퍼, 강태경 옮김, 『에쿠우스』(지만지, 2016).

피터 셰이퍼, 신정옥 옮김, 『에쿠우스』(범우사, 1997).

수사 단계 독서를 위한 더 읽을거리

로즈메리 잉엄, 『대본에서 무대까지: 무대 디자이너들이 대본과 이미지 사이의 연관성 찾는 법(*From Page to Stage: How Theatre Designers Make Connections Between Scripts and Images*)』(Portsmouth, N.H.: Heinemann, 1998). 무대 배경과 장치에 대한 자세한 내용이 실려 있다.

마이클 블룸, 『연출가처럼 생각하기(*Thinking Like a Director*)』(London: Faber & Faber, 2001). 희곡을 처음 읽는 것부터 무대 총연습까지 공부하는 데 도움을 줄 것이다.

피터 브룩, 『빈 공간: 극장에 관한 책: 치명적인, 신성한, 거친, 즉석의(*The Empty Space: A Book about the Theatre: Deadly, Holy, Rough, Immediate*)』(New York: Touchstone, 1995) 로열셰익스피어극단 감독이 새로운 연극을 무대에 올릴 때 모든 감독이 직면해야 하는 문제들을 분석한다.

마이클 J. 질레트, 『무대 디자인과 제작: 무대 장식과 건축, 조명, 음향, 의상, 분장 입문(*Theatrical Design and Production: An Introduction to Scene Design and Construction, Lighting, Sound, Costume, and Makeup*)』 4판(New York: McGraw-Hill). 이 모범적인 교과서는 초심자를 위하여 무대에 관한 모든 면모를 제공한다.

윌리엄 볼, 『연출 감각: 연출 기술에 관한 몇 가지 관찰(*Sense of Direction: Some Observations on the Art of Direction*)』(Hollywood: Drama Publishers, 1984). 기본적인 무대 연출에 대한 안내서다.

영화로 감상할 수 있는 연극 작품

아래 영화들은 이용 가능한 작품 중 일부에 불과하다. 자세한 내용은 인터넷 영화 데이터베이스인 www .imdb .com에서 검색하면 알 수 있다. 이 작품들 중 대부분이 DVD로 구매하거나 스트리밍 서비스(넷플릭스, 아마존, 훌루 등)를 통해 온라인으로 시청할 수 있다. 많은 영화가 유튜브에서 일부 혹은 전체를 볼 수 있다. 온라인 검색에서 제목이나 감독, 출연 배우, 날짜를 사용하면 된다.

아가멤논 1983년 작품. BBC 국립극장에서 피터 홀 연출. 토니 해리슨 번역.

오이디푸스 왕 1957년 작품. 어브램 폴론스키·타이론 구스리 연출. 윌리엄 버틀러 이츠 번역. 더글러스 캠벨, 엘리너 스튜어트 주연. /1968년 작품. 필립 사빌 연출. 크리스토퍼 플럼머, 오손 웰스, 도널드 서덜랜드 출연.

메데이아 1959년 작품. 로빈스 제퍼스 각색, 주디스 앤더슨 출연. 브로드웨이 제작사에서 만든 흑백 영화. / 1970년 작품. 피에르 파올로 파졸리니 연출, 마리아 칼라스가 노래를 부르지 않는 역할로 출연. 이탈리아어 영화, 간혹 자막 있는 판본도 구할 수 있다. / 1988년 작품. 라스 폰 트리에 연출, 우도 키에르, 커스틴 올레센, 헤닝 젠슨 출연.

포스터스 박사 1968년 작품. 네빌 코그힐 연출, 리처드 버턴·엘리자베스 테일러 출연. 닥터 파우스터스 / 2012년 작품 매튜 던스터 연출, 샬롯 브룸, 마이클 캠프, 폴 힐턴, 아서 다빌 출연. 글로브극장 제작.

리처드 3세 1955년 작품. 로런스 올리비에 연출 및 출연. 오랫동안 올리비에의 최고 연기로 인정받았다. / 1995년 작품. 리처드 론크레인 연출, 이언 맥켈렌, 아넷 베닝 출연. 1930년대가 배경이다.

한여름 밤의 꿈 1936년 작품. 윌리엄 디털리·맥스 레인하트 연출, 제임스 캐그니·올리비아 드 하빌랜드·미키 루니 출연. 멘델스존의 음악. / 1969년 작품. 피터 홀 연출, 이언 홀름·주디 덴치 출연. 이언 리처드슨·다이애나 리그·헬렌 미렌도 합류하여 로열셰익스피어극단이 제작했다. / 1996년 작품. 에이드리언 노블 연출. 로열셰익스피어극단에서 제작한 무대를 녹화했다. / 1999년 작품. 마이클 호프먼 연출, 미셸 파이퍼· 케빈 클라인 출연. 19세기 말 이탈리아가 배경이다.

햄릿 1948년 작품. 로런스 올리비에 연출 및 출연. 결정적이지만 세심하게 편집된 이 영화는 네 개 부문에서 아카데미상을 받았다. / 1964년 작품. 빌 콜러랜·존 길구드 연출, 리처드 버턴 출연. 브로드웨이 상연을 녹화했다. / 1969년 작품. 토니 리처드슨 연출, 니콜 윌리엄슨·주디 파르피트 출연. / 1990년 작품. 프랑코 제피렐리 연출, 멜 깁슨 출연. 상당 부분 편집되었고 아주 빠르게 진행된다. / 1996년 작품. 케네스 브래너 연출 및 출연. 브래너가 전체 연극을 영화화. 편집 없음. / 2000년 작품. 마이클 앨머레이다 연출, 에단 호크·카일 맥클런 출연. 현대 뉴욕을 배경으로 한다. /2009년 작품. 그레고리 도런 연출, 데이비드 테넌드, 패트릭 스튜어트 출연. 로열셰익스피어극단에서 제작.

타르튀프 1978년 작품. 커크 브라우닝 연출, 도널드 모팻, 빅터 가버, 타미 그림스 출연.

지는 것이 이기는 것 1971년 작품. 랠프 리처드슨, 트레버 피콕 출연, 영국 텔레비전에서 제작. / 2008년 작품. 토니 브리튼 연출, 로이 마스던, 이언 레드포드, 수산나 필딩 출연. / 2012년 작품. 제이미 로이드 연출, 소피 톰슨, 스티브 펨버튼, 티모시 스피어 출연. 영국국립극장 제작.

스캔들 학교 1959년 작품. 할 버튼 연출, 조앤 플로라이트, 펠릭스 아일머, 존 손더스 출연. / 2003년 작품, 마이클 랭햄, 닉 헤빙가 연출, 버나드 베렌스, 블레어 브라운, 팻 코놀리 출연.

인형의 집 1959년 작품. 줄리 해리스·크리스토퍼 플러머 출연, 무대 공연을 텔레비전으로 방송. / 1973년 작품. 패트릭 갤런드 연출, 클레어 블룸·앤서니 홉킨스 출연. / 1992년 작품. 데이비드 새커 연출, 줄리엣 스티븐슨·트레버 이브 출연, 텔레비전 방영. / 2015년 작품. 찰스 허들스턴 연출, 벤 킹슬리, 줄리언 샌즈, 미첼 마틴 출연

진지해지는 것의 중요성 1952년 작품. 앤서니 애스키스 연출, 마이클 레드그레이브, 조앤 그린우드 출연. / 1988년 작품, 스튜어트 버지 연출, 조앤 플로라이트, 폴 맥간 출연/ 2002년 작품. 올리버 파커 연출, 루퍼트 에버렛, 콜린 퍼스, 주디 덴치 출연

벚꽃 동산 1959년 작품. 대니얼 페트리 연출, 헬렌 헤이스·존 애벗 출연. / 1962년 작품. 마이클 엘리엇 연출, 페기 애슈크로프트, 존 길구드 출연. / 1971년 작품. 세드릭 메시나 연출, 제니 애거터·페기 애슈크로프트, 에드워드 우드워드 출연. / 1981년 작품. 리처드 에어 연출, 주디 덴치, 빌 패터슨 출연 / 1999년 작품, 미카엘 카코야니스 연출, 샬롯 램플링, 앨런 베이츠 출연.

성녀 조앤 1957년 작품. 오토 프레밍거 연출, 진 세버그·존 길구드 출연. / 1967년 작품. 조지 셰퍼 연출, 시어도어 비켈, 주느에비브 뷔졸드 출연.

대성당의 살인 1951년 작품. 조지 훌러링 연출, 존 그로서, 알렉산더 게이지 출연(T. S. 엘리엇이 네 번째 유혹자로!)

우리 읍내 1940년 작품. 샘 우드 연출, 윌리엄 홀든·마사 스콧 출연. 그러나 와일더의 연극과는 아주 다르다. / 1977년 작품. 조지 셰퍼 연출, 네드 비애티·할 홀브룩·글리 니스 오코너 출연. / 1989년 작품. 그레고리 모셔 연출, 스폴딩 그레이· 페넬로페 앤 밀러 출연. 링컨 센터 공연을 PBS에서 비디오로 촬영. / 2003년 작품. 제임스 노튼 연출, 매기 레이시, 제프리 드먼, 제인 커틴 출연

밤으로의 긴 여로 1962년 작품. 시드니 루멧 연출, 캐서린 헵번·랠프 리처드슨 출연. / 1973년 작품 피터 우드 연출, 로런스 올리비에, 콘스탄스 커밍즈 출연. 원래는 ITV 선데이 나이트 극장의 시즌 5, 에피소드 20으로 방송되었다. / 1987년 작품. 조너선 밀러 연출, 피터 갤러거, 잭 레먼·케빈 스페이시 출연. / 1996년 작품. 데이비드 웰링턴 연출, 피터 도널드슨·마사 헨리 출연. 캐나다 영화의 원제는「유진 오닐의 밤으로의 긴 여로」이다.

출구는 없다 1964년 작품. 필립 사빌 연출, 해롤드 핀터 출연. BBC 제작

욕망이라는 이름의 전차 1951년 작품. 엘리아 카잔 연출, 비비언 리·말런 브랜도 출연. / 1984년 작품. 존 어맨 연출, 앤 마거릿·트리트 윌리엄스 출연. / 1995년 작품. 글렌 조던 연출, 알렉 볼드윈·제시카 랭 출연.

세일즈맨의 죽음 1966년 작품. 알렉스 시걸 연출, 조지 시걸·진 와일더·리 J. 코브 출연, 연극을 줄여 텔레비전으로 방영. / 1985년 작품. 폴커 슐렌도르프 연출, 더스틴 호프먼· 케이트 레이드 출연.

고도를 기다리며 1961년 작품. 앨런 슈나이더 연출, 제로 모스텔, 버게스 메리디스 출연, 플레이오브

더위크 시즌 2, 에피소드 28로 처음 방송됨. / 1988년 작품. 사뮈엘 베케트 직접 연출, 리치 클러치·로런스 헬드 출연. 텔레비전 방송물의 원제는 「베케트가 연출한 베케트: 사뮈엘 베케트의 고도를 기다리며」이다. / 2001년 작품. 마이클 린지호그 연출, 배리 맥거번·앨런 스탠퍼드 출연. 아일랜드에서 제작.

사계절의 사나이 1966년 작품. 프레드 진네만 연출, 폴 스코필드·웬디 힐러 출연. / 1988년 작품. 찰턴 헤스턴 연출 및 출연, 존 길구드, 바넷사 레드그레이브도 출연

로젠크란츠와 길덴스턴은 죽었다 1990년 작품. 톰 스토파드 직접 연출, 팀 로스·게리 올드만·리처드 드레이퍼스 출연.

에쿠우스 1977년 작품. 시드니 루멧 연출, 리처드 버턴·피터 퍼스 출연.

9

시 읽기의 즐거움

『길가메시 대서사시』
호메로스의 『일리아드·오디세이아』
그리스 서정시인들
호라티우스의 『송시』
『베오울프』
단테 알리기에리의 『신곡 지옥편』
『거웨인 경과 녹색의 기사』
제프리 초스의 『캔터베리 이야기』
윌리엄 셰익스피어의 소네트
존 던
『킹 제임스 성경-시편』
존 밀턴의 『실낙원』
윌리엄 블레이크의 『순수의 노래·경험의 노래』
윌리엄 워즈워스
새뮤얼 테일러 콜리지
존 키츠
헨리 워즈워스 롱펠로
앨프리드 테니슨 경
월트 휘트먼
에밀리 디킨슨
크리스티나 로세티
제라드 맨리 홉킨스
윌리엄 버틀러 예이츠
폴 로렌스 던바
로버트 프로스트
칼 샌드버그
윌리엄 칼로스 윌리엄스
에즈라 파운드
T. S. 엘리엇
랭스턴 휴스
W. H. 오든

모든 시는 신과 사랑, 혹은 우울을 다룬다.

누구인들 내 시든 가슴이
다시 푸르러지리라 생각했겠는가?
내 가슴은 지하 깊숙이
내려갔던 것이다.
거친 날씨를 모두 견디며
아무도 모르게 집을 지키는
원뿌리를 만나러 떠난 낙화처럼.
권능의 주여,
죽였다가 일순간 되살리고, 지옥으로 끌고 갔다가
천국에 이르게 하시는

당신의 경이로움이여.

조종을 울리나니.

이러니저러니

어긋나게 발설하는 우리의 말에.

우리가 해독할 수만 있다면,

주님의 말씀이 전부다…….

그토록 수없이 피었다 진 후에

나이 들어 이제 나는 다시 싹터

다시 한번 이슬과 비 냄새를 맡고

시 쓰기의 맛을 느끼는데…….

—조지 허버트, 「꽃」 중에서

우울: 주위 표면보다 낮은 영역

사랑: 공감이나 자연스러운 유대에서 솟아나는 느낌

신: 기원의 대상

—『옥스퍼드 영어 사전』 중에서(내용 각색)

'시'란 규정하기가 불가능할 정도로 광범위한 말이다. '시'는 로버트 프로스트의 시 「자작나무」에 나오는 것처럼 상당히 직접적으로 보이는 단어가 결합되기도 한다.

짙은 색 나무들이 수직으로 곧추선 사이에

좌우로 굽은 자작나무 가지들을 보면

소년이 흔들었다고들 생각하지만
흔든다고 나뭇가지가 폭풍 맞은 듯
굽혀지지는 않는다…….

존 던의 시 「공기와 천사」에서처럼 모호하게 암시적이기도 하다.

당신의 얼굴이나 이름도 알기 전에
두세 배나 더 나는 당신을 사랑했다.
목소리로, 형체 없는 화염으로,
천사는 그렇게 자주 우리를 감동시키고
그리하여 숭배를 받으니
그대 계신 곳에 내가 갔을 때
어떤 어여쁘고 영광스러운 무를 내가 보았나니.

혹은 앨런 긴즈버그의 「캘리포니아의 슈퍼마켓」에서처럼 그저 철저한 혼란스러움도 있다.

멋진 복숭아에 멋진 그늘! 가족들 몽땅 한밤에 쇼핑을!
남편들로 빼곡한 통로! 아내들은 아보카도에 아이들은 토마토에!
그리고 당신, 가르시아 로르카, 그 아래 수박 옆에서 뭐 하고 있었던 거야?

시는 역사처럼 과거의 한 면모를 연대순으로 기록할 수 있고, 소설 기능을 흉내 내서 한 인물의 이야기를 할 수도 있다. 자서전처럼 시는 시인 자신의 자아 형성 과정을 드러낼 수도 있으며, 희곡처럼 관객에게 어떤 장면을 상상하는 데 참여하기를 요구하면서 화자들 사이를 오가며 대화를 주고받을 수도 있다. 하지만 시는 역사나 자서전이나 소설이 아니다. 시는 운문으로 씌어 있다.

소설과 자서전, 역사 그리고 대부분의 희곡은 산문이다. 시와 운문은 각각 서로를 정의하는 말이다. 문학적인 이름표로서 '시'란 대부분 '산문이 아닌 것'을 의미한다.(그 반대도 마찬가지다.) 그러면 둘은 어떻게 다른가? 대부분의 시인과 비평가들은 이렇게 답할 것이다. "보면 시인 줄 안다."고 말이다. 예술과 외설 시비에도 적용될 법한 편리한 책임 회피다. 여러분도 시를 읽으면서 그 신비롭고도 영묘한 시와 산문 사이의 경계선을 감식하는 눈과 귀를 갖게 될 것이다. 이제부터 시 읽기 기획에 들어서면서 다음의 간단한 정의를 길잡이로 이용하기 바란다. 시는 잠망경과 같다. 시는 잠망경을 통해 관찰되는 무엇, 즉 시가 포착하려는 감각이나 분위기 혹은 문제, 사람, 나무, 숲, 강 등의 '사물'의 속을 들여다보는 관찰자(독자)를 언제나 연루시킨다. 하지만 시의 대상은 관찰자의 눈에 대상 자체를 직접 각인시키지는 않는다. 대상은 하나의 거울에서 다른 거울로 튀어나가고 매 순간 각각의 거울은 결국 눈의 수정체에 닿는 이미지의 일부가 된다.

'잠망경' 중 두 개의 거울은 시인과 시적 언어다. 한 편의 시에서 시인은 결코 사라지지 않으며, 그의 정신과 정서, 경험은 시의 일부가 된다. 소설가나 희곡 작가는 종종 시선 밖에 머무르려 한다. 그래서 독자는 저자를 끊임없이 떠올리지 않고도 이야기나 극을 경험할 수 있다. 하지만 시는 시인의 존재를 표현한 것이다. 18세기의 나무숲을 배경으로 하는 다음 두 장면을 비교해 보자. 소설가 제인 오스틴과 그의 동시대 시인 윌리엄 워즈워스의 글이다. 오스틴의 『오만과 편견』에서 엘리자베스 베넷은 지금 막 다아시의 거만한 청혼을 거절했다. 다음 날 아침 그녀는 머리를 식히려고 산책을 나선다.

> 골목길 외진 곳을 따라 두세 차례 거닐다가 아침이 주는 상쾌함에 이끌려 공원 입구에 멈춰 서서 안쪽을 들여다봤다. 켄트에서 지낸 지도 어느덧 5주가 흐른 사이에 시골 풍경도 크게 변했고 어린 묘목들은 나날이 푸르름을 더해 가고 있었다. 다시 걸음을 옮기려 할 때 엘리자베스는 공원 가장자리에 있는, 숲이라고 부를 만한 녹지에서 어떤 신사의 모습을 흘긋 봤다. 남자는 엘리자베스를 향해 걸어오는 중이었으나, 다아시 씨일까 겁먹은 그녀는 얼른 몸을 뺐다. 하지만 다가오던 사람 쪽에서 이제는 엘리자베스가 보일 만큼 가까웠던 까닭에 걸음을 앞으로 옮겨 소리 내어 이름을 외쳤다. 이미 돌아섰던 엘리자베스는 자기 이름을 부르는 소리가 들리자, 다아시 씨의 목소리가 분명한데도 입구 쪽으로 걸음을 재촉했다. 그때 다아시 씨도 입구에 다다랐던 터라 편지 한 통을 엘리자베스에게 내밀었고, 그녀는 본능적으로 편지를 받았다. 다아시 씨는 오만해 보일 만큼 침착한 얼굴로 말했다. "당신을 만날 수 있을지 모른다는 생각에 숲에서 잠시 산책하고 있었습니다. 편지를 읽어 주시는 영광을 주시겠습니까?" 말을 마치자 다아시 씨는 고개를 까딱하며 인사를 건넨 다음 숲으로 돌아섰고, 이내 시야에서 사라졌다.

이것이 산문이다. 엘리자베스와 다아시는 작은 숲에서 만나고 그가 그녀에게 편지를 건네는데, 작가 제인 오스틴은 어디에도 보이지 않는다. 하지만 윌리엄 워즈워스의 「이른 봄에 쓴 시」는 시인을 관목 숲 한가운데 놓는다.

숲에 기대어 앉아 있다 보니
천 가지 뒤섞인 음들이 들리는데
그 달콤한 분위기에서 기쁜 생각은
슬픈 생각을 불러왔다.

대자연이 내 안에 인간 영혼을
자신의 작품에 이어 놓으니
인간이 만든 것을 떠올리자
내 마음은 슬픔으로 가득했다.

초록빛 그늘 아래 앵초꽃 덤불 사이로
일일초 덩굴이 화관을 점점이 늘어뜨리고 있어서
모든 꽃들이 마시는 공기를
즐긴다고 나는 믿었다.

주위로 새들이 폴짝대며 노니는데
생각을 짐작할 순 없어도
새들의 미묘한 움직임도
짜릿한 기쁨인 듯했다.

잔가지들이 미풍을 잡으려
부챗살을 뻗어 나가는데

아무리 생각해도
저기에 기쁨이 있었다.

이런 믿음이 하늘에서 내려왔고
이런 것이 자연의 거룩한 뜻이라면
인간이 만든 것을
슬퍼해야 하지 않을까?

잠망경으로 내부까지 뚫어지게 보면서 독자는 나뭇가지와 새, 앵초꽃 덤불을 본다. 워즈워스 자신은 숲 한가운데 드러누워 '인간이 만든 것'을 애도하고 있다. 시인의 감각과 시인의 지각, 시인의 결론은 그 장면의 직물을 완전히 통과하며 짜여졌다. 우리는 워즈워스 고유의 눈으로 그 숲을 바라본다. 그런데 역시 제인 오스틴의 눈을 통해 엘리자베스와 다아시를 본다 해도 워즈워스의 시에서 그랬던 것처럼 그 숲을 우리가 알아차리게 되지는 않는다.

시인의 존재는 시의 본질적인 부분이다. 시인 자신이 없다는 사실을 애써 의식적으로 표현한 시에서조차 그렇다. 다음은 마크 스트랜드가 1980년에 쓴 시 「그대로 두기 위하여」이다.

들판에서
나만이 들판에
없다.
언제나
그렇다.

내가 어디에 있든
나만이 빠졌다.

자기 자신을 오직 부정으로 정의 내리는 마크 스트랜드에게는 강렬한 자기 존재감이 사라지는지 몰라도, 그는 삶처럼 광범위하게 자신의 시 바로 한가운데 버티고 서 있다.

이런 존재로 인해 시인은 자기 작품의 주제에 대하여 중립적이지 않다는 사실을 시는 언제나 독자에게 상기시킨다. 오히려 시인은 세 가지 입장 중 하나를 취한다. 시인은 세계 속에 자신의 자리를 찾으려고 고투하거나 어색하고 마음이 편하지 않아서 세계를 밀어내면서 시가 그리는 세계로부터 소외된 채 '우울'하다. 시인은 '사랑에 빠져서' 시의 대상을 껴안고 대상에 대한 동정과 애정을 소리 내어 말한다. 시인은 자기 바깥으로부터 무언가를 기원하거나, 자신이 느긋하게 받아들이는 것과 무관하게 존재하거나, 이 세계에서는 불쾌한 그 무엇을 가지고 자신의 이해 능력을 넘어서는 어떤 초월적인 진리를 향한 물길을 내는 것이다. 즉 시인은 외부의 어떤 힘을 목격하며 서 있다.

늦은 오후에 헛간 틈새로 새어 드는
햇살은 태양이 내려서면서
가마니 위로 옮겨 가게 하라…….

여우는 모래밭 굴로 돌아가게 하라.
바람은 잠자게 하라. 헛간 안은
어둠이 깔리게 하라. 저녁이 오게 하라…….

반드시 올 테니 저녁이 오게 두고,

두려워 마라. 신은 우리가 쓸쓸하게

버려두지 않으시니, 저녁이 오게 하라.

— 제인 케니언, 「저녁이 오게 하라」

시는 모두 신이나 사랑, 우울에 관한 것이다.

잠망경의 둘째 '거울'은 언어다. 시의 언어는 자의식적으로 형식적이다. 즉 각각의 시에서 형식(시의 언어, 언어의 배치와 순서)은 시의 관념과 분리될 수 없다. 산문의 언어와 관념은 그보다 헐겁게 연결된다. 소설이나 자서전은 대부분 영화화할 수 있다. 희곡은 뮤지컬이나 1인극으로 각색할 수 있다. 역사는 교육 방송의 특별 프로그램으로 바꿀 수 있다. 각각 전달하는 언어가 바뀌더라도 본질적 정체성은 유지된다.

하지만 시는 원래의 언어를 간직하는 범위에서만 시다. 『오만과 편견』을 여섯 시간짜리 영화로 각색한다 하더라도 여전히 제인 오스틴이지만, 「그대로 두기 위하여」를 그렇게 각색한다면 그것은 더 이상 마크 스트랜드가 아니다. 시인의 언어는 의미가 비춰지는 투명한 창이 결코 아니다. 한 편의 시에서는 언어가 의미다. 한 편의 시는 다른 식으로 씌어질 수 없다. 시의 형식과 기능, 의미는 모두 하나다. 산문 작품도 '시적'이면 시적일수록 바꿔 표현하기가 어려워진다. 이탈로 칼비노의 시적 소설 『어느 겨울밤 한 여행자가』는 한 번도 극화되지 않은 반면, 해리엇 비처 스토의 산문 걸작인 『톰 아저씨의 오두막』은 영화와 연극, 버라이어티 쇼와 만화책 시리즈로 다양하게 각색되었다.

정의 내리기 힘든 시의 세계

시를 정의 내릴 때 시인들은 대개 은유에 기댄다.

"시는 삶의 모가지를 틀어쥐는 방법이다."(로버트 프로스트)

"시는 흡사 농담과 같다. 농담의 마무리로 단어 하나를 잘못 선택하면 전체 의미를 몽땅 잃어버린다."(W. S. 머윈)

"시는 무엇보다 말의 힘을 농축한 것이며, 그 힘은 우리가 우주의 만물과 궁극적인 관계를 맺는 데서 나온다."(에이드리언 리치)

"시는 아이스 스케이트와 같다. 날렵하게 방향을 틀 수 있다. 산문은 힘들여 걷는 것과 같다. 산문에도 수많은 장점이 있다. 가령 걷는 자의 발가락이 보인다."(로버트 핀스키)

"시는 사랑과 같다. 그것과 부딪히면 기쁨을 경험하니까 알아보기 쉽지만 만족스러운 정의로 납작하게 고정해 두기는 아주 어렵다."(마리 폰소)

"시는 수천 년을 끊기지 않고 방송할 수 있는 라디오와 같다."(앨런 긴즈버그)

"시는 다양한 색으로 반짝거리는 샷 실크(각도에 따라서 색이 다르게 보이는 비단)와 같아서 모든 독자는 자기 능력과 시인의 공감에 따르는 자신만의 해석을 찾아내야만 한다."(앨프리드 테니슨 경)

이 중 압운이나 운율, 강세나 수사법에 대해 한마디라도 언급한 정의는 하나도 없다. 시가 이런 모든 기교와 그 이상의 것을 사용하는 데도, 이런 독특한 시적 기교로 시를 특징짓지 않는다. 시적 언어의 관습은 세기가 바뀌면서 변하기 때문이다. 고대의 청자들은 서사시적 직유를 들으면 자신들이 시를 듣고 있다는 사실을 알았다. 서사시적 직유는 두 가지 사건 사이의 연결을 함축하는 극적 비교다. 여기 아들의 참전을 애도하는 호메로스의 페넬로페가 있다.

> 전령이여, 어찌하여 내 아이가 내게서 떠나나요?
> 그 아이는, 육지에서 말과 같은 바다의 재빠른 배를 타고
> 드넓은 물길을 건널 이유라고는 아무것도 없는데요.
> 그 아이의 이름조차 틀림없이 사람들의 마음에서 사라지게 될 테지요.[1]

재빠른 말은 전투에 쓰였다. 페넬로페는 트로이 전쟁으로 남편을 떠나보낸 것처럼 전쟁의 여파로 아들을 막 보내려는 참이다. 서사시적 직유는 고대 시의 구조적 표지다.

하지만 중세 때 서사시적 직유는 다른 구조적 표지로 대체되었다. 각 시행은 두 부분으로 나뉘고 한 시행에서 적어도 두 개의 단어는 같은 음으로 시작하는 두운으로 씌어진다. 우리가 배운 바에 따르면, 베오울프는 자기 영토를 50년 동안 평화롭게 다스렸는데 어느 날 새로운 위협 요소가 어둠을 장악하기 시작했다.

> 어둠을 장악하기 위하여 용 한 마리가
> 돌지붕 고분의 가파른 둥근 천장에서
> 매장품을 지키며 배회했다.
> 인간들에게는 알려지지 않은 비밀 통로가 있었으나

누군가 그 통로로 감쪽같이 기어들어 이교도의 수집품을 밀렵했다.

그는 한때 보석 박은 술잔을 다루고 옮겼지만, 아무것도 가진 것 없게 되었다…….[2]

이것 역시 시지만 다른 관습과 다른 구조적 지표를 사용했다. 중세의 청자나 독자들은 보석(gem), 술잔(goblet), 가진 것(gained) 등의 두운이 있는 음절을 듣는 순간 시를 대하고 있음을 알았다. 두운이 없었다면 고대의 청자들은 이것이 시라는 사실을 전혀 이해하지 못했을 것이다.

시임을 확인하기 위해 구조적 지표에만 기댄다면, 『일리아드』와 앨런 긴즈버그의 『아우성』에 '시'라는 이름표가 붙은 이유가 억지스럽게 보일 것이다. 내가 만든 "시는 잠망경과 같다."는 은유는 특히 볼테르의 "시는 영혼의 음악이다."라는 정의와 비교할 때 별다르게 시적이지 않지만, 각운이나 연 등 시대에 따라 변하는 명백한 구조적 표지와 구별해 시를 이해하는 데 작게나마 도움이 될 것이다. 『일리아드』와 『아우성』은 여실히 방식이 다르기는 하지만 둘 다 언어를 자의식적으로 사용했다. 아주 다른 방식이지만 앨런 긴즈버그와 호메로스 모두 자기 작품에 등장한다. 다음에 나오는 시적 관습에 대한 아주 간략한 역사는 독자 여러분을 비평가나 시인으로 만들기 위한 것은 아니다. 앞서 윤곽을 잡았던 고대—중세—르네상스—현대—탈현대로 이어지는 사상이 어떻게 진행되었는지 기초적으로 이해했다는 전제에서, 이 장에서는 자의식적인 시어의 공통 특징들을 나열하고 시인이 자신의 작업에 대해 어떻게 생각해왔는지 그 이해 방식의 변화를 간략하게 소개할 예정이다.

7분 만에 읽는 시인과 시어의 역사

서사시의 시대

최초의 서구 시는 그리스 시다. 초기 그리스 시는 서사시다. 영웅담과 전쟁 이야기가 구전으로 산발적으로 퍼져 나가다 마침내 기원전 800년경에 호메로스가 글로 옮긴 것이다. 『일리아드』에서 전사 아킬레우스는 지휘관 아가멤논과 사이가 틀어지자 자기 군대에 대항해 제우스를 끌어들이고, 『오디세이아』에서 오디세우스는 트로이 전쟁이 끝나자 고향으로 돌아가려 한다. 인간 군상의 결함과 힘을 중심으로 사건이 가득하고 플롯을 따라 전개되는 서사시는 시라기보다는 오히려 소설 쪽에 가까워 보인다. 그렇다면 왜 최초의 위대한 이야기가 아니라 최초의 위대한 시라고 여겨지는가? 이렇듯 피비린내 나는 바다 모험담에서 시인의 '개인적 현존'은 어디에 있는가?

그리스인들에게 시란 오늘날보다 훨씬 광범위한 영역이었다. 아리스토텔레스에 의하면 "시란 역사보다 철학적이고 더 가치 있다. 왜냐하면 시는 일반 용어로 말하는 반면 역사는 세부적인 것을 중시하기 때문이다." 달리 말하면 시는 보편 진리를 보여 주려고 애쓰는 언어였다. 시는 현실을 묘사한다. 이러한 시적인 과정을 아리스토텔레스는 미메시스라는 용어로 설명한다. 청자를 이해시키기 위한 방식으로 '모방', 즉 실제 인생을 그리는 것이다. 당시 시인은 오늘날의 경향과는 달리 사회 변두리에 있지 않았다. 오히려 역사가와 사서, 철학자를 섞어 놓았으며 사료 보관소 역할도 하면서 19세기의 '공적 지식인'에 훨씬 가까운 인물이었다.

사료 보관소 기능은 그리스 문명 초기에 특히 중요했다. 당시에 모든 시와 역사는 구술, 즉 시인에서 시인으로 기억되어 전해 내려왔다. 한

주에 한 번씩 모닥불 주위에 둘러앉아 반복해서 구술했는데, 매번 이야기할 때마다 조금씩 다른 단어를 사용하며 노래로 불렀다. 시인은 자신에게까지 이어져 내려온 역사의 세부 사항들을 가지고 시를 만들었다. 자신만의 언어 양식과 묘사 양식을 이용해 다른 사실들과 서로 조합해 듣는 이들을 위해서 하나의 통일된 전체로 '재창조'하거나 '만들어' 낸 것이다. 『일리아드』는 실제 역사적 사건이었을 하나의 사실로 출발한다. 어느 전사가 사제의 딸을 납치한 다음 되돌려 주려 하지 않자 그녀의 아버지가 요구받은 몸값을 가지고 도착한다. 호메로스는 이 사실로 이야기를 구성한다. 그래서 자존심 강해서 물러서거나 대중 앞에서 수모를 당하지 않으려는 두 남자의 의지가 충돌하는 것이 이야기의 중추 갈등이 된다. 아리스토텔레스가 『시학』에서 묘사하는 이상적인 시인처럼 호메로스는 '제작자', 즉 창조자다. 그는 단순히 이야기를 창조하는 데 그치지 않고 원인과 결과로 이루어진 온전한 보편 체계를 만들어 낸다.

그렇다면 『일리아드』와 『오디세이아』에서 시인은 어디에 있는가? 시인은 청중에게 말을 하고 있다. 이 서사시들이 수백 년 동안 구전되었고, 그래서 시인은 청중의 눈앞에 언제나 있었다는 사실을 기억하기 바란다. 시인은 종이 뒤에 숨어 있지 않았다. 사람들은 시인을 보면서 들을 수 있었다. 이 시대의 사람들은 시인이 역사의 '날것의 사실들'을 둘러싼 인간 존재의 전체 이론을 구축하는 시의 제작자라는 사실을 알고 있었다.

그리스 서사시의 '구조적 표지'는 구전을 통한 작법의 필요성에서 나온다. 시인은 작품을 적어 두고 읽은 것이 아니었다. 시인은 매번 읽을 때마다 이야기의 세부 사항을 모아서 새로운 시로 짜냈다. 즉 이야기하면서 구성한 것이다. 이야기에 질서를 부여하기 위해서 시인은 표준적이고 공식적인 '뼈대 플롯'을 사용해 세부 사항을 납득할 수 있고 친숙한 계열로 배열한 것이다. 이 계열들은 다음 과정을 포함했다.

고향을 멀리 떠나온 영웅이 귀향하면서 고초를 겪는다.(『오디세이아』뿐만 아니라 고대 바빌로니아의 서사시 『길가메시 대서사시』에서도 일부분 사용된 구조다.) 영웅은 갈등과 그로 인한 황폐함에서 물러나게 된다. 영웅은 귀환했으나 불사를 얻고 죽음을 물리치는 방법을 찾으려다가 사랑해 마지않는 친구의 죽음을 맞게 된다.

다른 보조 기억 장치도 서사시의 구성을 돕는다. 시인은 종종 앞으로 하려는 이야기의 윤곽을 잡아 주는 서막 격인 '차례' 구술로 시작하는데, 이것은 시인 자신뿐 아니라 청중이 기억하는 데도 보조 장치 역할을 한다. 이야기를 이어 가기 전에 예전에 이야기한 부분을 떠올리려고 이따금 멈춰서 동작을 재현하기도 한다.

긴 연설과 복잡한 묘사, 회상 장면 등이 빈번하게 도입되었고, 매번 똑같은 말로 결론짓고 있다. 이러한 '원형 작시법'은 시인에게 언제 몸짓으로 돌아가야 하는지 언어적 표지를 제공했다. 그리고 자주 벌어지는 잔치, 전투, 습격, 무기 시합 장면은 똑같은 반복 구조로 소개되었다. 가령 '전투 장면'은 똑같은 유형을 따를 수 있었던 터라 시인이 특정 전투에 대해 자세히 모른다 해도 별다른 차이가 없었다.

이러한 반복으로 지루해지지 않게 시인은 광범위한 비교나 서사시적 직유로 이야기를 변화시켰다. 어느 전투 장면에서 지휘관이 '야산에서 자란 사자가 고기를 탐하듯이' 싸울 수도 있고, 다른 전투에서 다른 지휘관은 '고양이처럼 방패 뒤에서 요령 있게' 걸어갈 것이며, 또 다른 지휘관은 '들개에게 달려드는 수퇘지'처럼 맞설 것이다.

서사시의 기억 장치는 시인이 각 행의 운율을 제대로 맞출 수 있게 돕는 공식을 통해 보완되었다. 그리스식 운율은 모음 길이에 기반했고, 문장을 완성하기 위해 특정 길이의 모음이 필요했던 시인은 '관용어'(운율을 맞추도록 만들어진 어구)가 필요할 때마다 시에 삽입할 수 있었다. 관용어는 두 단어('튼튼한 집', '검붉은 바다')일 수도, 그 이상의 단어('은백색의 발을 가진 테티스')일 수도, 혹은 두세 문장 정도의 길이일 수도 있었다. '물결 치는 머릿결의 아카이아인들'은 그 행의 다른 부분에 음절 수가 몇 개 필요한가에 따라 때로 '전투로 단련'되었을 수도, 때로는 그저 소박하게 '용감'할 수도 있었다.

최초의 서정시

서사시는 초기 그리스의 시였고, 서정시(서사가 없고 극이 없는 시)는 호메로스 이후 3세기가 흐른 뒤에 최고점에 다다랐다. 서사시처럼 서정시는 공연을 위해서 씌었다. 서정시(lyric)는 "라이어(lyre, 고대 그리스의 7현으로 된 수금) 연주를 동반한"이라는 의미였다.

서정시인도 서사시인처럼 청중 앞에서 낭송했다. 서정시는 원래 구술용이지 활자로 씌인 것은 아니다.(사실상 오늘날까지 전해지는 그리스 서정시는 아주 일부에 지나지 않는다.) 그리스 서정시는 두 개의 범주로 나뉜다. 합창시는 코러스가 공연했고 '모노디 양식'의 시는 시인이나 숙련된 단독 연기자가 낭송했다. 종교 제의와 가장 밀접하게 관련된 합창시는 근대 영어에 이름을 남겼다.('파에온'은 아폴론을 숭배하는 노래였고, '험노스'는 일반적인 숭배의 노래, '엔코미온'은 찬미가, '트레노스'는 장송가였다. 이들 단어에서 영어 단어 'paean(찬가)', 'hymn(찬송가)', 'encomium(찬양 연설)', 'threnody(장송가)'가 생겨났다.)

그때 그의 광채가 환한 빛으로
인간들을 기쁘게 해 주는 신까지도……
그리고 기민한 복종의 경외심을 품고
여신에게도 신성한 모든 의식을 올려라

—핀다로스 「7번째 올림픽 송가」(휨노스)[3]

그리스 비가는 특정 양식의 운율을 사용하는 독창시였다. 영어 단어 중 '약강격(iambic)'을 파생시킨 '아이앰보스(iambos)'는 적을 맹렬히 비난한다는 것을 뜻했다.

서정시의 전체 흐름은 서사시와 비슷하지는 않았지만, 한때 더 작고 혁신적인 목표가 있었다. 사적 정서와 개인 경험의 삽화를 채색한 것이다.

그녀의 약하디 약한 항의를 입맞춤으로 압도하고,
요염한 손길로 그녀의 기분을 내 기분대로 녹여 주고,
그녀가 마지못해 동의하여 한숨을 쉬지 않을 때까지,
나를 황홀하게 만들어 주길.

—사포, 「아낙토리아에 바치는 송가」(모노디 시)[4]

처음으로 시인 개인의 목소리는 시 안에서 환하게 빛을 뿜었다. 그리고 결국 그리스 서정시는 기교와 전문 용어를 빌려주면서 17세기 영국에서 폭발적으로 생산된 '서정시'의 원형이 되었다.

그리스 서정시는 글쓰기의 창안과 함께 기운을 잃어 갔다. 글로 쓴 산문이 논증의 언어 혹은 '합리적인 담론'으로 구술시를 앞서 갔다.

더불어 그리스에서는 구술 언어용으로 더 넓고 화려한 원형 경기장을 지었다. 덕분에 시 낭송보다는 화려한 볼거리와 의상을 갖춘 희곡 공연의 중요성이 점차 커졌다. 서정시인은 이미 그리스 문화의 변방으로 밀려났다. "모든 시적 모방은 듣는 이의 이해력을 파괴시키며" 서정시는 정서에 불을 질러 "인류의 법과 이성"을 추방시킨다고 『국가·정체』에서 플라톤이 단언한 내용으로 더욱 고통받게 되었다. 산문과 희곡, 플라톤에 밀린 서정시인은 기백 없이 물러서서 간결하고도 산문과 유사한 진리의 선언인 경구를 작성하는 데 시간을 바쳤다.

무덤 비석에 새겨진 형태로 처음 발견된 경구는 간결하고 직설적이었다.(대리석에 시 한 편을 새겨야 한다면 짧은 시를 짓게 될 것이다.) 머지않아 그리스의 경구들은 비석용이었다가 어느 상황에서도 쓸 수 있는 촌철살인의 진술로 진화했다.

> 누구도 파멸의 순간에
> 너와 친구가 되려 하지 않는다.[5]

로마의 송시

로마의 작가들은 그리스 희곡을 차용한 것과 마찬가지로 그리스 시의 양식을 차용했다. 하지만 라틴어 희곡처럼 라틴어 시는 그리스어 시와 같은 성취에 결코 이르지 못했다. 예외가 있다면 아마 호라티우스의 송시일 것이다.

호라티우스의 송시 형식은 상당히 표준 양식을 따른다. 즉 한 장면을 묘사한 다음 인생의 덧없음과 불가피하게 찾아오는 죽음의 관점으로 그 장면을 비추어 보는 것이다.

> 내일과 내일의 노동은 거역한다.
> 현재의 시간을 붙잡아라.
> 그리고 스쳐 가는 쾌락을 움켜쥐어라.
> 그들이 운명의 힘에서 벗어나도록;
> 사랑도, 사랑의 기쁨도 경멸하지 않는다.
> 당신이 오늘 무엇을 얻든 그것은 이득이다.
>
> — 호라티우스, 『송시』 9(존 드라이든 번역)[6]

존 밀턴부터 A. E. 하우스먼에 이르기까지 영국 시인들이 대대로 번역한 그의 송시에서, 호라티우스는 경험 많고 신랄하고 냉소적이지만 마음이 선한 인생의 관조자 입장을 취했다. 그는 '카르페 디엠'이라는 말로 잘 알려져 있다. 일반적으로 '오늘을 즐기라'로 번역되는 이 말은 그의 철학 세계를 요약한다. 죽음이 다가오기 때문에 현재의 삶을 즐기라는 것이다. 이들 송시에서 호라티우스는 그리스 서정시에 처음 나타난 개인적이고 사사로운 시인의 목소리를 성숙에 이르게 한다.

> 현명해져라, 포도주를 맑게 여과하고
> 무성한 기대의 덩굴을 잘라 내라. 인생은 짧다.
> 우리가 이야기하는 동안에도, 앙심을 품은 시간은 저 멀리 가 버린다.
> 내일의 열매가 달릴 가지를 믿지 마라. 지금 여기서 이것을 낚아채라.
>
> — 호라티우스, 『송시』(존 커닝턴 번역)[7]

중세 시학

중세 시학은 중세의 역사처럼 고대에서 곧장 이어지지 않는다. 이민족의 침입으로 인해 고전 희곡처럼 고전시는 잠시 자리를 잃는다. 글쓰기는 사라져 가고 그리스어와 라틴어는 직접성을 상실하며, 중세에 부상한 시는 라틴어 송시보다는 게르만의 구술 전통의 영향을 받았다.

최초의 중세 서사시 『베오울프』는 기독교 공동체를 그린다. 공동체 사람들은 빛과 축제의 장소인 한 언덕에 살고 있다. 한편 아래 습지에는 먹잇감을 찾아 배회하는 괴물이 산다. 신의 저주를 받은 카인의 후예인 괴물은 주민들의 영원한 안락에 질투 어린 분노를 보이며 종종 언덕으로 들이닥쳐 사람들을 잡아먹는 통에 공동체는 시달림을 당한다.

그리스 서사시처럼, 고대 영어 서사시 『베오울프』는 문자로 씌어지기 한참 전인 기원후 800년경부터 구술로 공연되었을 것이다. 구술시 『베오울프』는 대칭법에 따라 관용어구(God-cursed Grendel, '신의 저주를 받은')를 사용한다. 이 수법은 대상을 특징적 관점으로 묘사하는데, 그러기 위해서는 줄표(—)를 넣은 구절을 사용한다.

> 머지않아 전투를 회피하여(The battle-dodgers)
> 일찌감치 군주를 저버리고
> 꽁무니를 감춘 열 명의 반역자(the tail-turners)
> 모두가 숲을 버렸다.
>
> —『베오울프』 중에서

고대 영시의 각 행은 절반으로 나뉜 두 개 행이었다. 절반의 행 각각에 두 개의 강세 음절이 자리 잡았는데 똑같은 음으로 시작되는 두운법으로 씌었다.

Nor **did** the **crea**ture / **keep** him **wait**ing

but **struck sud**denly / and **start**ed **in** ;

he **grabbed** and **mauled** / a **man** on his **bench**,

bit into his **bone**-lapping, / **bolt**ed down his **blood**,

and **gorged** on him in **lumps**, / **leav**ing the **bod**y

utterly **life**less, / **eat**en **up**…….

괴물은 / 지체 없이

순식간에 넘어뜨리고 / 먹어치우기 시작했다

놈은 벤치에 있던 남자를 / 틀어쥐고 빼갠 다음

관절을 물어뜯어 / 피를 삼키고

덩어리째 쑤셔 넣어 / 몸에서

생명의 흔적도 남김없이 / 모조리 먹어치웠다…….

—『베오울프』 중에서

『베오울프』는 고대 영어와 아이슬란드어의 영향을 많이 받은 게르만 방언으로 구술되고 씌었다. 다음에 오는 주요 영어 서사시 『거웨인 경과 녹색의 기사』는 구술이 아니라 글로 창작되었을 것이다. 고대 영어처럼 이 중세 영어 서사시는 두운법 공식("Guinevere the goodly queen", "the most noble knights")과 두운법의 반(半)행 양식을 사용한다.

And in **guise** all of **green**, the **gear** and the **man**:

A **coat** cut **close**, that **clung** to his **sides**,

And a **mantle** to **match**, **made** with a **lin**ing

Of **fur**s cut and **fit**ted—the **fa**bric was **no**ble······.

마구와 사람, 일체가 녹색 차림이라

몸에 맞는 웃옷을 양옆으로 늘어뜨리고,

어울리는 모피 안감 망토를 걸쳤는데

옷감은 훌륭했다······.

—『거웨인 경과 녹색의 기사』 중에서

궁중의 사랑과 명예 이야기로 이루어진 『거웨인 경과 녹색의 기사』의 주인공 역시 처음부터 초자연적 존재와 갈등한다. 베어진 자신의 머리통을 집어 들고 걸어가는 녹색의 기사가 바로 그 존재다. 두 경우 모두 그리스의 서사시인과 같이 시인은 여흥을 돋우는 사람이자 역사가로 기능하면서 동시에 의무적으로 신에게 영광을 돌린다. 이들 두 서사시에서는 기독교 영웅이 승리를 거둔다. 그러나 간신히 얻은 승리다.

단테의 「지옥편」이나 초서의 『캔터베리 이야기』 같은 중세 후기의 시들 역시 기독교적 주제로 이루어진 작품들이다. 서사시인처럼 중세 후기 시인은 예언자 역할도 했다. 시인은 종종 순례 이야기와 위대한 천상의 보물을 찾는 영적인 탐색 이야기를 하면서 진리를 보여 주었다.

중세의 시학은 아우구스티누스로부터 이러한 시적 이야기들이 얼마나 성공적일 수 있는지를 판단하는 데는 유보적인 성향을 물려받았다. 결국 다른 창조와 마찬가지로 언어는 타락했고 선천적으로 부정하기 때문에 신성과 직접적인 접촉으로 이어질 수 없었다. 대신 시인은 한걸음

물러서서 꿈에 비추어진 것처럼 진리들을 노래했다. 언어는 신성을 드러낼지도 모르지만 드러내는 것과 동시에 시야에서 가려질 가능성도 있었다. 말은 물리 영역의 일부기 때문에 진리를 가리키는 것만큼이나 쉽게 허위를 가리킬지 모른다. 아우구스티누스는 자신을 형성시킨 『기독교 교리에 대하여』에서 이렇게 썼다.

"수사의 기술은 진리든 허위든 어느 쪽을 강화하는 데도 이용할 수 있다……. 말을 추구한다는 것은 진리를 통해 실수를 극복하는 방법을 신경 쓰는 것이 아니라, 당신의 표현 양식이 다른 이의 표현 양식보다 좋아야 함을 고민하는 것이다……. 말재주와 현명함을 모두 취할 수 없는 사람이라면 지혜 없이 말재주를 부리기보다는 말재주는 없지만 현명하게 말하는 편이 낫다."[8]

이러한 언어의 양가성은 시에 대한 훨씬 깊은 회의감을 반영한다. 시어가 자의식적이라는 것은 시가 언어 뒤의 진리보다는 시적 언어에 좀 더 사로잡혔으리라는 것을 필연적으로 함축하는 듯하다. 이렇게 언어에 사로잡히는 것은 아우구스티누스가 경고했던 '말재주'의 문제다. 그래서 단테의 「지옥편」은 꿈에서 일어나며, 화자는 조금 거리를 두고 진리를 보고 있는 것이다. 또한 초서는 그래서 자기가 조금 전까지 말한 모든 것을 취소하며 순례를 끝맺는다. 순례하던 인물이 말재주에 미혹되어 바른 길에서 멀어지고 잘못된 언어를 사용함으로써 잘못된 목적으로 돌아설 가능성을 생각한 아이러니컬한 염려 때문이었다.

성서에도 이런 말이 있습니다. "여기 써 둔 것은 모두 우리에게 교훈을 주기 위해서다." 제 의도도 그것입니다. 그러니 구세주께서 제게 은총을 내리시고 죄를 용서해 주시라는 기도를 저를 위해 해 달라고 여러분께 기백

없이 간청합니다. 특히 인간의 허영을 옮겨 적은 것을 취소하고자 합니다. 죄 많은 『캔터베리 이야기』에는 노래도 많고 음탕한 시도 있으니 구세주께서 크나큰 은총을 베푸시어 저의 죄를 사하여 주십사 하는 마음으로 말입니다.[9]

중세 신학자들은 언어가 두드리는 대로 펴지는 성질이 있어서 네 가지 층위의 의미를 포함하는 것도 무리가 아니라는 의견을 제시했다. 성경에 나오는 모든 이야기는 다음 네 가지 의미를 담고 있다.

축어적(실제 이야기 혹은 표면적 의미) 의미, 우의적(때로는 '예형론적'이라고도 하며, 예수나 천상의 영역과 관련된 영적 진실을 그린 삽화) 의미, 비유적(이야기에서 '도덕'으로, 기독교인의 실제 삶에 적용) 의미, 그리고 신비적(반드시 최후의 시기와 관련된 죽음, 심판, 영원한 운명) 의미가 있다.

가령 약속의 땅을 정복하는 여호수아는 이스라엘 역사에 대한 축어적 진리를 드러내는 것으로 해석되었다. 그것은 악마 왕국과의 싸움에서 민중에 대한 그리스도의 지도력을 드러내는 우의적 진리, 도덕적 삶을 성취하기 위해 악마의 '아성'을 파괴해야 하는 신앙인의 비유적 진리, 그리고 약속의 땅으로 상징되는 천국으로 입성하는 기독교인 최후의 승리에 대한 신비적 전조를 드러내는 것으로 해석되었다.

다층적 해석은 단순하고 꾸미지 않은 진리를 전달하기 어렵다는 아우구스티누스의 의심과 토마스 아퀴나스가 『신학 대전』에서 펼친 사실에 근거한다. 그러한 다층적 해석은 성경만이 아니라 시를 해석하기에도 좋은 방법이다. 중세의 성서 해석학 훈련을 받은 단테는 성경이 다음과 같은 네 가지 다른 층위의 의미를 담고 있다고 이해했다.

그는 이스라엘인들이 이집트를 빠져나오는 엑소더스 이야기를 다룬 시편 113에 대해 이렇게 말했다. "만약 우리가 그 글자만(축어적 의미)을 생각한다면"

> 편지만을 고려한다면 우리에게 의미 있는 것은 모세 시대에 이스라엘의 아이들이 이집트에서 탈출하는 것입니다. 우화로 본다면 그리스도를 통한 우리의 구원이 의미 있을 것이며, 도덕적인 의미로 본다면 영혼이 죄의 슬픔과 비참함에서 은총의 상태로 변하는 것이 의미가 있겠지요. 신비적으로 본다면 이 세계의 타락이라는 굴레에서 죄를 씻은 영혼이 영원한 영광의 자유로 나아가는 것이겠지요.[10]

어두운 숲에서 길을 잃은 단테의 순례자는 꿈을 꾸고 있는 것이어서 확실성을 주장하지 않는다. 우의적으로, 순례자는 또한 신의 왕국과 악마의 영역 사이에서 천국으로 가는 길을 잃는다. 그는 비유적으로, 일상의 삶에서 도덕적인 요구와 맞붙어 싸우며, 신비적으로, 자신의 최후 목적지인 지옥 혹은 천국으로 향해 간다. 초서의 순례자들은 런던에서 캔터베리로 여행하는 중인데, 도시에서 영국 영성의 중심지를 향한 여행 자체가 천국을 향한 여정의 우의다.

르네상스 운문

르네상스인들은 언어에 대한 회의에서 변화를 보았다. 르네상스 시대의 새로운 학문은 세상과 언어가 본질적으로 불완전해서 불로써 정화해야 하는 존재가 아니라 지성으로써 풀어야 하는 난제라고 보았다. 르네상스 시대와 계몽기의 학문은 소통의 명료한 수단으로서 언어에 대한 탈아우구스티누스적 신뢰에 기대었다.

시인은 신비주의자가 아니라 언어의 과학자가 될 수 있었고, 무아지경을 경험하지 않고도 신중하고 정확한 음절을 선택해서 진리를 보여 줄 수 있었다.

그래서 르네상스 시대의 시에서 은유와 어휘, 운율과 압운법이 점차 명확해졌다.

르네상스 시대의 약강격 운율법은 시인에게 음절 수를 하나하나 세도록 강요하며 대다수 영어 운문에서 양식으로 고정되었다. 이 양식은 강세 없는 음절과 강세 있는 음절이 인위적으로 번갈아 나오면서 하나 걸러 한 음절마다 목소리에 무게를 싣는 것이다.

16세기와 17세기에는 시가 산문보다 좀 더 명확한 것이라고 이해되었다. 시는 시를 쓰는 이에게 언어를 신중하게 선택할 것을 강요했기 때문에 당시에 최고의 정보 전달 매체가 될 수 있었다. 1580년경 막대한 영향력을 끼친 글인 『시의 옹호』에서 필립 시드니 경은 이렇게 결론 내린다.

When **in** dis**grace** with **for**tune **and** men's **eyes**
I **all** a**lone** be**weep** my **out**cast **state**,
And **troub'l** deaf **hea**ven **with** my **boot**less **cries**,
And **look** up**on** my**self**, and **curse** my **fate**…….

운명과 사람들의 눈에 치욕을 당하여
버림받은 신세에 혼자서 통곡하고

소네트 형식들			
	형식	압운 형식	예시
페트라르카(이탈리안) 소네트	8행연은 하나의 질문이나 생각 혹은 논증을 제기한다. 6행연은 8행연에서 제기된 문제를 해결하거나 거기에 응답하거나 혹은 설명한다. 8행연과 6행연은 볼타(volta) 혹은 전환 지점에 의해 연결되는데, 거기서 문제와 해결 사이의 이행이 일어난다.	8행연: abba abba, 6행연: cd cd cd 혹은 cde cde 혹은 약간의 변형이 있다.	존 던의 성스러운 소네트 10,「죽음이여, 자만하지 마라.」
셰익스피어 소네트(영어)	세 개의 4행연구가 병렬을 이루는 생각 세 가지를 제시하거나 관련된 생각 세 가지를 전개한다. 그리고 마지막 2행연구는 논거를 연관 짓거나 설명하거나 혹은 결론을 내린다.	4행연구: abab cdcd efef 2행연구: gg	윌리엄 셰익스피어 소네트 116,「진실한 사람들의 결혼에 장해를 용납하지 않으리라.」
스펜서식 소네트	세 개의 4행연구가 (병렬을 이루며 나열되기 보다는) 서로를 발전시킨다. 마지막 2형연구는 가장 중요한 최종 개념이나 생각을 진술한다.	4행연구: abab cdcd efef 2행연구: gg	에드먼드 스펜서의 소네트 75「어느 날 나는 물가에 그녀의 이름을 적었다.」

헛된 울음으로 귀머거리 하늘을 괴롭히다
나 자신을 쳐다보며 내 운명을 저주한다

— 윌리엄 셰익스피어, 소네트 29

"모든 과학 중에……우리 시인이 군주 격이다……. 시인은 행간을 해석으로 흐릿하게 만들어 버리고 기억에 의심만을 부과하는 애매한 정의로 시작하지 않는다. 시인은 기쁨을 주는 비율로 차려놓은 언어로 당신에게 다가간다."

언어에 대한 경의는 과학뿐 아니라 청교도주의와도 관련 있다. 청교도주의자는 성경을 번역할 때 교회에서 성령의 해석에 따르기보다는 성경을 '신뢰할 만한 산문'으로 번역하려고 새로이 시도했다. 간명한 언어가 신을 드러내는 힘에 높은 가치를 부여한 것이기 때문이다. 바버라 르윌스키는 『프로테스탄트 시학과 17세기 종교 서정시』에서 이렇게 결론지었다. "이런 사회 환경에서 기독교인 시인은 자기 작품을 형언할 수 없으며 직관적인 신성의 계시보다는 성서에 글자로 체계화된 논술과 관련짓는다."[11]

셰익스피어의 소네트와 르네상스 시대의 다른 시인들은 설득하고 논증하는 말의 힘을 믿고 이를 보여 준다. 소네트는 하나의 토론으로 구성되기 때문이다. 소네트는 모든 정서 중 가장 불규칙적인 정서에 질서를 부여한다. 소네트는 셰익스피어의 손을 거쳐 주로 사랑에 적용되는데, 각각의 단어뿐만 아니라 개별 음절에까지 꼼꼼하게 관심을 기울여야 하는 형식을 통해 사랑이 연대기로 기록될 수 있게 된 것이다. 소네트에서는 어떤 문제라도 첫 여덟 행에서 제기되었다가 마지막 여섯 행에서 해소된다.

서구가 고전 문명을 재발견함에 따라 르네상스와 계몽주의는 고전주의 형식으로 회귀했다. 고전에 친숙하다는 사실이 계몽주의 학자의 표지가 되었고, 고전주의 시 형식을 이용하는 구실이 되었다. 존 밀턴은 C. S. 루이스가 '이차 서사시'(구술 서사시의 관습을 답습하지만 말하기가 아니라 글쓰기를 통해 탄생한 형식)라고 분류했던 것을 생산하기 위해서 그리스의 관습을 차용했다.

『실낙원』은 고전적인 서사시 같은 정체성을 보인다. 뮤즈에게 기원하는 것과 주제를 형식적으로 선언하는 것, 타락한 천사와 천상의 천사 사이의 대전투, 심지어 호메로스의 선박 목록과 병렬을 이루는 악마의 목록까지 비슷하다. 밀턴의 『실낙원』은 이차 서사시가 '인간을 대하는 신의 방식을 정당화해' 줄 것이라고 보증한다. 그리고 밀턴은 질서 정연하고 '존재의 대사슬'로 서로 묶여 있으며 엄격하게 계층화된 세계를 연대순으로 기록했다. 신에게 반항하는 밀턴의 이야기는 신학이자 사회적 논평이다. 밀턴에게 질서는 아주 중요하며 권위에 대한 반항은 언제나 황폐함에 이른다.

낭만주의

최초의 낭만주의 시인 윌리엄 블레이크는 반역자였다.

그는 정부나 종교, 교육적 권위를 통렬히 비난했을 뿐만 아니라 제도와 인간을 '생각하는 기계'로 환원시키는 계몽주의도 비난했다. 블레이크는 인간성의 신비롭고 설명 불가능하며 영적인 면에 다시 초점을 맞추려 했다. 자신만의 신화(길고 기이한 시들인 『천국과 지옥의 결혼』, 『유리젠의 책』)와 『순수의 노래』, 『경험의 노래』에서 블레이크는 이성과 이성적인 교육에 반대 입장을 표명했다. 그것이 창조성을 파괴하고 족쇄 풀린 인간 영혼을 우리에 가둔다고 보았기 때문이다.

> 나는 사랑의 정원으로 가서
> 익히 보지 못했던 것 보았네.
> 사원 한 채가 내가 노닐던
> 풀밭 한가운데 세워진 모습을
>
> 사원의 출입구는 닫혔고
> "그대는 금지다."라고 씌어서
> 예쁜 꽃들을 수없이 품은
> 사랑의 정원으로 돌아섰네.
>
> 그런데 정원이 무덤으로 뒤덮여 있었지
> 꽃들이 있어야 할 자리에는 비석이 보였고
> 검은 사제복의 신부들이 순찰을 돌면서
> 찔레로 내 기쁨과 욕망을 묶고 있었네.
>
> —윌리엄 블레이크, 「사랑의 뜰」, 『경험의 노래』

블레이크와 그의 뒤를 이어 나타난 낭만주의 시인들은 시에 적어도 두 가지 영향을 지속적으로 미쳤다. 합리성은 확실히 사라지지 않았지만, 초기 그리스에서처럼 자리를 옮겨 산문 속으로 샛길을 냈다. 시인은 인간성의 덜 합리적이고 더 정서적이며 상상력이 풍부한 측면을 대변했다. 현대의 시인들도 이를 끊임없이 채워 넣는 역할을 맡고 있다. 예언자의 역할을 되찾으면서 시인은 신성에 접촉하는 데 이르렀다.

하지만 이러한 신성은 인간에게서 인간성과 인간보다 위대한 그 무엇을 갈라놓는 신과 같은 뮤즈가 아니었다. 그것은 인간성과 자연 모두를 우려낸 큰 신성, 즉 이성적인 설명으로 담아낼 수 없는 숭고한 힘을 의미했다. 1798년 『서정 담시집』을 출간한 윌리엄 워즈워스와 새뮤얼 테일러 콜리지는 블레이크라는 '종교적인' 본류보다는 덜한 신비주의를 제시했다. 비인격적인 신성한 힘, 세상의 아름다움과 인간 영혼 양쪽 모두에 거주하는 숭고함이 그것이다. 블레이크처럼 워즈워스와 콜리지는 논리와 질서, 위계에 저항했다. 인간은 태어나면서부터 신성의 다양한 불꽃을 품고 있는데 사회가 있는 힘을 다해서 그것을 평평하게 균질화시킨다고 보았기 때문이었고 그래서 교육에 반대했다.(교육은 개별 인간이 품고 있는 신성의 불꽃을 쉽사리 꺼 버린다고 본 것이다.)

> 우리 탄생은 잠과 망각에 불과하다.
> 우리와 더불어 일어나는 영혼,
> 우리 생명의 별은
> 어디 다른 곳이 배경이고
> 멀리서 왔다.
> 전적인 망각이 아니라
> 완전한 알몸이 아니라
> 궤적을 그리는 영광의 구름을 따라
> 우리는 우리의 고향인 신에게서 왔고
> 천국은 우리의 어린 시절 속에 놓여 있다!
> 감옥의 그림자가 커 가는 소년에게 가까워지기 시작하지만,
>
> — 윌리엄 워즈워스, 「영원불멸의 송시」 중에서

아이러니컬하게도 수많은 낭만주의자들은 자기 인생을 고루한 방향으로 끌고 갔다.(바이런 경은 여기서 예외이긴 하다.) 워즈워스는 심지어 자기 고향을 위해 관세 담당자가 되었다. 낭만주의 시인들은 이성이 부과하는 규율은 거부했을지 몰라도 고전적인 형식(송시, 서정시, 경구)을 간직하는 경향이 있었다. 하지만 이러한 형식의 한계에서조차 시에서 '나'는 존재감을 훨씬 더 드러내었다. 워즈워스의 '이른 봄에 쓴 시'나 옆에 인용한 「영원불멸의 송시」, 그리고 손님들이 산책을 하러 나간 사이 발목이 삐어 정원에 앉아서 쓴 콜리지의 「나의 감옥, 이 라임나무 그늘」에서처럼 '나'는 시인과 동일 인물이다. "이런, 그들은 가고 나는 여기에 남아야 한다." 시인은 대화하듯 한숨을 내쉰다. "이 라임나무 그늘이 나의 감옥이구나!" 때로 '나'는 시인의 상상력과 동일시되는 상상적이고 신화적인 페르소나다. 블레이크는 시 「지옥의 금언」 서론에서 말한다.

"내가 재능을 즐기며 기뻐서 지옥불 속을 걸어 다니는데, 그 모습이 내가 주워 담았던 금언을 발설한 천사들에게는 마치 고통스럽거나 미친 것처럼 보인다."

"나는 생각한다. 그러므로 나는 존재한다."를 낭만주의 시인들은 "나는 상상한다. 그러므로 나는 존재한다."로 대체한다. 때로 상상하는 '나'는 능동적이어서 신화와 전설을 생산하려고 자신의 창조력을 발휘하고, 때로는 수동적이기도 해서 신비적이고 스스로 우러나온 신성에게서 진실을 부여받는다.

낭만주의자들은 자연과 인간의 영혼을 신성이 가장 잘 깃든 곳으로 보았다. 낭만주의 시들은 자연 풍경이나 정서에서 시작해 이들을 세심하게 묘사한 다음 장면이나 정서를 좀 더 폭넓은 우주적 관념과 연결시켰다. 그들은 또한 화자의 심리에 주된 초점을 맞추는 극적인 시, 1인칭 화자의 독백을 주로 사용했다.

> 내 다정한 기운이 쇠퇴하네.
> 내 기운이 질식할 듯한 가슴의 무게를
> 들어 올리는 데 무슨 소용이 있을까?
> — 새뮤얼 테일러 콜리지, 「낙심: 송가」 중에서

미국식 '낭만주의'

영국 시에서 만개한 낭만주의는 본질적으로 유럽적인 현상이었다. 그로부터 수십 년 후 미국에서는 다른 종류의 개화가 남북 전쟁 직후 일어났다. 19세기 후반에 일어난 이른바 미국식 르네상스에서 미국 시인들은 낭만주의의 착상들, 즉 자연에 존재하는 신성과 상상적인 것의 우위, 시에서 화자인 '나', 논증과 이성보다는 분위기와 경험에 맞추어진 초점을 구체화하면서도 미국적인 맥락에서 시도하려고 애썼다. 독특한 영국식 음성으로 말하는 영국의 낭만주의 전통은 월트 휘트먼, 에밀리 디킨슨, 에드거 앨런 포, 그리고 각자 고유의 '나'가 있었던 다른 미국인들에게는 맞지 않았다.

미국의 민주주의 경험이 갖는 열정적인 개인주의를 고려하면, 시적 목소리가 자기 자신에게 몰입해야 한다는 사실은 필연적일 것이다. 월트 휘트먼은 "나는 나 자신을 노래 부르고 나 자신을 찬양한다."고 알리고, 에밀리 디킨슨은 염려스럽게 "왜 사람들이 천국에서 나를 쫓아냈지? 내가 너무 크게 노래했나?" 하고 묻는다. 미국 르네상스의 낭만주의 시들은 영국에서 자아 발견과 자아의 눈을 통해 세계를 발견한 데서 한 걸음 더 나아갔다. 자서전이 가장 지배적인 주제가 된 것이다. 휘트먼의 『풀잎』과 디킨슨의 시편들은 평범한 미국인 남성이나 여성의 정체성을 탐구해 들어간다. '미국 르네상스'의 시들은 영국 낭만주의의 함의와 씨름한다. 만약 모든 이가 독특하고 다양해서 자기 자신 안에 불꽃을 품는다면 누구도 우리가 자기 자신을 어떻게 생각해야 하는지 그 길을 안내해 줄 수 없다. 우리 각자는 단독자로서의 우리가 누구인지 이해하기 위해 고군분투해야만 한다.

미국 르네상스 시의 형식은 시 쓰는 언어의 능력에 대한 다양한 신뢰를 보여 준다. 자신의 목소리가 들릴 것이라고 확신한 월트 휘트먼은 종종 압운도 운율도 없이 자유롭게 흐르는 대로 운문을 쓴다.

> 이곳은 내가 속해 있는 도시다.
> 다른 사람의 관심사가 무엇이든 내 관심사는
> 정치와 전쟁, 시장, 신문, 학교,
> 시장과 의회, 은행과 요금,
> 증기선과 공장, 주식과 가게,
> 부동산과 사유 재산이다.
>
> —「나 자신의 노래」 중에서

반면 디킨슨은 주의 깊고도 형식을 갖춰 자신이 말해야 하는 것에 간신히 적합하게 들어맞는 어휘를 찾아가며 글을 쓴다. 그녀는 운율과 압운을 지키는 데 조심스럽지만, 강조를 표현하고 달리 전달할 길 없는 멈춤을 표현하려고 대문자와 줄표(—)를 사용하며, 언어를 넘어서는 무엇인가를 표현하려는 노력으로 구문을 왜곡한다.

이것은 왕관이자— 장례고—

길에서— 하는 인사다—

—에밀리 디킨슨, 「종결된 삶 위에」

모더니즘

19세기 말과 20세기 초에 걸쳐 시에 아이러니가 눈에 띄게 출현한다. 제임스 킨케이드의 설명에 따르면 '아이러니'는 "모든 인생이 비극적이 되어서 비극이란 특별한 경우에만 해당하는 본질적인 요소라는 관념이 사라질 때 나타난다……. 파멸이 불러오는 환멸과 파괴는 자신의 성장을 통해서 끔찍한 응보의 법칙에 호소하는 신과 같은 영웅의 운명이 아니라, 보통의 삶을 겪으며 살아가는 모든 평범한 사람의 운명이다……. 우리 모두가 희생자다."[12]

모더니즘 시들은 여전히 자전적이어서 세계 내에서 자아와 자아의 자리를 탐색하지만, 미국식 르네상스의 불안이라는 주제는 광범위한 근심을 안착시켰다. 그러니까 자아는 공격받고 끊임없이 바깥 세계로부터 압력을 받으며 세계 속에 서 있을 만한 단단한 지반을 찾는 중이었다. 우주적인 확실성이 붕괴되기 시작한 세계는 질서보다는 혼돈이 어울렸다.

이러한 혼돈 속에서 시인은 존재의 불협화음 중 일종의 조화를 찾으려는 노력을 하며 소진되었다. 하지만 시인들이 질서를 찾으려고 했을 때 모더니즘 시인들은 과거의 시인들이 지녔던 확실성을 거부했다. 논리적인 생각은 신뢰할 수 없었다. 1931년 에즈라 파운드는 "지각 대신에 논리를 사용하는 것은 원칙에 적대적이다."라고 공언했다.

"논리학자는 결코 근원에 이르지 못한다." 논리에 대한 이러한 회의는 연역으로 탄생된 우주론을 거부하는 것으로 자연스레 이어졌다. 지적인 개념, 즉 이전 세대가 세계 내에서 자신의 자리를 찾는 방식이던 주된 위대한 이론들은 이제는 쓸모가 없었다. 윌리엄 칼로스 윌리엄스는 대신에 사물의 물리적이고 독특한 존재, 즉 '고유함' 내에서 의미를 찾기로 했다. 윌리엄스는 "사물 속에만 관념이 있다."고 말했고, 손수레, 서양 자두 같은 사물의 고유함을 영속시키는 것을 자신의 임무로 삼았다. T.S. 엘리엇은 경험을 세심하게 연결지으며 질서를 찾으려 했다. 과거의 경험과 현재의 경험, 시인의 일상 경험을 말이다. 엘리엇은 언젠가 이러한 말을 했다. 시인은 항상 "이질적인 경험을 융합하며, 평범한 인간의 경험은 혼돈스럽고 불규칙적이며 파편적이다. 일반인은 사랑에 빠지거나 스피노자를 읽는데, 이 두 가지 경험은 서로, 혹은 타자기의 소음이나 음식 냄새와는 아무 관련이 없다. 그러나 시인의 정신 속에서 이들 경험은 항상 새로운 전체를 형성시켜 나간다."[13]

낭만주의 시대와 미국 르네상스 시인들처럼 모더니스트 시인들은 인간 자아의 가능성을 진심으로 믿는 것처럼 보였다. 자아는 삶을 지배적으로 설명해 주는 길을 추론할 수 없어 무정부 상태로 정처 없기는 하지만, 신비하고도 이해될 듯 말 듯한 방식으로 소용돌이치는 무질서 한가운데서 지반을 찾을 능력이 있다. 그것이 아무리 작다 해도 서 있을 만한 단단한 지반을 말이다.

파운드와 윌리엄스 그리고 다른 모더니스트들은 엄격한 음절 구조(전체가 3행이며 첫째 행은 다섯 음절, 둘째 행은 일곱 음절, 셋째 행은 다섯 음절이다.)를 취하고, 이것을 탄탄한 주제 전략으로 결합시키는 일본의 하이쿠(俳句)의 영향을 받았다. 개별적인 세부 이미지에 초점을 맞추면서 시를 열었다가 다섯 번째 혹은 열두 번째 음절이 지나면 더 광범위하고 일반적인 관념을 숙고하기 위해 좀 더 개방한다. 1912년 이후 이미지주의자라고 알려진 파운드와 다른 시인들은 하이쿠의 엄격한 음절 법칙에 매달리지 않고 시를 정확한 시각적 그림 속에 주의 깊게 정착시키는 방법에 중점을 두었다. 종종 우주적 차원으로 이어지는 전환 없이 그림 자체가 나머지 시를 대변했다. 이미지주의자들은 모호한 일반성이나 우주적 방랑이 아니라 특정한 세부 이미지를 묘사한다. 흐릿하거나 모호한 운문이 아니라 '단단한' 시를 명료하게 쓰고, 농축하고 증류해 가장 순화된 형식으로 가라앉힌다.[14]

> 풀과 낮은 들판과 언덕들
> 그리고 태양,
> 오, 태양은 충분해!
> 모르는 사람들 사이에 홀로 떨어져
>
> —에즈라 파운드, 「낙하」

'모더니즘'은 자신들을 독자적이라고 여기며, 종종은 최선을 다해 서로를 모더니스트라는 우리 바깥으로 차 버리려 했던 일군의 시인들에게 광범위하게 붙여진 이름표다.(1929년 T. S. 엘리엇은 '모더니즘'을 '정신의 고사병'이라고 불평했다.) 그런데도 두 가지 공통된 회의가 이들 시인들을 가장 강력하게 잇는다. 모더니스트 시인들은 인간 공동체를 회의한다. 그들의 시에서 화자는 심층까지 혼자며 다른 인간들에게서 소외되었다. 그리고 그들은 무질서한 현실과 거기에서 질서를 찾으려는 시도 두 가지를 표현하는 언어 능력을 의심한다. "질서를 부여할 수 있을 때까지 조화는 없다." 에즈라 파운드는 대작 『칸토스』 초고에서 언급했지만, 나이가 들어감에 따라 시적 언어가 무엇에든 질서를 부여할 수 있다는 확신은 사라져 갔다. 로버트 프로스트의 시 중 "시는 혼란을 버티는 순간의 머무름이다."라는 구절처럼 시가 흘러내리는 모래밭에 단단한 지점, 즉 "서 있을 지반"이라는 생각은 언어 자체가 고칠 수 없이 왜곡되고 굴절되었다는 모더니스트들의 확신이 굳어 감에 따라 속절없이 흔들렸다. 모더니스트 시인 거트루드 스타인은 "장미가 장미라는 것은 장미다."라고 썼다. 사물의 고유함을 찬양하면서 통사의 부적절함을 보여 주기 위해 통사를 한계까지 확장한 것이다.

단절

모더니즘에 반대하는 세력이 생겼다. 영국에는 '무브먼트'라는 이름으로 알려진 일군의 젊은 시인들이 모더니스트의 파편화된 시에서 방향을 틀어서 좀 더 단순한 통사와 문체, 시 형식, 자연의 탐색과 매일의 일상적 삶의 행위로 되돌아가자는 낭만주의 양식으로 향했다. 필립 라킨과 같은 '무브먼트' 시인들은 심리 탐색에서 초점을 돌려 다시 물리적 세계와 진짜 인간의 실제 삶으로 되돌아갔다.

좀 더 시간이 흐른 후 미국에서는 비트 시인들이 언어의 불충분함이 아니라 군산 복합체의 부도덕함에 초점을 맞추면서 독특한 단절을 표현했다. 앨런 긴즈버그가 이끌고 잭 케루악과 윌리엄 버로스 같은 작가를 포함한 비트 시인들은, 미국 문화를 틀 짓는 관습을 거부하는 신낭만주의적 대안 사회로서 하위문화를 창조하기 시작했다. 동성애와 공산주의가 사회에서나 법적으로도 용인되지 않던 시절에 동성애자이자 공산주의자인 앨런 긴즈버그는 블레이크처럼 권위에 일격을 가한다. 스페인 할

렘 지역에 있는 아파트에서 자신에게 "아들에게 말을 하는 살아 있는 창조자의 그 모든 무한한 섬세함과 태고성. 인간적인 중력을 지닌" 목소리로 말을 거는 윌리엄 블레이크의 환영을 보았던 긴즈버그는, 한때 블레이크처럼 야생의 신비주의를 지지하며 교육과 질서, 신학을 거부했다.

그러는 사이에 모더니즘은 죽어 갔다. 시 운동으로서 모더니즘은 너무나 파편화되어서 일관성 있는 '이후' 세력을 가질 수 없는 지경에 이르렀다. 모더니즘 시는 상류층의 교양 있는 백인 남성들의 지배를 받았다. 여성과 흑인 미국 시인들이 현대로 들어가는 자신만의 길을 찾으려고 시도했기 때문이다. 폴 로렌스 던바의 초기 시와 랭스턴 휴스의 후기 작품을 주축으로 흑인 미국 시인들은 '백인'식의 말하기 양식과 흑인 민속 전통 사이에서 균형을 찾으려 몸부림쳤다. 남성적인 시 전통 속에서 글을 쓰는 여성들은 자신들이 '여성주의 시인'으로 정리된다는 사실을 깨달았다.

> 우리가 맺은 계약은
> 당시 남녀 사이의 평범한 계약이었다.
>
> 우리가 누구라고 생각했는지
> 그런 우리의 개인성이 인류의 실패를 버텨 낼 수 있으리라 생각했는지
> 나는 모르겠다…….
>
> — 에이드리언 리치, 「어느 생존자에게서」 중에서

하지만 모더니즘이 죽은 이후에는, 여성이든 흑인 미국 시인이든 다른 문화 집단의 시인이든 백인 남성 시인이든 어떤 단일한 문학 운동으

로 의미를 형성하지 못했다. 모더니즘의 유산은 20세기 후반 시인들의 강렬할 정도로 내향적이고 개인적인 성격으로 자리 잡은 것이다. 시인은 광인처럼 '유파'를 따르지 않는 고독한 인물이었다. 20세기 후반 시에서 '유파'에 가장 근접한 것으로 포스트모더니즘이 있다. 하지만 포스트모더니즘은 시를 연구하는 학자들이 하나로 입장을 정리했기 때문에 '유파'가 되었을 뿐이다.

> "2위"는
> 17년 만에 달성한 거라네.
> 얼음판 위로 무의미한 선회를 지켜보며
> 양손으로 머리를 감싸니, 폭포수 같은 단순함이
> 만물 속으로 살아 들어가는 삼각주.
>
> ―존 애슈베리, 「스케이트 타는 사람들」 중에서

> 단지 스쳐 지나가는 존재로는, 그러는 와중에 발생하는 관찰로는,
> 아무것도 "없어"
> (우리는)
> 그야말로 눈 밖에 있으니, 우리의 왜곡된 편견 속에서 우리의
> 눈에 들어오는 것은 더 수동적일 수밖에 그러니
> 지금 하는 것이 관찰뿐이라면, 그것은 관찰도 아니며
> 그 순간 일어나는 것은 경험도 아니지.
>
> ―레슬리 스칼라피노, 「그대로: 모든 것은 구조적으로 보이지 않게 발생한다(사슴의 밤)」 중에서

오늘날의 투쟁은 경쟁하는 시적 통찰력 사이에서 일어나는 것이 아니라 시 전문가에 의해서, 그리고 시 전문가를 위해서 씌어진 시와 '일반 독자'를 위해 씌어진 시 사이에서 벌어진다. 시인 버넌 스캐널은 "대다수 현대시는 대학에서 주석을 다는 전문가들이 자신들의 '해체' 기교를 연습하려고 쓴 것 같다."며 불만을 토로한다. 《뉴욕 타임스》에서 30년 동안 기명 논평을 맡은 노련한 언론인 러셀 베이커는 이렇게 언급했다.

"새로운 시라면 30년 전, 적대적인 세계에 사는 외로운 외계인들 사이에서 오가는 암호화된 전언같이 읽히기 시작하던 시절부터 글렀다고 단념했다."

1983년 필립 라킨은 '학문적' 시가 점점 난해해지는 것을 반성하면서 "부분적으로, 시를 가르치거나 시 쓰기에 대하여 쓰지 않는 이상 시가 돈벌이 대상이 전혀 될 수 없다는 사실 덕분에 시인들은 비평가와 교수가 되었고, 그래서 시를 쓸 뿐만 아니라 시를 계속 심판하게 되었다. 결과는 시가 전문가의 영역이 될 위험에 처했다는 것이다."라고 말했다.

필립 라킨은 말한다.

"다음 상황은 도저히 과장이라고는 할 수 없다. 시인은 행복한 지위를 얻었다. 거기서 자기 자신의 시를 매체에서 칭찬할 수 있고 교실에서 설명할 수 있어서, 독자가 '이건 마음에 안 드니까 뭔가 다른 걸 보여 줘.'라는 소비자의 권력을 포기하도록 거만하게 구는 그런 자리 말이다."[15]

지난 15년 동안 시는 포스트모더니즘에서 부분적으로 구출되었다. 미국에서 계관 시인의 자리는 점점 더 뚜렷해져 갔다. 고전시의 새로운 번역은 로버트 핀스키와 셰이머스 히니 같은 시인들에게 좀 더 광범위한 독자층을 선사했다. 제인 케니언은 이해할 수 있는 시를, 마크 스트랜드는 강력한 서사 줄기가 있는 이해할 수 없는 시를, 에이드리언 리치는 정치와 사회 문제들을 연결하는 시를 선사했다. 그러는 사이 학문 세계의 존경은 이해할 수 없으며 복잡해서 교실에서 해체할 수 있는 시로 여전히 돌아가는 듯 보인다.

그사이 시를 읽는 독자는 시를 이해하기 위해서 기꺼이 노고를 바쳐야만 하게 되었다. 특수한 용어들의 세례를 받아 내고 반복해서 곱씹고 숙고하고 형식을 분석하고 나서야 시를 칭찬하거나 "무질서한 난장판이다."라고 결론 내리면서 책을 내려놓는 것이다.

시 제대로 읽는 법

1단계: 문법 단계 독서

시인에 대해서 아무것도 모르고 그 작품에 대해서 비평적 해설을 한 번도 읽어 본 적이 없는데, 그 시인이 언어로 무엇을 하고 있는지 이해해야 할 때 한 편의 시를 발견하고 읽는 것은 놀라운 일이다.[16] — 허버트 콜

시 읽기의 첫걸음은 시를 읽기 시작하는 것이다.

시는 독자와 시인의 만남이다. 때로는 기법이나 역사적 배경, 시인의 자전적 배경 등 배경 지식이 너무 많으면 시인을 만나는 데 방해가 될 수 있다. 배경 지식은 팔이 닿는 곳에 그 시인을 두는 것만으로도 족하다.

다음 시를 검토해 보자.

우리는 히죽대고 거짓말하는 가면을 쓰지.
가면이 우리의 뺨을 가리고 눈에 그늘을 드리워 주지.
이것은 우리가 인간의 교활함에 지불하는 빚이다.
찢기고 피흘리는 가슴으로 우리는 미소 짓지.
입에는 수만 가지 미묘함을 품고서.

왜 세상은 우리의 눈물과 한숨을 세어 보는 데
남달리 현명해야 하는가?
아니, 세상이여 우리를 맘대로 지켜보시라.
그 사이 우리는 가면을 쓰겠다.

우리는 미소 짓지만, 아 위대한 구세주여,
그대에게 보내는 우리의 외침은
고통받은 영혼에서 나오는 것이니.
우리는 노래하지만, 아, 우리 발아래
진흙은 불결하고 갈 길은 먼데
그러나 세상이여 다른 꿈을 꾸시라.
우리는 가면을 쓰겠다![17]

이제 이 시를 다시 한번 천천히 읽어 보자. 상상력을 발휘해서 가면 쓴 이의 자리에 자신을 대입하고, 얼굴에 보이는 표정과 정확히 반대의 감정을 느끼면서 '미묘함'을 입가에 품고 미소 짓는 자신의 모습을 그려 보자. 가식적으로 행동하는 눈앞의 '세상'를 상상해 보자. 세상 속에 누가 있고, 왜 거짓된 행복을 억지로 강요받고 있는가?

자, 상상력을 발휘했는가?

이 시는 19세기 후반 짐 크로가 소설 주인공으로 등장한 「우리는 가면을 쓴다」를 쓴 미국 흑인 시인 폴 로렌스 던바의 시다. 이제 여러분은 던바가 왜 이런 이미지를 선택했는지 잘 안다. 그는 W.E.B. 듀보이스가 그렸던 바로 그 '베일'에 대해 쓴 것이다. 세상은 흑인의 흑인성을 백인의 시각으로 보도록 '이중 시각'을 강요했다.

미국 흑인 독자라면 아마도 던바의 문제를 그의 의도대로 정확하게 동일시할 수 있을 것이다. 하지만 백인이나 남미인, 아시아인이라면 어떨까? 그래도 던바의 곤경에 상상의 도약을 할 수 있어야 한다. 자기 인생의 한 지점에서 여러분 역시 가면을 썼을 수도 있다. 어쩌면 여러분이 누구인지에 대해서 다른 누군가가 품은 인상대로 여러분의 인생 전체를 쌓아 나가면서 형성하는 심각한 경험을 했을지도 모르는 일이다. 또한 어느 파티에서 행동과는 전혀 다른 생각을 머릿속으로 해 보는 순간적인 경험을 했을지도 모른다. 여러분의 '가면' 경험이 던바의 좀 더 포괄적인 불만에 비추어 본다면 시시하고 보잘것없다 하더라도, 시의 문제와 여러분을 동일시하는 것은 중요하다. 그러면 던바와 정서적인 동일시가 가능해진다. "그래! 가면을 쓴다는 것이 뭔지 나도 알아. 겨우 하룻밤에 불과한 경험이지만!"이라고 외치는 정서적인 인식을 통한 최초의 동요는 여러분을 시인과 연결시킨다. 그러한 연결이 없다면 흑인의 이중 의식 문제를 사회학적으로 묘사한 것을 읽는 편이 낫다. 즉 시를 읽는 이유가 전혀 없는 것이다.

시를 읽기 전에 던바가 20세기 초반의 미국 흑인 시인이고, 오하이오주 데이턴의 센트럴 고등학교에서 유일한 흑인 학생이었으며, 피부색 때문에 대학에 진학할 수 없었고, 서른셋에 알코올 중독으로 사망했다는 사실을 미리 알고 있다면 이 시를 정서적으로 이해하는 데 방해가 될 것이다. 동일시한 자신만의 충격이 시시하다고 느껴질지도 모른다. 결국 비교해 보면 여러분의 문제는 무엇인가? 세기가 바뀔 즈음 미국 흑인의 삶에 대해 이미 무엇인가 알고 있다면, 그 지식 때문에 던바가 이 주제에 대해 던지는 고유하고 독특한 뒤틀림을 놓치고 그가 공유하려 애쓰는 고유한 경험을 호도하게 될지도 모른다.

그러니까 배경 지식 없이 시에 다가가는 것은 실제로 도움이 된다. 시의 난해함과 씨름하기 전에 친숙한 정서나 경험에 동일시하면 도움이 된다. 주제나 형식에서 완전히 낯설어 보이는 시는 예외다. 가령 천국과 지옥 사이를 명백하게 구분 짓는 기독교인에 대한 배경 지식 없이 「지옥편」에 덤벼든다면, 끝까지 읽기도 전에 포기하는 것은 당연할지도 모른다. 하지만 대부분의 경우 시를 처음 읽을 때의 이해 수준이 놀랄 만하다는 사실을 발견하게 될 것이다. 심지어 낯선 이름과 기묘한 관습으로 가득한 호메로스의 서사시조차 인식할 수 있는 정서로 가득한 직설적인 이야기를 전해 준다.

10~30쪽 정도 시를 읽는다. 시 읽기의 첫걸음은 별 준비 없이 그저 읽는 것이다. 만약 장황한 서사시라면 적어도 첫 장이나 한 편 정도는 읽기를 시도해 본다. 짧은 시 몇 편을 읽고 있다면, 다섯 편에서 열 편 정도를 목표로 삼는다. 10~30쪽 정도라면 몇 편이든 좋다. 독서 일기에 첫 반응을 간단히 메모하는 것도 방법이다. 익숙한 정서나 경험, 분위기를 찾을 수 있는가? 만약 서사적 이야기라면 한 편에서 벌어지는 두세 개의 주요 사건을 메모하고 이야기의 주인공을 한 문장으로 묘사해 본다.

제목과 표지, 차례를 읽는다. 시인과 시를 연결할 기회가 이미 있었으므로 다시 돌아가 간단히 기초 배경 작업을 한다. 책의 앞날개와 뒤표지에 시인의 간략한 전기가 있다면 읽어 본다. 독서 일기에 제목과 저자의 이름, 시가 지어진 시대, 흥미롭다고 여길 만한 사건을 간단히 메모한다.

그다음 차례를 훑어본다. 서사시라면 차례는 플롯을 일별하게 해 주는 소설의 장 제목처럼 읽힌다. 시선집이라면 시 제목들로 시인이 몰두하는 지점을 개관할 수 있다. 이를테면, W.H. 오든의 『시선집』 차례에서 제일 먼저 눈에 띄는 점은 시에 제목이 하나도 없다는 사실이다. 각각의 시에서 첫 행이 목록에 올라 있으며 첫 행이 독자에게로 곧장 향해 있는 경우가 아주 잦다. "언제든 그의 냉담한 주저를 보라", "귀를 기울이지 않을 것인가", "이것과 우리 시대를 생각하라", "무슨 생각하는 거요, 내귀여운 사람아."

서문을 읽는다. 대부분 시선집의 서문은 시인의 기교와 사상에 대해서 귀중한 정보를 제공한다. 모더니즘 시의 서문은 시인이 몰두한 점을 이해하는 데 도움을 줄 수 있다.(가령 마크 스트랜드는 부재에 각별한 관심이 있으며 자신이 어떻게 존재하지 않는지에 대해 쓰는 경향이 있음을 알게 되거나, 제인 케니언이 백혈병으로 투병하면서 마지막 시선집을 썼으며 그 사실은 「저녁이 오게 하라」에 의미를 더해 준다는 사실을 발견할지도 모른다.) 오래된 작품이라면 옛날 청중은 이미 알고 있었을 정보를 발견할 것이다. 마리 보로프는 번역 서문에서 "『거웨인 경과 녹색의 기사』에서 재현되는 문체 전통이 '고귀한'이나 '훌륭한', '아름다운'이나 '예의 바른', '좋은'처럼 명백히 가치 평가적인 형용사를 자주 사용하게 한다."라고 언급했다. "이러한 형용사들은 다음의 이유 때문에 흔하고도 자유롭게 쓰일 것이다. 시문체로 그려진 전통적 세계에서 기사는 필연적으로 고귀하고 훌륭하며, 귀부인들은 아름답고, 하인들은 예의 바르며, 괴물이나 야비한 무뢰한을 제외한다면 정말 모든 것이 이상적으로 좋다."[18] 중세의 청자라면 거웨인이 동화적인 세계에 살고 있음을 알았을 것이며, 이러한 정보를 당연하게 받아들였을 것이다.

시 읽기를 마친다. 초기에 정서적인 동일시 기회가 있었으므로, 이번에는 배경 정보를 기록한 후 다시 읽기로 돌아간다. 읽어 나가면서 다음 단계를 따른다.

1) 서사적인 시는 읽어 나가면서 소설처럼 주요 등장인물의 목록을 작성하고 주요 사건을 간단히 적는다. 소설보다 길이가 길고 광범위한 등장인물이 나오는 서사시라면 이 작업이 특히 유익하다는 사실을 깨닫게 될 것이다. 『오디세이아』나 『실낙원』처럼 긴 시라면 한 번 읽을 때 두세 가지 주요 사건으로 제한한다. 그렇지 않으면 결국 개요가 너무 길고 자세해서 기억을 일깨우는 역할을 못하게 될 것이다. 프로스트의 「고용된 자의 죽음」과 같이 대화를 통해서 주요 사건이 드러나는 작품이라면 이런 식의 개요가 유용하다는 사실을 더불어 알게 될 것이다.

2) 서사가 없는 시라면 시의 착상과 분위기, 읽을 때의 경험만 적어도 좋다. 시가 어떤 장면을 묘사하는가? 정서를 표현하는가? 아니면 사상을 연구하고 있는가? 글쓰기 과정을 그 시의 내용을 곱씹는 방법으로 삼는다. 이때 메모를 완벽한 문장으로 작성하는 데 관심을 쏟지 않는다. 시가 독자의 지성만으로 이해할 수 있게 언제나 완벽하고 균형 잡힌 생각을 제시하는 것은 아니다. 시는 호소력 있는 어휘를 서로 근접시

켜 놓아서 반응을 불러일으키거나 공포감이나 흥분, 예감이나 평화로운 차분함 등의 감각을 쌓아 나갈 수도 있다. 어떤 단어든 구절이든 그 시에 대한 자신의 반응을 포착한 말을 적어 둔다.

3) 읽어 나가면서 눈이나 귀를 사로잡은 구절이나 행에 동그라미를 치고 책 귀퉁이를 접어 두거나 독서 일기장에 그 구절과 행을 적어 두어 나중에 다시 찾아볼 수 있게 한다.

4) 혼란스럽거나 모호하다고 느낀 구절에 표시를 해 둔다. 그래도 포기는 금물이다. 계속 읽어 나가자.

2단계: 논리 단계 독서

시를 한 번 읽었으니 시 형식에 좀 더 관심을 가져 보자. 시의 형태는 시의 의미에 본질적이라는 사실을 기억하기 바란다. 시를 분석하는 것은 매우 전문적인 일이다. 전체 리듬을 분석하는 것만 하더라도 시의 운율을 파악하는 '운율 분석법'을 배워야 한다. 다음의 책들은 비전문가를 위한 것으로, 시 형식 감상을 위해 기본적인 시적 기교를 폭넓게 안내하는 책들이다. 간단한 분석을 넘어서서 진도를 나가고 싶다면 메리 킨지의 『시인을 위한 시 안내서』 같은 시 입문서와 데릭 애트리지의 『시적 리듬: 입문』 같은 운율 분석법 안내서를 읽어 보는 것도 하나의 방법이다.

시로 돌아가서 기본적인 서사 전략을 확인한다. 서사 전략은 시가 생각을 제시하는 방식이다. 시인들이 사용할 만한 두드러지는 '서사 전략'에는 다섯 가지가 있다.

시인이 시작과 중간, 끝이 있는 이야기를 선택해서 말하고 있는가?

시인이 전제와 최종 결론이 있는 주장을 하고 있는가?

시인이 경험을 묘사하는가? 그렇다면 물리적 경험인가? 아니면 정신적 경험인가? 이를테면 정원을 걸어서 지나가는가? 아니면 죄의식과 싸우는가?

시인이 물리적 장소나 대상, 혹은 감각을 묘사하고, 이것이 다른 비물질적 실재를 표상하게 하는가?

시가 특정 분위기나 느낌, 생각이나 정서를 불러일으키는가?

물론 시인이 여러 방법을 조합해서 선택할지도 모른다. 하지만 짧은 시에서는 특히 한 가지 방법이 지배적일 것이다.

시의 기본 형식을 확인한다. 형식은 시가 구성되는 방식이다. 소네트는 증명을 하거나 경험을 묘사할 수 있고, 송시는 분위기를 환기시키거나 사건을 상술해 나갈 수 있다. 수많은 기본 시 형식 중 자주 눈에 띄는 것은 다음과 같다.

민요: 역시 서사적이지만 규모가 적고 주요 인물이 한 명이며 등장인물이 적은 것이 특징이다. 일반적으로 민요는 2행이나 4행연에 후렴이 반복된다.

비가: 애도의 노래. 그리스 비가는 반드시 슬픔에 잠긴 노래는 아니지만 비가라면 특정 운율을 따른다. 현대의 비가는 죽은 이나 지난 시절을 애도하는 경향이 있다.

서사시: 위대한 공적을 남긴 전설적인 영웅을 다루는 긴 서술로, 일종의 우주적인 중요성이 있는 위업을 이야기한다.

하이쿠: 영어에 차용된 일본 시 형식으로, 단일한 인상을 전달한다. 일부 모더니스트들이 사용한 하이쿠는 17개 음절에 3행으로 배치되었고 5-7-5 음절 양식을 따른다. 하이쿠는 하나의 이미지로 시작되어 초

점이 확장된 후 다섯째나 열둘째 음절 이후에 좀 더 폭넓은 생각이나 그 생각과 관련된 영적인 지각으로 이어진다.

송시: 인물을 찬미하는 영시로, 종종 직접 독자를 호출한다. 돈호법.

소네트: 14행에 약강 5보격인 시로, 압운 도식이 아주 상세하다.

페트라르카식 소네트: 첫 8행(8행연구)의 압운은 abbaabba로 의문이나 생각 혹은 논증을 제시한다. 마지막 6행(6행연구)의 압운은 cdcdcd이며(혹은 가끔은 cdecde이며 다른 변이 역시 가능하다.), 첫 8행에서 제기된 생각이 해결되거나 반응이 나타나거나 그 생각을 묘사한다. 8행연구와 6행연구 사이에 볼타, 즉 전환 지점이 있는데, 문제에서 해결로 옮아가는 곳이다.

'셰익스피어식' 또는 '영국식' 소네트: 시의 첫 12행이 각각 4행으로 이루어진 세 개의 '4행연구'로 나뉜다. 압운 도식이 abab cdcd efef이며, 마지막 2행은 2행연구 gg의 압운을 이룬다.

스펜서식 소네트: 역시 세 개의 4행연구와 한 개의 2행연구로 이루어지며, 압운 도식은 abab bcbc cdcd ee이다.

빌라넬레: 3행연이 다섯 개에 마지막 연은 4행연으로 이루어진 시다. 빌라넬레에는 두 개의 압운밖에 없다. 첫째 연의 첫째 행과 셋째 행은 이어지는 연에서 후렴으로 번갈아 다시 등장하고 마지막 연의 마지막 두 행에 등장한다.

시의 통사 구문을 검토한다. 각각의 시 문장에서 주어와 동사를 찾는다. 간단한 훈련 같아 보이겠지만 이를 통해 시인이 자연스러운 말투를 쓰는지, 과장되고 시적 형식을 사용하는지 직접 알 수 있을 것이다. 공식적인 시적 어법을 사용하는 테니슨의 『왕의 목가』 중 다음 행을 살펴보자.

> 그렇게 말하며 귀네비어는 그것을 쥐었고
> 더위 때문에 열어 놓은 창 너머로
> 획 던지자 반짝거리며 아래로 떨어져 강물을 때렸다.

주어와 동사('귀네비어는 그것을 쥐었고')가 함께 오지만 '귀네비어는 그것을 쥐고 창 너머로 획 던졌다.'고 해야 더 자연스러울 텐데도, 주어에 걸리는 다음 동사('획 던지자') 사이에 시행 하나가 통째로 끼어서 주어와 분리된다. 주어와 동사의 분리나 둘 사이의 전도되거나 생략된 암묵적인 주어나 동사 등은 '시적 어법'을 보인다. 일상 어투에 더 가까운 문형은 칼 샌드버그의 「직장 여성」에서 찾아볼 수 있다. 이런 식이다. "아침에 직장 여성들은 일하러 간다."

시의 운율을 확인해 본다. 운율에는 크게 두 가지가 있다. 음절 운율은 매 행에 나오는 음절 수를 따지는 것이고, 강세 운율은 강세나 강음절의 수만 따지는 것이다. 음절 운율에서 각 음절군은 음보(音步)라고 한다. 영시는 보통 다섯 종류의 공통 음보 혹은 패턴을 따른다.

약약강격은 강세를 받지 않는 음절 두 개가 앞에 오고 강세를 받는 음절 하나가 뒤에 온다.

> There ONCE was a MAN of BlackHEATH,
> Who SAT on his SET of false TEETH.

한때 블랙히스의 한 사내가 살았는데,

그는 자기 틀니를 깔고 앉았습니다.

강약약격은 강세를 받는 음절 하나가 앞에 오고 강세를 받지 않는 음절 두 개가 뒤에 온다.

KNOW ye the LAND of the CEdar and VINE,

Where the FLOwers e'er BLOSsom, the BEAMS ever SHINE

삼나무와 포도나무가 자라는 그 땅

꽃들이 내내 만개하고 햇살이 언제나 반짝이는 그 땅을 그대 아는가.

—바이런, 「아비도스의 신부」

약강격은 강세를 받지 않는 음절 하나가 앞에 오고 강세를 받는 음절 하나가 뒤에 온다.

강강격은 두 개의 강세를 받는 음절이 잇달아 나오며, 일반적으로 다른 패턴에 근거한 시행에서 변이형으로 나타난다. 강강격은 종종 약약격(강세를 받지 않는 두 음절) 이전이나 이후에 나온다.

강약격은 강세를 받는 음절이 앞에 오고, 강세를 받지 않는 음절이 뒤따른다.

TYger! TYger, BURning BRIGHT

타이거! 타이거, 이글이글 불타는

'보격(步格)'은 각 행에서 음보 수를 가리킨다. 2보격(2음보), 3보격(3음보), 4보격(4음보), 5보격, 6보격, 7보격, 8보격 등이 있다. 지금 인용하고 있는 바이런의 「아비도스의 신부」 시행들은 강약약 4보격이다. 매 행마다 네 개의 강약약격이 있다. 매 행마다 완전한 강약약격이 네 개가 아니라 하더라도 전체 양식은 강약약격이다.

영시에서 대부분의 음보는 약강격이며, 가장 일반적인 약강격 보격은 약강 5보격이다. '약강격'은 기본이 되는 시 단위 혹은 음보가 두 개의 음절 집합을 의미하기 때문에 둘째 음절이 강세를 받는다.

> OF MAN'S first DISoBEd'ence, AND the FRUIT
> OF THAT forBIDen TREE whose MORtal TASTE

> 인간이 태초에 하느님을 거역하고
> 금단의 나무 열매의 그 치명적인 맛을 보아

그리고 '5보격'은 각 행에 다섯 개의 음보가 있으며, 약강 5보격은 다섯 쌍의 음절을 포함한다는 뜻이다. '무운'은 시행에 압운이 없다는 뜻이다. 약강 음보는 에드거 앨런 포의 「갈가마귀」에서처럼 약과 강의 강세 자리가 바뀌면 강약격이 된다.

> ONCE uPON a MIDnight DREAry
> WHILE I PONdered, WEAK and WEARy,
> OVer MANy a QUAINT and CURious …

언젠가 황량한 한밤중에
내가 피로와 슬픔으로 상념에 빠져 있는 동안
수많은 기묘하고 신비로운…….

첫 두 행에서 둘째 음절보다는 (기술적으로는 강세를 받지 않는) 각 음보의 첫째 음절에 음성을 강조하는 경향이 있다. 이것은 의미 면에서는 덜 중요하다. 노래 부르는 듯한 효과를 창출하며 좀 더 산문 같은 보격에 가깝다.

제라드 맨리 홉킨스와 윌리엄 버틀러 예이츠가 활용했던 '강세 운문'은 전체 음절의 수가 아니라 한 행에 강하거나 강세를 받는 음절 수를 센다. 평소 목소리로 그 행을 읽으면 강한 음절을 발견하게 된다. 강한 음절에는 자연스럽게 강세가 간다. 현대 운문은 강세 보격과 음절 보격을 결합하는 경향이 있다.

시행과 시연을 검토한다. 각 시행이 하나의 전체처럼 들리는지, 아니면 그 시행이 자연스럽게 두 부분(반행)으로 나뉘는 것처럼 들리는지 우선 자기 자신에게 물어본다. 그 후에 각 문장의 처음과 끝을 찾아본다. 문장과 시행은 동일한가? 문장이 시행의 끝을 넘어서는가(월행)? 만약 그렇다면 그 월행은 자연스러운가, 아니면 시의 행갈이가 어색한 자리에서 일어나는가? 시인이 문장 길이와 충돌하는 시행 길이를 선택했다면 이런 저런 주의를 끌기 위해 시도한 것이다. 이유는 무엇일까?

다음에는 연을 살펴본다. 연은 시에 구조를 만드는 행의 집합이다. 만약 시인이 연을 사용하려 한다면 스스로 제한시키려는 것이다. 각 연에 몇 개의 행이 있는가? 각 연들에는 비슷한 유형의 압운과 운율이 있는가? 아니면 시인이 연에 기술적인 제한을 풀고 유형을 다양하게 구사하는가? 연은 어디서 하강하는가? 연들이 의미의 변화를 보여 주는가? 혹은 반전되거나 발전하는가?

압운 유형을 검토한다. 시적 표기는 각각의 독특한 운을 밟아서 철자를 사용한다. 독서 일기에 압운 도식을 적어 두기 위해서 시적 표기를 사용할 수도 있다. '각운'은 시에서 사용하는 압운 중 가장 흔한 형태지만, 내적 압운이나 셸리의 시 「구름」에 나오듯 중간 압운도 찾아낼 수 있음을 잊지 않아야 한다. 일단 압운을 찾아내면 그것을 분류할 수 있다. 여성적인 압운은 마지막 음절에 강세가 오지 않는 것이며, 남성적인 압운은 마지막 음절에 강세가 오거나 한 음절 단어를 쓰는 것이다. 불완전 압운이나 근접 압운은 두 개의 음절이 유사하지만 소리는 동일하지 않은 경우를 말한다.

말투와 어휘를 검토한다. 시인이 인유(引喩)나 추상어, 개념어를 사용하는가? 아니면 구체적이고 특정한 단어를 사용하는가? 원순음에 다음절어나 라틴어풍의 어휘를 선호하는가? 아니면 짧고 평이한 단음절어를 선호하는가? 시에서 어떤 이미지가 제시되는가? 이미지들은 무엇을 대변하는가? 그 이미지들은 어떤 감각에 호소하는가? 시각, 청각, 후각, 미각, 촉각 중 무엇인가? 시인은 주로 신체나 정서에 호소하는가? 아니면 독자의 지성에 호소하는가? 시가 '처럼'이나 '같이'라는 단어를 쓰면서 명백한 직유를 포함한다면 그 이미지의 양쪽 편에 특별한 관심을 두기 바란다. 두 가지 사물은 어떤 점이 비교되고 있는가? 둘은 어떻게 비슷한가? 어떻게 다른가? 글쓴이가 동일성을 강조하는가? 아니면 변별점을 강조하는가?

독백이나 대화를 찾아본다. 시의 화자와 다른 사람 사이에 대화가 있는가? 있다면 그 대화의 성격을 어떻게 볼 것인가? 적대적인가, 우호적인가, 친절한가, 심문하는가? 화자가 자신과 대화를 이끌어 가는가? 그렇다면 내적 대화는 무슨 결과를 낳는가? 결심인가 아니면 다른 더 복잡한 종류인가? 시인과 외부 세계의 관계를 향상시키는가? 아니면 복잡하게 만드는가? 대화는 시인과 다른 이들 사이의 관계를 향상시키는가? 아니면 복잡하게 만드는가?

3단계: 수사 단계 독서

이제 다음 질문을 제기하면서 시에 대한 검토를 마칠 것이다. 이 시는 어떤 생각을 나에게 전달하는가? 그 생각과 관련된 시의 형식은 어떠한가? 다음에 나오는 질문에 대한 답은 각각의 시마다 무척 다양할 것이다. 하지만 기억해 두기 바란다. 시를 하나의 선언문으로 환원시키고 싶은 충동에 저항해야 한다는 것을. 시인이 자신의 생각을 단순한 하나의 선언문으로 옮길 수 있다면 시를 쓸 필요가 없었을 것이다.

시에서 선택이나 변화의 순간이 있는가? 그 시가 하나의 변화 없는 세계를 배경으로 하는가? 아니면 시의 초입에서 시작해 마지막에 이르는 사이에 변화가 일어나는가? 변화가 있다면 시에 일어나는가? 아니면 시인(화자)이 선택하는 순간인가? 가령 「가지 않은 길」이라는 로버트 프로스트의 유명한 시처럼, 이 선택은 아주 명백하고 가끔은 아주 미묘하다.

원인과 결과가 있는가? 시인이 자신의 정신 상태나 경험을 다른 특정 사건이나 원인에 연결시키는가? 만약 그렇다면 이 연결이 여러분에게 어떤 울림을 주는가? 조금이라도 인과성이 있는가? 시에 인과성이 없다면 특별한 이유 없이 어떤 정서나 사건이 일어나는가?

물질적인 것과 심리적인 것, 지상의 것과 영혼의 것, 정신과 육체 사이의 긴장감의 정체는 무엇인가? 시에서 대상과 물리적인 배경이 표현된 정서에 순응해서 작용하는가? 아니면 반해서 작용하는가? 시 세계에서 육체적인 것이 영적인 계몽을 이끄는가? 아니면 가로막는가? 정신과 육체가 다투는가? 시에서 지상의 면모와 영혼의 면모가 긴장 관계를 이루는가? 혹은 한 가지 면모만 나타나는가? 만약 그렇다면…… 다른 면은 어디에 있는가?

시의 주제는 무엇인가? 무엇에 대한 시인가? 하나의 온전한 문장으로 만들 필요는 없다. 그저 한 단어로 답할 수도 있다. '슬픔.' '우정.' '아일랜드.' 시가 풀어내려는 핵심을 명명할 만한 단어나 구절은 무엇인가?

자아는 어디에 있는가? 시인의 자아가 시에 담겨 있는가? 만약 그렇다면 자아와 시의 주제는 무슨 관계인가?

공감하는가? "이 시에 공감하는가?"라는 질문은 "동의하는가?"라는 질문과 같다. 이 시가 여러분에게도 울림이 있는가? 혹은 여러분의 경험으로 보아 낯선가? 이 시의 어떤 부분이 익숙하고, 어떤 부분이 낯선지 구분할 수 있는가?

이전에 소개되었던 시인과 지금 마주한 시인은 어떤 관련이 있는가? 생각의 수사법에서 시인이 서 있는 자리는 어디인가? 과거에 비평가들은 젊은 시인들이 선배 시인에 반기를 들고 이전 세대에 대항하면서 자신의 고유한 시 양식을 계발했다고 보거나, 젊은 시인들이 선배 시인들의 기교와 주제, 심지어 언어에까지 심취해 새로운 시 속으로 짜 넣는다고 보았다. 지금 읽고 있는 시 작품 중 이러한 관계를 일부라도 인식할 수 있겠는가?

우리가 꼭 읽어야 할 시들

시인들은 태어난 해에 따라 연대별로 정리했다. 소설을 읽을 때는 작품을 읽는 것이다. 반면 시편들을 읽을 때는 한 인생을 읽는 것이다. 따라서 많은 경우에 시인의 생애 중 발간된 특정한 책 한 권보다는 '위대한 작품들' 선집을 추천작으로 올렸다. 시란 한 번 읽고 마는 것이 아니라 반복해서 계속 읽는 글이니, 추천본 목록은 시집 장서를 갖추는 데 도움을 주기 위해서다. 대부분의 시인들은 다른 판본의 책도 다수 구할 수가 있는데, '반드시 읽어야 할' 시는 표시해서 목록에 올렸으므로 다른 판본으로 읽고 싶어도 그 시인의 가장 특징적인 작품은 여전히 읽어 볼 수 있다.

상상을 사로잡는 시인이라면 마음 가는 만큼 깊이 파고들어도 좋다. 뽑아 놓은 시들은 반드시 읽어야 할 것들이기 때문이다. 진도 나가기가 어렵게 느껴진다면 계속 읽을 필요는 없다. 하나의 양념이 모두의 입맛에 맞을 수 없듯이 한 편의 시가 모든 이의 취향에 맞을 수는 없다. 추천 시들이 반드시 해당 시인의 '최고작'은 아니며 그런 판단은 불가능한 것이다. 하지만 추천 시들은 가장 흔히 언급되거나 비평을 받거나 인용되는 시들이다. 이 시들을 읽음으로써 시라는 더 넓은 세계에서 그 시인이 차지한 자리를 이해할 수 있을 것이다.

길가메시 대서사시　기원전 2000년경

The Epic of Gilgamesh(c. 2000 B.C.)

『길가메시 대서사시』는 인류 역사상 가장 오래된 이야기 중 하나다. 기원전 3000년경 지금의 이라크에 살았던 전설적인 왕 길가메시에 대한 이야기 모음은 옮겨 적기 전에 수백 년 동안 입에서 입으로 전해졌다. 현재 남아 있는 이 변형본은 기원전 669년에 재위에 오른 아시리아 왕 아슈르바니팔의 도서관에서 발견된 점토 판본이다. 하지만 글로 옮긴 최초의 서사시 판본은 기원전 2000년경까지 거슬러 올라간다. 아슈르바니팔 왕의 관심은 무엇보다 정복이었지만, 다른 이들과 차이점이 있다면 그가 세계 최초의 사서가 되었다는 점이다. 그래서 그는 일군의 학자들을 고용해 니네베에 있는 자기 도서관에 비치할 역사와 시, 종교 문헌과 의학 및 과학에 관한 주위 사람들의 글을 수집하게 했다. 현재 우리가 알고 있는 『길가메시』의 번역은, 근원을 알 수 없지만 아마도 고대 수메르 시대에 아시리아인들이 사용했던 아카드어로 옮겨서 설형 문자로 점토판에 베낀 것일 것이다. 아슈르바니팔의 도서관은 기원전 612년 바빌로니아인들이 아시리아의 수도 곳곳에 맹공격을 가하면서 철저하게 파괴되었다. 그래서 "길가메시와 산 자의 땅"과 "길가메시와 하늘의 황소" 등 몇 가지 이야기는 완전하지만, "길가메시의 죽음" 등 어떤 것은 원본이 좀 더 긴 이야기의 일부분이다. "길가메시와 엔키두, 그리고 지옥"은 다른 전통에서 나온 이야기다. 원래 이야기와 모순되는데도 수정하지 않은 채 아시리아 점토판에 새겨진 이야기를 베껴 왔다. 길가메시 이야기와 홍수 이야기도 이후의 전통에서 나온 것이다. 영웅 지우수드라라는 이름으로 수

메르 언어권에서도 같은 이야기가 발견되었기 때문이다. 지우수드라 이야기는 어떤 지점에서인가 길가메시 이야기의 배경과 뒤섞였다.

반인반신의 모습에 초자연적 힘을 지닌 길가메시는 우루크의 왕이다. 길가메시가 백성을 학대하자 백성들이 하늘의 신 아누에게 도움을 요청한다. 아누는 엔키두라는 야만인을 창조해 길가메시의 힘에 도전하도록 보낸다. 결국 그 둘은 친구가 되는데, 엔키두는 길가메시의 난폭성을 누그러뜨렸고 자기 자신도 문명화된 인간 사이에서 살아가는 법을 배운다. 둘은 모험을 계속하다가 우루크 서쪽 삼나무 숲에서 사는 가공할 악마 훔바바를 죽인다. 이후 둘은 길가메시의 왕국을 광폭하게 날뛰어 다니며 수백만의 백성들을 죽인 하늘의 황소와도 맞서 싸운다. 둘의 막강함에 신경이 거슬린 신들은 엔키두에게 질병을 내린다. 엔키두가 죽자 슬픔에 사로잡힌 길가메시는 우트나피슈팀이 보유하고 있는 불멸성의 비밀을 찾는 여정을 계속한다. 우트나피슈팀은 오래전에 세계를 익사시켜 버린 거대한 홍수에도 살아남은 신비로운 노인이다. 우트나피슈팀은 길가메시에게 영원히 살게 해 주는 신비의 식물을 찾는 법을 말해 주지만, 우루크로 돌아오는 길에 길가메시는 그 식물을 영원히 잃고 만다. 그는 탄식한다. "누구를 위해서 나는 이토록 고된 여정을 했던가? 내가 얻은 모든 것이 헛된 것이로구나."

길가메시는 비극적 영웅이다. 신적인 혈통과 힘이 있기는 하지만 죽음과 시간의 흐름 앞에서는 무력하며 죽음을 면할 수 없는 여느 인간들처럼 친구를 잃고 고통스러워하기 때문이다.

저자 추천본

스테판 미첼의 서정적인 뛰어난 번역을 읽기 바란다. 『길가메시: 새로운 영어판』(Atria Books, 재판본, 조지 귀달이 읽은 Audible 무삭제판도 있다.) 데이비드 페리가 번역한 판본(New York: Noonday Press, 1993)을 읽기 바란다. 이 판본의 운문 번역은 요즘 문장과 달라서 때로는 읽기가 까다롭다. 수메르인 이야기를 담고 있는 고대 로마의 서판 가운데 깨지거나 소실된 부분에서 건너뛴 부분이 몇 군데 있지만, 전체 이야기상에서는 크게 문제 되지 않는다. 한편 N. K. 샌다즈가 번역한 판본(Penguin Classics,1960))과 벤저민 R. 포스터가 번역한 판본(W.W. Norton, 2001, 이야기가 끊기는 소실된 텍스트 부분에 대괄호와 소괄호를 사용하여 따로 표시해 두었다.)은 산문에 가깝다.

국내 번역 추천본

N.K. 샌다즈, 이현주 옮김, 『길가메시 서사시』(범우사, 2002).

일리아드·오디세이아　　호메로스

the Iliad and the Odyssey(c. 800 B.C.) · HOMER

『일리아드』의 영웅인 아킬레우스와 『오디세이아』의 영웅 오디세우스는 자신들의 탁월함 때문에 고통을 받는다. 두 사람은 자신들의 선함에 비해서 너무나 강하고 영향력 있으며 세력이 크기 때문에 사람들의 사소한 모욕에도 굴복할 수 없다. 자신만의 명성을 경계하며 지키는 와중에 그들은 다른 모든 이들의 목숨을 위태롭게 하는 참혹한 피해를 초래한다. 『일리아드』는 10년간 벌어졌던 트로이 전쟁의 마지막 한 해를 배경으로 한다. 에게 해를 건너서 트로이에 도착한 그리스인들은 트로이를 둘러싸고 도시를 포위한 채 임시 천막과 오두막을 지어서 버틴다. 그리스군 지휘관인 아가멤논과 위대한 그리스의 전사 아킬레우스가 포로로 잡힌 여자들을 두고 다툰다. 아가멤논에게 공공연하게 모욕을 당했으나 왕에게 충성하기로 한 맹세에 묶여 있는 아킬레우스는 어머니인 바다의 여신 테티스에게 불만을 토로한다. 테티스는 제우스의 분노를 아가멤논과 다른 그리스인들에게 돌려놓는다. 덕분에 아가멤논은 트로이를 파멸시킬 공격에 나설 것을 꿈을 통해 확신을 얻는다. 하지만 이 전쟁에 신들이 연루되기 시작하자 혼란에 빠져든다. 마침내 제우스는 전투를 중지시키고 그리스를 지지하던 동료 신들을 꾸짖는다. 전투가 재개되자 제우스는 트로이 왕의 아들이자 가장 강력한 트로이 전사인 헥토르에게 지시를 내리지만, 바다의 신 포세이돈이 그리스의 영웅 아이아스를 지원한다. 헥토르는 부상하고 트로이인들은 후방으로 쫓겨난다. 붕대를 감은 헥토르가 전장으로 돌아오고, 제우스가 마침내 모든 신들에게 다시 전쟁에 참여할 것을 허락하자 전쟁은, 한편으로는 인간 병사들끼리 다른 한편에서는 신들끼리 다투는 두 층위로 바뀐다. 그리스를 사랑하는 아테나가 아킬레우스와 싸우던 헥토르에게 속임수를 걸어 죽게 하자 아킬레우스는 그의 시신을 끌고 도시를 맴돈다. 그러나 다시 개입한 제우스가 트로이의 왕 프리아모스에게 시체를 돌려주도록 아들 아킬레우스에게 지시하라고 테티스에게 말한다. 프리아모스가 아들 시체의 몸값을 아킬레우스에게 치르고 성대한 장례식을 거행하며 이야기는 끝을 맺는다.

『오디세이아』는 트로이 전쟁이 끝난 후에 전개된다. 그리스 왕 오디세우스는 고향으로 향하는 뱃길에 나선다. 다른 그리스인들은 사고 없이 되돌아오는데 오디세우스는 포세이돈의 적의를 사서 항로를 빗나간다. 포세이돈은 폭풍을 일으켜 오디세우스의 배를 난파시키고 그를 무인도에 고립시킨다. 그러는 사이 그의 아내 페넬로페는 재혼하라는 강력한 압력을 받는다. 페넬로페는 10년 동안 구혼자들을 꼼짝 못하게 만들지만 마침내 핑곗거리가 궁해진다. 오디세우스는 집으로 돌아오기 위해 고군

분투한다. 귀향길에 그는 나태에 빠지게 하는 쾌락의 열매를 먹는 이들의 나라와, 포세이돈의 아들의 한 눈마저 멀게 만들어 포세이돈의 분노를 일으킨 외눈박이 키클롭스의 동굴에서 도망쳐 나온다. 그리고 오디세우스의 백성들을 돼지로 만들어 버리고 그를 유혹한 여신 키르케에게서 도망치고 죽음의 나라 하데스로 주변 여행을 나서기도 한다. 이윽고 그는 노래로 남자들을 유혹해 죽음에 이르게 하는 사이렌의 섬을 지나 육두 괴물 스킬라와 거대한 소용돌이 카리브디스 사이의 좁은 해협을 통과하는 여정에서 살아남은 후에 태양신 헬리오스의 섬에 간신히 상륙한다. 오디세우스의 부하들이 헬리오스의 신성한 황소를 잡아먹어 버리자 제우스가 그들 모두를 죽이고 배를 파선시킨다. 도망치던 오디세우스는 카리브디스가 내뿜는 소용돌이에 빨려들었다가 요정 칼립소의 섬에 뱉어져 구출된다. 그런데 칼립소가 그를 사랑하게 되어 놓아 주지 않는다. 결국 그는 칼립소에게서 도망쳐 집으로 돌아오는데 마침 페넬로페는 구혼자들을 따돌릴 만한 수법이 바닥나는 중이다.(페넬로페는 시아버지의 수의를 짠다는 등의 갖가지 구실로 구혼자들을 따돌렸는데, 낮에 짰던 베를 밤에는 풀어 버리는 등의 지략으로 시간을 번다.) 오디세우스는 자신의 집이 아내와 결혼하길 소망하는 적의에 찬 전사들로 빼곡한 모습을 보자, 승자에게 페넬로페와 결혼할 수 있는 상이 주어지는 활쏘기 대회가 개최될 때까지 거지로 변장한다. 활을 손에 쥐자 그는 구혼자들을 모두 죽이고 왕관을 되찾는다.

저자 추천본

페이퍼백으로 구입 가능하고 번역이 훌륭한 판본은 세 종류가 있다. 로버트 페이글스의 『일리아드』(New York: Penguin Books, 1990)와 『오디세이아』(New York: Penguin Books, 1996)는 서사

흐름이 좋은 데다 강력하고 직접적이며 명료하고 이해하기 쉽다. 로버트 피츠제럴드가 번역한 『일리아드』(New York: Anchor Books, 1989)와 『오디세이아』(New York: Farrar, Straus and Giroux, 1998)는 수십 년 묵었지만 이들 번역에서 셰익스피어의 운율이 묻어 나오며 좀 더 시적이다. 한편 리치먼드 래티모어가 번역한 『일리아드』(Chicago: University of Chicago Press, 1987)와 『오디세이아』(New York: HarperPerennial, 1999)는 그 자체로 빼어난 영시 작품으로 평가받아 왔다.
이들 시편은 원래 구술로 전해 오던 거라서 카세트 테이프로도 발매되어 있다. 로버트 페이글스가 번역한 『오디세이아』(New York: Penguin Audiobooks, 1996)는 이언 맥켈렌의 낭독으로 나와 있다. 『일리아드』는 발췌판(New York: HighBridge Company, 1992)만 구할 수 있는데, 역시 페이글스가 번역했고 데릭 자코비가 낭독했다.

국내 번역 추천본

호메로스, 천병희 옮김, 『일리아스』(도서출판 숲, 2015).
호메로스, 천병희 옮김, 『오뒷세이아』(도서출판 숲, 2015).

그리스 서정시인들

GREEK LYRICISTS(c. 600 B.C.)

지금은 일부만 남아 있는 그리스 서정시들은 라이어 연주에 맞추어 무대에서 공연하기 위해 쓴 것이다. 합창시는 훈련받은 합창단이 한 목소리로 노래를 불렀다. 모노디 양식의 시는 시인이 낭송했다.

그리스 서정시는 모두 신을 숭배하는 데 뿌리를 두며, 신성을 기원하고 신의 호의를 간청하는 구조가 대부분이다. 하지만 그리스인들은 그러한 틀에서 다양한 시를 썼다. 그 범위는 사포의 열정적인 탄원에서부터 시작된다.

신에게 보내는 합창 서정시와 찬가는 현재의 시각으로 보면 구태의연하다. 당시에는 사포의 시처럼 특정한 순간을 채색하거나 순간적인 정서의 경험을 아주 세밀하게 그리는 그리스 모노디 양식의 서정시가 기막힌 혁신이었으나 수백 년이 지난 지금은 쉽게 다가온다. 얼마쯤 후에 등장한 운문 형식인 경구는 하나의 정서나 경험 혹은 결론을 압축적이고 세련된 한두 문장으로 요약한 것이다. 이후 영국 시인들은 자신들 고유의 시에 송시와 (원래는 다른 종류의 운율을 지칭하던 이름인) 비가라는 그리스 용어를 빌려 왔다. 하나의 선명한 인상을 운문에 포착하는 그리스어가 지닌 특성을 통해 자신들만의 시의 목표를 발견해 낸 것이다.

저자 추천본

리치먼드 래티모어가 번역한 판본(University of Chicago Press, 1960), 앤드루 M. 밀러가 번역한 『그리스 서정시』(Hackett, 1996), 바버라 휴스 파울러가 번역한 『고대 그리스 시선집』(University of Wisconsin Press, 1992)을 읽기 바란다. 사포, 핀다로스, 솔론의 시는 반드시 읽어 보기 바란다. 시의 문체와 주제를 폭넓게 경험하게 될 것이다.

국내 번역 추천본

아르킬로코스,칼리노스,튀르타이오스,알크만,사포,알카이오스,세모니데스,밈네르모스,히포낙스,솔론 저 외 7명, 김남우 옮김, 『고대 그리스 서정시』(민음사, 2018).

송시 호라티우스

Odes(65~8 B.C.)_HORACE

인생은 짧고 죽음은 다가오니 매 순간을 즐겨라. 호라티우스의 송시는 이러한 철학을 중심으로 구성되어 있다. 시는 성대한 연회, 파티, 여명의 숲과 같은 자연이나 사회로부터 시작해 구체적인 이미지에서 점점 나아가 간략한 논증, 즉 시의 독자가 미래를 두려워 말고 매일매일이 가져다주는 것을 즐겨야 하는 이유와 방법을 설명한다. 송시는 단일한 주제로 묶이지 않는다. 대신 호라티우스는 다양한 여자들, 순결한 아가씨들, 그의 친구 셉티머스, 칼리오페에서 바쿠스까지 망라하는 신을 차례차례 호명한다. 그는 날씨와 자연("푸른 땅 위에 있는 농장의 모든 가축들이여/ 뛰놀아라, 그러고도 시간이 남으니/ 세상은 트인 대기를 즐긴다."), 농장 생활, 로마 시민이라는 것의 의미, 축제, 향연, 사랑에 대해 쓴다. 하지만 '카르페 디엠', 즉 불안해하지 말고 무엇이 다가오든 낚아채 "현재를 즐기라."는 그의 철학이 시 전체를 형성한다. 죽음을 피할 수 없다는 사실을 충분히 인식하면서 이런 실용적인 충고가 주어지지만, 호라티우스는 죽음을 애도해야 하는 것으로는 보지 않는다. 오히려 멈추지 않고 엄습해 오는 죽음은 그의 작품에서 도덕적 중심을 이룬다. 즉 당신의 도덕성을 받아들이고 언제나 시간이 짧다는 사실을 느끼며 행동하라.

호라티우스의 시 쓰기는 "현재의 순간을 즐기기" 위한 자신만의 노력이다. 첫째 송시에서 그는 인간이 선택하는 "현재를 즐기는" 여러 방식을 묘사한다. "열정적인 마부는…… 승리자의 손바닥을 낚아채서 느낀다……." "다른 이들은 시민의 영관을 갈망하고" 또 다른 이들은 여전히 재산을 모으거나 모험을 위해 해외로 항해하거나 전쟁에서 싸운다. "그러나 배움은 나를 신성하게 만든다. 만약 내가 서정시인의 명성을 얻는다면/ 내 얼굴이 바로 하늘에 닿을 것이다."고 호라티우스는 끝맺는다. (허버트 그랜트의 번역)

저자 추천본

제임스 미치의 번역본(Modern Library Classics, 2002)을 읽기 바란다. 서정적이고 가독성 있는 번역이며, 라틴어 원문이 맞은편에 수록되어 있다. 데이비드 웨스트의 번역본, 『송시와 서정시 전문』(Oxford World's Classics, 2008)도 가독성이 있고 매력적이다.

국내 번역 추천본

호라티우스, 김남우 옮김, 『카르페 디엠』(민음사, 2016).

호라티우스, 김남우 옮김, 『소박함의 지혜』(민음사, 2016).

베오울프

Beowulf(c. 1000)

8세기에 구두로 전승된 베오울프는 10세기 말쯤에 웨스트색슨 방언으로 활자화되었다. 두운체의 시행 중 구술 기원에서 사용하던 표지를 포함한다. 원문은 네 개의 강세 음절을 포함하고 두세 개의 음절은 같은 음으로 시작한다. 이름을 지을 때 대칭법, 즉 사람이나 대상을 그들의 인물 특성에 따라 묘사하고 운율에 맞추어 넣으려고 음절을 덧붙여 쓰면서 붙임표(하이픈)를 끼워 넣는 공식을 사용한다.(그래서 필요하면, 바다는 '고래-길', 배의 돛은 '바다-숄', 괴물 그렌델은 '신-저주받은'이나 '회당-파수꾼', '그림자-접근자', '공포-장수'가 된다.)

시 도입부에 덴마크 왕 호로트가르에게 문제가 생긴다. 왕은 양지바른 언덕 높은 곳에 아름다운 술의 회관을 지었다. 그런데 신과 인간으로부터 영원히 퇴출당한 성경 속 인물 카인의 후손인 한 괴물이 아래쪽의 근처 습지를 통해 살금살금 다가오는 것이다. 밤이면 그렌델은 호로트가르의 백성들을 잡아먹고 그의 신하들을 위협하지만 아무도 그렌델을 물리칠 수 없다. 그러나 영웅 베오울프가 도와주기 위해 기틀랜드에서 건너온다. 베오울프는 맨손으로 싸워 그렌델을 무찌른다. 하지만 복수를 갈망하는 그렌델의 어미는 두 배나 사악하다. 베오울프는 어미를 물리치려고 격투하다 마침내 거인들이 그녀를 죽이려던 때부터 전해 내려오던 마술검을 써야 하기에 이른다. 승리한 후 베오울프는 왕국을 물려받아 50년 동안 평화롭게 통치한다. 그런데 한 도둑이 동굴에서 보석잔을 훔치다가 동굴을 지키던 용을 깨우면서 평화는 끝이 난다. 용이 베오울프의 영지를 돌아다니며 집을 불태우고 신민들을 죽이는 바람에 늙은 왕은 무장하고 최후의 전투에 나선다. 베오울프는 용을 무찌르지만 그 과정에서 전사하고 백성들의 애도를 받으며 해변에서 화장된다.

세 종류의 괴물을 물리치는 베오울프의 전투는 우의적인 해석이 적절하다. 존 가드너는 세 가지 적이 영혼의 세 가지 오류를 대변하는 것은 아닐까 생각한다.(그렌델은 불합리를, 그렌델의 어미는 도덕성의 결핍을, 용은 정욕과 탐욕에 대한 굴복을 대변한다.) 수많은 비평가들은 베오울프가 악마적인 용을 만나기 위해 12인의 사도와 함께 걸어 나가서 인간을 구원하다 죽음에 이르는 그리스도의 형상이 분명하다고 지적했다. 평원에서 나타난 괴물 그렌델은 신에게서 버림받은 이교도의 영혼이라는 것이다. 하지만 이론의 여지가 없는 기독교적 요소들은 비인간적인 운명, 친인척의 죽음에 복수를 요구하는 전사적 윤리에 대한 무비판적 수용, 주술과 고대적 악마에 대한 강렬한 믿음 등 철저하게 비기독교적인 요소와 뒤섞였다. 우의적인 해석을 제쳐 둔다 해도 이야기는 좋은 읽을거리를 제공한다. 이 이야기에서 J.R.R. 톨킨에서부터 아서 코넌 도일에 이르기까지 후세의 작가들이 빌려 온 구절을 수없이 발견할 것이다. 셰이머스 히니의 손을 거친 운문은 때론 아름답고 때론 철저하게 오싹한 느낌마저 선사한다.

여기서 멀지 않은 곳에
혹한에 얼어붙은 어느 숲은 아래의 호수를
기다리며 가만히 지켜본다.
호수 둑에 얼기설기 나무뿌리가
수면에 비치고
밤이면 그곳에서 섬뜩한 일이 벌어진다.
물이 갈라지는 것이다. 그 호수 기슭에서
지금까지 인간의 아들이 내는 소리라고는 들리지 않았다.
호수 둑에 히스 숲의 보행자, 붉은 수사슴이 멈춰 선다.
뒤쫓는 사냥개들을 피해 달아나던 수사슴마저
단단한 뿔을 곧추세우고 사냥개들을 향해 고개를 돌리고
수면 아래로 뛰어들지 않고 숲에서 죽을 것이다.
그곳은 좋지 않은 곳이다.

저자 추천본

셰이머스 히니가 번역한 판본(W.W. Norton, 2001)을 읽기 바란다. 또한 이 시는 무삭제 오디오북으로 히니의 낭송을 직접 들을 수 있다. 최근 출간된 J. R. R. 톨킨의 번역본 『베오울프: 번역과 해설』(Houghton Mifflin Harcourt, 2014)은 그의 아들이 완성했고, 많은 독자들에게 인기가 있다.

국내 번역 추천본

이동일 옮김, 『베오울프』(문학과지성사, 1998).

신곡 지옥편 단테 알리기에리

Inferno(1265~1321)_DANTE ALIGHIERI

성 금요일에 단테는 어두운 숲에서 길을 잃는다. 잠들었는지 깨어 있는지조차 불확실한 상태에서 길을 찾아보려 애쓰지만 훼방꾼인 들짐승과 마주칠 뿐이다. 그러던 차에 로마의 시인 베르길리우스의 유혼이 나타나 길을 이끈다. 그 길 끝에서 단테와 그의 죽은 연인 베아트리체의 영혼은 천국에 이르겠지만 그에 앞서 지옥을 통과할 것이라고 베르길리우스는 경고한다.

지옥을 통과하는 여정은 동심원으로 이루어졌다. 바깥 원은 비난받을 일이 거의 없는 이들이 거주한다. 여기 바깥 원 림보에는 천국에도 지옥에도 어울리지 않고 '불명예도 없고 칭찬도 받지 않고' 살았던 사람의 영혼이 모여 있다. 가장 안쪽의 아홉 번째 원은 가족과 국가, 은인을 배신한 영혼을 포함한다. 지옥 한가운데는 얼음 속에 얼어붙은 루시퍼가 역사상 가장 커다란 죄인 세 명을 입에 물고 있다. 그리스도를 배신한 유다와 카이사르를 배신한 카시우스와 브루투스가 그들이다. 여기에서 중요한 점은 카이사르와 그리스도의 동등함이 아니라 가깝고 신뢰하던 친구에 대한 배신이다. 첫 번째부터 아홉 번째 원까지 단테는 비난받을 만한 정도가 가장 적은 죄부터 가장 심한 죄까지 분류하고 각각에 적당한 처벌을 제시한다. 처벌은 악의 본성에 대한 심오한 통찰을 제시한다. 처음에는 악을 선택했지만 선택한 당사자는 필연적으로 영원하고도 구역질 나는 반복에 갇히는 것으로 묘사한다. 단테의 지옥에서 죄인들은 끝나리라는 아무 희망도 없이 스스로 경멸해 마지않는 행위를 영원히 하며 지

내게 된다.

글을 쓰면서 단테는 토마스 아퀴나스가 성서 해석법으로 정한 4중 해석을 언제나 염두에 두었다. 지옥을 통과하는 여정은 문자 그대로 모험이지만 지옥의 진짜 본성과 그 너머에 있는 천국의 아름다움을 일별하는 영혼의 우의적 여정이기도 하다.(단테는 맨델바움의 번역본에서 이렇게 결론짓는다. "안내자와 나는 그 숨겨진 길로 들어섰다. 밝은 세상으로 우리를 돌아가게 해 주는 그 길……. 그러다가 나는 보았다. 둥근 입구 너머로, 천국이 품고 있는 아름다움의 일부를. 거기서부터 우리는 어둠에서 나와 다시 한 번 별을 보게 되었다.") 그 여정은 여러 종류의 죄악이 빚어 내는 필연적인 작용을 보여 주는 성서 비유적인 여정이며, 최후의 심판을 보여 주는 종말론적 여정이기도 하다.

저자 추천본

로버트 핀스키의 번역본(Farrar, Straus and Giroux, 1996)은 힘 있는 번역으로, 이탈리아어 원문이 맞은편에 수록되어 있다. Modern Library Classics (2005)에서 출간된 앤서니 에솔렌의 번역본도 이탈리아 원문이 수록되어 있는 훌륭한 작품이다. 그 외 앨런 멘델바움의 번역본(New York: Bantam Books, 1980)은 수년 동안 모범적인 번역으로 알려져 있다.

국내 번역 추천본

단테 알리기에리, 박상진 옮김, 『신곡 지옥편』(민음사, 2013).
단테 알리기에리, 김운찬 옮김, 『신곡—지옥』(열린책들, 2009).

거웨인 경과 녹색의 기사

Sir Gawain and the Green Knight(c. 1350)

거웨인은 밝고 반짝이며 찬란하기가 할리우드 같은 아서 왕의 궁전에 드나드는 신하다. 궁전은 '그리스도 이후로 가장 고귀하다고 알려진 귀족들과 지상에서 살던 이들 중 가장 아름다운 귀부인들'로 가득하다. 기독교도에게 한 해의 중심 축제인 크리스마스 시즌에, 말을 탄 녹색의 기사가 아서의 궁전에 들어와서 "수염 없는 아이들만 자리에 앉아 있구나!"라고 기사들을 조롱하며 도전장을 던진다. 어떤 기사든 도끼를 들어 자신의 머리를 내리쳐도 좋지만 지금부터 1년이 지나면 지난해의 일격을 자신이 갚을 것을 약속해야 한다는 조건이었다. 이 도전장에 침묵으로 일관하다 마침내 아서 왕이 이를 받아들이려고 자리에서 일어난다. 아서 왕은 자신의 조카인 거웨인에게 '경기'를 대신하라고 제의한다. 거웨인은 기사의 머리를 베어 버리지만 기사는 동강 난 자신의 머리를 집어 들고 거웨인에게 1년 하고도 하루 뒤에 '녹색 성당'에서 만나야 할 서약을 상기시킨 뒤 떠난다.

한 해가 지나고 거웨인은 서약에 따라 녹색 예배당을 찾아 길을 떠난다. 황야에서 길을 잃은 그가 동정녀 마리아에게 안내해 달라고 기도하자, 즉시 작은 탑에 뒤덮인 성이 눈앞에 보여 이곳을 피신처로 삼는다. 성주와 부인은 그에게 사흘 동안 환대를 베푼다. 매일 아침이면 성주의 아내는 남편이 사냥 나간 사이에 거웨인을 유혹하려 한다. 거웨인은 번번이 뿌리치다가 마지막으로 그녀가 그것을 두르면 마술처럼 투명인간으로 만드는 녹색 허리장식을 내밀자 유혹에 넘어간다. 성주가 거웨인이 머무는 동안 그에게 무엇이든 내주겠다고 약속했는데도 거웨인은 그 허리장식을 받은 사실은 성주에게 비밀로 한다.

거웨인이 마침내 녹색의 기사와 대면하자 기사는 거웨인에게 도끼를 두 차례 휘두르다가 그에게 칼자국을 하나 남기고 자신의 정체를 드러낸다. 녹색의 기사는 그 성의 성주다. 그는 녹색 허리장식을 받고 비밀로 할 만큼 거웨인이 나약한 것을 벌하려고 칼자국을 남긴 것이다. 녹색의 기사는 말한다. "진짜 남자는 은혜에 보답합니다. 당신은 충심이 조금 부족하군요." 자신의 결함에 수치스러워진 거웨인은 이후에 갑옷을 입을 때면 녹색 허리장식을 찬다. 그리고 동료 원탁의 기사들 역시 녹색 허리띠를 '비겁함과 탐심의…… 표지'로 받아들인다.

시 속의 도시 카멜롯은 기사도 정신, 즉 정직과 공손, 여성 존중과 군주에 대한 지조 있는 충실함, 기독교적 신념이 짙은 곳이다. 하지만 카멜롯이라는 곳의 핵심에서는 일말의 불안감이 보인다. 이런 기사도 정신(『베오울프』에서 찾아볼 수 있는 살벌하고 원시적인 전사의 복수라는 공식을 대체할 만한 공식)이 진정 남성적인 대체물인지 의심스럽다. 거웨인이 유혹은 버텨 낼 수 있을지 몰라도 결국 용기는 잃고 만 것이다.

시를 읽을 때, 이 시가 특징적으로 이용하고 있는 '추와 바퀴' 형식을 찾아보자. 두운을 맞춘 행이 긴 연 다음에, 두 음절('추')로만 이루어진 행 하나가 이어지고, 다시 abab의 압운이 있는 짧은 네 행으로 이루어진 연, 즉 '바퀴'에 해당하는 긴 행의 연이 연결된다.

> 두 발을 탄탄하게 얹은 실한 등자도 녹색이었고…….
> 전체가 빛을 뿜고 녹색의 보석들로 반짝였다.
> 기사가 타고 있는 똑같은 녹색의 준마는

아주 밝고

거대하고 튼실한 말,

완고하고 완력 있는 준마,

수놓은 재갈을 문 날랜 말이 저에게 어울리는 주인을 꼿꼿이 태우고 있다.

— 마리 보로프 번역 (뉴욕: W. W. Norton, 1967), 1부, 168–178행

저자 추천본

사이먼 아미티지의 뛰어난 번역본 『거웨인 경과 녹색의 기사: 새로운 운문 번역』(W. W. Norton, 2008)에는 마주 보는 페이지에 원문이 함께 수록되어 있다. 새로 개정된 마리 보로프의 우아한 번역은 Norton Critical Edition(2009)으로 구해 볼 수 있다. 조금 구식이지만 중간계를 생각나게 해서 읽을 재미가 있는 J. R. R. 톨킨의 번역본(Del Rey, 1979)도 있다.

캔터베리 이야기 제프리 초서

The Canterbury Tales(c. 1343~1400)_GEOFFREY CHAUCER

위의 「서시」를 살펴보자. 초서의 성지 순례는 세속적인 도시 런던에서 출발해 영국 기독교 신앙의 중심지 캔터베리로 향하는 여정이다. 그 여정은 최소 사흘 동안 순례자들이 잠들지 않는 데서도 나타나듯 묘한 구석이 보이고, 순례단은 귀족 계급 기사부터 육체노동을 하는 제분업자로 모든 사회 계층을 대표하는 이들까지 다양하다.

모닥불 가에 둘러앉은 순례자들이 이야기를 하나씩 꺼내는데, 이것이 바로 캔터베리 이야기다. 초서는 이 이야기에 일반적인 중세 문학

형식을 사용한다. **직업 풍자**는 특정 사회 계급의 악덕을 전형적으로 그려낸 것이다. **로망스**는 길고 진지한 이야기로 종종 역사적이며, 진지하고 신뢰할 만한 화자가 주로 기사와 왕, 다른 귀족 계급의 인물 이야기를 풀어나간다. **우화시**는 하층 계급 인물과 외설적인 우스갯소리를 특징으로 하는 단편이고, **동물 우화**는 이솝 우화처럼 말하는 동물들이 출연하는 도덕담이며, **훈화**는 설교자가 예를 들어 설명하는 짤막한 도덕담이다. 하지만 초서는 옆구리를 찌르고 윙크하면서 각각의 형식을 패러디한다. 종교적 여정 중에도 술 마시고 잔치를 베풀고 노래 부르고 너저분한 농담을 지껄이며 시간을 보내는 순례자들은 사실적이지 않다. 그런 만큼 이야기도 '사실적'이지 않다. 상류 가문 출신의 인물들 사이의 길고 지루한 연애담을 그린 「왕 이야기」 직후에 「방앗간 주인 이야기」가 이어지는데, 이 이야기는 호색한에 우둔한 인물을 이야기 얼개의 중심에 넣고 로망스의 익숙한 관습을 세목까지 반전시키며, 순결한 입맞춤이 아닌 화장실 유머로 가득한 우스개로 이야기를 완결 짓는다.

「바스의 여장부 이야기」는 여자가 진정 원하는 것이 무엇인지 확신시켜 줄 것이고, 남자가 진정 원하는 것인 영원히 젊고 아름다우며 전적으로 순종하는 아내를 그리면서 끝을 맺는다.

책 후반부에서 초서는 다른 '세속적 번역들'과 더불어 이야기를 새침하게 철회하면서 이야기를 즐긴 탓을 독자에게 돌린다. 학자들은 이 철회에 대해 끝없이 공방을 벌인다. 임종에 이르러 회개한 결과물이자 진심인가? 후대의 필경사들이 삽입한 내용인가? 이야기가 가치 있으려면 '세속적이지 않아야' 한다는 생각에 시인이 주먹을 한 방 먹인 것인가? 마지막 설명이 가장 그럴듯해 보인다. 순례자들은 이론적으로 더 고귀한 것에 마음을 둔다. 하지만 그들이 털어놓는 캔터베리 이야기는 지상의 문제보다 오히려 고귀한 것에 대해서 상상력을 유지하기가 더 불가능함을 보여 준다.

저자 추천본

네빌 코그힐이 번역한 The penguin paperback(Penguin Books, 2003)과 데이비드 라이트가 번역한 Oxford World's Classics 번역본(2011)은 중세 영어를 생생한 현대 영어로 훌륭히 바꾸어 놓았다. 중세 영어를 경험하고 싶은 독자에게는 V. A. 콜브와 글렌딩 올슨이 편집한 Norton Critical Edition(W.W. Norton, 1989)을 추천한다. 「서시」, 「기사 이야기」, 「방앗간 주인 이야기」, 「바스의 여장부 이야기」, 「면죄부 관리인 이야기」, 「작품을 철회함」 등은 반드시 읽어 보기 바란다.

국내 번역 추천본

제프리 초서, 송병선 옮김, 『캔터베리 이야기』(현대지성, 2017).
제프리 초서, 김진만 옮김, 『캔터베리 이야기』(동서문화사, 2013).

소네트 윌리엄 셰익스피어

Sonnets(1564~1616)_WILLIAM SHAKESPEARE

셰익스피어의 소네트는 독특한 영국식 소네트 양식을 따른다. 매 행이 열 개의 음절로 이루어진 약강 5보격의 압운 도식이다. 음절은 약강격이라고 알려진 단위, 즉 '음보'로 나뉜다. 약강격에서는 강세를 받지 않는 음절이 나오고 강세를 받는 음절이 뒤따른다. 운율 분석을 하거나 시적 표기를 쓸 때면 u자로 표기된다.

1보		2보		3보		4보		5보	
u	—	u	—	u	—	u	—	u	—
My	MIS	tress'	EYES	are	NO	thing	LIKE	the	SUN

(내 연인의 눈은 태양과 같지 않다.)

소네트는 약강 5보격의 14행으로 이루어졌다. 첫 12행은 세 개의 4행시로 나뉘며, abab cdcd efef의 압운 도식을 보인다. 4행시들은 의미와 관련이 있다. 유사한 세 가지 생각을 제시하거나 세 가지 점을 들면서 논증을 쌓아 나간다. 혹은 첫째 4행시에서 하나의 착상을 제시하고 다음 두 개에서는 복잡하게 전개시키거나 설명을 하는 식이다. 마지막 2행, 두 행 압운은 두 행 안에서만 운을 맞추는 gg의 압운 도식이다. 셰익스피어는 이런 압운 도식을 유지하기는 했지만 이따금은 첫 8행에 문제를 제기하고 다음 6행은 문제를 풀거나 반응을 보이는 식의 페트라르카식 의미 전개법을 쓰기도 한다. 이런 소네트 형식이 독서를 시작할 때 길을 안내해 줄 수 있다. 소네트는 이상이나 분위기를 전달하는 시가 아니며 이야기와 관련 있지도 않다. 문제를 제기하고 답을 찾아 나가는 시다.

소네트는 따로 읽어도 무방하다. 소네트를 구성하는 낱낱의 면모에 대한 비평문은 산을 이루니 말이다. 하지만 전통적인 독서법은 전체, 즉 하나의 연속물을 이루는 일부로 읽는 것이다. 이런 방식으로 읽다 보면 셰익스피어가 아니어도 좋은 '화자'가 시에서 모습을 드러내는 듯하다. 허구적 인물로서의 '시인'을 소네트의 이면에서 구분할 수 있다. 그 시인은 평온과 휴식에 저항하며 불만을 품고 불안해하는 인물이다. '검은 여인'은 소네트 127의 '검은 미인'과 관련 있는데 "'나의 여인'의 눈은 까마귀처럼 검다."고 시인은 설명한다. 그 '검은 여인'은 소네트 130, 131,

132와 다른 곳에서도 다시 묘사되며, '경쟁자 시인'은 아홉 개의 소네트(21, 78~80, 82~86)에 나온다. 소네트 17에서 처음으로 모습을 보이는 '젊은이'는 젊음과 덧없는 아름다움을 칭송받고 혼인해 자신의 아름다움을 아이들에게 물려주라고 격려를 받는다. 시인은 소네트 6에서 질문한다. "이윽고 그대가 후손 속에 그대를 남기고 떠난다면 죽음이 무엇을 할 수 있겠는가?"

저자 추천본

온라인에서 이용 가능하며, Dover Thrift Editions(1991), Oxford World's Classics(2008), Folger Shakespeare Library(2004) 판본도 이용할 수 있다. 소네트 3, 16, 18, 19, 21, 29, 30, 36, 40, 60, 98, 116, 129, 130, 152은 반드시 읽어 보기 바란다.

국내 번역 추천본

윌리엄 셰익스피어, 박우수 옮김, 『소네트집』(열린책들, 2011).
윌리엄 셰익스피어, 피천득 옮김, 『셰익스피어 소네트』(민음사, 2018).

존 던

JOHN DONNE(1572~1631)

존 던이 독실한 사제이자 세인트 폴 성당의 사제장으로 기적적인 변신을 하기 이전에는 시를 토해 내던 방탕한 난봉꾼이었다는 평판은 모두 옳은 것은 아니다. 사실 던은 세속적인 인간으로 인생 초반부를 보냈고, 서른 가까운 나이에 고용주의 열여섯 살 되는 조카 앤 모어와 연애한 인물이다. 던은 그 후 그녀와 결혼했고 그녀의 아버지 때문에 감옥행을 한 이후 아내인 앤과 충실하게 함께 살았다.

존 던의 시를 전통적으로 인생 초반부에 쓴 세속적인 사랑에 대한 시와 후반부에 쓴 신에 대한 헌신을 담은 시편, 이렇게 두 부분으로 나누기는 하지만 사제가 되기 수년 전부터 그는 종교적인 시를 쓰기 시작했고 성직 안수를 받고 2년이 지나도록 여전히 사랑의 운문을 썼다.

존 던의 시편은 '형이상학적 기상(奇想)'을 사용한 점이 특징이다. '형이상학적 기상'이란 인상으로든 개념으로든 어울리지 않는 두 가지를 서로 결합하는 기교를 말한다. 던의 기상 중 가장 악명을 떨친 것으로는 아마 두 연인의 피를 빨아먹어서 살이 통통하게 오른 벼룩을 성교에 비유한 「벼룩」일 것이다. 성교와 벼룩은 두 사람의 피를 한 몸에 섞는다는 공통점이 있다. 조바심하는 연인이 마지못해 하는 여인에게 이야기한다. "이 벼룩의 속을 잘 보라, 그대가 나를 부인하는 것이 얼마나 부질없는지." 여자는 정절 때문에 남자와 잠자리에 들지 않으려 하나 남자가 지적한다. 벼룩은 이미 둘의 체액을 섞어 놓고 있으니 수치심으로 괴로워할 것 없다. 남자는 벼룩이 자기보다 운이 좋다며 한마디 덧붙인다.

존 던이 생의 후반부에 쓴 『거룩한 소네트』는 페트라르크카식 소네트로, abbaabba 압운 도식의 8행연과 여러 가지 압운을 사용하는 6행연을 결합하고 마지막 2행은 대개 각운을 맞추고 결론을 제시한다. 여기서는 덜 괴이한 기상을 사용한다. "나는 요소들과 천사 같은 요정으로/ 교묘하게 만들어 낸 하나의 작은 세계"라고 다섯 번째 명상을 시작하고, 이어서 그 작은 세계가 죄를 저지르면서 행하는 배신과 그 죄를 소멸시켜야 하는 불의 심판을 그린다. 존 던의 가슴은 먼저 포위당한 성이 되었다가 이윽고 점령당한 마을로, 마침내 생포된 처녀가 되어 이렇게 결론짓는다. “내 가슴을 치소서, 삼위일체이신 주여.”

> 저를 당신께 데려가시어 가두어 주소서.
> 당신이 저를 사로잡지 않으면
> 저는 결코 자유롭지 않을 테고
> 당신이 저를 겁탈하지 않으면
> 저는 결코 순결하지 않을 것이기 때문입니다.

전체 소네트를 통틀어 존 던의 시적 페르소나는 혼자 힘으로는 선해질 수 없다. 그는 무력한 죄와 악마의 노예이기에 신의 편에서 그를 구하기 위해 극단적으로 행동해야 하는 인물이다. 존 던은 “나는 한 시간도 나를 지탱할 수 없다.”고 쓰면서 「명상 2」를 전사 그리스도에게 보내는 절박한 호소로서 결론짓는다.

> 당신이 일어나 당신 자신의 업을 위해 싸우지 않는다면
> 당신이 인류를 넉넉히 사랑하시기는 하지만
> 그래도 저를 선택하지 않으시고
> 거기다 악마가 저를 증오하지만 저를 잃어버리기 싫어한다는 것을
> 알게 된다면, 오, 저는 이내 절망에 빠질 것입니다.

저자 추천본

A. J. 스미스의 편집본(Penguin Classics, 1977), The Modern Library Classics(2001) 편집본이 있다. 「비가 1」(「침대로 가는 그의 여인에게」), 「비가 12」(「자연의 세속적인 바보」), 「벼룩」(「가서 떨어지는 별을 잡아라」, 「일출」, 「시성」, 「공기와 천사」, 「사랑의 연금술」, 「미끼」, 「고별사: 슬픔을 금하며」,

「절정」과 16편의 연작 소네트 『거룩한 소네트』 등은 반드시 읽어 보기 바란다.

국내 번역 추천본

존 던, 김선향 옮김, 『존 던의 연애성가』(서정시학, 2016).

킹 제임스 성경 시편

Psalms(1611)_KING JAMES BIBLE

영국의 제임스 왕이 후원한 번역본 '흠정본' 성서는 이후 수세기 동안 영어에 영향을 미쳤고, 「시편」은 20세기 시인들의 언어를 물들였다. 1611년에 성서를 영어로 번역한 이들은 모든 독자들이 쉽게 다가갈 수 있는 성서를 만들고자 했다. 그들이 서문에서 밝혔듯이 번역은 "창문을 열어 빛이 들어오게 하고…… 껍질을 까서 우리가 알곡을 먹을 수 있게 만드는 것이며…… 커튼을 열어젖혀 가장 성스러운 장소를 들여다볼 수 있게 해 주며…… 우물 덮개를 들어내 물에 이를 수 있게 해 주는 것이다." 그런데 번역자들은 「시편」을 17세기 영어 독자들에게 '열어' 주고자 시도하면서 히브리어를 세련된 영어로 옮길 때 몇 가지 히브리어 관습을 유지했다. 그 바람에 다른 이들에게는 엄청난 폭력을 행사한 셈이다. 그들은 굳센 믿음을 가지고 전형적인 히브리어 시행 구조, 즉 2행의 평행되는 구절이나 때로는 3행을 고수했으며, 「시편」 2장 1절에서 4절까지는 그 구조가 명백히 드러난다.

어찌하여 나라들이 술렁대는가? 어찌하여 민족들이 헛일을 꾸미는가?

야훼를 거슬러, 그 기름 부은 자를 거슬러
세상의 왕들은 들썩거리고, 왕족들은 음모를 꾸미며
"이 사슬을 끊어 버리자!", "이 멍에를 벗어 버리자!" 한다마는
하늘 옥좌에 앉으신 야훼, 가소로워 웃으시다가.

히브리어 시들은 각 행마다 첫 구절 뒤에 두 번째의 평행 구절이 뒤따른다. 둘째 구절은 첫째 구절을 다른 언어로 재서술할 수 있고(동의의 평행 구절), 둘째 구절이 첫째 구절을 반복하지만 의미를 부가할 수도 있고(반복의 평행 구절), 혹은 둘째 구절이 결과를, 즉 첫째 구절이 원인(원인의 평행 구절)일 수도 있다.

야훼는 나의 목자, 아쉬울 것 없어라.
푸른 풀밭에 누워 놀게 하시고, 물가로 이끌어 쉬게 하시니
지쳤던 이 몸에 생기가 넘친다. 그 이름 목자시니 인도하시는 길, 언제나 곧은 길이요.
나 비록 음산한 죽음의 골짜기를 지날지라도 내 곁에 주님 계시오니 무서울 것 없어라.
막대기와 지팡이로 인도하시니 걱정할 것 없어라.

—「시편」 23장 1~4절

『킹 제임스 성경』「시편」에 등장하는 노래 부르는 식의 평행 구절은 밀턴뿐만 아니라 이후의 여러 시인의 작품에서 나타난다.

지옥불의 느닷없는 공격에, 그의 모든 창조물들을 섬멸하든
우리 것으로 모두 소유해 버리든, 그리고 우리가 쫓기듯
미약한 거주자들을 쫓든, 쫓지 않는다면 우리 쪽으로 유혹하든,
그들의 신이 뉘우치는 손으로 그들의 적의를 증명하기를…….

—『실낙원』 중에서

『킹 제임스 성경』에서 접속의 '그리고', 즉 히브리어 문장을 서로 이어 주는 히브리어식의 '와우(waw) 연결법'에 충실한 번역은 이후 시에서 되풀이해 나타나며, 성경적 양식을 스스로 의식하며 쓴 시에서는 특히 그렇다.

그리고 빈곤의 슬픔 외에 다른 슬픔이 있는가?
그리고 부와 안락의 기쁨 외에 다른 기쁨이 있는가?
그리고 사자와 수소 모두에게 통용되는 법은 없지 않은가?
그리고 영원한 삶으로부터 존재의 허상을 묶어 주는
영원한 불과 영원한 사슬은 없지 않은가?

— 윌리엄 블레이크, 「앨비언의 딸들이 본 환상」

저자 추천본

'흠정본'이라면 어디서든 「시편」을 찾아 읽어도 좋지만 다음 두 판본으로는 읽지 않기 바란다. '영국식 현대어 판본'을 20세기에 재개정한 『현대어 판본』이나 역시 현대어로 개정한 '신 제임스 왕' 성서이다. Oxford World's Classics에서 1611년 판을 페이퍼백으로 출간했는데, 로버트 캐럴과 스티븐 프리킷이 편집했다.(2008) 철자법과 여백의 원본 기록, 번역자 서문이 보존된 1611년 판본으로는 『성서: 1611년 판본』(Nashville, Tenn.: Thomas Nelson, 1982)을 찾아보기 바란다. 「시편」 1, 2, 5, 23, 27, 51, 57, 89, 90, 91, 103, 109, 119, 121, 132, 136, 148, 150장은 반드시 읽어 보기 바란다.

실낙원 존 밀턴

Paradise Lost(1608~1674)_JOHN MILTON

밀턴이 고전적인 것에 한결같이 매혹되는 것은 질서와 조화를 사랑하는 그의 태도를 부분적으로 보여 준다. 『실낙원』 중 밀턴이 창세기 1~3장을 재서술하는 부분에서 지옥의 특징은 혼돈과 대혼란을 뜻하는 밀턴의 조어(造語)인 팬데모니움이다. 천국에서는 다들 차분한 음성으로 말하고 예정된 양식으로 움직인다. 그런데 이것은 고대 서사시에 대한 밀턴의 교감은 인간이 본질적으로 역사를 변화시키지 못하고 인간의 이해나 통제를 초월하는 힘에 부딪혀 고작 고결하게 행동할 수 있을 뿐이라는 고대적인 견해에 공감하기 때문이기도 하다. '이차 서사시'인 『실낙원』에서 이러한 힘은 기독교화되었다. 악마의 유혹과 아담의 타락까지 포함해 세계의 토대를 앞서 구획할 계획을 가진 신과 그리스도에 의해서 이 힘이 재현된다. 이 계획은 역사를 조직해 내는 척추 역할을 한다. 밀턴은 서설에서 『실낙원』이 "인간에게 가는 하느님의 길을 해명"해 줄 것이며, 우주의 모든 면을 설명해 주는 순서도 속에 모든 존재를 정리하는 시가 될 것이라고 약속한다. 밀턴의 하느님은 합리적이다. 밀턴의 악마는 시기심과 복수를 향한 열망, 이 두 가지 비합리적 정서로 추동된다. 이브는 감각이 이성보다 우위를 차지하게 만들었기 때문에 타락한 것이다. 시가 진행됨에 따라 독자는 여타의 합리적이고 무죄한 '선인보다 악마에' 훨씬 더 흥미를 느끼게 된다. 그래서 그리스도의 죄 없는 완벽함에 정서적으로 결합하기는 어렵지만, 인간을 소모시키는 질투에 동일시하는 것은 상대적으로 쉽다.

그리고 스탠리 피시가 그의 고전적 연구서 『죄에 놀라다』에서 주목한 것처럼, 이것이야말로 정확히 밀턴이 의도한 바다. 시는 독자가 타락을 재현하도록 유혹해, 이성과 심판에 대한 승리에 공감하는 정서를 허락하게 만드는 것이다. 밀턴의 『실낙원』에서 타락은 이브가 사과를 먹겠다고 선택할 때 일어나는 것이 아니다. 결국 이브는 정원에서 일하는 것보다는 자신의 모습을 응시하며 더 많은 시간을 보내는, 감각에 의해 움직이는 헛된 피조물인 것이다. 이브의 죄악으로 하느님이 이브를 파멸시키리라는 사실을 깨달은 아담은 둘이 같이 머무를 수 있게 자신도 선악과를 먹어야겠다고 판단하면서 일은 벌어진다. 피시의 말대로 밀턴은 "독자의 정신 속에…… 타락의 드라마를 다시 창조해 독자가 아담처럼 곤혹스러워하면서도 명석해서 기만당하지 않는 상태로 아담의 행위를 똑같이 반복하여 독자를 다시 타락하게 만들어 보려는 의도다." 밀턴은 이성에 대한 사랑에도 불구하고 자신 역시 한계를 알고 있음을 이를 통해서 보여 준다. 추론을 따라가다 보면 논리적이기는 하지만 황폐한 결론에 이를 가능성도 엄연히 존재하기 때문이다.

저자 추천본

스티븐 오겔과 조너선 골드버그가 편집한 Oxford World's Classics 판본(2008)에는 해설용 각주(밀턴이 구식 표현을 쓰고 잘 알려지지 않은 수백 개의 고전 참고 문헌을 이용하기 때문에 상당히 도움이 된다.)가 달려 있다. 고든 테스키가 편집한 Norton Critical Edition(2004)은 현대화된 철자, 해설용 각주 등이 좋다. 『실낙원』은 반드시 읽어 보기 바라며, 밀턴 전공자 외에는 아무도 『복낙원』에 도전하지 않아도 된다.

국내 번역 추천본

존 밀턴, 박문재 옮김, 『실낙원』(CH북스, 2019).

존 밀턴, 조신권 옮김, 『실낙원 1, 2』(문학동네, 2010).

순수의 노래·경험의 노래 윌리엄 블레이크

Songs of Innocence and of Experience(1757~1827)_WILLIAM BLAKE

블레이크의 『순수의 노래』에 나오는 시는 『경험의 노래』의 시에 비교하면 음울한 평행 관계를 이룬다. 『순수의 노래』에서 그리는 계몽된 자연스럽고 순수한 상태는 정부와 사회, 제도적인 종교의 타락에 취약하다. 『순수의 노래』 중 「보모의 노래」는 부모나 학교의 권위로부터 자유로운 상태에서 놀고 있는 아이들 이야기다. 아이들은 취침 시간에 보모에게 소리친다.

"아니, 아니, 놀아요, 아직 낮이잖아요.
그러니 잠자러 안 갈 거예요.
하늘에는 작은 새들이 날아다니고
언덕엔 양들이 온통 놀고 있는데."

"그래, 그래, 날이 밝은 동안은 가서 놀려무나.
그러고 나서 집에 가서 자자꾸나."
조그만 아이들은 뛰어 대고 소리치고 웃었고
그 소리에 언덕은 온통 메아리친다.

하지만 『경험의 노래』 중 여기에 짝을 이루는 작품은 이러한 아이들을 비웃으며 돌아보는 속박되고 뒤틀린 어른을 보여 준다.

아이들의 목소리가 풀밭에서 들리고
골짜기에서 속삭이는 소리가 들릴 때,
내 유년 시절이 마음속에 환기되며
내 얼굴은 파랗게 질린다.

그러다 집에 오니 내 어린 시절, 태양은 져서 내리고
밤이슬이 스며 나오는데.
너는 봄과 낮을 놀이에 허비하지만,
네 겨울과 밤이 숨어 있느니.

블레이크의 시에서 합리성은 활기차고 창조적인 어린이를 지루하고 수동적인 어른으로 만드는 구속복이다. 진짜 존재는 충동에 따라 자유롭게 행동하는 사람이다. 기운은 블레이크의 하느님이며, 블레이크가 쓴 것처럼 자신의 교회 문지방에 "하지 마라."고 새겨 놓은 교회의 하느님은 사실상 인간성을 파괴하기 위해 나타난 악마다. "기운이야말로 유일한 생명이다."라고 블레이크는 『천국과 지옥의 결혼』에서 적고 있다.

"그리고 기운은 신체에서 나오며 이성은 기운에 종속된 것이거나 기운의 바깥 윈둘레다. 기운은 영원한 기쁨이다. 욕망을 구속하는 자는 그 욕망이 구속될 만큼 약하기 때문에 구속할 수 있는 것이다. 구속됨으로써 기운은 점차 수동적이 되었기 때문이다." 거칠고 자유로운 압운과 운율을 적절히 배합해 쓴 블레이크의 시는 욕망을 다시 자유롭게 풀어 두라고 북돋운다.

저자 추천본

시는 여러 차례 재출간되었지만, 블레이크가 직접 그린 채색 삽화가 수록된 판본을 보기 바란다. 이 책은 원래 블레이크의 신비적인 그림에 시를 덧붙여 출판한 것으로, 시에는 절대적으로 필요한 그림들이다. 제프리 케인스의 서문이 수록된 『순수의 노래·경험의 노래: 채색 삽화』(Oxford University Press, 1977), 『경험의 노래: 총천연색 복사본』(Dover Publications, 1984), 『경험의 노래: 초판 천연색 복사본』(Dover Publications, 1971)을 보면 된다.

국내 번역 추천본

윌리엄 블레이크, 서강목 옮김, 『블레이크 시선』(지만지, 2014).

윌리엄 워즈워스

WILLIAM WORDSWORTH(1770~1850)

1798년 워즈워스와 새뮤얼 테일러 콜리지는 『서정 담시집』을 공동 출간했다. 워즈워스의 서정시 모음과 콜리지의 신비적인 시편 『노수부의 노래』가 실린 시집이다. 이들 시편이 운동으로서의 낭만주의 시의 공식적인 출발이라는 데 대부분의 비평가들은 동의한다. 워즈워스는 합리성을 회의하고 인간 내부에 존재하는 신성한 힘을 확신하는 블레이크와 의견을 같이한다. 하지만 블레이크와 달리 워즈워스는 신성을 야성의 신비로운 힘이 아니라 인간과 자연이 합작해 불어넣는 온화하고 계몽된 존재로 해석한다. 「틴턴 사원 몇 마일 위에서 쓴 시」에서 워즈워스는 이를 느꼈다고 썼다.

고양된 사상의 기쁨으로 나를 휘젓는 한 존재를,
더욱 깊이 스며 있는 어떤 숭고한 감각을.

그것은 저무는 햇살에 머무르기도 하고
둥근 대양과 생생한 공기
그리고 푸른 하늘과 인간의 정신 속에 있다.
생각하는 모든 것, 모든 사색의 대상을
추진시키고 만물을 통해 흐르는
하나의 운동과 하나의 정신을.

워즈워스에게 전원시(자연시)는 신적인 창조력인 숭고함을 일별하는 기회를 주는 장치다. 그의 자전적 장편 시 「서시」를 인용하면 그는 "그늘진 고양감의, 한순간의 분위기"에서 숭고함을 감지한다. 하지만 모든 인간처럼 워즈워스는 숭고함을 감지하기 위해 끊임없이 투쟁한다. 도시와 관습적인 예절, 교육, 은어와 같은 사회적인 대화 등 인위적인 세상 때문에 그 감각은 쉽사리 지워지기 때문이다. 워즈워스는 이 모든 것을 떨어내고 자유로워지기를 갈망한다. 그는 개인을 선호하지만 사회에 대해서는 열정을 드러내지 않는다. 워즈워스의 여주인공 루시 그레이는 눈덮인 다리 한가운데에서 발자국도 남기지 않고 사라진 후, 이윽고 황야에서 홀로 '고독의 노래'를 부른다. 「웨스트민스터 다리 위에서」에서는 잠든 텅 빈 도시에서 위엄을 느낀다고 노래한다.

숭고함을 찾는 와중에 워즈워스는 어린 시절(인간이 태어나면서 동반했던 '영광의 구름'을 기억하고, 교육이라는 '감옥의 집'이 아직은 인간의 주위를 닫아 버리지 않은 시절)과 자연의 세계를 찬양한다. 워즈워스에게 전원시는 신성으로 진입하는 창이다. 그러나 자연에 대한 음미에 비극적인 음색이 압도적이다. 그는 자연의 세계를 고취시키는 영광으로부터 자신이 분리되어 있음을 끊임없이 의식한다. 진리는 기껏해야 샛길 너머로 일별할 수 있을 뿐이며, 그 영광을 어둑시근하게 엿볼 뿐이다. 「서시」 1권에서 그는 일몰에 호수 위로 우뚝 솟아 있는 산을 바라본 후 찾아드는 계시를 묘사한다.

그 장관을 바라본 후에
수일 동안 내 머리는 존재의 미지 상태에 대한
어둑하고 막연한 감각으로 분주하다.
내 생각 속엔 어둠이 존재하고—이것을 고독이나
텅 빈 황폐함이라 부르자—시간 속에 존재하는
익숙한 형상의 존재도, 나무와 바다나 하늘의 영상도,
푸른 벌판의 색도 없이,
살아 있는 인간처럼 살지 않는 거대하고 힘찬 형태가
서서히 내 정신 속으로 스며든다.

저자 추천본

스티븐 질이 편집한 The Oxford World's Classics edition, 『윌리엄 워즈워스: 서곡을 포함한 주요 작품』(2008)이나 마크 밴 도런이 편집한 Modern Library Classics 페이퍼백 『윌리엄 워즈워스 시 선집』(2002)을 추천한다. 「웨스트민스터 다리 위에서」, 「백치 소년」, 「조용하고 자유로운 아름다운 밤이니」, 「나는 구름처럼 외로이 배회했다」, 「틴턴 사원 몇 마일 위에서 쓴 시」, 「주목에 앉아 나온 시편」, 「이른 봄에 쓴 시」, 「1802년 런던」, 「루시 그레이」, 「영원불멸의 송시」, 「서시」, 「그 가지 않은 길가에 그녀는 살았네」, 「사이먼 리」, 「우리는 너무 세속에 묻혀 있다」 등은 반드시 읽어 보기 바란다.

국내 번역 추천본

윌리엄 워즈워스, 유종호 옮김, 『하늘의 무지개를 볼 때마다』(민음사, 2017).

새뮤얼 테일러 콜리지

SAMUEL TAYLOR COLERIDGE(1772~1834)

워즈워스의 동료 시인인 콜리지는 신성이 거주하는 장소가 자연이라는 워즈워스의 시각을 공유한다. 「나의 감옥, 이 라임나무 그늘」에서 콜리지는 "신의 영혼 위로 드리운 색조의…… 드넓은 풍경 속" 일몰을 바라볼 때, "신의 영혼이 자신의 존재를 알아채게 만드는 그때" 다가오는 "자맥질하는 묵언의 심오한 기쁨"을 노래한다. 하지만 워즈워스가 시인이란 사제, 즉 상상력에 호소해 인간 존재의 진리를 드러내는 시를 창작하는 일에 종사하는 사제라고 믿었던 반면 콜리지는 그다지 확신하지 못했다.

서사시 「쿠블라 칸」과 「노수부의 노래」에서 콜리지는 블레이크처럼 신화를 만들어 낸다. 하지만 콜리지에게는 블레이크와 같은 소통시킬 수 있는 자기 능력에 대한 숭고한 확신이 부족했다. 「노수부의 노래」에서 '예언자'는 광인은 아니라 하더라도 균형을 잃은 인물이다. 「쿠블라 칸」에서 화자는 벽과 탑으로 둘러싸인 신비로운 도시를 상기해 낸다. 화자는 한 소녀가 시를 노래하는 소리를 들으며 슬퍼한다. "내 안에서 저 여자의 조화로운 음과 노래를/ 소생시킬 수 있다면…… 공중에 저 둥근 천장으로 지어낼 텐데…… 그리하여 듣는 모든 이는 거기서 그것을 보아야 하리라." 하지만 시는 끊기고 시인은 다시는 둥근 천장을 만들어 내지 못하며 소녀의 시는 사라지고 그 도시도 마찬가지 처지가 된다. 제롬 맥건의 표현에 의하면 콜리지는 나이를 먹으면서 "그가 그동안 믿었던 사랑과 지식, 상상력이 세계의 고대적인 폭력과 암흑에 방어하는, 기껏해야 일시적으로 방어하는 데 불과한 키메라라는 악몽"[19]을 꾸었다고 한다. 콜리지 본인도 「낙심: 송가」에서 이렇게 쓴다. "고통이 나를 땅에 납작 엎드리게 한다……. 그리하여 독기 어린 생각이 내 정신을 똬리 튼다. / 실재의 어두운 꿈!" 그는 실재의 암흑에서 구원을 찾기를 소망하며 상상력에 의지한다. "공상이 내게 행복을 꿈꾸게 만들던 시절이 있었다. 희망이 마치 덩굴이 뻗어 나오듯 나를 둘러싸며 자라났다." 하지만 덩굴의 심상은 그 자체로 불안한 것이어서, '희망'이라는 착상과 관련되면 불길한 목조르기를 함축하게 된다. 게다가 신비적인 시편이 드러내듯이 콜리지의 상상력은 그에게 그다지 위안을 주지 못했다.

구릿빛 폭염의 하늘
크기가 달과 같은
정오의 핏빛 태양이
돛대 바로 위에 떠 있다.

날이 가고 또 날이 흐르는데
물감으로 채색한 대양 위
물감으로 채색한 배처럼 게으르게
우리는 쥐 죽은 듯 미동도 않고 늘어붙어 있다.

사방엔 온통 물뿐인데
갑판은 오그라들고
사방엔 온통 물뿐인데
마실 물 한 방울 없다.

―「노수부의 노래」 중에서

저자 추천본

The Penguin Classics paperback, 『시 전집』(Penguin, 1997)이나 Oxford World's Classics edition, 『새뮤어 테일러 콜리지: 대표작』(2009)을 추천한다. 「크리스타벨」, 「낙심의 송시」, 「풍명금」, 「쿠블라 칸」, 「나의 감옥, 이 라임나무 그늘」 등은 반드시 읽어 보기 바란다.

국내 번역 추천본

새뮤얼 테일러 콜리지, 윤준 옮김, 『콜리지 시선』(지만지, 2014).

새뮤얼 테일러 콜리지, 이정호 옮김, 『노수부의 노래』(창조문예사, 2008).

존 키츠

JOHN KEATS(1795~1821)

콜리지와 워즈워스 한 세대 이후에 시를 썼던 키츠는 낭만주의 운동을 이끈 두 사람의 '선배 정치가'가 설명의 필요성 때문에 좌초한 것이라고 보았다. 키츠는 시인이 할 일은 설명이 아니라고 생각했다. 시인은 "사실과 이성을 성마르게 따르지" 않고 "불확실함과 신비, 의심"을 마음속에 지니는 '소극적 수용성'이 특징이라고 생각했다. 시의 목적은 해결책을 찾는 것이 아니라, 아름다움이라는 것이다.

> 늙음이 이 세대를 침식하려 들 때
> 그대는 우리와는 다른 비애를 느끼며
> 인간에게 친구로 남아, 이렇게 말해 주겠지.
> "아름다움이 진리요, 진리가 아름다움이며
> 그것이 당신들이 지상에서 알고 있는 전부요

당신들이 알아야 하는 전부라오."

—「그리스 항아리에 바치는 송가」 중에서

키츠의 시와 그가 이전 세대 낭만주의의 '성마른 추구'에 유죄를 선고한 것은 낭만적 사고가 계속 성장하고 있음을 드러낸다. 콜리지와 워즈워스는 인간이 숭고함과 직접 대면할 수 있는 길을 보여 주려고 노력했다. 이 지점에서 키츠는 인간이 숭고함을 애써 추구하는 것과 무관하게 완벽한 아름다움을 묘사하는 것이 인간에게 숭고함을 드러내 준다는 사실을 당연하게 받아들였다. 더욱이 '아름다움'에 대한 키츠의 정의는 상상력과 일차적인 관련은 없으며, 감각과 관련이 있다. 키츠의 시는 소리와 광경, 따스함과 차가움, 냄새로 가득하다. 숭고함에 이르는 길은 정신에서 기원한 상상력이 아니라 물리적 감각이었다. 키츠는 콜리지와 워즈워스가 그들의 시에서 너무 과하게 노동했다고 비난했다. 두 사람이 숭고함에 이르는 길을 생각하려 애쓴다고 이맛살을 찌푸렸던 것이다. 대신 키츠는 시인이 감각을 소극적으로 수용하도록 자신을 연마해야 한다고 제안했다.

이엉을 감아 오르는 덩굴에 열매로 축복하시길.

이끼로 뒤덮인 오두막의 나무에 사과가 매달려 굽어지도록

모든 과실을 속까지 여물게 하시고.

호리박은 살 오르고 개암은 달콤한 속알과 더불어 껍질도 실해지도록……

그러다 강가 여울에서 작은 모기떼 일었다 잠자는 미풍 따라

솟구쳐 있다 처지며 비탄에 찬 합창으로 애도하는데……

하늘에선 모여든 제비들 지저귀는데.

—「가을에 부쳐」 중에서

저자 추천본

존 바나드의 편집본(Penguin Classics, 1977)이나 에드워드 허쉬의 편집본 (Modern Library Classics, 2001)을 읽기 바란다. 「엔디미온」, 「성 아그네스 축일 전야」, 「하이페리온: 단편」, 「잔인한 미녀」, 「그리스 항아리에 바치 는 송시」, 「나이팅게일에 바치는 송시」, 「가을에 부쳐」 등은 반드시 읽어 보기 바란다.

국내 번역 추천본

존 키츠, 윤명옥 옮김, 『키츠 시선』(지만지, 2012).

존 키츠, 김우창 옮김, 『가을에 부쳐』(민음사, 1997).

헨리 워즈워스 롱펠로

HENRY WADSWORTH LONGFELLOW(1807~1882)

학교 교과서에 감초로 등장하는 롱펠로는 비평가들에게 가차없이 당하는 경우가 많다. 디킨슨이나 휘트먼과 동시대에 글을 쓰면서 롱펠로는 미국인의 정체성과 싸우는 미국의 과거에 대한 이야기를 했다. 하지만 이야기들은 프로스트의 표현대로 "혼란에 대항한 일시적 머무름"이다. 롱펠로는 시적으로 보수적이다. 향수 어린 미국의 과거를 구축하면서 현재의 불확실성에 반발한다. 그는 무질서를 능가해서 글을 쓰고 패턴을 발견하며, 이미 건립된 건축물 아래로 질서 정연한 보강 재료를 쏟아붓는다는 면에서 미국의 밀턴이라 할 수 있다. 롱펠로는 지금까지 강단 밖으로 쫓겨난 상태다. 존 키츠와 달리 문학 이론에 관심이 없었기 때문이기도 하다. 롱펠로는 '난롯가 시인', 다시 말해 재미로 읽는 시인으로 널리 알려졌다. 시에 대한 학술적인 글을 쓰지 않았고 '평범한 독자들'에게 지속적으로 인기가 있었던 탓에 그는 1990년대 초기에 이미 불가능하리만치 넓어진 엘리트 독자와 대중 독자 사이의 간극을 가져온 최초의 시인으로 그려진다.

롱펠로의 서사시들은 이야기의 구술적인 '서사적' 자질을 강화하기 위해서 운율을 사용하고 형식을 내용과 맞춘다. 「폴 리비어의 승마」에서는 세 음절 운율이 등장한다.

> ONE if by LAND, and TWO if by SEA,
> and I on the OPposite SHORE will BE
>
> 뭍으로 오면 하나, 바다로 오면 둘,
> 나는 건너편 해안에 있을 테요.

이 시는 박차고 오르는 말에 대한 회상을 담고 있다. 「히아와타의 노래」에서 롱펠로는 '강약격 운율'을 사용해서 쌍을 이루는 각 음절에서 둘째가 아니라 첫째 음절에 강세를 둔다.

> ON the MOUNtains OF the PRArie,
> ON the GREAT red PIPE-stone QUARry,
> GITche ManiTO, the MIGHty,
> HE the MAST'R of LIFE, deSCENding,

ON the RED crags OF the QUARry….

프레리의 산 위
거대한 파이프석 채석장 위
채석장의 붉은 낭떠러지 위로
강림하는 생명의 지배자,
강인한 기치의 혼령…….

약강 5보격을 반전시킨 이 운율은 마치 인디언의 북소리처럼 들린다.

저자 추천본

로런스 부엘의 편집본(Penguin Classics paperback, 1988)이나 J.D. 맥클래치의 편집본(Library of America #118, 2000)을 추천한다. 「마일스 스탠디시의 구혼」, 「히아와타의 어린 시절」, 「폴 리비어의 승마」, 「대장장이 마을」, 「헤스페 러스 호의 난파」 등은 반드시 읽어 보기 바란다.

국내 번역 추천본

헨리 워즈워스 롱펠로, 윤삼하 옮김, 『롱펠로 시집』(범우사, 2002).
헨리 워즈워스 롱펠로, 김병익 옮김, 『햇빛과 달빛』(민음사, 1996).

앨프리드 테니슨 경

ALFRED, LORD TENNYSON(1809~1883)

롱펠로처럼 테니슨은 질서 정연한 시인이다. 장편 문학 서사시 『왕의 목가』에서 테니슨은 롱펠로가 미국의 과거에 대해 한 것과 똑같이 영국의 과거에 대해 말한다. 테니슨은 무운시로 카멜롯의 이야기를 재서술하면서 영국의 과거에 관한 신화를 창조한다.(한 세기 동안 영국인과 미국인의 상상력을 지배했던 기사들의 경합과 여인에 관한 낭만적인 카멜롯 이야기를 혼자 힘으로 창조한다.) 『왕의 목가』는 질서 정연한 밀턴적 우주를 그린다. 그 우주 안에서 아서는 합리적인 규제를 통해 자기 조국을 이끌어야 하는 운명에 처해 있다. 아서는 왕관을 이어받으면서 "낡은 질서는 바뀌었고, 새로운 것에 자리를 내준다."고 선언한다. 아서 왕의 새로운 원탁에서는 규칙을 따르는 기사들은 누구나 보상을 받고 규칙을 무시하는 기사는 처벌을 받는다.(아서는 "왕국의 모든 부정한 자를 부셔 버리기 위해 존재하는 것"이 '질서'라고 명시적으로 서술한다.)

적어도 랜슬롯이 나타나기 전까지는 그렇다. 열정이 이 질서를 붕괴한다. 선한 기사는 죽고 악한 기사가 승리하며 아서 왕 자신은 최후의 전투 직전에 한탄한다.

> 빛나는 별빛에 그를 발견했고,
> 만개한 꽃들로 가득한 그의 들판에서 그를 발견했으나,
> 하지만 사람들과 함께 있는 그를 찾지 못하니.
> 그의 전쟁에서 노고를 치렀으나 이제 나는 물러나 죽는다.

원탁은 실패했다. 아서 왕은 아들을 죽이고 서쪽으로 끌려가고 질서는 혼란으로 해체된다. 이러한 해체를 피할 수는 없었을까? 테니슨은 결코 최후의 심판을 내리지 않는다. 이렇듯 최종 결론을 유보하는 심경은 그의 가장 유명한 시에서 드러난다.

갈라진 벽 틈에 핀 꽃을 꺾어
뿌리째 손에 쥐고 여기 있네.
작은 꽃이지만, 만일 내가
너를 있는 그대로, 뿌리며 일체를
고스란히 이해할 수 있다면
신과 인간을 있는 그대로 알아야 하리.

—「갈라진 벽 틈의 꽃」

이 시는 가장 작은 창조의 요소에서 출발해서 끊기지 않은 채 가장 거대한 요소까지 펼쳐지는 질서에 대한 신념을 표현한 듯하다. 이는 계몽주의가 고취시킨 우주의 궁극적 합리성에 대한 확신이다. 하지만 이 시는 만일을 포함한다. 시인이 이해한 신과 인간은 꽃을 이해하는 것에 달려 있으며, 시는 그가 이해에 도달할 수 있을지 여부에 어떤 예언도 하지 않는다.

저자 추천본

애덤 로버츠의 편집본(Oxford World's Classics, 2009)이나 크리스토퍼 릭스의 편집본 (Penguin Classics, 개정판, 2008)을 추천한다. 두 판본 모두 「왕의 목가」는 수록하고 있지 않기 때문에 Penguin Classics edition을 추가로 봐야 할 수도 있다. 「빈사의 백조」, 「왕의 목가」, 「인 메모리엄」, 「샬롯 섬의 여인」, 「쾌락의 열매를 먹는 이들」은 반드시 읽어 보기 바란다.

국내 번역 추천본

앨프리드 테니슨 경, 윤명옥 옮김, 『테니슨 시선』(지만지, 2011).
앨프리드 테니슨 경, 이상섭 옮김, 『눈물이, 부질없는 눈물이』(민음사, 1995).

월트 휘트먼

WALT WHITMAN(1819~1892)

휘트먼은 최초의 모더니즘 시인이 아니라 최후의 낭만주의 시인이다. 영국 낭만주의처럼 그는 인간 존재의 거대한 다양성을 찬양한다. 휘트먼은 우리 개인이 세상을 경험하면서 숭고한 앎을 찾을 수 있다고 확신한다. 휘트먼은 「나 자신의 노래」에서 말한다. "너는 이 지구와 태양의 선함을 가지게 될 것이다. 너는 이제 이 사람 저 사람의 손을 통하여 물건을 취해서는 안 된다……. 책 속의 유령을 먹고 살아서도 안 된다……. 내 창가에 나팔꽃 한 송이가 형이상학서들보다 내게 더 만족을 준다."

낭만주의 시인들은 자기 시에 자신을 정직하게 번역해 넣는다. 자신의 고유한 경험을 서술하면서 독자들에게 숭고함을 보여 주려고 시도하는 것이다. 휘트먼은 낭만주의적 전략을 훨씬 멀리까지 밀고 간다. 휘트먼은 단순히 자신의 경험뿐 아니라 자기 자신을 기록한다. 그는 이렇게 쓴다. "나는 나 자신을 맹목적으로 사랑한다. 너무 많은 내가 있고 그 모든 나는 더없이 달콤하다." 그렇다, 그는 진지하다. 그런데 휘트먼이 자신의 몸을 찬양할 때는 종종 도를 넘어선다. 자서전을 쓰는 사람처럼 휘트먼은 『풀잎』 안에서 압도적이고 기이하게 모순적인 태도로 자기 자신을 창조한다. 그의 목적은 자기 자신을 한 명의 미국인으로까지 표상하려는 것이다. '보통 사람'은 역설적이게도 평범하면서 동시에 독특하다. 그는 '어떤 종의 일원'이자 동시에 모든 인류의 대변인이다.

월트 휘트먼, 하나의 우주이자 맨해튼의 아들이자

성미가 폭풍 같고 살집 좋으며 욕정 넘치고 잘 먹고 잘 마시며 생산도 잘하는 이,

감상주의자도 아니요 사람들 위에 군림하지도 유리되지도 않은 자
겸손하지도 염치없지도 않은 자
문마다 자물쇠를 뜯어내라!
문기둥에서 문짝을 뜯어내라!

—「나 자신의 노래」 중에서

바삐 경계선을 허물어뜨리고 문을 열어젖히며 모든 인간의 완벽한 평등을 주장하면서 휘트먼은 전통 시 형식 속으로 걸어 들어가기를 거부하고 문짝을 문기둥에서 뜯어낸다. 미국적인 말투의 자연스러운 리듬을 포착하려는 시도를 보여 주는 『풀잎』에는 운율이나 리듬이 거의 없다.(가장 주목할 만한 예외는 링컨을 애도한 시 「오, 선장이여, 나의 선장이여」로 좀 더 전통적 형식이다.) 형식적인 시를 단호하게 거부한 것은 휘트먼이 자신의 시를 완벽하고도 전적으로 확신했음을 드러낸다. 휘트먼에게는 콜리지와 같은 낙심이 없다. 그는 신이라는 부분을 삭제한 블레이크였으며, 미신에서 자유로우며 자기 삶의 형태를 만들어 나갈 수 있는 새로운 종류의 미국인에게 시가 새로운 성경과 같은 역할을 하리라고 굳게 확신했다. 휘트먼은 자기 권위를 결코 의심하지 않는 것 같아 보였다. 『풀잎』은 모든 것에 대한 진리의 책이라며 자기 자신의 위상을 끊임없이 공표한다.

이제 나는 태곳적 열쇠말을 읊고 민주주의의 기미를 제시하련다…….
나를 통하여 오래된 벙어리 목소리들 허다하다.

무수한 세대에 걸친 죄수와 노예의 목소리들이…….

나를 통해 금지된 목소리들

섹스와 정욕의 목소리들 가려졌다가 내가 막을 걷어 낸 목소리들

상스러운 목소리들, 나를 통과하면서 명료해지고 훌륭해진다…….

나는 살과 입맛을 믿으니

보고 듣고 느끼는 것은 기적이며 내 몸의 부분과 말단은 기적이다.

내가 만지거나 내게 닿는 무엇이든 신성해지며

겨드랑이의 이 암내는 기도문보다 훌륭하고

이 머리는 교회보다 성경보다 모든 교리보다 중하다.

—「나 자신의 노래」 중에서

저자 추천본

피터 데이비슨이 편집한 Signet Classics paperback(2013)이나 Modern Library Classics의 『풀잎 '임종'판』(2001)을 추천한다. 휘트먼은 1855년 『풀잎』을 처음 출간한 이래 일생 동안 끊임없이 수정을 거듭해 재발간했다. 위의 두 판본에는 마지막 '임종' 버전이 수록되어 있다. 『풀잎』은 시들을 엮은 한 권의 시집이라기보다는 한 편의 거대한 장편 시와 같다. 이 장편 시와 같은 각각의 시 중 자주 인용되는 「미국의 노래가 들린다」, 「나 자신의 노래」, 「몸의 흥분을 노래한다」, 「펼쳐진 길의 노래」, 「끝없이 흔들리는 요람에서」, 「생명의 대양과 더불어 쓸려 나갈 때」, 「상처 붕대」, 「라일락이 앞마당에 피어 있는 동안」, 「오, 선장이여, 나의 선장이여」 등은 반드시 읽어 보기 바란다.

국내 번역 추천본

월트 휘트먼, 유종호 옮김, 『풀잎』(민음사, 1998).

에밀리 디킨슨

EMILY DICKINSON(1830~1886)

미국 최초의 모더니스트는 휘트먼이 아니라 디킨슨이다. 휘트먼이 시의 힘을 한없이 확신하며 범람하던 지점에서 디킨슨은 회의적 상태로 남아 있다. 휘트먼이 보통 사람에 대한 넘치는 열정으로 미국을 보던 지점에서 디킨슨은 무질서와 부패의 불가피성을 본다. 디킨슨은 몰아의 경험이 가능하다는 것을 부인하지는 않았지만, 그녀에게는 영광이 꾸물거리며 머무르리라는 희망은 없었다.

> 하늘이 그렇게 가까이 와서,
> 그렇게 내 문을 고르는 것 같다는 점만 제외하면,
> 그 거리는 그렇게 나를 괴롭히지 않을 것이다;
> 나는 예전에 기대하지 않았다.
>
> 그러나 내가 결코 보지 못한
> 은총이 떠나가는 것을 듣는 것이
> 나를 이중의 상실로 괴롭힌다;
> 이미 나에겐 가능성이 없다.
>
> —「천국이 이렇게 가까이 왔다는 것을 제외하면」(XXXI)

시에서 디킨슨은 '숭고함과의 조우'에 대한 낭만주의적 강박에서 벗어나 대신 다가오는 죽음의 실재와 끊임없이 마주치는 세계를 설명하려고 시도한다. 디킨슨의 시는 스쳐 지나가는 그곳을 보여 주지만 기쁨은 그녀의 고향집이 아니다.

> 나는 슬픔을 걸어서 건널 수 있다—
> 웅덩이 가득 채운 슬픔—
> 그것에 익숙해졌지만
> 기쁨이 살짝만 밀어도
> 내 발은 헛디딘다—
>
> —「나는 슬픔을 걸어서 건널 수 있다」(IX) 중에서

결국 디킨슨은 세상과 불화한 사람이다. 그녀는 일생 동안 매사추세츠의 집에 머물다시피한 것으로 유명하다. 그녀는 세상을 경험하면서 언제나 불편함과 의심, 무능력의 기미를 보인다. 무능력이란, 자기 경험을 명확하게 해석해서 안착시킬 수 없는 것, 즉 전체 계획에 따라서 자기 삶의 차이 나는 조각들로 의미를 만들어 내는 능력이 없음을 말한다. 이러한 소외는 현대시를 특징짓는 징표 중 하나다.

시에서 디킨슨은 언어의 표현성에서 환호했던 휘트먼과 달리 언어의 속박과 싸웠다. 그녀는 4박자와 3박자 시행이 교차되는 '찬송가 리듬'을 종종 사용하면서 세심한 시적 운율을 유지한다.

> Not knowing when the Dawn will come,
> I open every Door

> 여명이 언제 올지 몰라,

문을 모두 열어 두네.

—「여명」(VII)에서

Because I could not stop for Death—
He kindly stopped for me—

나 죽음 때문에 멈출 수 없었기에 —
죽음이 친절하게도 나를 위해 멈추었네 —

—「그 마차」(XXVII)에서

혹은 3/3/4/3 박자의 유사 4행 패턴을 쓴다.

The Bustle in a House,
The Morning after Death
Is solemnest of industires
Enacted upon Earth—

집안의 웅성거림,
죽음 이후 아침은
지상에 제정된
가장 격식 있는 산업이니—

—「잡안의 웅성거림」(XXII)에서

하지만 규칙적인 운율은 불규칙적인 강세와 줄표를 사용한 긴 침묵, 뒤틀린 통사를 사용하는 경향 때문에 복잡해진다. 정상적인 영어 통사가 디킨슨의 사상에 부적절하기나 한 것처럼 말이다. 디킨슨은 나이가 들어감에 따라 점점 규칙에서 벗어난 시 형식을 따른다. 단어에서 선택하기를 거부하기 시작했으며 때로는 어떤 단어도 줄을 그어 지우지 않고 서너 개의 선택지를 연달아 쓰기도 했다. 죽기 전에 그녀는 인쇄되어 묶일 수 없는 표현 형식에 전력을 기울이면서 파편적인 글, 옆으로 새는 글, 자투리 시, 위아래가 뒤집힌 시 등을 썼다.

저자 추천본

토머스 존슨이 편집한 『마지막 수확: 에밀리 디킨슨 시선』(Back Bay Books, 1976)을 추천한다. 디킨슨의 시는 다양한 여러 판본으로 출간되었는데, 이 판본이 디킨슨이 처음 쓴 그대로의 구두점과 대문자를 유지하고 있는 몇 안 되는 판본 가운데 하나다. 「한 마리 새가 걸어 내려왔다」, 「풀밭에 편협한 사내」, 「말은 죽었다」, 「내 죽음 때문에 멈출 수 없기에」, 「내가 내 눈을 닫아 버리기 전에」, 「각각의 생명은 어떤 중심으로 수렴한다」, 「희망은 깃털 달린 사물이다」, 「나는 아름다움을 위해 죽었다」, 「내 머릿속에 장례식이 느껴졌다」, 「나는 그 시절 내내 배고팠다」, 「내가 죽었을 때 파리 한 마리가 붕붕대는 소리를 들었다」, 「한 번도 황무지를 못 봤다」, 「내 힘을 손아귀에 쥐었다」, 「내가 아무도 아니라고? 너는 누구지?」, 「과한 광기는 가장 신성한 감각」, 「안전하게 희고 매끄러운 방 안에」, 「너무 철저한 고통이 있네」, 「영혼은 제 있을 곳을」, 「지난해 내가 죽었던 그때였다」 등은 반드시 읽어 보기 바란다.

국내 번역 추천본

에밀리 디킨슨, 강은교 옮김, 『고독은 잴 수 없는 것』(민음사, 2016).
에밀리 디킨슨, 윤명옥 옮김, 『디킨슨 시선』(지만지, 2011).

크리스티나 로세티

CHRISTINA ROSSETTI(1830~1894)

디킨슨이 살아생전에 단 열한 편의 시를 출간한 것에 비해, 크리스티나 로세티는 상당한 명성을 얻었다. 로세티의 시는 나란히 존재하는 다른 열정의 문제에 사로잡혀 있다. 시와 사랑, 신에 대한 사랑과 인간에 대한 사랑, 남자에 대한 사랑과 여자들 사이의 우정, 시와 신 등의 긴장을 탐구해 나가면서 로세티는 언제나 하나의 열정을 포기해야 다른 열정이 흐드러질 것이라는 결론을 내린다. 대부분의 경우에 결함 있고 파괴적이라고 입증되는 것은 세속적인 사랑이다. 가장 유명한 담화시 「고블린 시장」에서 로세티는 젊은 여자아이가 감미로운 '고블린 과일'을 주겠다며 접근한 고블린들에게 유혹당하는 내용을 노래한다. 여자는 과일을 먹자마자 중독된다. 그녀의 순수함과 창조력은 육체의 만족에 사로잡혀 쇠잔해진다.

> 움푹 파인 눈가와 바랜 입술을 하고서,
> 여행자가 사막에서 갈증 속에
> 아지랑이 물결을 보는 것처럼 그녀는 멜론을 꿈꾼다…….

하지만 다른 시에서 로세티는 '고블린'이 과일을 내놓지 않으리라는, 역시나 경악할 만한 가능성에 대해 쓴다.

> 내 심장을 네 손에 움켜쥐고

너는 호의 어린 미소와
흠잡기 좋아하는 시선으로 훑어보았지.
그러고는 그걸 내려놓은 다음
이렇게 말했어. 아직 여물지 않았으니,
잠시 기다리는 게 낫겠군.

—「두 차례」 중에서

이들 시편은 실망감뿐만 아니라 배신감으로 가득하다. 서정시와 담화시 모두 사랑에서 진정한 충족을 희망하는 인물은 결국 환멸을 느끼게 된다.

오빠인 단테 게이브리얼 로세티, 시인 찰스 스윈번, 화가 윌리엄 모리스와 함께 로세티는 '라파엘 전파'라고 알려진 비공식적인 예술가 집단에 속해 있었다. 그들은 동일한 사상을 표현하는 두 가지 방법이라고 보던 예술과 시가 진리를 발견하는 것이 아니라 아름다움에 사로잡혔던 낭만주의 때문에 왜곡되었다고 생각했다. 라파엘 전파는 라파엘 이전 시대의 중세 예술가의 세부 묘사적인 작품을 모범으로 삼고서 인간과 풍경의 초상에서 새로운 단순함을 발견하는 데 착수했다. 시에서 라파엘 전파는 세부 묘사와 시각, 소리, 색상, 맛 등의 감각에 강조점을 세심하게 두었다. 과거를 찬양하면서 라파엘 전파의 시 역시 중세 혹은 적어도 중세적으로 들리는 신화와 이야기들을 수없이 활용했다. 로세티의 시에는 단념(斷念)에 대한 서정적 탐색과 풍부하고 세부적이며 감각적인 우화 서사가 섞여 있다. 세부 묘사에 대한 관심은 시 형식에까지 확장된다. 로세티는 휘트먼처럼 대화적인 운문이나 '자유시'를 결코 쓰지 않으면서 운율과 압운에 꼼꼼한 주의를 기울이지만, 종종 시행의 강세로 갑자기 기교를 부리거나 길이를 끊어 버리거나 예기치 않게 운율을 변경하기도 한다.

> "우리는 남자 고블린을 쳐다보지 말아야 하며,
> 그들의 과일을 사지 말아야 하네.
> 과일 나무가 굶주리고 목마른 뿌리를
> 어떤 흙에 내렸는지 누가 알겠는가?"
> "와서 사 가세요." 고블린들이 외친다…….
> 습관적인 외침,
> "와서 사 가세요, 와서 사 가세요."
> 달콤함으로 꾀는 말들의
> 공식처럼 되풀이되는 딸랑거림…….
> 그것이 고블린의 외침.

저자 추천본

R. W. 크럼프와 베티 S. 플라워스의 편집본(Penguin Classics, 2001)이나 알프레드 A. 노프가 출간한 『로세티 시선』(Everyman's Library Pocket Poets, 1993)을 추천한다. 「더 나은 부활」, 「생일」, 「죽음 이후」, 「크리스마스 캐럴」, 「수도원 입구」, 「깊은 수렁에서」, 「꿈의 땅」, 「고블린 시장」, 「성 금요일」, 「모드 클레어」, 「익명의 모나」, 「왕자의 순례」, 「기억하라」, 「여동생 모드」, 「세 가지 적」, 「오르막길」, 「나의 사랑하는 이여, 나 죽었을 때」 등은 반드시 읽어 보기 바란다.

국내 번역 추천본

크리스티나 로세티, 윤명옥 옮김, 『로세티 시선』(지만지, 2013).

제라드 맨리 홉킨스

GERARD MANLEY HOPKINS(1844~1889)

홉킨스의 시는 두 가지 이유에서 주목할 만하다. 진실하고도 심오한 종교 신념이 진실하고도 심오한 절망과 동등하게 시에 공존한다는 사실이 첫째 이유다. 그리고 완전히 독자적인 운율과 압운, 심지어는 단어까지 동원해 모순을 표현하려고 애썼다는 것이 다음 이유다. 그는 믿음과 고통 사이의 불가능한 관계를 설명하려고 시도하면서 공인받은 종교 언어 내부에 포함될 수 없는 그 관계 때문에 언어 자체에 폭력을 가하게 된 것이다.

홉킨스의 시는 그의 '개별화' 이론으로 규정된다. 창조된 개별 사물은 그 안에 '고유한' 아름다움을 지녀서 그 아름다움을 돋보이게 한다. 홉킨스는 이 원칙을 표현하는 데 도움이 되는 두 어휘를 만들어 냈다. '내적 풍경'은 개별적이고 독특한 자연물 각각의 '단독성'을 말하며, '내적 긴장'은 개별성을 유지시키는 힘이나 독특한 기운을 말한다. '내적 긴장'은 대상을 서로 모으지만, 관찰자의 눈에는 구분되게 만들기도 한다. W.H. 가드너에 따르면 "'내적 긴장'은 외부 형식에 의미를 부여하는 심오한 양식과 질서, 단일성을 별안간 지각"[20]하는 것이다.

홉킨스에게 '내적 긴장'은 최후의 절망으로부터 자신을 지켜 주고, 비록 덧없기는 하지만 자신을 위협적으로 압도하는 무질서 뒤에 숨어 있는 '심오한 양식'을 그에게 보여 준다. 홉킨스는 일기에서 "내적 풍경의 아름다움이 손에 잡힐 듯하다……. 우리에게 그것을 볼 눈만 있다면 어디서든 다시 불러들일 수 있을 테지."라고 읊조린 바 있다. 시에서 그는 이 아름다움을 명료하게 보여 주려 애쓴다.

그렇게 하면서, 홉킨스는 시 자체를 자신만의 '내적 풍경'을 지닌 독특한 대상으로 만든다. 홉킨스가 새롭게 국면을 열어젖힌 '튀어 오르는 리듬'은 복잡한 운율로서, 「독일의 난파」에서 처음 사용했다. 홉킨스의 말에 따르면 "음절 수를 세지 않고 음률이나 강세만을" 세고 "그래서 한 음보가 하나의 강음절이 될 수도 있고 혹은 다수의 약음절에 하나의 강음절이 될 수도 있다." 각 시행은 길이가 다를 수도 있지만, 각각에 포함된 '강' 음절의 수가 틀림없어야 한다. 도움 없이 이러한 음절을 찾아내기란 아주 어렵다. 홉킨스는 자기 시에 강음절을 표시하곤 했지만 대부분의 현대시 판본은 그 표시를 삭제했다. 홉킨스는 전통적인 행의 각운과 함께 비전통적인 압운 도식, 즉 두운법, 모음운, 행 중간 압운도 활용했으며 기존의 어휘들이 부적절할 때마다 자신만의 형용사와 명사를 만들어 냈다.

나는 내 손을
사랑스레 흩어진 별들에 스치네.
별빛은 별들에서 흘러
천둥 속에 영광스레 눈부시네.
내 손을 암자색으로 얼룩진 서쪽에 갖다 대네.
왜냐하면 그가 이 세상의 화려와 경이 아래 있다 해도,
그의 신비는 내적으로 긴장되고 강조되어야 하는데
만나지면 그를 맞이하고 내가 이해할 때 그를 찬양해야 하기에.

—「독일의 난파」 중에서

홉킨스가 가톨릭 사제가 되자, 물리적인 것은 언제나 신을 증언하

는 신학적인 세계로 들어간다. 그의 나날은 '단순한' 나날이 아니며 새는 '단순한' 새가 아니고 들판은 '단순한' 흙이 아니다. 신의 창조물 가운데 본래 모든 것이 포함되어 있는 것이다.

> 상반되고, 고유하고, 비상하고, 기괴한 모든 것들
> 무엇이나 변하기 쉬운 것은 얼룩져 있네.(누가 알리요, 이 오묘한 뜻을.)
> 빠르고, 느리고, 달콤하고, 시고, 눈부시고, 희미한 모든 것들
> 이 모든 것은 변화를 초월하시는 그의 작품
> 이 모든 조화를 이루신 그분을 찬미하세.
>
> —「다채로운 아름다움」 중에서

저자 추천본

캐서린 필립스의 편집본(Oxford World's Classics, 2009)이나 W. H. 가드너의 편집본(Penguin Classics, 1953)을 추천한다. 「신의 웅대함」, 「다채로운 아름다움」, 「새장 안의 종달새」, 「황조롱이」, 「썩은 고기의 위안」, 「바닥을 치다」, 「독일의 난파」 등은 반드시 읽어 보기 바란다.

윌리엄 버틀러 예이츠

WILLIAM BUTLER YEATS(1865~1939)

신비적 경향이 있는 아일랜드의 신교도인 예이츠는 자신만의 고유한 우주론을 구축했다. 그는 세계가 2000년 주기로 진보한다고 보았고, 각각의 주기는 하나의 특정 문명과 그 문명이 마련한 신화에 의해 지배된

다고 보았다. 각 주기의 종말은 분열과 혼란, 무질서의 징조를 보인다. 이러한 무질서는 다음번에는 새로운 주기의 탄생을 이끈다. '재림'은 그리스도가 나타나기 이전에 이 주기의 종말을 서술하며, 이 시기 이후에 예이츠 본인의 시대가 시작되게 이끌었다.

> 돌고 돌고 원을 넓혀 가며 도는
> 매는 주인의 소리를 들을 수 없고
> 사물은 무너져 내리고 중심은 버틸 수 없어
> 혼돈만이 세상에 널브러진다…….
> 어둠이 다시 뒤덮는다. 하지만 이제 나는 아네.
> 이천 년간 깊었던 잠이
> 요람 한 번 흔들어 악몽으로 고통이 된다는 것을,
> 마침내 시간이 다가왔는데, 무슨 야수가
> 태어나려고 베들레헴을 향해서 구부정하게 걷는가?

다른 모더니스트들처럼 예이츠도 자신이 살던 시대에서 혼돈과 붕괴, 폭력을 보았다. 하지만 이후 시인들과 달리 그는 혼돈 뒤에서 하나의 양식을 발견했다. 현 세대는 지금까지도 종말을 향해 내리막길을 걷고 있지만 그 죽음은 재생으로 이어질 것이라고 그는 암시했다. 예이츠는 각각 이천 년 주기를 하나의 '소용돌이', 즉 나선으로 움직이는 시간의 원뿔로 그린다. 각각의 소용돌이가 전체를 완벽하게 돌아서 끌려가면 새로운 시작이 생성되는 것이다.

> 마비시키는 악몽이 기세등등한들 무슨 상관인가…….

무슨 상관인가? 한숨도 더하지 말고 눈물도 허락지 마라.
더 위대하고 더 은총 어린 시절도 이미 지나갔으니…….
무슨 상관인가 동굴에서 들리는 목소리 중에
귀에 들어오는 단어는 오직 "기뻐하라!"뿐인데.

—「소용돌이」 중에서

이 소용돌이는 예이츠의 시와 산문에서 끊임없이 재등장한다. 그들은 모든 시간을 연결 짓는 본성을 표상한다. 각각의 주기는 분리된 듯 보이지만 위에서 신의 눈으로 조망하면 모든 것은 하나의 양식의 일부로 판명된다. 무질서는 언제나 질서로 이어지고, 죽음은 삶으로, 혼돈은 새로운 양식으로 끌려간다.

아일랜드 태생의 예이츠는 스스로를 아일랜드 시인이자 '아일랜드 민속 문화'의 대변인으로 자리매김했다. 그는 영국으로부터 독립을 꿈꾸는 아일랜드의 소망에 전적으로 공감해 쉰일곱 살의 나이에 아일랜드 독립 공화국 상원 의원이 되었다.

불후의 시편 가운데 하나인 「1916년 부활절」은 더블린에서 일어난 부활절 반란에서 영국군에 의해 아일랜드 민족주의자가 패배한 사건을 기념하는 시로, 반란 자체를 '끔찍한 아름다움'으로 묘사한다. 하지만 신교도인 예이츠는 아일랜드 가톨릭 민족주의자의 신앙을 공유하지 않았고, 나이가 들어감에 따라서 점차 민족주의 운동의 폭력성에 불만을 품게 된 것으로 보인다. 아일랜드의 위대한 현대 시인 셰이머스 히니는 예이츠가 '자기 분열'로 고통받았다고 회고했다. 히니의 글에 따르면 "아침을 먹으며 앉아 있는 남자는 우연과 모순 덩어리인 반면, 시에서는 '의도되고' '완결된' 상태로 재탄생한다는 유명한 선언을 했다. 그의 인생이라는 작품을 이해하는 한 가지 방식은 그 완결된 의도를 좇아가는 것이다."[21] 예이츠의 시는 대립되는 힘 사이의 투쟁에 대한 첨예한 인식을 보여준다. 이 힘은 20세기 초반의 삶의 모든 면모를 특징짓는 것으로 보이며, 이러한 투쟁에 대한 갈망은 또한 마침내 평화를 낳으려는 것이다.

나는 이제 일어나서 가리, 이니스프리로 가서,
거기에 진흙과 잔가지로 만든 조그만 통나무집을 짓겠네…….
그리고 거기서 얼마간의 평화를 얻을 것이네, 왜냐하면 평화는 점점이 다가오기에…….

—「이니스프리 호도」 중에서

저자 추천본

리처드 J. 피너랜의 편집본(Scribner's, 1996)을 읽기 바란다. 「내 딸을 위한 기도」, 「모자와 방울」, 「갯버들 정원에서」, 「1916년 부활절」, 「지혜는 시간과 더불어 온다」, 「이니스프리 호도」, 「유리 구슬」, 「레다와 백조」, 「메기」, 「기억」, 「비잔티움 항해」, 「재림」, 「비밀의 장미」, 「1913년 9월」, 「세 가지 사물」, 「바퀴」, 「그대 늙었을 때」, 「쿨 호의 야생 백조」 등은 반드시 읽어 보기 바란다.

국내 번역 추천본

윌리엄 버틀러 예이츠, 김상무 옮김, 『예이츠 서정시 전집 1, 2, 3』(서울대학교출판문화원, 2014).

폴 로렌스 던바

PAUL LAURENCE DUNBAR(1872~1906)

던바의 시는 흑인 민속 문화와 교양 있는 백인 문화의 시 양쪽에서 차용한 목소리로 말한다. 던바는 관념에 대해서 쓸 때 시적 주류의 목소리를 채택해 두 가지 사이에서 균형점을 스스로 찾아낸다.

> 나는 사기꾼 사제도 신조의 사제도 아니네.
> 인간이 바라는 것 인간이 필요로 하는 것이
> 예언자의 위업보다 내게 더 중하기 때문이네…….
> 가게, 비탄을 그치게, 애처로운 성자여!
> 네 괴로운 저 천국이 그대의 한탄과 함께하리.
>
> —「신조와 신조 아닌 것」 중에서

그리고 경험에 대해서 쓸 때는 미국 흑인의 민족적인 목소리를 채택한다.

> 손 모으고 고개 숙이고
> 은총의 말씀을 드릴 때까지 기다려라.
> "하느님, 우리 영혼을 불쌍히 여기시고—"
> (그 롤빵은 감히 건드릴 생각도 마라—)
> "일용할 양식을 주시니 감사하며—"
> (아직 가만있어라—내 눈에 네 발이 보인다.
> 장난질 또 하려고 그러냐!)
> "평화와 기쁨을 주소서. 아멘!"
>
> —「아침에」 중에서

던바의 시를 진지하게 감상하기 위해서는 방언으로 된 그의 시를 소리 내어 읽어 보아야 한다. 던바를 교재로 쓰려다 제지받은 경우도 있다. 정치적으로 민감한 대학 강의실에서 흑인의 말씨를 '흉내' 내는 것은 위험해 보인다. 하지만 가능하다면 누가 들을지 걱정할 필요 없이 사적인 공간에서 읽어 보기 바란다.[22]

방언을 소리 내어 읽을 때 느껴지는 긴장은 던바 스스로도 충분히 감지했을 것이다.

「시인」에서 그는 자신의 이력에 초조해한다.

> 그는 평정하도록 달콤하게
> 이따금은 깊은 음으로 인생을 노래했다…….
> 그는 세상이 젊을 때 사랑을 노래했고,
> 사랑은 그 자체로 그의 곡조였다.
> 하지만 아, 세상이란, 거친 혀로 내뱉는
> 듣기 좋은 소리나 칭송하는 곳으로 변했네.

던바는 자신의 시 작품을 '주류'와 '비주류'로 구분하고, 방언시를 '비주류'에 할당했다. 하지만 윌리엄 딘 하웰스 같은 탁월한 비평가는 방언시를 선호했다. "솔직하고 참신한 권위가 있는 인간이 눈앞에 있다고 우리 스스로 느낄 때는 던바의 비주류 작품을 대할 때다." 이에 던바는 "하웰스는 나의 방언 운문에 관련해서 그가 단언한 의견으로 내게 돌이킬 수 없는 손상을 입혔다."[23]며 신랄하게 응수했다. 던바는 하웰스의 선호 때문이라기보다는, 이 방언 운문이 "단순하고 육감적이며 기쁨에 넘치는 그의 인종의 본성에 대한 풍경"을 보여 주었다는 백인 비평가들의 주장으로 덫에 빠진 느낌을 받은 것이다. 디킨슨과 홉킨스처럼 던바는 언어의 한계와 치열하게 투쟁했다. 그가 '흑인의 목소리'로 글을 쓸 때 다른 독자들은 단순한 기쁨을 맛볼 뿐이며, 그 방언에 대한 자신들의 생각을 뚫고 들어가 방언이 불러일으키는 좀 더 복잡한 경험을 들여다보지 못한다.

저자 추천본

조앤 M. 브랙스턴의 편집본(University Press of Virginia, 1993)을 읽기 바란다.

「어느 검둥이의 사랑 노래」, 「남북 전쟁 이전의 설교」, 「선술집에서」, 「유색의 족쇄」, 「빛」, 「더글러스」, 「갈색의 조그만 아기」, 「이디오피아 송가」, 「오래된 정문」, 「시인과 그의 노래」, 「묘목」, 「시간의 기호」, 「동정」, 「우리는 마스크를 쓴다」, 「말린디가 노래 부를 때」, 「콘 폰이 뜨거울 때」, 「그들이 유색 인종 병사를 입대시켰을 때」 등은 반드시 읽어 보기 바란다.

로버트 프로스트

ROBERT FROST(1874~1963)

언젠가 로버트 프로스트는 이렇게 논평했다. "리얼리스트는 두 종류가 있다. 진짜 감자라는 것을 보여 주기 위해서 자기 감자에 잔뜩 묻은 흙을 제시하는 부류와, 닦아 내어 깨끗한 감자에 만족하는 부류. 나에게는 둘째 부류의 경향이 있다. 나에게 있어 예술이 인생에 하는 일은 인생을 깨끗이 하고 껍질을 벗겨 형식을 드러내는 것이다."

윌리엄 버틀러 예이츠가 세계의 외면적 혼란을 초월해 감각할 수 있는 어떤 질서를 표현하기 위해서 자신의 시를 활용한 지점에서, 프로스트는 질서를 창조하기 위해 시를 활용한다. 그는 솔직한 장면을 묘사한다.

잡초 위에 기우뚱 앉은 새 한 마리, 교차로에 서 있는 여행자, 무릎을 꿇고 우물 안을 들여다보는 남자 등 그의 시 속의 등장인물들은 고독하다.

> 노란 숲에 두 갈래로 갈라진 길
> 안타깝지만 두 길 모두 걸어 볼 수 없으니
> 한쪽 길을 가려고 오랫동안 서서
> 덜 자란 잡초 속에 굽어진 한쪽 길을
> 눈 닿는 곳까지 내려다보았지
> 그래서 다른 길을 택했네…….
>
> —「가지 않은 길」 중에서

그러나 이야기 속에 솔직 담백한 형식들은 더 깊은 의도를 은폐하고 있다. 꼼꼼하게 채색한 장면들은 윤곽선이 흐릿하며 많은 것이 이야기되지 않고 남겨졌다. 윌리엄 H. 프리처드는 프로스트를 분석하는 적절한 방식을 소개했다. "우리는 이 시가 무슨 내용인지 알고, 어떻게 들리는지 안다. 그것이 무엇인지 정확하게 말하라고 우리에게 부탁하지 않는 한 말이다."[24] 프로스트 본인은 자신의 시를 "더 넓은 중요성으로 진입하는 작은 지점들"인 제유법의 의미를 지닌 '제유법식'이라고 불렀다.[25] 그는 흡사 아우구스티누스적 시학을 따라서 문자 그대로의 의미(숲에 서 있는 여행자, 담장을 고치는 남자)를 제공한다. 이는 또 다른 신비적 의미의 층으로 이어지는 입구 기능을 한다. 더 깊은 의미는 언어로 번역되는 것에 저항한다. 프로스트 자신은 이것을 묘사하기 위해 종교적 어휘를 사용했다. 1954년에 일군의 시인에 대해서 언급했던 대로, 시에서 첫 의미층은 의상의 옷단과 같다. 의상의 옷단을 만지는 것은 전체를 신비적으로 이해하게 이끈다.(복음 성가에 나오는 예수의 기적이 그에 해당한다.) 독자는 "그 여인이 예수를 만진 방식대로…… 만져서 의미를 얻을 수 있다……. 미덕은 그에게서 나왔다……. 옷단을 만지는 것으로 충분하다."[26]

그러면 독자는 프로스트를 어떻게 읽어야 하는가? "두 개의 숲은 두 종류의 직업이며, 그는 다른 하나를 대신해서 어떤 것을 선택했지만 항상 그 선택을 후회했다."는 식으로 시를 우의로 환원하지 않고 독자 스스로가 그 장면 속으로 들어가는 것이다. 그러면 무슨 일이 벌어지는가?

이상적으로, 프로스트 자신도 전부 묘사할 수 없었던 신비롭고 찰라적인 연결이 일어난다. 「단 한 번, 그때, 어떤 것이」에서 시인은 자신에게 되비치는 영상을 찾아 물을 내려다보고 있다.

언젠가, 우물에 턱을 괴려던 차에
수면 너머, 수면 아래로 하얀 뭔가,
더 아래 깊은 곳에 있는 어떤 것을
보았다고 생각하는 찰나 놓쳐 버렸다.
잔물결 하나가
바닥에 놓여 있던 그 무언가를 흔들어
흐리게 해 버리고 지워 버렸다.
그 하얀 것은 무엇이었을까?
진리였나? 석영이었을까? 단 한 번, 그때, 어떤 것이.

저자 추천본

에드워드 코너리 래덤의 편집본(Holt Paperbacks, 2002)을 읽기 바란다.

「소년의 의지」, 「사과를 따고 나서」, 「자작나무」, 「고용된 자의 죽음」, 「나누는」, 「계획」, 「불과 얼음」, 「고향 묘지」, 「담장 고치기」, 「풀베기」, 「시골 사물에 정통할 필요」, 「금빛은 머물지 않는다」, 「목장」, 「파종」, 「가지 않은 길」, 「눈 내리는 저녁에 숲가에 서서」, 「땅으로」, 「불법 침입」, 「장작더미」 등은 반드시 읽어 보기 바란다.

국내 번역 추천본

로버트 프로스트, 정현종 옮김, 『불과 얼음』(민음사, 1973).

칼 샌드버그

CARL SANDBURG(1878~1967)

샌드버그는 「시카고」로 유명해졌는데, 이 시는 주춤대며 미국을 찬양한다. 휘트먼처럼 샌드버그는 시인이 되기 전에 기자였기 때문에, 휘트먼처럼 미국 민중에 대해 기사의 세부 사항처럼 꼼꼼하게 묘사한다.

> 아침에 노동자 여성들은 일하러 가고 있다.
>
> 기다랗게 줄을 이루어 시내 상점과 공장들 사이에서 걸어가고 있는 수천의 그들 팔 아래에는 신문지로 싼 벽돌 모양의 작은 점심 도시락.
>
> 매일 아침 바로 이 젊은 여성의 인생의 강물을 뚫고 지나가면서 나는 다들 어디로 가고 있는 것인지 경이감을 느끼고, 복사꽃 만발한 젊은 시절에 붉은 입술에 담긴 웃음과 눈에 담긴 어젯밤 연극과 산책, 춤의 기억들을 지닌 그 많은 이들…….
>
> —「직장 여성」 중에서

하지만 휘트먼과 달리 샌드버그는 유보 사항을 두며 미국을 숭배한다. 그 무경계의 미국적 활력은 시카고를 엄청난 도시로 탈바꿈시켰지만 공장과 사무실을 속속 지어 미국인들의 정신을 황폐화시키고 오직 이윤만 남긴 것이다.

샌드버그는 행갈이 없이 이어지는 시행과 자연스러운 어투의 리듬을 선호해 '기교'를 피하고 시적 전문성을 과시하기를 거부하는 평범한 이들의 시인이다. 그는 미국이 채택하기 시작한 외형에 불복한다.

> 그녀와 그의 연인은 대양을 건넜고 그들의 얼굴에서
> 그들이 집주인과 식료 잡화상과 한 푼을 깎으려 실랑이하는 동안
> 여섯 아이들은 돌멩이를 가지고 놀면서 쓰레기통을 뒤지는 세월이 묻어난다.
> 한 아이는 폐가 터질 듯 기침을 하고…….
> 하나는 감옥에 둘은 박스 공장에서 일하는데
> 명멸하는 봄의 기운이 공기로 느껴질 때
> 아이들은 판지를 접으면서 그네들이 바라는 것이 무엇인지
> 그들에게는 어떤 탐나는 영광이 가냘프게 퍼덕거리고 있는지 궁금해한다…….
>
> ―「인구 이동」 중에서

샌드버그는 이따금 산업주의에 깃든 웅대한 아름다움을 찾아내지만, 「시카고」는 축배를 들기보다는 경종을 울리는 내용으로 가득하다. 휘트먼이 끝없는 다양성을 찾아낸 곳에서 샌드버그는 늘어만 가는 산란한 동일성을 찾아낸다. 공장처럼 돌아가는 국가에서 각종 피부색의 이질적

인 미국인들은 일률적으로 평균화되어 간다.

저자 추천본

조지 헨드릭과 윌렌 헨드릭의 편집본(Harvest Books, 1996)을 읽기 바란다.

「시카고」, 「서늘한 무덤」, 「엘리자베스 엄프스테드」, 「안개」, 「풀밭」, 「나는 폭도이자 민중이다」, 「버려진 벽돌 공장의 야상곡」, 「민중이여, 그래(57번)」, 「식탁에 오른 흰 물고기」, 「마천루」, 「연기와 강철」, 「창문」 등은 반드시 읽어 보기 바란다.

윌리엄 칼로스 윌리엄스

WILLIAM CARLOS WILLIAMS(1883~1963)

윌리엄스는 이야기꾼의 입장과 더불어 예언자의 입지도 피했다. 대신 그의 서정시는 자그마하고 선명한 물리적 대상을 묘사하다가 그 사물에서 좀 더 넓은 우주 개념으로 넓혀 가는 일본 하이쿠의 영향을 받는다. 하지만 하이쿠와 달리 윌리엄스의 서정시는 넓히지 않는다. 윌리엄스는 의미를 찾거나 창조하는 정신 능력에 회의적이다. 그는 논리를 의심했으며, 논리가 아무것도 존재하지 않는 곳에 원인과 결과 사이의 실체 없는 관계를 만들어 낸다고 보았다. 그래서 그는 정통 영어 통사에 의심을 품었다. 왜냐하면 통사는 품사들 사이의 논리 관계를 규칙으로 만들기 때문이다. "명확한 문장을 죽여라." 대신 윌리엄스는 시란 이러한 문장을 써야 한다고 제시하면서 말한다. "말하는 순서. 문장이긴 하지만 문법적인 문장은 아닌."

이러한 일종의 '말하는 순서'는 그의 가장 잘 알려진 시 「아스포

델, 그 푸르스름한 꽃」의 초반부에 나타난다.

윌리엄스는 말 자체에 일종의 가치가 있다는 사실을 기꺼이 받아들였다. 그는 언어 자체가 (언어를 관장하는 규칙은 아니지만) 일종의 물질적 대상이라고 보았다. 윌리엄스에게 언어는 사물이며, 언어가 재현한다고 상정하는, 믿을 수 없고 포착하기 어려운 사상보다 우월한 것이다. 「지식의 체현」(1929)이라는 글에서 윌리엄스는 언어를 "물질"이라고 칭하면서, 언어가 "다른 상황에서는 생각과 사실, 운동을 나타내도록 요청받을지도 모르지만, 언어 자체는 그 모든 것을 대신한다."고 말한다. 심지어 "단어 사이의 간격"조차도 단어 자체만큼이나 중요하며, 물리적 대상이라는 것이다. 윌리엄스의 유명한 구절을 보자.

무엇이 기대는지 왜 그리고 어떻게 기대는지 우리에게 말해 주지 않는다. 윌리엄스에 따르면 "시는 언어로 만들어진 작은 (혹은 큰) 기계다. 산문은 한 척의 배처럼 불명확한 물질을 한 짐 가득 나를지도 모른다. 하지만 시는 완벽한 경제를 위해 간결하게 다듬어져서 움직이게 만드는 하나의 기계다. 모든 기계와 마찬가지로 시의 움직임은 고유하고 물결치며 문학적 인물보다도 물질적이다."[27]

저자 추천본

찰스 톰린슨의 편집본(New Directions, 1985)을 보기 바란다.

「아스포델, 그 푸르스름한 꽃」, 「겨울의 하강」, 「이카루스가 추락하는 풍경」, 「내 영국인 할머니의 마지막 말」, 「프롤레타리아의 초상」, 「붉은 손수레」, 「자화상」, 「저자를 찾는 소네트」, 「봄을 포함해 모두」, 「할 말은 오직 이것」, 「소논문」, 「엘시에게」 등은 반드시 읽어 보기 바란다.

에즈라 파운드

EZRA POUND(1885~1972)

파운드는 고전에 대한 학식(그리스적 리듬과 인유를 시에 적용)과 반미 정서를 이미지주의적 경향(정확성과 개별성에 대한 전념, 우주적인 일반성을 피하는 '정제된' 시에 전념)으로 결합시킨다. 1912년에 쓴 글에서 파운드는 시끄럽고 노골적이며 천박하기 짝이 없는 자본주의 물결에 아름다움과 감수성이 모두 쓸려가 버린 채 영혼의 '암흑 시대'라는 진창에서 허우적대는 미국을 고발했다. 파운드는 이렇게 비웃는다. "미국인들 열에 아홉은 자기 영혼을 (주식) 거래에 팔아 치웠다."

파운드가 초기 시에서 중세적 이미지와 고대 언어를 차용해 정밀한 이미지로 결합시키는 것을 보면 흡사 라파엘 전파와 같다.

> 보라, 그들이 돌아온다, 하나씩, 또 하나씩,
> 두려움에 얼빠진 채로
> 마치 눈발이 주저하고
> 바람에 중얼거리며
> 반쯤 뒤돌아서는 것처럼,
> 이들은 범접할 수 없는
> '외경의 날개'였으니
> 날개 달린 구두의 신들!
> 은빛 하운드가 그들과 함께 공기의 흔적을 맡노라!
>
> —「귀환」(1912) 중에서

하지만 파운드의 후기 작품은 낭만주의의 영향에서 이탈한다. 그리스적 영향은 그대로 남았지만 그의 거대한 작품 『칸토스』는 일관된 줄기를 지닌 서사에서 벗어나 파편화된 단편의 모음과 백과사전이나 어휘집까지 동원하여 힘겹게 씨름해야 할 정도로 불완전하고 두서없는 문장들을 향해 간다. 칸토 81(LXXI)의 열네 행만 봐도 영어와 스페인어가 번갈아 등장하고, 제우스와 케레스, 영국 화가 사전트가 언급되고, 중국의 도시 타이산에서 그리스의 시테라섬까지 넘나들며, 성찬을 받는 문제를 놓고 벌어지는 신부와 신자 사이의 대화까지도 기록되어 있다. (이 시는 윌리엄스처럼 문법적인 통사를 저버리는 시적 기교를 쓴다.)

독자로서는 이 시의 의미를 알아낼 도리가 없다. 출전을 이해하려면 백과사전과 동의어와 반의어 사전을 옆에 두고 힘겹게 씨름해야 한다. 이 시는 윌리엄스처럼 문법적인 통사를 저버리는 시적 기교를 쓴다. 이 시 역시 언어를 물리적인 '대상'으로 보면서, 시 안에서 단어들 사이를 논리적으로 연결지으려고 시도하지 않으며 대상으로 놓는다. 마찬가지로 '일반 독자'와 접촉하려는 일체의 시도도 포기한다. 이것은 엘리트 시학이며 인유를 통해 독자를 현혹하지만 아무런 인상도 전달하지 않는다.

파운드의 다른 시들도 두 개의 극단 사이에 내려앉는 경향이 있다. 초기의 『칸토스』 역시 전설적 파편들을 되풀이하고, 시인이 독서 편력에서 파편들을 모아 전체로 회집하지만, 문장들은 좀 더 낯익은 형태다. 독자들은 그리스 신화 사전이 없어도 길을 찾을 수 있다.

여기에서도 파운드는 "개인적인 숙고, 언어와 맥락에 대한 기민한 전환과 전적으로 개인적인 사색, 모호한 전거, 다수의 인유" 등 "독서를 지연시키는"[28] 온갖 기교로 독자의 눈길을 끊임없이 멈추게 한다. 우리가 시를 읽는 바로 그때도 파운드는 독서가 진리, 혹은 심지어 간결한 일관성 등을 산출하는 행위가 아님을 우리에게 상기시킨다.

저자 추천본

파운드의 다른 시와 함께 『칸토스』 축약본을 수록하고 있는 판본(New Directions, 1957)을 읽기 바란다. 한편 장편 서사시 『칸토스』의 전체 작품은 『에즈라 파운드의 칸토스』(New Directions, 1998)에서 읽을 수 있다. 혹은 1400쪽에 달하는 Library of America 양장본, 『에즈라 파운드: 시와 번역』(2003)에 시간을 투자해 보는 것도 좋다. 「칸토스 1」, 「칸토스 2」, 「망명자의 편지」, 「지하철 정거장에서」, 「모벌리」, 「귀환」, 「강가 상인의 아내」, 「바다 나그네」, 「세스티나」, 「하얀 수사슴」 등은 반드시 읽어 보기 바란다.

국내 번역 추천본

에즈라 파운드, 정규웅 옮김, 『지하철 정거장에서』(민음사, 1974).

T. S. 엘리엇

T. S. ELIOT(1888~1965)

엘리엇과 윌리엄스, 파운드는 이 세계가 혼돈으로 파편화되었다는 확신과 이토록 무질서한 우주에서 진리를 전달하는 언어 능력에 회의를 품는 특징을 보이는 시의 '고급한 모더니스트'다. '고급한 모더니스트'의 시는 세계보다는 자신에게 더 많은 관심을 보인다. 묘사되고 있는 대상보다는 시가 어떻게 그것을 정확하게 묘사하는가에 초점을 맞추는 시를 쓴다.

그러나 파운드의 시가 점차 내부에 초점을 맞추면서 시 외부의 무엇에게가 아니라 시 자체에 대해 평가하는 반면, T. S. 엘리엇은 세계의 혼돈을 좀 더 의미심장한 방식으로 묘사하는 가능성에 대해 여전히 굴복하지 않는다. 이것은 아마도 엘리엇의 국교회주의와 관련이 있을 것이다. 그의 시는 영혼의 삶에서 '정점'을 모색하는 것을 보여 준다. 그는 「사중주 I: 타 버린 노튼」에서 이렇게 썼다. "정점, 거기가 춤이 있는 곳이다. 그곳은 자아를 둘러싼 모든 것에 의미를 부여하는 지점이다."

파운드처럼 엘리엇의 시는 여전히 어렵고 여전히 자기 참조적이다.(「황무지」는 주석 자체가 독자의 기대를 은밀히 빈정대는 눈짓이긴 하지만, 시의 길이에 육박하는 주석이 달려 있다.) 하지만 엘리엇이 인생 후반에 쓴 『사중주』는 이 삶의 무질서가 언젠가는 다른 존재, 시간의 바깥, 실천적인 욕망에서 나오는 내적 자유, 행동과 고통으로의 해방, 내적인 것과 외적인 강제로부터의 해방"을 찾게 될 그곳으로 귀착될지 모른다고 암시한다.

엘리엇의 시에서 영원성을 일별하는 것은 가능하다. 그리고 그 일별은 낭만주의에서처럼 따스하고 영광스러운 것이 아니라 공포스러운 것이다. 「동방 박사의 여행」에서 아기 예수를 방문한 동방 박사 중 한 사람은 위안의 메시지가 아니라 '어렵고 쓰라린 고통'의 메시지를 품고 있는, 포대기에 싸인 아기를 발견한다. 동방 박사들은 하느님의 화신임을 알아채고 그들의 예전 삶으로 돌아가, 그들을 자유롭게 해 줄 죽음을 불안하게 고대하면서 자신들이 바뀌었음을 깨닫는다. 영원한 것과 세속적인 것이 교차할 때(「사중주」에 나오는 장미 정원이 또 다른 예이다.) 우리는 진리를 일별하게 되고, 그 진리에 경악하게 된다.

언어가 진리에 어떤 식으로든 관계가 있다고 혹은 적어도 진리를 소통시킬 수 있다고 주장하는 성공회교도 시인을 기대할지도 모르지만, 엘리엇은 이 사실을 그다지 인정하지 않을 듯하다. 그는 「타 버린 노튼」

에서 언어는 긴장하고, 뒤틀리고, 금이 가고, 때로는 부서지고, 부패하기 쉽고, 부정확하며, 부패하기 쉽다고 썼다. 하지만 언어를 최소한 잠정적이고 일시적으로 은근히 신뢰하고 있다는 사실은 시의 통사에서 드러난다.

저자 추천본

『황무지와 다른 시편』(Modern Library Classics, 2002).

「J. 앨프리드 프루프록의 연가」, 「황무지」, 「성회 수요일」, 「동방 박사의 여행」 등은 반드시 읽어 보기 바란다.

국내 번역 추천본

T. S. 엘리엇, 황동규 옮김, 『황무지』(민음사, 2017).

랭스턴 휴스

LANGSTON HUGHES(1902~1967)

던바처럼 랭스턴 휴스는 두 개의 언어로 철학적 난국과 씨름했다. 그는 흑인 독자를 대상으로 흑인의 경험에 대해 노래했지만 자신의 시를 읽어 줄 다수의 독자가 좀 더 다듬어진 자신의 운문을 이해할 만한 교육을 받지 않았으리라는 사실도 잘 알고 있었다. "사회적인 초상에 대한 휴스의 시적 실천은 완전히 구속을 탈피하다시피한 데다 상상적인 말하기에 가깝다."고 헬렌 벤들러는 말한다. "하지만 이렇듯 경이로울 정도로 포괄적인 일람표는 다른 식으로 구속되었다……. 학력이 가장 낮은 사람이 이해하고 들을 수 있을 만한 언어에 자신을 제약하는 것이다. 휴스의 드넓은 정신세계와 독서 이력을 고려해 볼 때 언어적 자기 제약은 흑인 독자에게 느끼는 도덕적 의무감을 피할 길 없이 드러낸다."[29] 자신의 시에 모든 독자가 다가설 수 있게 하려는 의무에 순응한 탓에 휴스는 비평가들로부터 무시되는 경향이 있었다. 그리고 그는 시적으로 주류 바깥에서 있었다. 1929년 휴스는 일기에 썼다. 그의 "궁극적인 희망"은 "미국에서 사실적이고 견고하며 건전하면서, 다른 인종에 둘러싸여 있기는 하지만 다른 문화에서 베낀 것이 아니라 민족 문화에서 자라난 민족적인 흑인 문화를 창조하는 것"[30]이었다.

그래서 휴스의 시는 모더니즘적 관습이나 서정적인 형식을 사용하기보다 민화나 찬송가, 노래나 민요에서 끌어온다. 그는 자신의 시적 배경을 전원이 아니라 할렘에 두면서 유럽적이고 모더니즘적인 양식에 어울릴 수 있는 시적 기교를 의식적으로 피해 간다. 휴스는 "흑인 예술가와 인종 차별의 산"이라는 제목의 시론에서 자신의 의견을 피력했다. "미국의 모든 진정한 흑인 예술의 앞길을 막는 산은 백인성을 향하려는 인종 내적 충동이자 인종적인 개별성을 미국적인 표준화라는 거푸집에 쏟아부어 가능한 적게 흑인이면서 많게 미국인이 되려는 욕망이다."[31]

저자 추천본

『랭스턴 휴스 시선집』(Vintage Classics, 1995).

「니그로, 강을 말한다」, 「피로의 블루스」, 「유예된 꿈의 몽타주」, 「꿈 변주곡」, 「나 역시, 미국을 노래한다」, 「남부」, 「여기서 여전히」, 「신중한 수습사원」, 「꿈의 깜둥이」, 「민주주의」, 「니그로 어머니」 등은 반드시 읽어 보기 바란다.

W. H. 오든

W. H. AUDEN(1907~1973)

오든의 초기 시는 이미지스트의 운문처럼 간결하고 집약적이며 깔끔하다. 하지만 그의 시 작품에서 중심이 되는 것은 네 편의 장시, 「지금으로서는」(크리스마스 시), 「새해 편지」(성찰시), 「불안의 시대」(두운시), 「바다와 거울」(셰익스피어의 『템페스트』에 대한 논평)이다. 이는 시적 기교와 주제에 관한 오든의 광범위한 영역을 보여 준다. 그는 정치적 시인이자 사회적 시인, 철학적 시인이다. 그의 작품을 통합하는 주제가 있다면 모더니스트 시인들이 그토록 여러 차례 구하려 했던 그 '정점'을, 이 혼돈스러운 세상에서 우정과 사랑이 제공해 줄 수 있는지의 가능성이다. 제2차 세계 대전 초반부에 쓴 「1939년 9월 1일」은 오든이 여기에 몰두했음을 보여 준다. 시인 자신도 죽음과 악, 임박한 전쟁의 절망에 직면하고 있음에도 "우리는 서로 사랑해야 하며, 그렇지 못하면 죽어야 한다."고 시는 애원한다.

나이 들어가면서 오든은 기독교에 대한 관심을 키워 갔고, 기독교 신앙이 이상적인 우정의 구현이면서 동시에 모든 인간의 평등을 약속하는 철학이라고 보았다. 오든이 직접 낭독한(1972년 3월 27일 뉴욕에서) 그의 시를 《뉴욕 타임스》(http://susanwisebauer.com/welleducatedmind 참조)가 마련한 청각 자료 보관 사이트에서 들어 볼 수 있다.

저자 추천본

에드워드 멘델슨의 편집본(Vintage Books, 재간행, 1991)을 읽기 바란다.

「어느 저녁 길을 나섰을 때」, 「평범한 인생」, 「잠들기 전 기도」, 「어느 폭군의 묘비명」, 「로마의 몰락」, 「지그문트 프로이트의 영전에 바쳐」, 「W. B. 예이츠의 영전에 바쳐」, 「사랑하는 이여, 머리를 뉘여 잠드시길」, 「자장가」, 「좀 더 사랑하는 쪽」, 「순회에 대하여」, 「프로스페로가 에어리얼에게」, 「1939년 9월 1일」, 「아킬레우스의 방패」, 「수금 아래서」, 「무명의 시민」, 「어둠이 깔린 후의 산책」 등은 반드시 읽어 보기 바란다.

모더니스트 이후

모더니스트 이후 '반드시 읽어 보아야 할' 시인들이 기하급수적으로 많아지고 있으며, 아직은 좋은 시인들 중에서 위대한 시인을 추릴 만한 시간이 흐르지 않았다. 다음의 시인들은 좀 더 탐구해 볼 가치가 있다.

필립 라킨

PHILIP LARKIN(1922~1985)

저자 추천본

아키 버닛의 편집본(Farrar, Straus and Giroux, 2013)을 읽기 바란다. 「이상한 해」, 「오바드」, 「기만」, 「순수미」, 「멀리 떨어진」, 「하이 윈도」, 「기억한다, 나는 기억한다」, 「다른 곳의 중요성」, 「지금 혹은 언제나」, 「오래 묵은 통찰력」, 「겸손」, 「늙은 바보」, 「이야기」, 「나 다수이기에」, 「이것도 시가 된다」, 「벽돌 하나씩 쌓기」, 「두꺼비」, 「난 왜 지난밤에 네 꿈을 꿨을까?」 등은 반드시 읽어 보기 바란다.

국내 번역 추천본

필립 라킨, 김정환 옮김, 『필립 라킨 시선집』(문학동네, 2013).

앨런 긴즈버그

ALLEN GINSBERG(1926~1997)

긴즈버그를 다룬 책 중 가장 유명한 문고본으로 the Pocket Poet Series edition(City Lights Books, 2001)이 있다. 긴즈버그를 더 알고 싶다면, Harper Perennial Modern Classics(재간행본, 2007)에 시간을 투자해 보라. 『아우성과 다른 시편』 혹은 『시선집 1947~1995』의 모든 시들, 「형이상학」, 「휘트먼적 주제에 관한 사랑시」, 「아우성」, 「아우성에 붙이는 주석」, 「아메리카」, 「카디시」, 「닐 카사디를 위한 애가」, 「뉴욕 블루스」, 「노동절 자정의 맨해튼」, 「명상이 동요시키도록 하라」, 「뼈대의 노래」 등은 반드시 읽어 보기 바란다.

국내 번역 추천본

앨런 긴즈버그, 김목인,김미라 옮김, 『울부짖음 그리고 또 다른 시들』(1984(일구팔사), 2017).

에이드리언 리치

ADRIENNE RICH(1929~2012)

저자 추천본

리치의 시는 문고본으로 여러 번 출간되었으나, 바버라 찰스워스 겔피와 앨버트 겔피가 편집한 선집(W.W. Norton, 1993)이 가장 중요한 시들을 선별해 놓아 읽기에 좋다.

「제니퍼 아줌마의 호랑이」, 「아이들 말고 종이 태우기」, 「잔해 속에 뛰어들기」, 「제가 위험에 빠진 겁니다, 선생님」, 「삶의 필연성」, 「죄와 더불어 살기」, 「분노의 현상학」, 「태양계」, 「힘」, 「촬영 대본」, 「어느 며느리의 스냅 사진」, 「원천들」, 「어느 남자와 이야기해 보다」, 「스물한 편의 연애시」 등은 반드시 읽어 보기 바란다.

실비아 플라스

SYLVIA PLATH(1932~1963)

저자 추천본

The Everyman's Library Pocket Poets edition(1998). 이 책에는 플라스의 잘 알려진 시들은 모두 수록되어 있다. 또 다른 책으로 테드 휴스의 편집본(New York: HarperCollins, 1992)이 있다. 이 책은 1956년 이전 작품 50편과 1956년 이후의 시, 이전에 미발표된 시 전체를 포함하고 있다. 「페르세포네의 두 자매」, 「바위에서 자살」, 「생일을 위한 시」, 「동물원 경비원의 아내」, 「애 못 낳는 여인」, 「물 건너기」, 「벌꿀 채취 모임」, 「벌통의 도착」, 「벌침」, 「벌떼」, 「겨울나기」, 「닉과 촛대」, 「사건」, 「에어리얼」, 「아이」, 「날」 등은 반드시 읽어 보기 바란다.

국내 번역 추천본

실비아 플라스, 박주영 옮김, 『실비아 플라스 시 전집』(마음산책, 2013).

마크 스트랜드

MARK STRAND(1934~2014)

저자 추천본

『마크 스트랜드: 시선집』(New York: Knopf, 2014)). 「사고」, 「빛의 도래」, 「시를 먹다」, 「길고 슬픈 파티에서」, 「나 자신을 포기하기」, 「그대로 두기 위하 여」, 「우체부」, 「늦은 여름 어느 밤에 내 어머니」, 「한 눈뜬 채 잠들기」, 「터널」, 「있는 그대로」 등은 반드시 읽어 보기 바란다.

국내 번역 추천본

마크 스트랜드, 박상미 옮김, 『빈방의 빛』(한길사, 2016).

메리 올리버

MARY OLIVER(1935~)

저자 추천본

『새 시선집』 1권 (Beacon Press, 재간행본, 2004)과 『새 시선집』 2권 (Beacon Press, 2007)을 추천한다. 「여정」, 「야생 거위」, 「블랙강에서」, 「여름날」, 「천 번의 여름」, 「가끔은 희귀한 음악」, 「죽음이 오면」은 반드시 읽어 보기 바란다.

국내 번역 추천본

메리 올리버, 민승남 옮김, 『휘파람 부는 사람』(마음산책, 2015).
메리 올리버, 민승남 옮김, 『완벽한 날들』(마음산책, 2013).

셰이머스 히니

SEAMUS HEANEY(1939~2013)

저자 추천본

『열린 땅: 시편 1966~1996』(Farrar, Straus and Girou 재간행, 1999). 「검은 딸기 따기」, 「요괴의 땅」, 「사상자」, 「땅파기」, 「어느 자연주의자의 죽음」, 「현장 답사」, 「우박」, 「산사나무 열매」, 「번개」, 「두려움 장관」, 「모스봄: 헌정한 두 편의 시」, 「개인적 영감」, 「시인의 의자」, 「사각형」, 「톨룬드」 등은 반드시 읽어 보기 바란다.

국내 번역 추천본

셰이머스 히니, 김정환 옮김, 『셰이머스 히니 시전집』(문학동네, 2011).

로버트 핀스키

ROBERT PINSKY(1940~)

저자 추천본

『시선집』(Farrar, Straus and Giroux, 2012). 「어디를 가든 거기가 내 있을 곳」, 「상상의 바퀴」, 「아이스 스톰」, 「언표 불가능함」, 「밤의 놀이」, 「삼 가하는 시」, 「정련」, 「셔츠」, 「보이지 않는」 등은 반드시 읽어 보기 바란다

로버트 하스

ROBERT HASS(1941~)

저자 추천본

『올레마의 사과나무: 새 시선집』(Ecco, 재간행, 2011). 「라구니타스에서의 명상」, 「여름을 살아남기 위한 노래」, 「전쟁 사이에」, 「희미한 음악」, 「존재의 특권」, 「버클리 에필로그」, 「그때 시간」은 반드시 읽어 보기 바란다.

제인 케니언

JANE KENYON(1947~1995)

저자 추천본

『시선집』(Graywolf Press, 2007)을 추천한다. 「잠시 들어와 잠시 말하다」, 「우울」, 「네덜란드풍 내부 장식」, 「과자 먹기」, 「2월: 꽃을 생각함」, 「행 복」, 「우울하게 매듭짓다」, 「저녁이 오게 하라」, 「다르

게」, 「1월에 내리는 비」 등은 반드시 읽어 보기 바란다.

리타 도브

RITA DOVE(1952~)

저자 추천본

『시선집』(New York: Vintage Books, 1993). 「작은 도시」, 「꿈에서 돈 L. 리를 만나서」, 「날개 달린 인간 아고스타와 검은 비둘기 라샤」, 「핵의 시대를 위한 안내서」, 「토머스와 벨루아」 등은 반드시 읽어 보기 바란다.

10

과학서 읽기의 즐거움

『공기, 물, 장소에 관하여』 히포크라테스
『물리학』 아리스토텔레스
『사물의 본성에 관하여』 루크레티우스
『짧은 해설서』 니콜라우스 코페르니쿠스
『새로운 도구』 프랜시스 베이컨
『대화: 천동설과 지동설, 두 체계에 관하여』 갈릴레오 갈릴레이
『작은 도면들』 로버트 훅
『프린키피아의 규칙들과 일반 주해』 아이작 뉴턴
『예비 담론』 조르주 퀴비에
『지질학 원리』 찰스 라이엘
『종의 기원』 찰스 다윈
『식물의 잡종에 관한 실험』 그레고어 멘델
『대륙과 해양의 기원』 알프레트 베게너
『상대성의 특수 이론과 일반 이론』 알베르트 아인슈타인
『양자 이론의 기원과 전개』 막스 플랑크
『진화: 현대적 통합』 줄리언 헉슬리
『생명이란 무엇인가』 에르빈 슈뢰딩거
『침묵의 봄』 레이첼 카슨
『털 없는 원숭이』 데즈먼드 모리스
『이중나선』 제임스 D. 왓슨
『이기적 유전자』 리처드 도킨스
『최초의 3분』 스티븐 와인버그
『인간 본성에 대하여』 E. O. 윌슨
『가이아』 제임스 러브록
『인간에 대한 오해』 스티븐 제이 굴드
『카오스』 제임스 글릭
『시간의 역사』 스티븐 호킹
『티렉스와 종말의 분화구』 월터 앨버레즈

스토리텔링이 소설보다, 시 낭송이 글로 된 시보다 훨씬 먼저 시작되었듯이, 과학도 최초의 과학 서적보다 훨씬 먼저 시작되었다. 과학사학자 조지 사턴(George Sarton)이 말한 대로, 과학은 인간이 "수많은 삶의 문제를 해결하려고 노력"하자마자 시작되었다. 하늘을 보며 여행을 계획하고, 바퀴의 균형을 잡고, 관개 용수로를 만들고, 고통을 덜기 위해 약초를 섞고, 피라미드를 설계하는 일. 이것이 바로 과학이었다.[1]

그리고 그 상태는 누군가가 과학에 대한 글을 쓰기로 결정하기까지 아주 오랜 시간 동안 지속되었다.

지금까지 살펴본 다른 장르와 비교해 봤을 때, 과학 서적은 과학의 실천과 훨씬 더 관계가 없었다. 지어낸 이야기, 과거에 대한 이야기, 자기 자신에 대한 이야기, 신이나 사랑, 우울함에 대한 서정적인 분출, 상상한 장면을 극으로 연기하는 것 등, 이 모든 것들은 소설, 역사, 자서전,

시, 그리고 희곡이 현재 우리가 알고 있는 형태를 띠기 전에 있었다. 하지만 그것들은 모두 글의 형태로 옮겨 가지 않고서는 살아남아 성장하고 발전할 수 없었다.

과학은 다르다. 과학적 발견은 문어(文語)를 필요로 하지 않는다. 자연계에 대한 가장 중요한 통찰들 중 다수(직각삼각형이 존재한다, 전선을 통해 전류가 전달될 수 있다, 원소의 원자를 주기율표로 표시할 수 있다, 항생제가 박테리아를 죽인다 등)가 그 사실들을 다룬 책으로 이어지지 않았다. 과학은 글로 된 이야기와는 지속적으로 무관한 상태를 완벽히 유지할 수 있다.

그러나 과학 저술의 전통은 과학을 실제로 수행하는 작업과 함께 서서히 진화했다. 역사가 그랬듯이 그 전통도 그리스인들과 함께 시작했다.

20분 만에 읽는 과학 저술의 역사

자연 철학자들

기원전 5세기에 의사 히포크라테스는 질병의 본질과 씨름하고 있었다.

그는 신이 모든 것을 뒤덮은 세상에서 의술을 행하도록 훈련 받은 사람이었다. 의사들은 사제이기도 해서 치료의 신인 아스클레피오스 사원에 병자들을 보내 철야 기도를 하게 하는 방법으로 환자를 치료했다. 어쩌면 신전에 사는 신성한 뱀들이 환자의 상처를 핥아서 그들을 기적적으로 낫게 할지도 모를 일이었다. 혹은 신이 꿈을 내려 주어 그 병을 어떻게 치료해야 하는지 설명해 줄지도 모르고, 아스클레피오스가 직접 나

타나 그 치료법을 알려 줄지도 모를 일이었다.[2]

이런 세상에서 히포크라테스는 이상한 존재였다.

그는 병이 성난 신 때문에 생긴다고 생각하지 않았을뿐더러 자비로운 신에 의해 치유되어야 한다고도 생각하지 않았다. 그는 신이 직접 내려 준 성스러운 고통으로 오래도록 간주되어 온 간질을 다룬 논문에서 이렇게 썼다. "나는 그 '성스러운 병'이 다른 어떤 질병보다 더 신성하거나 성스럽다고 믿지 않는다. 반대로 특정한 특징과 원인이 있다고 생각한다. …… 처음에 이 병을 '성스럽다'고 말한 사람들은 요즘 우리가 주술사, 신앙 요법자, 돌팔이, 사기꾼이라고 부르는 사람들이었다는 게 내 생각이다. …… 그들은 신성한 요소를 상기시키는 방법으로 부적절한 치료를 한 자신들의 실패를 숨길 수 있었다."[3]

히포크라테스는 신들에게 호소하는 대신 눈에 보이는 세상에 시선을 돌림으로써 자연계 자체에서 '확실한 원인'과 '적절한 치료법'을 찾으려 했다.

그는 연구를 통해 전적으로 세속적인 질병 이론을 정립할 수 있었다. 히포크라테스는 인체에 네 가지 액체, 즉 담즙, 흑담즙, 점액, 혈액이 흐르고 있다고 주장했다. 이 네 가지 액체('체액')가 적절한 비율로 존재할 때 인간은 건강하다. 그러나 어떤 자연적인 요인이 몇 가지만 생겨도 그 액체들은 제대로 돌지 않게 된다. 예를 들어 신체는 뜨거운 바람을 맞으면 점액을 너무 많이 생산하게 되며, 고인 물을 마시면 흑담즙이 넘쳐 날 정도로 많이 생길 수 있다. 이 경우에 추천할 수 있는 치료법은 무엇일까? 몸의 균형을 회복하라. 과도한 체액을 없애기 위해 설사약을 쓰고 피를 뽑아라. 조화를 흩뜨리는 바람과 물에서 멀리 떨어진 다른 기후로 병든 사람들을 보내라.[4]

그 이론은 독창적이고 설득력이 있는 동시에 완전히 틀렸다.

사실 틀리지 않을 수가 없었다. 히포크라테스는 신체의 비밀에 접근할 수 없었다. 피부 안에서 실제로 무슨 일이 일어나고 있는지 알아낼 방법이 없었으니까. 2300년 후, 알베르트 아인슈타인과 물리학자 레오폴드 인펠트는 히포크라테스가 처한 곤경을 다음과 같이 비유했다.

> 고대의 자연계 연구자는 닫혀 있는 시계의 메커니즘을 이해하려고 애쓰는 사람과 비슷하다. 그는 시계의 글자판과 움직이는 바늘을 보고 바늘이 째깍거리는 소리까지 듣지만, 시계 케이스를 열 방법은 없다. 그가 독창적이라면, 자신이 관찰하는 모든 것의 원인이 될 수 있는 메커니즘을 그림으로 그릴 수 있겠지만, …… 자신의 그림을 실제 메커니즘과 결코 비교할 수 없을 것이고, 그러한 비교가 갖는 가능성이나 의미를 상상조차 할 수 없을 것이다.[5]

히포크라테스도 동시대의 사제 겸 의사들도 시계 안을 들여다볼 수 있는 능력은 없었다. 그는 우리가 이해하는 방식대로 과학을 연구하고 있지 않았다. 그는 관찰할 수 없는 폐쇄적인 체계를 자기 방식대로 조리 있게 추론하려고 시도하면서 자연계를 철학적으로 다루고 있었다. 그러나 히포크라테스와 그의 추종자들은 적어도 자연 세계를 설명하는 데 도움이 되는 자연적 요인들을 찾으려 하고 있었다. 그래서 히포크라테스의 제자들과 추종자들이 수집한 60여 개의 의학 논문으로 이루어져 있으며, 신들을 비난하지도, 신들에게 호소하지도 않은 히포크라테스의 『전집(*Corpus*)』은 과학적 노력에 대한 최초의 기록물이라 할 수 있다.

히포크라테스 이후 수세기 동안 다른 그리스 철학자들은 인간뿐 아니라 질서 잡힌 우주 전체, 즉 자연(phusis)을 포함하는 히포크라테스의 사고방식을 확장시켜 나갔다.

그들의 이론은 다양했다. 일원론자들은 질서 잡힌 우주가 모두 하나의 기본 요소, 즉 하나의 물질 종류(물이나 불, 혹은 아직도 알려지지 않은 어떤 물질)로 시작했다고 믿었다. 다원주의자들은 기본 요소가 여럿이라는 생각을 지지했는데, 가장 흔하게는 흙, 공기, 불, 물의 네 가지로 이루어졌다고 생각했다. 그리고 원자론자들은 현실의 모든 것이 '나눌 수 없는' 극소의 요소인 아토모이(atomoi)로 구성되어 있다고 주장했다. 아토모이는 이해할 수 없을 정도로 작은 입자들로서 그것들이 모여서 세상을 구성하는 '눈에 보이고 감지할 수 있는 덩어리(masses)'를 형성한다.[6]

우리가 지금 알고 있는 바와 같이 이 마지막 이론은 진실과 그리 멀지 않았다. 그러나 일원론자나 다원주의자들과 같이 원자론자들도 여전히 철학을 하고 있었다. 이 설명들 중 증거에 영향을 받은 것은 아무것도 없었다. 초기의 이 '과학자'들은 자신들의 결과를 확인할 방법은 전혀 갖추지 못한 채 이론을 세우고 있었다. 그 시계 케이스는 여전히 굳게 닫혀 있는 상태였다.

히포크라테스가 죽은 지 한 세기 후 에게해 반대편에서 태어난 철학자 아리스토텔레스가 보기에 이 모든 생각들의 가장 큰 결점은 **변화**를 설명하지 못한다는 것이었다. 자연의 모든 물체가 공유하고 있는 특성을 찾던 아리스토텔레스는 발달의 원리를 정확히 짚어 냈다. 동물, 식물, 불, 물, 이것들 중 어느 것도 영구적으로 같은 상태를 유지하는 것은 없다. 아리스토텔레스는 그의 위대한 저서 『물리학』에서 다음과 같이 썼다. "각각의 것은 …… 움직이거나 늘고 줄거나 교체된다는 점에서 그 안에 변화의 원천을 갖고 있다." 침대, 망토, 석조 건물처럼 인간의 기술로 만

든 모든 것들은 "변화를 위한 그런 본질적인 충동"을 갖고 있지 않다.[7]

새싹이 나무로, 새끼 사자가 어른 사자로, 아기가 성년으로 자라는 것을 보면서 아리스토텔레스는 설명을 원했다. 어떻게 이러한 변화가 일어날까? 하나의 실체, 하나의 존재는 어떤 단계에서 하나 이상의 형상을 띨까? 무엇이 변화를 재촉하고, 무엇이 그 종점을 결정하는가? 그리고 거기에 덧붙여서 그는 이유를 알고 싶어 했다. 왜 새끼 고양이가 어른 고양이가 되고, 씨앗이 꽃이 되는가? 무엇 때문에 그것은 그 긴 변화의 여정을 겪는가?

일원론자와 원자론자들은 아리스토텔레스에게 답을 주지 못했다. 아리스토텔레스가 다원주의자들의 복수 원소 이론이 더 설득력이 있다고 생각하기는 했지만, 다원주의자들도 마찬가지였다. 그래서 그는 새로운 설명 조합을 찾기 위해 자신만의 방법을 연구하기 시작했다. 아리스토텔레스는 네 가지 원소가 결합하여 자연의 모든 물체를 구성한다는 다원주의자들의 밑그림에 별들을 운반하는 에테르(aether)라는 불멸의 천체 물질을 다섯 번째 원소로 추가했다. 그는 또한 각 원소가 상호 작용을 통해 변화(예를 들면 공기의 '건조한 특성'이 물의 '습기'를 밀어내어 물을 차갑고 건조하게 만듦에 따라 물을 공기로 변환시킬 수 있다.)를 일으키는 특수한 성질(공기는 차고 건조하며 물은 차고 습하다.)을 갖고 있다고 주장했다. 흙은 원소들 중에서 가장 무겁기 때문에 우주의 중심부로 끌려가고, 가장 가벼운 원소인 불은 항상 우주의 중심에서 멀리 날아가려는 경향이 있다고도 주장했다.[8]

무엇보다도 중요한 것은 자연의 물체들이 운동의 원리, 즉 변화를 위한 내부 잠재력을 자체적으로 갖고 있다는 것이다. 자연계에 있는 각각의 물체와 존재는 현재의 상태에서 미래로, 더 완벽한 상태로 옮겨 가야 한다. 더욱더 완벽하게 실현된 최후를 향해 발전해 가려는 충동이 씨앗과 새끼 고양이, 아기의 바로 그 구조 안에 구축되어 있다.

그리스 세계에서 널리 읽힌 『물리학』은 2000년 동안 과학의 실행에 영향을 미칠 우주 모델을 제공했다. 그러나 아리스토텔레스 역시 철학적으로 생각하고 있었다. 그는 자신의 원소들에 대한 확실한 증거를 제시하지 못했으며, 그 원소들의 운동 원리를 정확히 설명하지도 못했다. 그리고 의욕 넘치는, 목적으로 가득 찬 세계에 대한 그의 비전이 의심 없이 받아들여진 것도 아니었다.

그를 가장 강력하게 반대한 사람들은 원자론자들이었다. 특히 아리스토텔레스보다 한 세대 뒤의 인물인 에피쿠로스는 우주에 목적 있는 움직임은 없다고 강력하게 주장했다. 그의 생각에는 무작위로 움직이는 원자들과, 원자들이 여기저기 돌아다니다 충돌하고 우연히 뒤엉키는 '빈 공간'만이 있었다. 우리가 보는 세상은 단지 원자들이 빈 공간을 돌다가 가끔 예측 불가하게 튀고 무작위로 옆으로 뛰다가 서로 부딪치고 우연히 결합하여 새로운 물체를 만들기 때문에 생기게 되었다.[9]

에피쿠로스가 죽은 지 200년이 지난 후 등장한 그의 추종자 루크레티우스는 그리스 철학을 배운 로마인으로, 「드 르룸 나투라(*De Rerum Natura*)」(「우주의 본질에 대하여」, 더 문학적으로 옮기면 「사물의 본성에 관하여」)라는 제목의 긴 시에서 에피쿠로스의 가르침을 재정리했다. 루크레티우스는 만물을 구성하는 원자는 '끊임없이 운동'하며 크기와 모양이 다양하다고 지적한다. 그것들이 땅과 인류를 만들었고, 자연적이든 초자연적이든 목적은 없다. 영혼은 초월적이지 않다. 인간의 몸처럼 영혼도 '가장 미세한' 원자들, 즉 질점(質點)들로 이루어져 있다. 너무 작아서 알아볼 수도 없는 그것들은 신체가 죽으면 공기 속으로 흩어지기 때문에 영혼도 더 이상 존재하지 않는다.

그러나 루크레티우스가 2권에서 설명했듯이, 원자론의 가장 핵심적인 사실은 모든 것이 끝이 난다는 것이다. 태양, 달, 바다, 인간까지 자연의 모든 물체는 나이가 들고 소멸한다. 그것들은 더 크고 더 진정한 모습으로 성숙하지 않는다. 오히려 '적대적인 원자'에게 반복해서 가격을 당한 뒤 서서히 녹아 사라지고 만다. 그리고 우주 안에 존재하는 물리적 물체들에게 해당하는 사실은 우주 자체에도 해당한다. 그는 다음과 같이 결론 내린다. "마찬가지로 거대한 세상의 벽들은 …… 쇠퇴를 겪고 서서히 썩어 가는 폐허로 빠져들 것이다. …… 세상의 틀이 영원히 지속되리라고 기대하는 것은 헛된 일이다." 아리스토텔레스의 목적론은 착각이었다. 우주는 우리 인간의 몸처럼 확실히 사라질 것이며, 실현되는 것이 아니라 먼지가 되어 버릴 뿐이다.[10]

루크레티우스는 히포크라테스와 아리스토텔레스보다 훨씬 더 단호하게, 질서 있는 우주, 즉 퓌시스를 순전히 자연과 관련된 용어로만 설명할 수 있다고 주장했다. 하지만 그 역시 히포크라테스나 아리스토텔레스와 마찬가지로 자신의 이론을 증명할 방법은 없었다. 히포크라테스가 자신의 체액을 보지 못하고 아리스토텔레스가 에테르를 확인하지 못한 것처럼, 루크레티우스 역시 움직이고 있는 원자들을 관찰할 수 없었다. 자연이라는 그 '시계 케이스'는 여전히 굳게 닫혀 있었다. 그리고 그 후 1500년 동안 아무도 자물쇠를 여는 데 성공하지 못할 터였다.

관측자들

1491년, 니콜라우스 코페르니쿠스가 새로이 열쇠를 찾기 위해 나섰다.

당시 그는 열여덟 살이었다. 크라코우 대학 천문학과 학생이던 그는 입문자용 천문학 교재와 씨름하고 있었다. 초심자들을 위한 기본 안내서인 『알마게스트 개설(*Epitome of the Almagest*)』은 그보다 훨씬 더 복잡한 『알마게스트(*Almagest*)』의 요약본으로, 『알마게스트』는 그리스 천문학자 프톨레마이오스가 2세기에 집대성한 책이었다. 『알마게스트』는 우주가 아리스토텔레스가 설명한 것과 정확히 일치한다고 추정했다. 즉 다섯 개의 원소로 이루어져 있고, 지구가 중심에 있는 둥근 모양이라는 것이었다. (이 추정은 충분히 논리적이었다. 지구는 '무거운 물질'이기에 우주의 중심을 향해 끊임없이 끌어당겨지고 있으며, 그래서 우주로 떨어지지 않는 것이 분명하다. 이상 증명 필. 지구는 이미 중심에 있는 게 틀림없다.) 행성(aster planets, 떠돌아다니는 별)으로 알려진 일곱 개의 독립적으로 움직이는 천체들과 함께 지구 위의 별들은 지구 주위를 움직였다.

그러나 지구 주위를 도는 이러한 움직임은 결코 간단하지 않았다.

『알마게스트 개설』에 따르면, 각각의 행성은 지구를 돌다가 정기적으로 정지한 다음('정박'), 예측 가능하고 계산 가능한 거리만큼 되돌아갔다.('역행') 행성들은 또한 더 큰 원('지구를 둘러싼 가상의 원')을 따라 이동하면서 추가로 작은 원('주전원')을 만들었다. 그리고 그 지구를 둘러싼 가상의 원의 중심은 지구 자체가 아니라 우주의 이론적 중심에서 약간 벗어난 점('편심')이었다. 더 나아가 행성의 운동 속도는 상상 속의 고정된 위치인 제3의 지점, 즉 대심에서 측정되었다. (대심은 자기 규정적인 개념이었다. 가상의 원을 따라가는 행성 경로가 완벽하게 같은 속도로 진행하게 하려면 바로 그 위치에서 측정이 이뤄져야 했기 때문이다.)[11]

이것은 복잡하면서 엉망인 시스템이었다. 하지만 천문학과 학생들은 대심과 편심에서 측정하고 주전원을 수없이 만드는 방법을 동원하여 어떤 특정한 별이나 행성의 미래 위치를 정확히 예측할 수 있었다.

그들 중에 『알마게스트 개설』이 우주의 실제 모습을 제시하고 있다고 믿은 사람은 십중팔구 없었을 것이다. 아마도 프톨레마이오스 본인은 자신이 갑자기 하늘로 보내진다 해도 목성이 갑자기 역행한 다음, 빙글 돌면서 주전원을 만드는 모습을 보게 될 것이라고는 생각하지 않았을 것이다. 수학적 방법은 딱 그 정도밖에 안 되었다. 그것은 사실적인 밑그림이 아니라 정확한 결과를 도출해 내는 새로운 수법이자 재주일 뿐이었다.

이를 '현상을 구제하기'라고 불렀는데, 관측 데이터에 부합하는 기하학적 패턴을 제시한다는 뜻이다. 그 패턴들은 항해사와 시간 기록원들이 이용할 수 있을 만큼 충분히 믿을 만했고, 천문학자들이 (어느 정도) 정확하게 하늘의 모습을 기록할 수 있게 해 주었다. 그리고 아무도 하늘을 들여다보고 목성이 실제로 무엇을 하고 있는지 볼 수 있는 능력이 없었기 때문에 지구 중심의 궤도는 널리 받아들여졌다.[12]

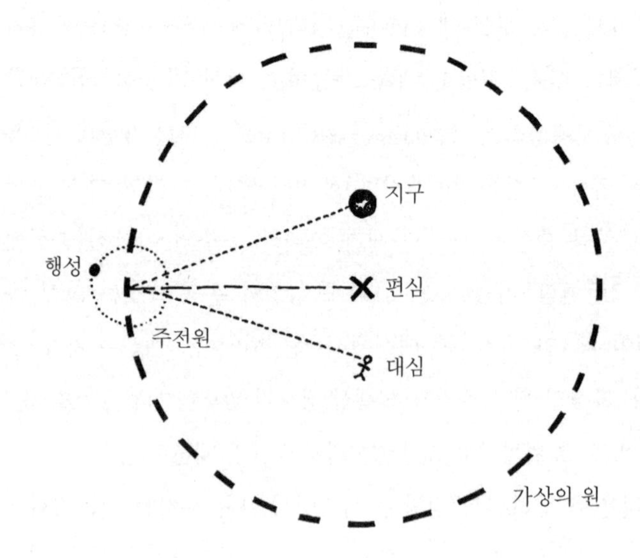

그러나 『알마게스트』에 처음 입문하는 순간부터 코페르니쿠스는 정교해서 다루기 힘든 그 경로들에 대해 의문을 품었다. 그는 왜 각각의 행성이 각기 개별적인 움직임을 필요로 하는지, 왜 각기 특정한 법칙을 필요로 하는지 의아해했다. 나중에 그가 썼듯이, 그것은 마치 한 예술가가 어떤 남자의 모습을 그리기로 결심해 놓고 '자신의 그림을 위해 여러 모델들로부터 손, 발, 머리 등의 신체 기관들을 죄다 모아 놓은 꼴과 다름없었다. 각각의 부분은 훌륭히 그려졌지만, 하나의 신체와는 관련이 없었다. 그 결과물은 인간이라기보다는 괴물이 될 것이다.'[13]

그가 생각하기에 『알마게스트』에 설명된 지구 중심의 우주는 기괴했다. 어줍은 수학적 모순들을 볼품없이 모아 놓은 것이었다.

코페르니쿠스는 15년 동안 『알마게스트』를 연구하면서 행성들의 위치에 대한 기록물을 직접 만들었다. 1514년에 이르러 그는 더 우아한 이론을 완성했다. 그는 관련된 모든 수학적 계산을 없애서 단순하고 읽기 쉬운 형태로 이론을 서술한 뒤 친구들에게 돌렸다. 이 비공식적인 제안서는 『짧은 해설서(*Commentariolus*)』로 알려졌다.

책은 다음과 같이 시작했다. "종종 나는 더 합리적인 원 배열을 찾을 수 있을지 깊이 생각했다." 좀 더 합리적인 이 배열은 "모든 천체는 태양을 중간점으로 회전하기 때문에 태양이 우주의 중심"이라는 단순한 가정으로 시작했다. 지구는 우주 전체가 아니라 그저 "달"의 중심일 뿐이었다. 그뿐만 아니라 지구는 움직이지 않는 게 아니었다. 그 대신 지구는 "매일 고정된 축 위에서 완벽하게 회전한다." 지구의 이러한 자전은 실제로 태양이 움직이는 것처럼 보이게 만들었고, 행성들이 역행하는 것처럼 보이는 이유를 설명해 주었다.[14]

이후 코페르니쿠스는 『짧은 해설서』를 수학적 계산이 완비된 제대로 된 천문학 안내서인 『천구의 회전에 관하여(*On the Revolutions of the Heavenly Spheres*)』로 완성하는 데 25년을 보냈다. 코페르니쿠스는 이렇게 썼다. "온 세상의 조화가 우리에게 그것들의 진실을 가르쳐 준다. 그것들이 말하는 것처럼 우리가 두 눈으로 그것을 보기만 한다면 말이다." 그 진실은 단순했다. 지구가 움직인다는 사실, 그리고 태양이 "세상의 중심"에 위치한다는 사실만이 별들의 움직임을 설명할 수 있다는 것이었다.[15]

다시 말해서 지동설은 단순히 수학적 전략이 아니라 우주의 진짜 모습을 보여 주기 위한 것이었다. 그리스 천문학자들과는 달리 코페르니쿠스는 만약 자신이 갑자기 하늘로 보내진다면 지구가 태양 주위를 충실히 돌고 있는 것을 볼 것이라고 분명히 믿었다.

그는 철학에서 벗어나 현대인들이 생각하는 좀 더 과학적인 시도를 향해 나아가고 있었다. 다시 말하면 선험적 가정이 아니라 현상들에 기초하여 물질세계를 신중히 설명하려고 애썼다. 그러나 그것은 불완전한 여정이었다. 코페르니쿠스는 자신의 모델을 시각적으로 확인시켜 줄 수 있는 망원경을 갖고 있지 않았다. 그는 이론적인 목격자였지, 실제 목격자가 아니었다.

그리고 지동설 자체에도 문제가 있었다. 우선 코페르니쿠스는 지구가 자전축을 중심으로 자전하는 동시에 태양 주위를 돌고 있다면 지구 표면에 서 있는 사람들이 왜 그 두 움직임을 감지하지 못하는지 설명하지 못했다. 또한 지동설은 태양과 달이 지구 주위를 계속 움직이기보다는 "가만히 서 있다."는 「여호수아서」 10장 12~13절 같은 성서 구절에 대한 문자 그대로의 해석과 모순되는 듯했다.

그래서 1542년에 처음 출간된 『천구의 회전에 관하여』에는 서명이 없는 서론이 첨부되었는데, 지동설이 제대로 된 기술이 아니라 또 다른 수학적 기법에 불과하다고 설명했다. 서론은 다음과 같이 설명했다. "이 가설들은 누군가에게 그것이 사실임을 확신시키기 위해서가 아니라, 단지 계산을 위한 믿을 만한 근거를 제공하기 위해 제시되었다."

코페르니쿠스는 이 고지 사항을 보지도 못했을지 모른다. 일반적으로 그 서론은 인쇄 과정을 감독하던 친구가 쓴 것으로 여겨진다. 그러나 그 책을 읽은 사람들 대부분은 그것을 거짓이 아니라고 받아들였고, 한 세기 동안 코페르니쿠스의 체계는 여러 체계 중의 하나에 불과한 것으로 남아 있었다.

이 체계가 궁극적으로 승리를 거둘 수 있었던 것은 영국의 철학자 프랜시스 베이컨과 이탈리아의 천문학자이자 물리학자인 갈릴레오 두 사람의 연구 덕분이었다.

『천구의 회전에 관하여』가 출간되고 19년 뒤에 태어난 베이컨은 야심 찬 정치인이자 훨씬 더 야심 찬 사상가였다. 그는 영국 왕실에서 계속 승진해 올라가느라 바쁜 와중에도 자신의 대작을 구상하고 있었다. 이것은 『대혁신』이라 불리는 인간의 지식에 대한 결정적인 연구서가 될 터였다. 『대혁신』은 인간의 지성을 형성하고 인류를 새로운 진리로 인도하게 될 여섯 권의 완벽한 철학 체계였다.

1620년까지 그는 첫 두 권만을 완성했지만, 그의 시간은 바닥이 나고 있었다. 궁정에서의 그의 입지가 정적들에 의해 약해지는 바람에 그는 런던탑에 갇히기 직전이었다. 결국 그는 1626년에 자신의 대표작으로 돌아가지 못하고 폐렴으로 세상을 떴다. 그러나 그가 죽기 직전에 출간된 『새로운 도구』는 근대의 과학적 방법의 기초를 닦아 놓았다.

『새로운 도구』(통틀어 『도구』로 알려진, 논리학을 다룬 아리스토텔레스의 여섯 권의 책 제목을 놀리듯 따라했다.)는 연역적 추론의 신뢰성에,

자연 철학자들이 일반적으로 따랐던 아리스토텔레스식 사고방식에 이의를 제기했다. 연역적 추론은 일반적으로 받아들여지는 진실들, 즉 전제들로 시작하여 더욱 구체적인 결론에 도달한다.

> 대전제: 모든 무거운 물질은 우주의 중심을 향해 떨어진다.
>
> 소전제: 지구는 무거운 물질로 이루어져 있다.
>
> 소전제: 지구는 떨어지지 않는다.
>
> 결론: 지구는 이미 우주의 중심에 있다.

베이컨은 연역적 추론이 물리적 증거를 왜곡하는 막다른 골목이며 관찰을 미리 예상한 개념의 보조적인 것으로 만든다고 믿게 되었다. 그는 이렇게 불평했다. "사람은 먼저 자신의 의지에 따라 문제를 결정한 뒤에 경험에 의존한다. 경험을 왜곡하여 일치시킨 결과, …… 경험은 행렬 속의 포로처럼 이끌려 다닌다."

그 대신 그는 신중한 사상가는 반대로 추론해야 한다고, 다시 말하면 구체적인 관찰에서 시작해서 그로부터 일반적인 결론을 만들어 나가야 한다고 주장했다. 귀납적 추론에 해당하는 이 새로운 사고방식에는 세 가지 단계가 있었다. 베이컨은 다음과 같이 설명했다. "진정한 방법은 먼저 촛불을 켜고, 그다음에 양초를 이용해 길을 보여 준다. 서투르거나 변덕스러운 게 아니라 제대로 정돈되고 소화된 경험으로 시작하여 그것으로부터 원리를 추론하고, 확립된 원리로부터 다시 새로운 실험으로 시작한다." 달리 말하면 자연 철학자는 먼저 세상이 어떻게 작동하는지에 대한 생각을 제안해야 한다. '촛불을 켜는 단계'이다. 둘째, 그는 자신의 주변 세상을 관찰한 결과와 세심하게 설계된 실험, 즉 물리적인 현실, '적절히 정돈된 경험'과 대조하여 그 생각을 시험해야 한다. 이러한 실험은 자연의 과정을 확대하고 강화하고 더욱더 분명히 해 주는 도구를 사용하여 수행해야 했다. 베이컨은 이렇게 지적했다. "맨손도, 그 손에 맡겨진 지식도 큰 효과를 내지 못한다. 그 일을 끝내는 것은 도구와 도움이다."[16]

마지막 단계로서, 그렇게 하고 나야만 자연 철학자는 '원리를 추론해야', 즉 진실을 전한다고 주장할 수 있는 이론을 내놓아야 한다.

가설, 실험, 결론. 베이컨은 이제 막 과학적 방법의 개요를 밝혀냈다. 물론 그것은 완벽하게 만들어진 것은 아니었다. 그러나 『새로운 도구』는 17세기의 과학의 실행 과정을 계속해서 형성해 나갔다. 마침내 코페르니쿠스가 요청한 대로 자연 철학자들이 '두 눈으로 보고' 그 관찰 결과를 토대로 결론에 도달할 수 있게 해 주는 방법이 마련된 것이었다.

이 관찰 결과를 더욱 유용하게 만든 '도구와 도움' 중에 최고는 망원경이었다. 망원경은 베이컨이 집필하고 있을 당시에도 꾸준히 개선되어 완전히 새로운 것이 되었다. 『새로운 도구』가 출간되기 10년 전, 이탈리아의 수학자이자 천문학자인 갈릴레오 갈릴레이는 베니스 방문 중에 망원경을 처음 접했다. 볼록 렌즈와 오목 렌즈로 이루어진 이 도구는 한 해 전에 네덜란드의 한 안경 제작자에 의해 발명되었다. 갈릴레오는 고향으로 돌아오자마자 자신의 렌즈를 갈아서 망원경의 굴절력을 개선하는 작업에 착수했다.

애초의 망원경은 육안으로 볼 때보다 약간만 더 유용했지만, 갈릴레오는 렌즈의 비율을 20X 정도로까지 개선하는 데 성공했다. 그는 자신의 망원경을 통해 달에 있는 산과 계곡, 그리고 눈으로만 볼 때보다 더 많은 별을 보았다. 그는 또한 목성 근처에서 이전엔 관찰된 적이 없는 네 개의 물체를 보았다. 처음에 그것들을 봤을 때 갈릴레오는 그것들이 항성(恒星)이라고 생각했다.

그런데 다음 날 다시 봤더니 그것들은 이동해 있었다.

그리고 그것들은 계속해서 움직였는데, 시야에서 보이다가 안 보이기도 하고, 목성의 왼쪽으로 갔다가 오른쪽으로 움직이기도 했다. 갈릴레오는 일주일 동안 그것들의 진행 과정을 스케치한 뒤, 피할 수 없는 다음과 같은 결론에 도달할 수 있었다. 그것들은 위성이고, 네 개 모두 '서로 다른 원을 그리며 이 행성 주위를 돌고 있〔었〕다.'

이것은 모든 천체가 지구 주위를 회전하는 것은 아니라는 분명한 증거를 제공했고, 갈릴레오는 1610년에 『별의 전령』으로 알려진 짧은 저서에서 이 증거를 발표했다. 몇 달 뒤에 그는 자신의 망원경을 사용하여 금성의 위상 변화를 관측했다. 프톨레마이오스의 체계에서는 설명할 수 없는, 실제로 금성이 태양 주위를 돌고 있는 경우에만 앞뒤가 맞는 현상이었다.

이 관측 결과를 납득한 사람은 아무도 없었다. 실제로 파두아의 대표적인 철학자로서 아리스토텔레스식 이름을 가진 체사르 크레모니니는 갈릴레오의 망원경으로 하늘을 보는 것을 간단히 거절했다. 갈릴레오는 천문학자 요하네스 케플러에게 신랄하게 말했다. "그런 사람들은 우주나 자연에서가 아니라 (내가 그들의 말을 쓰면) 글을 대조하는 방법으로나 진리를 찾아낼 수 있소!" 갈릴레오의 견해에 따르면, 아리스토텔레스 본인은 기꺼이 망원경을 보고 그에 따라 자신의 물리학을 바로잡았을 것이다. 그는 나중에 이렇게 평했다. "아리스토텔레스가 살아있다면 자신의 견해를 바꿀 거라고 의심할 여지가 없을 정도로 우리 시대에는 새로운 사건과 관찰 사실들이 존재한다."[17]

고대의 권위와 현재의 관측, 아리스토텔레스식 사상과 베이컨의 방법론, 글과 눈, 이제 이 양쪽 간에 대서사시 같은 대전이 구체화되고 있었다. 아직 갈릴레오는 코페르니쿠스를 명시적으로 지지해 주는 그 어떤 것도 쓰지 않은 상태였다. 그러나 『별의 전령』에 실린 그의 관측 결과는 그가 지동설을 받아들인다는 것을 확실히 암시했고, 그는 이미 (『운동에 관하여(*De Motu*)』라고 알려진 미발표 논문집에서) 왜 지구가 우주에서 움직이는데도 지구 표면에서 그 움직임이 감지되지 않는지에 대해 수학적 설명을 제공했다.

1616년, 로베르토 벨라르미노 추기경은 (교황 바오로 5세의 명령에 따라) 교회의 금서 목록에 『천구의 회전에 관하여』를 올릴 것을 권고했다. 또한 그는 비공개였지만 공식적인 만남에서 갈릴레오에게 코페르니쿠스와의 공개된 합의를 포기하라고 경고했다. 하지만 갈릴레오는 이후 16년을 지동설에 남아 있는 문제들을 한 번에 하나씩 다루면서 보냈다.

1632년, 그는 자신의 모든 결론을 『대화: 천동설과 지동설, 두 체계에 관하여』라는 중요한 저서에 담았다. 갈릴레오는 벨라르미노 추기경의 명령을 피해 가기 위해 이 『대화』를 우주에 가장 적합한 모델이 무엇일지에 대한 세 친구의 가상 토론으로 구성했다. 매력적으로 총명하고 호감이 가는 그의 등장인물 중 두 명은 코페르니쿠스 이론이 우월하다는 데에 동의한다. 세 번째 등장인물인 심플리치오라는 저능한 바보는 아리스토텔레스의 지구 중심적 체계를 고집한다.

출간 즉시 1000권의 초판 인쇄본이 다 팔렸다. 성직자들이 갈릴레오가 벨라르미노 추기경의 경고를 어겼음을 알아차리기까지는 그리 오래 걸리지 않았다. 그리고 1633년, 70대의 나이에 건강도 좋지 않았던 갈릴레오는 종교 재판소에서 스스로를 변호하기 위해 로마로 가야만 했다. 갈릴레오는 고문의 완곡한 표현인 '더 가혹한 조치'에 위협을 받다가 결국 '태양이 중심이고 움직일 수 없다.'는 잘못된 의견을 포기하기로 동의했다. 『대화』는 이탈리아에서 금서가 되었고, 갈릴레오는 가택 연금에 처해졌다. 그가 받은 유죄 판결이 여전히 유효한 가운데 그는 1642년에 세상을 떠났다.[18]

그러나 종교 재판의 영향력이 미치지 못하는 곳에서 『대화』는 계속해서 유포되었다. 그의 저서는 증쇄되어 유럽 전역에서 읽혔고 1661년에는 영어로 번역되었다. 또한 더욱더 효과적인 망원경을 사용하여 갈릴레오의 결론을 확인하고자 한 천문학자들은 그의 책을 참고하기도 했다.

그와 동시에 영국의 과학자 로버트 훅은 베이컨의 권고를 다른 방향으로 받아들였다. 그는 높은 하늘을 조사하기 위해 도구를 사용하는 대신 지상의 물체들을 더 자세히 들여다보았다.

훅은 뛰어난 수학자였고, 렌즈를 갈아 사용하는 데 뛰어난 전문가였으며, 기압계 발명가일 뿐 아니라 유능한 지질학자이자 생물학자, 기상학자, 건축가, 물리학자였다. 1662년에 그는 당시 막 생겨난 자연 과학 진흥을 위한 런던 왕립학회(Royal Society of London for Improving Natural Knowledge)의 실험 관리자로 임명되었다. 이 학회는 과학의 실험적 방법에 심취한 자연 철학자들로 구성된 정기적인 모임으로 일종의 '연구 동아리'인 셈이었다. 그들은 모두 『새로운 도구』에 아주 관심이 많았는데, 왕립학회의 헌정 서한(열정적인 아마추어 과학자이기도 했던 시인 에이브러햄 카울리가 썼다.)은 온통 프랜시스 베이컨을 칭송하는 글로 가득했다.

카울리는 다음과 같이 감격스럽게 말했다.

사고의 그림에 불과한 말로부터

비록 우리가 그것들로부터 우리의 생각을 힘들게 끌어왔지만,
정신의 올바른 대상인 사물들로, 그는 그것을 가지고 왔다.
누가 정확한 작품을 생생하게 만들 것인가,
다른 사람의 연구를 모방해서는 안 된다.
아니, 그는 눈앞에 자연과 살아 있는 얼굴을 두어야 한다.
그 실재하는 물체는
그의 눈의 판단과 손의 움직임을 매번 명령해야 한다.

이 '실재하는 물체'에 대한 조사는 도구와 도움으로 이루어질 때 '정교하다.'고 알려졌고, 그러한 실험은 장비가 잘 갖춰진 '실험실(elaboratory)'에서 진행되었다. 훅은 젊은 시절에 화학자인 로버트 보일의 실험실에서 일한 적이 있었다. 다양한 기술 및 관심사를 갖추었을 뿐 아니라 그곳에서 훈련까지 받은 덕분에 그는 실험 관리자 자리에 완벽한 적임자가 될 수 있었다. 그는 두 가지 일, 즉 한데 모인 학회 사람들에게 주마다 다양한 실험을 보여 주면서 그의 마음대로 설명하고 시연하는 일과 필요에 따라 회원들 각자의 실험을 돕는 일을 하면서 정규직 급료를 받았다.

이로 인해 로버트 훅은 (아마도) 역사상 최초로 정규직 봉급을 받는 과학자가 될 수 있었다. 왕립학회는 천문학자, 지리학자, 의사, 철학자, 수학자, 안경 제작자, 그리고 심지어 몇 명의 화학자까지 회원이었기 때문에 훅은 자연 철학의 전 분야에 걸쳐 실험하고 연구해 달라는 요청을 받았다. 그는 추, 증류한 소변, 기밀 용기에 넣은 곤충, 색유리와 평범한 유리 등, 많은 것들을 소재로 공개 실험을 했다.

그런데 그의 공개 실험에 현미경이 포함되는 경우가 점점 더 늘어

났다.

망원경의 기능이 점점 좋아지면서 현미경도 개선되었다. 1663년 왕립학회 회의록에 따르면 훅은 이끼, 코르크, 나무껍질, 곰팡이, 거머리, 거미, 그리고 '흥미로운 규화목'(petrified wood, 지하에 매몰된 식물의 목질부가 지하수에 용해된 이산화규소와 치환되어 돌처럼 단단해진 식물 화석 — 옮긴이)의 구조를 현미경으로 살펴보는 과정을 보여 주었다. 규화목 시연에서 그는 크게 어리둥절해하면서도, 그것이 물에 흠뻑 젖은 상태로 …… 돌과 흙 같은 입자가 많은 곳에 있다가 돌과 흙이 그 안으로 '들어간' 것 같다고 말했다.[19]

훅은 화석화 과정을 처음으로 서술한 셈이었다. 그리고 그는 도구로 관찰하는 단계를 넘어서 새로운 단계, 즉 그가 보지는 못했지만(그리고 볼 수도 없었지만), 추론할 수 있는 새로운 물리적 과정을 수립하는 단계에 도달했다.

1664년, 왕립학회는 훅에게 현미경을 사용한 관찰 결과를 인쇄물로 출판해 달라고 공식적으로 요청했다. 그는 다른 여러 능력도 가졌지만, 숙련된 도안가이자 화가이기도 했다. 그는 자신의 발견을 말로만 묘사하거나 과학자가 아닌 사람들에게 그림을 그리도록 의뢰하는 대신, 자신이 직접 아주 세밀하고 완벽하게 명료하게, 그리고 크게 그림을 그렸다. 그 결과 1665년에 『작은 도면들』이 출간되었다.

가장 관심을 끈 것은 눈을 사로잡는 그림들이었다. 그러나 그보다 더욱 주목할 만한 것은 훅이 처음부터 끝까지 새로이 확대된 감각을 사용하여 새로운 이론을 세운다는 점이다. 그는 백운모(muscovite, '모스크바대공국 유리')의 색과 여러 막을 주의 깊게 조사한 뒤, 관찰에 그치지 않고 빛이 어떻게 작동하는지에 대한 이론까지 제시한다. 그는 빛이 '균질한 매체를 통해 직선으로' 전파되는 '매우 짧은 진동 운동'이라고 추측한다. 단순히 도구를 이용하여 감각을 확대하는 것만으로는 충분하지 않았다. 이성은 이 관찰 결과들이 놓아 준 길을 따라 그 결과들을 해석한 다음 다시 직접 확인해야 한다.

그 과정은 계속해서 반복되었다. 훅과 왕립학회 회원들은 베이컨식 사고방식에 빠져 있었지만, 철저한 증거 없이 결론을 내리는 것 또한 꺼리며 조심스러워했다. 이러한 태도는 머지않은 시점에 왕립학회 전체와 학회의 최신 회원인 '케임브리지 대학 수학과 교수 아이작 뉴턴씨' 사이를 틀어지게 만들었다.

1672년 이 학회에 가입할 때 스물아홉이던 아이작 뉴턴은 실험적 방법론에 관심이 많고 인위적 도움을 열렬히 이용하는 사람이었다. (그의 가장 최근 연구는 프리즘을 이용한 것이었다). 그러나 그가 가장 최근에 해낸 '철학적 발견', 즉 모든 빛은 광선 스펙트럼으로 이루어져 있고, '흰색은 모든 종류의 색을 섞어 놓은 것에 지나지 않는다, 혹은 모든 종류의 색이 혼합되어 만들어진다.'고 회원들에게 밝혔을 때, 학회는 그를 회의적인 시선으로 맞이했다. 훅은 자신이 뉴턴의 결과를 똑같이 잘 설명할 수 있는 '다양한 가설'을 적어도 두 가지는 더 생각할 수 있다며 반대했고, 다른 학회 회원은 어떤 보편적인 결론이 도출되기 전에 더 많은 실험을 해야 한다고 권고했다.[20]

많은 서신이 뉴턴의 케임브리지 실험실과 학회의 런던 본부를 오가는 가운데, 이 실험들은 이후 3년 동안 계속되었다. 뉴턴은 점점 실망감을 느꼈다. 그는 1676년에 이렇게 불평했다. "중요하게 생각해야 하는 것은 실험의 횟수가 아니라 영향력이다. 어디서 할 것이며, 무엇이 많은 실험을 필요로 하는가?" 그는 점차 왕립학회에 나가는 횟수를 줄이는 대신, 자신의 연구에 전념했다. 그는 빛과 광학뿐 아니라 행성의 궤도, 그리고 그것을 설명해 줄 수도 있는 천체 역학에 전념했다.

1687년, 그는 자신의 첫 번째 주요 작품인 『프린키피아』를 발표했다. 이 책은 지동설을 계속해서 괴롭히는 가장 큰 문제들을 해결하기 위한 것이었다. 우선 완벽한 원 궤도에 기초한 계산이 행성들의 정확한 위치와 일치하지 않는다는 문제가 있었다. 갈릴레오의 친구이자 동료인 요하네스 케플러는 타원 궤도에 대한 법칙을 제안한 바 있었다. 이는 훨씬 더 좋은 결과를 가져왔지만, 케플러나 갈릴레오 모두 왜 그 궤도가 원형보다는 타원형이어야 하는지 설명할 수 없었다.

뉴턴은 가능한 해결책을 가지고 있었다. 그는 행성들이 어떤 구체에 올려져 있어서가 아니라 태양이 행성들에 어떤 힘을 미치기 때문에 행성들이 태양 주위를 돈다고 주장했다. 행성들은 자기들을 둘러싸고 있는 위성에도 같은 힘을 발휘했다. 그는 이 힘을 중력(gravitas)이라고 불렀다.

갈릴레오는 아리스토텔레스와 마찬가지로 물체 안에 내재한 속성, 즉 본질적인 '무거움' 때문에 물체가 떨어진다고 믿었다. 뉴턴은 지구의 중력이 물체를 지구를 향해 끌어당기기 때문에 물체가 떨어진다고 주장했다. 그러나 이 힘의 세기는 거리가 멀어지면 그대로 유지되지 못하고 바뀌었다. 행성들이 태양으로부터 더 멀리 이동함에 따라 행성들을 끌어당기는 힘이 약해져서 타원이 되었다,

이 새로운 힘을 지배하는 법칙을 완벽하게 설명하기 위해 뉴턴은 지속적인 작은 변화를 설명할 수 있는 향상된 수학 기법을 제시해야 했다. 이 새로운 수학은 '변화의 수학'으로, 조건들이 끊임없이 바뀌고, 힘이 변하며, 인자가 나타났다 사라지는 환경에서 결과를 예측할 수 있었다.[21]

그렇게 『프린키피아』는 두 가지 획기적인 과제를 동시에 해냈다. 그것은 행성들의 타원이 형성되는 이유를 설명했고, 그렇게 하는 과정에서 우주의 새로운 힘, 즉 중력이라는 힘을 처음으로 밝혀냈다. 그리고 완전히 새로운 수학 분야를 도입했는데, 이는 미적분학('자갈'을 뜻하는 라틴어에서 유래한 것으로, 산술 계수기로 사용되는 작은 돌을 가리킨다.)으로 알려지게 되었다.

이 과제들 중 어느 것도 쉽게 진행되지는 않았다. 뉴턴은 의도적으로 『프린키피아』를 이해할 수 없는 수학적 설명으로 구성했다. 뉴턴의 오랜 친구이자 동료인 윌리엄 더햄은 뉴턴이 "모든 다툼을 혐오했기 때문에 수학을 어설프게 아는 사람들의 미끼에 걸려들지 않으려고 고의적으로 그의 『프린키피아』를 난해하게 만들었다."고 나중에 설명했다. (이로 인해 꽤 많은 학자들도 등을 돌렸다. 좌절감을 느낀 어떤 케임브리지 대학 학생이 거리에서 뉴턴 옆을 지나가면서 "자신도 다른 누구도 이해하지 못하는 책을 쓴 사람이 저기 간다."고 말한 것으로 유명하다.)[22]

그러나 3권을 시작하면서부터 뉴턴은 알기 쉽게 쓰기 위해 틀에 박힌 난해한 자신의 산문체를 포기했다.

어떻게 보면 3권의 문을 여는 '자연 철학 연구 규칙'은 왕립학회가 끊임없이 요구한 증거에 대한 그의 마지막 답이다. 뉴턴은 상상력이 모자란 사람들이라면 『프린키피아』의 결론을 '독창적인 허구' 즉 단순한 추측으로 일축할 수 있음을 알고 있었다. 어쨌든 그가 행성들의 궤도 속도를 관찰하기 위해 태양으로부터의 거리가 서로 다른 행성들을 실제로 회전시킨 것은 아니었으니까. 그 대신 그는 지상에서 가중된 물체로 시행한 실험 결과로 천체에 대해 추론했다.[23]

첫 세 규칙이 아주 명확히 보여 주듯이, 이 규칙들은 행성 궤도에 대한 뉴턴의 결론이 왕립학회를 만족시키도록 실험으로 입증되지는 않았으면서도 믿을 만한 이유를 설명해 준다.

1. 더 단순한 원인이 복잡한 원인보다 사실일 가능성이 크다.

2. 같은 종류의 현상(예: 유럽에서 돌이 떨어지는 현상과 미국에서 돌이 떨어지는 현상)은 원인이 같을 가능성이 있다.

3. 어떤 속성이 실험을 할 수 있는 모든 물체에 속한다는 것을 증명할 수 있다면, 그 속성이 우주의 모든 물체에 속한다고 가정할 수 있다.

이는 항상 관찰에 기초하여 구체적인 사실에서 일반성으로 발전해 나가는 베이컨의 귀납적 추론이지만, 이제는 뉴턴에 의해 숨이 멎을 만큼 길게 확장되었다.

사실은 우주의 표면 전체까지 확장되었다.

역사가들

거의 2세기 동안 우주는 뉴턴의 학설대로 남아 있을 터였다.

그의 법칙은 모든 곳에서 언제나 작동하는 것처럼 보였다. 중력은 우주의 모든 구석구석에서 같은 방식으로 작용했다. 시간은 같은 속도로 사방을 지나갔다. 우주는 움직이지 않는 상태로 끝이 없었고, 그 상태는 영원히 계속되었다.

그러나 이것은 지구가 가만히 있고 변하지 않는다거나 지구 위에 있는 생물들이 항상 똑같았다는 얘기는 아니었다. 더구나 뉴턴의 규칙들 덕분에 현재에 대한 관찰을 근거로 과거에 대해 경험에서 우러난 추측을 다시 도출할 수 있게 되었다.

우선 지구가 얼마나 오래전부터 있었는지에 대해 추측했다.

뉴턴 본인은 지구가 애초에 용해된 천체였을지 모른다고 추측했다. 그 경우, 지구가 현재의 온도까지 차가워지기까지는 적어도 5만 년이 걸렸을 것이다. 하지만 그는 이 추측을 본격적인 이론으로 제시하기를 거부했는데, 그의 추측을 뒷받침할 실험 증거가 없다고 느꼈기 때문이었다. 그의 동료이자 때로는 경쟁자였던 독일의 수학자 고트프리트 빌헬름 폰 라이프니츠도 지구가 한때 금속처럼 액화되었다가 시간이 흐르면서 식으며 굳어졌다는 비슷한 추측을 내놓았다. 이 과정에서 큰 거품이 만들어졌는데, 그중 일부는 산으로 석회화되고, 다른 일부는 산산이 부서지고 분해되어 계곡이 생성되었다.[24]

지구의 나이와 지난 역사에 대한 의문들은 1701년에 윌리엄 로이드 윈체스터 주교가 1611년에 간행된 『흠정 영역 성서』(1611년에 영국 제임스 1세의 명으로 47명의 학자가 영어로 번역한 성서 — 옮긴이) 난외주(欄外註)에 천지 창조 연대를 기원전 4004년으로 기입하면서 갑자기 대두되었다. 이 연대는 반세기 전에 아일랜드의 주교이자 천문학자인 제임스 어셔에 의해 처음 제시되었다. 어셔는 성서 연대기 연구와 자신의 천문 관측 결과를 결합하여 지구 나이가 6000년 이상은 될 수 없다고 결론지었다.

『흠정 영역 성서』는 출간된 영어 번역본 중에서 가장 널리 읽히고 영향력이 있었다. 이때부터 지구 나이를 6000년 이상으로 제시하면 성경을 부정한다는 비난을 받을 가능성이 생겼는데, 이는 단지 영어권 국가만의 문제는 아니었다. 1749년 프랑스의 박물학자 조르주루이 르클레르(보통 그의 직함인 뷔퐁 백작으로 알려져 있는)가 지구 나이를 7만 4832년으로 추정하면서 개인적으로는 훨씬 더 긴 시간, 어쩌면 30억 년 정도로 길 수도 있을 것이라 생각했다.(현재의 추정치인 45억 7000만 년과 크게 차이 나지 않는다.) 그의 이론은 파리 신학부의 관심을 끌었는데, 이 신학부는 창세기에 대해 뷔퐁이 어떻게 이해하고 있는지를 놓고 의심의 끈을 놓지 않은 채로 그와 오래도록 서신을 주고받았다. 그러나 뷔퐁은 완강히 버티면서 그 점을 인정하기를 거부했다.[25]

뷔퐁 혼자 그렇게 주장하는 게 아니었다. 신학계의 반대에도 불구하고 과학적 방법과 뉴턴의 규칙을 함께 적용하면 지구의 길고 긴 역사가 산출된다는 결론에 도달하는 과학자들이 점점 더 늘어났다. 스코틀랜드 태생의 제임스 허턴은 1785년에 출간된 『지구의 이론』에서 지구의 대륙들이 오늘날에도 여전히 작동하는 침식과 축적, 밀물과 썰물이라는 정확히 동일한 주기에 의해 엄청난 시간에 걸쳐 형성되었다고 주장했다. 그리고 현재의 그 과정들에 대한 측정은 변화가 아주, 아주 천천히 일어나고 있음을 암시했다.

사실 너무 천천히 변화가 일어나고 있었기 때문에 허턴은 필요한 시간의 양을 제대로 헤아릴 수 없었다. 그는 이렇게 썼다. "현재 우리가 살고 있는 대륙들이 만들어지기까지 무기한의 시간이 필요했던 게 틀림없다. …… 그러므로 이 물리적인 연구는 시작의 흔적도, 종말에 대한 전망도 찾지 못하는 결과로 이어진다." 존 맥피가 나중에 '오래된 연대(deep time)'라고 부른 이 지질 연대는 인간이 경험하는 시간과는 너무 달라서 허턴은 그것을 나타내는 데 연(年)이라는 기준조차 거의 사용할 수 없었다.[26]

1809년 슈발리에 드 라마르크로 더 유명한 프랑스 동물학자 장 밥티스트 드 모네는 지상의 살아 있는 생명체들도 거의 그만큼 오래된 역사를 갖고 있다고 주장했다. 라마르크 이전에 대부분의 박물학자들은 동물과 식물이 이미 현재의 모습으로 지상에 늦게 등장한 것으로 취급했었다. 그러나 라마르크의 『동물 철학』은 생물의 역사와 지구의 역사를 결합했다. 지구가 변하면서 지구 표면에 있는 생물들도 변했다는 얘기였다. 그는 이렇게 썼다. "생물체와 관련하여, …… 자연은 모든 것을 조금씩 해냈다. 자연은 모든 곳에서 천천히, 그리고 연속적인 단계에 따라 작동한다."[27]

불행히도 라마르크는 어떻게 살아 있는 생물이 변했는지에 대해 변호 가능한 이론을 확실히 제시하지는 못했다. 그가 할 수 있는 최선은 '용불용설'을 제시하는 것이었는데, 이 법칙은 환경이 달라지면 생물이 어떤 장기는 더 많이 사용하고(그 장기들이 '활력과 크기' 면에서 더 커지는 결과가 발생한다.) 다른 장기는 덜 사용하게(그로 인해 '퇴화되어 결국엔 사라지게 된다.') 된다는 내용이었다. 이를 실험으로 증명할 수는 없었기 때문에 그 법칙은 다른 과학자들에게 널리 비웃음을 샀다. 라마르크와 같은 시대를 산 박물학자 조르주 퀴비에는 "시인의 상상력을 즐겁게 해 줄 정도의 법칙"이라며 코웃음을 쳤다.[28]

그러나 라마르크의 부실한 설명에도 불구하고 그를 비롯한 이전 학자들은 지구와 지구를 점령한 생명체 모두 상상할 수 없을 정도로 긴 역사를 갖고 있다는 확고한 작동 원칙을 수립하는 데 성공했다. 근대 생물학과 지질학의 토대가 되는 저서들을 탄생시킨 것은 바로 이 원칙이었다.

이 저서들 중 첫째는 조르주 퀴비에가 쓴 것이었다. 20대에 퀴비에는 파리 국립자연사 박물관 창고에 아무렇게나 쌓여 있던 엄청난 양의 화석 뼈를 정리하고 분류하는 일을 맡은 바 있었다. 퀴비에가 보기에 이 화석 뼈들 중 일부, 특히 그가 '매머드'와 '마스토돈'이라고 이름 붙인 두 개의 화석 뼈는 단순히 현재 존재하는 동물들의 변종이 아니라 뭔가 다른 것, 즉 더 이상 존재하지 않는 종이 분명한 듯했다.

결국 퀴비에는 박물관에 보관된 화석 뼈에서 멸종된 것으로 보이는 23종을 확인했다. 퀴비에는 그 화석들이 발견된 암석층에 의지하여 그것들이 사라진 이유를 알아내려고 애썼다. 그는 동료인 광물학자 알렉상드르 브롱니아르와 함께 파리 주변의 암석층에서 뚜렷이 구별되는 여섯 개의 층을 확인했다. 지구의 과거에서 각기 다른 여섯 시대는 각각 자신들만의 동식물 개체군을 갖고 있었고, 그중 일부는 지금은 멸종된 것들이었다. 오래지 않아 퀴비에는 이 발견을 근거로 지구 전체에 적용되는 이론을 추론해 냈다. 1812년에 그는 화석을 주제로 한 논문집(『네발 동물 화석 뼈에 관한 연구』 그가 1804년 이후로 발표하고 출간한 모든 다양한 연구 결과를 모아 놓은 책)의 서문, 즉 '예비적 담론'으로 이 이론을 발표했다.

퀴비에는 지구가 여섯 번의 독립된 대변동을 겪었다고 주장했다. 지구의 층들은 서서히, 그리고 단계적으로 변한 게 아니라 갑자기 그리고 뚜렷하게 변화했다. 따라서 거의 전 세계적인 차원의 파국이 연속적으로 발생하면서 다양한 동식물군 개체군이 없어졌음이 분명해 보였다. 퀴비에는 다음과 같은 결론을 내렸다. "따라서 지구상의 생명체는 끔찍한 사건들로 인해 종종 어지럽혀졌다. 판독 능력을 갖추고 보면, 이 거대하고 끔찍한 사건들은 도처에 확실하게 각인되어 있다."[29]

한동안 퀴비에의 격변설은 과거에 관한 가장 널리 인정받는 모델이었다. 지질학자인 찰스 라이엘이 과거에 대한 다른 견해를 제시하기 전까지는 말이다.

라이엘은 파국이 반드시 과거 현상들의 원인은 아니라고 주장했다. 그는 런던의 학술지인 《쿼털리 리뷰》에서 "기존의 동인들이 시간이 흐르면서 그런 효과를 낼 수 없다고 가정하는 것은 조급해 보인다."고 지적했다. 특별하고 파괴적인 재앙이 퀴비에가 수집한 표본들을 만들어 낼 수는 있었을 것이다. 그러나 세상에서 여전히 작동하고 있는 '기존의 동인들', 즉 오래전부터 계속되는 평범한 침식, 기온의 일상적인 오르내림, 조수의 규칙적인 흐름이 대신 원인일 수 있는 것도 마찬가지로 가능했다.[30]

라이엘은 확실히 그 설명을 선호했다. 그는 과학에게 격변설은 막다른 골목이라고 확신했다. 일회성의 과거의 사건들이 지구의 현재 형태를 있게 한 원인이라면, 이성을 발휘하여 과거를 이해할 수 있는 방법은 없었다. 지구를 설명하기 위해 자연 철학자는 재앙적인 홍수나 지나가는 거대한 혜성, 혹은 결코 실험으로 재현할 수 없는 다른 사건들을 언제든 끌어들일 수 있었다.

하지만 라이엘은 과거에 작용했던 모든 힘이 현재에도 동일한 강도로 작용하는 것을 관찰할 수 있다고 주장했다. 이는 현재 동일 과정설(uniformitarianism)로 알려진 원칙이다. 1830년에 발표된 그의 박물지 제목인 『지질학의 원리, 지금도 작용 중인 원인들을 참조하여 지구 표면의 과거 변화를 설명하기 위한 시도』는 이러한 의지를 아주 명확히 보여 주었다.

동일 과정설은 재앙을 유행에 뒤떨어지는 것으로 만들고, 세계적인 홍수와 신의 개입을 불필요한 것으로 만들었다. 또한 동일 과정설은 허턴이 처음 제시한, 상상할 수 없을 정도로 긴 시간을 완벽하게 필요한 것으로도 만들었다. 조수나 침식 같은 '기존의 동인들'이 세상을 현재의 형태로 만들었을 수 있지만, 정말로 오랜 시간이 걸릴 것이었다.

『지질학의 원리』가 출판된 이듬해에 젊은 찰스 다윈은 5년간 이어질 탐험 여행에 나서기 위해 HMS 비글호로 출발하기 전, 그 책을 짐 속에 넣었다. 그의 여행은 플리머스만에서 남미 해안을 거쳐 갈라파고스 제도, 타히티, 호주에 도달하는 순서로 지구를 돌아 고향으로 돌아가는 것이었다. 그는 나중에 다음과 같이 썼다. "라이엘의 책은 여러 가지 면에서 나에게 가장 큰 도움이 되었다." 그는 종(種)의 문제와 씨름하고 있었다. (종들은 어디서 비롯했는가? 종들 간의 차이는 무엇으로 설명할 수 있는가?) 그리고 그는 변화에 대한 라이엘의 길고 더딘 철학이 전적으로 설득력을 가진다고 생각했다. 다윈은 "자연은 비약하지 않는다.(Natura non facit saltum)"고 결론 내렸다. 어떤 메커니즘이 종들 간의 차이를 만들어 냈든, 그것이 효과를 내는 데는 오랜 시간이 걸린다는 얘기였다.

그는 라마르크의 글도 읽었지만, 용불용설에는 격렬하게 이의를 제기했다. 그는 『동물철학』의 여백에 "말도 안 돼!"라고 낙서했다. 그 대신 다윈은 1798년에 처음 출간된 토머스 맬서스의 베스트셀러 『인구론』에서 종의 문제를 해결하는 열쇠를 찾았다. 맬서스는 인류의 미래가 두 가지 요인에 의해 형성된다고 주장했다. 즉 인류에게는 번식에 대한 타고난 욕구가 있으며, 이는 인구가 지속적으로 증가함을 의미한다. 그러나 식량 공급이 인구만큼 빠르게 늘지 않기 때문에 태어난 사람들 중 많은 이들이 항상 굶어 죽을 것이다.

나중에 다윈은 다음과 같이 말했다. "이런 상황에서 유리한 변이가 보존되고 불리한 변이는 파괴되는 경향이 있다는 생각이 문득 들었다. 이 결과로 새로운 종이 형성될 것이다." 그는 자신이 종 문제의 열쇠를 찾았다고 믿었다. 하지만 그는 10년이 넘게 자기 생각의 밑그림을 그리고 또 그린 끝에 1859년이 돼서야 『종의 기원』을 출간했다.[31]

이 책은 다윈의 주된 결론을 뒷받침하는 일련의 논거를 제시했다. 즉 생명체는 지구와 마찬가지로 끊임없이 변화하고 있으며, 자연적 원인만으로 그 변화를 설명할 수 있다. 그리고 각기 다른 종의 동물들이 항상 존재했던 것은 아니며, 이전 종들이 변이를 일으켰을 때 새로운 종이 나타나고, 그러한 변이가 생존을 위한 싸움에 도움이 되는 것으로 드러난다는 것이다. 1864년에 유명한 생물학자이자 철학자인 허버트 스펜서가 다윈의 이론을 설명하기 위해 '적자생존'이라는 표현을 사용했다. 그 표현은 『종의 기원』 자체에는 결코 등장하지 않았지만, 이내 다윈의 저서와 불가분의 관계가 되었다.

하지만 큰 걸림돌이 하나 남아 있었다. 비록 찰스 다윈이 부모에서 자녀에게로 변이가 전해진다고 전적으로 확신했지만, 그는 어떻게 그렇게 되는지는 전혀 알지 못했기 때문이었다.

그는 『종의 기원』 2장에서 이렇게 한탄했다. "유전을 지배하는 법칙은 전혀 알려지지 않았다. 어느 누구도 어떤 특성이 가끔은 유전되고 가끔은 그렇지 않은지 이유를 말하지 못한다." 『종의 기원』이 처음 출간되고 9년이 지난 후에 그는 제뮬(gemmules)이라 불리는 '미립자'의 존재를 이용하여 유전을 설명할 수 있다고 주장했다. 그는 그 미립자가 생물체의 모든 기관에 의해 만들어져서 생식기에 축적된 다음 후손에게 전해진다고 설명했다. 이 이론을 지지하는 가장 강력한 논거는 그저 그가 더 좋은 설명을 생각해 낼 수 없다는 것이었다. 그는 친구인 T. H. 헉슬리에게 "그것은 아주 무모하고 조잡한 가설이다. 하지만 그것은 내 마음에 상당한 안도감을 주었고, 나는 그 가설 위에 아주 많은 사실들을 관계 지을 수 있다."는 내용의 편지를 보냈다.[32]

진실을 밝히는 열쇠가 말 그대로 자기 지붕 아래 있었지만, 그는 결코 더 나은 설명을 내놓지 못했다.

1882년에 다윈이 세상을 떠났을 때, 그의 서재에는 오스트리아의 식물학자(이자 아우구스티누스회 수사) 그레고어 멘델이 9년 동안 완두콩을 대상으로 실험한 결과를 독일어로 기술한 짧은 논문 사본이 펼쳐진 적도 없이 꽂혀 있었다. 34종의 다양한 품종을 교배한 멘델은 완두콩의 특성들(씨앗과 꼬투리의 모양 및 색깔, 꽃의 위치, 줄기의 길이)이 유전되는 방식을 지배하는 듯 보이는 일련의 법칙을 발견했다.

분명 그 특성들이 난세포와 화분 세포에 의해 모체 완두콩에서 자손 완두콩으로 전해졌기 때문에 (멘델이 제안한) 그 세포들에는 독자적인 특성을 가진 독립된 단위, 즉 원소(element)들이 들어 있는 게 분명했다. 이 원소들을 적절히 조작하면 다음 세대의 특성을 바꿀 수 있었기 때문에 멘델은 결국 한 종을 다른 종으로 바꾸어 놓을 수 있다고 추측했다.[33]

멘델은 유전 원소가 무엇인지, 그것들이 세포 내 어디에 있을지 정확히 밝힐 수 없었다. 그러나 그것들을 정확히 알아내기 위한 일련의 생물학적 실험은 이미 진행 중이었다.

다윈보다 한 세대 어린 독일 생물학자 에른스트 헤켈('개체 발생은 계통 발생의 단계를 반복한다.'라는 재치 있는 표현을 처음 쓴 사람)[34]은 유전이 세포의 핵에 있는 무언가에 의해 조절될 수 있다는 의견을 제시했다. 그에겐 이를 증명할 장비가 없었지만, 1880년대 초 헤켈과 같은 독일 출신의 발터 플레밍은 훨씬 개선된 현미경 렌즈와 더 좋아진 염색법을 이용해 분열(유사분열)을 시작한 세포 안의 실처럼 생긴 아주 작은 구조물을 관찰했다. 그의 동료인 빌헬름 발데이어는 이것들을 염색체(chromosomes)로 명명해야 한다고 주장했는데, 염색체란 염료를 빨아들이는 그 구조물의 능력을 간단하게 설명한 명칭에 해당한다.(chrom은 색상, soma는 몸체)

1902년 독일의 생물학자 테오도어 보베리가 성게 배아가 정상적으로 성장하려면 정확히 36개의 염색체가 필요하다는 사실을 발견했는데, 이는 각각의 염색체가 부모로부터 자식에게로 독특하고 필요한 정보를 전해 준다는 것을 강하게 암시했다. 동시에 월터 서턴이라는 미국의 대학원생이 메뚜기들을 대상으로 한 실험을 통해 염색체가 '어떤 명확한 속성 집합의 물리적인 기초'를 지니고 있음을 알아냈다. 덴마크 식물학자 빌헬름 요한센이 한 세대에서 다음 세대로 정보를 전달하는 이 유전 단위에 유전자(gene)라는 이름을 붙여 주었다. 이것이 바로 다윈의 잃어버린 퍼즐 조각으로, 생명체를 한 형태에서 다른 형태로 변형시키는 메커니즘이었다.[35]

15년 후, 알프레트 베게너라는 독일의 천문학자가 그때까지 찾지 못한 또 다른 중요한 메커니즘, 즉 지구의 무생물적 표면을 변형시켜 놓은 메커니즘을 우연히 발견했다.

베게너는 1915년에 발표한 『대륙과 해양의 기원』에서 다음과 같이 적었다. "지구에서 서로 마주 보고 있는 남미와 아프리카 해안을 비교하는 사람은 누구나 두 해안선의 비슷한 형태에 충격을 받을 수밖에 없다." 조각 그림을 맞추어 놓은 것같이 유사한 형태는 그 대륙들이 한때 하나의 덩어리였음을 그에게 암시했다. 그는 거대한 초대륙에 판게아(Pangea)라는 이름을 붙였다. 아주 오래전에 판게아는 나누어져서 떠다니다 멀어졌다. 이 대목에서 그는 고체의 지구가 어떻게 '떠다닐' 수 있는지에 대한 설명을 제시해야 했다. 그래서 그는 지구가 실제로 고체가 아니라고 했다. 그 대신 그는 지구가 표면과 가까워질수록 밀도가 높아지는 일련의 껍질로 둘러싸인 액체의 핵으로 이루어져 있다고 생각했다.[36]

이는 단순하면서도 우아한 설명이었고, 지질학자들을 괴롭히던 거의 모든 요인, 즉 먼 곳에서 발견된 화석들의 기묘한 유사성, 대륙 해안선들이 외관상 서로 맞물리듯 들어맞는다는 점, 산의 기원(베게너에 따르면 떠다니던 조각들이 충돌하여 겹치는 곳에서 갑자기 나타났다.)을 설명해 주었다. 문제는 물적 증거가 전혀 없다는 것이었다. 베게너는 액체의 핵이 존재한다는 점을 증명할 수 없었고, 판게아가 왜 그냥 하나의 초대륙으로 남아 있지 않은지도 설명할 수 없었다.

그러나 베게너는 자신의 이론이 가진 설명력이 명시적인 증거 부족을 능가한다고 믿었다. 그는 지구가 어쨌든 지구 역사의 어떤 부분에 대해서도 직접적인 증거를 내놓지 않는다고 주장했다. 그는 다음과 같이 썼다. "우리는 대답하길 거부하는 피고인을 맞닥뜨린 판사와도 같다. 그래서 우리는 정황 증거를 갖고 진실을 알아내야 한다. …… 이 이론은 …… 해결할 수 없어 보이는 문제들에 대한 해결책들을 제시한다."[37]

『대륙과 바다의 기원』이 처음 출간된 지 13년 뒤에 해군 천문학자인 F. B. 리텔과 J. C. 해먼드가 1913년과 1927년의 워싱턴과 파리 경도를 비교했다. 그들의 측정 결과, 두 도시 사이의 거리는 4.35미터가 늘어난 것으로 밝혀졌다. 매년 0.32미터씩 서서히 증가한 것이다.

파리가 워싱턴에서 대략 6000킬로미터 떨어져 있는 것을 고려하면, 두 도시가 움직여 그렇게 멀리 떨어지기까지는 1800만 년 이상이 걸렸을 것이다. 그러나 이 이동은 의심할 여지없이 측정 가능한 대상이었다. 그 대륙들은 정말로 이동하고 있었고, 아주 오랫동안 그렇게 해 오고 있었다. 그것들은 그 대륙 위에 사는 생명체들과 마찬가지로 역사를 갖고 있었고, 그 역사의 기본 연대표가 이제 대륙들과 생명체 모두를 위해 시작된 상태였다.

물리학자들

생명체를 다루는 역사가들이 과거를 위한 이야기를 만들어 내는 동안 물리학자들은 현재를 알아내려 하고 있었다. 그리고 시간과 공간, 물질 그 자체가 뉴턴, 베이컨, 그리고 그들의 후계자들이 한때 생각했던 것만큼 아주 간단하지는 않다는 것을 깨닫고 있었다.

『대륙과 해양의 기원』이 출간되기 10년 전, 특허 심사관이자 물리학자인 알베르트 아인슈타인은 한 해 동안 전기, 자력, 그리고 우주 및 시간, 운동의 관련 문제들을 다룬 논문 다섯 편을 완성했다. 그 논문 중 하나에서 에너지를 질량으로 전환하는 것을 $E = mc^2$으로 표현할 수 있다고 제시했는데, 이 공식은 20세기에서 가장 친숙한 공식이 되었다.

그러나 아인슈타인은 그중 또 다른 논문인 「움직이는 물체의 전기역학에 관하여」가 훨씬 더 중요하다고 생각했다. 그는 한 친구에게 그 논문이 '공간과 시간 이론을 철저히 수정해 놓은 것'이라고 말했다. 이는 나중에 특수 상대성 이론으로 알려질 내용을 다룬 그의 첫 연구였다.

그 논문에서 아인슈타인은 명백히 모순되어 보이는 두 가지 물리학의 원리를 조정하는 작업에 착수했다. 첫 번째 원리는 빛의 속도에 관한 것이었다. 1880년대 초부터 물리학자들은 진공을 통과하는 빛은 언제나 속도('c = 300000km/초')가 정확히 같다는 데 동의해 왔다.

두 번째는 뉴턴의 우주론의 초석인 상대성 원리로, 이 상대성 원리는 물리학의 법칙이 모든 관성계에 걸쳐 똑같은 방식으로 작용해야 한다고 규정한다.

나중에 아인슈타인은 다음과 같이 가정해 보라고 제안했다. 철도 차량이 일정한 속도로 제방 옆을 따라 이동하고 있다. 그와 동시에 까마귀 한 마리가 제방과 일직선으로, 그리고 일정한 속도로 허공을 날고 있다. 제방 위에 서 있는 관측자는 까마귀가 일정한 속도로 날아가는 것을 본다. 움직이는 철도 차량 위에 서 있는 관측자는 까마귀가 다른 속도로 날아가는 것을 본다. 관측자가 보기에 속도는 변하지만, 두 관측자 모두 여전히 까마귀가 일정한 속도로, 그리고 직선으로 날아가는 것을 본다. 상대성 원리는 느닷없이 까마귀가 속도를 높이거나 지그재그로 날아가는 것처럼 보일 수는 없다고 말한다.

이제 철로 위에 진공 상태가 존재하고 그 위로 광선이 까마귀와 같은 방향으로 나아가고 있다고 상상해 보자. 상대성 원리는 빛 역시 일정한 속도로, 그리고 일직선으로 이동할 것이라고 말한다. 그러나 그것은 또한 제방 위의 관측자와 철도 차량 위의 관측자가 두 개의 다른 속도로 이동하는 빛을 보게 되리라는 것을 암시하는데, 이는 빛의 속도가 일정하지 않다는 것을 의미한다.

대부분의 물리학자들은 상대성 원리를 포기함으로써 이 문제를 처리했다. 그러나 아인슈타인은 시간과 공간에 대한 우리의 생각을 조정하려는 의향이 있는 한, 어떤 법칙도 포기해서는 안 된다고 주장했다.[38]

두 관측자는 초당 빛의 속도를 측정한다. 아마도 아인슈타인은 초당 속도가 아니라 초 자체가 달라지고 있다고 말했을 것이다. 관측자가 더 빨리 움직임에 따라 시간 자체가 느려지고 있었다. 움직이고 있는 관찰자에게 1초는 사실상 …… 더 길었다. 시간은 사람들이 늘 생각해 온 것처럼 일정 불변한 것이 아니었다.

그 대신 아인슈타인은 시간이 우리가 이동하는 네 번째 차원이라고, 우리가 그 안에서 이동할 때 변화하는 차원이라고 결론지었다. 이 '특수 상대성 이론'은 시간의 본질을 다시 정의했다.

1916년에 아인슈타인은 공간도 다시 정의했다.

아인슈타인은 19세기 수학자 베른하르트 리만의 연구를 바탕으로 공간이 시간과 마찬가지로 관측자에게 상대적이라는 의견을 제시했다.('일반 상대성 이론') 아인슈타인은 거대한 물체가 있으면 실제로 공간이 굴절된다고 주장했다. 우리(관측자)는 공간 안에 있기 때문에 그 곡선을 볼 수 없지만, 공간을 통과하는 물체는 그 굴절에 영향을 받는다.

이 이론은 가까이에 있는 가장 거대한 물체, 즉 태양에 의해 생기는 현상과 대조하여 확인할 수 있었다. 만약 아인슈타인의 주장이 맞다면, 공간을 통과하여 이동하는 별에서 나오는 빛은 그것이 태양에 가까워질 때 구부러진 공간을 따라 움직이게 될 것이다. 그러면 별빛은 태양의 질량 쪽으로 '끌려'가는 것처럼 보일 것이다. 별빛은 눈에 띄게 태양의 질량에 의해 굴절될 것이다.

이는 개기일식 동안에만 관찰될 수 있었고, 3년이 더 지난 뒤에야 영국의 천문학자 아서 에딩턴이 필요한 측정을 할 수 있었다. 1919년 일식 때 그가 한 계산에 의하면, 태양 옆을 지나가는 별빛은 정확히 아인슈타인이 예측했던 정도만큼 이동했다.

『상대성의 특수 이론과 일반 이론』에서 아인슈타인은 일반 독자들을 위해 시간과 공간에 대한 자신의 결론을 제시했다. 시간과 공간 어느 것도 보이는 것과는 다른 것으로 드러났다. 베이컨식 관찰에는 한계가 있었다. 상식이 관측자를 헷갈리게 만들 수 있는 것이다.

한편 아인슈타인의 일부 동료들이 훨씬 더 작은 규모인 원자 자체를 대상으로 똑같이 혁명적인 연구를 하고 있었다. 19세기 말에 이르러 물리학자들은 원자, 즉 루크레티우스의 '나눌 수 없는' 입자가 사실 음전하를 지닌 더 작은 입자들로 이루어져 있다고 믿게 되었다. 그리고 이 입자들은 아일랜드의 물리학자 조지 스토니와 조지 피츠제럴드에 의해 전자(electron)로 명명되었다. 20세기 초에 독일의 젊은 물리학자 한스 가이거와 그보다 연상인 어니스트 러더퍼드가 이 전자들이 질량 중심인 '원자핵'을 돌고 있다는 이론을 제시했다. 그것은 우아하고 직관적인 모델이었다. 전자는 태양 주위의 행성들처럼 원자핵 주위를 돌고 있었는데, 이는 우주에서 가장 작은 입자들이 하늘을 비추는 것이나 다름없었다.[39]

하지만 그 전자의 궤도가 문제를 제기했다.

'러더퍼드 모델'은 전자가 지구를 도는 위성 같은 것이라고 상상했다. 만약 지구를 도는 위성이 그것이 가진 에너지의 일부를 잃으면, 그것은 급속도로 떨어지며 추락할 것이다. 그러나 원자는 에너지를 방출할 때(예를 들어 수소 원자처럼 일부 물리학자들이 광자(photon)라 칭한 경입자를 방출할 때) 안정된 상태를 유지했다. 전자의 궤도는 무너지지 않는 것 같았다.

1913년 덴마크의 물리학자 닐스 보어가 해결책을 제시했다. 그는 전자는 행성이나 위성처럼 매끄러운 원을 지속적으로 그리며 도는 게 아니라는 의견을 내놓았다. 그 대신 전자는 분리된 한 지점에서 다른 분리된 지점으로 점프한다는 것이었다. 수소 원자가 광자를 방출할 때, 전자는 에너지를 잃지만 급속도로 하강하지는 않는다. 그것은 안정적이지만 상태 유지에 더 적은 에너지가 들어가는 더 낮은 궤도 경로로 '건너뛴다'.

이 점프는 양자 도약(quantum jump)으로 알려졌다. 이보다 몇 년 전에 물리학자인 막스 플랑크는 에너지를 (당시 인정받고 있던 모델로서, 부드럽고 고르게 방사하는) 파동이 아니라 일련의 덩어리, 즉 간격을 두고 파동을 발사하는 별개의 입자들로 취급하면, 결국에는 특정한 유형의 복사(輻射) 작용을 예측할 수 있음을 깨달았다. 플랑크는 이 가상의 에너지 입자들을 '양자'라고 불렀지만, 그는 이 입자들에 만족해하지는 않았다.

그는 한 친구에게 그것이 '형식적인 가정', 즉 '현상을 구제하는' 한 가지 방법인 수학적인 모자 마술이라고 말했다. 그는 이렇게 설명했다. "내가 한 일은 단순히 자포자기한 심정에서 나온 행동으로 표현할 수 있다. 내가 보기에 고전 물리학은 이 문제에 대한 해결책을 제시할 수 없다는 것이 명백했다. …… (그래서) 나는 물리학 법칙에 대해 내가 이전에 갖고 있던 모든 신념을 희생할 준비가 되어 있었다."[40]

그러나 그 무렵 아인슈타인 본인은 빛을 파동이라기보다는 양자로 이루어진 것처럼 다루는 것이 당혹스러웠던 일부 속성을 설명하는 데 도움이 된다는 것을 알게 되었다. 그리고 이제 보어가 전자의 경로를 양자화하자는 의견을 제시함으로써 원자 단계의 문제를 해결해 놓은 상태였다. 막스 플랑크는 이 분야의 발전을 확실하고도 흥미롭게 요약한 1922년 노벨상 수상 연설에서 '양자 이론'이 우주에 대한 '우리의 물리학적 개념을 완전히 변화시킬 수 있는' 잠재력을 지니고 있다고 선언했다.[41]

그러나 그 이론이 지닌 함축적인 의미는 점점 이상해졌다. 예를 들어 '보어 러더퍼드'의 새로운 원자 모델에서 전자는 연속된 공간을 부드럽게 미끄러지는 대신 궤도 사이에서 '양자 도약'을 하는데, 이것이 도약을 하는 동안 전자가 어느 곳에도 존재하지 않음을 암시했기 때문이다.

또한 점프가 끝났을 때 전자가 어디서 다시 나타날지 확실하게 예측하는 것도 불가능했다. 물리학자들이 할 수 있는 최선은 전자가 다시 나타날 가능성이 있는 지점을 예측하는 것이었다. 이 문제에 대해 광범위하게 연구한 이론 물리학자 베르너 하이젠베르크는 물리학이 분자보다 더 큰 물체 영역으로 이동하고 나면 불확실성이 지극히 작다고 (충분히 타당하게) 지적했다. 수소 원자의 핵 주위를 도는 전자는 예상치 못한 도약을 할 수 있지만, 산비탈에서 풀을 뜯어 먹고 있는 염소는 예측할 수 없는 곳에 전혀 가지 않는 법이다.

그러나 측정 가능한 확실성보다는 확률의 영역으로 떠밀려 가는 것에 분노를 느낀 과학자들도 있었다. 오스트리아의 물리학자 에르빈 슈뢰딩거는 닐스 보어에게 이렇게 불평했다. "이런 빌어먹을 양자 도약을 견뎌내야 한다면, 내가 양자 이론과 관련이 있었던 것이 유감스럽다." 깜짝 놀랄 정도로 새로운 개념을 들고 나온 아인슈타인조차도 양자 이론이 '무시무시하다.'는 이유로 반대했다. (그는 친구인 막스 본(Max Born)에게 이렇게 편지를 보냈다. "나는 진지하게 양자 이론을 믿을 수 없어." 얼마 지나지 않아 본은 양자 역학 분야에서 이룬 업적으로 노벨상을 수상했다.)[42]

그러나 양자 이론은 그것이 물리학계에 엄청난 소란을 일으켰으면서도 계속해서 문제를 해결해 냈다.

통합하는 사람들

한편 다윈의 진화는 과학적 상상력을 상실하기 시작했다.

다윈이 진화라는 웅대한 이야기를 만들어 낸 이래로, 폭넓게 분리된 분야들의 개별 연구자들이 염색체의 존재, 유전 법칙, 세포핵 안에 있는 디옥시리보핵산(DNA)의 존재와 같은 새로운 세부 사항들을 제자리에 맞춰 놓고 있었다. 더 개선된 도구들, 더 많아진 데이터, 그리고 향상된 연구 기법이 끊임없이 새로운 발견을 낳았고, 그 가운데 다수의 발견들이(세포학, 생물 측정학, 배아, 유전학 같은 새로운 연구 분야) 모든 것을 아우르는 다윈 구조물의 빈 부분들을 채우고 있었다.

그러나 이 연구들은 온통 전문 용어들로 이루어져 있었고 소수의 전문가 독자층에 좁게 초점을 맞춘 전문 학술지에 게재되었다. 에른스트

마이어의 말을 빌리면 학문 간에 '의사소통이 단절된' 상태였다. 유전학은 인류학과 아무런 관계가 없었고, 고생물학은 생화학과 아무런 관계가 없었다. 각각의 연구자는 벽에 있는 그의(그녀의 벽돌은 거의 없었다.) 벽돌을 보느라 건물 전체를 보지 못했다. 1937년에 파리 국립자연사 박물관장은 "진화론이 곧 폐기될 것"이라고 결론지었다.[43]

그러나 생명 과학 분야에서 이루어진 개별적인 발견들은 자연 선택이 유기 생명체의 현재 형태를 설명해 준다는 것을 거듭 확인해 주었다. 다윈에 대한 변호가 필요한 시점이었다. 다시 말하면 위대한 이론과 구체적인 발견들이 함께 작용하는 방법을 설명해 주는, 아주 의미 있는 점들을 연결하는 변호가 필요했다.

1937년, 러시아의 곤충학자 테오도시우스 도브잔스키가 첫 타자로 나섰다. 그는 『유전학과 종의 기원』을 출간함으로써 그 일을 해내려 했다. 이 책은 유전학에 대한 자신의 실험실 결과와 초파리 유전에 대한 현장 관찰 기록, 그리고 인구 유전학의 수학적 분야에 대한 연구를 종합한 것이었다. 다음 10년 동안 몇몇 인정받는 생물학자들이 그의 뒤를 따랐다. 조지 게일로드 심슨의 『진화의 템포와 방식』, 베른하르트 렌쉬의 『종 단계 이상의 진화』, 그리고 에른스트 마이어의 『동물학자의 관점에서 본 계통학과 종의 기원』 모두, 다윈의 자연 선택설이 실제로 종의 존재를 설명했다는 주장을 똑같이 펼쳤다.

1942년에 이 주제를 다룬 또 다른 연구서인 『진화: 근대적 종합』이 영국의 생물학자 줄리언 헉슬리(우연히도 다윈을 열렬히 지지한 동시대인 중 한 명인 토머스 헉슬리의 손자)에 의해 등장했다. 줄리언 헉슬리는 유명한 생물학자일 뿐만 아니라 유능한 대중 작가이기도 했다. 실제로 10년 전에 그는 소설가인 H. G. 웰스와 공동으로 생물학의 역사를 다룬 대중적인 베스트셀러를 발표하기도 했다.

『진화: 근대적 종합』은 다방면을 폭넓게 다룬 책이었다. 그것은 고생물학, 유전학, 지리적 분화, 생태학, 분류학, 생물의 적응을 차례로 다루었지만 알기 쉽게, 읽기 쉽게, 그리고 전문 용어 없이 다루었다. 그의 책은 출간되자마자 바로 성공을 거두었다. 이 분야에서 가장 영향력이 큰 학술지 중 하나는 다음과 같이 감탄했다. "십 년, 어쩌면 한 세기에서 진화에 관한 뛰어난 논문이 될 것이다." 1942년 이후, 실험실에서의 전문적인 발견과 자연사라는 더 큰 세계를 연결하려는 이 지속된 시도는 모두 다윈의 체계를 지지한 것으로, 헉슬리의 저서에서 근대적 종합이라는 그 이름을 따올 터였다.[44]

2년 후 여전히 그 빌어먹을 양자 도약과 씨름하고 있던 에르빈 슈뢰딩거는 또 다른 종류의 종합 작품을 출간했다. 『생명이란 무엇인가?』는 양자 물리학과 생물학이 중복되는 부분, 즉 우리 자신에 대한 연구와 우주에 대한 연구 사이의 공통되는 기반을 다루었다. 슈뢰딩거는 궤도를 도는 전자의 행동을 설명하기 위해 양자 이론을 이용하면서, 이러한 행동이 화학 결합의 형성에 어떤 영향을 미치는지, 그리고 그 이후에 그 화학 결합이 세포 행동, 유전학, 진화 생물학 자체에 어떤 영향을 미치는지를 설명해 주었다.

종합서로서 『생명이란 무엇인가?』가 거둔 성공은 그 책을 읽은 후에 영감을 받아 생물학 연구로 옮겨 간 물리학자들의 수로 평가할 수 있다. 슈뢰딩거의 전기 작가 월터 무어는 이렇게 말했다. "『생명이란 무엇인가?』가 없었어도 분자 생물학은 분명 발전했을 것이다. 그러나 그 발전은 더 더딘 속도로 이루어졌을 것이고, 가장 빛나는 별도 없었을 것이다. 과학사에서 준(準)대중적인 짧은 책이 어떤 위대한 연구 분야의 미래 발전을 촉진시킨 다른 예는 없다."[45]

준대중적이다. 이 단어는 과학적 저술의 변화를 가리키는 하나의 단서이다.

『생명이란 무엇인가?』는 무엇보다도 다른 과학자들을 위해 집필되었다. 예전에 생물학자는 왕국 전체를 쭉 훑어볼 수 있었다. 이제 후생 유전학, 인구 유전학, 유전체학, 식물 화학, 계통학 등 하나의 아종에서 발견을 따라잡으려면 종일 매달려야 했다. 물리학, 즉 우주의 행동에 관한 연구는 우주의 점점 더 작은 부분들에 초점을 맞추었고, 광학, 광기술, 입자 물리학, 전파 천문학, 양자 화학 등 각 부분은 점점 더 전문화된 기구 사용이 필요했다. 새로운 이론들은 매우 제한된 독자층을 가진 학술지에 자세히 게재되었다. 그 논문들은 전문 용어와 난해한 수학적 표기법을 사용했기 때문에 비전문가들은 접근하기 힘들었고, 일반 대중은 더더욱 접근할 수 없었다.

발견이 늘어남에 따라 팬은 줄어들었다. 그러나 관심 있어 하는 지적인 일반인들, 즉 더 넓은 일반 독자층을 위해 이 발견들을 번역하는 일은 험난한 활동으로 드러났다.

과학의 보급자들

이미 전문적인 과학 저술과 대중적인 과학 저술 사이에 희미한 선이 그려져 있었다.

1894년, 줄리언 헉슬리의 할아버지는 과학자들이 각자 분야에서 자신의 위신이 깎일까 두려워 일반 독자를 위해 쉽게 글을 쓰려 하지 않는다고 불평했다. T. H. 헉슬리는 이렇게 투덜거렸다. "〔그들은〕 과학 교리 해설자로서의 명성을 유지한다. 적어도 성공한 부류들은 사람들에게 이해받으려고 시도하다 오점을 남기지 않으려 한다." 20세기가 지나면서 과학을 보급하려는 사람들과 학구적인 과학자들 사이의 경계가 짙어졌다. 과학을 주제로 한 베스트셀러는 전문 연구자들에게 크게 무시당했고, '단순한 과학 보급자'로 불리는 것은 학문적 연구에 종사하는 사람들에게는 죽음과도 같은 일이었다.[46]

동시에 과학에 대한 대중의 갈증은 점점 더 커져 갔다. 1920년대에 처음으로 《워싱턴 헤럴드》에 과학 특집 기사가 매일 실렸고(기자인 왓슨 데이비스가 쓴 '과학은 뭐가 뭔지'), 1930년대에는 전미 과학 저술가 연합(교수들이 아닌 언론인)이 결성되었다. 제2차 세계대전이 끝나면서 원자 과학을 향한 관심이 돋워졌고, 1957년 소련의 놀라운 스푸트니크호 발사는 우주 정보에 대한 일반의 수요를 촉발했다.

그러나 과학자들은 좀처럼 대중의 이러한 욕구를 채워 주려 하지 않았다. 1963년에 《핵과학자회보》는 다음과 같이 애석해했다. "좋든 싫든, 과학자들이 좋아하든 싫어하든, 오늘날 대중은 과학에 대한 인상과 정보, 과학적 개념에 대한 이해를 주로 과학자가 아닌 과학 저술가들로부터 얻는다." 왜 과학 저술가 대열에 뛰어들지 않을까? 왜냐하면 대부분의 과학자들은 자신들이 객관적이고 편견이 없으며 명석한 진리의 사냥꾼이라고 믿었기 때문이다. 반면 '과학 저술가'는 '언론계에 종사하고, 언론계의 압력과 전통, 관습과 편견에 영향을 받는다.'[47]

'대중적인' 과학에 대한 이토록 깊은 적대감을 고려하면, 다음으로 서점에 등장한 영향력 있는 과학 서적이 (여성) 아웃사이더의 작품이었다는 사실은 그다지 놀랍지 않다. 그 작품의 저자는 바로 레이첼 카슨으로, 그녀는 1932년에 석사 과정을 수료한 후 돈이 없어서 박사 학위를 이수하지 못해 교수도 되지 못한 재능 있는 생물학자였다. 그 대신 그녀는 과학에 대한 글을 썼다. 처음에는《볼티모어 선》에서, 그리고 그 이후에는 미국 어류야생동물국에서 그녀의 두 번째 작품인 1951년의『우리를 둘러싼 바다』는 베스트셀러가 되었고 전미 도서상을 수상했다. 그런데 그녀의 세 번째 저서『침묵의 봄』의 판매량이『우리를 둘러싼 바다』를 크게 앞질렀다.

카슨의 전기 작가인 린다 리어는 이렇게 설명한다. "역사의 진로를 바꿨다고 할 수 있는 책은 극히 적다. 그러나 이 책은 그런 책 중 하나였다."『침묵의 봄』은 다음과 같은 무서운 경고로 시작했다. "세계 역사상 처음으로, 모든 인간이 이제 임신하는 순간부터 죽을 때까지 위험한 화학 물질에 노출된다." 이 책은 살충제를 무분별하게 사용한다는 이유로 서방 정부와 화학 공업, 농업계를 공격했다.

『침묵의 봄』은 거대한 종합 작품(화학과 생물학, 실험실 과학과 공공 정책, 학문적 연구와 시민 활동, 인간에 대한 연구와 인간의 전체 세계에 대한 연구를 종합)일 뿐만 아니라 최고의 대중 과학이었다. 박식하고 극적인 동시에 흥미를 자아낼 정도로 통계와 이야기를 적절히 섞어 놓았을 뿐 아니라 모든 사람에게 영향을 끼쳤다. 카슨은 대중 과학이 얼마나 강력할 수 있는지를 증명해 보였다. 그리고 그 후 20년 동안 전례가 없을 정도로 많은 학문적 과학자들이 대중 영역으로 전향했다.[48]

선두주자는 생명 과학자들이었다. 1967년 동물학자인 데즈먼드 모리스가 생물학의 렌즈를 통해 인간의 문화적 행동을 해석한『털 없는 원숭이』에서 다윈의 진화론이 인간 행동에 끼친 완전한 영향을 알아냈다.『털 없는 원숭이』는 사회 생물학 분야를 다룬 최초의 저서 중의 하나였다. 이듬해 제임스 왓슨이 프랜시스 크릭과 함께 한 DNA 연구 결과를 발표했다. 세포핵에 있는 그 이상한 작은 물질은 한 세대에서 다음 세대로 유전 정보를 전달하는 물질로 확인되었고, 1953년에 크릭과 왓슨은 그 메커니즘을 알 수 있게 해 주는 DNA 이중나선 구조를 제시했다. 그들의 모델은 수십 년 동안 실제로 관찰되지는 않았지만, 화학적으로 타당했고 전 세계적으로 시험을 받으면서 이내 전 세계 생물학자들에게 받아들여졌다. 왓슨의 1968년 베스트셀러 『이중나선: 생명에 대한 호기심으로 DNA구조를 발견한 이야기』는 회고록과 과학을 적절히 섞어 놓았고, DNA를 사람들이 흔히 쓰는 말로 만들어 놓았다.

1976년 옥스퍼드 대학의 생물학자 리처드 도킨스가 『이기적 유전자』에서 DNA 이야기를 더 자세히 다루면서 인간을 포함한 모든 유기적 생명체에 대한 포괄적인 설명을 제공했다. 도킨스는 "행성 위의 지적인 생명체는 자신의 존재 이유를 처음으로 밝혀낼 때 어른이 된다."로 책을 시작했다. 그리고 그가 알아낸 존재 이유는 간단하다. 우리 인간은 오직 우리의 DNA를 지키기 위해 먹고, 자고, 섹스하고, 생각하고, 글을 쓰고, 우주선과 군수품을 만들고, 우리 자신을 희생하거나 다른 사람들을 희생한다. 자연 선택은 가장 기본적인 단계인 분자에서 일어난다. 인간의 몸은 자신의 유전자를 지키고 전파하는 것 외에는 아무것도 하지 않도록 진화해 왔으며, 인간의 유전자는 자기 자신의 생존을 보장하기 위해 일하는, 무자비할 정도로 이기적인 분자이다.[49]

이는 인간의 본성에 대한 마음 편한 시각은 아니었지만, 과학자들에게 대중 과학은 과학 논문이나 학술지 논문에는 담지 못하는 일종의 포괄적인 결론(인간의 존재, 문화의 모든 것, 우주 자체에 관한 것)을 내리기에 완벽한 수단임이 판명되고 있었다.

1977년 스티븐 와인버그의 히트작 『최초의 3분』은 물리학에서 형이상학으로 바로 도약했다. 와인버그는 이른바 '빅뱅'이라 불리는, 전체 우주가 특이점으로 알려진 최초의 초밀도 상태의 점에서 팽창하는 과정을 설명한 뒤에 다음과 같이 덧붙였다.

> 인간이 우주와 어떤 특별한 관계를 맺고 있으며 …… 인간의 삶이 최초의 3분으로 거슬러 올라가는 일련의 사고로 발생한 다소 우스운 결과는 아니라고 믿기는 거의 거부하기 힘들다. …… 우주가 이해할 수 있는 것처럼 보일수록, 우주는 더 무의미해 보이기도 한다.

그 결론(확실히 베이컨식 과제를 초월하는 결론)으로부터 그는 인간 존재의 목적에 대한 훨씬 더 광범위한 설명을 도출해 낸다. 와인버그는 책을 마치며 다음과 같이 결론 내렸다. "우리가 연구의 결실을 보고 위안을 받지 못한다고 해도, 적어도 연구 그 자체에서 어느 정도 위안을 받을 수 있다. …… 우주를 이해하려는 노력은 인간의 삶을 희극의 수준보다 조금 더 끌어올리고 인간의 삶에 비극의 은총을 조금 안겨 주는 극소수의 것 중 하나이다."[50]

대중 과학은 그 자체로 진화하고 있었다. 그것은 정보와 오락, 적극적인 행동에 대한 요구를 넘어서는 것이 되었다. 그것은 과학자들에게 인간의 삶에 대해 더 일반적인 결론을 내릴 수 있는 기회를 제공했다. 즉 우리가 무엇이지뿐 아니라 우리가 누구이고 우리가 왜 존재하는지를 설명할 수 있는 기회를 제공했다.

어떤 면에서 대중 과학은《핵과학자회보》가 암울하게 예언한 대로 시장의 '전통과 관습'에 굴복하고 말았다. 과학자들은 독자들을 사로잡고 잡아 둘 수 있는 방식으로 글을 써야만 했다. 예를 들면『침묵의 봄』의 동화 같은 도입부("어떤 불길한 주문이 그 공동체에 자리 잡았다. …… 사방에 죽음의 그림자가 깔렸다."), 『최초의 3분』의 생생한 비유("만약 어떤 무모한 거인이 해를 앞뒤로 흔든다면, 파동이 태양에서 지구까지 빛의 속도로 이동하는 데 필요한 시간인 8분 동안 지구 위에 사는 사람들은 그 영향을 느끼지 못할 것이다."), "아마겟돈"이라는 제목을 붙이고 『반지의 제왕』의 제명(題名)으로 시작한, 월터 앨버레즈의 『티렉스와 종말의 분화구』의 서사시 같은 1장이 바로 그랬다.

대중 과학과 학문적 과학 간의 적개심은 점점 더 미묘해지고 복잡해졌지만 없어지지는 않았다. 이 관계를 다룬 1985년의 한 연구의 결론에 따르면, "대중화는 전통적으로 수준 낮은 활동으로, …… 비과학자들, 실패한 과학자들, 혹은 전직 과학자들에게 맡길 수 있는 연구 외적인 것으로 여겨진다." 과학자들 사이에서 오프라 효과(Oprah Effect, 미국 방송인 오프라 윈프리가 미국 여론, 특히 소비자들의 구매 결정에 미치는 엄청난 효과를 말한다. ―옮긴이)는 세이건 효과(Sagan Effect), 즉 일반 대중에게 얻은 인기와 명성이 실제로 행해지고 있는 과학의 양과 질에 반비례하는 것으로 여겨지는 현상으로 알려졌다.[51]

과학 저술은 점점 더 다른 길을 따라 나아갔다. 하나는 넓고 잘 다져진 길이고, 다른 하나는 좁고 담이 높은 길이었다. 새로운 발견과 획기적인 이론들은 처음에는 학술지나 논문, 협회 보고의 형태로 과학계에 등장했다가 과학계를 통해 서서히 전파되었다. 그때가 돼서야 그것들은 책의 형태로 일반인들의 의식 속에 들어갔다. 제임스 글릭의 베스트셀러 『카오스: 새로운 과학의 출현』은 수학자인 톈옌 리와 제임스 A. 요크가 비선형 방정식을 다룬 자신들의 전문적인 논문에서 카오스 이론이라는 용어를 사용한 지 12년 후에, 그리고 에드워드 로렌츠가 처음으로 이 현상을 설명한 지 24년 만인 1987년에서야 출간되었다. 그리고 스티븐 호킹의 우주론 개요서인 『시간의 역사』는 1988년에 출간되어 천만 부 이상이 팔렸지만, 혁명적인 내용은 전혀 담겨 있지 않았다.

(이론적으로) 공룡을 멸종시킨 소행성의 흔적을 찾아가는 탐정 소설 같은 월터 앨버레즈의 인기작 『티렉스와 종말의 분화구』는 앨버레즈와 그의 동료들이 논문("백악기 3기의 멸종을 일으킨 외계의 원인") 형식으로 그들의 이론을 처음 발표한 지 17년 후인 1997년에 출판되었다. 앨버레즈의 극적인 시나리오("죽음이 하늘에서 나오고 있었다. …… 숲 전체에 불이 붙어 대륙 크기의 산불이 육지를 휩쓸었다. …… 해안선 위로 물기둥 같은 것이 치솟았다.")는 「딥 임팩트」와 「아마겟돈」 같은 영화에 곧바로 도입되어, 지구 종말을 다루는 하위 영화 장르 하나를 온전히 탄생시켰다. 그리고 학술 회의(예: 네브래스카-링컨 대학이 2009년에 개최한 '지구 근접 천체: 위험과 대응, 기회')를 비롯하여 '지구 근접 천체의 위협에 대응하기 위한 전 세계적 체제 수립'이라는 임무를 맡은 다국적 위원회가 최소한 한 개 생겨났다. 대중 과학 저술은 대중의 상상력을 장악했을 뿐만 아니라 공공 정책을 변화시켰으며 심지어 다시 돌아와 학계를 형성하기까지 했다.[52]

과학서 제대로 읽는 법

추천서 목록에 오른 책들은 모두 비전문가들이 읽을 수 있지만, 시간이 걸릴 각오를 해야 한다. 다음에 나열된 단계에서 알 수 있듯이, 과학 서적은 우리가 다룬 다른 책들과는 조금 다른 태도로 접근해야 한다. 첫 번째 통독 과정은 정말로 힘이 드는 작업이다. 본문의 문맥과 내용을 이해하는 것이 제일 큰 문제이다. (이 때문에 이 장에서는 '역사' 부분이 훨씬 더 길고 '독서 방법' 부분이 훨씬 더 짧다.) 첫 번째 통독 과정을 서두르지 말고, 필요한 참고 저서나 안내서를 이용하면 좋다.

그렇더라도 여러분의 목적은 명심하고 있어야 한다. 여러분은 물리학이나 유전학, 생화학 등을 통달하려고 하는 것이 아니다. 여러분은 인간 지성의 발달 과정, 인류가 세상을 이해하기 위해 이성과 감각을 사용해 온 방법에 대해 뭔가를 배우려 하고 있다. 모티머 아들러가 40여 년 전에 쓴 것처럼, "비전문가인 당신은 현대적 의미에서 고전적인 과학 서적의 주제에 정통해지기 위해 그 책들을 읽는 게 아니다. 그 대신 당신은 과학의 역사와 철학을 이해하기 위해 그 책들을 읽는다." 비록 대학 때 들은 우주론 개론에 대해 아무것도 기억하지 못한다고 해도 그 정도 과제는 진지한 독자라면 누구든 해낼 수 있다.[53]

1단계: 문법 단계 독서

개요를 읽는다. 이 시점 이전에 당신은 항상 읽으려는 바로 그 책부터 시작했다. 하지만 과학, 특히 20세기 이전 작품들을 읽는 경우, 책을 펼치기 전에 그 책이 무엇을 다루고 있는지 어느 정도 안다면, 처음의 통독에서 그 책을 이해할 가능성이 훨씬 더 높아질 것이다. 인간의 경험(당신이 직접 얻은 지식을 가진 무언가)을 다루는 역사와는 달리, 과학은 구성, 즉 당신이 전혀 익숙하지 않을 수도 있는 서로 연관된 일련의 개념과 이론을 다룬다. 아리스토텔레스의 『물리학』이나 코페르니쿠스의 『짧은 해설서』의 개요를 먼저 읽으면, 그 구성을 알 수 있고 그 책의 체계에 대해서도 어느 정도 감을 잡을 수 있을 것이다.

만약 그 책에 해당 분야의 전문가가 쓴 서문이 포함되어 있다면, 그 서문에는 아마도 책 내용에 대한 간략한 요약이 포함되어 있을 것이다. 책 자체에 개요가 없으면 온라인에서 찾아봐도 좋다. 예를 들어 '아리스토텔레스의 물리학 개요'를 검색하면, 대학 강사들이 작성하여 강좌 웹사이트에 게재한 여러 요약 내용뿐 아니라 스파크노트나 스탠퍼드 철학 백과사전(둘 다 신뢰할 수 있는 출처이다.)에서 요약한 내용이 나온다. '스티븐 호킹의 시간의 역사 요약'을 검색하면, 독자들이 작성한 다수의 안내 글이나 위키피디아 항목뿐 아니라 책 내용이 포함된 평판 높은 논문의 리뷰도 여러 개 나온다. 이것들은 완벽히 용인될 수 있으며, 어쨌든 여러분이 직접 그 책을 읽게 될 것이기 때문에 직접 읽으면서 부정확한 내용을 발견할 수도 있을 것이다. 이 단계의 목표는 그저 책과 같은 틀 안에 들어가는 것이다. 즉 저자가 글을 쓰고 있던 상황, 작가가 내놓은 주요 주장, 그리고 책이 전개되는 과정에 핵심이 되는 개념들을 숙지하는 것이다.

제목, 표지, 목차를 본다. 역사에서 그랬던 것처럼 제목, 저자 이름, 최초의 출판일을 적어 두자. 저자가 다룰 주제를 이해하려면 목차를 읽어 봐야 한다.

독자와 독자의 저자와의 관계를 정의한다. 저자는 누구이고, 저자는 누구를 위해 쓰고 있는가? 줄리언 헉슬리의 경우처럼 과학자가 주로 다른 과학자들을 위해 글을 쓰고 있는가? 과학자가 일반인을 위해 글을 쓰고 있는가? 비과학자가 다른 비과학자들을 위해 전문적인 정보를 요약하고 있는가? 표지 글, 뒤표지에 실린 요약, 서문, 서론, 추천의 글은 독자에게 그 답이 어디 있는지 알려 줄 수 있다.

용어 및 정의 목록을 기록해 본다.

자, 이제 책을 읽기 시작해 보자.

책을 읽으면서 전문 용어와 정의에 대한 진술 부분을 찾아보자. 참고용으로 그것들을 일기에 적어 두자.

예를 들어 스티븐 와인버그의 『최초의 3분』 1장에서는 "전류의 형태로 전선을 통해 흐르고 모든 원자와 분자의 바깥 부분을 구성하는 음전하 입자인 전자"와 "전자와 질량이 정확히 같은 양전하 입자인 양전자"가 나올 것이다. 제임스 러브록의 『가이아』는 "이온(aeon)은 10억 년을 나타낸다."와 "초신성은 큰 별이 폭발하는 것을 말한다."라는 글로 시작한다.

이 정도는 꽤 간단한 편이다. (그리고 이미 전문 용어를 이해하고 있다면 그것을 적어 놓을 필요는 없다.) 그러나 정의에 대한 진술은 조금 더 복잡할 수 있다. 예를 들어 갈릴레오의 『대화: 천동설과 지동설, 두 체계에 관하여』 첫 페이지에서 살바티라는 인물은 이렇게 말한다. "자연에는 근본적으로 다른 두 물질이 있다. 이것들은 천체의 것과 자연의 것으로, 전자는 불변하고 영원하고, 후자는 일시적이고 파괴될 수 있는 것이다." 이것은 정의에 대한 진술이다. 갈릴레오의 주장이 분명해짐에 따라 '천체의 것'과 '자연의 것'이라는 용어가 중요해질 것이므로 이 용어들을 공책에 다음과 같이 적어 두고 싶을 것이다.

자연에 존재하는 두 가지 물질

천체의 것: 변하지 않고 영원하다.

자연의 것: 일시적이고 파괴될 수 있다.

정의에 대한 진술을 찾기 힘들 경우, **명사**[정의되는 용어], **상태 동사**나 **연결 동사**, 그 뒤에 **설명** 또는 **주격 보어**의 형식을 취한 문장을 주의 깊게 살펴보라.

"지구 특유의 두 번째 운동(명사)은 축을 중심으로 …… 서쪽에서 동쪽으로 매일 도는 것(주격 보어)이다(연결 동사)."(니콜라우스 코페르니쿠스의 『짧은 해설서』)

지구의 두 번째 운동: 축을 중심으로 서쪽에서 동쪽으로 매일 도는 것

"쌍형성(pair-formation) 단계(명사)는 공포와 공격성, 성적 매력 간의 충돌을 수반하는 잠정적이고 양면적인 행동(정의)을 특징으로 한다(상태 동사)." (데즈먼드 모리스, 『털 없는 원숭이』)

쌍형성 단계: 잠정적이고 양면적인 행동, 공포, 공격성, 매력의 충돌

이탤릭체나 볼드체 활자로 된 단어나 문구를 만날 때마다 정의를 반드시 찾아봐야 한다. 많은 경우에 이것들은 정의를 다룬 좀 더 길고 다소 복잡한 단락(이나 단락들) 끝에 등장하기 때문에 강조된 것들이다. 예를 들어 『종의 기원』 5장에서 다윈은 다음과 같이 쓰고 있다.

그래서 박쥐 날개에서처럼 생물의 어떤 기관이 아무리 비정상적이라도 수많은 변화한 자손들에게 거의 같은 상태로 전해지는 경우, 우리의 이론에 의한다면 그것은 지극히 오랜 시대에 걸쳐 존속해 왔을 것이고, 따라서 다른 어떤 구조보다 더 많은 변이를 일으키지 않게 되었음이 확실하다. 이른바 '발생적 변이성'이 지금까지 고도로 존재하는 것을 보게 되는 것은 그 변이가 비교적 근대에 있었고, 그것이 이상하게 큰 경우에만 해당한다.

'발생적 변이성'이라는 용어는 그가 앞선 두 페이지에 걸쳐 설명하고 있던 어떤 변이 유형에 부여하기로 결정한 용어인 것으로 밝혀진다. 되돌아보면, 나는 (약간 복잡한) 설명을 다음과 같이 바꾸어 쓸 수 있다.

발생적 변이성: 한 종에서 최근에, 아주 빠른 변화가 생겼다는 사실이 그 종의 모든 구성원이 어떤 특정한 변이를 가진 것은 아님을 의미할 때

정의를 찾기 위해 '부정한 짓을 하더라도' 절대적으로 무방하다. 과학 저술가들이 항상 그들의 용어에 대해 가능한 가장 명확한 정의를 제공하는 것은 아니다. 그래서 심지어 본문을 다시 읽은 후에도 나는 다윈이 무슨 뜻으로 말하는지 이해했다고 완전히 확신하지는 못한다. 만약 내가 '발생적 변이성과 다윈'을 함께 온라인으로 검색해 보면, 대부분 『종의 기원』 본문이 결국 다시 나오겠지만, '발생적 변이성'만 검색하면, 다음과 같은 설명을 찾을 것이다.

발생적 변이성은 최근에 신속하고도 상당한 진화적 변화를 경험한 구조에서 나타나는 변이성이다. 다윈은 이것을 역동적인 과정으로 상상한다. 충분한 시간이 주어지면, 즉 그 구조가 최대한의 발달 범위에 도달하고 나면, 선택이 대부분의 편향을 없애 버리고 그 특성이 결국 고정되게 된다. (제임스 T. 코스타(James T. Costa), 『주석이 달린 기원』, 하버드 대학 출판사, 2009, 154쪽)

용어의 의미를 완전히 알 수 없을 때는 언제든 참고 도구를 이용하여 이해를 높이는 게 좋다.

책에 익숙하지 않은 용어가 많을수록 첫 번째 읽기를 하는 데 시간이 더 오래 걸릴 것이다. 낙심하지 마라. 과학 서적은 첫 번째 독서가 가장 어렵다. 책이 말하고 있는 것을 정확히 이해하는 데 지금 시간을 들인다면, 여러분의 두 번째와 세 번째 단계는 훨씬 더 빨리(그리고 원활하게) 진행될 것이다.

그래도 헷갈리는 부분은 표시해 두고 계속 읽는다. 어쩌면 이 책들의 몇몇 페이지나 일부분, 또는 심지어는 한 장 전체가 계속해서 헷갈릴 수도 있을 것이다. 이 경우에 지체하지 않는 것이 좋다. 적정한 시간을 들여 정의를 찾아본 뒤에도 계속 모르겠으면, 표시를 해 두거나 그 페이지는 접어 두고 계속 나아가야 한다.

이 첫 번째 통독에서 주된 목표는 끝까지 읽어 내는 것이다. 대부분의 위대한 과학 저서에서 마지막 장은 가장 명확하고 가장 간단하다. 저자가 증거를 제시하고 그로부터 결론을 끌어내는 어렵고 힘든 일을 마쳤기에 그 모든 것이 의미하는 바가 무엇인지 자유롭게 설명할 수 있기 때문이다. 결론은 (대개) 읽기가 더 쉬울 뿐만 아니라, 앞에 나왔던 모든 내용을 분명히 밝히는 경향이 있다. 일단 책이 어디로 향하고 있는지 알고 나면, 그 길을 따라 늘어선 세세한 부분을 이해하는 것이 훨씬 더 간단해진다.

2단계: 논리 단계 독서

표시된 부분으로 돌아가서 그 부분이 무엇을 의미하는지 알아본다. 마지막 페이지에 도달했다면 앞으로 돌아가서 혼란을 안긴 그 부분을 다시 읽을 준비가 된 것이다.

그 부분이 기술적으로 혼란스러운가? 단순히 개념을 이해하지 못한 경우라면 다른 전문가들을 데려와 도움을 받도록 하라. 설명을 찾기 위해 온라인 검색을 해 보자. 대학 웹사이트와 출판된 책의 발췌 내용은 개인 웹사이트나 블로그보다 더 믿을 만하므로 찾아보면 좋다. 또는 제임스 트레필의 『과학 기술 백과사전』(Routridge, 2014), 『맥그로힐 과학 기술 백과사전』(6판, McGraw Hill, 2009), 『과학 데스크 참조: 생명의 기원부터 우주의 종말까지 당신이 과학에 대해 알아야 할 모든 것』 (존 레니 편집)(Scientific American/John Wiley, 1999)을 참조하라.

그 부분이 언어적으로 혼란스러운가? 그 부분을 당신만의 표현으로 다시 써 본다. 문장 하나하나를 바꿔 쓰는 것으로 시작한 다음, 바꿔 쓴 부분을 하나의 단락으로 요약해 본다.

일부 독자들이 도움이 된다고 생각하는 관련 방법은 대신 문제의 글을 약술해 보는 것이다. 각 단락의 중심 주제를 찾아보고 그 주제에 로마 숫자(I, II, III 등)를 매겨 보자. 그런 다음 스스로에게 물어라. 이 개념에 대한 가장 중요한 정보는 무엇인가? 그 개념들에 대문자(A, B, C 등)를 매긴다. 필요하다면, 그런 다음 각 개념에 대한 세부 사항을 확인하고 아라비아 숫자(1, 2, 3 등)를 매겨 목록을 만들 수도 있다.

탐구 분야를 정의한다. 저자는 정확히 어떤 일련의 현상들을 연구하고 있는가? 그리고 그들 현상은 어떤 과학 분야에 속하는가? 아리스토텔레스의 『물리학』은 천문학, 우주론, 물리학, 생물학, 수학을 포괄하는, 통일된 우주 이론을 시도한다. 갈릴레오의 『대화』는 천문학뿐만 아니라 물리학까지 동원한다. 추천 도서 목록에서 맨 마지막에 있는 월터 앨버레즈의 『티렉스와 종말의 분화구』는 앨버레즈가 지질학자로서 받은 훈련에 뿌리를 두고 있지만, 고생물학도 앨버레즈의 연구에 큰 역할을 하고 있으며, 앨버레즈 자신도 현재는 우주론('빅 히스토리') 강의를 맡고 있다.

먼저 지구과학, 천문학, 생물학, 화학, 물리학 등 과학의 주요 분야 중 하나에서 그 저서의 위치를 찾아보자. 그런 다음 각 분야의 하위 부문을 조사하는 데 시간을 보낸다. 이 목적에는 위키피디아가 아주 유용할 수 있는데, 위키피디아가 여러 가지 도표와 학문을 연결하는 방법을 제공하기 때문이다. 또한 앞에서 소개한 과학 백과사전 중 하나를 이용하거나 '과학의 여러 분야'에 대해 온라인 검색을 할 수도 있다.

이제 문제의 저서가 망라하고 있는 과학의 하위 분야를 파악하도록 노력해 보자. 본인이 도움이 된다고 생각하는 만큼 이 과제에 많은 시간을 쓰거나 적은 시간을 쓸 수 있다. 도움이 된다면 자신만의 도표나 부문 도표를 그릴 수도 있고, 각 분야에서 이루어진 연구 유형을 조금 조사해 볼 수도 있고, 그냥 그것들을 확인하고 넘어갈 수도 있다. 각 과학 분야는 그 나름의 관행을 갖고 있고, 각자의 역사도 갖고 있다. 또한 특정한 시점에 뿌리를 두고 있으며, 특정한 종류의 증거를 우선시하며 그 증거가 다음 단계로 이어진다.

저자는 어떤 종류의 증거를 인용하는가? 저자의 결론이 훅의 현미경 연구나 갈라파고스 제도에서 볼 수 있는 종에 대한 다윈의 메모처럼 관찰에 근거한 것인가? 만약 그렇다면 그러한 관찰은 어떻게 이루어졌는가? 직접 했는가? 다른 사람들의 연구에서 얻은 것인가? 어떤 도움과 도구가 사용되었는가? 그 도구들이 관찰을 왜곡시켰는가? 만약 그랬다면 어떤 왜곡이 있었는가?

그 결론은 특정한 가설을 시험하기 위해 실험실에서 설정되어 수행된 실험에서 얻어진 것인가? 실험은 어디에서, 누가 했는가? 그 실험들은 몇 번이나 반복되었는가? 그것들은 다른 과학자들에 의해 확인되었는가?(그 질문에 답하기 위해 외부 조사를 조금 해 볼 수도 있다.)

일화는 어떤 역할을 하는가? 레이첼 카슨의 『침묵의 봄』은 살충제에 의한 파괴를 증명하기 위해 관찰과 실험을 통해 얻은 증거 모두를 제시하지만, 카슨은 1959년에 투구풍뎅이 방제를 위해 살충제를 살포한 사건에 대한 미시간 남동부 주민들의 목격담 같은 이야기에도 의존하고 있다. ("한 여성은 …… 교회에서 집으로 돌아오는 길에 놀랄 만큼 많은 수의 죽은 새와 죽어 가는 새를 봤다고 이야기했다. …… 지역의 한 수의사는 자기 병원이 갑자기 병이 난 개와 고양이를 데리고 온 손님들로 가득 찼다고 이야기했다.")

귀납적인 부분과 연역적인 부분을 파악해 본다. 저자는 아리스토텔레스와 알프레트 베게너처럼 '큰 개념'으로 시작해서 구체적인 것으로 내려가는가? 이것은 귀납적 방법으로, 큰 개념이나 전체적인 이론에서 시작한 다음 그것을 뒷받침할 증거의 조각들을 찾는 방법을 말한다. 그게 아니면 저자는 개별적인 관찰 결과나 불편한 사실, 현재의 이론으로는 설명할 수 없는 실험 결과에서 시작한 다음, 더 큰 가설로 일반화하는가? 만약 그렇다면 그 저서는 사실상 연역적이라 할 수 있다.

현대 과학에서 연역적 사고가 증가하긴 했지만, 거의 모든 연구자가 귀납적 사고도 이용하고 있으며 둘 사이의 관계는 복잡하다. 월터 앨버레즈는 이리듐이 있어서는 안 되는 곳에서 이리듐을 발견했다. 이 발견 덕분에 그는 어쩌면 혜성이나 소행성이 지구에 부딪혔을 수도 있다는 이론을 세우게 되었다. (연역적 사고) 만약 혜성이 지구에 충돌했다면, 충돌 분화구가 있을 터였다. 그래서 그는 충돌 분화구를 찾는 데 여러 해를 보냈다. 이 조사로 그는 유카탄반도의 퇴적층을 충돌과 관련하여 해석하게 되었고, 이러한 해석은 그가 분화구를 발견했다는 결론으로 이어졌다. 이는 귀납법이다. 분화구가 존재한다는 가정에서 시작해서 그것을 뒷받침할 증거를 찾은 것이기 때문이다.

결론을 진술하는 것처럼 들리는 것은 무엇이든 표시한다. 다윈은 자신의 자연 선택에 의한 변이 이론을 지지하여 라마르크의 용불용설을 거부하면서 다음과 같이 쓴다. "나는 습관의 영향이 …… 자연 선택의 영향보다 크게 중요하지 않다고 믿는다."

다윈이 여러 차례 결론을 진술하면서 '나는 믿는다.'는 표현을 맨 앞에 쓴 점은 도움이 되지만, 결론의 진술은 여러 가지 형식을 취할 수 있다. 스티븐 와인버그는 "우주가 당분간 팽창하리라는 것은 확실하다."라고 쓰고 있다. 아리스토텔레스는 이렇게 결론짓는다. "자연에 대한 과학적 지식을 얻으려면 그것의 원리를 결정하는 작업부터 시작해야 한다는 결과가 나온다." 그리고 제임스 러브록은 우리에게 이렇게 말한다. "가이아 이론은 이제 수치 모형과 컴퓨터의 도움으로 다양한 포식자와 먹이 사슬이 자족적인 단일종이나 아주 제한된 혼성 소집단보다 더 안정적이고 강한 생태계임을 증명할 수 있는 단계로 발전했다."

다음과 같이 표지가 되는 표현을 찾아보자.

그러므로... 〔또는 *따라서*, 또는 다른 관련된 다른 표현: 다윈은 '이런 이유로(hence)'를 좋아한다.〕

나는 믿는다. ……

우리는 이제 알 수 있다. ……

그것은 증명될 수 있다. ……

확실히 ……

……*은 분명하다.*

……*라는 결과가 된다.*

과학자들은 이제 ……*에 동의한다.*

결론을 찾았으면 일기에(원한다면, 자기 자신의 표현으로) 기록해 본다.

이제 최종 탐구 단계로 넘어갈 준비가 되었다.

3단계: 수사 단계 독서

비과학자들에게는 수사 단계의 가장 기본적인 질문, 즉 당신은 동의하는가에 대답하기가 쉽지 않다.

물론 이 책에서 역사서를 다룬 290~301쪽에 제시된 기술을 이용하여 증거와 결론 사이의 연관성을 평가해 볼 수는 있다. 그러나 특히 20

세기 이후의 과학 저술은 일반 독자들이 평가할 수 없는 증거를 종종 인용한다. 만약 갈릴레오의 결론을 시험해 볼 결심을 했다면, 2층 테라스에서 무게가 다른 두 물체를 떨어뜨려 땅에 부딪히는 것을 지켜볼 수 있다. 하지만 사람들 대부분은 붕괴하는 원자의 양자 도약이나 카오스계의 비선형 방정식을 재현하는 행운을 얻지는 못할 것이다.

따라서 각 저서에 대한 반응의 마지막 단계는 조금 더 철학적일 필요가 있다. 스티븐 와인버그가 현재의 우주는 "끝없는 혹은 견딜 수 없는 열이 소멸되는 미래에 직면해 있다."고 말할 때, 물리학자가 아닌 사람들은 그의 얘기를 액면 그대로 받아들일 수밖에 없다. 그러나 그가 과학에 의해 축적된 "자료의 의미를 알아내는 일은 인간의 생명을 웃음거리보다 약간 높은 수준으로 끌어올리는 몇 안 되는 일 중의 하나"라고 덧붙일 때, 우리는 자유롭게 반론을 펴야 한다.

각 작품에 두 가지 중요한 질문을 던지는 것을 생각해 보자.

어떤 은유나 유추, 이야기, 혹은 다른 문학적 기법이 나타나는가? 그리고 그것들은 왜 거기 있는가? 다소 뜻밖에도 『최초의 3분』의 1장은 에다(Edda, 고대 북유럽의 서사시집 — 옮긴이)에서 발견된 바이킹의 기원 신화로 시작한다. 우주의 젖소가 소금덩이를 게걸스럽게 삼켜 버리기 시작하면서 우주가 생겼다는 내용이다. 와인버그의 결론("사람들은 신과 거인에 대한 이야기에 위안을 얻는 데 (더 이상) 만족하지 않는다.")이 분명히 밝히듯이, 이것은 독자 친화적인 흥미로운 첫 문장 그 이상이다. 와인버그는 단지 최초의 3분에 대해 이야기하고 있는 것이 아니다. 그는 종교적인 설명을 대체할 수 있는, 새로운 기원 이야기를 제공하고 있다.

달리 말하면 은유와 이야기는 과학 작가의 기본적인 주장에 대한 실마리를 제공한다. 레이첼 카슨의 『침묵의 봄』의 시작 장면은 과거 농촌의 만족스러운 삶과 상업적이고 산업적이며 비정상적인 사회인 화학 회사들의 세계를 직접적으로 비교한다. 심지어 『상대성의 특수 이론과 일반 이론』을 시작하는 알베르트 아인슈타인의 은유도 독자에게 아인슈타인의 기초적인 지식 이론을 가리키고 있다. 그는 다음과 같이 시작한다. "이 책을 읽는 여러분 대부분은 학창 시절에 유클리드 기하학의 고귀한 체계를 알게 되었고, 아마도 사랑보다는 존경심 때문에, 양심적인 선생님들에 의해 무수한 시간 동안 쫓겨 올라간 높은 계단 위의 그 웅장한 구조를 기억하고 있을 것이다." 계단은 더 높은 층, 즉 웅장한 단계로 이어지며, 수학은 우리가 진실을 찾기 위해 오르는 사다리이다.

은유, 이야기, 또는 서술을 찾아보자. 자신에게 물어보자. 왜 이런 비유가, 왜 이 특별한 이야기가 등장했을까? 그것은 저자의 가정에 대해 무엇을 말해 주는가?

더 일반적인 결론이 있는가? 아이작 뉴턴은 중력이 무엇인지 설명할 수는 있지만 왜 그런지 설명할 필요는 없다고 말한 것으로 유명하다. 그는 우주의 본질을 설명할 생각이 없었다. 그는 단지 우주의 법칙을 발견하기를 원했다.

하지만 그는 소수파였다. 모든 종교적 믿음이 정신의 눈을 멀게 한다는 루크레티우스의 주장으로부터 통일된 물리학 이론이 실제로 '인간과 우주의 존재 이유라는 문제'에 답을 줄지도 모른다는 스티븐 호킹의 의견에 이르기까지, 추천 도서 목록에 있는 책 중 다수가 뉴턴이 세운 경계선을 훨씬 넘어선다.

어떤 문장이 인간의 본질, 인간이 존재하는 궁극적인 목적, 우주의 이유에 대해 포괄적인 진술을 하는가? 그 진술들은 무엇인가? 당신은 그 진술에 동의하는가? 만약 그렇다면, 그 일반적인 진술이 책에서 제시된 증거로부터 논리적으로 비롯되었다고 저자가 확신시켰기 때문인가? 만약 동의하지 않는다면, 그 이유는 무엇인가?

우리가 꼭 읽어야 할 과학서들

다음의 책들은 여러분에게 과학의 가장 위대한 발견들에 대한 포괄적인 개요를 제공(그러려면 훨씬 더 긴 목록이 필요할 것이다.)하기 위해서가 아니라 우리가 과학에 대해 생각하는 방식을 부각하기 위해서 선택했다. 이 목록은 비전문가를 위한 도서 목록이라서 너무 전문적이고 등식이 많은 중요 서적(예를 들면 유클리드의 『원론』)은 여기 포함되지 않았다.

오래된 책은 단어 하나하나까지 전부 읽을 필요는 없다. 히포크라테스의 책을 띄엄띄엄 읽어도 그의 방법을 잘 이해할 수 있을 것이다. 아리스토텔레스의 『물리학』은 새로운 내용으로 옮겨 가기 전에 모든 세부 사항에 반드시 숙달할 필요는 없다. 그리고 『작은 도면들』의 몇 가지 그림을 살펴보면, 로버트 훅의 혁명적인 사상을 이해할 수 있는 완벽한 장비를 갖추는 셈이 될 것이다.

『침묵의 봄』을 비롯하여 목록에 오른 다수의 책은 무삭제판 오디오로 이용할 수 있다. 그러나 이 책들 중 거의 모든 책이 여러분의 이해를 도울 수 있는 그래프, 그림, 도표를 포함하고 있으니 오디오 버전은 보충용 정도로 고려하는 게 좋다.

공기, 물, 장소에 관하여 히포크라테스

On Airs, Waters, and Places(460~370 B.C.) • HIPPOCRATES

신경 과학자인 찰스 그로스는 히포크라테스 의학을 "미신의 부재, 정확한 임상 설명, 해부학에 대한 무지, 그리고 잘못된 비유, 추측, 체액론이 터무니없이 섞여 있는 생리학을 결합해 놓은 것"이라고 표현했다.[54] 이 네 가지 특징 모두가 『공기, 물, 장소에 관하여』에 고스란히 드러나 있다.

글은 다음과 같이 시작한다. "의학을 제대로 연구하고자 하는 사람은 누구든 이렇게 나아가야 한다. 우선 고려할 것은 바람, 수질, 땅이다." 인류의 다양한 신체 질환에 대한 치료법은 기도가 아니라 자연계에 대한 더 나은 이해에서 발견될 것이다.

그러므로 의사는 환자들의 주변 환경을 파악해야 한다. 바람, 물, 온도, 그리고 특정 도시의 고도가 거기 사는 사람들의 건강을 형성한다. 장소마다 특유의 공기 및 물 종류가 있어서, 장소마다 특유한 질병 종류가 있다. 예를 들어 뜨거운 남풍에 노출된 도시는 많이 먹고 마시지 않고 점액이 너무 많아 고생하는 무기력한 남녀들로 가득 찰 것이다. 아기들은 경련과 천식에 걸리기 쉽고, 가장 흔한 질병은 이질, 설사, 만성 겨울 열병, 치질 등이다. 반대로 뜨거운 남쪽 바람은 피할 수 있지만, 북풍을 받기 쉬운 도시에는 경질의 차가운 물이 있다. 그 지역 거주자들은 알맞은 체액 부족으로 고생한다. 남자들은 변비에 걸리기 쉽고, 여자들은 종종 아이에게 젖을 먹이는 데 어려움을 겪으며, 모든 사람이 코피와 뇌졸중으로 고생하기 쉽다. 환자를 치료하기 위해 의사는 먼저 자연환경을 분석한

다음, 병자를 한 기후에서 다른 기후로 옮겨 적절한 체액 균형과 생산을 장려해야 한다.

이렇게 이론을 세우는 데 활기를 보탠 것은 완벽하게 타당한 몇 가지 관찰 사실이다. 예를 들면, '강한 냄새'가 나는 '습하고 정체된' 물은 건강에 해롭고 질병을 일으킬 수 있다고 했는데, 히포크라테스 의학은 체액의 불균형 때문에 건강에 해로운 이런 결과가 발생한다고 생각했다. 악취가 나는 물은 너무 많은 담즙을 유발하고, 그로 인해 그 물을 마시는 사람들이 아프게 된다. 이것은 물론 잘못된 설명이었다. 그러나 히포크라테스 시대의 의사는 적어도 나쁜 물과 이후에 환자에게 발생하는 복통 간의 연관성을 이해할 수 있었다. 히포크라테스식 접근법은 자연적 원인을 자연적 결과와 연결함으로써 처음으로 마법적인 사고에서 벗어나는 큰 발걸음을 뗐다.

저자 추천본

19세기의 프랜시스 애덤스(Francis Adams)의 번역본이 여전히 읽기 쉬우며, 온라인에서도 널리 찾아볼 수 있다. 이 번역본은 『*Corpus*』라는 간단한 제목이 달린 여러 전집에 포함되어 있다. 이 판본에는 Kessinger Legacy출판사(2004)와 Kaplan Classics of Medicine(2008)의 페이퍼백 재판본도 포함되어 있다. Penguin Classics의 『*Hippoocratic Writings*』에도 더 현대적인 번역본이 포함되어 있다.

물리학 아리스토텔레스

Physics(c. 330 B.C.)_ARISTOTLE

『물리학』은 여덟 권으로 나누어져 있지만, 1, 2권이 가장 중요하다. 1권에는 아리스토텔레스의 과학적 방법이 정립되어 있다. 그는 우주에 대한 일반적인 이해('우리에게 더 잘 알려져 있고 분명한 것')에서 시작하고, 이 일반적인 생각에서 특정한 사물이나 현상('본질적으로 더 명확하고 더 알기 쉬운 것')에 대한 구체적인 검토(과거의 지식에 의해 언제나 형성되는 것)로 나아가라고 권한다. 이것은 귀납적 추론(개별적인 관찰에서 출발하여 그것들을 설명해 주는 일반적인 해석을 추론해 가는 방법)이 아니라 연역적 추론(일반적인 진리로 시작하여 논리적으로 필요한 결론을 도출해 나가는 방법)이다. 현대 과학은 귀납적 추론에 의존하지만, 16세기에 이르러서야 연역적 추론이 경쟁자인 귀납적 추론에 자리를 내주게 된다.

2권은 내적 변화의 원리의 관점에서 '자연'을 정의하고 있다. 자연의 물체는 그 자체 안에 운동의 원리를 포함하고 있는 반면, 사람들이 만든 것('기술')은 그렇지 않다. 묘목은 그 안에 내재한 운동의 원리 때문에 나무로 자란다. 집이나 침대는 나무로 만들어졌지만, 절대로 다른 것으로 자라지 않는다. 그것은 기술의 결과물이고, 집이나 침대로 남아 있다. 운동의 원리는 목적이 있다. 운동은 미리 결정된 목적을 향해 멈춤 없이 자연의 물체를 밀고 나아간다.

아리스토텔레스는 책 전체에서 세상이 더 나은 무언가를 향해 진화하고 있다고 가정한다. 물론 이는 오늘날 진화라는 표현으로 말하려는 것과 정확히 같지는 않다. 현대의 생물학적 진화는 미리 정한 목표도, 전체적인 설계도 없기 때문이다. 반면에 아리스토텔레스의 과학은 목적론적이다. 자연이 더욱 완전하게 실현되는 결말을 향해 목적의식을 갖고 발전하고 있다고 굳게 확신하고 있다. 그러나 이 끝은 (세례를 받아 기독교화된 중세 과학이 가정한 것처럼) 조물주가 정한 게 아니었다. 새싹은 이미 그 속에 나무가 되는 성질이 내재해 있기에 나무가 된다. 아리스토텔레스에게 목적론은 무언가를 이끌어 가는 외부의 힘이 아니라 내부의 잠재력이다.

저자 추천본

로빈 워터필드(Robin Waterfild)의 Oxford World's Classics(1999) 번역이 명확하고 유려하다. R. P. Harie와 R. K. Gaye의 번역본도 널리 보급되어 있으며 매우 읽기 쉽다. Clarendon Press의 『*Physics*』(1930)가 훌륭하며, 무료 전자책으로도 읽을 수 있다.

사물의 본성에 관하여 루크레티우스

On the Nature of Things (De Rerum Natura)(c. 60 B.C.)_LUCRETIUS

루크레티우스는 세 가지 주요한 입장을 제시한다. 첫째, 종교는 미신에 불과하다는 것이다. 그는 이렇게 쓴다. "그래서 우리는 신의 힘에 의해 어떤 것도 무(無)에서 생겨난 것은 없다는 〔자연〕의 첫 번째 위대한 원칙에서 시작한다."(1권, 148~149쪽) 신에 대한 믿음은 정신을 어둡게 하여 생각하는 사람들이 세상을 사실 그대로 혹은 정확하게 이해할 수 없게 만든다. 1권은 처음으로 신들이 일상을 지배하지 않는다는 것을 과감히 가르쳐 준 에피쿠로스에게 찬가를 바치면서 시작해 완전한 물질주의 철학을 계속해서 전개해 나간다. 루크레티우스는 신에 대한 믿음을 없애는 것이 정신의 눈을 뜨게 한다고 주장한다. 3권에서 그는 이렇게 설명한다. "정신의 공포가 모두 사라진다. 하늘의 벽이 열리고, 무한대의 공간을 통해 나는 사물의 진실을 본다."(3권, 16~17쪽)

두 번째로, 퇴행 원리가 우주에서 작용하고 있다는 입장을 제시한다. 그에 따르면 모든 사물은 빗발처럼 계속 쏟아지는 원자에 지속적으로 부딪쳐 닳아 없어진다. 마침내 우주의 모든 것이 해체할 것이다.("강대한 세상의 담은 / 스스로 격침되어 무너지고 /붕괴할 것이다.")(2권, 1145~1147쪽) 2권은 엔트로피 철학을 글로 설명하고자 한 최초의 시도 중 하나이다.

셋째, 우주에는 계획이 없다는 입장이다. 존재하는 모든 것은 세계를 구성하는 원자 입자들의 우연한 충돌에서 비롯되었다. 5권은 인간의 역사 전부를 무작위성의 결과로 설명한다. 루크레티우스는 "설계나 지성에 의한 것이 아니라 원시의 원자가 스스로 질서 있게 배치한 게 확실하다."고 요약한다.(5권, 419~420쪽) 어떠한 설명도 루크레티우스가 자기 주변 세계에서 보는 무작위적인 측면, 즉 사람이 지내기 힘든 곳, 불운, 죽음을 설명해 주지 못한다.

저자 추천본

루크레티우스는 라틴어 시로 글을 썼다. 고대 세계의 과학적 산문이다. 로널드 멜빌(Ronald Melville)의 번역본 『*On the Nature of the Universe*』(Oxford University Press, 2009)가 이해하기 쉬운 우아한 시로 씌인 작품이다. 산문으로 된 루크레티우스의 글을 읽고 싶다면, 로널드 E.레이섬(Ronald E. Latham)의 Penguin Classics 번역본(1994 개정)을 보면 된다.

짧은 해설서 니콜라우스 코페르니쿠스

Commentariolus(1514)_NICOLAUS COPERNICUS

『짧은 해설서』는 편심과 주전원, 대심을 이용해도 행성이 '일률적인 속도'로 움직이지 않는다는 문제를 간략하게 설명하면서 시작한다. 태양이 우주의 중심에 있다면, 이 문제는 부분적으로 해결될 수 있다고 코페르니쿠스는 설명한다.

『짧은 해설서』의 대부분은 이 새로운 우주를 설명하는 데 전념하고 있지만, 코페르니쿠스는 삼중으로 이루어지는 지구의 움직임 또한 다룬다. 지구는 "매년 태양 주위를 큰 원을 그리며 돈다." 그리고 자기 축 위에서도 돌고, 계절이 지나감에 따라 좌우로 기울기도 한다. 이러한 움직임으로 인해 '우주 전체'가 지구 주위를 '엄청난 속도로 돌고 있는' 것 같지만, 코페르니쿠스는 이것이 착각에 불과하다고 결론 내린다. "지구가 움직인다는 사실이 이 모든 변화를 덜 놀라운 방식으로 설명할 수 있다."

『짧은 해설서』는 처음부터 끝까지 가장 단순한 설명을 찾는 데 전념하고 있다. 그러나 코페르니쿠스는 각 행성의 움직임을 계속해서 연구함에 따라 태양 주위에 점점 더 많은 껍질이 있다고 생각하게 되었는데, 이는 서로 맞물려 점점 더 복잡해지는 일련의 구들을 말한다. 그의 단순한 설명은 결국 다음과 같이 터무니없이 복잡한 최종 진술로 이어진다. "총 34개의 원이 우주의 온전한 구조와 행성의 완전한 발레 춤을 설명하기에 충분하다."

저자 추천서

에드워드 로즌(Dover Publications, 2004, 2차 개정판)이 번역한 페이퍼백 『*Three Copernican Treatises*』. 코페르니쿠스의 옹호자 레티쿠스가 쓴 코페르니쿠스 연구 요약서(『지동설 서설』), 코페르니쿠스가 천문학자 요하네스 베르너(『베르너에 반박하는 편지』)의 계산을 반박한 서한과 함께 수록되어 있다. 찰스 글렌 윌리스의 20세기 초 번역본은 Prometheus Books(1995)와 Running Press(2002년, 스티븐 호킹의 주석이 달린)에 의해 페이퍼백으로 재출간되었다.

새로운 도구 프랜시스 베이컨

Novum Organum(1620)_FRANCIS BACON

아리스토텔레스 이후로 연역적 추리가 과학의 관행을 지배해 왔으나, 베이컨이 그것을 뒤집기 시작했다. 『새로운 도구』 초판 표지에 그는 자신의 새로운 귀납법을 상징하는, 의기양양하게 헤라클레스의 기둥을 지나는 배를 배치했다. 신화 속의 그 기둥은 '극서' 지방을 향해 떠난 헤라클레스가 도달할 가장 먼 지역, 즉 고대 세계의 가장 바깥쪽 경계이자 지식의 기존 방식이 미치는 최대한의 범위를 표시하는 것이었다.

1권은 그 당시에 자연 과학에서 사용되던 방법에 베이컨이 반대하고 있음을 알리는 '경구'로 시작한다. 베이컨은 연역적 추론이 네 가지 부정확한 사고방식을 보강하는 경향이 있다며 반대한다. 그는 이 네 가지 사고방식을 '종족의 우상'(사회 전체가 상식으로 받아들이고 더 이상 이의를 제기하지 않는 일반적인 가정), '동굴의 우상'(특유의 교육이나 경험, 또는 타고난 성향 때문에 개개인에게 자연스러워 보이는 가정), '시장의 우상'(말과 정의가 모든 듣는 사람들에게 똑같은 의미를 전달한다는 부주의한 가정), '극장의 우상'(고대부터 전해진 철학적 체계에 기초한 가정)이라고 부른다. 82절에서 그는 (종국에는) 근대의 과학적 방법으로 발전한 세 단계인 지식을 찾는 대안적 제안을 제시한다.

2권은 베이컨의 중심 주제, 즉 사람들이 '일반적으로 인정되는 의견들'(그 모든 우상들)을 제쳐두고 '최고 수준의 일반화를 잠시 자제하면', '정신의 고유하고 진실한 힘'이 지식을 전해 줄 것이라는 주장을 더 상세히 다룬다. 베이컨의 주장을 증명하기 위해 다양한 물리적 과정을 분석하고 자연사 연구를 여러 범주로 나누는 것으로 끝이 나는 2권을 전부 읽을 필요는 없다.

저자 추천본

제임스 스페딩, 로버트 엘리스의 19세기 번역본이 지금도 읽을 만하다. 이 번역본은 여전히 가장 흔하게 재판이 간행되고 있다. 서론, 개요, 주석이 달린 최근의 번역본은 Lisa Jardine과 Michael Silverthorn의 『*The New organon*』(Cambridge University Press, 2000)이다. 번역은 더 현대적이지만, 항상 이해하기 쉬운 것은 아니다.

대화: 천동설과 지동설, 두 체계에 관하여　　갈릴레오 갈릴레이

Dialogue Concerning the Two Chief World Systems(1632)_GALILEO GALILEI

갈릴레오가 『대화』를 발표했을 무렵, 벨라르미르 추기경이 세상을 떠났다. 하지만 종교 재판이 여전히 존속되어 유효했기 때문에, 『대화』는 세 명의 친구가 태양이 중심이 되고 지구가 움직인다는 모델이 우주에 대한 가장 그럴듯한 그림임을 증명할 수 있는지를 놓고 벌이는 가상의 토론으로 틀을 잡았다.

코페르니쿠스의 모델은 사려 깊고 지적인 두 인물인 살비아티와 사그레도에 의해 옹호된다. 종교 재판에서 인정하는 모든 의견은 가장 호감이 가지 않는 심플리치오에 의해 대변되는데, 그는 맹목적으로 아리스토텔레스에 충성하고 이성은 발휘하지 않으려는, 무식하고 무능한 사람이다. 이 계략은 초기의 이단 심문관인 도미니크회 신학자 니콜로 리카르디를 통과하기에 충분했다. 비록 리카르디가 지동설에 대한 교회의 반대를 완벽하게 타당한 것으로 인정하는 서문을 강력히 주장했지만 말이다. 그는 또한 움직이는 지구에 의지하지 않고도 조수(潮水)를 이해할 수 있다고 주의를 주면서 마지막에 부인을 표명하는 진술을 요구하기도 했다.

갈릴레오는 자극하듯 빈정대는 서문을 내놓으면서("몇 년 전 로마에서는 현세의 위험한 추세를 막기 위해 지구가 움직인다는 …… 의견에 시기적절한 침묵을 강요하는 유익한 칙령이 발포되었다.") 심플리치오의 입을 빌려 하느님은 '그의 무한한 능력과 지혜'로 '인간의 머리로는 생각할 수 없는 여러 가지 방법으로' 조수를 움직이게 만들고 계신 듯하다는 마지막 주장을 전했다. 이것은 일시적으로 그 이단 심문관을 만족시켰지만, 갈릴레오의 과학계 동료 중에 속은 이는 없었다.

『대화』는 토론을 다룬 네 권의 책으로 나누어져 있는데, 각 토론은 하루 동안 진행된다. 첫째 날과 둘째 날의 토론이 가장 중심이 되고, 셋째 날과 넷째 날은 처음 두 부분에 제시된 움직임의 문제들을 더 자세히 다루고 있다.

저자 추천본

스틸만 드레이크의 번역본이 가장 읽기 쉽다. 1953년에 처음 출간되어 현재는 Modern Library Science Series의 『*Dialogue Concerning the Two Chief World Systems: Ptolemaic and Copernican*』으로 번역되어 있다. 이 번역본은 훌륭하게 개정되었고 주석이 달려 있다.

국내 번역 추천본

갈릴레오 갈릴레이, 이무현 옮김, 『대화』(사이언스북스, 2016).

작은 도면들　로버트 훅

Micrographia(1665)_ROBERT HOOKE

먼저 훅이 감각과 이성의 기능 간의 관계를 설명하는 서문을 읽어 보는 게 좋다. 그런 다음 시간을 갖고 훅의 책을 살펴보자. 처음 57개의 그림과 관찰 결과는 현미경으로 본 것이며, 마지막 세 개, 즉 굴절된 빛, 별, 달은 망원경으로 본 것이다.

『작은 도면들』 전체에서 훅은 자신의 세밀한 관찰, 즉 인위적인 수단을 통한 감각의 확장을 새로운 사고방식의 출발점으로 사용한다. 궁극적으로 그의 도구는 인간의 감각만이 아니라 인간의 이성까지 증대시킨다. 면밀한 관찰은 새로운 이론으로 이어지고, 새로운 이론은 새로운 패러다임으로 이어진다.

훅은 서문에서 진정한 자연 철학을 윌리엄 하비의 순환계에 빗대어 다음과 같이 설명하고 있다.

> 자연 철학은 손과 눈으로 시작하여 기억을 통해 나아가고, 이성에 의해 계속되어야 한다. 또한 거기서 멈추는 게 아니라 손과 눈으로 다시 방향을 바꾸고, 사람의 몸이 팔, 발, 폐, 심장, 머리 같은 신체의 여러 부분에 혈액이 순환하여 유지되는 것처럼 자연 철학 역시 하나의 기능에서 다른 기능으로 끊임없이 통과함으로써 생명력과 강인함을 유지해야 한다. 일단 부지런하고 주의 깊게 이 방법을 따르고 나면, 인간 지성의 능력 안에 놓여 있는 것은 아무것도 없다. …… 말하기와 논거의 다툼은 곧 노동으로 바뀔 것이고, 날카로운 두뇌의 사치가 고안해 낸 모든 섬세한 의견의 꿈과 보편적인

형이상학적 성질은 순식간에 사라져 버려서 견고한 역사, 실험, 연구에 자리를 내주게 될 것이다. 그리고 처음에 인류가 금단의 선악과를 맛보고 몰락했던 것처럼, 그들의 후예인 우리는 어느 정도는 같은 방법으로, 다시 말하면 단지 눈으로 보고 숙고하는 것만이 아니라 아직 금기시되지 않은 자연 지식의 그 과실까지도 많이 맛봄으로써 회복될지 모른다.

도구와 도움은 더 이상 감각의 확장에 불과한 게 아니다. 훅에게 그것들은 지식의 나무이자 완벽으로 가는 길이 된다.

저자 추천본

여러 출판사에서 출간한 『작은 도면들』을 이용할 수 있지만, 그중에서 훅의 획기적인 그림을 원래의 크기로 혹은 꽤 상세하게 재현한 것은 거의 없다. 그림을 가장 잘 볼 수 있는 방법은 옥타보(Octavo) CD로 보는 것인데, 원본의 실제 페이지를 선명하게 스캔한 것으로, 확대하고 돌려보고 컬러나 흑백으로도 볼 수 있는 PDF로 제공된다.(옥타보 디지털 희귀 도서, CD-ROM, 1998) 그러나 원문 자체는 현대화되지 않은 철자로 완성되어 있어서 옥타보 스캔본도 이해하기가 매우 어렵다.

프린키피아의 규칙들과 일반 주해 아이작 뉴턴

“Rules” and “General Scholium” from Philosophiae Naturalis Principia Mathematica (1687/1713/1726)_ISAAC NEWTON

『프린키피아』 네 권은 중력이 작용하는 법칙들을 제시한다. 책 전체에서 뉴턴은 세 가지 원칙('뉴턴의 운동 법칙')을 세워 사용한다. 관성의 법칙은 움직이는 물체는 움직이는 상태를 유지하고 정지한 물체는 (외부에서 힘을 가하지 않는 한) 정지한 상태를 유지한다는 것을 말한다. 가속도의 법칙은 질량에 힘을 가하면 가속이 발생한다는 것을 말한다. 질량이 클수록 가속을 일으키는 데 필요한 힘은 더 커진다. 그리고 작용과 반작용 법칙은 모든 작용에 대해 크기가 같고 방향이 반대인 반작용이 있다는 것을 말한다. 1권과 2권은 (마찰이 전혀 없는) 이론적인 상황과 저항이 있는 상태 모두에서 이 운동 법칙들을 입증하며, 『프린키피아』의 나머지 부분은 만유인력으로서의 중력을 다룬다.

「추론의 규칙들」은 왜 뉴턴이 우주의 모든 곳에서 이 법칙들이 작동한다고 확신할 수 있는지를 설명하고 있다. 그는 자신의 비판자들이 믿을 만한 가설이 아니라 '기발한 연애 소설'에 불과한 것을 제공했다고 비난할까 봐 우려했다. 그래서 뉴턴은 「규칙들」에서 실험을 통해 얻은 결론이 개별 실험의 범위를 넘어서는 정도까지 일반화될 수 있음을 증명하는 작업에 착수한다.

그런 다음 뉴턴은 (자연 철학에서의 하느님의 위치에 대한 유명한 토론이 들어 있는) 「일반 주해」에서 그 방법에 제한을 둔다. 뉴턴은 중력에 대해 이렇게 설명한다.

> 중력은 그 작용하는 힘이 조금도 줄지 않은 채로 태양과 행성의 중심까지 침투하고, 그것이 작용하는 입자의 **표면**의 양에 비례하는 게 아니라 **고형**의 물질의 양에 비례하여 작용하는 힘으로 그 힘의 효과는 광대한 거리까지 사방에 뻗어 나가면서 항상 그 거리의 제곱만큼 줄어든다.

그러나 그는 "나는 아직 중력에 원인을 부여하지 않았다."고 미리 말해 둔다. 그는 지상에서의 실험으로 중력의 법칙을 추론할 수 있었지만, 중력의 이유는 그가 이해할 수 있는 범위를 벗어나 있었다. 그리고 중력이 왜 존재하는지 설명할 필요도 느끼지 않았다. 그는 다음과 같이 결론짓는다. "중력이 실제로 존재하고 우리가 정한 법칙에 따라 작용하며 천체와 바다의 모든 움직임을 설명하기에 충분하다면 족하다." 그는 우주 전체로 실험적 방법의 범위를 넓히면서 신중하게 반대편에 경계 담을 세웠다. 과학은 무엇을 말할 수는 있지만, 이유를 말할 책임은 없다.

저자 추천본

『프린키피아』(「규칙들」과 「일반 주해」 포함)의 선별된 발췌문은 Norton Critical Edition인 『*Newton: Texts, Backgrounds, Commentaries*』에서 찾을 수 있다. 이 책은 버나드 코언과 리처드 웨스트폴이 편집하고 번역했다.(W. W. Norton, 1995) 『프린키피아』 전체는 버나드 코언과 앤 화이트먼이 번역한 엄청난 분량의(950쪽) 페이퍼백 『*The Principia: Mathematical Principles of Natural Philosophy*』(University of California Press, 1999)으로 출간되었다. 전체 책을 읽는 더 간단한 방법은 Andrew Motte의 공용 도메인 1729년 번역을 찾아보는 것이다.

국내 번역 추천본

아이작 뉴턴, 이무현 옮김, 『프린키피아』(교우사, 2009).

예비 담론　조르주 퀴비에

"Preliminary Discourse"(1812)_GEORGES CUVIER

「예비 담론」은 베이컨식 방법에 대한 퀴비에의 헌신에서 비롯되었다. 국립 중앙 박물관의 화석 '납골실'을 정리하던 그는 더 이상 존재하지 않는 종들을 찾아냈다. 그는 왜 그것들이 멸종했는지에 대해 전혀 설명하지 않았고, 모든 것을 아우르는 원대한 생물 이론도 제시하지 않았다.

그 대신에 그는 각각의 특정 화석과 그것이 발견된 지층을 조사했다. 조사를 계속할수록 그는 "지구가 현재와 항상 같았던 것은 아니라고" 믿었다. 지층은 관점에 따라 읽을 수 있는 지구의 과거를 담은 책이었고, 퀴비에는 그렇게 지층을 읽어 냄으로써 다음과 같은 일련의 명제들을 도출할 수 있었다.

> 생물은 항상 존재한 것이 아니다.
>
> 바다로부터 육지로, 육지에서 바다로, 여러 차례 연속적인 상태 변화가 있었다.
>
> 지구의 상태를 바꾸어 놓은 몇 차례의 혁명이 갑작스럽게 일어났다.

퀴비에는 자신 앞에 있는 증거만을 이용하여 관찰에서 가설로 옮겨 갔다. 과거는 일련의 파국적인 재앙이 중간중간 끼어 있다는 가설이었다.

저자 추천본

『*Georges Cuvier, Fossil Bones, Geological Catrastales: New Translations & Interpretation of the Primary Texts*』(University of Chicago Press, 1998)에 실린 Martin J. S. Rudwick의 번역. 『*Essay on the Theory of the Earth*』라는 제목으로 출간된 로버트 제임슨의 1818년 번역도 검색이 가능하다.

지질학 원리　찰스 라이엘

Principles of Geology(1830~1832)_CHARLES LYELL

대부분의 이용 가능한 『지질학 원리』는 1830년에서 1832년 사이에 집필된 세 권 모두를 포함하고 있다. 원래 라이엘은 한 권에서 종합적인 원리(1권)를 다루고 다른 한 권에서 더욱 구체적인 지질학적 증거(현재의 3권)를 정리하여 두 권만 집필할 생각이었다. 그러나 최종적으로 그는 화석 기록을 어느 정도 설명해야 한다는 것을 깨닫고, 그 사이에 새로운 책(2권)을 끼워 넣었다. 우리는 라이엘의 기본 원리가 설명되어 있는 1권만 읽으면 된다. 2권과 3권에 담긴 구체적인 관찰 기록은 완전히 쓸모없게 되었다.

26개의 짧은 장으로 이루어진 1권에서 라이엘은 이제는 활동설(actualism), 반격변설(anti-catastrophism), (조금 더 어색한) 정상 상태 체계로서의 지구(the earth as a steady-state system)라는 명칭으로 알려진, 지질학의 서로 맞물린 원리 세 가지를 제시하고 있다.

활동설: 과거에 작용했던 모든 힘은 현재에도 여전히 작용하고 있다.(그리고 지금도 관찰할 수 있다).

반격변설: 그 힘들은 과거에 더 격렬하게 작용하지 않았다. 그 힘의 정도는 변하지 않았다.

정상 상태 체계로서의 지구: 지구의 역사는 어떤 방향이나 진행이 없다. 모든 시대는 본질적으로 같다.

라이엘은 홍수나 혜성, 소행성, 심지어 현재는 관찰할 수 없는 열기나 냉각 같은 어떤 특별한 사건이 지구의 역사에서 일정 역할을 한다는 생각을 받아들이려 하지 않았다. 그는 이렇게 썼다. "우리가 되돌아볼 수 있는 가장 이른 시간부터 현재에 이르기까지 지금 작용하는 원인들 외에 그 어떤 원인도 작용하지 않았다. …… 그리고 그것들은 현재 그것들이 발휘하는 정도와 다른 정도의 에너지로 결코 작용하지 않았다."

2년 후, 영국의 자연 철학자이자 성직자인 윌리엄 휴얼은 라이엘의 원리에 동일 과정설이라는 명칭을 부여했다. 그리고 그 이후로 그의 원리는 쭉 그렇게 알려졌다.

저자 추천본

John Murray 출판사가 출간한 1830년 원본은 온라인에서 읽거나 다수의 출처에서 PDF로 다운로드할 수 있다. Penguin 출판사 역시 제임스 A. 세커드가 편집한 고급 페이퍼백을 제작했다.(1997)

종의 기원　찰스 다윈

On the Origin of Species(1859)_CHARLES DARWIN

HMS 비글호를 타고 5년간의 여행을 시작할 때 찰스 다윈은 확신하고 있었다. 그는 나중에 이렇게 썼다. "내가 비글호에 탑승했을 때, 나는 종의 영속성을 믿고 있었다." 그는 서로 다른 종류의 동물들이 항상 존재해 왔다고 생각했다. 그러나 그가 그때 마주친 생물들의 엄청난 변이를 기록하면서 그의 당혹감은 커졌다. 종이란 무엇인가? 그것들은 어디에서 왔는가? 왜 다른 종들이 생겼을까? 그는 자신의 기록을 출간(1829년의 『일기와 이야기』, 지금은 『비글호 항해기』로 널리 알려져 있다.)하기 위해 준비하면서, "많은 사실들이 종들이 공통의 혈통을 갖고 있음을 가리킨다."고 확신했다.

1858년, 여전히 그 문제와 씨름하고 있던 다윈에게 그보다 열네 살 어린 영국 탐험가 앨프리드 러셀 월리스가 편지를 보냈다. 월리스는 수만 종의 서로 다른 종에 대한 자신의 관찰 결과를 수집한 결과, 환경의 압력 때문에 종들이 변화하거나 진화한다는 결론에 도달한 상태였다. 월리스는 "전체적으로 보아, 최고의 적자(適者)가 산다."고 썼다.

> 가장 건강한 종은 질병의 영향에서 벗어났다. 가장 강하고, 가장 빠르고, 가장 교활한 종이 적을 피했다. 최고의 사냥꾼이나 소화 능력이 가장 좋은 종이 기근을 피해 갔다. 그러다가 문득 이런 자동 과정이 필연적 결과로서 종을 개선할 것이라는 생각이 떠올랐다, 왜냐하면 모든 세대에서 열등한 것들은 반드시 죽임을 당하고 우등한 것들은 남게 될 것이기 때문이다, 즉 적자가 살아남을 것이기 때문이다.[55]

월리스는 다윈에게 보낸 편지에 「변이가 원형에서 무제한적으로 멀어지는 경향에 관하여」라는 논문을 동봉하고는 이 논문을 흥미롭게 여길 수 있는 자연 철학자들에게 전해 달라고 부탁했다.

다윈도 독립적으로 정확히 같은 결론에 도달한 바 있었다. 그는 박물학을 다루기 위해 설립된 100년 역사의 런던 린네 협회에 자신의 결론을 요약한 내용과 함께 월리스의 서한을 보냈다. 1858년 8월, 월리스와 다윈의 이론이 린네 협회 회보에 나란히 발표되었다.

이듬해에 다윈은 월리스 또한 자연 선택 원리를 발견한 데에 힘을 얻어 마침내 자신의 모든 주장을 발표했다. 이 초판, 『자연 선택이라는 방법에 의한 종의 기원, 또는 생존 경쟁에서 선택된 종들의 보존』은 출간 즉시 매진되었다. 그 후 20년 동안 그는 『종의 기원』을 여섯 번이나 개정했다. 마지막 개정본에서도 그는 자신의 이론을 논리적인 결말까지 가져가지 않았다. 그러나 개인적으로는 이미 인간에게도 자연 선택의 원칙이 적용된다고 결론지었다. 그는 나중에 『자서전』에서 "종들이 변이가 생길 수 있는 산물이라고 확신하자마자 인간도 같은 법칙의 영향을 받는 게 틀림없다는 믿음을 피할 수 없었다."고 썼다.

저자 추천본

『종의 기원』은 다양한 판과 형식으로 이용할 수 있다. 1859년 원본이 가장 명확하고, 가장 간결하며, 일반 독자가 가장 쉽게 이해할 수 있다. Wordsworth Editions Ltd. 증쇄본(1998)에는 1859년 원문과 다윈이 3판(1861)에 추가한 논문, 「Historical Sketch of the Progress of Opinion on the Origin of Species」이 모두 포함되어 있다. 후자의 논문은 라이엘, 라마르크 등의 학자들에게 지적으로 어떤 빚을 졌는지 설명하고 있다.

국내 번역 추천본

찰스 다윈, 장대익 옮김, 『종의 기원』(사이언스북스, 2019).
찰스 다윈, 송철용 옮김, 『종의 기원』(동서문화사, 2013).

식물의 잡종에 관한 실험　그레고어 멘델

Experiments in Plant Hybridization(1865)_GREGOR MENDEL

그레고어 멘델은 19세기에 가장 널리 인정받던 유전 모델이 옳음을 확인하거나 틀렸음을 입증하기 위해 완두콩을 이종교배하는 데 거의 10년을 보냈다. '융합(blending)'이라는 이 유전 모델은 부모 양측의 형질이 어떻게든 자손에게 전달되어 함께 섞이면서 만족스러운 중간물을 만든다고 했다. 검은 종마와 흰 암말에게는 회색 망아지가 생겨야 하고, 182센티미터의 아버지와 152센티미터의 어머니에서 나온 아이는 167센티미터까지 큰다는 것이었다.

여기에는 두 가지 문제가 있었다. 첫째, 그것이 (종종) 사실이 아닌 것으로 증명되었다. 둘째, 융합 유전은 자연 선택 이론과 완벽하게 양립할 수 없었다. 융합 유전은 가장 유리한 변이를 보존하는 것이 아니라 모든 변이를 제거하는 경향이 있었기 때문이다.

멘델은 완두콩의 형질 중 일부가 항상 다음 세대에 유전된다는 사실을 알아냈다. 그는 이 형질들을 '우성' 형질이라고 불렀다. 다른 점들은 자손에게서 사라진 것처럼 보였지만, 때때로 몇 세대에 걸쳐 다시 나타나곤 했다. 멘델은 이러한 형질을 '열성' 형질이라고 칭했다. 세대에 걸쳐 완두콩을 힘들여 타가수정한 결과, 멘델은 이러한 우성 형질과 열성 형질의 유전에 관한 일련의 공식들을 도출할 수 있었다. 그리고 그는 그렇게 하면서 융합 유전으로는 그의 완두콩 변이를 설명하지 못한다는 것을 깨달았다. 오히려 하나의 식물에서 다음 식물로 전해지는 독립된 유전 단위가 있는 게 분명했다.

시간이 지남에 따라, 이것은 실제로 하나의 종을 다른 종으로 변화시킬 수 있었다.

A종이 B종으로 변할 수 있으려면, 두 종을 수정에 의해 합쳐야 하고, 그 결과로 발생하는 잡종을 다시 B의 꽃가루로 수정을 시켜야 한다. 그 다음 그로 인해 생긴 여러 자손 중에서 B와 관계가 가장 가까운 형태를 선택하여 한 번 더 B의 꽃가루로 수정을 시키고, 결국 B와 비슷하고 똑같은 자손이 끊임없이 생길 때까지 계속 그렇게 한다. 이 과정에 의해 A종은 B종으로 바뀔 것이다.

저자 추천본

멘델의 논문은 1901년 런던 왕립 원예협회에 의해 영어로 번역되었다. 이 명확하고 간결한 번역본이 표준으로 남아 있다. W. P. 베이트슨이 1909년의 저서 『멘델의 유전법칙(*Mendel's Principles of Heredity*)』에서 재출간한 영어 논문 전문은 널리 온라인에서 이용할 수 있다. Cosimo 출판사도 모든 공식과 도표가 포함된 고급 페이퍼백(2008)으로 다시 출간했다.

국내 번역 추천본

그레고어 멘델, 신현철 옮김, 『식물의 잡종에 관한 실험』(지식을만드는지식, 2014).

대륙과 해양의 기원 알프레트 베게너

The Origin of Continents and Oceans(1915/1929)_ALFRED WEGENER

알프레트 베게너가 대륙 이동설을 제안한 것은 증거에 근거해서가 아니라 해양 분지와 대륙 덩어리의 존재에 대한 가장 널리 인정받는 설명이 의심스러웠기 때문이었다.

아이작 뉴턴의 이론을 따라 많은 지질학자들은 지구가 한때 녹아 있었다고 믿었다. 지구가 식으면서 수축하고 지구의 껍질이 쭈글쭈글해져서 어떤 곳은 가라앉고 또 어떤 곳은 대륙과 산으로 솟아올랐다는 얘기였다. 그런 경우라면 지구는 여전히 식고 있는 게 틀림없다. 그러나 세기의 전환기에 이루어진 방사선의 발견 덕분에 특정 원자들이 시간이 지나면서 더 많은 열을 발생시킨다는 사실이 분명해졌다. 이것은 한결같이 뜨거운 지구가 지금 식고 있다는 생각과는 전혀 맞지 않았다. 혹은 베게너 자신이 『대륙과 해양의 기원』에서 말했듯이, "확실해 보이는 수축 이론의 기본적인 가정, 즉 지구가 지속적으로 식고 있다는 가정은 라듐이 발견되기 전에 완전히 퇴각하고 있다."

그 대신 베게너는 대륙 이동설을 생각해 내어 『대륙과 해양의 기원』에서 제시했다. 증거는 찾지 마라. 이는 아리스토텔레스식 전통의 위엄 있는 이론이었다. 베게너는 모든 것을 아우르는 거대한 설명을 먼저 내놓고, 그것의 내적 일관성을 기초로 그 설명을 전적으로 옹호한다. "이 이론은 해결이 안 될 것처럼 보이는 많은 문제들에 해결책을 제공한다." 라고 그는 결론짓는다.

대부분의 지질학자들은 동의하지 않았다. 그 가설은 시간이 지나면서 아주 더디게 받아들여졌다. 1929년의 리텔과 해먼드의 측량이 도움이 되었지만, 1960년대에 맨틀 대류가 발견되고 나서야 대륙 이동 메커니즘이 마침내 이해되었다.

저자 추천본

존 비람의 1966년 번역본. Dover Publications(1966)에 의해 재출간되었다.

국내 번역 추천본

알프레트 베게너, 김인수 옮김, 『대륙과 해양의 기원』(나남, 2010).

상대성의 특수 이론과 일반 이론 알베르트 아인슈타인

The General Theory of Relativity(1916)_ALBERT EINSTEIN

아인슈타인의 1916년 서문은 다음과 같이 시작한다. "현재의 책은 일반 과학과 철학적 관점에서 볼 때 상대성 이론에 관심은 있지만 이론 물리학의 수학적 장치에는 친숙하지 않은 독자들에게 이 이론에 대한 정확한 통찰력을 가능한 한 안겨 주기 위해 썼다." 다시 말해서 조금만 버티면 여러분도 아인슈타인의 논증을 따라갈 수 있다. 아인슈타인은 한 시대가 끝나갈 때 활동했다. 그는 자신의 가장 획기적인 발견을 일반 대중에게 직접 알려 준 최후의 위대한 과학자 중 한 명이었다.

저자 추천본

로버트 W.로슨의 1920년 영어 번역이 널리 이용 가능하다. 대부분의 판본에는 아인슈타인이 특수 이론에 관한 연구 내용을 요약한 것이 포함되어 있다. 일반 이론이 특수 이론에 기초하고 있으므로 둘 다 읽는 것이 좋다. 『*Relativity: The Special and the General Theory*』가 훌륭하다.(Pi Press, 2005)

국내 번역 추천본

알베르트 아인슈타인, 이주명 옮김, 『상대성의 특수 이론과 일반 이론』(필맥, 2012).

양자 이론의 기원과 전개 　막스 플랑크

"The Origin and Development of the Quantum Theory"(1922)_MAX PLANCK

플랑크의 짧은 에세이인 노벨상 수상 연설문은 양자 이론의 발전과 초기의 방향을 엿볼 수 있는 흥미로운 글이다. 1922년 무렵엔 이미 양자 역학에 내재한 모순이 분명해진 상태였다. 연설문의 세세한 내용을 모두 이해하려 하지 말고 10~11쪽에 특별히 주의를 기울여 보자. 플랑크가 양자 이론이 이루어 줄 것으로 믿은 약속과 함께 그가 두려워한 발생 가능한 결과가 무엇인지 찾아보기 바란다.

저자 추천본

Forgotten Books(2013)에서 페이퍼백으로 재출간된 번역본과 함께, H. T. 클라크와 L. 실버스타인의 영어 번역본 원본(The Clarendon Press, 1922)도 온라인에서 널리 구할 수 있다.

진화: 현대적 통합 　줄리언 헉슬리

Evolution: The Modern Synthesis(1942)_JULIAN HUXLEY

헉슬리는 이렇게 시작한다. "종교계뿐 아니라 생물학 실험실에서도 다윈주의의 사망을 선언했다. 그러나 마크 트웨인의 경우와 마찬가지로, 그 발표는 크게 과장된 것 같다. 오늘날에도 다윈주의가 아주 생기 넘치기 때문이다." 그리고 그는 첫 장에서 자신의 의도를 다음과 같이 밝히고 있다.

새로운 학문들이 차례로 생겨나서 비교적 고립된 상태에서 연구되던 시기가 지나고, 지난 20년간 생물학은 더욱 통합된 과학이 되었다. 생물학은 통합의 단계에 착수했다. 급기야 지금은 반(半)독립적이고 대체로 모순되는 하위 과학들이 수없이 생겨나는 구경거리를 더 이상 보여 주지 않을 뿐 아니라, 어느 한 분야에서의 진전이 다른 모든 분야에서의 진전을 거의 동시에 이끌어 가고 이론과 실험이 협력하며 나아가는 물리학 같은 구과학의 통합에 필적하게 되었다. 그로 인한 하나의 주요한 결과로서 다윈주의가 부활했다. …… 이렇게 다시 태어난 다윈주의는 다윈은 몰랐던 사실들을 갖고 작동해야 하기 때문에, 수정된 다윈주의라 할 수 있다. 그렇더라도 그 수정된 다윈주의는 진화에 자연주의적 해석을 부여하는 것을 목표로 한다는 점에서 여전히 다윈주의다. …… 내가 이후의 내용에서 다루고자 하는 것은 이렇게 재탄생된 다윈주의와 함께 장작더미 재에서 솟아오른 이 돌연변이 불사조이다.

이 책은 제멋대로 뻗어 나가는 듯한 다면적인 작업이었지만, 헉슬리의 알기 쉬운 표현 방식과 특수 용어 없이 전문적인 개념을 현실적으로 제시한 방식 덕분에 읽기가 쉽고 인기도 많다. 『진화: 현대적 통합』은 다섯 번 인쇄되었고 3판까지 나왔다. 가장 최근인 1973년 판본에는 저명한 과학자 아홉 명이 공동 집필한 새로운 서문이 포함되면서 통합의 종합적인 진실을 확인해 주었고 자료도 업데이트되었다.

저자 추천본

MIT Press 판본, 『*The Modern Synthesis: The Definitive Edition*』(2010).

생명이란 무엇인가　에르빈 슈뢰딩거

What Is Life?(1944)_ERWIN SCHRÖDINGER

『생명이란 무엇인가?』는 고전적인 뉴턴 물리학을 소개하면서 시작하여 2장과 3장에서 유전학의 발전 사항들을 요약한 다음, 양자 역학을 등장시킨다. 슈뢰딩거의 목표는 물리학, 화학, 그리고 생물학에 의존하여 생명을 지탱하고 전달하는 방식에 대해 하나의 일관된 설명을 제공하는 것이다. 그는 이렇게 시작한다. "현재의 물리학과 화학이 그러한 사건들을 설명하지 못하는 분명한 사실이 그것들이 그 과학들에 의해 설명될 가능성을 의심할 만한 이유는 결코 못 된다." 슈뢰딩거는 화학이 유전의 작동 방식을 설명할 수 있다고 최초로 제안했다. 그는 생명은 신비한 '활력'이 아니라 일련의 화학적, 물리적 반응들이 질서정연하게 연속되는 것이기 때문에 화학적으로 분석되고 전달될 수 있는 '코드 스크립트'가 있는 게 틀림없다고 주장했다.

젊은 제임스 왓슨은 우연히 『생명이란 무엇인가?』를 접하게 되었고 곧바로 이 책에 빠져들었다. 나중에 왓슨은 이렇게 썼다. "슈뢰딩거는 생물적 정보를 저장하여 전달하는 측면에서 생명을 생각할 수 있다고 주장했다. 그렇게 염색체는 그저 정보 전달자에 불과했다. …… 생명을 이해하기 위해 우리는 분자를 식별하고 그것들의 코드를 해독해야 할 것이다." 『생명이란 무엇인가?』는 생화학이라는 새로운 분야를 창조했고, 곧 바로 DNA의 발견을 이끌어 냈다.

저자 추천본

Cambridge University Press에서 『*What is Life? The Physical Aspect of the Living Cell with Mind & Matter and Autobiographical Sketches*』(1992)로 출간되었다.

국내 번역 추천본

에르빈 슈뢰딩거, 서인석·황상익 옮김, 『생명이란 무엇인가』(한울, 2017).
에르빈 슈뢰딩거, 전대호 옮김,『생명이란 무엇인가·정신과 물질』(궁리, 2007).

침묵의 봄 레이첼 카슨

Silent Spring(1962)_RACHEL CARSON

『침묵의 봄』은 첫 행부터 그것이 새로운 종류의 과학서임을 드러낸다. 머리뿐 아니라 상상력을, 이성뿐 아니라 감정까지 사로잡으려는 책이다. "한때 미국 한가운데에 모든 생명체가 주변과 조화를 이루며 사는 듯한 마을이 있었다."고 카슨은 시작한다. 그리고 봄에는 과수원에 흰 꽃이 피어나고, 가을에는 나뭇잎이 주홍빛과 황금색으로 물들고, 새들이 푸른 하늘로 날아오르고, 물고기가 맑은 연못에서 뛰어놀고, 무리를 이룬 사슴들이 옅은 안개 속에 반쯤 숨어 있는 목가적인 초상화를 그려 낸다. 그러던 중에 가축을 병들게 하고, 새들의 떼죽음을 일으키고, 놀고 있는 아이들을 쓰러뜨려 몇 시간 만에 죽게 만드는 "기이한 어두운 그림자"가, "악령"이 스며든다.

이 교훈서는 화학 물질 사용을 규제하지 않으면 생물에게 어떤 일이 일어날지를 예측한다. 『침묵의 봄』은 정부 측의 실패, 기업 측의 맹목적인 탐욕, 과학계의 침묵에 관한 이야기이다. 규제받지 않고 확인되지 않은 살충제는 우리 주변의 복잡한 생태계를 파괴할 힘을 갖고 있다. 카슨은 "인간이 자신이 살고 있는 지구뿐 아니라 자신과 지구를 공유하고 있는 생명체까지 파괴한 우울한 기록을 썼다."고 말한다.

『침묵의 봄』은 눈부실 정도의 성공을 거두었다. 규제받지 않는 살충제의 위험성에 대해 증언하러 의회에 출석한 카슨은 한 상원 의원으로부터 "카슨 양, 당신이 이 모든 것을 시작한 여성입니다."라는 환영 인사를 받았다. 이 모든 것은 바로 살충제에 대한 규제와 미 환경보호국의 탄생, 그리고 현대 환경 운동의 시작이다.[56]

저자 추천본

휴턴 미플린(1994), 앨 고어의 새로운 서문이 첨부되어 있다.

국내 번역 추천본

레이첼 카슨, 김은령 옮김·홍욱희 감수, 『침묵의 봄』(에코리브르, 2011).

털 없는 원숭이 데즈먼드 모리스

The Naked Ape(1967)_DESMOND MORRIS

찰스 다윈과 에르빈 슈뢰딩거 모두 자신들의 발견이 가진 함축적 의미에 조금씩 다가가다가 옆으로 비켜섰다. 비록 (나중에 그가 썼듯이) "인간도 다른 모든 종처럼 같은 법칙에 적용을 받아야 한다."는, 인간도 변하기 쉽다는 믿음을 피해 갈 수 없었지만, 다윈은 기원의 이론이 가진 완전한 의미를 알아내려 하지 않았다. 『생명이란 무엇인가?』의 슈뢰딩거도 생명이 화학 현상이라고 결론지으면서도 「결정론과 자유 의지에 관해」라는 제목의 에필로그로 끝을 맺을 때 인간 경험의 독특함을 고수하려고 했다.

데즈먼드 모리스는 『털 없는 원숭이』 서문을 다음과 같이 시작한다. "나는 동물학자다. 그리고 털 없는 원숭이는 동물이다. 따라서 그는 내 펜에 딱 맞는 대상이며 나는 그의 일부 행동 패턴이 꽤 복잡하고 인상적이기 때문에 더 이상 그를 피하기를 거부한다." 이어지는 내용에서 모리스는 태생에서부터 낭만적인 사랑까지, 음식 섭취 패턴에서부터 모성애 및 부성애에 이르기까지 인간 존재의 거의 모든 측면을 생존 메커니즘으로 설명하려고 시도한다. 머리를 손질하는 것부터 농담을 듣고 웃는 것까지, 인간이 하는 모든 행동에는 생물학적이면서 화학적인 설명이 뒤따른다.

그 당시에는 충격적이었다. "동물학자 데즈먼드 모리스 박사는 과학자가 동물을 묘사하는 것과 같은 방식으로 인간에 대해 글을 써서 세계를 놀라게 했다."고 BBC는 경탄했다. 그러나 이해하기 쉬운 산문 스타일과 섹스를 다룬 분량이 꽤 많은 덕분에 모리스의 연구서는 23개 언어로 번역되었고 천만 부 이상이 팔렸다. 그것은 사회 생물학으로 알려질 분야에 등장한 최초의 인기작이었다. 사회 생물학이란 인간의 유전 못지않게 물리적, 화학적 요소에 의해 형성되고 결정되는 인간의 문화에 관한 연구이다.

저자 추천본

『*The Naked Ape: The Controversial Classic of Man's Origins*』(Delta, 1999)

국내 번역 추천본

데즈먼드 모리스, 김석희 옮김, 『털 없는 원숭이』(문예춘추사, 2011).

이중나선: 생명에 대한 호기심으로 DNA 구조를 발견한 이야기

제임스 D. 왓슨

The Double Helix: A Personal Ac count of the Discovery of the Structure of DNA(1968)_JAMES D. WATSON

왓슨은 『이중나선』의 앞부분에서 이렇게 말한다. "과학은 외부인들이 상상하는 것처럼 확실히 논리적인 방식으로 진행되는 경우가 거의 없다." 그리고 왓슨 본인과 그의 영국인 동료 학자 프랜시스 크릭이 전해 주는 DNA '발견' 이야기는 잘못된 시작, 도둑맞은 연구, 과학자들 사이의 영역 다툼, 그리고 여성 혐오로 가득 차 있다. (왓슨은 그리 유쾌하지는 않은 순간에 이렇게 말한다. "페미니스트에게 가장 좋은 안식처는 다른 사람의 실험실에 있었다.")

왓슨의 회고록은 그 제목이 '발견'임에도 불구하고 '발견'에 관한 것이 아니라 이론적인 체계의 구축에 관한 것이다. 1) 디옥시리보핵산으로 알려진 핵 물질의 화학적, 구조적 특성과 일치하고 2) 정보를 전달할 수 있게 해 주는 모델을 제시하겠다고 결심한 크릭과 왓슨은 이중나선 개념을 생각해 냈다. 1953년 4월, 왓슨과 크릭은 《네이처》에 실린 짧은 논문에서 이 모델을 제안하면서, 이중나선으로 인해 핵산이 수소 결합을 할 수 있음을 시사하는 짧은 문장(크릭이 썼다.)으로 논문을 끝맺었다. 이는 DNA가 스스로 재생할 수 있음을 의미했다. 크릭은 이 논문의 결론에서 "우리가 가정한 그 특별한 염기쌍 배열이 유전 물질의 복제 메커니즘일 수 있음을 직접적으로 암시한다는 사실을 알 수 있었다."고 썼다.

그 모델은 설득력이 있었다. DNA의 관찰된 속성과 일치하고, 의심할 여지없이 자신을 복제할 수 있었기 때문이었다. 그들의 모델은 프레더릭 생어, 조지 가모, 마셜 니런버그, 하인리히 마테이 같은 생화학계 권위자들에 의해 다듬어졌다. 제임스 왓슨이 1968년에 『이중나선: 생명에 대한 호기심으로 DNA 구조를 발견한 이야기』를 출간할 무렵, DNA의 이중나선 구조와 생명을 복제하는 DNA의 역할은 절대의 진리로 받아들여졌다. (크릭은 자신의 기억이 왓슨의 이야기와 일치하지 않는 부분이 여럿 있다고 지적하면서 회고록에 반대하긴 했다.)

그러나 과학자들은 1970년대 후반이 되어서야 정말로 상세한 DNA 지도를 제작할 수 있는 기술적 도구를 갖추게 될 터였다. 왓슨과 크릭 둘 다 DNA를 '발견'한 게 아니었다. 그들은 코페르니쿠스와 마찬가지로 수십 년 동안 관측 가능했던 현상들을 아주 깔끔하게 설명해 주는 설득력 있는 이론을 만든 사람들이었다.

저자 추천본

Touchstone에서 재출간한 페이퍼백, 전자책이 모두 이용 가능하다.(2001) 편집부의 주석과 역사적 배경, 개인 서신에서 발췌한 내용 및 추가 삽화가 수록된 더욱 정교한 판본은 『*The Annotated and Illustrated Double Helix*』이다. 알렉산더 갠과 얀 비트코프스키가 편집했다.(Simon & Schuster, 2012).

국내 번역 추천본

제임스 왓슨, 최돈찬 옮김, 『이중나선』(궁리출판, 2019).

이기적 유전자　리처드 도킨스

The Selfish Gene(1976)_RICHARD DAWKINS

『이기적 유전자』는 데즈먼드 모리스의 결론을 분자 수준으로 가져갔다. 모리스는 인간의 문화를 유기체의 생존 의지의 관점에서 설명했지만, 도킨스는 유기체 자체(동물이든 인간이든)의 의지는 그것과 아무런 관계가 없다고 주장했다. 그는 유전자 자체가 어떤 대가를 치르더라도 자신을 지킬 것이라고 결론지었다.

왓슨과 크릭이 DNA를 '발견'하지 않은 것처럼 도킨스도 (한 과학서의 주장처럼) "신체는 유전자의 진화적 매개체에 불과하다."는 개념을 고안해 내지 않았다. 사실 『이기적 유전자』가 출간되기 전 해인 1975년에 생물학자인 E. O. 윌슨이 (그의 저서 『사회 생물학』 1장에서) "유기체는 더 많은 DNA를 만들어 내는 DNA의 유일한 방법"이라고 결론지었다. 하지만 도킨스는 훌륭한 작가일 뿐 아니라 능력 있는 웅변가이기도 했다. 그리하여 『이기적 유전자』는 일반 독자와 생명 과학 학자들 모두가 이해하기 쉽도록 특별히 명료하게 이 개념의 의미를 전달하는 데 성공했다. 이 책이 출간되었을 때 박사 과정 학생이던 진화 생물학자 앤드루 리드의 말을 빌리면, "그 지적 체계는 이미 소문이 나 있었지만, 『이기적 유전자』가 그것을 구체화하여 무시할 수 없게 만들었다."[57]

이 책을 읽을 때는 책을 전부 읽되 특히 9장에 주목하는 게 좋다.

9장에서 도킨스는 생화학적 정보뿐 아니라 문화적 정보가 세대에서 세대로 전달되는 방식을 다룬다. '문화 전달 장치'의 이름을 찾던 도킨스는 (도킨스는 '곡조, 아이디어, 캐치프레이즈, 의류 패션, 냄비 만드는 방법 또는 아치 만드는 방법'을 예로 제시한다.) 그리스어인 미멤(mimeme)을 밈(mimeme)으로 줄여 영어에 새로운 (그리고 지금은 흔하게 사용되는) 단어를 선사했다.

저자 추천본

초판(1976)은 중고로 쉽게 찾을 수 있지만, 3판인 『*The Selfish Gene: 30th Annniversary Edition*』(Oxford University Press, 2006)에는 업데이트된 참고 문헌과 새로운 서문이 실려 있다.

국내 번역 추천본

리처드 도킨스, 홍영남·이상임 옮김, 『이기적 유전자』(을유문화사, 2018).

최초의 3분: 우주의 기원에 대한 현대적 견해　스티븐 와인버그

The First Three Minutes: A Modern View of the Origin of the Universe(1977)_ STEVEN WEINBERG

1977년까지 물리학자들은 대체로 다음과 같은 의견에 동의했다. 한때 우주는 지금 우주에 존재하는 모든 물질을 포함한, 용해된 상태의 초밀도 '원시 원자'인 특이점이었다가 밖으로 팽창했다는 의견이었다. 관측하기 좋은 지점으로부터 먼 성운의 거리를 꾸준히 측정해 본 바에 따르면, 실제로 우주는 꾸준히 밖으로 여전히 팽창하고 있었다. 처음에 벨기에의 천문학자 조르주 르메트르가 제안한 이론적 구성인 이른바 '빅뱅'(이 이론의 반대자들이 붙인 이름)은 폭발이 아니라 상상할 수 없는 시간에 걸쳐 바깥으로 꾸준히 팽창한다는 것이었다. 그 이론의 지지자들은 최초의 이 초밀도 시작점이 뿜는 엄청난 열이 우주 배경 복사의 형태로 여전히 우주 주위에서 퍼져 나가고 있을 것이라고 주장했다. 1965년에 이 우주 배경 복사가 처음 측정되었을 때, 회의적이던 물리학자들조차도 이 특이점이 실제로 한때 중심에 존재했었거나 우주의 시작이었다는 것에 동의하기 시작했다. (이 둘은 같은 것이다.)

일반 대중들이 동의하기까지는 몇 년이 더 걸렸다. 우주가 특이점에서부터 팽창했다는 이론은 전문적인 동시에 반직관적이었다. 그리하여 이 이론을 대중화하는 인물이 필요했는데, 『최초의 3분』을 출간하고 2년 만에 노벨상을 수상한 뉴욕 출신의 이론 물리학자 스티븐 와인버그야말로 상당히 전문적인 내용을 알기 쉽고 단순화하여 전달할 수 있는 사람이었다. 『최초의 3분』은 우주의 팽창에 관한 배경 지식을 명확히 제시하고 (정상 우주론을 포함하여) 다양한 해석의 역사적 전개 과정을 간추려 설명하면서 우주 배경 복사의 필연성까지 증명한다. 『최초의 3분』은 빅뱅을 다룬 설명으로는 최초로 널리 보급되었을 뿐 아니라 향후 10년간 일반 독자들을 상대로 하는 우주론 및 이론 물리학 서적의 폭발을 촉매한 작품이었다.

그러나 『최초의 3분』이 획기적이긴 했지만, 기원을 다루는 모든 이야기의 결점을 공유한다. 그것은 우주의 시작에 대해 일단 믿으라고 요구한다. 와인버그는 서론에서 이렇게 썼다. "바로 그 시작 부분에는 당혹스러울 정도로 모호한 점이 있다. 최초의 100분의 1초 정도. …… 우리는 시간의 절대영도(絶代零度)의 개념, 즉 원칙적으로 어떠한 원인과 결과의 연결 고리도 추적할 수 없는 지점 너머의 과거의 순간에 익숙해져야 할지도 모른다." 그리고 와인버그는 그 끝에 대한 추측 역시 피해 갈 수 없다. 와인버그는 우주가 궁극적으로 팽창을 중단할 게 틀림없다고 말한다. 우주는 그저 냉기와 어둠 속으로 사라지면서 멈추거나 아니면 우주 특유의 일종의 '도약'을 경험하면서 "어떤 시작도 없이 무한한 과거로 뻗어 나가는, 끝없는 팽창과 수축의 주기를 거치며" 다시 팽창하기 시작할 것이다.

저자 추천본

인쇄된 적이 없는 1977년 원문은 새로운 서문과 최근의 후기를 첨부하여 Basic Books(1993)에서 2차 개정판으로 출간되었다.

국내 번역 추천본

스티븐 와인버그, 신상진 옮김, 『최초의 3분』(양문, 2005).

인간 본성에 대하여 E. O. 윌슨

On Human Nature(1978)_E. O. WILSON

윌슨의 작품 중 가장 널리 읽힌 『인간 본성에 대하여』는 인간의 행동이 화학에 기초한다고 가정한다. 윌슨의 철학은 학문 환원주의에 속한다. 다시 말하면 실험을 통해 증명할 수 있고 계산으로 확인할 수 있는, 물리학과 화학으로부터의 통찰이 인간의 모든 지식의 기반이라는 것이다. 생물학은 이 기반 위에 있다. 생물학의 법칙들은 물리학과 화학의 원리에서 직접 얻어진다. 그리고 심리학, 인류학, 동물 행동학(타고난 동물적 행동), 사회학 등의 사회 과학은 하단의 '자연 과학(hard science)'에 전적으로 의존한 채 떠다닌다.

윌슨의 첫 저서는 개미 사회를 다루었다. 그의 1975년 저서 『사회 생물학: 새로운 통합』은 인간의 행동이 개미의 행동과 마찬가지로 오직 물리적인 필요성에서 비롯한다고 주장했다.

> 이해할 수 없을 것 같은 감정과 동기(증오, 사랑, 죄의식, 두려움)조차도 뇌의 시상 하부와 변연계에 있는 감정 조절 중추에 의해 통제되고 형성된다. …… 그렇다면 우리는 무엇이 시상 하부와 변연계를 만들었는지 묻지 않을 수 없다. 그것들은 자연 선택에 의해 진화했다. …… 시상 하부와 변연계는 DNA를 영구화하도록 설계되었다. (의식적 인지와는 관계가 없는) 인간이 후회나 이타주의에 대한 충동, 절망에 휩싸이고 마는 것은 오직 인간의 뇌가 자신의 유전자를 가장 잘 보존하는 방식으로 환경에 반응하고 있기 때문이다.

그러므로 "사회 생물학"은 인간 사회를 오로지 생물학적 충동의 산물로만 이해하려는 시도였다.

마지막 장을 제외한 『사회 생물학』 전체는 동물 연구를 기초로 했다. 3년 후에 출간된 『인간 본성에 대하여』는 인간에 관한 데이터에 더 면밀하게 초점을 맞춘다. 윌슨은 이렇게 주장한다. "인간의 정신은 생존과 번식을 위한 하나의 장치이며, 이성은 정신의 다양한 기법들 중 하나에 불과하다." 그러고 나서 그는 인간의 가장 소중한 속성들 하나하나가 어떻게 유전자로부터 생겨나는지 설명한다. (따라서 이를테면 "성행위의 궁극적인 기능인 유전적 다양화가 성행위 자체가 주는 육체적 쾌락에 의해 충족된다."고 설명했을 뿐 아니라 "가장 고상한 형태의 종교적 실천도 …… 생물학적 이점을 주는 것으로 볼 수 있다."고도 했다.)

제임스 왓슨과 리처드 도킨스처럼 윌슨도 강력한 은유법을 구사하는 재주를 갖춘 재능 있는 작가로 판명되었다. 『인간 본성에 대하여』는 찬사를 받는 동시에 심한 비난의 대상이 되었고 두루 읽혔다. 책은 출간되자마자 베스트셀러가 되어 1979년에 퓰리처상을 받았다.

저자 추천본

초판 양장본(Harvard University Press)이 널리 이용 가능하다. 2004년 개정판 『*On Human Nature: With a New Preface*』(개정, 편집, Harvard University Press)는 원작에 대한 대중의 환영을 반영하여 윌슨의 유용한 서문을 수록했다.

국내 번역 추천본

에드워드 윌슨, 이한음 옮김, 『인간 본성에 대하여』(사이언스북스, 2011).

가이아 　제임스 러브록

Gaia(1979)_JAMES LOVELOCK

제임스 러브록은 레이첼 카슨의 주제를 선택하여 관련된 체계 전체를 하나의 공생 '존재'로 상상함으로써 인간과 지구 사이의 상호 관계를 탐구한다. 그는 이것이 문자 그대로의 존재, 즉 일종의 지각 있는 존재는 아니라고 서둘러 설명한다. 그보다는 "생명체를 포함한 지구의 표면 전체가 자동 조절되는 하나의 실체인데, 이것이 자신이 가이아로 말하려는 것"이라고 설명한다. (가이아라는 명칭은 그의 이웃인 『프린세스 브라이드』의 저자 윌리엄 골드먼이 제안했다.)

가이아를 자신의 중심 체계로 삼은 러브록은 의대 대학원 과정을 밟은 발명가이자 환경 운동가로, 생물권("생물이 존재하는 지구의 지역")과 표면 암석, 공기, 해양의 상호 관계를 탐구한다. 그는 그것이 한 부분에서 오염이나 질병이 발생할 경우 "초유기체(super-organism)" 전체가 적응할 수밖에 없는, 밀접하게 조직화된 연동 시스템이라고 주장한다.

그런 다음 러브록은 과학 대중화에 앞장선 동료 학자들과 마찬가지로, 인간 존재에 대한 결론을 향해 나아간다. 그는 아름다움에 대한 인간의 감각("인간에게 가득한, 즐거움, 인정, 성취, 경이로움, 흥분, 갈망의 복합적인 감정")을 지구와의 관계에서 "자신의 가장 바람직한 역할이 무엇인지 본능적으로 인식하도록 프로그램된" 생물학적 반응이라고 설명한다. 그는 이렇게 결론짓는다. "쾌감이 자기 자신과 다른 생명 형태 간의 균형 잡힌 관계를 이루도록 인간을 자극하는 것이 다윈이 말한 진화 과정에서의 선택의 힘과 모순되는 것 같지는 않다."

저자 추천본

The Oxford University Press가 재간행한 『*Gaia: A New Look at Life on Earth*』(2000).

국내 번역 추천본

제임스 러브록, 홍욱희 옮김, 『가이아』(갈라파고스, 2004).

인간에 대한 오해　스티븐 제이 굴드

The Mismeasure of Man(1981)_STEPHEN JAY GOULD

스티븐 제이 굴드는 모리스와 윌슨이 지나치게 단순화하여 말한다고 생각했다. 『인간에 대한 오해』에서 그는 자신이 '다윈주의적 근본주의'라고 칭한 것, 즉 인간 경험 전체를 설명하는 데 자연 선택론을 적용하는 것에 반대한다고 주장한다. 그 대신 굴드는 인간의 행동을 결정하는 (모두 자연적이지만 총합은 너무 복잡해서 DNA로는 환원할 수 없는) 여러 가지 중복 요인들이 존재한다고 지적한다.

『인간에 대한 오해』는 (윌슨의 책처럼) 일반 독자층을 겨냥했다. 이 책에서 굴드는 자신이 '근본주의적'이라고 생각한 한 가지 특정한 사례를 집중적으로 그리고 강력하게 반박했다. 그것은 바로, 생화학적으로 결정된 속성으로서의 '지능의 추상화', 숫자로 지능을 '수량화'하는 것(IQ 테스트의 늘어난 인기 덕분에), 그리고 생물학적으로 결정된 '일련의 가치'로 '사람들의 순위를 매기는 데 이 숫자들을 이용하는' 것이다.

굴드는 이 주장이 단순히 IQ 테스트의 정체를 폭로하는 수준보다 훨씬 더 큰 역할을 할 것으로 생각했다. 윌슨의 저서에서 두드러지게 나타난 학문 환원주의에 반박하고 싶었기 때문이다. 그는 서문에 다음과 같이 썼다. "근본적으로 『인간에 대한 오해』는 사회적 환경에서 잘못된 생물학적 주장이 갖는 일반적인 도덕적 비열함을 다루지 않는다. 그것은 인간이 같지 않은 것이 유전적 기초 때문이라는 거짓 주장 전부를 다루는 것조차 아니다.(『사회 생물학』을 겨냥한 명확한 저격) 오히려 『인간에 대한 오해』는 여러 인간 집단에 순위를 매기는 행위에 대한 한 가지 특정한 정량화된 형태의 주장, 즉 본질적이고 변하지 않는 정신적 가치를 지닌 1차원적인 척도에 따라 모든 사람의 순위를 매길 수 있는 하나의 숫자로 지능을 의미 있게 추상화할 수 있다는 주장을 다룬다."

윌슨처럼 굴드 역시 공격을 받기도(지능의 유전적 기초를 믿는 저명한 심리학자인 한스 아이젱크는 "내가 지금까지 읽은 책 중에서 한 페이지당 사실에 관한 오류가 가장 많다."고 매섭게 공격했다.) 찬사를 받기도 했다.(1982년에 이 책은 전미 도서 비평가협회상을 받았다).[58]

저자 추천본

1981년에 출간된 원본 페이퍼백은 쉽게 중고로 입수할 수 있다. 애초의 출판사, W. W. Norton은 1996년에 개정 증보판을 출간했다. 여기에는 자신의 주장에 대한 굴드의 업데이트된 변론과 첫 출간 후 여러 해 동안 이루어진 생물학적 결정론과의 상호 작용 내용이 담겨 있다.

국내 번역 추천본

스티븐 제이 굴드, 김동광 옮김, 『인간에 대한 오해』(사회평론, 2003).

카오스: 새로운 과학의 출현 제임스 글릭

Chaos: Making a New Science(1987)_JAMES GLEICK

이 목록에 있는 다른 저자들과 달리 제임스 글릭은 과학자가 아니라 저널리스트다.(그리고 영어 전공자이다.) 그러나 『카오스』에서 그가 일련의 고도로 전문적인 연구 논문들을 이해하여 너무나도 명료하게 다시 풀어 놓은 덕분에 카오스 이론은 사람들이 흔히 쓰는 말이 되었다.(그리고 나중에는 영화로도 제작되었다.)

카오스 이론은 1961년 미국의 수학자 에드워드 로렌즈가 기상학을 어설프게 다루고 있던 시기에 탄생했다. 로렌즈는 다양한 요인(바람의 거리와 속도, 기압, 온도 등)을 취합했어야 했던 컴퓨터 코드를 작성하여 날씨 패턴을 예측하는 데 사용했다. 그는 입력되는 요인들이 아주 작은 차이, 즉 너무 작아서 전적으로 무의미했어야 했던 풍속이나 기온 변화 등이 예측되는 패턴을 크게 변화시켰음을 우연히 알게 되었다.

1963년에 그는 어떤 시스템에서는 아주 작은 변화가 실제로 엄청나게 다른 결과를 만들어 낼 수 있음을 주장하는 논문을 발표했다. 1972년에 그는 「예측 가능성: 브라질 나비의 날갯짓이 텍사스에 토네이도를 촉발하는가?」라는 제목으로 후속 논문을 발표했다. 나비의 날개가 시작점이 되는 작은 변화를 비유하는 표현으로 처음 사용되었으며, '나비 효과(Butterfly Effect)'라는 말도 최초로 사용되었다. 1975년에 다른 두 명의 수학자, 톈옌 리와 제임스 A. 요크가 처음으로 이 현상에 명칭을 부여한 논문을 발표했다. 그들은 이것을 카오스라고 불렀다. 곧바로 이 말은 당시 1975년에도 카오스를 성서에서 쓰인 말 정도로만 알고 있던 대부분의 영어권 독자들에게 아주 강력한 단어가 되었다. 카오스는 완벽한 무정형의 것, 혼란과 무질서를 의미했다.

카오스 이론은 《뉴욕 타임스》 칼럼니스트이자 프리랜서 평론가인 글릭이 그의 첫 작품 주제로 그 이론을 선택했을 때, 아직은 청소년기를 막 시작한 상태와 다름없었다. 하지만 생생한 비유가 곳곳에서 등장하는 『카오스』는 대중의 상상력을 사로잡았다. 이후 '나비 효과'는 흔히 사용하는 표현이 되었는데, 특히 영화 「쥬라기 공원(*Jurassic Park*)」에서 제프 골드블럼이 맡은 록스타 같은 과학자는 전 세계 관객들을 상대로 이 이론에 대해 축약된 설명을 전하기도 했다. ("나비가 북경에서 날개를 퍼덕이면 센트럴파크에 있는 사람들이 햇빛을 받는 대신 비를 맞는다. …… 작은 변화는 절대로 반복되지 않고, 결과에 크게 영향을 미친다.")

그러나 카오스라는 단어는 오해의 소지가 있다. 여기서 카오스는 '예측 불가능성'을 의미하는데, 근본적이고 본질적인 예측 불가능성이 아니라("우리가 아무리 많이 알고 있어도 최종 결과를 예측할 수 없을 것이다."에서와 같은 예측 불가능성) 혹여 있을 수 있는 실질적인 예측 불가능성("이 시스템은 초기 조건의 미세한 변화에 매우 민감하여 현재 우리는 모든 가능한 결과를 예측하는 데 필요한 정확도로 초기 조건을 분석할 수 없다.")을 의미한다.

저자 추천본

글릭의 1987년 초판(Viking)은 지금도 중고로 구할 수 있다. 2008년에 약간 수정되고 업데이트된 2판이 Penguin Books에서 출간되었다.

국내 번역 추천본

제임스 글릭, 박래선 옮김·김상욱 감수, 『카오스』(동아시아, 2013).

시간의 역사　스티븐 호킹

A Brief History of Time(1988)_STEPHEN HAWKING

『시간의 역사』는 최초의 대중적인 물리학 베스트셀러는 아니었지만(물리학자인 폴 데이비스는 호킹의 작품을 처음 봤을 때를 떠올리며 "빅뱅과 그 모든 얘기를 다룬 또 다른 책은 분명 아니었다."고 말한다.) 나머지 모든 저서들을 능가했다. 호킹의 수수한 목표는 물리학을 이용해 일련의 질문에 답하는 것이다. "우리는 우주에 대해 무엇을 알고 있으며, 우주에 대해 어떻게 알 수 있을까? 우주는 어디서 왔고, 어디로 가고 있는 것일까? 우주에는 시작이 있었는가, 만약 시작이 있었다면 그 전에 무슨 일이 일어났는가? 시간의 본질은 무엇인가? 과연 시간은 끝이 날까?" 그 답들이 35개 언어로 천만 명이 넘는 독자를 끌어 모으면서 『시간의 역사』를 지금까지 나온 가장 인기 있는 과학 서적 중의 하나로 만들었다.

저자 추천본

『*A Brief History of Time: Updated and Expanded Tenth Anniversary Edition*』(Bantam Books, 1998)

국내 번역 추천본

스티븐 호킹, 전대호 옮김, 『짧고 쉽게 쓴 시간의 역사』(까치, 2006).

티렉스와 종말의 분화구 　 월터 앨버레즈

T. rex and the Crater of Doom(1997)_WALTER ALVAREZ

과학적 훈련을 통해 격변론보다는 동일 과정설을 지지하도록 배운 월터 앨버레즈는 이탈리아 바위층에서 거기 있을 이유가 전혀 없는 이리듐이 이상하게 많이 있는 것을 알게 되면서 사실은 엄청난 대재앙이 한때 지구를 덮친 것은 아닌지 의심하기 시작했다. 문제의 바위는 지질학자들이 오랫동안 화석 기록에서 단절된 부분이 있다고 지적해 온 암석층인 이른바 'K-T' 경계층에 있었다. K-T 경계층 이전에는 공룡과 암모나이트가 많았는데, 그 후에 사라졌기 때문이었다.

앨버레즈와 그의 아버지인 물리학자(이자 노벨상 수상자) 루이스 앨버레즈는 이리듐이 지구와 소행성의 충돌에서 생겼을지 모른다는 이론을 세웠다. 1980년 앨버레즈는 《사이언스》(그의 아버지, 동료 과학자 프랭크 아사로, 헬렌 미켈과 공동 집필한 논문에서)에서 'K-T 경계층 이리듐 이상 현상'이 소행성과의 충돌 때문일 수 있다고 제안했다. 더욱이 이 충돌은 화석의 단절된 부분 또한 설명할지도 몰랐다.

> 지구와 엇갈리는 거대한 소행성과의 충돌은 그 물체의 질량의 60배 정도를 분쇄된 암석으로 대기에 주입할 것이다. 이 먼지의 일부는 수년 동안 성층권에 머물며 전 세계로 골고루 뿌려질 것이다. 그 결과로 생기는 어둠은 광합성을 억제할 것이고, 그로 예상되는 생물학적 결과는 고생물학 기록에서 관찰된 멸종과 상당히 밀접하게 일치한다.[59]

없는 것은 충돌 분화구였다. 11년 후 앨버레즈와 그의 동료들은 유카탄 해안에서 천년 동안 쌓인 침전물들에 의해 숨겨져 있던 지름 201㎞의 분화구 흔적을 발견했다. 그 정도의 분화구를 만들 만큼 큰 물체가 충돌했다면, 지구의 지각이 증발하듯 사라져 버리고 숲에 불이 붙고 해일이 대양을 거칠게 지나갔을 뿐 아니라 태양 광선을 차단하고 독성의 산성비 폭풍을 유발하기에 충분한 잔해가 대기 중에 뿌려졌을 것이었다. 앨버레즈는 그 충돌로 지구의 외형이 바뀌었고 공룡이 멸종되었다고 결론지었다.

1997년 앨버레즈는 『티렉스와 종말의 분화구』에서 그 가설이 어떻게 형성되었는지 설명해 주었다. 전체적으로 앨버레즈 연구팀을 그런 결론으로 이끈 단서들을 신중히 제시하고 정확하게 서술한 이 책은 '아마겟돈'이라는 제목의 1장과 『반지의 제왕』에 나오는 인용문, 그리고 그 충돌이 어땠을지에 대한 극적인 설명으로 시작한다. ("종말이 하늘에서 나오고 있었다.") 대중 과학 저술은 정점을 찍었다. 과학 저술가 칼 짐머는 앨버레즈의 책에 대해 이렇게 말한다. "갑작스럽게 생명의 역사가 그 어떤 공상 과학 영화보다도 더 영화 같게 되었다."

저자 추천본

Princeton University Press 페이퍼백(2008).

주석

1부 왜 고전을 읽어야 하는가

1장 독서를 위한 첫 단계

1 1786년 8월 27일 Thomas Jefferson이 파리에 있는 Thomas Mann Randolph, Jr.에게 보낸 편지. 이 편지는 'Education of a Future Son-in-Law'라는 제목으로 버지니아 대학교 도서관에 보관되어 있으며 온라인으로도 확인 가능하다.(http://etext.virginia.edu/toc/modeng/public/jefLett.html)

2 Harold Bloom, *How to Read and Why*(New York: Scribner, 2000), 24쪽.

3 Eliza W. R. Farrar, *The Young Lady's Friend, by a Lady*(Boston: American Stationer's Company, 1836), 4쪽.

4 Mary Gilchrist의 일기는 Claudia Lynn Lady, "Five Tri-State Women During the Civil War: Day-to-Day Life", *West Virginia History* 제43권 3호(1982년 봄), 189~226쪽에서 인용했다. Gilchrist의 일기 발췌문은 212~214쪽에 있다.

5 "What's Done and Past". 미출간 자서전으로 듀크 대학교 윌리엄 R. 퍼킨스 도서관에 보관되어 있다.

6 Richard J. Foster, *Celebration of Discipline*(San Francisco: Harper, 1978), 67쪽.

7 이런 유형을 따르는 초중고 교육에 대한 제안은 다음 책에서 상세하게 묘사했다. Jessie Wise Bauer & Susan Wise Bauer, *The Well-Trained Mind: A Guide to Classical Education at Home*(New York: W.W. Norton, 1999).

8 Dorothy L. Sayers, "The Lost Tools of Learning". 1947년 옥스퍼드 대학교 강연 자료로, *National Review*에 재수록했다.

9 Thomas Jefferson, 앞의 글.

10 Lydia Sigourney, *Letters to Young Ladies* 5판(New York: Harper & Brothers, 1839), 138쪽.

11 위의 책, 133쪽.

2장 고전 읽는 훈련

1 「창세기」 32장: 야곱은 어둠 속에서 다음 날 아침에 이복형(완전 무장한 에사오의 충복들은 말할 것도 없고)을 만나게 될 두려움에 야뽁 나루를 배회하던 차에 한 사람을 만나 그와 동이 틀 때까지 씨름한다. 동이 밝아 오자 그는 야곱의 엉덩이뼈를 쳤는데 환도뼈를 다치게 되어 다리를 절게 만든다. 신비로운 그 이방인은 자신을 밝히지 않지만, 야곱에게 이스라엘이라는 새 이름을 건넨다. 태초에 하느님이 아브라함에게 새 이름을 내린 것처럼. 그러자 야곱은 혼잣말을 한다. "내가 여기서 하느님을 대면하고도 목숨을 건졌구나."(모든 위대한 문학 작품이 그렇듯, 요약에 기대기보다는 원문을 읽는 것이 가장 좋은 방법이다.)

2 Thomas Wentworth Higginson, "Books Unread", *Atlantic Monthly*(1904년 3월자).

3 Kirkpatrick Sale, *Rebels Against the Future: The Luddites and Their War on the Industrial Revolution: Lesson for the Computer Age*(New York: Perseus, 1996).

4 Peter Kump, *Break-Though Rapid Reading*(Paramus, N.J.: Prentice Hall Press, 1998), 212~213쪽.

5 Aristotle, J.A.K. Thomas 옮김, Hugh Tredenick 편집, *Etics*(New York: Penguin, 1976), 192~193쪽.

6 제인 오스틴, 『오만과 편견』 4장.

7 Susan Horsburgh, Sonja Steptoe, Julie Dam, "Staying Sexy at 30, 40, 50, 60", *People* 제56권 6호(2001년 8월 6일), 61쪽.

8 음철 언어 교수법 대 총체적 언어 교수법 논쟁을 여기서 다시 이야기하고 싶지는 않다.

Jessie Wise와 나는 이 문제를 우리의 책 *The Well-Trained Mind: A Guide to Classical Education at Home*(New York: W.W. Norton, 1999)에서 상당한 분량으로 다루었다. 여기서 간단히 설명하면, 최고의 독서 과정은 발음을 하며 '해독하는' 기술을(그러면 아이들은 독서의 첫걸음으로 철자의 발음과 철자의 결합을 배우게 된다.) 상당한 정도의 독서와 구술 언어 작업('총체적 언어 교수법')과 결합시키는 것이다. 그러나 1930년에서 1970년 사이에 읽는 법을 배웠다면 발음을 통해 해독하는 법 없이 순수하게 '시각 인지법'을 배웠을 가능성이 크다.(음철 언어 교수법이 1960년대 후반 다시 인기를 얻기 시작했지만, 1970년대부터 현재까지 대부분의 학교 교실은 음철법 언어 교수법을 독서 교과 과정에서 완전히 배제시켰다.) '시각적인 방법'을 통해 읽기를 배웠다면 그 방법은 틀림없이 효과가 없었을 것이다. 대신 1학년 때 놓쳤던 음철법 해독 방법을 배운다면 도움이 될 것이다.

3장 독서 일기 쓰는 법

1 David Denby, *Great Books: My Adventures with Homer, Rousseau, Woolf, and Other Indestructible Writers of the Western World*(New York: Simon & Schuster, 1996), 47쪽.

2 Gilbert Chinard, *The Literary Bible of Thomas Jefferson: His Commonplace Book of Philosophers*(Baltimore: Johns Hopkins Press, 1928), 4쪽.

3 Amos Bronson Alcott, Odell Shepard 편집, *The Journals of Bronson Alcott*(Boston: Little, Brown and Co., 1938), 43쪽.

4 Lydia Sigourney, 앞의 책, 54~55쪽, 145쪽.

5 E. M. Foster, Philip Gardner 편집, *Commonplace Book*(Stanford, Calif.: Stanford University Press, 1985), 139쪽.

6 위의 책, 36쪽.

7 위의 책, 174쪽.

8 위의 책, 192쪽.

9 위의 책, 179~180쪽.

10 위의 책, 139쪽.

11 위의 책, 141쪽.

12 Thomas Merton, Naomi Burton & Brother Patrick Hart & James Laughlin 편집, *The Asian Journal of Thomas Merton*(New York: New Directions, 1973), 139~141쪽.

4장 독서를 위한 마지막 준비

1 Lydia Sigourney, 앞의 책, 147쪽.

2 Thomas Jefferson, Gordon C. Lee 편집, *Crusade Against Ignorance: Thomas Jefferson on Education*(New York: Columbia University Teacher's College Bureau of Publications, 1961), 110~111쪽.

2부 독서의 즐거움

5장 소설 읽기의 즐거움

1 Italo Calvino, William Weaver 옮김, *If on a winter's night a traveler*(New York: Harcourt Brace and Co., 1991), 3쪽.

2 표도르 도스토예프스키, 『죄와 벌』의 첫 문장.

3 Samuel Johnson, "On Fiction", *Rambler* 제4호(1750년 3월 31일 자).

4 Joan D. Hedrick, Mark C. Carnes 편집, "Commerce in Souls: *Uncle Tom's Cabin* and the State of the Nation", *Novel History: Historians and Novelists Confront America's Past*(Simon & Schuster, 2001), 168~169쪽.

5 리얼리즘은 영미 소설의 주요 운동 가운데 하나다. George J. Becker는 지난 1949년 *Modern Language Quarterly*에 게재한 논문 "Realism: An Essay in Definition"('리얼리즘'을 정의하려는 첫 번째 시도 가운데 하나)에서 리얼리즘이 다음과 관련된다고 제시한다. 1) 관찰과 문헌을 통한 세부 묘사. 2) 예외적인 경험이 아니라 평범한 경험을 그리려는 시도. 3) "인간 본성이나 경험에 대한 주관적이거나 이상적인 관점이 아니라 예술가가 성취할 수 있는 한도 내에서 객관적일 것." 이 주제를 다룬 자세한 내용은 다음 두 편의 비평을 참조하기 바란다. Lionel Trilling, "Reality in America", *The Liberal Imagination*(New York: Anchor Books, 1957)과 Erich Auerbach, *Mimesis: The Representation of Reality in Western Literature*(Princeton, N. J.: Princeton University Press, 1953) 참조.

6 James Bloom, *Left Letters*(New York: Columbia University Press, 1992), 7쪽.

7 Dorothy L. Sayers & Robert Eustance, *The Documents in the Case*(New York: Harper & Row, 1987), 55쪽.

8 현대 장르 소설에서 우화와 연대기의 구분은 과학 소설과 환상 소설의 세계에서 가장 명확하게 드러난다. 과학 소설은 (Orson Scott Card의 표현대로) '너트와 볼트'가 있는 이야

기로 정의된다. 환상 소설에서 프로도는 힘의 반지를 끼면 투명인간으로 변할 수 있는 반면, 과학 소설에서라면 프로도는 시공간 연속체에서 양자 파동을 조종하여 사라져야 한다. 과학이 사실적일 필요는 없지만 적어도 현재의 과학 지식과 지금 우리가 이해하는 우주 법칙에 적합해야 한다.

9 우화가 의심스러워서 우화에 대응할 만한 것을 찾기 위해 문화적으로나 역사적으로 세부적인 내용이 좀 더 필요하다면 이 책의 서문을 훑어보기 바란다. 고전 작품에서 우의적으로 가장 중요한 요소들은 대개 주석을 달아 놓은 Norton Anthology를 참조하라. 또는 구글 인터넷 검색 엔진에서 "Allegory in (title)"로 온라인 검색을 할 수도 있다.

10 이 경우 Wayne Booth의 *The Rhetoric of Fiction*과 Thomas McCormick의 *The Fiction Editor*에 시간을 쏟아도 좋겠다. 이 두 권의 책은 소설가가 어떻게, 그리고 왜 소설에 그런 효과를 산출하게 되는지에 대한 고전적인 안내서다.

11 Edward Corbett, *Classical Rhetoric for the Modern Student* 4판(Oxford: Oxford University Press, 1999), 341~377쪽.

12 John Gardner, *The Art of Fiction: Notes on Craft for Young Writers*(New York: Knopf, 1983), 53쪽.

13 David F. Burg, "Another View of Huckleberry Finn", *Nineteenth-Century Fiction* 제29권 3호(1974년 10월), 299~319쪽.

14 Albert Camus, Justin O'Brien 옮김, "The Absurd Man", *The Myth of Sisyphus and Other Essays*(New York: Vintage Books, 1991), 67쪽.

6장 자서전 읽기의 즐거움

1 Richard Rodriguez, *Hunger of Memory: The Education of Richard Rodriguez* (New York: Bantam, 1982), 21~22쪽.

2 *Autobiography: The Self-Made Text*(New York: Twayne, 1993)의 xvi쪽. 연대기에서 James Goodwin은 "다양한 정신과 경험을 거쳐도 동일하게 남아 있는 내재적 본성이라는 근대 철학적 의미에서 자아라는 용어가 가장 최초로 사용된 기록"은 비주류 시인인 Thomas Traherne의 1674년 작 *Poetical Works*에 나타난다고 정확하게 지적했다. "내가 내면에 봉해 넣은 은밀한 자아, 내 옷이나 피부에도 갇히지 않았네."

3 Roy Pascal, *Design and Truth in Autobiography*(Cambridge, Mass.: Harvard University Press, 1960), 61~83쪽.

4 Robert Sayre, *The Examined Self: Benjamin Franklin, Henry Adams, Henry*

James(Princeton, N.J.: Princeton University Press, 1964); Jacques Derrida, Peggy Kamuf 옮김, Christie V. McDonald 편집, *The Ear of the Other: Otobiography, Transference, Translation*(New York: Schocken Books, 1985).

5 Carolyn G. Heilbrum, *Writing a Woman's Life*(New York: Ballantine Books, 1988), 22쪽에서 인용.

6 Roger Rosenblatt, James Olney 편집, "Black Autobiography: Life as the Death Weapon", *Autobiography: Essays Theoretical and Critical*(Princeton University Press, 1980), 171쪽.

7 Frederick Douglass, *Narrative of the Life of Frederick Douglass, an American Slave: Written by Himself*, 6장.

8 Frederick Douglass, *My Bindage and My Freedom*(1855), 2장.

9 James Olney, *Autobiography: Essays Theoretical and Critical*(Princeton, N.J.: Princeton University Press, 1980), 23쪽.

10 Roger Rosenblatt, 앞의 책, 176쪽.

11 Erik H. Erikson의 *Gandhi's Truth: On the Origins of Militant Nonviolence*(New York: W.W. Norton, 1993)에서 이 견해를 가져왔다.

12 William H. Shannon, "Note to the Reader", in *The Seven Storey Mountain,* by Thomas Merton(New York: Harcourt, 1998), xxii~xxiii쪽.

13 Estelle C. Jelinek, *The Tradition of Women's Autobiography: From Antiquity to the Present*(Boston: Twayne Publishers, 1986), 39쪽.

7장 역사서 읽기의 즐거움

1 Neville Morley, *Ancient History: Key Themes and Approaches*(New York: Routledge, 2000) ix쪽.

2 Georges Gusdorf, James Olney 편집, "Conditions and Limits of Autobiography", *Autobiography: Essays Theoretical and Critical*(Princeton, N.J.: Princeton University Press, 1980), 48쪽.

3 Jeremy D. Popkin, "Historians on the Autobiographical Frontier", *American Historical Review* 제104권 3호(1999년 6월), 725~748쪽. Popkin은 G. Kitson Clark의 *The Critical Historian* 안내서를 인용했다.

4 Hartley의 소설 *The Go-Between*(1953)의 서문이다. "과거는 외국이다. 과거에선 다

르게 행동한다."

5 Joyce Appleby & Lynn Hunt & Margaret Jacob, *Telling the Truth About History* (New York: W.W. Norton, 1995), 58쪽. 북아메리카 역사가들이 품고 있는 역사적 문제와 실천에 대한 훌륭한 텍스트로, 역사와 과학 사이의 끊임없는 관계성에 대한 날카로운 통찰을 이 책에서 빌려 왔다. 이후 Appleby는 이 진술을 완화한다. 비록 두 시대가 근본적으로 다르다는 것에 대해서 끊임없이 말하고 있기는 하지만 말이다.

6 John Lukacs, *A Student's Guide to the Study of History*(Wilmington, Del.: ISI Books, 2000), 16쪽.

7 수많은 역사가들 가운데 애플비와 헌트, 제이콥은 뉴턴 과학의 발전과 근대 역사 서술의 발전 사이의 연관성에 주목했던 이들이다. *Telling the Truth About History*(New York: W.W. Norton, 1995), 52~76쪽.

8 '실증주의'는 법학, 언어학, 철학, 역사 문헌학의 전문 용어로, 각각의 분야에서 다른 의미를 지닌다. 여기서 사용하고 있는 뜻은 역사 문헌학적 의미로 한정되며 과학적이고 합리적인 것을 자신의 임무라고 여기는 역사학자를 지칭한다.

9 애플비와 헌트, 제이콥은 *Telling the Truth About History*(New York: W.W. Norton, 1995) 가운데 콩트와 실증주의에 대한 논의에서 '영웅적 과학'이라는 멋진 문구를 사용한다.

10 Jacob Burckhardt, *Reflections on History*(Allen & Unwin, 1943), 21쪽. 이 책은 1868년부터 1871년까지 독일에서 이루어진 부르크하르트의 강연 모음으로, 독일에서 1906년 처음 출간되었고, 1943년 영어 판본으로 출간되었다.

11 Jim Sharpe, Peter Burke 편집, "History from Below", *New Perspectives on Historical Writing* 2판(University Park: Pennsylvania State University Press, 2001), 27쪽.

12 Edward L. Ayers, "Narrating the New South", *Journal of Southern History* 제61권 3호(1995년 8월), 555~566쪽.

13 Johann Gottfried von Herder의 *Older Critical Forestlet*(1767~1768)이라는 글이다. Michael N. Forester, Edward N. Zalta 편집, "Johann Gottfried von Herder", *The Stanford Encyclopedia of Philosophy*(2001년 겨울호)에서 인용했다. 온라인 http://plato.stanford.edu/archives/win2001/entries/herder에서 참조 가능하다.

14 Johann Gottfried von Herder, *Materials for the Philosophy of the History of Mankind* (1784). www.fordham.edu/halsall/mod/1784herder-mankind.html에 *Internet Modern History Sourcebook*으로 출간된 전자 텍스트(Jerome S. Arkenberg 편집).

15 Karl Popper, *The Poverty of Historicism*(New York: Basic Books, 1957).

16 Sarah B. Pomeroy, *Goddesses, Whores, Wives, and Slaves: Women in Classical Antiquity* (New York: Schocken Books, 1975), 3쪽.

17 John Arnold, *History: A Very Short Introduction*(Oxford: Oxford University Press, 2000), 118쪽.

18 Jeremy D. Popkin, 앞의 책, 729쪽.

19 Beverly Southgate, *History: What & Why? Ancient, Modern, and Postmodern Perspectives*(London: Routledge, 1996), 123쪽.

20 Gertrude Himmelfarb, Elisabeth Fox-Genovese & Elisabeth Lasch-Quinn 편집, "Postmodernist History", *Reconstructing History: The Emergence of a New historical Society*(New York: Routledge, 1999), 71~93쪽.

21 Betty Friedan, *The Feminine Mystique*(New York: Dell, 1984), 73쪽.

22 William E. Leuchtenberg의 "The Historian and the Public Realm," *American Historical Review* 제97권 1호(1992년 2월), 1~18쪽에서 인용.

23 Jacob Burckhardt, S. G. C. Middlemore 옮김, *The Civilization of the Renaissance in Italy*(New York: Albert & Charles Boni, 1928), 143쪽.

24 Roger Horowitz, "Oral History and the Story of America and World War II", *Journal of American History* 제82권 2호(1995년 9월), 617~624쪽에서 인용.

8장 희곡 읽기의 즐거움

1 Joyce Carol Oates, "Plays as Literature", *Conjunctions* 제25권(1995년 봄호), 8~13쪽: 9쪽.

2 이러한 전통을 조사하는 데 흥미를 지닌 독자들은 완결판 희곡사를 출발점으로 하여 정보를 구할 수 있을 것이다. Osacr Brockett의 *History of the Theatre* 8판(Boston: Allyn & Bacon, 1998)은 표준이 되는 텍스트다. John Russel Brown이 편집한 페이퍼백 *Oxford Illustrated History of the Theatre*(Oxford: Oxford University Press, 2001)는 좀 더 간략하고 적당한 가격의 역사서다.

3 Leon Golden, "Othello, Hamlet, and Aristotelian Tragedy", *Shakespeare Quartely* 제35권 2호(1984년 여름), 142~156쪽.

4 '카타르시스'는 『시학』에서 한 차례 사용된 단어로 열띤 논쟁을 불러일으켰으나, 그 단어가 관객이 느끼는 정서적인 '정화'가 아니라 오히려 주인공에게 파멸을 가져오는 이유에

날카롭게 초점이 맞추어질 때 연극 내부로부터 나오는 명료함을 지시한다는 것에 현재 많은 학자들이 동의를 표한다. George Walley는 "정화되는 것은 비극 특유의 예각이 맞추어진 (관객의 정서가 아니라) 행위 자체 내부의 사건들이다."라고 말했다. Walley가 번역한 아리스토텔레스 『시학』(Montreal: McGill-Queen's University Press, 1997)의 서문 "On Translating Aristotele's Poetics" 27쪽 참조.

5 증거가 희박하므로 추측에 불과할 뿐이다. 어떤 학자들은 신비극이 세속적인 뿌리(포크댄스나 무언극 등)에서 자라났을지도 모른다고 의견을 제시하지만 이것 역시 추측이다.

6 Albert Wertheim, "Restoration Drama: The Second Flowering of the England Theatre", *500 Tears of Theatre History*(Lyme, N.H.: Smith and Kraus, 2000), 82쪽.

7 Walter Benjamin, Anna Bostock 번역, "Studies for a Theory of Epic Theatre", *Understanding Brecht*(London: NLB, 1973), 15~22쪽. 이 책은 1939년 독일에서 처음 출간되었다.

8 Haskell M. Block, *Mallarmé and the Symbolist Drama*(Detroit: Wayne State University Press, 1963), 103쪽.

9 Martin Esslin, *The Theatre of the Absurd*(Woodstock, N.Y.: Overlook Press, 1973), 4쪽.

10 Oscar G. Brockett & Robert Findlay, *A Century of Innovation: A History of Europian and American Theatre and Drama since the Late Nineteenth Century* 2판(Boston: Allyn & Bacon, 1991), 312쪽에서 인용.

11 Ann Fleche, *Mimetic Disillusion*(Tuscaloosa: University of Alabama Press, 1997), 26쪽.

12 G. W. Brandt, "Realism and Parables (from Brecht to Arden)", *Comtemporary Theatre*(London: Edward Arnold Publishers Ltd., 1962), 33쪽에서 인용.

13 Daniel C. Gerould, *American Melodrama*(New York: Performing Arts Journal Publications, 1983), 14쪽.

14 Peter Brooks, *The Melodramatic Imagination*(New Haven: Yale University Press, 1976), 204쪽.

15 Peter Brooks, *The Empty Space*(New York: Atheneum, 1983), 42~43쪽.

16 Theresa Rebeck, *Theresa Rebeck: Collected Plays 1989~1998*(New York: Smith and Kraus, 1999), 9쪽.

17 1999년 1월 *BOMB Magazine*과의 인터뷰(New York). 온라인 www.bombsite.

com/norman/norman12.html and www. bombsite.com/norman/norman13.html.

18 Ronald Hayman, *How to Read a Play*(New York: Grove Press, 1977), 14쪽.

19 Thomas Merton, *The Seven Storey Mountain*(New York: Harcourt, 1998), 197쪽.

20 이 극 역시 트로이 전쟁이 어떻게 시작되었는지 관객이 알고 있다는 것을 전제로 한다. 논쟁의 여신 에리스가 가장 아름다운 여신에게 황금 사과를 주겠다고 약속했다. 아프로디테와 헤라, 아테나는 누가 가장 아름다운지 제우스에게 결정을 부탁했으나, 그는 현명하게도 판단을 유보했고 대신 그들을 파리스에게 보냈다. 파리스는 아프로디테를 선택했지만, 그녀의 미모 때문이 아니라 세상에서 가장 아름다운 여자를 보상으로 하사하겠다는 약속 때문이었다. 선택이 끝나자 아프로디테는 파리스가 불가사의한 매력을 지닌 헬레네를 메넬라오스에게서 빼앗아 트로이로 데려오도록 돕는다.

21 Wolfgang H. Clemen, "Tradition and Originality in Shakespeare's Richard III", *Shakespeare Quarterly* 제5권 3호(1954년 여름호), 247~257쪽.

22 나는 이러한 통찰을 Stephen A. Black의 "O'Neill's Dramatic Process", *American Literature* 제59권 1호(1987년 3월), 58~70쪽에서 빌려 왔다.

23 Arthur Miller, "Tragedy and the Common Man", *New York Times*(1949년 2월 27일 자), 1쪽, 3쪽.

24 Martin Esslin, 앞의 책, 29쪽.

25 Roger Ebert는 이 희곡이 무대에 오르자 공연을 관람했으며 이후에 영화 평론도 썼다. 이후 1991년 *Chicago Sun-Times*에 발표한 영화 평론에서 두 가지 형식 사이의 차이점에 관해 몇 가지 흥미로운 언급을 했다. 이 글은 www.suntimes.com/ebert/ ebert_reviews/1991/03/639806.html.에서도 확인이 가능하다.

9장 시 읽기의 즐거움

1 Homer, Samuel Butler 옮김, *The Odyssey*(London: A. C. Fifield, 1900), 4권, 706~710행.

2 Seamus Heaney 옮김, *Beowulf*(New York: W.W. Norton, 2001), 151쪽(두 번째 시구, 212~218행).

3 C. A. Wheelwright 옮김, *Pindar*(New York: Harper & Brothers, 1837), 53쪽.

4 John Myers O'Hara 옮김, *The Poems of Sappho: An Interpretative Rendition Into English*(Portland: Smith & Sale, 1910), 7쪽.

5 Gordon L. Fain 옮김, *Ancient Greek Epigrams: Major Poets in Verse Translation*

(Berkeley: University of California Press, 2010), 16쪽.

6 *Horace: The Odes, Epodes, Satires, and Epistles, Translated by the Most Eminent English Scholars and Poets*(London: Frederick Warne and Co., 1889), 15쪽.

7 John Conington 옮김, *The Odes and Carmen Saeculare of Horace*(London: Bell and Daldy, 1863), 13쪽.

8 Saint Augustine, J. F. Shaw 옮김, *On Christian Doctrine*(1873), 4권 2부 3장, 4권 28부 61장; www.ccel.org/a/augustine/doctrine/doctrine.html.

9 Geoffrey Chaucer, Nevill Coghill 옮김, "Retraction," from *The Canterbury Tales* (New York: Penguin, 2000).

10 Page Toynbee 옮김, *Epistolae: The Letters of Dante*(Oxford: Oxford University Press, 1966), 199쪽.

11 Barbara Lewalski, *Pretestant Poetics and the Seventeenth-Century Religious Lyric* (Princeton, N. J.: Princeton University Press, 1979), 6쪽.

12 James R. Kincaid, *Tennyson's Major Poems: The Comic and Ironic Patterns*(New Haven: Yale University Press, 1975), 1쪽.

13 Malcolm Bardbury & James McFarlane 편집, *Modernism: 1890~1930*(New York: Viking, 1991), 83쪽에서 인용.

14 이것은 Amy Lowell의 *Some Imagist Poets*(1915)에서 발견한 이미지주의자의 여섯 가지 목표 가운데 세 가지다.

15 Philip Larkin, *Required Writing: Miscellaneous Pieces, 1955~1982*(Ann Arbor: University of Michigan Press, 1999).

16 Herbert R. Kohl, *A Grain of Poetry: How to Read Contemporary Poems and Make Them a Part of Your Life*(New York: HarperFlamingo, 1999), 3쪽.

17 Paul Laurence Dunbar, "We Wear the Mask." In *Selected Poems*, by Paul Laurence Dunbar(New York: Dover Publications, 1997), 17쪽.

18 Marie Boroff 옮김, *Sir Gawain and the Green Knight*, 서문, x쪽.

19 Jerome J. McGann, *The Romantic Ideology: A Critical Investigation*(Chicago: University of Chicago Press, 1983), 99쪽.

20 W. H. Gardner, *Gerard Manley Hopkins: Poems and Prosa*(New York: Penguin, 1985), 서문, xxi쪽.

21 Seamus Heaney, "All Ireland's Bard", *Atlantic* 제280권 5호(1997년 11월), 157쪽.

22 전문가가 낭독하는 시를 들으려면 www.plethoreum.org/dunbar/gallery.asp에 던바 전공 학자인 Herbert Woodward이 던바의 방언과 비방언시를 읊은 오디오 파일이 수록되어 있다.

23 시인과 비평가 사이에 주고받은 언급의 전문은 Gregory L. Candela의 "We Wear the Mask: Irony in Dunbar's The Sport of the Gods", *American Literature* 제48호 1권(1976년 3월), 60~72쪽에서 볼 수 있다.

24 William H. Pritchard, Reuben A. Brower 편집, "Wildness of Logic in Modern Lyric", *Forms of Lyric*(New York: Columbia University Press, 1970), 132쪽.

25 Gerard Quinn, "Frost's Synecdochic Allusions", *Resources for American Literary Stury* 제25권 2호(1999), 254~264쪽.

26 앞의 책, 255쪽.

27 William Carlos Williams, "The Embodiment of Knowledge", *Selected Essays of William Carlos Williams*(New York: New Directions, 1969), 256쪽.

28 Margalet Dickie, "The Cantos: Slow Reading", *ELH: English Literary History* 제51권 4호(1984년 겨울), 819쪽.

29 Helen Vendler, "Rita Dove: Identity Markers", *Callaloo* 제17권 2호(1994년 봄), 381~398쪽.

30 David R. Jarraway, "Montage of an Otherness Deferred: Dreming Subjectivity in Langston Hughes", *American Literature* 제68권 4호(1996년 겨울호), 821쪽.

31 Langston Hughes, "The Negro Artist and the Racial Mountain", *The Nation* (1926년 6월 23일 자).

10장 과학서 읽기의 즐거움

1 George Sarton, *A History of Science: Ancient Science Through the Golden Age of Greece*(Cambridge: Harvard University Press, 1952), 3쪽.

2 Plinio Prioreschi, *A History of Medicine, Vol. I: Primitive and Ancient Medicine*, 2판(Omaha, Neb.: Horatius Press, 1996), 42쪽.

3 Hippocrates, "On the Sacred Disease," Steven H. Miles, *The Hippocratic Oath and the Ethics of Medicine*(New York: Oxford University Press, 2005), 20쪽에서 인용.

4 Lawrence I. Conrad 외., The Western Medical Tradition: 800 BC–AD 1800(New York: Cambridge University Press, 1995), 23~25쪽; Pausanius, *Pausanias's Description of*

Greece, 3권, J. G. Frazer 번역(New York: Macmillan & Co., 1898), 250쪽; "On Airs, Waters, and Places," in *The Corpus*, 117쪽.

5 Albert Einstein and Leopold Infeld, *The Evolution of Physics*(New York: Cambridge University Press, 1938), 33쪽.

6 Simplicius, *Commentary on the Physics* 28.4–15, Jonathan Barnes, *Early Greek Philosophy* 개정판(New York: Penguin, 2002), 202쪽에서 인용; Aristotle, *On Democritus* fr. 203, Barnes의 저서 206~207쪽에서 인용.

7 Aristotle, *Physics*, Robin Waterfield 옮김(New York: Oxford University Press, 2008), II.1

8 Edward Craig 편집, *Routledge Encyclopedia of Philosophy*(Oxford, U.K.: Taylor & Francis, 1998), 193~194쪽; David Bolotin, *An Approach to Aristotle's Physics, With Particular Attention to the Role of His Manner of Writing*(Albany: SUNY Press, 1998), 127쪽; J. Den Boeft 편집, *Calcidius on Demons*(Commentarius CH. 127-136)(Leiden: E. J. Brill, 1977), 19~20쪽.

9 C. C. W. Taylor, *The Atomists: Leucippus and Democritus, Fragments*(Toronto: University of Toronto Press, 1999), 60쪽, 214~215쪽; Epicurus, "Letter to Herodotus," *Letters and Sayings of Epicurus*에서 인용. Odysseus Makridis 옮김(New York: Barnes & Noble, 2005), 3~6쪽 ; Anthony Gottlieb, *The Dream of Reason: A History of Philosophy from the Greeks to the Renaissance*(New York: W. W. Norton, 2000), 290쪽, 303쪽.

10 Titus Lucretius *Carus, Lucretius on The Nature of Things*, John Selby Watson 옮김(London: Henry G. Bohn, 1851), 96쪽.

11 Margaret J. Osler, *Reconfiguring the World: Nature, God, and Human Understanding from the Middle Ages to Early Modern Europe*(Baltimore: Johns Hopkins University Press, 2010), 15쪽; C. M. Linton, *From Eudoxus to Einstein: A History of Mathematical Astronomy*(New York: Cambridge University Press, 2008), 48쪽.

12 Norris S. Hetherington, *Cosmology: Historical, Literary, Philosophical, Religious, and Scientific Perspectives*(London: CRC Press, 1993), 74~76쪽.

13 Nicolaus Copernicus, 서문, *De Revolutionibus*, Thomas S. Kuhn, *The Copernican Revolution: Planetary Astronomy in the Development of Western Thought*(Cambridge: Harvard University Press, 1957), 137쪽에서 인용.

14 Nicolaus Copernicus, *Three Copernican Treatises*, Edward Rosen 옮김(Mineola, N.Y.: Dover Publications, 1959), 57~59쪽.

15 Copernicus, 서문, 18쪽.

16 Francis Bacon, *Selected Philosophical Works*, Rose-Mary Sargent 편집(Cambridge: Hackett Publishing Co., 1999), 118~119쪽.

17 David Deming, *Science and Technology in World History*, 3권(Jefferson, N.C.: McFarland & Co., 2010), 165쪽; Galileo Galilei, *Dialogue Concerning the Two Chief World Systems: Ptolemaic and Copernican*, Stillman Drake 옮김, Stephen Jay Gould 편집(New York: Modern Library, 2001), 130~131쪽.

18 Deming, *Science and Technology*, 177~178쪽.

19 Robert Hooke, *Micrographia*(1664), 서문; David Freedberg, *The Eye of the Lynx: Galileo, His Friends and the Beginnings of Natural History*(Chicago: University of Chicago Press, 2002), 180쪽; Thomas Birch, The History of the Royal Society of London, 1권(London: A. Millar, 1756), 215쪽과 그다음.

20 Thomas Birch, *The History of the Royal Society of London*, 3권(London: A. Millar, 1757), 1쪽, 10쪽.

21 Ron Larson and Bruce Edwards, *Calculus*(Independence, Ky.: Cengage Learning, 2013), 42쪽.

22 James L. Axtell, "Locke, Newton and the Two Cultures." John W. Yolton 편집, *John Locke: Problems and Perspectives*(New York: Cambridge University Press, 1969), 166~168쪽.

23 Barry Gower, *Scientific Method: A Historical and Philosophical Introduction*(New York: Routledge, 1997), 69쪽.

24 Isaac Newton, *Mathematical Principles of Natural Philosophy*, Andrew Motte 옮김(Daniel Adee, 1848), 486쪽; G. Brent Dalrymple, *The Age of the Earth*(Stanford, Calif.: Stanford University Press, 1991), 28~29쪽.

25 Dalrymple, *The Age of the Earth*, 29~30쪽; Jacques Roger, *Buffon: A Life in Natural History*, Sarah Lucille Bonnefoi 옮김(Ithaca: Cornell University Press, 1997), 187~193쪽.

26 Dennis R. Dean, *James Hutton and the History of Geology*(Ithaca: Cornell University Press, 1992), 17쪽, 24~25쪽; James Hutton, "Theory of the Earth," *Transactions of the*

Royal Society of Edinburgh, 1권(J. Dickson, 1788), 301쪽, 304쪽.

27 M. J. S. Hodge, "Lamarck's Science of Living Bodies," *The British Journal for the History of Science* 5:4(December 1971), 325쪽; Martin Rudwick, *Bursting the Limits of Time: The Reconstruction of Geohistory in the Age of Revolution*(Chicago: University of Chicago Press, 2005), 390쪽; J. B. Lamarck, *Zoological Philosophy*, Hugh Elliot 옮김(London: Macmillan & Co., 1914), 12쪽, 41쪽, 46쪽.

28 Robert J. Richards, *Darwin and the Emergence of Evolutionary Theories of Mind and Behavior*(Chicago: University of Chicago Press, 1987), 63쪽.

29 Martin Rudwick, *Georges Cuvier, Fossil Bones, and Geological Catastrophes* (Chicago: University of Chicago Press, 1997), 190쪽.

30 Charles Lyell, *Principles of Geology*(New York: Penguin, 1998), 6쪽.

31 Charles Darwin, *Charles Darwin: His Life Told in an Autobiographical Chapter* (London: John Murray, 1908), 82쪽.

32 Charles Darwin, *The Variation of Animals and Plants Under Domestication*, 2권 (New York: D. Appleton & Co., 1897), 371쪽; P. Kyle Stanford, *Exceeding Our Grasp: Science, History, and the Problem of Unconceived Alternatives*(New York: Oxford University Press, 2006), 65쪽; Darwin, *The Origin of Species*, 13쪽.

33 Gregor Mendel, *Experiments in Plant Hybridisation*(New York: Cosimo Classics, 2008), 15쪽, 21쪽과 그다음, 47쪽.

34 알/배아에서 성인에 이르는 살아 있는 생물의 발달('개체 발생')은 원시 상태에서 현대 상태('계통 발생론')로 생물체가 진화하는 과정과 같은 일련의 단계를 거친다. 이 이론은 19세기 말과 20세기 초에 크게 유행했지만, 현대의 생물학자들은 이 이론을 완전히 버렸다.

35 J. A. Moore, *Heredity and Development*, 2판(New York: Oxford University Press, 1972), 74쪽.

36 Alfred Wegener, "The Origin of Continents and Oceans," *The Living Age*, 여덟 번째 시리즈 26권(April, May, June 1922), 657~658쪽.

37 Alfred Wegener, *The Origins of Continents and Oceans*, John Biram 옮김(New York: Dover Publications, 1966), 8쪽.

38 Albert Einstein, *Relativity: The Special and General Theory*, Robert W. Lawson 옮김(New York: Pi Press, 2005), 25쪽, 28쪽; Galison 외 223쪽; Jay M. Pasachoff and Alex Filippenko, *The Cosmos: Astronomy in the New Millennium*, 4판(New York:

Cambridge University Press, 2014), 239~240쪽, 271~272쪽.

39 Ernest Rutherford, *The Collected Papers of Lord Rutherford of Nelson*, 2권(New York: Interscience Publishers, 1963), 212쪽.

40 Bruce Rosenblum and Fred Kuttner, *Quantum Enigma: Physics Encounters Consciousness*, 2판(New York: Oxford University Press, 2011), 59~60쪽; M. S. Longair, *Theoretical Concepts in Physics: An Alternative View of Theoretical Reasoning in Physics*, 2판(New York: Cambridge University Press, 2003), 339쪽.

41 Max Planck, *The Origin and Development of the Quantum Theory*, H. T. Clarke and L. Silberstein 옮김(New York: Clarendon Press, 1922), 12쪽.

42 Franco Selleri, *Quantum Paradoxes and Physical Reality: Fundamental Theories of Physics* (Dordrecht: Kluwer Academic Publishers, 1990), 363쪽에서 인용.

43 Ernst Mayr and William B. Provine, *The Evolutionary Synthesis: Perspectives on the Unification of Biology*(Cambridge: Harvard University Press, 1998), 8쪽, 282쪽, 315쪽, 316쪽.

44 Julian Huxley, *Evolution: The Modern Synthesis: The Definitive Edition* (Cambridge: MIT Press, 2010), 3쪽, 6~7쪽.

45 Walter J. Moore, *Schrödinger: Life and Thought*(New York: Cambridge University Press, 1992), 404쪽.

46 Peter J. Bowler, *Science for All: The Popularization of Science in Early Twentieth-Century Britain*(Chicago: University of Chicago Press, 2009), 5~6쪽; William Jay Youmans 편집. *Popular Science Monthly* XLVI(New York: D. Appleton & Co., November 1894–April 1895), 127쪽.

47 Pierre C. Fraley and Earl Ubell, "Science Writing: A Growing Profession," *Bulletin of the Atomic Scientists*(December 1963), 19~20쪽.

48 Rachel Carson, *Silent Spring*, 기념판(Boston: Houghton Mifflin, 2002), 12쪽~14쪽, 15쪽; Linda J. Lear, "Rachel Carson's 'Silent Spring,'" *Environmental History Review* 17:2(Summer, 1993), 28쪽.

49 Richard Dawkins, *The Selfish Gene*(New York: Oxford University Press, 1976), 1쪽.

50 Steven Weinberg, *The First Three Minutes: A Modern View of the Origin of the Universe*, 2판(New York: Basic Books, 1993), 153쪽.

51 Carson, *Silent Spring*, 2쪽; Weinberg, *The First Three Minutes*, 8쪽; Michael

B. Shermer, "This View of Science: Stephen Jay Gould as Historian of Science and Scientific Historian, Popular Scientist and Scientific Popularizer," *Social Studies of Science* 32:4(August 2002), 490쪽, 494쪽.

52 "Apollo 9 astronaut to kick off conference on 'Near-Earth Object' risks." 2009년 4월에 UN-L에서 발행. http://newsroom .unl .edu/releases/2009/04/09/Apollo+9+astronaut+to+kick+off+conference+on+'Near-Earth+ Object'+risks에서 2014년 9월 29일 접속

53 Mortimer J. Adler and Charles Van Doren, *How to Read a Book: The Classic Guide to Intelligent Reading*(New York: Simon & Schuster, 1972), 251쪽

54 Charles G. Gross, *Brain, Vision, Memory: Tales in the History of Neuroscience* (Cambridge: MIT Press, 1999), 13쪽.

55 Alfred Russel Wallace, *Infinite Tropics: An Alfred Russel Wallace Anthology*, Andrew Berry 편집(New York: Verso, 2002), 51쪽.

56 Carson, *Silent Spring*, xix쪽.

57 *Matt Ridley*, The Red Queen: Sex and the Evolution of Human Nature(New York: Harper Perennial, 2003), 9쪽; Alan Grafen and Mark Ridley 편집., *Richard Dawkins: How a Scientist Changed the Way We Think*(New York: Oxford University Press, 2007), 7쪽.

58 Hans. J. Eysenck, *Intelligence: A New Look*(New Brunswick, N.J.: Transaction Publishers, 2000), 10쪽.

59 Alvarez 외., "Extraterrestrial Cause for the Cretaceous-Tertiary Extinction," 10쪽.

감사의 말

이 책의 초판은 생색나지 않는 저작권 업무에 매달리면서 피스 힐 출판사의 작업을 매끄럽게 진행한 세라 버핑턴의 도움이 없었다면 결코 완성되지 못했을 것이다. 저스틴 무어는 나 때문에 끝도 없이 도서관을 오가며(나로서는 들고 가는 게 너무 민망해 반납하지 못했던 연체 도서들까지 반납해 주었다.) 사실 확인을 해 주고, ISBN 숫자를 입력하는 지겹도록 단순한 일을 처리해 주고, 내게 프로클레이머스의 음악을 소개해 주고, (특히 역사서를 다룬 장에 대한) 지적인 독서로 이 모든 것을 만들어 냈으며, 내 서류함을 깔끔하게 정리해 주었다. 학자이자 작가인 로렌 위너는 역사 관련 부분을 읽고 아주 소중한 도움을 주었다. 《북스 앤드 컬처》의 편집장 존 윌슨, 윌리엄 앤드 메리 칼리지의 모린 피츠제럴드, 그리고 나에게 상상 가능한 모든 도덕적·실질적 지원을 해 준 나의 부모님 제이와 제시 와이즈, 이 모든 분들께 감사드린다.

이번 개정판에서는 내 글을 계속 읽어 주는 수고를 마다하지 않고, 내가 염두에 두었던 식당보다 항상 더 좋은 식당을 알고 있는 노튼 사의 편집자 스탈링 로런스에게 감사한다. 노튼 사의 라이언 해링턴에게도 감사의 마음을 전하고자 한다. 그는 이메일에 빠르게 답해 주고, 항상 답을 찾아내고, 자신이 하겠다고 하는 일은 꼭 해내는 사람이다.

탁월한 비서 퍼트리샤 워스, 저스틴 무어(다시 한번), 삽화를 그려 준 리치 건, 잉크웰 매니지먼트의 유능하고 매력적인 마이클 칼라일, 많은 학과목에 대한 전문가급 조언과 함께 승인을 받는 데 도움을 준 놀라운 능력자 줄리아 카지비츠, 위대한 과학서에 대한 통찰력을 제공한 그렉 스미스(그의 조언을 모두 받아들이지는 않았으므로, 과학서에 대한 마지막 장과 관련해 공은 모두 그의 차지이고 그가 비난받을 이유는 없다.)에게 감사의 뜻을 전한다. 그리고 언제나 그랬듯이 나의 남편 피터에게도 감사한다.

찾아보기

인명

ㄱ

ㄴ

ㄷ

서명

ㅈ

ㅊ

ㅋ

ㅌ

ㅍ

ㅎ

옮긴이 이옥진

영미권 도서를 우리말로 옮기고 있다.
옮긴 책으로 『친밀감』, 『아메리칸 사이코』, 『가고일』 등이 있다.

독서의 즐거움

1판 1쇄 펴냄 2010년 3월 26일
1판 2쇄 펴냄 2012년 2월 15일
2판 1쇄 펴냄 2020년 1월 2일
2판 8쇄 펴냄 2024년 7월 17일

지은이 수잔 와이즈 바우어
옮긴이 이옥진
발행인 박근섭·박상준
펴낸곳 (주)민음사

출판등록 1966. 5. 19. 제16-490호
주소 서울특별시 강남구 도산대로1길 62(신사동) 강남출판문화센터 5층
(우편번호 06027)
대표전화 02-515-2000 | 팩시밀리 02-515-2007
홈페이지 www.minumsa.com

한국어판 © (주)민음사, 2010, 2020. Printed in Seoul, Korea

ISBN 978-89-374-9087-3 03800

* 잘못 만들어진 책은 구입처에서 교환해 드립니다.

소설

돈키호테 / 미겔 데 세르반테스
Don Quixote(1605) / MIGUEL DE CERVANTES
오만과 편견 / 제인 오스틴
Pride and Prejudice(1815) / JANE AUSTEN
안나 카레니나 / 레프 니콜라예비치 톨스토이
Anna Karenina(1877) / LEO TOLSTOY
위대한 개츠비 / F. 스콧 피츠제럴드
The Great Gatsby(1925) / F. SCOTT FITZGERALD
1984 / 조지 오웰
1984(1949) / GEORGE ORWELL
백년의 고독 / 가브리엘 가르시아 마르케스
One Hundred Years of Solitude(1967) / GABRIEL GARCIA MARQUEZ
로드 / 코맥 매카시
The Road(2006) / CORMAC McCARTHY

자서전

고백록 / 아우구스티누스
The Confessions(A.D. c. 400) / AUGUSTINE
수상록 / 미셸 드 몽테뉴
Essays(1580) / MICHEL DE MONTAIGNE
고백록 / 장 자크 루소
Confessions(1781) / JEAN-JACQUES ROUSSEAU
프랭클린 자서전 / 벤저민 프랭클린
The Autobiography of Benjamin Franklin(1791) / BENJAMIN FRANKLIN
월든 / 헨리 데이비드 소로
Walden(1854) / HENRY DAVID THOREAU
간디 자서전: 나의 진리 실험 이야기 / 마하트마 간디
An Autobiography: The Story of My Experiments with Truth(1929) / MOHANDAS GANDHI
수용소 군도 / 알렉산드르 I. 솔제니친
The Gulag Archipelago(1973 in English) / ALEKSANDR I. SOLZHENITSYN

역사

역사 / 헤로도토스
The Histories(441 B.C.) / HERODOTUS
영웅전 플루타르코스
Lives(A.D. 100–25) / PLUTARCH
군주론 / 니콜로 마키아벨리
The Prince(1513) / NICCOLÒ MACHIAVELLI
유토피아 / 토머스 모어 경
Utopia(1516) / SIR THOMAS MORE
사회 계약론 / 장 자크 루소
The Social Contract(1762) / JEAN-JACQUES ROUSSEAU
로마 제국 쇠망사 / 에드워드 기번
The History of the Decline and Fall of the Roman Empire(1776–88) / EDWARD GIBBON
여성의 신비 / 베티 프리단
The Feminine Mystique(1963) / BETTY FRIEDAN
역사의 종언과 최후의 인간 / 프랜시스 후쿠야마
The End of History and the Last Man(1992) / FRANCIS FUKUYAMA